# 19세기 견문지식의 축적과 지식의 탄생

## 지수염필智水拈筆 (하)

*Accumulation of Audio-visual information and Birth of Knowledge in the 19th Century*

*"Jisuyeompil* 智水拈筆" (下)

**지은이 홍한주**(洪翰周, 1798～1868)의 자는 헌경憲卿, 호는 해사海士, 해옹海翁, 운당芸堂, 쌍송만사雙松漫士, 총계당叢桂堂 등이고, 본관은 풍산豊山이다. 부친은 홍직모洪稷謨, 조부는 홍낙명洪樂命, 장인은 권상신權常愼이고, 아들은 홍우창洪祐昌과 우승祐昇이다. 황해도 배천, 경상도 의성과 상주, 전라도 보성 등지에서 군수와 현감, 목사 등의 지방관을 지냈다. 1862년 8월부터 약 1년간 나주목에 있는 섬인 지도로 유배되었는데, 그 유배 기간에 『지수염필』을 저술하였다. 홍한주는 시문에 뛰어난 19세기 중반의 대표적인 문인 학자로, 고증적이며 박학하고, 조선이 처한 현실을 깊이 통찰한 지식인이었다. 시문집으로 『해옹존고海翁存稿』(10책, 장서각)와 『해옹시문집海翁詩文集』(9책, 규장각)이 있고, 일기 3종이 미국 버클리대학 동아시아문고에 있다.

**옮긴이 김윤조**(金允朝, Kim Yun-jo)는 1959년 경남 창녕 출생으로 계명대학교 한문교육과, 성균관대학교 대학원 한문학과와 민족문화추진회 부설 한문연수원의 연구부 과정을 졸업하였다. 계명대학교 한문교육과 교수로 재직하고 있다. 역서로 『역주 과정록』(1997)과 유득공 산문 번역인 『누가 알아주랴』(2005)가 있고, 논문으로 「한국 한시에 있어서 오언절구의 형식적 특징에 대한 검토」(2013), 「논어 學而篇 연구—논어 편찬 과정에 대한 一管見」(2008) 등이 있다.

**옮긴이 진재교**(陳在敎, Jin Jae-kyo)는 1961년 부산 출생. 성균관대학교를 졸업하고 같은 대학 대학원에서 한국한문학을 전공했다. 경북대학교 교수를 거쳐 현재 성균관대학교 한문교육과 교수 겸 동아시아학술원 교수로 재직하고 있다. 주요 저서로 「耳溪 洪良浩 文學 硏究」(1999)와 「이조 후기 한시의 사회사」(2001)를 비롯하여 「문예 공론장의 형성과 동아시아」(2008)와 「학문장과 동아시아」(2013) 등 다수가 있다. 번역서로 「북학 또 하나의 보고서—설수외사」(2011)를 비롯하여 다수가 있다.

**윤문한이 임완혁**(任完爀, Im Wan-hyuk)은 1965년 경기도 의정부 출생. 성균관대학교 한문교육과를 졸업하고 같은 대학 대학원에서 한국한문학을 전공했다. 현재 영남대학교 한문교육과 교수로 재직하고 있다. 지은 책으로는 『구연전통과 서사』(2008), 『차라리 벙어리로 살리라』(2009), 『한문과 문학교육론』(공저)(2012) 등이 있다.

**19세기 견문지식의 축적과 지식의 탄생 (하)**—지수염필(智水拈筆)

**1판 1쇄 인쇄** 2013년 9월 1일 **1판 1쇄 발행** 2013년 9월 10일

**지은이** 홍한주 **옮긴이** 김윤조 · 진재교 **윤문한이** 임완혁 **펴낸이** 박성모 **펴낸곳** 소명출판
**등록** 제13-522호 **주소** 137-878 서울시 서초구 서초동 1621-18 (란빌딩 1층)
**대표전화** (02) 585-7840 **팩시밀리** (02) 585-7848
**이메일** somyong@korea.com **홈페이지** www.somyong.co.kr

ISBN 978-89-5626-908-5 94810 값 35,000원 
ISBN 978-89-5626-906-1 (전2권)

이 번역도서는 2000년도 정부재원(교육인적자원부 학술연구조성사업비)으로 한국연구재단의 지원에 의하여 연구되었음.

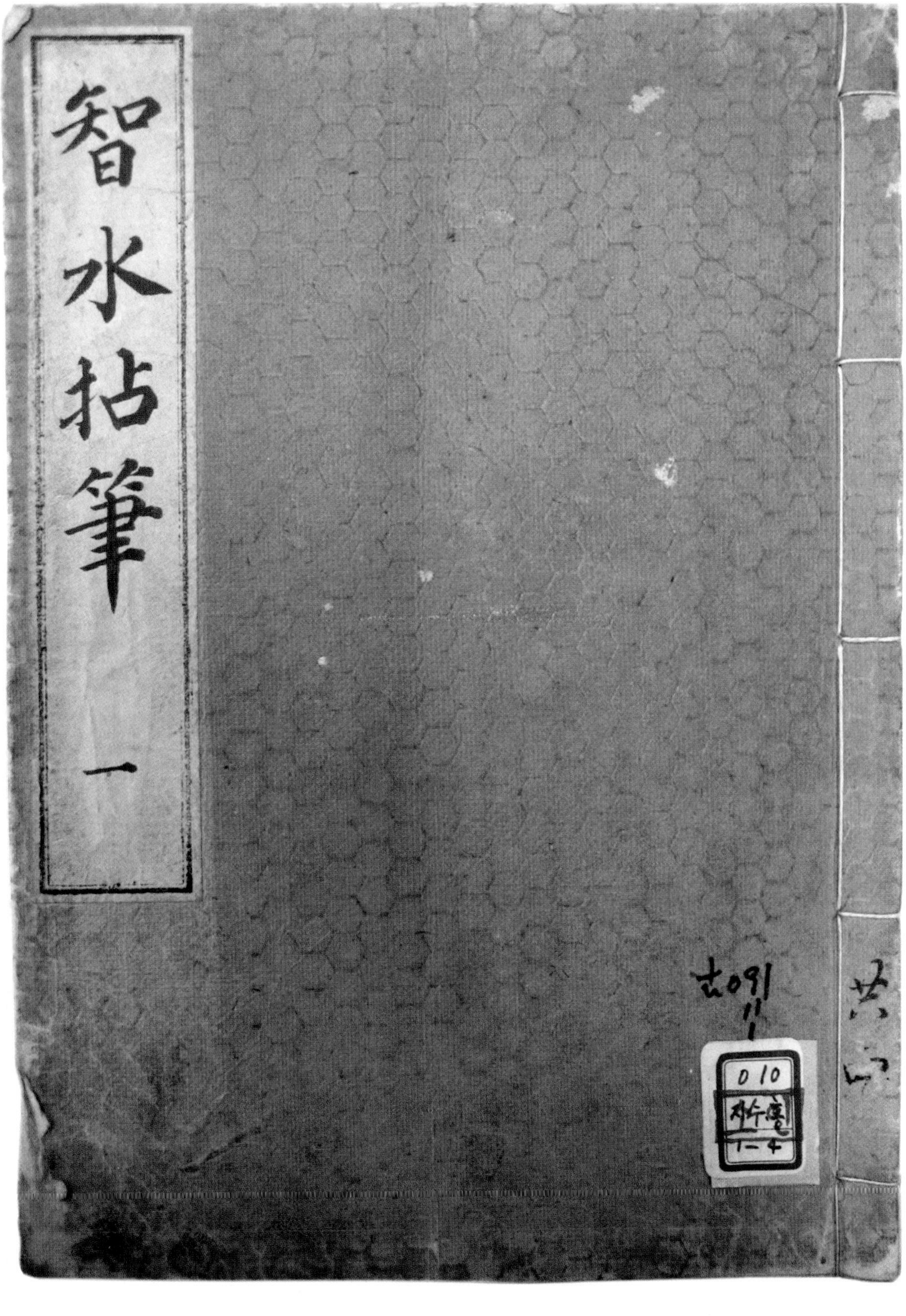


**국립중앙도서관 소장본 _ 표지**

한주는 『지수염필』을 완성하고 4책으로 장정을 한 다음 친구인 석우石友 이시민李時敏에게 각 책의 표제를 쓰게 다고 한다. 이시민은 글씨로 이름이 있었던 이익회李翊會의 아들인데, 이 글씨가 그의 것인지는 아직 알 수 없다.

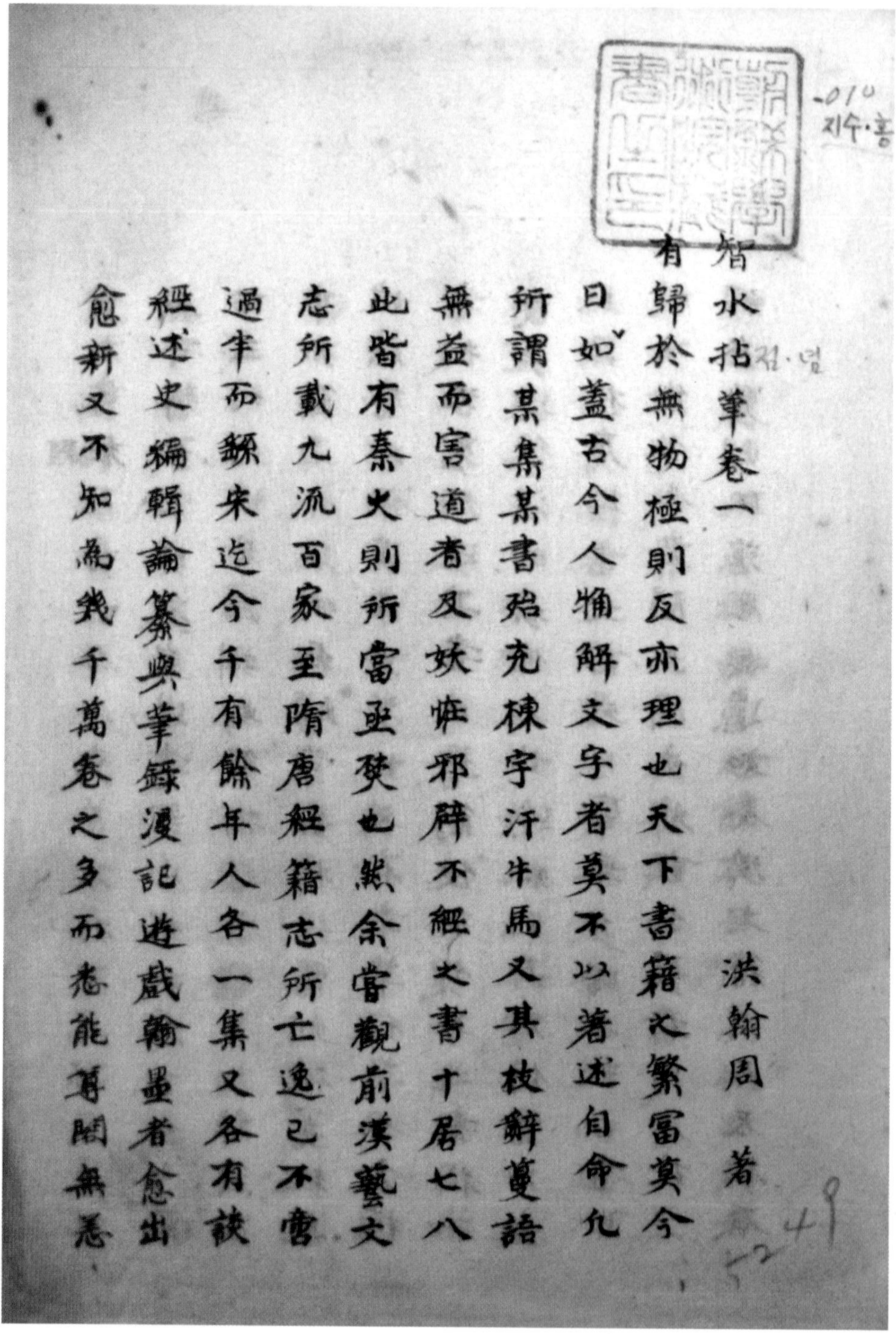


**국립중앙도서관 소장본 _ 첫 면**

위쪽에 '조선학술원朝鮮學術院' 장서인이 있고, 제목 아래 '홍한주 저洪翰周 著'라고 저자를 밝혀두고 있다. 모두 4책인데, 한 사람의 글씨로 보인다.

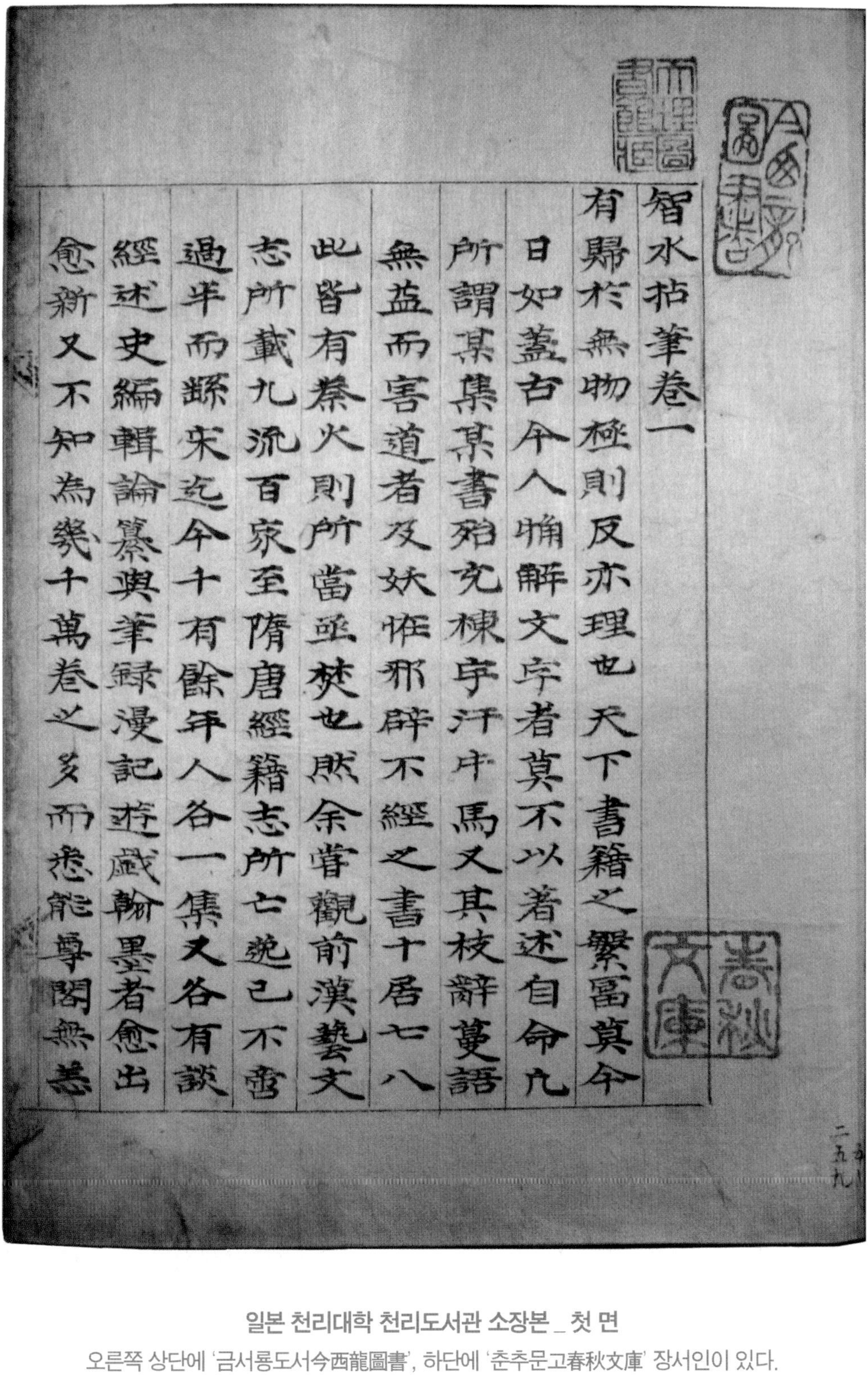
智水拈筆卷一
有歸於無物極則反亦理也天下書籍之繁富莫今
日如蓋古今人觕解文字者莫不以著述自命凡
所謂某集某書殆充棟宇汗牛馬又其枝辭蔓語
無益而害道者及妖怪邪僻不經之書十居七八
此皆有秦火則所當亟焚也然余嘗觀前漢藝文
志所載九流百家至隋唐經籍志所亡逸已不啻
過半而歷宋迄今千有餘年人各一集又各有談
經述史編輯論纂與筆錄漫記遊戲翰墨者愈出
愈新又不知為幾千萬卷之多而悉能尊閣無恙

**일본 천리대학 천리도서관 소장본 _ 첫 면**

오른쪽 상단에 '금서룡도서今西龍圖書', 하단에 '춘추문고春秋文庫' 장서인이 있다. 역시 모두 4책인데 겉표지에 제목은 없고, 세 가지 서로 다른 서체로 필사되었다. 1984년에 서벽외사 해외수일본으로 간행되었다.

# 19세기 견문지식의 축적과 지식의 탄생 (하)

## 지수염필 智水拈筆

홍한주 지음
김윤조 · 진재교 옮김
임완혁 윤문

소명출판

## ◆ 일러두기

1. 이 책은 조선조 후기 문인 홍한주洪翰周가 유배지 지도智島에서 저술한 필기자료인 『지수염필智水拈筆』을 한글로 번역한 것이다.
2. 이 책은 벽사 이우성 선생님이 영인・간행한 서벽외사 해외수일본[일본 천리대 도서관 소장본]의 『지수염필』과 국립중앙도서관 소장본 『지수염필』을 저본으로 번역하였다.
3. 서벽외사 해외수일본의 영인 상태가 좋지 못한 곳은 일본 천리대 도서관 소장본 및 국립중앙도서관 소장본 『지수염필』과 대조하고, 저자가 인용한 전적의 원문을 찾아 교감하여 본문을 확정하고 번역하였다.
4. 원문에는 각 글에 소제목이 달려 있지 않지만, 독자의 이해를 돕기 위하여 서벽외사 해외수일본의 소제목을 따라 제시하고, 필요한 경우 소제목을 번역하였다.
5. 이 책은 원문의 뜻을 충실히 반영하여 번역하였다. 번역문 바로 이어 한문 원문을 덧붙이고 번역문을 고려하여 표점標點하였다.
6. 정확한 원문 이해를 돕기 위하여 주석을 덧붙였으며, 필요한 경우, 학술적 성과를 반영하여 상세하게 주석하였다.
7. 이 책의 1권에서 4권까지는 김윤조가 5권에서 8권까지는 진재교가 번역하였고, 윤문은 임완혁이 담당하였다.

## 역자 서문

『19세기 견문지식의 축적과 지식의 탄생－지수염필智水拈筆』은 19세기 경화세족의 후예인 홍한주洪翰周(1798~1868)의 필기 저술을 우리말로 번역한 것이다. 『지수염필』은 8권 4책으로 일본의 천리대 도서관과 한국의 국립중앙도서관에 각각 소장되어 있다. 『지수염필』은 오랜 기간 저자가 독서한 내용과 견문한 것을 토대로 자신의 의견을 덧붙여 저술한 필기류로 19세기 새로운 정보·지식을 다양하게 싣고 있다. 홍한주는 1862년 전라남도 지도智島로 유배流配되자, 약 1년간의 유배생활을 활용하여 오랜 기간 견문한 정보를 정리하여 초고를 작성하였다. 이후 해배解配후 초고를 정리하고 서문을 덧붙여 1866년에 완성하였다.

홍한주는 조선조 후기 경화세족으로 일가를 이룬 풍산豊山 홍문洪門의 후예였다. 풍산 홍문은 홍한주 대에도 문벌과 문한세가로 이름을 떨쳤다. 홍한주의 재종형 홍석주洪奭周(1774~1842)와 홍길주洪吉周(1786~1841)는 당대 문장으로 이름을 얻었고, 영명위永明尉 홍현주洪顯周(1793~1865)는 부마로 시문에 뛰어났다. 특히 홍석주는 『학강산필鶴岡散筆』을, 홍길주는 『수여방필睡餘放筆』 등의 필기류 저술을 남긴 바 있거니와, 홍한주의 『지수염필』은 가문의 학문적 배경과 가문의 글쓰기 전통을 잇고 있다.

당시 홍한주는 경화세족 가문을 배경으로 국내외의 최신 서적을 비롯하여 규장각에 소장된 관각館閣 문헌, 그리고 당시 유통되던 다양한 서적을 손쉽게 열람할 수 있었다는 점에서 그의 독서체험과 『지수염필』은 관련이 깊다. 홍한주는 다양하고 풍부한 독서체험을 토대로 학술과 문예에 이르기까지 의문 처를 제기하고, 자신의 의견을 『지수염필』에 담아 새로운 지식의 탄생을 추구하였다. 이 점에서 홍한주의 『지수염필』은 19세기 새로운 견문정보와 지식의 창고 역할을 하고 있다.

『지수염필』은 체재와 형식이 비교적 자유롭다. 당대의 역사・정치・문화・사회・학술・인물・제도・문예는 물론 동아시아와 서양과 관련한 견문정보를 비롯하여 독서후기를 두루 포함하고 있다. 홍한주는 『지수염필』에서 다양한 견문지식을 새로운 시각으로 바라보고 있는데, 그 시각의 가치판단을 논외로 하더라도, 그가 새로운 견문정보를 정확하게 꿰뚫고 비평한 점과, 견문정보의 가공과 배치를 통해 새로운 지식의 탄생을 추구한 것은 의미가 있다.

『지수염필』은 이수광李睟光(1563~1628)의 『지봉유설芝峯類說』 이후 새로운 정보와 지식을 싣고 있는 조선조 후기 필기류다. 조선조 후기 필기류는 전 시기와 사뭇 다르다. 조선조 전기 필기류의 경우 저자가 책상에서 특정 사안을 사유한 것을 기록하거나, 저자 주변의 견문 정보를 단순하게 싣고 있다. 이에 반해 조선조 후기 필기류는 수많은 서적의 유입과 해외 체험에서 견문정보를 획득하고 이를 가공하고 새롭게 배치하여 신지식을 산생한 것이 대부분이다. 이러한 견문 정보의 가공과 배치는 지식의 탄생과 관련이 깊다. 무엇보다 이 시기의 필기류는 정보와 지식의 생성과 유통의 문제를 일국적 시각이 아니라 동아시아로 확대하여 보여주고 있는 점 또한 전 시기의 그것과 다른 점이다.

『지수염필』 역시 조선조 후기 필기류의 전통을 그대로 잇고 있다. 『지수염필』은 서적의 출판과 보급, 장서가와 장서루 등을 비롯하여, 자신이 견문한 정보를 가공하고 거기에 자신의 비평적 시각을 덧붙여 새로운 지식 탄생의 촉발을 견인하였다. 이 점에서 『지수염필』은 19세기 지식의 탄생과 관련한 내용을 풍부하게 담고 있으며, 조선조 지성사 내지 지식사에 크게 기여할 수 있을 것이다.

이 책은 한국연구재단의 명저번역 사업의 성과물이다. 벌써 초고를 번역한 지 10년도 더 지났다. 진작 번역을 마쳤지만, 여러 가지 사정으로 출판이 미루어졌고, 이제야 인쇄물로 빛을 보게 되었다. 처음 『지수염필』을 번역하기로 마음먹은 것은 벽사 이우성 선생님이 해외에 흩어진 한문 자료를 수집하여 간행한 '서벽외사해외수일본西碧外史海外蒐佚本'의 열람이 계기였다. 벽사선생님의 서벽외사해외수일본이 없었다면 이 번역본은 나오기 어려웠을 것이다.

이 책은 1권에서 4권까지는 김윤조 교수가, 5권부터 8권까지는 진재교가 번역하였다. 그리고 두 사람이 번역 원고를 교차 검토하고, 체제와 각주도 통일하였다. 이후 임완혁 교수의 교열과 윤문을 거쳤다. 특히 김윤조 교수는 직접 원문을 확인하기 위하여 천리대 도서관을 방문하였고, 진재교는 국립중앙도서관과 천리대 도서관 소장본을 교감하는 노력을 다하였다. 만약 번역에 오류가 있거나 불충분한 주석과 서툰 표현 등이 있다면 이는 모두 번역자의 잘못일 것이다.

끝으로 이 책에 나올 수 있도록 도움을 준 한국연구재단에 감사드린다. 어수선한 원고를 깔끔한 책으로 만들어 준 소명출판의 편집 담당자와 박성모 사장께 이 자리를 빌려 고마움을 표한다.

2013년 8월 용인 서재에서

진재교는 쓰다.

## 19세기 견문지식의 축적과 지식의 탄생
### 지수염필(하)_ 차례

# 권7

## 19세기 견문지식의 축적과 지식의 탄생
## 지수염필 _ 전체 차례

### 상권

## 권2

## 하권

## 권6

## 권7

권8

# 19세기 견문지식의 축적과 지식의 탄생

## 『지수염필智水拈筆』(하)

# 권5

## 불로장생하는 임금의 슬픔

『남사南史』[1] 「남만전南蠻傳」에 다음과 같은 글이 실려 있다.

---

1) 『남사南史』: 이십오사二十五史의 하나. 당唐나라 때 이연수李延壽가 저술한 것으로 남조南朝의 송宋 · 제齊 · 양梁 · 진陳의 사조四朝 170년간의 역사책. 이 내용은 『남사南史』의 「이맥상夷貊上」에 있는 「해남제국海南諸國」조에 나와 있다. 그 내용은 다음과 같다. "頓遜之外大海洲中, 又有'毗騫國', 去'扶南'八千里. 傳其王身長丈二, 頭長三尺, 自古不死, 莫知其年. 王神聖, 國中人善惡及將來事, 王皆知之. 是以無敢欺者, 南方號曰, '長頸王.' 國俗有室屋衣服, 噉粳米, 其人言語小異扶南. 有山出金, 金露生石上, 無央限也. 國法刑人並於王前噉其肉. 國內不受估客, 有往者, 亦殺而噉之. 是以商旅不敢至. 王常樓居, 不血食, 不事鬼神. 其子孫生死如常人, 唯王不死. 扶南王數使與書, 相報荅, 常遺扶南王純金五十人食器, 形如圓盤又如瓦甌名爲'多羅'受五升, 又如椀者受一升. 王亦能作天竺書, 書可三千言, 說其宿命所由, 與佛經相似, 竝論善事."

남해에 비건국毘騫國이 있는데 그 나라 임금은 키가 5척이고, 얼굴 길이가 3척이다. 그는 오래도록 죽지 않았으나 그의 자손과 백성은 나고 죽는 것이 보통 사람과 같았다.

근세소설에 『자불어子不語』[2]라는 책이 있다. 그 내용은 대부분 황당무계하여 근거가 없는 것이지만, 그 책에 비건국의 일을 다음과 같이 부연해 놓았다. "그 임금은 수십 명의 처자식을 얻고 잃었다." 또한 다음과 같은 내용도 담고 있다.

한 번은 어떤 어부가 표류하여 그 나라에 이르렀는데, 그 나라 임금이 그를 불러 말했다.

"네가 표류하여 이곳에 들어온 것이 지금이 벌써 세 번째다."

그러자 그 사람이 크게 놀라며 말했다.

"제 평생 한 번도 바다에 표류한 적이 없고, 지금 처음으로 여기에 이르렀는데 임금께서는 어찌 세 번이라 하십니까?"

"너는 믿지 못하느냐?"

왕은 신하에게 명하여 태고太古 적에 만들어진 첫 번째 문서를 가지고 오게 하여 열람하고, 한 조목을 가리켜 그 사람에 보여 주었다. 과연 아무 해 아무 달 아무 날에 어느 나라 사람 아무개가 표류하여 비건국에 도착했다고 적혀 있는 것이었다. 그 사람이 놀라 그것을 보니 곧 자기 이름이었고, 해와 달과 날짜도 또한 그 날이었다. 임금이 태고 적에 만들어진 두 번째 문서를 가지고 오게 명하니 마찬가지였다. 임금이 말했다.

"그렇지 아니한가?"

"이 어찌된 영문입니까?"

---

2) 『자불어子不語』: 청淸나라 때 원매袁枚(1716~1797)가 지은 지괴소설志怪小說. 당시에 널리 읽혀졌다. 이 제목은 『논어論語』의 "공자孔子께서는 괴력난신怪力亂神을 말하지 않았다[子不語怪力亂神]"는 구절에서 유래한 것으로, 처음에 24권으로 출간하였고, 뒤에 속편 10권이 더 출간되었다. 원매는 뒤에 원元나라 때에도 『자불어』라는 책이 있었다는 것을 알고 제목을 『신제해新齊諧』로 바꾸었다.

"지금은 천지가 세 번째 개벽하였느니라. 세상 만물과 만사가 만들어질 적에 모든 것이 한 번 정해진 격식이 있기 때문에 개벽할 적마다 바뀌기 어려워 하나같이 첫 번째 과정을 따랐기 때문에 네가 이곳에 표류하게 된 것이니라. 뒤에 또한 몇 차례나 더 올지는 참으로 모를 일이다."

대체로 그 내용은 매우 망령되어 가소로울 뿐이다.

내가 일찍이 이 이야기를 유하游荷[3]에게 말했다.

"사람이 오래 사는 것이야 좋은 일이지만, 죽지 않는다면 승천昇天하거나 산에 들어가 신선이 되는 것도 좋을 것이라네. 만약 비건국의 임금처럼 여러 번이나 많은 처자식을 잃고 혼자서 장수와 부귀를 누린다면 어찌 슬프지 않겠는가?"

그러자 유하가 크게 웃으며 말했다.

"이것이 어찌 슬퍼할 일이냐! 처자식이 처음 죽으면 혹 슬플지 모르지만, 수십 차례나 죽게 되면 마침내 슬프지 않을 것일세. 더구나 손자와 증손자 이후로는 길을 가다가 만난 남처럼 보게 될 것임에 틀림없을 것이네. 내 생각에 가장 슬픈 일이 있을 법 하다네. 임금이 처음에는 풍후風后나 역목力牧[4]같은 사람을 재상과 장군으로 삼았을 것이나, 세월이 지나면서 저들도 죽게 되었을 것이네. 결국에는 권돈인權敦仁[5]을 재상으

3) 유하游荷 : 조병구趙秉龜(1801~1845). 본관은 풍양豊壤, 자는 경보敬寶, 시호는 문숙文肅. 신정왕후神貞王后(翼宗의 妃)의 오빠. 1822년(순조 22) 사마시에 급제하고 1827년 증광문과에 급제하였으며, 대사성, 규장각직제학, 금위대장, 훈련대장, 한성부판윤, 예조판서, 이조판서 등을 역임하면서 풍양 조씨 세도의 일익을 담당하였다.

4) 풍후風后・역목力牧 : 『사기史記』 「오제본기五帝本紀」에 "擧風后・力牧・常先・大鴻, 以治民"이라는 말이 있는데, 이에 대해 당唐나라 장수절張守節의 『정의正義』에 "황제黃帝가 큰 바람이 불어 천하의 더러운 먼지가 다 날아가는 꿈을 꾸고는 성이 '風', 이름이 '后'인 사람을 찾다가 바닷가에서 풍후를 만나 그를 재상으로 삼았으며, 또 어떤 사람이 천균千鈞의 쇠뇌를 들고 수만 마리의 양떼를 모는 꿈을 꾸고는 성이 '力', 이름이 '牧'인 사람을 찾다가 대택大澤에서 역목을 만나 그를 장수로 삼았다"는 『제왕세기帝王世紀』의 내용을 소개하고 있다.

5) 권돈인權敦仁(1783~1859) : 본관은 안동安東, 자는 경희景羲, 호는 과지초당노인瓜地草堂老人・이재彝齋, 시호는 문헌文獻. 1813년(순조 13) 증광문과에 병과로 급제하였

로 삼고 임성고任聖皐[6])를 장군으로 삼아야 할 날이 오게 될 것이니, 이 일이 가장 슬플 듯하다네. 처자식을 잃는 것이야 으레 있는 일이니 어찌 슬퍼하겠는가?"

그 자리에 함께 있던 사람들이 이 말을 듣고 모두 포복절도하였다. 당시 권돈인은 바야흐로 영의정이었고, 임성고는 훈련대장이었기 때문에 이렇게 말한 것이다. [유하遊荷는 문숙공文肅公 조병귀趙秉龜의 자호自號이다].

<u>長生國</u>

南史南蠻傳, 載南海中有毘騫國, 其國王, 身長五尺, 面長三尺, 萬古不死, 其子孫及國人, 生死如常.

近世小說有子不語一書, 多荒誕不經, 而其書遂演毘騫國事, 有曰, "國王喪妻子幾十人." 又謂, "有一海人, 嘗漂到其國. 國王召見曰 '汝漂入此地, 今爲三次矣.' 其人大驚曰 '某平生未嘗漂海, 今乃初到, 大王何云三次?' 王曰 '汝不信乎?' 命左右, 取初次盤古成桉來. 王閱之, 指示一條, 果以某年月日某國人某, 漂到毘騫國. 其人驚駭視之, 乃渠名而年月日, 亦是日也. 王又命取再次盤古成桉來, 亦如之. 王曰, '不然乎?' 其人答曰, '此何故也?' 王曰, '今天地爲第三開闢, 而其創設萬物萬事, 皆有一番定例. 故每一開闢, 難於變易, 一從初次爲之. 汝之漂此, 實不知後亦幾次來矣.'" 蓋其說甚妄可笑也.

余嘗以是語及遊荷曰, "人之長生雖好, 不死則上天入山可也. 如毘

으며, 벼슬은 영의정에 이르렀다. 추사秋史 김정희金正喜의 절친한 벗으로 그와 예술적 취향을 함께 하였다.

6) 임성고任聖皐(1773~1853) : 본관은 풍천豊川, 자는 중안仲岸·덕민德民, 호는 우연옹偶然翁, 시호는 무의武毅. 1795년(정조 19) 무과에 급제하였으며, 1811년 홍경래의 난 때 박천군수博川郡守로 있다가 포로가 되어 고문과 회유로 항복을 강요받았으나 끝내 거부하였다. 훗날 한성부판윤·어영대장·훈련대장 등을 거쳐 형조판서刑曹判書에 이르렀다.

奪國王, 喪幾妻子, 獨享長年富貴, 豈不可悲!" 遊荷大笑曰, "此何足悲也? 妻子初死則或可悲, 而至於幾十死則終無可悲, 又況孫曾以後, 當視路人矣. 吾則以爲當有最可悲者, 王之初, 必以風后力牧爲將相, 旣久則彼亦當殺, 下終以權敦仁爲相, 任聖皐爲將, 此事最可悲. 如喪妻子常也, 烏足悲也!"

座皆絶倒. 時權方爲領相, 任方爲訓將故云. [遊荷, 趙文肅秉龜自號也.]

## 옛사람의 체격

나의 외가에 있는 오래된 가장家藏 물품 중에 일천一川[7] 지방에서 나는 아주 좋은 말가죽으로 만든 갖옷이 한 벌 있는데, 비록 낡았으나 아직은 입을 수 있다. 내 이종형姨從兄인 유홍근柳弘根(字 : 毅仲)이 입어 보았더니, 그 길이가 몇 자 가량 땅에 끌릴 정도였다. 이는 우리 외가 7대조 청풍부원군淸風府院君 충익공忠翼公[8]이 입으시던 옷이다.

이종형은 키가 커서 평균 키를 충분히 넘고, 충익공도 일찍이 키가 컸다고 일컬어지지 않았는데, 지금 사람의 키에 이 갖옷을 대어 보면 한 길 반은 충분히 된다. 이를 미루어 보면 옛사람들 몸집의 크기를 알 수 있다. 그러나 인물은 세월이 흐름에 따라 점점 못하니, 옛사람들도 당연히 그전 사람들에 미치지 못함을 스스로 한탄하였을 것이다.

이전 시대로 거슬러 올라가 말해본다면, 삼대三代·한漢·당唐의 사람

7) 원문은 '有一川馬皮裘'임. '일천一川'의 '천川'은 '천天'의 오자인 듯하다.

8) 충익공忠翼公 : 김우명金佑明(1619~1675). 본관은 청풍淸風, 자는 이정以定. 김육金堉의 아들. 현종顯宗의 장인. 1642년(인조 20) 진사가 되어 장릉참봉 등을 역임하다가, 현종이 즉위하자 국구國舅로서 청풍부원군淸風府院君에 봉해졌다.

들 대부분이 혹 방풍씨防風氏[9]만큼이나 컸을까? 어찌 그럴 리가 있겠는가? 예로부터 지금까지 그 시대마다 각각 키가 큰 사람이 있으면 작은 사람도 있었다. 이를테면 순舜임금·주공周公·안영晏嬰[10]·전문田文[11] 같은 이는 모두 작고 왜소한 것으로 일컬어졌다. 또한 우禹임금·탕湯임금·문왕文王·공자孔子 같은 이는 또 모두 키가 큰 사람으로 지칭되었다. 이들은 키가 크고 작은 것이 모두 보통사람 이상이었기 때문에 특별히 써서 전하는 것이다. 그러므로 옛날 사람들은 모두 키가 크고 지금 사람들은 모두 키가 작은 것이 아니라는 것을 미루어 알 수 있다.

우리나라의 동관왕묘東關王廟와 남관왕묘南關王廟[12]의 소상塑像은 앉아 있는 모양인데 모두 매우 장대하다. 무안武安[13]이 비록 용맹이 뛰어났다 하더라도 어찌 이 정도로 컸겠는가? 대체로 옛날 사람들이 지금 사람들처럼 작지 않았으리라는 것은 옳은 말이다. 옛날에 주의周顗[14]가 스스로 자신의 배를 가리켜 웃으면서 왕도王導[15]에게 말했다.

---

9) 방풍씨防風氏 : 하夏나라 때 사람. 『사기史記』 「공자세가孔子世家」에 오吳나라가 월越나라를 쳐서 회계를 함락시키고 마디 하나가 수레에 가득 차는 사람 뼈를 발견하고는[得骨節專車] 역사상 누구의 뼈가 가장 컸는지 공자에게 묻자 공자가 "우禹임금이 군신群神을 회계산會稽山에 소집하였는데, 방풍씨가 명령을 어기고 늦게 도착하였다. 우임금이 그를 죽였는데 그 뼈마디가 수레에 꽉 찼으니, 방풍씨의 뼈가 컸다"고 대답하는 대목이 나온다. 위소韋昭는 윗 대목의 '骨節專車'에 대하여 '뼈마디 하나의 길이가 수레에 꽉 찬 것이다. 專은 擅의 뜻이다[骨一節, 其長專車. 專, 擅也]'라고 주석을 달았다.

10) 안영晏嬰(?~B.C.500) : 안자晏子. 춘추春秋시대 제齊나라 사람. 자는 평중平仲. 영공靈公·장공莊公·경공景公 등 3대에 걸쳐 재상을 역임했다. 후인들이 그의 업적과 언론을 모아 『안자춘추晏子春秋』를 만들어 세상에 전했다.

11) 전문田文 : 맹상군孟嘗君. 전국戰國시대 제齊나라 사람. 전영田嬰의 아들로 설공薛公이라 칭했으며, 전국시대 사공자四公子 중 한 사람이다. 천하의 선비들을 불러 모아 식객食客이 항상 수천을 헤아렸다.

12) 동관왕묘東關王廟와 남관왕묘南關王廟 : 관왕묘는 본래 관우關羽를 모시기 위해 건립한 묘당廟堂이다. 관성묘關聖廟라고도 한다. 1598년에 숭례문 밖에 남관왕묘가 건립되고, 동관왕묘는 1599년에 짓기 시작하여 1601년에 건립되었다.

13) 무안武安 : 관우關羽를 가리킨다. 사람들이 관우의 죽음을 애통해 하여 사당을 세워 받들자, 그 사당이 많아져 나중에 무안왕武安王에 봉해졌다.

14) 주의周顗(269~322) : 동진東晉 때 사람. 자는 백인伯仁.

15) 왕도王導(276~339) : 동진東晉 때 재상. 자는 무홍茂弘. 낭야瑯邪 출신. 진晉나라가

"이 배는 그대들 수백 사람을 용납할 수 있을 것이다."

이것은 비록 농담이지만 배가 또한 반드시 컸을 것이다. 또 맹업孟業[16]은 몸집이 크고 몸무게가 천근에 이르렀다. 그가 한 번은 여름날에 배를 드러내놓고 낮잠을 잤는데 손자 녀석들이 장난삼아 배꼽에 익은 자두 열매를 7개나 우겨 넣고는 달아났다. 그가 며칠이 지나도록 알지 못했는데, 자두 열매가 문드러져 붉은 물이 흘러나왔다. 그는 깜짝 놀라 장腸이 썩어 죽게 되었다고 여기고 밤낮으로 울부짖어 두 눈이 퉁퉁 부었다고 하였으니, 우스운 일이다.

그 뒤에 당나라 안록산安祿山[17]은 몸무게가 800근이나 되어 초거軺車[18]를 탈 수 없었고, 말 3마리가 끄는 수레로도 감당할 수 없었다. 이들은 모두 옛사람 중에 가장 몸집이 무겁고 큰 사람들이니, 어찌 옛날 사람들 모두가 이와 같았겠는가.

古人身長

余外家舊藏, 有一川馬皮裘, 雖弊猶可着. 余之姨兄柳公弘根毅仲氏, 嘗着立之, 其長墜地, 幾尺許, 此蓋余外七代祖淸風府院君忠翼公所着也. 姨兄身長, 洽過中身, 忠翼公, 未曾以身長見稱, 而此裘在今人, 足可謂一身有半. 以此推之, 前輩軀幹之瑰偉, 可知也. 然人物漸

---

이민족의 침략으로 남쪽으로 천도할 무렵 낭야왕이었던 사마예司馬睿(元帝)를 보좌하여 건강建康(南京)에 들어갔으며, 강남호족들의 협력을 얻어 북방에서 망명해 오는 인사들을 포섭하여 동진왕조의 기초를 닦았다. 원제·명제明帝·성제成帝 등 세 황제의 재상으로서 큰 공을 세웠다.

16) 맹업孟業(?~577) : 북제北齊 때 사람. 자는 경업敬業. 벼슬할 때는 청렴하고 정직했으며, 백성들에게 관대하고 은혜롭다고 일컬어졌다.

17) 안록산安祿山(?~757) : 당나라 현종玄宗 때의 무장. 평로절도사平盧節度使로 발탁되어 현종의 총애를 받고 양귀비의 양자養子가 되기도 하였다. 양귀비의 오빠인 양국충楊國忠과 반목이 생기자 755년 범양范陽에서 거병하여 낙양을 공략한 후 웅무황제雄武皇帝라 칭하고 국호를 연燕, 연호를 성무聖武라 하였으나 그 아들 경서慶緖 및 이저아李猪兒에게 피살당했다.

18) 초거軺車 : 말 한 마리가 끄는 작은 수레.

降, 在前輩, 又當自歎其不及前輩矣.

向上以言之, 溯至三代漢唐, 其人擧皆如防風氏乎? 豈其然乎? 繇古迄今, 代各有長人短人, 如大舜周公晏子田文, 皆稱短小, 如夏禹成湯文王孔子, 又皆以身長見稱, 以其長短, 皆過常人. 故特書以傳之. 其非古人皆長, 今人皆短, 可以意推也.

我國東南, 關廟塑像, 是坐本, 而皆極壯大, 武安雖武勇絶人, 豈至如是? 盖古人不至如今人之眇小則然矣. 昔周顗, 自指其腹, 笑謂王導曰, "此腹, 可容君輩數百人." 此雖戲言, 腹亦必大矣. 且孟業, 體大重至千斤. 業夏日嘗露腹晝眠, 孫兒輩, 戲將熟李實, 筭納臍孔, 至七枚, 兒皆走. 業不知經幾日, 李爛流出赤水, 業大驚以爲腸腐當死, 晝夜號泣, 兩目幾腫, 可笑也.

其後, 唐之安祿山, 重八百斤, 軺車不能載, 三馬不能勝. 此皆古最重且大者, 豈古人而人人如是也?

## 비문에 대한 사례

옛날의 문인은 남이 비문을 부탁할 적에 사례를 후하게 하지 않으면 지어주지 않았다. 이는 그 재물을 탐해서가 아니요, 비문 짓는 일을 중하게 여기고 자신의 글을 아꼈기 때문이다. 당나라의 북해北海 이옹李邕[19]은 이름난 가문의 자손으로 글을 잘 지었고 게다가 글씨도 잘 써서 남에게 비문

19) 이옹李邕(678~747) : 당나라 때 사람. 자는 태화泰和. 이선李善의 아들. 문장에 능하고 글씨를 잘 써서 명성이 높았다. 북해태수北海太守를 역임하여 세상 사람들이 이북해李北海라고 불렀다.

을 많이 지어 주었다. 두보杜甫[20]의 시에 다음과 같은 구절이 있다.

| | |
|---|---|
| 干謁滿[21]其門, | 글 받으려는 자 문전성시門前成市요, |
| 碑版照四裔. | 그의 비문 사방을 비춘다. |

이 구절은 그러한 사정을 말해준다. 이옹이 매양 글 한 편을 지어낼 적마다 수레에는 황금이 산처럼 쌓였다. 그러므로 예로부터 글로써 재물을 모은 자는 이북해만한 사람이 없었다.

황보지정皇甫持正[22]이 진국공晉國公 배도裵度[23]의 막하에 있을 때, 진국공이 천복사薦福寺 중수비重修碑의 비문을 짓도록 명하고 그 대가로 비단 300필을 주었다. 황보지정은 크게 화를 내며 말했다.

"내 글이 3,000자이고 글자 한 자 마다 비단 한 필을 받아야 되는데 어찌 이처럼 소홀히 대접하십니까?"

공이 웃고는 마침내 3,000필을 비문을 지은 대가로 주었다. 당나라 때에 사람들이 글을 스스로 중하게 여기고 재물을 넉넉하게 준 것이 대체로 이와 같았다.

---

20) 두보杜甫(712~770) : 성당시대盛唐時代의 시인. 자는 자미子美, 호는 소릉少陵. 과거에 급제하지 못해 각지를 방랑하며 불우한 생활을 했으며, 성도成都의 절도사 엄무嚴武의 막료幕僚로서 공부원외랑工部員外郎의 관직을 지내 '두공부杜工部'라고 불리기도 한다. 장편의 고체시古體詩는 당시 사회상을 고발하고 있어 시사詩史라 일컫는다. 시성詩聖이라 불리며, 또 이백李白과 병칭하여 이두李杜라고 일컫는다.

21) 滿 : 두보杜甫의 「팔애시八哀詩」 중 다섯 번째 시인 「증비서감강하이공옹贈秘書監江夏李公邕」에는 '走'로 되어 있다.

22) 황보지정皇甫持正 : 황보식皇甫湜(777~835). 당나라 때 사람. 지정持正은 그의 자. 헌종憲宗 원화元和 원년에 진사가 되어 벼슬은 공부낭중工部郎中에 이르렀다. 한유韓愈를 따라 고문을 배워 이고李翱, 장적張籍과 이름을 나란히 하였다.

23) 배도裵度(765~839) : 당나라 때 사람. 자는 중립中立, 시호는 문충文忠. 서실을 영휘정迎暉亭·오교장午橋莊이라고 불렀다. 채주자사蔡州刺使 오원제吳元濟가 반란을 일으키자 그를 사로잡았으며, 그 공로로 진국공晉國公에 봉해졌다. 후에 여러 벼슬을 거치면서 그 이름을 사해四海에 떨쳤으며, 환관들이 정치를 어지럽히자 수도의 동쪽에 별장을 지어 녹야초당綠野草堂이라 하였다. 여러 명사名士들과 술 마시고 시를 지으며 세상의 일에 대해서 다시는 묻지 않았다고 한다.

또한 유차劉叉[24]가 한문공韓文公[25]의 문하에서 지낼 적에 일찍이 한문공의 황금 몇 근을 훔쳐 가면서 말했다.

"이것은 무덤에 묻힌 사람에게 아첨하여 얻은 것이니, 나에게 주어 만수무강을 비는 것만 못할 것이다[此諛墓中人所得, 不若與劉叉爲壽]."[26]

한문공 또한 글을 지어준 사례로 받았기 때문이다.

명나라 엄주弇州[27]는 사람들에게 글을 지어준 것이 매우 많았는데, 부유한 상인이나 큰 장사치 같은 자들은 모두 후하게 사례하고 비문을 받았다. 그러므로 명나라 때에 글을 팔아 치부致富한 인물로는 엄주가 최고였다.

글뿐만 아니라 글씨 또한 이와 같다. 우리나라의 정승 치천稚川 윤방尹昉[28]은 오음梧陰 윤두수尹斗壽[29]의 맏아들이다. 그가 일찍이 오음의 신도

---

24) 유차劉叉 : 당나라 때 사람. 호는 팽성자彭城子. 술로 인해 살인을 하고 망명했다가 나중에 사면되어 크게 깨우치고 독서하였다. 시가詩歌에 빼어나고 풍격은 호방했으나, 험괴險怪하고 난삽한 병폐가 있었다고 한다.

25) 한문공韓文公 : 한유韓愈(768~824). 자는 퇴지退之, 시호는 문공文公. 792년 진사에 급제하여 벼슬은 이부시랑吏部侍郎까지 이르렀다. 문학에 있어 종래의 변문騈文에 반대하고 고문古文운동을 창도하여, 송대 이후 중국 산문문체의 표준이 되었다. 또한 유가의 사상을 존중하고 도교·불교를 배격하여, 송대 이후 도학道學의 선구자가 되었다. 사후에 문인인 이한李漢이 그의 글을 모아 『창려선생집昌黎先生集』을 간행하였다.

26) 이것은 …… 것이다 : 『신당서新唐書』 「한유전韓愈傳」에는 '此諛墓中人得耳, 不若與劉君爲壽'로 되어 있다.

27) 엄주弇州 : 왕세정王世貞(1528~1593). 명明나라의 대표적 문인. 자는 원미元美, 호는 봉주鳳洲·엄주산인弇州山人. 가정嘉靖 26년 진사가 되어 벼슬은 형부상서刑部尙書에 이르렀다. 이반룡李攀龍과 함께 후칠자後七子의 영수로서 하경명何景明·이몽양李夢陽 등 전칠자의 복고운동을 계승하였다. 『사고전서총목제요四庫全書總目提要』에서는 "이몽양의 설이 나오자 시문을 배우는 자들이 반고班固와 사마천司馬遷, 이백李白과 두보杜甫를 표절하였고, 왕세정의 문집이 나오자 배우는 자들이 드디어 왕세정을 표절하게 되었다[自李夢陽之說出, 學者剽竊班馬李杜, 自世貞之集出, 學者遂剽竊世貞]"라고 하여 명대 문학사에서 그의 위치를 자리매김하고 있다. 저서에 『엄주산인사부고弇州山人四部稿』, 『엄주산인사부고속고弇州山人四部稿續稿』, 『예원치언藝苑巵言』, 『엄산당별집弇山堂別集』 등이 있다.

28) 윤방尹昉(1563~1640) : 본관은 해평海平, 자는 가회可晦, 호는 치천稚川, 시호는 문익文翼. 이이李珥의 문인. 1588년 식년문과에 급제하여 벼슬이 영의정에 이르렀다. 저서에 『치천집稚川集』이 있다.

비문을 가지고 연경燕京에 들어가 왕휘王煇[30]의 글씨를 받으려고 하였는데, 폐백으로 장만한 것은 겨우 백면지白綿紙[31] 오백 묶음이었다. 왕휘가 폐백이 보잘 것 없다고 생각해 화를 내고 써 주려 하지 않자, 치천은 날마다 찾아가서 간청했다. 왕휘가 그 글을 보고서 말했다.

"비문이 매우 아름다워 내 마땅히 써 주기는 할 것이다. 그러나 보잘 것 없는 폐백으로 나를 깔보니 해서楷書로는 써 줄 수 없다."

드디어 반행半行·반초半草로 써 주니 치천이 부득이 그 글씨를 받아 가지고 와서 비석에 새겨 넣었다. 중국 사람들이 스스로를 무겁게 여기는 것이 대개 이와 같았다. 비문은 간이簡易 최립崔岦[32]이 지었다. 왕휘는 당시 병부시랑兵部侍郎으로 글씨를 잘 써서 천하에 유명했다고 한다. 내가 그 탁본[榻本]을 보니 과연 글씨는 잘 썼으나, 비문에 행서行書와 초서草書를 쓰는 것은 예로부터 있지 않은 일이다.

## 碑版厚幣

古之文人, 爲人碑版, 非厚幣不作, 此非貪其財也, 重其事而惜其文故也. 唐之李北海邕, 以名家子, 善屬文, 又工書而多作人碑版文字. 杜詩有, '干謁滿其門, 碑版照四裔'之句, 是耳. 邕每一篇出, 輦金如

---

29) 윤두수尹斗壽(1533～1601) : 본관은 해평海平, 자는 자앙子仰, 호는 오음梧陰, 시호는 문정文靖. 이황李滉·이중호李仲虎의 문인. 1558년(명종 13) 식년문과에 을과로 급제하여 벼슬이 영의정에 이르렀다. 저서에 『오음유고梧陰遺稿』 등이 있다.

30) 왕휘王煇 : 명나라 사람으로, 구체적인 사적은 알 수 없다. 하지만 『숙종실록』 31년(1705) 12월 10일을 보면 지평 윤세유尹世綏의 상소上疏에 윤방尹昉과 윤휘尹暉가 1613년과 1620년에 잇따라 연경燕京에 가서 왕휘王煇에게 비문碑文을 써 달라고 청하였다는 말이 나온다. 이를 보아 왕휘는 당시 중국의 명필로 우리나라에 이름이 알려졌던 인물인 듯하다.

31) 백면지白綿紙 : 무명으로 만든 두껍고 잘 찢어지지 않는 천으로, 글씨를 쓰는데 사용한다.

32) 최립崔岦(1539～1612) : 본관은 통천通川, 자는 입지立之, 호는 간이簡易·동고東皐. 1561년 식년문과에 장원급제하여 벼슬이 형조참판에 이르렀다. 당대에 문장가로 이름을 떨쳤으며 시詩에도 탁월하고 글씨는 송설체松雪體로 일가를 이루었다. 차천로車天輅의 시, 한호韓濩의 글씨와 함께 송도삼절松都三絶이라 하였다. 저서로 『간이집簡易集』이 있다.

山, 故自古, 以文聚貨者, 無如北海也. 皇甫持正, 在裵晉公幕下, 以晉公命製薦福寺重修碑, 公酬縑三百疋. 持正大怒謂, "吾文三千字, 當一字一疋, 豈可如是少之?" 公笑之, 竟酬三千疋. 唐世人文之自重, 財之豪富, 蓋如是矣. 又劉乂遊韓文公門, 嘗盜文公金數斤去曰, "此諛墓中人所得, 不若與劉乂爲壽." 文公亦嘗受文幣故也. 明之弇州, 爲人作文甚多, 如富商大賈, 皆以厚幣受其碑碣. 故明世鬻文致富, 弇州爲最. 非但文也, 書亦如是. 我朝稚川尹相公昉, 梧陰公伯子也. 嘗以梧陰神道碑文, 入燕, 欲受王㷺之筆, 而賚幣則纔白綿紙五百束. 王以幣薄, 怒不肯書. 稚川日往哀懇, 㷺覽其文曰, "碑文甚美, 吾當許之, 然薄幣藐吾, 不可楷書." 遂以半行草書給, 稚川不得已受來刻立. 中國人自重, 類如此矣. 碑文崔簡易所製, 王時爲兵部侍郎, 而以工書, 名天下云. 余見其榻本, 果善書而碑版之行草, 古未有也.

## 구양수歐陽修의 「상강천표瀧崗阡表」와 주자朱子가 악비岳飛를 혐의한 일

구양수歐陽修[33]가 「상강천표」[34]를 짓고 묘 앞에 비석을 세웠는데, 어느 날 저녁 강 물결이 갑자기 용솟음쳐 그 비석을 삼켜 버렸다. 황정견黃

33) 구양수歐陽修(1007~1072) : 송나라 때 사람. 자는 영숙永叔, 호는 취옹醉翁·육일거사六日居士·구양관자歐陽觀子, 시호는 문충文忠. 인종仁宗 천성天聖 8년 진사가 되어 벼슬은 한림학사翰林學士에 이르렀다. 시詩·사詞·문文 각 체에 능해 당시 고문운동의 영수가 되었으며, 당송팔대가唐宋八大家 중 한 사람이다. 일찍이 왕안석王安石의 신법新法에 반대하고 주장을 굽히지 않았다고 한다.

34) 상강천표瀧崗阡表 : 상강은 지명으로 송나라 때 구양수歐陽修가 이곳에 아버지를 장례 지내고 「상강천표」를 지어 올렸다. 천표阡表는 묘표墓表와 같다.

庭堅[35]이 격문檄文을 지어 용신龍神을 타이르니, 어느 날 저녁에 비석이 홀연히 돌아와 묘 앞에 서 있었다.

또 남송 초기에 악무목岳武穆[36]이 서기書記로 주위재朱韋齋[37]를 불러 막하幕下에 두었는데, 군대의 일로 악무목이 화가 나서 주위재를 잡아들이게 하고 장형杖刑을 집행해서 혹독하게 다루니 거의 죽다가 살아났다. 이 때문에 주문공朱文公[朱熹]이 절대로 악무목의 충忠・용勇에 대해서는 말하지 않았으니, 이 일을 혐의했기 때문이다.

이 두 가지 이야기는 내가 어릴 적 어른들께 들었는데 아직도 어느 책에 실려 있는지 알지 못하니 뒷날 다시 고증할 때를 기다려야 할 것이다.

### 瀧崗阡表

歐公作瀧崗阡表, 竪石墓前. 一夕, 江波忽湧, 捲入其碑. 黃魯直作檄文, 喩龍神, 又一夕, 碑忽還立墓前. 又南渡初, 岳武穆以書記辟朱韋齋在幕下, 因軍事, 武穆發怒捽入韋齋, 決杖亂下, 幾死僅甦. 以是文公絶不道武穆忠勇, 蓋嫌之也. 此二條語, 余幼少時, 聞於長者, 尙未知見載何書, 當俟更考.

---

35) 황정견黃庭堅(1045～1105) : 송나라 때 사람. 자는 노직魯直, 호는 부옹涪翁・산곡도인山谷道人. 영종英宗 치평治平 4년에 진사가 되어 벼슬은 비서승秘書丞에 이르렀다. 시사詩詞・문장에 뛰어나 소식蘇軾에게 인정을 받았으며, 당시 장뢰張耒・조보지晁補之・소식과 함께 사학사四學士로 불렸다. 시에 있어 두보를 숭상하고 수사修辭를 중시하여, '한 글자도 근거가 없는 말은 없다'고 강조하여 강서시파江西詩派를 개창하였다. 저서로『예장황선생문집豫章黃先生文集』30권이 있다.

36) 악무목岳武穆(1103～1142) : 악비岳飛. 송나라 때 사람. 자는 붕거鵬擧, 시호는 무목武穆. 휘종徽宗 선화宣和 연간에 종군하여 일찍부터 금金나라 병사들과 전쟁하여 많은 공적을 쌓았다. 뒤에 모함을 받아 옥에 갇히고 피살되었다. 효종孝宗 때 무목武穆이란 시호를 추증 받고 뒤에 충무忠武로 고쳤다. 영종寧宗 때 악왕鄂王에 봉해졌다.

37) 주위재朱韋齋(1097～1143) : 주송朱松. 송나라 때 사람. 자는 교년喬年, 호는 위재韋齋. 주희朱熹의 아버지.

## 능묘의 도굴

지난 시대의 제왕들은 모두 지나칠 정도로 장례를 후하게 치렀다. 비단 여산驪山[38]의 은해銀海와 금부金鳧[39]뿐만 아니라, 왕릉에다 진귀한 노리개와 보배로운 물건을 채워 넣지 않은 경우가 없었다. 이 때문에 마침내 도굴의 화를 면하지 못하였다. 제왕들의 몸은 이미 죽고 뼈는 이미 썩어, 비록 그 주검을 가루 내더라도 까마득히 알지 못할 것인데, 하물며 그들이 평소에 좋아하던 물건인들 어찌 아까워할 수 있겠는가? 어찌 그렇게 어리석은가?

적미赤眉[40]의 난리에 장릉長陵[41] 이하가 모두 도굴되었고, 여후呂后[42]의 옥곽玉槨도 번숭樊崇[43]이 쪼개어 부수고 없애버렸다. 유독 파릉灞陵[44]

38) 여산驪山 : 섬서성陝西省 임동현臨潼縣 동남쪽에 있다. 남전현藍田縣 남전산藍田山과 이어져, 여산麗山 또는 여융산麗戎山이라 부른다. 여기서는 진시황秦始皇의 무덤을 가리킨다.

39) 은해銀海・금부金鳧 : 은해銀海는 진시황릉의 안에 수은水銀을 채워 만든 인공 호수를 가리키고, 금부金鳧는 왕릉에 부장하기 위해 금으로 만든 새를 말한다.

40) 적미赤眉 : 서한西漢 말에 번숭樊崇 등이 주도한 농민봉기군을 가리키는데, 눈썹에 붉은 색을 칠해서 왕망王莽의 군대와 구별하였기 때문에 이렇게 부른다.

41) 장릉長陵 : 한漢나라 고조高祖의 능陵으로 섬서성陝西省 함양현咸陽縣 동쪽에 있다.

42) 여후呂后(B.C.241~B.C.180) : 고조高祖의 황후로 여태후呂太后 또는 고후高后로 불린다. 이름은 치雉, 자는 아후娥姁. 천하를 통일한 후, 모략으로 고조를 도와 한신韓信・팽월彭越 등을 제거하고, 아들 혜제惠帝가 즉위하자 척부인戚夫人을 학살하고 월越 왕을 독살하였다. 혜제가 죽은 뒤에는 조정에서 정권을 쥐고 고조의 옛 신하들을 배척했다. 그녀가 죽고 나서 주발周勃・진평陳平에 의해 여씨呂氏 집안은 죽임을 당했다. 그녀는 16년간 정권을 장악했다.

43) 번숭樊崇(?~27) : 신망新莽 말엽의 사람. 자는 세군細君. 왕망王莽 천풍天風 5년 백여 인을 거느리고 거莒 땅에서 반란을 일으켜, 굶주린 백성들의 지지를 받아 왕망의 군대를 대파했다. 군대는 십여 만에 이르렀으며, 적미군赤眉軍이라 부르며 우두머리가 되었다. 경치更治 3년 유분자劉盆子를 옹립하고 장안長安으로 진군하여 유현劉玄 정권을 전복하였다. 그러나 광무제光武帝 건무建武 3년 식량이 떨어져 장안에서 쫓겨난 후, 유수劉秀에게 패하여 항복하였다. 이후 재기를 도모하다가 피살되었다.

44) 파릉灞陵 : 한漢나라 문제文帝의 능陵으로 섬서성陝西省 서안시西安市 동쪽에 있다.

만이 무사했는데 이것은 그의 덕망을 사모해서가 아니다. 문제文帝는 산을 따라서 능陵을 만들고, 모거茅車[45]와 목마木馬를 사용해 장사지내, 천하 사람들이 모두 문제의 검소함을 알았고, 도적들도 또한 탐낼 만한 물건이 없다는 것을 알았기 때문이다. 그 뒤로 여러 왕릉王陵 중에 비록 당唐 태종太宗[46]의 현명함으로도 『정무진첩定武眞帖』[47]을 함께 묻은 것이 뒷날 해가 될 것을 깨닫지 못하였고, 또한

昭陵玉匣走天涯　소릉昭陵[48]의 옥갑玉匣[49]이 하늘 끝으로 달아났네.[50]

라는 시 구절이 지어지는 것을 면하지 못하였으니 매우 탄식할 일이다.

또한 진晋나라 때 급군汲郡에 살던 사람이 위魏나라 안리왕安釐王[51]의 무덤을 도굴해서 『주서周書』를 얻었다.[52] 이런 까닭으로 송宋의 도군道

---

45) 모거茅車 : 띠로 만든 수레.

46) 당唐 태종太宗(599~649) : 이세민李世民. 고조高祖의 둘째 아들. 시호는 문황제文皇帝. 수隋나라 말기 고조高祖를 도와 군대를 일으켜 통일의 대업을 이룩하였다. 이후 형 이건성李建成과 아우 이원길李元吉을 제거하고 태자가 되어 제위에 올랐다.

47) 『정무진첩定武眞帖』 : 당태종은 왕희지王羲之의 글씨를 무척 좋아하였는데, 왕희지의 「난정서蘭亭序」 진본을 얻자 신하들에게 그것을 임모臨摹하여 돌에 새기게 하였다. 여러 차례의 전란戰亂에 이 석각石刻도 부침을 겪었는데, 나중에 정무군定武軍 소재지에 옮겨져서 이를 『정무난정첩定武蘭亭帖』이라 일컫게 하였다. 『정무진첩』은 그 석각의 모본이 된 왕희지의 친필본으로, 태종의 명으로 그의 능에 부장되었던 것이다.

48) 소릉昭陵 : 당 태종의 능陵으로 섬서성陝西省 예천현醴川縣 동북쪽의 구종산九嵕山에 있다.

49) 옥갑玉匣 : 옥으로 꾸민 갑으로 옥합玉柙이다.

50) 소릉昭陵의 …… 달아났네. : 임경희林景熙, 『제산문집霽山文集』 권3, 「몽중작사수夢中作四首」 중 제3수 "昭陵玉匣走天涯, 金粟堆前起暮鴉. 水到蘭亭轉嗚咽, 不知眞帖落誰家?"를 보면 이런 구절이 나온다.

51) 안리왕安釐王 : 전국戰國시대 위魏나라 제7대 임금.

52) 『주서周書』를 얻었다 : 진晋나라 태강太康 2년 급군의 불준不準이란 자가 위나라 안리왕의 무덤을 도굴해서 수십 수레의 죽서竹書를 얻었다고 한다. 발굴한 자료는 『역경易經』, 『기년紀年』, 『역요음양괘易繇陰陽卦』, 『괘하역경卦下易經』, 『공손단公孫段』, 『국어國語』, 『명名』, 『사춘師春』, 『쇄어瑣語』, 『양구장梁丘藏』, 『격서繳書』, 『생봉生封』, 『대력大歷』, 『목천자전穆天子傳』, 『도시圖詩』, 잡서로 『주식전법周食田法』, 『주서周書』, 『논초사論楚事』, 『주목왕미인성희사사周穆王美人盛姬死事』 등 도합 75편이며, 죽서는 모두 선진先秦의 과두科斗문자이다.

君[53])이 옛것을 좋아하여 이전 시대 군신君臣들의 능陵과 묘墓를 발굴하기에 이르렀으니, 고기古器·정이鼎彝[54])·서화書畵 등의 물건을 샅샅이 찾아낸 것이 매우 많았다. 지금 세상에 전하는 바 『선화박고도宣和博古圖』[55])에 실린 물건은 태반이 모두 도굴한 물건들이니 이 얼마나 어질지 못한 일인가? 이와 같이 하면서도 어찌 청성靑城에서 포로로 사로잡히는 치욕[56])을 벗어날 수 있었겠는가? 그래도 그의 소행은 양련진가楊璉眞伽[57])가 저지른 큰 변고만큼 심하지는 않았다.

원元나라 세조世祖가 몰래 요승인 총통摠統 양련진가에게 명령해서 남송·북송의 열한 개 왕릉을 발굴하게 했는데, 이종理宗의 능에서 반함飯含[58])한 야광주를 얻고는 마침내 여러 왕의 유해를 모두 모아 소와 말의 뼈와 한데 섞어서 불살라 버렸다. 당각唐珏의 동청수冬靑樹는 무엇을 근거로 분별할 수 있는지 알 수 없는데, 그 설이 각각 같지 않으니 괴이하다.[59]) 대개 지난 시대의 제왕들은 종종 조서를 내려 여러 왕릉에서 나무

53) 도군道君: 휘종徽宗을 이른다. 중국 북송北宋의 제8대 황제로 이름은 조길趙佶, 신종神宗의 아들이다. 형인 제7대 황제 철종哲宗이 병사病死하자 즉위하였다. 문화재를 수집·보호하고 서화원書畵院을 설치해서 궁정서화가를 양성하여, 문화사상 선화시대宣和時代라는 한 시기를 열었다.

54) 정이鼎彝: 종묘에 갖추어 놓는 솥.

55) 『선화박고도宣和博古圖』: 송宋 대관연간大觀年間에 왕보王黼 등이 칙명을 받들어 편찬한 책으로 총 30권이다. 휘종徽宗의 선화전宣和殿에 소장된 기물器物과 서화書畵들을 기재하였으며 총 839개 항목을 20류로 나누었다. 진위眞僞가 뒤섞여 있으며 변증한 것에 오류가 많지만, 기물器物의 모형도·기재사항·용적·중량 등을 기록해 놓고 있어 고고학 연구에 참고가 된다.

56) 청성靑城에서 포로로 사로잡히는 치욕: 청성靑城은 송나라의 수도인 개봉開封의 남훈문南薰門 밖에 있던 재궁齋宮으로 이곳에서 휘종徽宗·흠종欽宗이 금金나라 군대에게 사로잡혔다.

57) 양련진가楊璉眞伽: 이름은 찰목양라륵지札木揚喇勒智며, 서번西番의 이민족 출신 승려이다. 원나라 세조가 그를 강남불교도총통江南佛敎都總統에 봉했기 때문에 양총통이라 불렀다. 송나라 황릉은 물론 군신들의 무덤도 파헤쳐 보물을 얻었다. 뒤에 원나라 세조에게 죽임을 당하였다.

58) 반함飯含: 구슬이나 옥을 죽은 사람의 입에 물리는 것을 이른다.

59) 당각唐珏의 …… 괴이하다: 원元나라 도종의陶宗儀의 『철경록輟耕錄』 권4의 「발송릉침發宋陵寢」조에는 송나라 왕릉들이 도굴되고 황제의 유해가 버려지자 이를 수습한

하고 꼴 베는 것을 금지했다. 그러나 문장으로 갖춘 법령으로 보였을 뿐 명령이 엄히 다스려지지 않았기 때문에 범한 것이 이 지경에까지 이르렀다. 이는 당시 임금이 명철明哲하지 못한 데다 도리어 송宋·원元의 임금처럼 간사하고 세상을 어지럽히는 도적의 일까지 자행함에 있어서야 두말할 나위 있겠는가?

우리나라는 능과 묘를 막론하고 일체 검소하게 장사를 지냈기 때문에 삼국 이래로 전혀 이러한 화가 없었다. 이것은 비록 앞 시대에 징험한 것이나 또한 가난하여 갖출 수도 없었으니 어찌 다행이 아니겠는가? 한漢나라 양귀楊貴[60]는 심지어 맨몸으로 장사를 지내라고 글로써 경계를 남겼는데, 이것은 또 굽은 것을 바로잡다가 지나치게 한 것[61]이니 역시 한번 웃을 만하다.

### 陵墓盜掘

前代帝王, 皆過於厚葬, 非但驪山之銀海金鳧, 無不以珍玩寶貨充

---

사람이 있었다는 기사가 두 개 실려 있다. 하나는 당각唐珏이 주인공인데, 그는 회계會稽 사람으로 자는 옥잠玉潛이고, 호는 국산菊山이다. 양련진가楊璉眞伽가 소흥紹興에서 송의 여러 황릉을 도굴하자, 당각은 전재산을 팔아 사람들을 모아 그 유해를 난정산蘭亭山에서 장사지내고, 그 위에 동청수冬靑樹를 옮겨 심었다고 한다. 또 하나는 임경희林景熙[역주자: 林景曦로 된 곳도 있다]가 주인공인데, 그는 평양平陽 사람으로, 자는 덕양德陽이다. 그가 승려를 매수하여 고종高宗과 효종孝宗의 유해를 수습하였다고도 한다. 그리고 도종의 자신도 어떤 이야기가 옳은지 모르겠다고 하였다. 청淸나라 왕사진王士禛은 『지북우담池北偶談』 권12 「송임당양의사宋林唐兩義士」조에서 임경희의 문집인 『제산문집霽山文集』 등을 참조하여 이 두 사람이 본래 친분이 있어 함께 힘을 모아 의거義擧를 도모한 것이라 추정하고 있다.

60) 양귀楊貴(?~B.C.133) : 양왕손楊王孫. 서한西漢 때의 철학자. 한중성고漢中城固(지금의 陝西省) 출신. 일찍이 황로술黃老術을 익히고 양생법養生法을 닦아 상당한 경지에 올랐다. 나장裸葬(장례를 지낼 때 부장품을 넣지 않고 시신만을 묻는 간소한 장례)을 주장해 자신의 집안이 부유함에도 병이 들어 죽음이 임박하자 자식들에게 나장할 것을 부탁하였다.

61) 굽은 것을 바로잡다가 지나치게 한 것[矯枉過直] : 원래는 굽은 것을 바로잡으려다가 지나쳐서 도리어 중정中正을 잃은 것을 의미한다. 『후한서後漢書』 권49 「중장통전仲長統傳」에 "逮至淸世, 則後入於矯枉過正之檢"이라는 말이 나온다.

納, 故竟未免發掘之禍. 其身已死, 其骨已朽, 雖使糜粉其尸, 冥然無知, 況其平日所愛之物, 有何甚惜者乎? 何其愚也? 赤眉之亂, 長陵以下, 皆被掘, 呂后玉椁, 樊崇剖以淫之, 獨灞陵無事, 此非慕德也. 蓋文帝因山爲陵, 葬用茅車木馬, 天下皆知帝儉, 賊亦知無可慾之物故也. 其後諸陵, 雖以唐太宗之賢明, 不覺定武眞帖之爲累, 亦未免'昭陵玉匣走天涯'之詩, 殊可一歎. 且晋世汲郡, 盜掘魏安釐王塚, 得周書. 以是宋之道君, 夤緣好古, 乃至發掘前代君臣陵墓, 窮搜古器鼎彝書畵等物甚多. 今世所傳宣和博古圖, 太半皆此中物, 何其不仁也? 如是而惡能免青城俘虜之辱哉? 然而尙不至楊璉眞伽之大變也. 元世祖潛命妖僧摠統楊璉眞伽, 發南北宋十一帝陵寢, 於理宗陵, 得飯含之夜光珠, 遂盡聚諸帝遺骸, 雜牛馬骨以焚之. 唐珏之冬青樹, 未知何從以辨得, 其說各自不同, 可怪也. 大抵前代帝王, 往往有詔禁諸陵樵採, 然, 視以文具, 令不申嚴, 故所犯至此. 此已時君之不明, 而況反爲自行其奸盜亂賊之事如宋元之君乎? 我國則無論陵墓, 一切儉葬, 故三國以來, 都無此禍. 此雖懲於前世, 亦貧不能辦也, 豈非幸歟? 漢之楊貴, 至於裸葬, 遺戒有書, 此則又矯枉而過直, 亦一可笑.

## 죽음에 임해 지은 시

새는 죽으려할 때 그 울음이 구슬프고, 사람은 죽으려할 때 그 말이 선하다.[62] 그러므로 옛사람 가운데 타고난 수명을 다하지 못하고 죽는

62) 새는 …… 선하다. : 『논어論語』 「태백太伯」에서 증자曾子가 한 말이다. "曾子有疾, 孟敬子, 問之, 曾子言曰 : '鳥之將死, 其鳴也哀, 人之將死, 其言也善.'"

자는 그 절필어絶筆語가 대체로 비통하고 절박하다. 이사李斯의 '견황비창牽黃臂蒼'[63]과 육기陸機의 '화정학려華亭鶴唳'[64] 등은 뒤늦게 뉘우친 경우이다. 그러나 이사李斯의 죄악은 천하에 가득 찼으니 아무리 뉘우친들 어찌할 수 있었겠는가?

송宋나라 문천상文天祥[65]은 의대衣帶에다 찬贊을 지어, "공자孔子는 인仁을 이루라 하시고 맹자孟子는 의義를 취하라 하시니, 의를 다해야 인을 다하는 것이다. 성현의 글을 읽어 배운 것이 무엇인가? 지금 이후로는 부끄럽지 않을 것이다"라 하였다. 그는 참으로 정도正道를 실천하고 죽은 것이다.

명明나라 해진解縉[66]이 장차 죽으려 할 때 시를 남겼는데,

---

63) 이사李斯의 '견황비창牽黃臂蒼' : 이사李斯(?~B.C.208)는 진秦나라의 정치가로 일찍이 순경荀卿으로부터 제왕帝王의 술수를 배워서 서쪽으로 진秦나라에 벼슬하여 객경客卿이 되고, 시황제始皇帝가 천하를 정벌한 후 사斯를 승상丞相으로 삼아 군현郡縣의 제도를 정하고 아래로 서책을 금하는 명령을 내렸다. 진시황이 순행 중에 세상을 떠나자, 환관인 조고趙高와 함께 황제의 조서를 위조하여 시황의 둘째 아들인 호해胡亥를 2세 황제로 세웠으나, 조고와의 권력 다툼에서 밀려 일가가 몰살당하였다. 그가 형장에 끌려 갈 때 아들에게 다시는 "누런 개를 끌고 푸른 매를 팔에 앉히고[牽黃犬, 臂蒼鷹]" 사냥을 갈 수 없을 것이라고 탄식했다는 이야기가 전한다.

64) 육기陸機의 '화정학려華亭鶴唳' : 육기陸機(260~303)는 서진西晋의 유명한 문인이다. 자는 사형士衡. 혜제惠帝 때 정국이 혼란하고 팔왕八王의 난이 일어나자 여기에 휘말려 동생과 함께 죽음을 당하였다. 그의 시는 수사修辭에 중점을 두고 미사여구와 대구對句의 기교를 살려 육조시대 화려한 시풍의 선구자가 되었다. 화정華亭은 지금의 상해上海 서쪽에 있는데, 육기가 죽음에 임하여 다시는 "화정의 학 울음소리[華亭鶴唳]"를 들을 수 없을 것이라 탄식했다는 이야기가 전한다.

65) 문천상文天祥(1236~1282) : 자는 송서宋瑞·이선履善, 호는 문산文山. 중국 남송南宋 말기의 정치가. 1256년 20살 때 진사에 수석 합격했다. 원이 국도 임안臨安에 육박했을 때, 군사를 이끌고 임안 방위에 참가했다. 그 뒤 재상으로 발탁되어 화평의 사자로 원나라에 갔다가 구류되었다. 송나라가 멸망하자 탈출하였으나 다시 원나라 군사에게 잡혔다. 원나라 세조世祖 쿠빌라이는 그를 이용하여 송나라의 잔당을 소탕하려 했으나, 그는 충절을 굽히지 않고 3년간의 감옥생활 끝에 살해되었다. 저서로 『문산전집文山全集』이 전한다.

66) 해진解縉(1369~1415) : 명나라 때 서예가. 자는 대신大紳·진신縉紳, 호는 춘이春爾. 영락조永樂朝 제1의 서예가로서 독특한 서풍을 전개하였다. 저서에 『학서법學書法』, 『서학상설書學詳說』, 『서학전수書學傳授』 등이 있다.

擊鼓催人命,　　북소리는 사람의 목숨을 재촉하고,
西山日欲斜.　　서산의 해는 지려고 하네.
泉臺無一店,　　황천길엔 주막도 하나 없을 터인데,
今夜宿誰家.　　오늘밤은 누구의 집에서 묵어갈까?

하니, 비통하고 절박한 말이다.

우리나라에서도 육신六臣이 바야흐로 화禍를 당할 적에 매죽梅竹 성삼문成三問[67]의 시 한 수가 또한 매우 슬프고 절박하다.

食君之食衣君衣,　　임금이 주신 밥을 먹고 임금이 주신 옷을 입으며
素志平生莫有違,　　평소의 뜻은 일생동안 어기지 않으리라 다짐했건만,
明發不寐出門去,　　날이 밝도록 잠 이루지 못하고 문을 나서니,
顯陵松柏夢依依.　　현릉顯陵[68]의 소나무와 잣나무는 꿈처럼 아득하네.

또 문정공文正公 정암靜菴 조광조趙光祖[69]가 능성綾城에서 사약을 받았는데, 또한 다음과 같은 시를 지었다.

愛君如愛父,　　임금 사랑함을 마치 어버이 사랑하듯 하고
憂國如憂家.　　나라 근심함을 마치 집안 근심하듯 하네.
白日臨下土,　　밝은 해 세상을 향해
昭昭照丹衷.　　밝게 충성스런 마음을 비춰주네.

또 충헌공忠獻公 몽와夢窩 김창집金昌集[70]이 성주星州에 유배되어 사

---

67) 성삼문成三問(1418~1456) : 본관은 창녕昌寧, 자는 근보謹甫·눌옹訥翁, 호는 매죽헌梅竹軒, 시호는 충문忠文. 사육신의 한 사람. 1438년(세종 20) 생원으로 식년문과式年文科에 급제하여 벼슬이 예방승지禮房承旨에 이르렀다. 저서에 『성근보집成謹甫集』이 있다.

68) 현릉顯陵 : 조선시대 제5대 왕 문종文宗과 그의 비 현덕왕후顯德王后 권씨權氏의 능.

69) 조광조趙光祖(1482~1519) : 본관은 한양漢陽, 자는 효직孝直, 호는 정암靜庵, 시호는 문정文正. 1510년(중종 5) 진사시를 장원으로 통과하여 벼슬이 대사헌에 이르렀다. 훈구파가 주초위왕走肖爲王이란 것으로 임금의 의심을 조장시켜 끈덕지게 공격하여 마침내 사사賜死되었다. 저서에 『정암집靜庵集』이 있다.

약을 받았는데 전날 밤에 다음과 같은 율시 한 수를 읊었다.

| | |
|---|---|
| 燈火靑熒問幾更, | 등잔 불 푸르게 빛나 시간을 물어보며, |
| 自然臨命意難平. | 죽을 때를 기다리다 보니 마음을 진정하기 어렵네. |
| 隣鷄喔喔夜何短, | 이웃 닭의 홰치는 소리에 밤은 어찌도 짧은지 |
| 城角鳴鳴天已明. | 성의 요란한 뿔피리 소리에 날은 이미 밝았네. |
| 吉語乍傳那足喜, | 좋은 말을 잠깐 전하나 어찌 족히 기뻐할 것이며, |
| 凶音繼至不須驚. | 나쁜 소식 연달아 이르러도 놀랄 것 없네. |
| 泉臺此去從羣季, | 황천으로 떠나가 여러 아우들과 노는 것이, |
| 猶勝人間獨苟生. | 오히려 인간 세상에서 홀로 구차히 사는 것보다 낫다네. |

그러자 의금부도사는 시간이 늦었다고 사약을 빨리 마시라고 재촉하였다. 공이 그 성명을 물었는데 바로 조趙 아무개로 정암靜菴의 후손이었다. 공이 탄식하며, "어찌 선정先正[조광조]의 일을 생각하지 않는가?" 하고서 또 절구 한 수를 지었다.

| | |
|---|---|
| 愛君如愛父, | 임금 사랑함을 마치 어버이 사랑하듯 하니 |
| 天日照丹衷. | 하늘의 해는 충성스런 마음을 비추네. |
| 先賢此句語, | 선현의 이 시 구절은 |
| 悲切古今同. | 예나 지금이나 슬프고 절박하네. |

또 학사學士 오달제吳達濟[71]가 심양瀋陽의 감옥에 갇혀 있을 때 모친과 형님, 부인에게 글을 부치고 또한 각각 시도 붙였는데, 모두 결별하는 말로 시는 더욱 절박하고 비통했다. 나는 대부분 잊었지만 다만 형님에게 부친 율시 하나만 기억하고 있다.

---

70) 김창집金昌集(1648~1722) : 본관은 안동安東, 자는 여성汝成, 호는 몽와夢窩, 시호는 충헌忠獻. 영의정 김수항金壽恒의 아들. 1672년(현종 13) 진사가 되고, 1684년 정시문과에 급제하여 벼슬이 영의정에 이르렀다. 저서에 『몽와집夢窩集』이 있다.

71) 오달제吳達濟(1609~1637) : 삼학사三學士의 한 사람. 본관은 해주海州, 자는 계휘季輝, 호는 추담秋潭, 시호는 충렬忠烈. 저서에 『충렬공유고忠烈公遺稿』가 있다.

| | |
|---|---|
| 南漢當年就死臣, | 남한산성에서 그때 죽었어야 했던 이 몸, |
| 楚囚猶作未歸身. | 초나라 포로처럼 오히려 돌아가지 못하는 이 내 신세. |
| 西來幾灑思兄淚, | 서쪽으로 와서 형을 생각하며 얼마나 눈물을 흘렸던가 |
| 東望遙憐憶弟人. | 동쪽에서 바라보며 동생을 떠올리며 가엽게 여겼겠지. |
| 魂逐塞鴻[72]悲隻影, | 혼백은 변방의 기러기를 좇아<br>외로운 그림자를 슬퍼하고, |
| 夢驚池草[73]惜殘春. | 꿈은 연못의 풀에 놀라<br>얼마 남지 않은 봄을 안타까워하네. |
| 想當彩服趍庭日, | 색동옷 입고 부모님을 모시는 형님 |
| 忍作何辭慰老親. | 차마 무슨 말로 노친을 위로할건가? |

한漢나라 식부궁息夫躬 또한 절명사絶命辭를 남겼다.[74] 대개 장차 죽음을 앞두고 남긴 말은 예나 지금이나 아주 많다. 그러한 말들은 독자도 처연케 하는데, 하물며 당시 사람은 어떠했겠는가.

## 成梅竹詩

鳥之將死, 其鳴也哀, 人之將死, 其言也善. 故古人之不得正命者, 其絶筆語多悲切, 而至於李斯之牽黃臂蒼, 陸機之華亭鶴唳, 則悔之晚也, 且斯之罪惡貫盈, 雖悔得乎? 宋之文山衣帶中有贊曰, "孔曰成仁, 孟曰取義, 惟其義盡, 所以仁至, 讀聖賢書, 所學何事, 而今以後, 庶幾無媿." 此眞得正而斃也. 明之解縉臨命, 有詩曰, "擊鼓催人命, 西山日欲斜, 泉臺無一店, 今夜宿誰家." 悲切語也. 我朝之六臣, 方就禍, 成梅竹一詩, 亦甚悲切, 有曰, "食君之食衣君衣, 素志平生莫有違, 明發不寐出門去, 顯陵松柏夢依依." 又靜菴趙文正公, 受藥於綾城也,

72) 새홍塞鴻 : 임금과 신하 사이를 나타내는 말.
73) 지초池草 : 형제간의 사이를 나타내는 말.
74) 한漢나라 …… 남겼다 : 식부궁息夫躬은 한漢나라 때 하양河陽 사람. 자는 자미子微. 무고한 사람을 참소하여 출세하였으나, 나중에 죽음을 당하였다. 다만 당초에는 위언고론危言高論을 잘해서 스스로 목숨이 위태롭다고 느끼고 「절명사絶命辭」를 지었는데, 주자朱子가 『초사후어楚辭後語』를 엮으면서 이 작품을 수록하였다.

亦有詩曰, “愛君如愛父, 憂國如憂家. 白日臨下土, 昭昭照丹衷.” 又夢窩金忠獻公, 在星州, 受後命, 其前夜咏一律曰, “燈火青熒問幾更, 自然臨命意難平. 隣鷄喔喔夜何短, 城角嗚嗚天已明. 吉語乍傳那足喜, 凶音繼至不須驚. 泉臺此去從羣季, 猶勝人間獨苟生.” 時王府郎以時晩促藥, 公問其姓名, 乃趙某而靜菴後孫也. 公歎曰, “獨不念先正事乎?” 仍又賦一絶曰, “愛君如愛父, 天日照丹衷. 先賢此句語, 悲切古今同.” 又吳學士達濟在瀋獄, 寄書母夫人及伯氏及室內, 亦各有詩, 皆訣別而詩尤絶悲. 余皆忘之, 但記其寄伯氏一律, 有曰, “南漢當年就死臣, 楚囚猶作未歸身. 西來幾灑思兄淚, 東望遙憐憶弟人. 魂逐塞鴻悲隻影, 夢驚池草惜殘春. 想當彩服趍庭日, 忍作何辭慰老親.” 漢之息夫躬, 亦有絶命辭. 盖臨命之語, 古今甚多, 讀之者猶足潸然, 況當時之人乎?

## 낮에는 거지, 밤에는 천자

세상에 다음과 같은 일이 전한다.

명明 태조太祖[75]가 일찍이 자신과 태어난 해·달·날·시간이 같은 사람을 찾아 구했으나 겨우 거지 한 명을 만났다. 태조는 거지를 불쌍히 여겨 그를 불러 원하는 것을 물었다. 이것은 그를 부귀하게 만들어 주고 싶어서였다. 그런데 거지는 도무지 과거·벼슬·재물·비단 따위를 바라지 않고, 다만 이전처럼 빌어먹기를 원했다. 황제가 괴이하게 여겨 그 까닭을 물으니 거지가 말했다.

75) 명明 태조太祖: 주원장朱元璋(1328~1398). 명나라 초대 황제. 초명은 흥종興宗, 자는 국서國瑞, 묘호는 태조太祖. 일명 홍무제洪武帝라고도 한다.

"폐하는 낮 천자이고 소신은 밤 천자이옵니다."

"어째서 그런가?"

"소신은 본래 천한 부류로, 어려서 부모님을 잃고 자라서는 처자식이 없어 평생 길에서 빌어먹으며 추위와 굶주림을 일삼고 있습니다. 그러나 폐하께서 군사를 일으키신 뒤로 소신 또한 꿈속에서 군사를 일으켰습니다. 폐하께서 동서로 정벌하여 오吳나라 왕이 되고 천자가 되셨을 적에 소신 역시 밤마다 그와 똑같은 꿈을 꾸었습니다. 소신은 앞으로 앞에서 꾼 꿈을 이어 계속해서 꿈을 꾸며 바야흐로 천자 노릇을 할 것이니, 궁중에서 즐겁게 지내는 것이 실로 폐하에 못지않을 것입니다. 낮에는 비록 거지지만 밤이면 지극히 존귀한 인물이 되니, 진실로 달리 구할 것이 없습니다."

황제가 그 기이함에 감탄하고 보내주었으니 괴이한 일이다.

옛날 진공晉公 배도裴度[76]가 쌍둥이를 낳았는데, 한 아이는 나아가서 장군이 되고 들어와서는 재상이 되어 나라의 안위安危가 삼십 년간 그에게 달려있었거니와, 그는 부귀를 누리고 장수하였다. 하지만 다른 한 아이는 뱃사공이 되어 일생을 다했다고 한다. 이것은 또 무슨 이치인가. 과연 진공晉公의 이른바 자갑진雌甲辰[77]이라는 것인가? 명明 태조太祖가 만년에 시기심이 날로 심하여 형벌을 엄격히 하고 법을 가혹하게 하니 아랫사람들이 두려워하고 죄 없이 죽는 자가 헤아릴 수 없이 많았다. 그 밤 천자라는 거지도 분명 시기를 받아 살해됨을 면하지 못했을 것이다. 그러나 이 이야기의 허실은 진실로 알 수 없다.

---

76) 배도裴度 : 당唐 헌종憲宗 때의 승상丞相. 자 중립中立. 시호 문충文忠. 시로 이름이 났으며 진국공晉國公이라고도 한다. 채蔡의 오원제吳元濟를 평정했고, 벼슬을 그만 둔 뒤 동도東都에 녹야당綠野堂을 짓고 원림園林을 만들어 문사들과 시를 지으며 만년을 보냈다. 후세에 벼슬에서 물러난 사람의 정자를 '녹야당'이라 불렀다.

77) 자갑진雌甲辰 : 자갑진雌甲辰과 웅갑진雄甲辰을 이름. 같은 갑자인데도 자웅이 있어 하나는 잘 되고 하나는 못되는 경우를 말함.

夜天子

世傳, 明太祖, 嘗訪求生同年月日時者, 僅得一乞兒, 憐而召問所願, 盖欲富貴之也. 乞兒都不願科宦財帛, 但願依前乞食. 帝怪問其故, 乞兒曰, “陛下, 晝天子也, 小臣, 夜天子也.” 帝曰, “何也?” 乞兒曰, “小臣, 本賤流, 幼失父母, 長無妻子, 平生行乞, 飢寒爲事. 然, 自陛下起兵, 小臣亦夜夢起兵, 陛下東征西伐, 爲吳王爲天子, 臣亦無夜不夢. 臣今後夢續前夢, 方爲天子, 宮中行樂, 實不減陛下. 晝雖乞兒, 夜則極尊, 實無他求耳.” 帝歎異而送之, 盖怪事也. 昔裴晋公孿生, 而一則出將入相, 身繫國家安危三十年, 富貴老壽而終. 一則爲黃頭篙師, 以盡一生云. 此又何理, 此果晋公所謂雌甲辰者耶? 明太祖晩年, 猜忌日甚, 嚴刑峻法, 羣下惴惴, 死以無罪者, 無筭矣. 其乞兒夜天子者, 必未免猜殺, 其說之虛實, 洵不可信也.

## 꿈을 풀이하는 법

당唐・송宋시대 오吳 땅에 원몽법圓夢法[78]이 있었다. 그 술사術士는 매양 사람들에게 자기가 원하는 대로 한 번 꿈을 꾸게 한 뒤에 그 꿈을 점쳤으니, 괴안槐安[79]・황량黃粱[80] 등이 이 부류이다. 한단도사邯鄲道士[呂

78) 원몽법圓夢法 : 일명 원몽原夢. 꿈을 점쳐서 길흉을 결정하는 일을 말한다.
79) 괴안槐安 : 괴안몽槐安夢. 당나라 이공좌李公佐의 「남가기南柯記」에 순우분淳于棼이 대괴안국大槐安國에 이르러 꿈을 꿀 때 남가군수南柯郡守가 되었다고 한다.
80) 황량黃粱 : 황량일취몽黃粱一炊夢. 심기제沈旣濟의 「침중기枕中記」에 당唐나라 노생盧生이 한단도사邯鄲道士 여옹呂翁의 베개를 빌어 잠을 잤더니, 메조 밥을 한 번 짓는 동안에 부귀공명을 누린 꿈을 꾸었다고 한다.

翁)가 남을 위해 꿈을 점쳐주는 술사가 아니었다고 장담할 수 있겠는가? 실實로써 논한다면 허탄하고 망령된 듯하나, 허虛로써 보면 인생 백년의 영고성쇠榮枯盛衰가 꿈 아닌 것이 없다.

圓夢法

唐宋之際, 吳中, 有圓夢法. 其術人, 每令人隨其願, 使得一枕圓夢, 槐安黃粱此類也. 邯鄲道士, 安知非爲人圓夢之術耶? 以實論之, 有若誕妄, 而以虛觀之, 人之百年榮枯, 無非夢也.

## 암송하는 능력이 뛰어난 역대 인물과 김득신金得臣의 일화

청淸나라 고염무顧炎武[81]는 9경九經과 3사三史를 책 없이도 모두 외울 수 있었고, 용촌榕村 이광지李光地[82]의 아우 거경耟卿도 또한 이와 같았다. 우리나라 미암眉菴 유희춘柳希春[83]은 『주자어류朱子語類』[84] 50권을 전부 외워 한 글자도 착오가 없었다. 송宋나라 장안도張安道[85]는 어릴 적

81) 고염무顧炎武(1613~1682) : 명말청초明末淸初 때 학자. 자는 영인寧人, 호는 정림亭林. 경세치용經世致用의 실학實學에 뜻을 두었다. 명나라가 망한 후 만주족의 침략에 저항하는 의용군에 참가하였으나 패하였으며, 청의 지배하에 들어가서도 죽을 때까지 이민족異民族의 군주를 섬기지 않았다. 저서에 『일지록日知錄』, 『천하군국이병서天下郡國利病書』, 『음학오서音學五書』 등이 있다.

82) 이광지李光地(1642~1718) : 자는 진경晉卿, 호는 용촌榕村·후암厚庵. 정주학의 입장에서 훈고학의 경설經說을 비판하고 많은 주석서를 남겼다.

83) 류희춘柳希春(1513~1577) : 본관은 선산善山, 자는 인중仁仲, 호는 미암眉巖, 시호는 문절文節. 1538년(중종 33) 별시문과에 병과로 급제하여 벼슬이 대사헌에 이르렀다. 경사經史에 밝고 성리학에 조예가 깊었다. 저서에 『미암일기眉巖日記』 등이 있다.

84) 『주자어류朱子語類』 : 송宋나라 때 여정덕黎靖德이 편찬한 책. 주희朱熹와 문인들이 묻고 답한 말을 수록해서 스물여섯 부문으로 나누었다.

에 집이 가난하고 책도 없어, 날마다 서점에 가서 17사十七史를 빌려 보았다. 그런데 이후에는 다시 보지 않아도 모두 외울 수 있었다. 그러므로 그는 동파東坡[86]가 『전한서前漢書』를 두 번이나 본 것에 대해 괴이하게 여겼던 것이다. 옛날 장송張松[87]과 장순張巡[88]은 또 어떠했을지 모르겠으나, 두우杜佑[89]·정초鄭樵[90]·마단림馬端臨[91]·위료옹魏了翁[92]·왕응린王應麟[93]·양용수楊用修[94]·정단간鄭端簡[95]·왕세정王世貞·주이존朱彝尊[96]·모기령毛奇齡[97] 같은 사람들은 또한 모두 한 번 보면 곧장 외워

85) 장안도張安道 : 장방평張方平(1007~1091). 송나라 때 사람. 안도安道는 그의 자, 호는 낙전거사樂全居士, 시호는 문정文定. 신종神宗 때 참지정사를 지냈으며, 왕안석이 권력을 잡았을 때 조금도 절개를 굽히지 않아 명망이 높았다. 저서에 『낙전집樂全集』이 있다.

86) 동파東坡 : 소식蘇軾(1036~1101). 북송 때 시인. 자는 자첨子瞻, 호는 동파거사東坡居士. 소순蘇洵의 아들이자 소철蘇轍의 형으로 대소大蘇라고도 불렸으며 당송 8대가의 한사람이다.

87) 장송張松(?~212) : 후한後漢 때 사람. 사람됨이 작고 민첩하며 분별하는 재주가 있었다.

88) 장순張巡(708~757) : 당나라 때 사람. 여러 서적에 박식하고 통달했으며, 병법에도 밝았다. 안록산의 난이 일어나자 군사를 일으켜 대항하다가 성이 함락되어 죽임을 당했다.

89) 두우杜佑(735~812) : 당나라 때 정치가. 자는 군경君卿, 시호는 안간安簡. 일찍부터 여러 관직을 역임한 후, 덕종德宗·순종順宗·헌종憲宗 등 3대에 걸쳐 재상을 지냈다. 저서에 『통전通典』 200권이 있다.

90) 정초鄭樵(1104~1162) : 남송南宋 때 학자. 자는 어중漁仲. 『통지通志』 200권을 지었다.

91) 마단림馬端臨(1254~1323) : 송말원초宋末元初 때 학자. 낙평樂平 사람. 자는 귀여貴與. 저서에 『대학집전大學集傳』, 『문헌통고文獻通考』 등이 있다.

92) 위료옹魏了翁(1178~1237) : 남송南宋 때 유가·정치가. 포강蒲江 사람. 경학자로 이름이 났고 저서에 『학산전집鶴山全集』 109권이 전한다.

93) 왕응린王應麟(1223~1296) : 송나라 때 사람. 자는 백후伯厚, 호는 심녕深寧. 6세에 『육경六經』을 알았고, 학문이 해박該博하였다. 저서에 『심녕집深寧集』, 『곤학기문困學紀聞』 등이 전한다.

94) 양용수楊用修 : 양신楊愼(1488~1559). 명나라 때 학자·문학자. 자는 용수用修, 호는 승암升菴. 1511년 과거에 장원급제하여 한림원수찬翰林院修撰을 지냈다. 경학經學과 시문이 탁월하였으며 박학하기로 이름이 높았다. 저서에 『단연총록丹鉛總錄』, 『승암집升菴集』 등이 있다.

95) 정단간鄭端簡 : 정효鄭曉(1499~1566). 명나라 때 사람. 자는 질보窒甫, 시호는 단간端簡. 가정嘉靖 연간에 진사가 되어 벼슬이 직방주사職方主事에 이르렀다. 경술에 통달하고 국가의 전고에 밝았다. 저서에 『우공도설禹貢圖說』, 『오학편吾學編』 등이 있다.

96) 주이존朱彝尊(1629~1709) : 청나라 때 문학자. 자는 석창錫鬯, 호는 죽타竹垞. 박학으

평생 잊지 않았다. 우리나라 황강黃岡 김계휘金繼輝[98]와 택당澤堂 이식李植[99]도 모두 총명으로 후세에 이름이 있었다.

또한 산곡山谷 황정견黃庭堅이 늙어서 의주宜洲에 귀양 가서 한번은 남을 위하여 손수 「범방전范滂傳」[100] 한 작품을 써서 주었는데 한 글자도 착오가 없었다. 이것은 또한 반드시 『후한서後漢書』 전문을 다 외웠기 때문이다. 예로부터 이러한 사람들은 모두 세상에 유명한 자들이니, 후세 사람들이 어찌 감히 그 울타리라도 넘볼 수 있겠는가.

효종 때 백곡白谷 김득신金得臣[101]은 성품이 지혜롭지 아니하고 재주가 너무 둔했으나 읽고 외우는 것을 매우 부지런히 했다. 김득신은 자신의 「독서록讀書錄」에 천 번을 읽지 않은 것은 기록하지 않았으며, 사마천司馬遷의 『사기史記』 가운데 「백이전伯夷傳」 같은 것은 일억 만 삼천 번[102]이

---

로 유명하고, 시에 뛰어나 왕사정王士禎과 함께 '남주북왕南朱北王'이라 일컬어지며, 사詞는 남송의 강기姜夔의 영향을 받아 절서사파浙西詞派의 창시자라 불린다. 저서 및 편서에 『경의고經義考』, 『폭서정집曝書亭集』, 『일하구문日下舊聞』, 『명시종明詩綜』, 『사종詞綜』 등이 전한다.

97) 모기령毛奇齡(1623~1716) : 청나라 때 학자. 자는 대가大可 · 제우齊于, 호는 초청初晴 · 전시재傳是齋. 세상에서 서하선생西河先生이라 일컬었다. 명나라가 망하자 머리를 깎고 은거하였다가, 강희 연간에 홍박鴻博으로 불려 검토檢討가 되어 『명사明史』의 찬수에 관여하였다. 독서를 많이 하였고, 변론을 즐겨 다른 사람의 의견에 반대한 것이 많았다. 저서에 『서하전집西河全集』이 전한다.

98) 김계휘金繼輝(1526~1582) : 본관은 광산光山, 자는 중회重晦, 호는 황강黃崗. 1549년(명종 4) 식년문과에 을과로 급제하여 벼슬이 대사헌에 이르렀다.

99) 이식李植(1584~1647) : 본관은 덕수德水, 자는 여고汝固, 호는 택당澤堂, 시호는 문정文靖. 1610년(광해군 2) 문과에 급제하여 벼슬이 이조판서에 이르렀다. 장유張維와 더불어 당대의 이름난 학자로서 한문4대가漢文四大家의 한 사람으로 꼽힌다. 저서에 『택당집澤堂集』, 『초학자훈증집初學字訓增輯』 등이 있다.

100) 「범방전范滂傳」 : 「범방전」은 원래 『후한서後漢書』에 실려있는데 범방(131~169)은 당시 청렴한 선비로 꼽혔던 인물이다. 본관은 맹박孟博, 영제靈帝 때에 당사黨事로 인하여 환관宦官에게 죽임을 당하였다. 송의 황산곡이 이 작품을 임서하였다.

101) 김득신金得臣(1604~1684) : 본관은 안동安東, 자는 자공子公, 호는 백곡栢谷. 당대의 뛰어난 시인 및 비평가로 유명하다. 저서에 『백곡집栢谷集』, 『종남총지終南叢志』 등이 전한다.

102) 일억 만 삼천 번 : 여기서 '일억一億'은 '십만十萬'을 말한다. 따라서 「백이전伯夷傳」을 113,000번 읽었다는 뜻이다.

나 읽었다. 그 뒤 한 번은 말을 타고 어떤 사람의 집을 지나다가 글 읽는 소리를 듣게 되었는데, 말을 멈추고 오래도록 듣고 말했다.

"그 글이 매우 귀에 익숙한데 끝내 알 수가 없구나."

마부가 김득신을 쳐다보며 말했다.

"'무릇 학자는 서적이 지극히 많으나[夫學者載籍極博] ……'라고 하는 내용은, 곧 공이 평소에 많이 읽던 것입니다. 소인도 능히 알겠는데, 공께서 모르신다는 말입니까?"

백곡이 그때서야 「백이전伯夷傳」인 줄 깨달았으니 그 둔함이 이와 같았다. 그러나 만년에 시로써 세상에 이름이 나니 그의 시에는 빼어난 구절이 많았다.

| | |
|---|---|
| 古木寒烟裡, | 고목은 찬 안개 속에 잠겼는데, |
| 秋山白雨邊. | 가을 산엔 빗줄기 뿌리누나. |
| 暮江風浪起, | 저물녘 강에 풍랑이 일어나니, |
| 漁子急廻艇. | 어부는 서둘러 뱃머리를 돌리네. |

효종이 이 시를 사랑해서 심지어 손수 병풍에 썼다고 한다. 백곡은 또 일찍이,

| | |
|---|---|
| 風枝鳥夢危 | 바람 부는 가지에 새의 꿈이 위태롭고 |

라는 한 구절을 얻었으나 여러 해 동안 대구를 잇지 못했다. 어느 날 새벽 집안 제사를 지낼 적에 가을밤에 달이 밝고, 이슬은 맑고, 곤충 소리는 뜰에 가득하였다. 바야흐로 술을 올릴 적에 문득,

| | |
|---|---|
| 露草虫聲濕 | 이슬 맺힌 풀 곤충소리 젖어드네. |

라는 한 구절이 떠올랐으니, 바로 그 구절에 꼭 들어맞는 대구였다. 드

디어 자신도 모르게 큰 소리로 낭랑히 읊고는 술잔을 들어 스스로 마시며 말했다.

"비록 선인先人께서 세상에 계셨더라도 반드시 나에게 이 잔을 상으로 주셨을 것이다."

백곡의 일은 대부분 이와 같으니 사람들을 포복절도하게 했다. 또 한 번은 시를 함께 짓는 사람들과 함께 압구정鴨鷗亭에 올라 시를 지었는데, 하루 종일 고심하다가 저물녘에 이르러 크게 소리쳤다.

"내가 오늘 겨우 한 연聯을 얻었는데 매우 아름답다."

사람들이 어떠한 시구냐고 물었다.

| | |
|---|---|
| 三山半落靑天外, | 세 산은 푸른 하늘 바깥에 반쯤 떨어져 있고, |
| 二水中分白鷺洲. | 두 물줄기는 백로 모래톱 곁에서 갈라져 있네. |

라는 구절일세. 어찌 아름답지 않은가?"

"이 구절을 정말 자네가 지은 것이란 말인가? 이것은 이태백李太白[103]의 「봉황대鳳凰臺」라는 시구라네."

사람들이 웃으며 이렇게 말하자, 그는 무안해하며

"그러한가?"

라 하고는 탄식하고 시구의 뒤를 이어 짓고는 읊조렸다.

| | |
|---|---|
| 千載謫仙先我得, | 천 년 전 이태백이 나보다 먼저 얻었으니, |
| 夕陽投筆下西樓. | 석양에 붓을 던지고 서쪽 누각을 내려가네. |

이를 들은 사람들은 배꼽 빠지게 웃지 않는 이가 없었다. 대개 백곡은 옛날 고염무顧炎武 등 여러 사람들과는 상반된다고 말할 수 있으니, 천

103) 이태백李太白 : 이백李白(701~762). 당나라 때 시인. 자는 태백太白, 호는 청련거사靑蓮居士. 두보杜甫와 함께 '이두李杜'로 병칭되는 중국 최대의 시인이며, 시선詩仙이라 불린다. 저서에 『이태백전집李太白全集』이 있다.

하의 일은 참으로 상대가 없을 수 없다.

誦才

清, 顧寧人, 九經三史, 悉能背誦, 李榕村弟耟卿, 亦如是. 我朝之柳眉菴希春, 盡誦朱子語類五十卷, 不錯一字. 宋之張安道, 少時家貧無書, 日就書肆, 借閱十七史, 後更不見而能盡誦, 故以東坡再看前漢怪之. 未知古之張松張巡又何如, 而如杜佑鄭樵馬端臨魏了翁王應麟楊用修鄭端簡王世貞朱彝尊毛奇齡諸人, 亦皆當過目成誦, 平生不忘矣. 我朝金黃岡繼輝李澤堂植, 又皆以聰明名於後世. 且山谷老謫宜州, 嘗爲人手寫范滂傳一通以給, 而能不錯一字, 此亦必盡誦後漢書全文故也. 古來, 此等人, 皆命世而生, 後人何敢望藩籬也? 孝廟時金柏谷得臣, 性不慧才甚鈍, 而誦讀至勤. 有讀書錄, 不讀千遍者, 不入其錄. 而如馬史伯夷傳, 至讀一億一萬三千遍, 而後嘗騎馬過一人家, 聞讀書聲. 住馬聽良久曰, "其文甚熟, 終不可曉." 牽夫仰視曰, "夫學者, 載籍極博云云, 此公平生長讀, 小的亦能知之, 公不知乎?" 柏谷始覺其爲伯夷傳也. 其鈍如此, 而晚年乃能以詩名世, 其詩多警語. 其'古木寒烟裡, 秋山白雨邊. 暮江風浪起, 漁子急廻艇.' 孝廟愛之, 至手書屛間云. 柏谷又嘗得'風枝鳥夢危'一句, 屢年不屬對. 一日夜曉行家祭時, 秋宵, 月明露白, 虫聲滿庭. 方欲奠祼, 忽思'露草虫聲濕'一句, 乃的對也. 遂不覺高聲朗吟, 仍又擧盃自飮曰, "雖先人在世, 必當賞我此盃." 柏谷事多此類, 令人絶倒. 又嘗與詩伴, 登押鷗亭賦詩, 苦思竟日, 至暮大呼曰, "吾今日僅得一聯, 極佳." 人問之, 答曰, "三山半落靑天外, 二水中分白鷺洲, 豈非佳句乎?" 人笑曰, "此眞君詩乎? 此李太白鳳凰臺詩也." 柏谷憮然曰, "然乎?" 遂歎息, 續其下曰, "千載謫仙先我得, 夕陽投筆下西樓." 聞者莫不捧腹. 蓋柏谷與古之顧寧人諸公, 足可謂相反, 天下事眞無不對也.

## 귀신이 지은 시

요상한 여우, 괴이한 귀신이야기는 황당무계하여 군자들은 말하지 않지만, 예로부터 전해오는 바를 따르면 그런 일이 없지는 않았던 모양이다. 그러므로 소설 중 『요재지이聊齋誌異』[104]는 태반이나 요상하고 미혹한 것이고, 간보干寶[105]의 『수신기搜神記』,[106] 장독張讀[107]의 『선실지宣室志』, 근세 문달공文達公 기윤紀昀[108]의 『고망청지姑妄聽之』·『괴서잡지槐西雜志』·『초당필기草堂筆記』[109] 등은 모두 여우에 대한 것 아니면 귀신에 대한 것이다.

귀신이란 실체가 없지만 그 변화가 기묘하여 사람들을 황홀하고 헤아릴 수 없게 하니, 하지 못하는 것이 없음은 당연하다. 또한 귀신은 종종

---

104) 『요재지이聊齋誌異』: 청나라 때 포송령蒲松齡(1640~1715)의 소설로 신선과 여우·귀신·도깨비의 이야기가 많이 나온다.

105) 간보干寶(생몰년 미상): 동진東晉 때 학자·문인. 자는 영승令升. 박학다재하며 음양술수를 좋아하였다. 저서에 『수신기搜神記』 20권과 『진서晉書』 8권이 있다.

106) 『수신기搜神記』: 동진東晉 때 간보干寶가 지은 지괴집志怪集. 원본은 진작 일실逸失되었고, 지금 전하는 것은 후대에 다시 편집된 것이라 한다.

107) 장독張讀(?~882 이후): 당나라 때 사람. 자는 성붕聖朋·성용聖用. 재주가 뛰어나서 나이 19세에 진사과에 급제했고 관직이 이부시랑吏部侍郎에까지 이르렀다. 저서에 『선실지宣室志』가 있는데 모두 귀신과 도깨비와 괴이한 일에 대한 내용이다.

108) 기윤紀昀(1724~1805): 청나라 때 학자. 자는 효람曉嵐·춘범春帆, 호는 석운石雲, 시호는 문달文達. 1773년 고종의 칙명으로 『사고전서四庫全書』 편집사업의 총찬수관總纂修官으로 10여 년간 종사하였다. 학풍은 형이상학적인 송학宋學을 배제하고, 실증적인 한학漢學의 입장을 취하였다. 저서에 『기문달공유집紀文達公遺集』, 『열미초당필기閱微草堂筆記』가 있다.

109) 『초당필기草堂筆記』: 『열미초당필기閱微草堂筆記』를 말한다. 기윤이 지은 이 책은 24권으로1800년에 간행이 되었다. 『난양소하록灤陽消夏錄』 6권, 『여시아문如是我聞』 4권, 『괴서잡지槐西雜志』 4권, 『고망청지姑妄聽之』 4권, 『난양속록灤陽續錄』 6권을 기윤의 제자 성시언盛時彦이 스승의 허가를 얻어 합간合刊한 것이다. 열미초당은 기윤의 서재 이름이며 『열미초당필기』는 유령이나 여우 등의 괴담·기담을 주로 싣고 있으며 이국의 물산이나 전설, 작자의 추억담을 포함하고 있다.

시도 짓는데, 귀신의 말은 반드시 기이하고 뛰어나 더욱 이상하다. 낡은 빗자루와 깨진 절구 공이가 더불어 서로 수창酬唱하기도 한다. 시를 뽑는 작가들도 그 시를 모두 수록하기도 하거니와, 비단 이 뿐만이 아니다. 이러한 종류는 당唐나라 이후로 더욱 많아서 다 기록할 수 없다. 그러나 우연히 한두 편 기억나는 것이 있다.

당나라 때, 어떤 선비가 버려진 낡은 집에서 혼자 묵게 되었다. 밤이 깊어 달은 밝은데, 홀연히 퉁소 소리가 마당 가득 들려오고 노래와 춤이 요란스럽게 벌어졌다. 선비가 잠에서 깨어나 눈을 뜨고 보니, 수십 명의 미인들이 각각 악기를 잡고 어지러이 연주하는 것이었다. 또 어떤 여자가 낭랑한 목소리로 시를 읊조렸다.

| | |
|---|---|
| 長安兒女踏春陽, | 장안의 아녀자들 봄빛을 밟는데, |
| 無處春陽不斷腸. | 어느 곳 봄빛이든 애간장 끊어지네. |
| 舞袖弓腰渾忘却, | 춤추는 소매와 활 같은 허리 혼연히 잊으니, |
| 蛾眉空帶九秋霜. | 미인의 눈썹에 부질없이 가을 서리만 내렸네. |

옆에 있던 다른 여자가

"궁요弓腰가 무엇인가?"

라 물으니 그녀는

"궁요를 보고 싶은가?"

라 하고는 드디어 몸을 뒤로 구부려 머리를 발꿈치에 붙여 활시위를 당기는 것처럼 몸을 둥글게 하고서

"이것이 궁요다."

라고 대답하였다. 선비는 너무나 괴이하여 성난 목소리로 소리쳤다.

"요물이구나."

말이 채 끝나기도 전에 여러 미인들은 뿔뿔이 벽을 밟고 위로 사라져 보이지 않았다. 날이 샌 뒤에 벽에 여자 악사들을 그린 오래된 그림이

보였다.[110]

갑신년에 명나라가 멸망한 후, 사람들이 많이 죽어 집 가운데 십중팔구十中八九는 텅 비었다. 때마침 3월 30일에 여러 명의 선비들이 술병을 들고 아무도 살지 않아 비어있는 집에 들어가 누각 아래에 앉아서 서로 슬피 울면서 연구聯句를 지으려 하였다. 그때 날씨는 흐려 비가 내리고 있었다. 한 사람이 먼저 한 구절을 이루어 읊조렸다.

| | |
|---|---|
| 風風雨雨送春歸 | 바람 불고 비는 내리는데 봄을 보내고 돌아오네. |

미처 다음 구절을 읊조리기도 전에 홀연 누각 위에서 시를 읊는 소리가 들려왔다. 귀를 기울여 들어보니, 바로 앞 구절에 이어 읊조리는 것이었다.

| | |
|---|---|
| 無雨無風春亦歸 | 비도 안 오고 바람도 불지 않는데 봄 또한 돌아가네. |

잠시 후 또 이어서 읊조리기를,

| | |
|---|---|
| 蜀魄啼來花影瘦, | 소쩍새[111] 울며 돌아오니 꽃 그림자 야위어 가고, |
| 吳蠶食罷柘陰稀. | 오吳나라 누에처럼 야금야금 먹으니 뽕 잎은 드문드문하네. |

또 연이어 읊기를,

| | |
|---|---|
| 嘴邊黃淺鶯兒嫩, | 부리 주위가 연노란 어린 꾀꼬리 어여쁘고, |
| 頷下紅深燕子肥. | 턱 아래가 진붉은 제비새끼 살졌구나. |

110) 이 내용은 당나라 때 사람인 단성식段成式(?~863)이 지은 『유양잡저酉陽雜俎』 권14에 나온다.

111) 촉백蜀魄 : 소쩍새나 두견새를 말한다. 촉蜀의 망제望帝의 혼백이 새가 되었다는 전설에서 유래된 것으로, 촉혼蜀魂 또는 촉조蜀鳥라고도 한다.

또다시 이어 읊조렸다.

| | |
|---|---|
| 惟有道人歸未得, | 다만 신선이 못 된 도인道人은 돌아가지 못하여, |
| 杖頭閒掛綠簑衣. | 지팡이엔 한가로이 푸른 도롱이 걸려 있네. |

다 읊조리자 주위에 아무 소리도 들리지 않았지만 여러 사람들이 감히 다시 시를 짓지 못했다. 드디어 누각에 올라 보니 적막하여 사람의 흔적은 없고, 오직 날리는 먼지만 누각에 가득할 뿐이었다.

일찍이 죽천竹泉 김진규金鎭圭[112)]가 영남어사嶺南御使가 되었을 때, 어느 날 새벽닭이 울 무렵 홀로 안동 지방에 들어가게 되었다. 그때 들에는 사람이 없었고 새벽달도 희미하게 비치고 있었다. 홀연 서너 명의 아이들이 말을 몰아 앞서 나아갔다. 공은 행인이겠지 여기고 느린 걸음으로 그 뒤를 따라갔다. 어떤 아이가 문득

"새벽 풍경이 매우 좋으니 시를 돌려 지을 만하다."

라고 말하자 여러 아이들이 '좋다'고 대답하였다. 한 아이가 먼저 읊기를

| | |
|---|---|
| 店樹橋雲曉色凄, | 주막 앞 나무와 다리 위 구름은 새벽빛에 처량하네. |

다른 아이가 이어서 읊기를

| | |
|---|---|
| 行人秣馬第三鷄. | 행인이 말에게 꼴을 먹이니 때는 닭이 세 번 울었네. |

뒤에 있던 아이가 또 읊조리기를

| | |
|---|---|
| 阿郎販豆京師去, | 지아비는 콩 팔러 서울로 떠나고, |
| 少婦舂歸月在西. | 젊은 아낙 방아 찧어 돌아오니 달은 서산에 기우네. |

112) 김진규金鎭圭(1658~1716) : 본관은 광산光山, 자는 달보達甫, 호는 죽천竹泉, 시호는 문청文淸. 인경왕후仁敬王后의 오빠. 1682년(숙종 8) 진사시에 합격, 1686년 정시문과에 갑과로 급제하여 벼슬이 대제학에 이르렀다. 저서에 『죽천문집竹泉文集』 등이 있다.

또 다른 아이가 말하기를

"젊은 아낙네가 방아 찧고 돌아오니, 반드시 웃을 만한 일이 있었을 것이리."

라 하고는 서로 한바탕 웃고는 가버렸다.

그때 산 아래 먼 곳에 촌락이 어렴풋이 보였는데 어떤 여자가 머리에 쌀 동이를 인 채 가고 있었다. 시의 마지막 구절은 바로 이 풍경을 묘사한 것이다. 이 여자는 남편이 없어 다른 남자를 만나고 오는 것[113]이 분명하니, 귀신이기 때문에 그 일을 알 수 있었던 것이다. 김공이 비로소 귀신의 말임을 깨닫고는 황급히 뒤를 쫓아가 겨우 작은 산등성이 하나를 넘었는데 사람과 말이 모두 보이지 않았다. 대체로 귀신도 시를 잘 지었으니 어찌 기이한 일이 아닌가?

육사룡陸士龍[114]은 무덤 옆에서 잠을 자다가

| | |
|---|---|
| 百年人長眠不知曉 | 백년인百年人(죽은 사람)이<br>오래도록 잠들어 깨어날 줄 모르네. |

라는 시 구절이 땅 속에서 읊조리는 것이 들렸다.

전기錢起[115]는 여관에서 잠을 잘 때

| | |
|---|---|
| 曲終人不見, | 노랫소리 끝나자 아무도 보이지 않고 |
| 江上數峯靑. | 강가 봉우리 몇 개 푸르네. |

---

113) 다른 남자를 만나고 오는 것 : 『시경詩經』 「용풍鄘風」 「장유자牆有茨」에 "내실內室의 말은 말할 수 없네[中冓之言, 不可道也]"라는 구절이 있다. 이 구절은 남자와 여자가 간통한 것을 풍자한 것이다.

114) 육사룡陸士龍 : 육운陸雲(262~303). 진晉나라 때 오吳 땅의 사람. 자는 사룡士龍. 형인 기機와 더불어 2육二陸이라 칭한다. 저서에 『육사룡집陸士龍集』 등이 있다.

115) 전기錢起(722~?) : 당나라 때 시인. 자는 중문仲文. 성당盛唐에서 중당中唐으로의 전환기였던 대력 연간大曆年間(766~779)에는 태청궁사太淸宮使 · 한림학사翰林學士가 되었으며, 청신수려淸新秀麗한 시로써 '대력십재자大曆十才子'의 필두로 칭송받았다. 저서에 『전중문집錢仲文集』이 있다.

라는 구절을 듣기도 하였다.

하서河西[116]가 과거시험을 치러 가는 길에 어떤 행인이

| | |
|---|---|
| 秋風颯而夕起, | 가을바람 소스라이 저녁 무렵에 일어나고, |
| 玉宇廓而崢嶸. | 대궐은 탁 트여 하늘에 치솟았네. |

라는 구절을 들었다. 전기와 하서는 모두 이 시구로 과거에 급제하였다.

사재思齋 김정국金正國[117]은 경상도 관찰사가 되어 여러 고을을 순행하다가 밀양에 이르러 영남루에서 백일장을 열었다. 방榜을 걸어 급제한 사람을 호명하고 뽑힌 선비들에게 즉석에서 시를 짓도록 하였다. 어떤 선비가 다음과 같은 시를 지었다.

| | |
|---|---|
| 金碧樓明壓水天, | 화려한 누각 환하게 물 속 하늘을 위압하니, |
| 昔年誰構此峯前. | 옛날에 그 누가 이 봉우리의 앞에다 지었는가. |
| 一竿漁父雨聲外, | 빗소리 너머로는 낚싯대 드리운 어부, |
| 十里行人山影邊. | 산 모습 가에는 십리 길을 가는 행인. |
| 入檻雲生巫峽曉, | 난간 사이의 구름은 무협巫峽[118]의 새벽에 피어오르고, |
| 逐波花出武陵煙. | 파도를 따라 꽃잎은 무릉의 안개 속에서 나타나네. |
| 沙鷗但聽陽關曲, | 모래톱의 갈매기 다만 양관곡陽關曲[119]만 들을 뿐, |

116) 하서河西 : 김인후金麟厚(1510~1560). 본관은 울산蔚山, 자는 후지厚之, 호는 하서河西·담재澹齋, 시호는 문정文正. 1540년(중종 35) 별시문과別試文科에 급제하였으나, 1545년 을사사화乙巳士禍 이후로는 고향인 장성에 돌아가 성리학 연구에 정진하였다. 성경誠敬의 실천을 학문의 목표로 하고, 이항李恒의 이기일물설理氣一物說에 반론하여, 이기理氣는 혼합混合해 있는 것이라고 주장하였다. 저서에 『하서집河西集』, 『사명사천도四名四天圖』 등이 있다.

117) 김정국金正國(1485~1541) : 본관은 의성義城, 자는 국필國弼, 호는 사재思齋·팔여거사八餘居士. 저서로 『사재집思齋集』, 『성리대전절요性理大全節要』 등이 있다.

118) 무협巫峽 : 삼협三峽의 하나로, 호북성湖北省 파동현巴東縣의 서쪽에 있다. 사천성四川省 무산현巫山縣과 접경하여 무산 가까이를 흐른다.

119) 양관곡陽關曲 : 원이元二가 안서安西 지방의 사신이 되어 떠날 때 왕유王維가 지어서 부른 시로, 지금은 변하여 송별의 시라 한다.

那識愁深送別筵. 시름겨워 송별하는 자리인 줄 어찌 알리오.

사재가 이상하다 의심하고 시를 적어 만형인 모재慕齋 김안국金安國[120]에게 보내자, 그 역시 사람이 지은 시구가 아니라고 하였다. 사람을 시켜 탐문해보니, 그는 과연 본래 글을 모르는 사람이었다. 그는 일찍이 바위 속에서 비를 피하다가 우연히 한 여자를 만났고 집으로 데리고 돌아와 아내로 삼았다. 부인은 옷을 꿰매고 밥을 짓는 등 뜻대로 하지 못하는 것이 없었다. 또한 글자를 알지 못한다고 남편을 책망하고 거듭해서 선비들과 교유하기를 권하고, 매양 시문을 지을 때면 으레 그에게 붓을 쥐게 했다. 마침내 그는 붓을 손 가는 대로 휘둘러 술술 글을 지었고, 자리에 있던 사람들이 모두 감탄하였다. 드디어 문장에 능한 것으로 이름을 날리니 영남루 시 또한 이와 같았다. 얼마 지나지 않아, 하루는 그가 놀러나갔다가 술에 취해 돌아왔는데, 부인이 낮잠 자는 것을 보고 화를 내며 밥을 차려 주지 않는다고 호통을 쳤다. 그러자 부인이 탄식하며 "이제 저와 당신은 인연이 다했습니다. 다시는 저를 원망하지 마시오." 하고는 옷을 털고 밖으로 나갔는데 그녀가 어디로 갔는지 알 수 없었다. 다만 방문에 시 한 구가 남아있었는데 그 내용은 다음과 같다.

花婦今爲洛水神, 꽃 같은 부인 이제 낙동강의 귀신이 되리니
世間俱是薄情人. 세상에는 온통 야박한 사람들뿐이네.

그 사람은 그 뒤로 도로 무식해졌다고 한다. 이 일은 또한 귀신과는 다르니, 아마 강비江妃나 낙신洛神 같은 부류일 것이다. 가령 연파전衍波牋 위에 적혀 있는 「궁중효한가宮中曉寒歌」[121]는 그 노래의 가사가 지금

120) 김안국金安國(1478~1543) : 본관은 의성義城, 자는 국경國卿, 호는 모재慕齋, 시호는 문경文敬. 김굉필金宏弼의 문인. 1503년 별시문과에 을과로 급제하여 벼슬이 대제학에 이르렀다. 저서에 『모재집慕齋集』, 『동몽선습童蒙先習』 등이 있다.

121) 「궁중효한가宮中曉寒歌」 : 연파전衍波牋은 시전詩箋 이름이다. 『직방시화直方詩話』에

은 전하지 않는다.

또한 당시唐詩 중에 무명씨無名氏가 지은 절구 한 수가 있다.

| | |
|---|---|
| 酒盡君莫沽, | 술은 떨어졌으나 그대는 사오지 말게, |
| 壺乾我當發. | 술병이 마르면 내 응당 떠나가리라. |
| 城市多囂塵, | 성시에는 번거로운 세속일 많으니, |
| 還山弄明月. | 산으로 돌아가 밝은 달과 노닐리라. |

이것은 무명씨의 시가 아니라 본디 목객木客[122]이 지은 것이니, 바로 귀신의 시이다. 옛날에 사황史皇[123]이 글자를 만들자 귀신이 밤마다 통곡했으니, 사람과 귀신이 구분이 있게 된 것을 미워했기 때문이다. 그러나 후세에는 귀신도 사람과 같이 시를 지을 수 있었으니 통곡할 필요가 없게 되었다. 옛날 말에 '사람이 죽으면 귀신이 되고 귀신이 죽으면 점聻[귀신이 죽어서 된 괴물]이 된다'고 하였다. 그러므로 사람은 귀신을 두려워하고 귀신은 점을 두려워한다. 점이 과연 어떤 물건이며 누가 그것을 볼 수 있는지는 모르겠다.

소호少昊[124]의 정치가 쇠하고 구려九黎[125]가 덕을 어지럽혀 사람과 귀신이 섞이게 되었다. 우禹임금이 정鼎을 주조하여 귀신을 솥에 새기는 데에 미치자, 귀신과 도깨비가 감히 모습을 숨길 수 없어 인문人文이 비

---

이르기를, "소관蕭貫이 젊은 시절 꿈속에서 궁중에 들어가게 되었는데, 신선과 같은 어떤 부인이 깜짝 놀라 어디에서 왔느냐고 물었다. 소관이 놀라 대답을 하지 못하다가, 자신은 진사進士이며 시를 지을 수 있다고 하였다. 그러자 한 부인이 소관에게 종이를 주면서 '이것은 연파전衍波箋입니다. 「궁중효한가宮中曉寒歌」를 지어주시지요'하니 소관이 즉시 이를 지었다"고 하였다.

122) 목객木客 : 세속과 떨어져 사는 선인仙人이나 그 부류를 일컫는 말.

123) 사황史皇 : 황제의 신하로 처음 문자를 만든 사람이라고 하고, 일설에는 창힐倉頡이라고도 한다.

124) 소호少昊 : 전설에 나오는 고대 동이족의 우두머리. 이름은 지摯. 금천씨金天氏라고도 한다.

125) 구려九黎 : 중국 상고시대 소호少昊 때의 제후로 후의 삼묘씨三苗氏를 말한다.

로소 밝아졌다. 그러나 성인이 나타나지 않고, 기강이 밝지 않자 귀신들은 다시 횡행하였다.

그러므로 우리나라 삼국시대에 위로는 궁중의 일까지도 괴이하고 음탕하여 놀라지 않을 일이 없더니, 본조本朝에 이르러 문불이 찬란하여 따로 이상한 일이 없었다. 그러나 종종 괴이하고 신기한 물건은 없지 않았으니, 하물며 쇠퇴해 어지러운 때와 병란의 시절에는 어떠했겠는가? 지금 서양 오랑캐가 세상에 가득 찼으니 이것은 사람과 귀신이 뒤섞인 것과 다르지 않으니, 두려워하지 않을 수 있겠는가?

### 妖狐怪鬼

妖狐怪鬼, 其說荒誕, 君子不道, 而古今所傳, 不無其事. 故小說中聊齋誌異一書, 太半狐惑也, 干寶之搜神記, 張讀之宣室志, 近世紀文達之姑妄聽之槐西襍志草堂筆記等書, 皆非狐則鬼也. 鬼者虛耗, 其變化奇妙, 使人慌忽莫測, 宜其無所不能. 而亦往往有詩, 鬼語必奇絶, 尤可異也. 弊箒破杵, 與相酬唱, 其詩俱載選家, 非特此也. 此類自唐以後甚多, 不能殫錄, 然, 偶記一二.

唐時有一文士, 獨宿廢宅, 夜半月明, 忽聞笙簫滿堂, 謌舞狼藉. 其人睡覺, 開眼視之, 有美女數十, 各持樂器, 紛然彈吹. 又一女朗吟一詩曰, “長安兒女踏春陽, 無處春陽不斷腸. 舞袖弓腰渾忘却, 蛾眉空帶九秋霜.” 旁有一女曰, “弓腰何也.” 其女曰, “汝欲見弓腰乎.” 遂翻身曲之, 以腦貼踵, 圓如關弓, 仍曰, “此弓腰也.” 其人大怪之, 厲聲曰, “妖物也.” 聲未畢, 諸女皆紛紛踏壁以上, 遂不見. 天明視壁上, 乃古畫女樂圖也. 甲申明亡後, 人物死亡, 十空八九. 適當三月三十日, 有文士數人, 携酒壺, 入一空屋, 坐樓下, 相與悲泣, 欲賦聯句. 時天陰雨飛, 一人先成一句曰, “風風雨雨送春歸.” 未及繼吟, 忽聞樓上有吟詩聲, 側聽乃續成首句也. 其詩曰, “無雨無風春亦歸.” 俄又連吟曰, “蜀魄啼來花影瘦, 吳蠶食罷柘陰稀.” 又連吟曰, “嘴邊黃淺鶯兒嫩, 頷下紅深燕子肥.” 又連吟曰, “惟有道人歸未得, 杖頭閒掛綠簑衣.” 吟罷無聲, 諸人不敢更作. 遂上樓見之, 寂無人跡, 惟飛塵滿樓而已.

嘗聞竹泉金文清公爲嶺南御史, 一日鷄鳴, 獨行入安東境. 時野路無人, 曉月微明, 忽有童兒總角三四人, 驅馬在前, 公認以行旅, 緩步隨後. 一童忽言, “曉景甚好, 可聯句.” 諸童曰, “可.” 一童先吟曰, “店樹橋雲曉色凄.” 一童續吟曰, “行人秣馬第三鷄.” 在後者, 又續成曰, “阿郎販豆京師去, 少婦春歸月在西.” 又一童曰, “少婦春歸, 必有可笑事.” 相與呵呵而去. 時遙見山下遠村, 有一女頭載米盆以往. 下句乃卽景, 而此女藁砧不在, 必有中蕃之事, 鬼故能知之也. 金公始覺爲鬼語, 遂忙追之, 纔踰一小崗, 人馬皆不見. 盖鬼亦能詩, 豈非異事乎. 陸士龍宿塚旁, 聞下有‘百年人長眠不知曉’之句. 錢起宿旅店, 聞‘曲終人不見, 江上數峯靑’之句.

河西赴擧, 路逢行人, 聞‘秋風颯而夕起, 玉宇廓而崢嶸’之賦. 起與河西皆以此取科. 思齋金公之爲嶺伯, 巡到密陽, 設白日場於嶺南樓, 揭榜呼中, 後令選士, 卽席賦詩. 一士有詩曰, “金碧樓明壓水天, 昔年誰構此峯前. 一竿漁父雨聲外, 十里行人山影邊. 入檻雲生巫峽曉, 逐波花出武陵煙. 沙鷗但聽陽關曲, 那識愁深送別筵.” 思齋疑異之, 以詩書致伯氏文敬公, 慕齋謂以非煙火食語. 使之探問, 其人果素不知文. 嘗避雨巖石間, 偶逢一女, 携歸爲妻. 其妻縫衣作飯, 無不如意. 且責其不識丁字, 仍勸交遊士友, 每當作文賦詩, 令執筆, 筆隨手下, 覼縷成語, 坐皆驚歎. 遂以能文名, 嶺南樓詩亦如此. 未幾, 其人一日出遊醉還, 見妻晝眠, 怒責不設飯. 妻歎曰, “吾與君緣盡, 更勿恨我.” 拂衣出, 不知所在. 但見門扇題一句曰, “花婦今爲洛水神, 世間俱是薄情人.” 其人後還無識云. 此又與鬼異, 豈江妃洛神之類歟. 如衍波賤上「宮中曉寒歌」, 其詞不傳.

又唐詩有無名氏一絶曰, “酒盡君莫沽, 壺乾我當發. 城市多囂塵, 還山弄明月.” 此非無名氏, 乃木客所作, 卽鬼詩也. 昔史皇造字, 而鬼夜哭, 惡其人鬼有別故也. 然後世之鬼, 作詩能如人, 不必哭也. 古語人死爲鬼, 鬼死爲聻, 故人畏鬼, 鬼畏聻. 未知聻果何物, 而誰能見之. 少昊之衰, 九黎亂德, 人神襍糅. 及大禹鑄鼎, 鬼魅不敢逃形, 人文始明. 然, 聖人不作, 綱紀不明, 則鬼怪揁行. 故我東三國之世, 上自宮壼, 怪鬼妖淫, 無非驚駭之事. 及至本朝, 文物燦然, 故別無異事, 而亦不無往往神怪之物, 況衰亂兵燹之際乎. 今之洋夷遍天下, 此何異於人神雜糅, 可不懼哉.

## 귀신이야기

천지간에 사람과 만물은 모두 기가 모이면 살고 기가 흩어지면 죽는다. 그러므로 죽으면 혼魂은 하늘로 올라가고, 백魄은 땅에 묻히게 되며, 뼈와 살은 썩어 들판의 흙이 되고, 기는 유연히 하늘 위로 올라가 연기처럼 날기도 하고 구름처럼 뭉치기도 한다. 그러므로 죽으면 필시 아득히 지각이 없게 되니 이것이 이치인 것이다. 그런데 예나 지금이나 간혹 죽어서 귀신이 되어서도 종종 기이한 행적이 많은 경우가 있다. 그렇다면 그 사람의 경우는 모두 살았을 적에 기를 많이 모아 위무威武가 있지 않았으면 반드시 영기英氣가 있는 자일 것이다. 그러나 그 귀신은 일시적으로 신령을 보이는데 불과할 뿐이다.

또한 간혹 천백 년 동안 죽어서 없어지지 않는 자가 있는데, 이 경우는 아마도 그 사람의 신령이 아니며, 필시 방금 죽은 이의 혼령이나 사악한 마귀가 옛날의 위인이나 존귀한 사람에게 붙어서 몸을 빌었기 때문일 것이다. 세상에 어찌 하나의 기가 천백 년에 이르도록 오래 존재하는 경우가 있을 수 있겠는가?

오원伍員[126]은 죽어서 오강吳江의 귀신이 되었는데 그 신령이 매우 위엄이 있었다. 그래서 오吳나라 사람들이 오강의 물결을 '자서子胥의 물결[胥濤]'이라고 부르고, 사당을 세워 제사를 지냈다. 그 후 손오孫吳[127]의 신하인 장자문蔣子文[128]은 말릉령秣陵令으로 재임 중에 죽었다. 그 귀신 또한 신령하여 오나라 사람들이 또한 말릉에 사당을 세워 제사를 지냈다.

또한 한漢나라 문제文帝 때 주허후朱虛侯 유장劉章[129]은 충성스럽고 용맹하기가 번쾌樊噲[130] · 영포英布[131]와 같았다. 그가 죽어서도 신령이 있으므로 사당을 세워 제사지냈다. 당唐나라 유자후柳子厚[132]는 유주자사柳州刺史로 있다가 죽어서 나지羅池 사당의 신이 되었는데, 한문공이 그를 위해 비명을 지어주었다.[133] 하지만 그 당시에 신령을 보이는데 지나지

126) 오원伍員(?~B.C.484) : 춘추시대 초楚나라 사람. 자는 자서子胥. 오왕吳王 부차夫差에게 살해되어 시체가 자루에 담겨 강물에 던져지자 오나라 사람들이 그를 불쌍히 여겨 강기슭에 사당을 세워주었다.

127) 손오孫吳 : 삼국시대 오吳나라를 가리킨다. 오나라의 왕실이 손씨孫氏였기 때문에 붙은 명칭이다.

128) 장자문蔣子文 : 동한東漢 때 광릉廣陵 사람. 말릉위秣陵尉가 되어 종산鍾山 아래서 도둑을 쫓다가 머리를 다쳐서 죽었고 후에 토지신이 되었다. 그는 자신은 골격이 심히 귀하기 때문에 죽으면 마땅히 신神이 될 것이라 말하곤 하였다. 후에 손권孫權이 건업建業에 도읍을 정했을 때, 어떤 사람이 흰 말을 타고 흰 부채를 들고 있는 장자문을 보았다고 말하니, 손권은 말릉秣陵에 장자문의 사당을 세우고 장후蔣侯로 봉하였다. 『수신기搜神記』 권5에 이 이야기가 나온다.

129) 유장劉章(B.C.201~B.C.177) : 한漢 고조高祖가 주허후朱虛侯로 봉했는데 한 고조가 죽고 여呂씨 일가가 난을 일으키자 유장은 주발周勃 · 진평陳平과 함께 난을 평정하여 다시 성양왕城陽王에 봉해졌다.

130) 번쾌樊噲(?~B.C.189) : 한漢나라 고조高祖 때의 무장武將. 홍문鴻門의 회합에서 고조를 구출하여 뒤에 무양후舞陽侯로 봉해졌다.

131) 영포英布(?~B.C.196) : 진한秦漢 교체기의 무장. 소싯적에 죄를 지어 경형黥刑을 당한 적이 있기 때문에 경포黥布라 불림. 항우를 따라 진秦을 격파하고 함양咸陽에 들어가 구강왕九江王에 봉해졌다. 뒤에 한신韓信과 팽월彭越이 죽는 것을 보고, 반기를 들었다가 고조에게 살해 되었다.

132) 유자후柳子厚 : 유종원柳宗元(773~819). 중당기中唐期의 문인으로 당송팔대가의 한 사람이다. 자후子厚는 그의 자. 유하동柳河東 · 유유주柳柳州라고도 부른다. 저서에 『유하동집柳河東集』 등이 있다.

않았다. 유장과 장자문의 귀신은 오래도록 신령이 있었기 때문에 두 사당은 천하에 널리 있었다. 이후에 또 수정후壽亭侯 관우關羽[134]의 위엄과 신령이 더욱 웅장해지자, 유장과 장자문은 점차 쇠해졌다.

대체로 시대마다 반드시 그 시대를 주관하는 귀신이 있어서 차례대로 창성하고 쇠퇴하기 마련이다. 송宋나라 이후에는 또 무목武穆 악비岳飛가 세상을 주도하니 천하가 받들어 제사지냈지만 결코 수정후 관우와 같지는 못했다. 수정후는 처음에 무안왕武安王에 봉해졌다가 지금은 황제로까지 격상되었는데, 중국인들은 심지어 집집마다 그의 제사를 지내고 있다.

우리나라는 임진년(1592)에 왜구가 쳐들어 왔을 때, 관우의 신령이 자주 나타나 도와주는 힘을 받은 일 또한 많았다. 그러므로 도성에는 동대문과 남대문 밖, 지방에는 영남의 안동安東·성주星州, 호남의 남원南原·고금도古今島[135]·지도智島[136] 등에 관우의 소상塑像을 설치하거나 진상眞像을 걸어 두고 지금까지 분향하여 수백여 년 동안 감히 조금도 소홀하지 않았다. 그 밝고 성대한 신령이 어찌 웅장하고 엄중하지 않겠

133) 나지羅池 …… 지어주었다 : 나지羅池는 유주에 있던 못의 이름이다. 원화元和 14년(819) 유주자사로 있던 유종원이 죽자 3년 뒤인 장경長慶 2년(822) 유주의 백성들이 그의 유언에 따라 나지의 연못가에 사당을 세웠다. 그 뒤 술에 취해 사당을 범한 과객過客이 죽는 등 기이한 일이 벌어지자 그 이듬해(823) 유주의 부장으로 있던 위충魏忠 등이 한유韓愈에게 청해 비명을 지어 제사를 지냈다고 한다. 문공文公은 한유의 시호이다. 『고문진보후집古文眞寶後集』 권3 「유주나지묘비柳州羅池廟碑」.

134) 수정후壽亭侯 관우關羽(162~219) : 삼국시대 촉蜀나라의 무장武將. 자는 운장雲長. 유비劉備, 장비張飛와 함께 도원결의桃園結義를 맺은 것으로 유명하다. 형주荊州를 지키던 중 오吳나라와의 전투에서 패하여 손권에게 살해되었다. 『삼국지연의三國志演義』에 따르면 조조曹操 휘하에 있을 때 원소袁紹의 군대를 격파한 공로로 수정후에 봉해졌다고 한다. 관우는 후세에 충의忠義의 화신으로 받들어져 역대 왕조에 의해 '무신武神'으로까지 격상되었다. 중국 대륙 각지, 나아가 대만, 홍콩, 한국, 일본 등지에서 관제묘關帝廟를 세워 숭배하였다.

135) 고금도古今島 : 전라남도 완도군 고금면에 속하는 섬. 완도와 조약도 사이에 있다. 옛것을 숭상한 도덕군자가 많은 곳이라 하여 고금도라 불리게 되었다.

136) 지도智島 : 전라남도 신안군 지도읍에 있는 섬으로, 지형이 지智자 모양으로 생겼다고 하여 지도라 한다.

는가. 그러나 이것은 모두 관우가 귀신이 되어 세상을 주도하여 천백 년 동안 전해진 것이니, 다른 귀신들과 비교하여 논할 수는 없을 것이다. 이 밖에도 죽어서 한 때에 신령한 자 또한 많다.

순조純祖 신사辛巳·임오壬午 연간의 일이다. 고故 좌랑佐郞 김기서金基叙[137]의 집은 동호東湖의 평구리平邱里에 있었는데, 하루는 홀연히 한 밤중에 귀신이 그 집을 찾아왔다. 비록 그 형체를 드러내지는 않았으나 김기서와 마주 앉아 이야기를 나누었는데, 마치 메아리가 울리는 듯 했다. 귀신은 스스로 말하기를,

"나는 고려 말 청로장군淸虜將軍 정득량鄭得良[138]인데 죽어서 이곳에 묻혔다. 세월이 오래되어 봉분이 평평해지자 마을 사람들이 이러한 사실을 알지 못하고 집을 짓거나 마당을 만드니 냄새나고 더러워 참을 수가 없다."

라고 하였다. 또 고려 때의 일을 많이 이야기하였는데 고사가 매우 상세했다. 드디어 밤마다 오지 않는 날이 없었다. 그러나 『고려사高麗史』를 살펴보아도 이 사람에 관한 기록이 없으니 반드시 기록할 만한 공적이 없어 입전하기에 부족하였기 때문일 것이다. 김기서는 마침내 집을 헐어버리고 말끔히 쓸어낸 뒤 다시 무덤을 쌓아 봉분을 만들었다. 또 술·과일·안주를 장만하여 제사를 지냈다. 주인 스스로 초헌初獻[139]을 했고 이웃에 사는 판서 홍우섭洪遇燮이 아헌亞獻[140]을 했으며 대산臺山 김매순金邁淳[141]이 제문을 지었다. 그 글을 내가 거의 잊어버

---

137) 김기서金基叙(1765~?) : 본관은 청풍淸風, 자는 정택正宅, 호는 구우邱隅.

138) 정득량鄭得良 : 『순조실록純祖實錄』 22년 4월 8일(壬子) 구강의 상소에 의하면, 고려 말엽의 청로장군淸虜將軍 수월당水月堂 정득양鄭得揚으로 되어 있다.

139) 초헌初獻 : 제사 지낼 때, 첫 번째로 술잔을 신위에 올리는 것을 말한다.

140) 아헌亞獻 : 제사 지낼 때, 두 번째로 잔을 올리는 것을 말한다.

141) 김매순金邁淳(1776~1840) : 본관은 안동安東, 자는 덕수德叟, 호는 대산臺山, 시호는 문청文淸. 1795년(정조 19) 정시문과에 병과로 급제하여 벼슬이 예조참판에 이르렀다. 문장이 홍석주洪奭周와 함께 당시 으뜸으로 여한십대가麗韓十大家의 한사람으로 꼽혔다. 저서에 『대산집臺山集』 등이 있다.

렸고 지금 다만 기억나는 십여 구를 기록해 두었는데 다음과 같다.

| | |
|---|---|
| 子不語怪, | 공자가 괴력난신怪力亂神을 말하지 않았으니 |
| 儒奉爲經. | 유가에서 받들어 이를 법으로 삼았네. |
| 厥或間値, | 그 중 간혹 만날 수도 있는 것은 |
| 生英生靈. | 생영生英과 생령生靈 뿐이라네. |

또 이런 구절이 있다.

| | |
|---|---|
| 松京之季, | 고려 말엽 |
| 尙有典型. | 오히려 모범이 있다네. |
| 臨危寄命, | 국가의 위난危難에 목숨을 바쳐 |
| 授鉞靑冥. | 부월斧鉞과 청명검靑冥劍[142]을 받았네. |
| 豪鷹刷翎, | 사나운 매처럼 깃털을 세우 듯 공격하고 |
| 脩劍發硎. | 숫돌에서 간 긴 칼로 닦은 솜씨 발휘하네. |
| 高風亮節, | 높은 풍모와 맑은 절개 |
| 可爭日星. | 해와 별과 다툴 만하네. |
| 國史多諱, | 국사國史는 기휘忌諱가 많고 |
| 野聞易零. | 야사野史는 사라지기 쉽네. |
| 不與圃冶, | 포은圃隱[143]·야은冶隱[144]과 더불어 |

142) 청명검靑冥劍 : 손권孫權이 지녔다는 육검六劍의 하나. 최표의 『고금주』에 의하면 오나라 왕 손권孫權은 6자루의 보검이 있었는데, 백홍검白虹劍·자전검紫電劍·피사검避邪劍·유성검流星劍·청명검靑冥劍·백리검百里劍 등이다.

143) 포은圃隱 : 정몽주鄭夢周(1337~1392). 본관은 연일延日, 초명 몽란夢蘭·몽룡夢龍, 자는 달가達可, 호는 포은圃隱, 시호는 문충文忠. 고려말 문신으로 기울어지는 국운을 바로잡고자 노력, 대명對明 외교에 큰공이 있었으나 역성혁명을 노리던 이방원이 보낸 조영규趙英珪에게 피살당하였다. 시문詩文에 능하였고, 서화書畫에도 뛰어났다. 저서에 『포은집圃隱集』이 있다.

144) 야은冶隱 : 길재吉再(1353~1419). 본관은 해평海平, 자는 재보再父, 호는 야은冶隱. 조선이 건국되자 두 왕조를 섬길 수 없다고 거절하고 고향 선산에서 후진 양성에만 진력했다. 특히 김숙자金叔滋에게 성리학을 가르쳐 김숙자·김종직金宗直·김굉필金宏弼·조광조趙光祖로 그 학통을 잇게 했다. 저서에 『야은집冶隱集』 등이 있다.

| | |
|---|---|
| 參耀簡靑. | 빛나는 역사책에 실리지 못했네. |
| 平邱之里, | 김기서가 사는 평구平邱의 마을, |
| 判事之汀. | 홍우섭이 사는 판사判事의 물가. |
| 瓦柴草草, | 기와와 사립문만 무성하니, |
| 孰封而銘. | 누가 봉분을 만들고 명銘을 쓸까? |
| 溝塗屋廬, | 도랑의 진흙과 가옥, |
| 溷及隧庭. | 무덤까지 더럽히네. |
| 豈伊明靈, | 어찌 이 밝은 영령英靈이 |
| 甘此穢腥. | 이 더러움과 냄새를 달갑게 여기리오? |
| 人生萬緣, | 인생의 온갖 인연도 |
| 盖棺則寧. | 관을 덮으면 편안하거늘. |
| 惟此鬱律, | 오직 이 답답한 영혼은 |
| 百歲千齡. | 백년, 천년을 편안하지 못하였네. |

또 이런 구절도 있다.

| | |
|---|---|
| 有風肅然, | 쓸쓸한 바람이 |
| 于棟于櫨. | 용마루와 처마에 불도다. |

또한 이런 구절이 있다.

| | |
|---|---|
| 何由起來, | 어떻게 하면 그를 불러 일으켜 |
| 以壯我廷? | 우리 조정을 장대하게 할까? |

후에 귀신이 홀연 스스로 떠나가서 다시는 찾아오지 않았다. 그런데 대사간 구강具康이 상소하여 그것은 예도 아니며 귀신에게 아첨하는 것이라 논죄하고 아울러 여러 대신들을 탄핵하였다.[145] 이에 모두 간혀 처

145) 대사간 구강具康이 …… 탄핵하였다: 『순조실록』의 「22년 4월 8일(임자)」조를 보면 다음과 같이 나온다. "대사간 구강具康이 상소하였는데, 대략 이르기를, '전 좌랑 김기서金基敍가 현재 양주楊州의 평구리平邱里에 있는데, 귀신의 협박을 받아 오다가 심지어는 행 호군 홍우섭洪遇燮, 진사 유관과 함께 삼헌관三獻官을 맡고 전 직각 김

벌을 받게 되어 세상의 웃음거리가 되었다. 그러나 이것은 모두 극심한 곤액과 깊은 근심을 물리치려고 무료한 가운데 그렇게 했던 것이다. '인생만연人生萬緣' 이하 몇 구를 보면 그 말이 격렬하고 비분강개하고 있으니, 바로 이는 대산臺山이 뜻을 의탁한 곳이다.

또 귀신이 이미 신령이 있어 스스로, "고려 사람으로 죽어서 이곳에 장사지냈다"고 여러 차례 간곡히 말했으니, 봉분을 만들어 주고 제사를 지내주는 것이 옳을 것이다. 어찌 요망하다고 꾸짖어 도리어 스스로 훗날의 해를 자초하겠는가? 예로부터 문인들은 이러한 기이한 일이 흔히 있었는데, 듣고서 웃는 것은 혹 괜찮지만 번거롭게 조정에까지 보고하는 것은 지나친 일이다. 구강이 스스로 이런 일을 당한다면 과연 귀신을 꾸짖고 제사를 지내지 않았을런지 나는 모르겠다. 아마도 말만 하는 자가 혀를 잘 놀린 것에 불과할 것이다. 다만 삼전三奠의 예를 행하여 제례祭禮와 같이 한 것은 비록 "귀신을 공경한다"고 말할 수 있을지는 몰라도 이는 잘못된 것이다.

---

매순金邁淳이 제문을 지은 다음 단壇을 쌓고 제사를 지냈다고 합니다. 그 귀신은 자칭 고려 말엽의 청로장군淸虜將軍 수월당水月堂 정득양鄭得揚의 혼령이라고 하는데, 밤에도 오고 낮에도 나타나 술과 고기를 달라고 하면서 황당하고 요사스러운 말을 한다고 합니다. 그런데 어떻게 정정당당한 장군의 혼령이 괴이한 도깨비의 미친 짓을 할 수 있겠습니까? 이는 틀림없이 허명虛名을 빌려 사람을 속이는 것입니다. 이런 따위는 모습을 흉내 내고 얼굴을 바꾼 분장한 사람이 아닐 경우 바로 목석木石의 요귀일 것이니, 정귀正鬼가 아님이 분명합니다. 사람들이 전하는 이야기에 거짓말과 참말이 뒤섞인 바가 없지 않겠지마는, 백성들이 휩쓸린 것이나 사녀士女들이 믿는 것은 제문이 전파되고 추수推數한 말이 오고 간 것으로 인한 것이니, 일시의 소동으로만 말할 일이 아닙니다. 이들 네 사람은 오직 귀신만을 두려워하므로, 마음이 동요한 것은 이상하게 여길 것이 없습니다. 그러나 애석하게도 글을 읽은 선비가 지식이 넓지 못합니다. 설사 재앙이 그 몸에 닥쳐 엄한 말로 배척하지는 못한다 하더라도 도리어 그를 존중하고 신명神明처럼 여기어 이처럼 해괴한 짓을 하였으니, 모두 변방에 정배하는 율을 시행하소서' 하니, 비답하기를, '참으로 이와 같다면 한심하고, 수치스러운 일이라고 하겠다. 우선 금부에서 잡아다 문초하여 공초를 받은 뒤에 감죄勘罪하라' 하였다. 김기서는 음사淫祀에 제사를 지내는 것은 정도正道가 아니라 하여 연풍현延豐縣에 정배하고, 홍우섭은 수치를 끼침이 적지 않고 김매순은 듣는 사람을 놀라게 했다 하여 모두 정배로 법을 적용하여 속전을 받게 하였는데, 삼사三司에서 간쟁하였으나 따르지 않았다."

대개 사람이 죽되 제 명에 죽지 못하면 또한 반드시 신령이 있게 된다. 그러므로 이경류李慶流[146]는 임진왜란 때 순변사巡邊使로서 종사하다가 상주에서 전사하였는데, 그 신神이 그 날 저녁 곧장 서울 집에 왔으며, 잘려진 머리가 피를 흘리며 가족에게 나타나 목이 마르다 하여 마실 것을 찾았다. 후에 또 신神이 항상 집에 있어 매번 사람을 불러 말하는 것이 평소와 같았는데, 삼년이 되어서야 비로소 나타나지 않았다.

또 복성군福城君 미嵋[147]는 중종의 왕자로 을사사화를 당했는데[148] 후에 귀신이 홀연히 무당에게 내려왔다. 심지어 백사白沙[149]가 어렸을 때 찾아와서 억울함을 하소연하기도 하였다. 선조가 즉위함에 이르러 왕자 진평군振平君으로 하여금 제사를 주관하게 하고 매번 복성군의 기일을 맞이해서는 반드시 온 가솔들에게 정성을 다하도록 하였다. 조금이라도 불결한 것이 있으면 혹 여자 하인을 사당 앞으로 불러 꾸짖고 엄하게 책망하여, 하인이 그 자리에서 죽는 경우까지 있었다. 지금까지도 여전히 그러하다.

또 호정浩亭 하륜河崙[150]이 밤에 나타나 문곡文谷[151]에게 묘 앞에서

---

146) 이경류李慶流(1564～1592) : 본관은 한산韓山, 자는 장원長源, 호는 반금伴琴.

147) 복성군福城君(?～1533) : 중종의 아들. 이름은 미嵋. 경빈 박씨의 소생. 1527년(중종 22) 2월 세자世子[仁宗]의 생일에 쥐를 잡아 사지四肢와 꼬리를 자르고 입·귀·눈을 불로 지져서 동궁東宮의 나무에 걸어 세자를 저주한 작서灼鼠의 변變에 어머니가 혐의를 받아 작호를 빼앗기고 1533년 어머니와 함께 사사賜死되었다. 1541년(중종 36) 김안로金安老의 아들 김희金禧가 사건을 조작한 진범으로 밝혀져 신원되었다.

148) 을사사화를 당했는데 : 복성군이 사사된 것은 계사년(1533)으로, 여기서 을사사화(1545)라고 한 것은 저자의 착각인 듯하다.

149) 백사白沙 : 이항복李恒福(1556～1618). 본관은 경주, 자는 자상子常, 호는 백사白沙·필운弼雲·청화진인淸化眞人·동강東岡·소운素雲. 어렸을 때, 훗날 함께 재상이 된 이덕형李德馨과 돈독한 우정을 유지하여 오성鰲城과 한음漢陰의 일화가 오랫동안 전해지게 되었다. 1580년(선조 13) 알성문과에 병과로 급제하여 벼슬이 우의정에 이르렀다. 임진왜란 중 난의 뒷수습을 하는데 힘쓴 명신名臣으로서 당쟁 속에서도 붕당朋黨에 가담하지 않고 그 조정에 힘썼다. 저서에 『백사집白沙集』, 『북천일록北遷日錄』 등이 있다.

150) 하륜河崙(1347～1416) : 본관은 진주晉川, 자는 대림大臨, 호는 호정浩亭. 시문에 능하였고, 음양陰陽·의술醫術·성경星經·지리地理에도 정통했다. 태종의 두터운 신임

밭을 갈지 말라고 청한 바 있었다. 김우항金宇抗[152]도 옥관자玉貫子가 『강목綱目』 제 몇 권 몇 장에 있다는 것을 알려 찾아주었다. 또한 문익공文翼公 유척기兪拓基[153]가 밤에 신무문神武門 뒤를 지나다가, 나의 친척 할아버지 익정공翼靖公[154]에게 책을 전해달라고 하는 사람을 만난 적도 있었는데, 그러한 일들은 모두 간곡하다. 그러나 이는 한 때의 영靈이 보이는 것이니 고금에 이러한 유는 매우 많다. 하지만 유장劉章·장자문蔣子文·악무목岳武穆·무안군 관우關羽에 이르러서는 다 세상을 주도하던 신이니 어찌 함께 말할 수 있겠는가.

또 괴이하다 할 만한 일이 있으니, 일찍이 주죽타朱竹垞[155]의 『일하구문日下舊聞』에 이르기를, "요동에 한 병사가 전쟁에서 죽을 뻔했는데, 머리는 땅에 떨어졌으나 오히려 죽지 않고 그 머리를 쥐고 걸어서 집으로

---

을 받았다. 저서에 『호정집浩亭集』이 있다.

151) 문곡文谷 : 김수항金壽恒(1629~1689). 본관은 안동安東, 자는 구지久之, 호는 문곡文谷, 시호는 문충文忠. 1646년(인조 24) 사마시司馬試를 거쳐 1651년에 알성문과謁聖文科에 급제하여 벼슬이 영의정에 이르렀다. 송시열을 중심한 노론老論에 소속되어 윤증尹拯의 죄를 엄중히 다스렸으며, 1689년 기사환국己巳換局으로 남인이 재집권하게 되자 진도珍島에 유배된 후 사사賜死되었다. 저서에 『문곡집文谷集』이 있다.

152) 김우항金宇抗(1649~1723) : 본관은 김해金海, 자는 제중濟仲, 호는 갑봉甲峰·좌은坐隱, 시호는 충정忠靖. 1669년(현종 10) 사마시에 합격, 1681년 식년문과에 을과로 급제하여 벼슬이 우의정에 이르렀다. 영중추부사領中樞府事로서 1722년(경종 2) 신임사화辛壬士禍로 노론老論 4대신이 화를 입자 이를 항소했다. 저서에 『갑봉집甲峰集』이 있다.

153) 유척기兪拓基(1691~1767) : 본관은 기계杞溪, 자는 전보展甫, 호는 지수재知守齋, 시호는 문익文翼. 1714년(숙종 40) 증광문과에 급제하여 벼슬이 영의정에 이르렀다. 신임사화辛壬士禍로 죽은 김창집金昌集·이이명李頤命 두 대신의 복관을 건의하여 신원伸冤시켰으나 소론 대신大臣들의 죄를 엄중히 다스리라고 주청했다가 실패하자 사직했다. 저서에 『지수재집知守齋集』이 있다.

154) 익정공翼靖公 : 홍봉한洪鳳漢(1713~1778). 본관은 풍산豊山, 자는 익여翼汝, 호는 익익재翼翼齋, 익정翼靖은 그의 시호. 사도세자의 장인. 1743년 딸이 세자빈[혜경궁홍씨惠慶宮洪氏]으로 간택된 뒤 이듬해 별시문과에 을과로 급제하여 벼슬이 영의정에 이르렀다.

155) 주죽타朱竹垞 : 주이존朱彛尊(1629~1709). 청나라 때 학자이자 문인. 자는 석창錫鬯, 호는 죽타竹垞. 『명사明史』의 편찬에 참여하였으며, 경학과 사학에 통달하고 고증에 뛰어났으며 시·사詞·고문에도 조예가 깊었다. 저서로는 『경의고經義考』, 『일하구문日下舊聞』, 『폭서정집曝書亭集』, 편저로 『사종詞綜』, 『명시종明詩綜』 등이 있다.

돌아왔다. 머리는 비록 썩고 말랐으나 그 몸은 살아서 앉아 있었다. 먹을 것이 생각날 때면 곧 손으로 '기飢' 자를 쓰고 목이 마를 때는 '갈渴' 자를 썼다. 그러면 번번이 그 죽이나 물을 목구멍으로 부어주었다. 배가 부르면 또 손을 흔들었다. 이와 같이 하기를 삼 년 동안이나 하고 자식을 둘이나 낳고 비로소 죽었다"하니 이 또한 무슨 이치인가. 우주는 광대하여 있지 않은 것이 없다.

神靈

天地間人與物, 皆氣聚而生, 氣散則死. 故死而魂升於天, 魄降於地, 骨肉腐化爲野土, 其氣則悠揚于上, 烟飛而雲斂. 故死則必冥然無知, 此理也, 而古今亦或有死而爲神, 往往多異跡, 則其人又皆生而鍾氣, 非有威武則必有英氣者也. 然其神不過一時示靈而已, 而又或有千百年不泯者, 此則恐非其人之靈, 必有新鬼邪魔, 依附於古之偉人鉅公, 而假托之故也. 世安有一氣而至千百年長存者也.

伍員死而爲吳江之神, 其靈甚威, 吳人謂胥濤, 立廟祀之. 其後孫吳臣蔣子文以秣陵令, 死於官, 其神亦靈, 吳人又祠於秣陵. 又西漢文帝時, 朱虛侯劉章有忠勇, 如樊噲英布, 死而有靈, 亦立廟祀之. 又唐柳子厚以柳州刺史, 死爲羅池廟神, 韓文公作碑銘, 然不過其時示靈而已. 劉蔣之神則久而有靈, 故二祠遍天下. 後又關壽亭威靈尤壯, 劉蔣則稍衰.

盖一世必有主世之神, 遞相盛衰. 宋以後又岳武穆主世, 天下尊祠之, 然都不如壽亭也. 壽亭始封武安王, 今則尊爲帝. 中國人至於家祀而戶祭, 我國則壬辰倭寇時, 其靈屢見, 亦多助力. 故內而東南城外, 外而嶺南之安東星州, 湖南之南原古今島智島等處, 或設塑像, 或揭眞像, 至今香火之, 數百餘年不敢少忽. 其明神赫靈, 豈不壯且嚴重乎? 然此皆神而主世, 傳至千百年者, 不可與他神比論, 而其外死而有靈於一時者, 亦多矣.

純祖辛巳壬午間, 故佐郎金基叙家, 在東湖之平邱里, 而一日忽有鬼夜來其家. 雖不示形, 與金對坐酬酢, 如響. 自云, 是麗末淸虜將軍鄭得良, 而死葬是地, 歲久墳夷, 村民不知, 或構屋, 或爲場, 臭穢不堪. 又多言勝國, 故事甚悉, 遂無夜不至. 然考『麗史』無此人, 則必無可紀之蹟, 不足立傳故也. 金乃毁屋而掃漑, 改築而封之, 又以酒果肴羞設祭. 主人自爲初獻, 隣居洪參判遇燮爲亞獻. 金臺山邁淳撰祭文, 其文余皆忘之, 今但錄其所記十餘句有曰, "子不語怪, 儒奉爲經, 厥或間値, 生英生靈". 又曰, "松京之季, 尙有典型, 臨危寄命, 授鉞靑冥. 豪鷹刷翎, 脩釰發硎, 高風亮節, 可爭日星. 國史多諱, 野聞易零. 不與圃冶, 參耀簡靑, 平邱之里, 判事之汀, 瓦柴草草, 孰封而銘, 溝塗屋廬, 涸及隧庭, 豈伊明靈, 甘此穢腥. 人生萬緣, 盖棺則寧, 惟此鬱律, 百歲千齡." 又曰, "有風肅然, 于楝于欞." 又曰, "何由起來, 以壯我廷?"云云. 後神忽自去, 更不來到, 而大司諫具康上疏, 論其非禮佞鬼, 幷劾諸公, 仍皆被囚勘罪, 而爲世笑囮. 然是皆廢斥奇窮幽愁, 無聊而爲此也. 觀於人生萬緣以下數句, 其造語, 激越悲慨, 正是臺山托意處. 且神旣有靈, 自云, "前朝人死葬此地." 屢告丁寧, 則封而酹之可也. 豈可以妖妄叱逐, 反自取後日之害也. 自古文人, 易有此等奇事, 聞而笑之或可, 而至於煩聞朝廷則過矣. 吾未知具康自當則果能叱而不祭也. 恐不過言者饒舌而已. 但行三奠如祭禮者雖曰敬鬼神, 是乃失着耳.

盖人死而非正命, 則亦必有靈. 故李公慶流, 壬辰島夷之亂, 以巡邊使從事, 戰亡於尙州, 其神當夕, 卽來京第. 其喪元血流, 現形於家人, 渴而索飮, 後亦神常在家, 每呼人言語, 如平日, 至三年始無見. 又福城君嵋以中宗王子, 被乙巳禍, 後神忽降巫, 白沙少時, 至於來訪說寃. 至宣廟卽位, 以王子振平君, 使主祀, 而每當福城忌日, 必擧家洞屬. 少有不潔, 則或致爨婢之捽入廟前, 呵叱嚴責, 婢卽斃焉. 至今猶然, 又如河浩亭崙, 夜見文谷, 請禁墓前耕犁. 金公宇杭喩覓玉圈之在綱目苐幾卷苐幾葉. 又兪文翼公拓基夜過神武門後, 逢人致書於余族祖翼靖公者, 其事皆丁寧, 然是一時之示靈, 古今此類甚多. 而至於劉章蔣子文岳武穆關武安, 皆主世之神, 豈可同日語也.

又有可怪事, 嘗見朱竹坨日下舊聞, 有遼東一卒戰死, 頭落地猶不死, 携其頭步還家. 頭雖腐枯, 其身生坐, 思食則以手書飢字, 渴則書渴字. 其妻輒以粥飮及水, 持灌喉孔, 飽則又揮手, 如是者三年, 而至生二子始死, 此又何理也? 宇宙廣大無不有也.

## 문인文人의 지조志操

육조六朝[156] · 오계五季[157]의 시대에는 아침에 정권을 얻었다가도 저녁에 잃어버리게 되어 은택이 신하와 백성들에게 흘러들어갈 수 없었다. 그러므로 또한 국가를 위하여 절개를 바치는 신하도 없었다. 풍도馮道[158]와 같이 번갈아 가며 열 명의 군주를 섬기는 자도 있었는데, 그 뻔뻔하여 부끄러워함이 없는 것은 이전에는 한 번도 없던 일이니, 이런 자는 논할 것도 없다.

남조南朝 송宋나라의 사령운謝靈運[159]과 명말明末의 전겸익錢謙益[160]

---

156) 육조六朝 : 삼국三國시대와 남북조南北朝시대 때 건업建業, 지금의 남경南京에 도읍한 여섯 나라. 오吳 · 동진東晋 · 송宋 · 제齊 · 양梁 · 진陳.

157) 오계五季 : 당唐나라 멸망 후 송宋나라가 들어서기 전까지 화북華北지방에서 흥망興亡했던 다섯 나라. 후량後梁 · 후당後唐 · 후진後晋 · 후한後漢 · 후주後周.

158) 풍도馮道(882~954) : 당나라 말기부터 오대五代에 걸친 정치가. 자는 가도可道. 재상의 지위에 26년을 지내면서 사성십군四姓十君을 섬겼다.

159) 사령운謝靈運(385~433) : 남북조시대南北朝時代의 산수시인山水詩人. 사현謝玄의 손자로서 강락공康樂公의 작위를 이었으므로 '사강락謝康樂'이라 불렀다. 문제 때 시중侍中이 되었으나 참언에 걸려 사형을 당하였다.

160) 전겸익錢謙益(1582~1664) : 명明나라 때 시인. 자는 수지受之, 호는 목재牧齋 · 어초사

같은 이는 나아감과 물러남이 마땅하지 않았다. 사령운은 이미 절개를 잃어가면서까지 송나라를 섬겼다. 그렇다면 섬겨야 할 사람에게 충성을 다해야 마땅한데, 도리어 문제文帝가 자신을 소원하게 대우한다고 원망하여 심지어 "한韓이 망하자 자방子房이 분기奮起하였고, 진秦이 황제라 창하자 노중연魯仲連이 부끄러워하네"라는 시를 지어 은근히 진晉나라에 절개를 지키는 것처럼 하였다. 이로 인해 문제가 명을 내려 그를 사로잡게 하자 또 병사를 일으켜 이에 저항하기까지 하였다. 그럼에도 마침내 죽음을 면치 못했으니 이 무슨 의義인가? 진실로 웃음거리가 될 만하다. 그러나 후인들이 매번 그의 시를 사랑해서 도연명과 사령운이라 부르고 감히 정절靖節[161]과 함께 더불어 칭송하니, 가령 도연명이 이런 사실을 안다면 어찌 그와 함께 어깨 겨루는 사실에 부끄러워하지 않겠는가?

당나라 왕유王維[162]가 급사중給事中 벼슬에 있을 때 안록산安祿山이 수도를 함락하자 거짓으로 맹서하고 출사하여 역적에게 벼슬함을 면하지 못하였다. 그러나 안록산이 응벽지凝碧池[163]에 모여 연회를 열 때에, 왕유가 홀로 시를 지어 말하기를,

萬戶傷心生野烟, 만호萬戶가 속을 태워 들에 연기가 피어오르는데,

---

漁樵史·우산종백虞山宗伯. 1610년 진사에 급제하여 승진을 거듭하여 예부상서禮部尙書가 되었으나, 1645년 청나라의 군대가 강남江南을 공략하였을 때 청군에게 항복하여 예부우시랑禮部右侍郞이 되었다. 그러나 곧 병을 핑계로 고향으로 돌아가 그곳에서 죽었다. 그는 두 왕조를 섬겨 절조가 없다고 비판받았으나, 시작詩作에는 뛰어나 붓끝에 막힘이 없었으며, 그의 박학은 불교 연구에까지 미쳤다. 저서에 『초학집初學集』, 『유학집有學集』 등이 있었으나, 건륭제乾隆帝 때 그의 변절이 크게 문제되어 일체의 저작이 금절禁絶되었다.

161) 정절靖節 : 도연명陶淵明(365~427). 동진東晋·송대宋代의 시인. 이름은 잠潛, 자는 연명·원량元亮, 시호는 정절선생靖節先生. 문 앞에 버드나무 다섯 그루를 심어 놓고 스스로 오류선생五柳先生이라 칭하기도 하였다.

162) 왕유王維(701~761) : 당나라 때 시인·화가. 자는 마힐摩詰. 개원開元 9년에 진사로 등과해서 천보天寶 말엽에 급사중給事中이 되었다. 만년의 관명에 따라 왕우승王右丞이라고 부른다. 시詩·화畫로 명성을 떨쳤다. 저서에 『왕우승집王右丞集』이 있다.

163) 응벽지凝碧池 : 당나라 금원禁苑 안에 있는 연못.

| | |
|---|---|
| 百官何日更朝天. | 백관들 어느 날에 천자께 조회할까? |
| 秋槐葉落空宮裡, | 가을 홰나무의 낙엽은 텅 빈 궁정 속에 떨어져 있는데, |
| 凝碧池頭奏管絃. | 응벽지에서 음악을 연주하네. |

하였다. 뒷날에 안록산의 난이 평정되어 왕유도 하옥되었는데, 어떤 이가 왕유의 시를 행재소行在所[164]에 아뢰었다. 또 아우 왕진王縉[165]이 형부시랑刑部侍郎으로 자신의 벼슬을 바쳐 형의 죄를 속죄해 주기를 원했다. 숙종肅宗이 특별히 용서하여 태자중윤太子中允[166]라는 벼슬을 제수하였다. 그 당시 문인들이 끝까지 그 재주를 아꼈으니 후대에 또한 왕・맹(왕유와 맹호연)으로 함께 칭송하였다.

두자미杜子美의 시에 '고인왕우승高人王右丞'이란 구절이 있으니 세상에 어찌 역적에게 벼슬하는 고인高人도 있는가? 그러나 진실로 강락康樂 사령운과 목재牧齋 전겸익이 도리어 임금에게 고담준론을 하면서 스스로 부끄러워함이 없는 것보다는 낫다. (전겸익의 일은 또 별도로 논하였다.)

錢謙益

六朝五季之世, 朝得暮失, 恩澤不能滲漉於臣民, 故亦無爲國盡節之臣. 如馮道之遞事十姓, 其靦然無耻, 亦古今一人, 無足與論, 而如南宋之謝靈運, 明季之錢謙益, 進退無當矣. 靈運旣失身事宋, 當忠於所事, 而反怨文帝之疎遇, 至有 '韓亡子房奮, 秦帝魯連耻' 之詩, 隱若全節於晋室. 及文帝下令發捕, 又至興兵拒捕, 竟未免就戮, 此何義也, 實爲可笑. 然後人每愛其詩, 謂之陶謝, 敢與靖節並稱, 使淵明而有知, 豈不羞與肩伍也哉. 唐之王維以給事中, 當祿山陷京, 未免僞署. 至會祿山凝碧池之宴, 獨自賦詩曰, "萬戶傷心生野烟, 百官何日更朝天, 秋槐葉落

164) 행재소行在所 : 임금이 순행 중에 일시 머무는 곳.
165) 왕진王縉(? 701) : 당나라 왕유의 동생. 자는 하경夏卿.
166) 태자중윤太子中允 : 태자궁太子宮의 정5품 관직.

空宮裡, 凝碧池頭奏管絃." 後賊平下獄, 或以詩聞於行在, 又弟縉以刑部侍郎, 願納官贖兄. 肅宗特宥, 仍授太子中允. 其時文人, 終愛其才, 後世亦以王孟並稱. 杜子美詩, 有 '高人王右丞' 之句, 世安有仕賊之高人乎. 然, 良勝於康樂牧齋之反爲高談而無耻也. (謙益事, 又別有所論.)

## 중국의 신자新字와 조선의 속자俗字

글자를 만드는 것은 사황史皇[167]에서 시작되었는데 처음에는 새 발자국을 보고 만들었다. 따라서 '불不'과 같은 글자는 새가 위로 날아 올라가서 아래로 내려오지 않는 것을 말하는 것이니, '불不'자 이외의 것도 또한 대부분 새를 미루어 추측해서 만들어졌다. 그렇다면 그 당시 만들어진 것이 반드시 천이나 만 글자 정도나 될 정도로 많지는 않았을 것이다. 따라서 지금 말하는 육서六書, 즉 상형·형성·회의·전주·가차·지사의 운용법은 마땅히 사황史皇 이후에 존재했을 것이다. 그러므로 후인들이 또한 여기에다 새로운 의미를 부여하거나 기존의 뜻을 더하거나 빼거나 함이 있었으니 이것이 고자古字와 함께 유행되어 쓰였다. '경景'에 '삼彡'을 더하면 '영影'이 되니 갈홍葛洪[168]에서 나온 것이요, '수隨'에서 '착辵'을 없애면 '수隋'가 되니 양견楊堅[169]에서 나온 것이요, '도荼'가

167) 사황史皇 : 중국 고대 전설적인 제왕인 황제黃帝 때의 좌사左史인 창힐倉頡을 가리킨다. 새와 짐승의 발자국을 본떠서 처음으로 문자를 만들었다고 한다.

168) 갈홍葛洪(283~?) : 진晉나라 때 학자·도사. 자는 치천稚川, 호는 포박자抱朴子. 신선술과 연단술에 능하며 방대한 저서를 남겼다. 주요 저서에 『포박자抱朴子』, 『신선전神仙傳』 등이 있다.

169) 양견楊堅(541~604) : 수隋나라 문제文帝. 처음에는 북주北周에 사관仕官을 하다가 정제靜帝의 선위를 받아 제위에 오르고 국호를 수隋라 하였다. 진陳나라를 멸하여 남

'다茶'가 된 것은 당나라 육우陸羽[170]에서 시작되었다.

또 '조照'가 '조曌'로 된 것은 무후武后[171]가 스스로 만들어서 이름을 삼은 것이다. 그리고 무후武后가 또 열두 글자를 만들었는데 그 글자의 형상이 괴벽스러웠으니 무후에게서 나왔기 때문이다. 다만 뒷날에 전해져 웃음거리만 되고 모두 따라 쓰지는 않았다. 그러나 '조照'를 변화시켜서 '조曌'가 되었다면 마땅히 '조照'의 본 자에 대해서는 꺼릴[避諱] 필요가 없는데, 그 당시 함께 따라 고쳐 써서 옛날 포조鮑照[172]의 '조照'자를 '소昭'로 바꾼 것은 또한 어째서인가? 당나라 유빈객劉賓客[173]이 일찍이 중양절重陽節의 모임에서 5경五經 가운데 '고糕'자가 없었기 때문에 이로써 압운하려고 하지 않았다. 그렇다면 '진眞'자 또한 오경에 실려 있지 않으므로 유학자들이 가져다 써서는 안 되는데, 염계선생濂溪先生[174]은

---

북을 통일하였다.

170) 육우陸羽(733~804) : 자는 홍점鴻漸, 호는 경능자竟陵子. 당현종唐玄宗 개원開元 733년에 경능군竟陵郡(현재 호북성 천문현天門縣)에서 태어났다. 774년 육우는 호주자사湖州刺使 안진경顔眞卿이 『운해경원韻海鏡源』을 저술할 때 작업에 참여하여 차의 역대 이야기를 수집하였고, 그 줄거리를 자신의 저서 『다경茶經』의 「칠지사七之事」편에 보충 편집하여 비로소 『다경』을 탈고하였다. 육우가 10여 년 세월에 걸쳐 정립한 『다경』은 세계 최초의 차 전문서로서 뿐만 아니라, 후세 차에 관한 모든 학문의 지침서가 되었다.

171) 무후武后(?~705) : 당나라 제3대 고종高宗의 황후 무씨武氏. 일명 측천무후則天武后라고 한다. 성이 무武이고, 이름이 조曌이다. 스스로 19자를 만들 때에 조曌로 이름을 삼았다.

172) 포조鮑照(?~465) : 육조六朝・송宋나라 때 시인. 자는 명원明遠. 임해왕臨海王의 아들 진瑱이 형주를 다스릴 때 그 참군參軍이 되었으므로 포참군鮑參軍이라 일컬었다. 당나라 때에 무후의 휘諱를 피하여 조照를 소昭로 고쳤다.

173) 유빈객劉賓客 : 유우석劉禹錫(772~842). 중당中唐때의 문인. 자는 몽득夢得. 벼슬이 집현전학사集賢殿學士에 이르고 이어서 소주자사蘇州刺史가 되었으나, 정원貞元 말에 왕숙문王叔文 사건에 휘말려 좌천되었다. 『유빈객집劉賓客集』이 전한다.

174) 염계선생濂溪先生 : 북송北宋 때 사상가인 주돈이周敦頤(1017~1073). 자는 무숙茂叔. 도주영도道州營道(湖南省道縣) 출신. 염계濂溪 연변에서 태어났고, 말년에 여산廬山 기슭에 염계서당濂溪書堂을 세웠기 때문에 염계선생이라고 하였다. 『태극도太極圖』, 『태극도설太極圖說』, 『통서通書』 등을 지었는데, 후에 편찬된 『주자전서周子全書』에 수록되었다.

이미 『태극도설太極圖說』[175]에서 사용하였다. 또한 '진적력구眞積力久'라는 말은 『순자荀子』에 나오는 등, 유가의 여러 현인들이 모두 학문과 공부를 위한 말로 이를 사용했던 것이다. 대체로 이미 글자가 있는데 고인들이 먼저 이를 사용했다면, 그것을 사용하는 것에 아무런 탈이 없거니와, 어찌 반드시 글자마다 오경을 근거로 하겠는가? 섭몽득葉夢得이 시를 지음은 또한 맹자가 말한 '고루하다'는 경우에 해당한다.

우리나라 사람들은 뜻을 가지고 스스로 글자를 만드는 경우가 많다. 이는 실로 가소롭다. 중국의 밭의 종류에는 '한전旱田'과 '수전水田'이 있는데, 한전旱田에는 마·보리와 같은 곡식을 심고 수전水田에는 메벼·벼와 같은 모를 심는다. 공公·사私 문자가 한전 또는 수전이라고 호칭할 뿐이었는데, 우리나라 사람들이 두 글자가 불편하다고 해서 수전水田을 '논[畓]'으로 삼고 글자의 음은 '답'이라 하였으니 이런 경우는 그래도 그 뜻을 취할 수는 있다.

그러나 '누런 콩[黃豆]'을 '태太'라고 하는 데 이르러서는 전혀 이치에 가깝지 않다. '태太'는 '크다', '심하다'는 뜻이니, 어찌 '두豆'의 뜻과 유사하겠는가? '황두黃豆'는 '숙菽'이다. 색으로서 구별하면 적두赤豆·황두黃豆·녹두綠豆·흑두黑豆 등의 다른 종류가 있고, 성질이나 맛도 또한 각각 다르다. 옛날 광무제光武帝[176]가 무루정蕪蔞亭[177]에서 먹은 콩죽이 바로 이 황두黃豆이다. 석숭石崇[178]이 순식간에 바로 분별했던 것은 적두죽赤豆粥이다. 황두黃豆는 메주를 띄워서 소금과 합쳐 장醬을 만드는 것이다. '숙菽'도 또한 '콩豆'의 총명總名이다. 만약 '두豆'라고 범범하게 부

---

175) 『태극도설太極圖說』: 태극도라는 하나의 그림과 그것을 설명한 약 250자의 설說로 우주만물의 생성과정을 나타내고, 아울러 인간이 지녀야 할 자세를 논한 책.

176) 광무제光武帝(B.C.6~A.D.57): 후한後漢의 초대황제. 이름은 유수劉秀. 자는 문숙文叔.

177) 무루정蕪蔞亭: 하북성河北省 요양현饒陽縣의 동북쪽 호타하滹沱河 가에 있다. 한나라 광무제가 이곳에서 추위와 굶주림을 피해 두죽豆粥을 먹고 허기를 면한 곳이다.

178) 석숭石崇(249~300): 서진西晉의 부호富豪. 자는 수륜秀倫. 형주 자사를 거쳐 위위衛尉로 있을 때 남을 시켜 해상 무역을 하여 거부巨富가 되었다.

른다면 분별하기 어려우니, '황두'라 하는 것이 마땅하다.

그러므로 『고사촬요攷事撮要』[179]에 우리나라의 봉록을 나누어주는 제도가 실려 있는데, 또한 매달 초하루에 황두 몇 되를 준다고 기록되어 있다. 지금에는 공公·사私의 문서장부가 으레 '콩豆'을 '태太'로 쓰니, 이는 반드시 관리들이 편리함을 취한 것으로 언제 누구에 의해 옳지 못한 예가 만들어졌는지는 알지 못한다.

또 종친宗親이나 의빈儀賓의 집에 재정의 출납을 맡아보던 사람을 '숙궁稤宮'[180]이라 하여, '숙稤'자의 음은 '숙肅'이라 하는데, 또 금강산 내수령內水嶺 아래에 객주가 있어 그 곳 지명이 '경고稤庫'이니, 이것은 또한 음이 '경京'으로 이 모두가 어디에서 뜻을 취해 왔는지 알지 못한다.

또한 '현峴'자는 중국 양양襄陽에 있는 산의 이름인데, 자서字書에 또한 '작은 언덕[小岡]'이라고 하였다. 처음에는 '산비탈[山坂]'이나 '언덕마루[岡嶺]'라는 호칭이 없었다. 때문에 중국의 산마루가 낮고 작은 곳을 아무개 현이라고 부른 경우는 보지 못했다. 그런데 서울의 방곡坊曲 안에 있는 길이 조금 높은 곳에 있는 것을 모두 '현峴'이라 말하였으니, 이것도 처음에는 누군가에 의해 명명된 것이지만 사람들에게 폭소를 터트리게 한다. 서울[京城]을 장안이라고 말하는 것과 서울 안의 꼬불꼬불한 거리를 아무개 동洞이라고 부르는 것은 농암農巖[181]이 또한 이미 심하게 그것이 잘못되었다는 것을 말하였다.[182] 장안은 한·당 시대의 수도이니

---

179) 『고사촬요攷事撮要』: 조선시대 때 사대교린 및 기타 일용에 필요한 각종 사항을 수록한 책. 명종 때 어숙권魚叔權이 저술하고, 그 뒤로는 허봉許篈·박희현朴希賢·최명길崔鳴吉이 증보·속찬하였다.

180) 숙궁稤宮: 궁방의 사무를 맡아보는 사람이다.

181) 농암農巖: 김창협金昌協(1651~1708). 본관은 안동安東, 자는 중화仲和, 호는 농암農巖·삼주三洲, 시호는 문간文簡. 세상에서 '농암선생'이라 불렀다. 영의정 김수항金壽恒의 아들. 1669년에 진사가 되어 벼슬이 대사성大司成에 이르렀다. 1689년 기사환국己巳換局으로 아버지 김수항이 진도珍島에 유배된 뒤 사사賜死되자 영평永平의 산중에 은거하였다. 저서에 『농암집農巖集』이 있다.

182) 『농암잡지農巖雜識』에 이런 구절이 보인다. '牧齋碑誌中, 說京師處, 多云長安, 此殊未當. 長安本關中一小縣也. 漢唐時, 都此, 故遂爲京師之稱. 明之京師, 乃燕地也, 何得

어찌 조선과 상관이 있겠는가? '동洞'이라는 것은 산골·바위·골짜기를 말함이니 먼지가 낀 저자거리나 기와가 서로 이어져 있는 것을 어찌 동부洞府라고 말할 수 있겠는가? 우리나라 사람들이 사물에 대한 생각이 거친 것이 대체로 이와 같다.

또 영남의 '칠원漆原[183]·칠곡漆谷' 두 고을의 '칠漆'자가 본래 '옻칠할 칠[髹漆之漆]'이 아니오, 또 '칠팔의 칠[柒捌之柒]'도 아니니, 어디에서 뜻을 취해 왔기에 중국에도 없는 글자를 만들었는가? 모든 나라가 이와 같다면 천하의 문자가 같다고 말할 수 있는가? 그러나 강희康熙 때에 편찬한 『자전字典』[184]에는 마침내 '칠漆'자를 탄부氽部에 포함시키고, 말하기를 "조선의 경상도에 칠원현이 있는데 음이 '칠七'이다" 하니 과연 해박하게 갖추어져 있다. 지금은 '칠漆'자가 이미 중국 자서字書에 들어가서 동문同文이 아니라고 말할 수 없다.

비단 글자만 그런 것이 아니다. 우리나라의 지명 또한 전혀 합당하지 못한 게 있다. 강원도에 흡곡현歙谷縣[185]이 있는데, 이 '흡歙'이란 것은 중국의 단양丹陽에 있는 고을 이름이다. 그 지역에 벼룻돌이 생산되어 단계端溪[186]와 더불어 일등품으로 칭송되어 천하제일이 되었다. 이 또한 우리나라와 무슨 관계가 있기에 다른 나라가 이미 정해 놓은 지명의 글자를 빼앗아 왔는가? 영남에 합천군陜川郡이 있는데 이 글자가 '인人'자를 따른 것이면 '협애陜隘'의 '협陜'이 되고 음이 '협夾'이 되며, '입入'자를 따른 것이면 '관섬關陝'의 '섬陝'이 되고 음이 '섬閃'이 된다. 지금 이 합천이 마땅히 '협夾' 음이 되어야 하지만, 우리나라 사람들이 지금 '합

---

復以關中一小縣之名, 稱之乎? 凡詩文用事, 有可假借者, 而惟地名不可. 詩猶可, 而文尤不可. 他文猶可, 而碑誌敍事之文, 尤不可."

183) 칠원漆原: 경상남도 함안군 칠원면 지역에 있었던 조선시대 현.

184) 『자전字典』: 『강희자전康熙字典』. 청나라 성조 강희 55년에 장옥서張玉書 등이 칙명을 받들어 편찬한 한자의 자서字書.

185) 흡곡현歙谷縣: 강원도 통천군에 있었던 고려·조선시대의 현.

186) 단계端溪: 중국 광동성廣東省 조경肇慶에 있는 벼루의 명산지.

合'으로 부르니, 이런 유가 매우 많다.

대개 글자를 만들 때에 어머니가 자식을 낳아 젖을 먹이는 데서 법칙을 취하기 때문에 육서에 모두 오묘한 뜻이 담겨져 있다. 그러나 또한 모두 다 그렇게 오묘한 뜻을 담지는 못한다. 만일 글자마다 이런 것을 구하고자 한다면, 반드시 흙[土]으로 된 가죽[皮]이 '둑 파坡'가 되고, 물[水]로 된 뼈[骨]가 '미끄러울 활滑'이 된다거나, "뻐꾸기가 뽕나무에 있으니 그 새끼가 일곱이네"[187]라는 시 구절을 "화락한 아비와 화락한 어미 있어 흡사 아홉 마리인 듯하네"라고 우스운 소리를 하게 될 것이다.

지난날 내 친구 담호澹湖 홍성용洪聖用이 말하였다.

"육서의 법에 상上 · 하下 · 신信 · 무武 등의 글자는 진실로 이 지사 · 회의의 원리이지만 또한 처음에는 그 원리를 제대로 살피지 못한 것이 었다. 예를 들어 '왜矮'자는 '맡길 위委'와 '화살 시矢'의 결합으로 마땅히 '화살을 쏘다[用射]'라는 것이어야 하지만, 뜻으로 해석을 하면 '짧다[短]'이다. 그리고 '사射'자는 '마디 촌寸'과 '몸 신身'의 결합이니 마땅히 '짧다'이어야 하지만, 뜻으로 풀어보면 활과 화살을 '잡다'이다. 살펴보건대, 진실로 지금이라도 맞게 바꾸어 사용한다면 두 가지의 뜻이 모두 바른 데로 돌아갈 것이니, 어찌 고인이 잘못 살핀 것이 아니겠는가?"

이것이 비록 우스갯소리로 들리지만 그 말에 또한 이치가 있다.

## 朝鮮俗字

造字, 昉於史皇, 而始觀鳥跡而爲之. 故如不字, 謂鳥飛上翔不下來之不字, 他亦多以鳥推演云, 則其時所造, 必不至千萬字之多. 所謂六書, 象形形聲會意轉注假借指事之法, 當在史皇以後. 故後人, 亦有創意增損, 仍與古字並行者. 景之加彡爲影, 出於葛洪, 隨之去辵爲隋, 出於楊堅, 荼之爲茶, 始唐之陸羽. 又照之爲明空, 武后自造爲名, 而

187) "뻐꾸기가 …… 일곱이네" : 『시경詩經』「조풍曹風 · 시구鳲鳩」 참조.

武后又製十二字, 其形怪僻, 以其出於武后. 故後但傳笑, 皆不遵用. 然照變爲明空, 則宜不諱照之本字, 而其時並追改, 古之鮑照爲昭, 此又何也? 唐之劉賓客, 嘗於重陽之會, 以五經中無糕字, 不欲押韻. 然則眞字, 亦不載五經, 儒者不當取用, 而自濂溪先生, 已用『太極圖說』, 又「眞積力久」之言, 出『荀子』, 而儒家諸賢, 皆用爲學問工夫之語. 蓋有字而旣爲古人先用, 則用之無害, 何必字字依據於五經也. 夢得之爲詩, 亦孟子所謂固哉!

我東人多有以意自造字, 此則可笑. 中國則田有旱田水田, 旱田種麻麥之穀, 水田種秔稻之秧. 公私文字, 不過曰旱田水田, 而東人不便於二字, 以水田爲畓, 字音呼爲沓, 義猶可取. 而至於以黃豆爲太, 全不近理. 太大也甚也, 何嘗近豆. 黃豆菽也, 以色別之, 故有赤豆黃豆綠豆黑豆之異, 而性味亦各不同. 昔光武蕪蔞亭豆粥, 是黃豆也, 石崇之咄嗟卽辨, 赤豆粥也. 黃豆, 所以幽而配鹽爲醬者也, 菽亦豆之摠名, 若泛稱豆, 難於辨別, 則謂以黃豆者當然. 故攷事撮要載本朝頒祿制, 亦稱每朔黃豆幾斗, 而今則公私文簿, 例皆以豆爲太, 此必官吏輩取便, 而未知何時何人之作俑也. 又宗親儀賓家, 掌財貨出納者, 名以椋宮, 椋字音呼肅. 且金剛內水嶺下有店, 地名椋庫, 此則又音以京, 此皆未知何所取義也. 又峴字, 是中國襄陽山名, 字書, 亦云小岡, 初無山坂岡嶺之稱. 故中國山嶺之低小者, 未見以某峴稱之, 而王城坊曲之內, 街路稍高處, 皆謂峴, 此在厥初誰人所命, 而令人失笑噴飯. 如京城之謂長安, 城內巷曲之稱某洞, 農巖亦已極言其非矣. 長安漢唐所都, 何干於朝鮮. 洞者, 山谷巖壑之名, 塵埃闤闠, 瓦甍相連, 豈可謂洞府也. 東人麤於事物, 多如此矣. 且嶺南之漆原漆谷兩邑, 漆字本非髹漆之漆. 又非柒捌之柒, 何所取義, 而自作中國所無之字乎. 萬國如是, 則其可曰, 天下同文乎. 然康熙時纂修字典, 竟以漆字收入氽部, 釋之曰 : "朝鮮國慶尙道, 有漆原縣, 音七." 果賅博矣. 今則漆字, 已入中國字書, 不可謂非同文也.

非但字也. 我國地名, 亦有全不襯當者. 江原道, 有歙谷縣, 歙者, 丹陽縣名. 地産硯石, 與端溪竝稱, 品爲天下第一. 此亦何關於我國, 奪取他國已定之地名字乎. 嶺有陜川郡, 此字從人, 則爲陜隘之陜, 音夾, 從入, 則爲關陝之陝, 音閃. 今此陜川, 則當爲夾音, 而東人今呼爲合音, 此等訛謬甚多矣. 大抵造字取則於子母孳乳, 故六書皆有精義. 然亦不盡然, 如欲字字求是, 必不無土皮爲坡, 水骨爲滑, 鳲鳩在桑, 其子七兮, 和爺和孃, 恰是九箇之笑談矣.

向日余友洪澹湖聖用常曰, 六書之法, 上下信武等字, 固是指事會意, 而亦有當初失檢者. 如矮字委矢, 當用射義, 而釋之以短, 射者寸身, 宜從短義, 而訓以持弓矢. 審固今若換用, 則兩義歸正, 豈非古人失檢乎. 此雖調詼, 其言亦有理也.

## 서올徐兀과 조祖의 유래

신라는 경주에 도읍을 했는데 서올현徐兀縣은 경주의 옛 고을 이름이다. 그러므로 고려부터 조선에 이르기까지 그 뒤에 비록 도읍을 다른 곳으로 옮겼으나 그대로 '서올'이라는 명칭을 사용했으니, 수도首都는 모두 '서올'이라고 불렀다. 이것은 우리나라에 있는 지역으로서 옛 이름을 계속 사용하는 것이므로 혹 괜찮을지도 모르지만, '장안長安'이라고 부르는 것은 매우 합당하지 않다. '경京'은 크다는 뜻이고, '사師'는 많다는 뜻이다. 임금이 사는 곳은 크고 사람이 많기 때문에 옛날에도 '경사京師'라고 불렀으니 '경사'라고 말하는 것은 괜찮다. 그렇지 않으면 이미 한양漢陽에 도읍을 했으니 또한 '한양'이라고 부르는 것도 괜찮은데, 하필 멀리 한漢·당唐의 옛 도읍 명칭을 인용하여 억지로 한단邯鄲의 걸음[188]을 따르려 하는가? 언어는 간혹 풍속을 따를 수 있으나, 이를 시문詩文에 사용하는 것은 더욱 옳지 않다.

또 '조租'는 '농사에 대한 세금[田賦]'이라는 뜻이고 '쌓는다'는 말이니 뜻이 '세稅'와 같은 것으로, 본래 곡식이름이 아닌데 우리나라 사람들은 매양 찧지 않은 벼를 '조租'라고 한다. 대략이나마 글자를 아는 사람들도 또한 풍속을 좇는 것에서 벗어나지 못하니 우스울 뿐이다. 신라시대에는 관리들에게 주는 월급을 으레 벼로써 주었다. 때문에 찧지 않은 벼를 뒷날 사람들이 '나락[羅祿]'이라고 일컬었으니 영남嶺南 지방은 지금도 아직 그러하다. [『육서고六書故』[189]에 "'조租'는 밭의 '화개禾稭[볏짚]'를 가리킨다"고 하였고, 또 『정자통正字通』[190]에 "「빈풍豳風」의 '축조蓄租[쌓아 모음]'는 위 구절의 '날도捋荼[갈대를 끌어 모음]'에 상대하여 말한 것이다"라고 하였으니, '조租'의 훈訓은 '볏짚[禾稾]'이라고 해야 한다. 그렇다면 아직 쌀의 왕겨[稃]가 벗겨지지 않았을 때는 마땅히 볏짚[禾稾]에 매달려 있을 것이다. 그러므로 이 상태를 '조租'라고 하는 것은 그래도 이치에 가까우니, 참으로 '두豆'를 아무 뜻도 없이 '태太'라고 하는 것보다 낫다.]

徐兀

新羅都慶州, 而徐兀縣, 是慶州古邑號. 故高麗及本朝後, 雖移都他處, 仍冒其號, 王京皆稱徐兀. 此在本國地, 冒稱古號或可也, 至以爲長安則太無當也. 京, 大也. 師, 衆也. 帝王所居, 大且衆, 故古稱京師,

188) 한단의 걸음[邯鄲之步]: 연燕나라 수릉壽陵 사람이 조趙나라 한단邯鄲 사람의 걸음걸이를 배우려다 자신의 걸음걸이까지 잊어 엉금엉금 기어서 수릉으로 돌아갔다는 말이 『장자莊子』「추수秋水」편에 나온다. 이것은 남을 모방하려다 이루지 못하고 자신의 본디 모습까지 잃어버림을 비유한 것이다.

189) 『육서고六書故』: 원元나라 때 대동戴侗이 찬술했다. 육서六書를 가지고 자의字意를 밝힌 책으로 모두 9부九部로 되어 있다.

190) 『정자통正字通』: 명明나라 때 장자열張自烈이 찬했다고도 하고, 청淸나라 때 요문영廖文英이 찬했다고도 하며, 장자열과 요문영이 함께 찬했다고도 한다. 일종의 자전字典.

當曰京師. 不然則本朝旣都漢陽, 又當曰漢陽. 何必遠引漢唐大國之都, 强作邯鄲之步乎? 言語則或可從俗, 而用於詩文則尤不可也. 又租, 田賦也, 蓄積也, 義與稅同, 本非穀名, 而東人每以稻之不舂者, 假名作租. 粗解識字者, 亦未免循俗, 可笑. 新羅時, 百官俸祿, 例以稻頒給. 故稻之不舂者, 後人稱羅祿, 嶺南則至今猶然. [『六書故』: "租, 田中禾稭也." 又正字通, "豳風蓄租, 對上捋荼言, 租當訓禾槀." 然則米之不脫稃者, 當連禾槀, 以此謂租, 猶或近之, 良勝於以豆爲太之全無意義也.]

## 소리를 이해한 사람들

옛날 사람의 사물에 대한 표현은 『시경詩經』 삼백 편三百篇보다 오묘한 것이 없다. 함박눈이 내리는 것을 '비비霏霏', 수양버들이 늘어진 것을 '의의依依'라 하였으며,[191] '소소蕭蕭'는 말이 우는 소리요, '유유悠悠'는 깃발이 휘날림을 표현한 것[192]이니, 이보다 더 좋을 수 없다. 대개 모양이나 소리를 본뜨는 것은 통용할 수 있는 것이 있고, 여기에서는 쓸 수 있으나 저기에서는 쓸 수 없는 것이 있다. "새가 앵앵嚶嚶 우네"와 "사슴이 유유呦呦 우네" 같은 것은 새나 사슴의 울음소리가 될 수 있지

191) 함박눈이 …… 의의 : 『시경詩經』 「소아小雅 · 출거出車」에 "옛날 내가 출정 갈 적에는 버드나무가 의의하더니, 지금 내가 돌아올 때에는 함박눈이 비비하구나[昔我往矣, 楊柳依依, 今我來思, 雨雪霏霏]" 하였는데, 의의는 버드나무가 휘늘어져서 일렁이는 모양이고, 비비는 눈이 펄펄 내리는 것을 형용하는 말이다.

192) 소소蕭蕭는 …… 표현한 것 : 『시경詩經』 「소아小雅 · 거공車攻」에서 "소소한 말 울음소리이며, 유유한 깃발이로다[蕭蕭馬鳴, 悠悠旆旌]"라 하였다.

만 다른 날짐승·길짐승의 소리로는 적당하지 않다. 저구雎鳩새가 '관관關關'[193]하고 울고, 꾀꼬리가 '면만綿蠻'[194]하고 우는 것은 비록 다른 새에게 옮겨 사용하더라도 괜찮다.

자서字書에서는 소 울음소리를 '모牟'라고 하고, 양의 울음소리를 '평芊'이라 하고, 낙타의 울음소리를 '알圔'이라 한다. 또한 옛날 사람들은 소쩍새가 '불여귀不如歸'하고 울고, 자고鷓鴣새가 '구주격책鉤輈格磔'하고 운다고 말했으나 그 소리가 비슷한지를 알지 못하겠으니 우리나라에는 이런 새가 없기 때문이다. 앵무鸚鵡·진길료秦吉了[195]·성성猩猩이[196]는 짐승이지만 사람 말을 할 수 있다. 또한 '환기喚起'[197] '최귀催歸' '춘기야春起也' '춘거야春去也'는 모두 산 속의 특이한 새소리라고 하는데, 우리나라에는 없다. 또한 '니활활泥滑滑' '탈고脫袴' 소식蘇軾의 「오금언五禽言」이 있는데,[198] 모두 어떤 새인지는 알 수 없다.

근래에 회헌晦軒 조관빈趙觀彬[199]의 시에 고악姑惡·정소鼎小[200]라고 하는 두 마리 새를 읊었는데, 이것은 우리나라에 있으니 '고악姑惡'은 까

---

193) 관관關關 : 『시경詩經』 「국풍國風·관저關雎」에 "關關雎鳩, 在河之洲. 窈窕淑女, 君子好逑"라 하였다.

194) 면만綿蠻 : 『시경詩經』 「소아小雅·면만綿蠻」에 "綿蠻黃鳥, 止于丘阿"라 하였다.

195) 진길료秦吉了 : 구관조九官鳥와 비슷하나 조금 크다. 사람의 말을 잘 흉내 낸다고 한다.

196) 성성猩猩이 : 유인원과에 속하는 동물로, 모양이 사람과 가장 닮았으며 힘이 세 큰 뱀이나 악어도 잡아먹는다고 한다.

197) 환기喚起 : 새 이름으로, 한유韓愈의 「증동유贈同遊」 시에 "창은 훤히 밝았는데 환기가 울고, 해는 아직 안 졌는데 최귀가 우네[喚起窗全曙, 催歸日未西]" 하였다. 이에 대한 주에 이르기를, "환기와 최귀는 모두 새의 이름이다. 환기는 보춘조報春鳥로, 봄날 새벽에 자주 울며, 최귀는 자규子規이다" 하였다.

198) 니활활泥滑滑 …… 「오금언五禽言」이 있는데 : 소식의 시 가운데 「오금언 오수五禽言五首」가 있는데, 여기에는 '기주귀蘄州鬼' '탈각파고脫却破袴' '쾌활快活' '잠사일백박蠶絲一百箔' '고악고악姑惡姑惡'이라는 다섯 가지 새소리가 나온다. 니활활泥滑滑은 주자朱子의 「오금언五禽言」 시에 나온다.

199) 조관빈趙觀彬(1691~1757) : 본관은 양주楊州, 자는 국보國甫, 호는 회헌晦軒, 시호는 문간文簡. 1714년(숙종 40) 증광문과增廣文科에 병과로 급제하여 벼슬이 중추부지사中樞府知事에 이르렀다. 저서에 『회헌집晦軒集』이 있다.

200) 정소鼎小 : 소쩍새의 이름에서 '솥이 적다'는 뜻을 취하여 이를 한자어로 표기하였다.

마귀가 우는 소리와 비슷하다.

옛날 개갈노介葛盧[201]와 공야장公冶長[202]은 모두 하늘의 새 소리와 땅의 짐승소리에 능통했다고 한다. 공야장은 공자의 문인으로, 공자는 공야장이 감옥에 갇힌 것은 죄가 아니라고 탄식한 바가 있다. 공야장은 소리를 이해했는데 숲 아래에 고기가 있다는 소리를 듣고서 옥에 갇히게 된 것이다. 이 이야기는 양梁나라 황간皇侃의 『논어의소論語義疏』[203]에 있다. 위魏나라 관로管輅[204]도 또한 음을 알았다. 이것은 필시 방기方伎[205]

---

201) 개갈노介葛盧 : 춘추春秋시대 개국介國의 임금으로 소, 말과 말이 통했다고 한다.

202) 공야장公冶長 : 춘추春秋시대 제齊나라 사람 또는 노魯나라 사람이라고 한다. 공자가 그를 어질게 여겨 사위를 삼았으며, 새와 말이 통했다고 한다. 『논어』 「공야장公冶長」을 보면 "공자가 공야장公冶長에 대해 평하기를, '사위로 삼을 만하다. 비록 포승에 묶여 옥 속에 갇혀 있었으나, 그의 죄가 아니었다' 하고는, 자기의 딸을 공야장에게 시집보냈다"는 내용이 나온다. 이 대목에서 황간皇侃의 『논어의소論語義疏』에는 다음과 같은 이야기가 실려 있다. "공야장이 위衛나라에서 노魯나라로 돌아오다가 새들이 서로 지저귀는 소리를 들어보니, '맑은 시냇가로 가서 고기를 쪼아 먹자'고 하였다. 조금 뒤에 어떤 노파가 길가에서 통곡하는 것을 보고는 사연을 물어보니 '아이가 어제 집을 나가서 아직까지 돌아오지 않고 있으니 필시 이미 죽었을 것인데, 시신이 어디 있는지를 모르겠다' 하였다. 이에 공야장이 시냇가로 가 보라고 하자 노파가 그곳으로 가 아이의 시신을 찾았다. 노파가 이 사실을 관가에 고하니, 관가에서는 공야장이 죽이지 않았으면 시신이 있는 곳을 알 수가 없었을 것이라고 의심하여 공야장을 옥에 가두었다. 공야장이 새들이 서로 말하는 것을 듣고 알았다고 하였으나, 관가에서는 믿지 않고 시험해 보기로 하였다. 공야장이 옥에 갇혀 있다가 참새들이 서로 지저귀면서 '백련수白蓮水 가에 곡식을 싣고 가던 수레가 엎어져 곡식이 흩어지고 소뿔이 부러졌으니 어서 가서 쪼아먹자'고 하는 소리를 알아듣고는 이를 말해주자, 관원이 그 곳에 가보니 사실이었으므로 공야장을 석방하였다."

203) 황간皇侃의 『논어의소論語義疏』 : 황간皇侃(488~545)은 양梁나라에서 국자조교國子助教, 원외산기시랑員外散騎侍郎을 지냈다. 『논어의소論語義疏』 외에도 『예기강소禮記講疏』, 『예기의소禮記義疏』, 『효경의소孝經義疏』 등의 저서가 있다. 『논어의소論語義疏』는 위魏 하안何晏의 주注에 황간이 소疏를 낸 것으로 10권으로 되어 있다. 진송대晉宋代의 제설諸說을 모아놓은 것이다.

204) 관로管輅 : 삼국三國시대 위魏나라 평원平原 사람. 자는 공명公明. 소부승少府丞을 지냈다. 점성술占星術에 뛰어났으며, 성품도 관대했다. 어려서부터 천문天文을 살펴보기를 좋아하였으며, 나이 들어서는 역易에 정통하고 복술卜術을 잘하였다. 스스로 자신의 수명이 47~48세를 넘기지 못할 것이라고 예언하였는데, 48세 때 죽었다. 뒤에는 뛰어난 재주를 가지고 있으면서 단명한 사람의 대명사로 흔히 쓰인다. 『삼국지三國志』 「관로전管輅傳」 참조.

에 전하는 비결秘訣이 있었을 것이나 그 후에는 그러한 방술을 전하는 사람이 있다는 소리를 듣지 못했으니, 혹 잡서雜書 속에 나오는데 내가 아직 보지 못한 것인가?

소의 울음소리는 황종黃鍾[206]의 음률과 조화를 이룬다고 하는데 알지 못하겠다. 음악을 듣고 음을 아는 자는 연릉계자延陵季子[207]와 사광師曠[208] 외에 공자 문하에 또한 그런 사람이 있었다고 한다. 채옹蔡邕[209]의 딸 문희文姬[210]가 또한 거문고 소리를 분별할 줄 알았다. 수隋의 만보상萬寶常은 항상 음악 소리를 듣고 양제煬帝[211]가 돌아오지 못할 줄을 알고 탄식하며 눈물을 흘리는 데에 이르렀다고 한다.[212] 이것은 모두 음악에

---

205) 방기方伎 : 의술醫術이나 천문天文・점복占卜・상명相命・둔갑遁甲・감여堪輿 등의 술법을 터득한 사람을 말한다.

206) 황종黃鍾 : 고대 음악의 십이율十二律 중의 하나로, 십이율十二律 중에서 성조聲調가 가장 넓고 크며 잘 울린다고 한다.

207) 연릉계자延陵季子 : 계찰季札을 말함. 춘추春秋시대 오吳나라 임금 수몽壽夢의 막내아들로, 수몽壽夢이 임금자리를 물려주려고 하자 사양하고 받지 않았다. 연릉延陵에 봉封해졌으므로 연릉계자延陵季子라고 한다.

208) 사광師曠 : 춘추春秋시대 진晉나라 악사樂師. 자는 자야子野. 나면서부터 눈이 멀었으나 소리와 음악을 잘 분별하였다.

209) 채옹蔡邕(132~192) : 후한後漢 때 학자, 문인. 자는 백개伯喈. 어려서부터 박학하고 문사를 좋아했으며, 음악에 밝아 거문고도 잘 탔다고 한다. 조정의 제도와 칭호에 대하여 기록한 『독단獨斷』, 저서에 『채중랑집蔡中郎集』이 있으며, 비자체飛自體를 창시하였다.

210) 문희文姬 : 한나라 때 뛰어난 학자였던 채옹蔡邕의 딸로, 이름은 염琰이며, 문희는 자字이다. 처음에는 하동河東의 위중도衛仲道에게 시집갔다가 남편이 사망하고 자식이 없어 본가로 되돌아 왔다. 그 뒤 천하가 어지러워져 난리가 일어나매 오랑캐들에게 포로가 되어 12년 동안 잡혀 있었는데, 채옹과 친하였던 조조曹操가 채옹의 후사後嗣가 없음을 애석하게 여겨 오랑캐에게 속전贖錢을 주고 데려와 동사董祀와 다시 결혼하게 하였다. 문희는 어려서부터 박학하여 재주가 있었으며, 특히 음률音律에 대해서 잘 알았다. 문희가 여섯 살 때 채옹이 밤중에 거문고를 타다가 현이 끊어졌는데, 문희가 "두 번째 현이 끊어졌습니다" 하였다. 이에 채옹이 일부러 다시 한 현을 끊어 놓고서 물으니, 문희가 말하기를, "네 번째 현이 끊어졌습니다" 하여 모두 맞추었다고 한다. 후대에는 열녀烈女나 음률을 잘 아는 여자의 대명사로 쓰였다. 『후한서後漢書』 권84 「열녀전列女傳・동사처董祀妻」에 나온다.

211) 양제煬帝(569~618) : 수隋나라의 2대 황제. 성은 양楊, 이름은 광廣. 형을 모함하여 왕위 계승권을 얻었고, 대대적인 토목공사와 3차에 걸친 고구려 침략에 의해 민심을 잃었으며, 신하에게 살해되었다.

신묘한 사람들이다. 다만 음악뿐만 아니라 옛날 생이지지生而知之한 성인과 상등上等의 재주를 가진 사람은 소리를 들으면 마음으로 곧 통했으니 모든 일이 그러했다고 한다. 그런 까닭에 비록 방술方術이 아니더라도 능히 짐승의 소리를 이해하였던 듯하다.

## 狀物之妙

古人狀物之妙, 莫善於三百篇. 雨雪則霏霏, 楊柳則依依, 蕭蕭者馬鳴, 悠悠者旆旌, 無以加矣. 蓋象形象聲, 有可通用者, 有可用於此而不可用於他者. 如鳥鳴嚶嚶, 呦呦鹿鳴, 當爲鳥與鹿之鳴, 不當爲他禽獸聲也. 如雎鳩之關關, 黃鳥之綿蠻, 雖移用於鳥雀亦可也. 字書云, 牛鳴曰牟, 羊鳴曰芊, 駝鳴曰圂. 又古人謂子規呼不如歸, 鷓鴣呼鉤輈格磔, 未知其聲似之, 而我東無此鳥矣. 鸜鵒秦吉了猩猩以禽獸能人語. 又如喚起催歸春起也春去也, 皆山中異鳥之聲云, 而我東則無之. 又泥滑滑脫袴, 東坡公有五禽言, 而皆未知何鳥也. 近世晦軒趙公詩, 有姑惡鼎小二鳥之咏, 此則東國所有, 而姑惡似是烏啼聲也.

昔介葛盧公冶長, 皆能通九天禽語與九地獸語. 公冶長孔子門人, 而夫子歎其累紲之非罪. 蓋冶長知音, 聞林下有肉, 至於速獄, 此說在梁皇侃論語義疏矣. 魏管輅亦能知音, 此必有方技所傳秘訣, 而其後則未聞有傳其術者. 或出於雜書, 而余未及見耶? 牛鳴叶於黃鍾之律,

---

212) 만보상萬寶常은 …… 한다 : 만보상은 수隋나라와 북제北齊 사람으로, 수나라 때 죄를 받아 악호樂戶가 되었는데, 음률을 잘 알아 팔음八音에 두루 통하였으므로 당시 사람들이 몹시 칭찬하였다. 개황開皇 연간에 악률樂律을 찬정하고 악기樂器를 개조하였으며, 『악보樂譜』 64권을 편찬하였는데, 모든 사람들이 만보상의 신묘함에 탄복하였다. 만보상이 일찍이 태상太常에서 연주하는 소리를 듣고는 눈물을 줄줄 흘리면서 "음악 소리가 음란하고 사나우면서도 애절하니 천하가 머지않아 서로 죽이는 일이 발생할 것이다" 하였다. 여기에서 인용한 수 양제가 강도江都에 갔다가 돌아오지 못할 것이라고 예언한 고사는 만보상의 고사가 아니라, 그 당시 악인樂人이었던 왕영언王令言이 그의 아들이 호비파胡琵琶를 연주하는 소리를 듣고 예언한 고사인데, 저자가 잘못 인용하였다. 『수서隋書』 권78 「만보상萬寶常 · 왕영언열전王令言列傳」 참조.

未可知也. 其聞樂知音則延陵季子師曠之外, 孔門亦有其人. 蔡邕之女文姬, 亦辨琴聲. 隋萬寶常聞樂聲, 知煬帝不返, 至於歎息流涕, 是皆神妙於樂者也. 非直樂也, 古之生知上等之才, 聲入心通, 無事不然. 故雖非方術, 能解鳥獸之聲而然耶.

## 우리나라의 가곡

『서경書經』에 이르기를, "시詩는 뜻을 말하는 것이요, 노래는 말을 길게 읊조리는 것이다"[213]라 하였다. 이런 까닭으로 요순堯舜시절에 임금과 신하가 서로 화답하여 하늘의 명을 받들어 부른 노래가 있었다.[214] 대개 옛날 사람들은 비록 임금과 정승의 높고 귀한 자리에 있더라도 모두 노래가 있었다. 그래서 성현聖賢의 학문은 또한 "읊조리고 노래하며, 손은 춤추고 발은 뛴다"고 하는 것이다. 요堯임금의 「강구요康衢謠」[215]·「격양가擊壤歌」[216]로부터 순舜임금의 「남풍가南風歌」[217]·「경운가卿雲歌」,[218]

213) 시詩는 …… 것이다 : 『서경書經』 「순전舜典」에 나온다.

214) 요순堯舜시절에 …… 있었다. : 순舜임금이 "하늘의 명을 삼갈진댄 때마다 삼가고 기미마다 삼가야 한다[勅天之命, 惟時惟幾]"고 하고 부른 '칙천가勅天歌'와, 고요皐陶가 이에 화답하여 부른 '갱재가賡載歌'를 말한다.

215) 「강구요康衢謠」 : 요임금이 천하를 다스린 지 50년에 천하가 잘 다스려지는지 그렇지 않은지 몰라 미복微服차림으로 거리에 나갔다가 다음과 같은 동요를 들었다. "우리 백성을 세운 것은 그대의 지극함이 아님이 없네. 나도 모르게 임금의 법을 따르네[立我蒸民, 莫匪爾極. 不識不知, 順帝之則]."

216) 「격양가擊壤歌」 : 요임금 때 한 노인이 질장군을 치면서 노래했는데, 이것은 후대에 태평성대를 노래하는 전고典故가 되었다. "해가 뜨면 일어나고, 해가 지면 쉰다네. 우물 파서 물마시고 밭 갈아 음식 먹으니 임금의 힘이 나에게 무슨 소용이 있으리요[日出而作, 日入而息. 鑿井而飮, 耕田而食, 帝何力於我哉]."

217) 「남풍가南風歌」 : 순임금이 오현금五絃琴을 타고 남풍가를 부르니 천하가 다스려졌

공자의 「혜고가蟪蛄歌」[219] · 「산퇴가山頹歌」[220]는 가사가 있을 뿐만 아니라 실제로 모두 그 당시에 부르고 읊조리던 것들이다. 후세에 이르러 예禮와 악樂이 무너져 노래와 춤의 절차가 마침내 없어지게 되었다. 유전하는 가곡이란 것들은 탕자蕩子나 기생들이 교방敎坊[221]에서 익히는 음란하고 궁벽한 소리에 불과하다. 그러므로 군자들은 부끄러이 여겨 그런 것들을 하지 않았다. 지금은 유학자들이 소시小詩와 더불어 이것을 완물상지翫物喪志[222]하는 일이라고 여긴다. 어찌 기꺼이 소리를 길게 끌고 노래를 불러 광대들 같은 경박한 행동을 하려 하겠는가? 마음이 가는 바와 성기聲氣가 발하는 바에 문득 격발하는 것이 있어 노래를 부르게 되는 것은 또한 자연스런 이치이다.

옛날 태종대왕太宗大王[223]이 포은圃隱 정몽주鄭夢周에게 술을 보내면

---

다고 하는데 그 노래는 다음과 같다. "남풍의 훈훈함이여, 내 백성의 근심을 풀 수 있겠도다. 남풍의 때맞음이여, 내 백성의 재산을 풍족하게 할 수 있겠도다[南風之薰兮, 可以解吾民之慍兮. 南風之時兮, 可以阜吾民之財兮]."

218) 「경운가卿雲歌」: 순임금이 예악을 제정하여 천의天意를 얻자 경성景星이 나타나고, 덕이 높아 경운卿雲이 일어나자 다음과 같은 노래를 불렀다. "경운의 아름다움이여, 예가 융성하도다. 일월의 밝음이여, 아침이요 다시 아침이로다[卿雲爛兮, 禮漫漫兮. 日月光華, 旦復旦兮]."

219) 「혜고가蟪蛄歌」: 공자가 지었다고 전해지는 고시이다. "산에서 십리나 떨어져 있는데, 매미소리, 아직 귀에 있네[違山十里, 蟪蛄之聲, 猶尙在耳]."

220) 「산퇴가山頹歌」: 어느 날 공자가 일찍 일어나서 손을 잡고 지팡이를 끌면서 문 주위에서 서성이다가 노래하기를, '태산泰山이 무너지고, 대들보가 부러지고, 철인哲人이 병들었도다[泰山其頹乎, 梁木其壞乎, 哲人其萎乎]' 하였는데, 자공子貢이 이 노래를 듣고는 '부자께서 장차 병들려는가 보다' 하였다. 이 노래는 흔히 현명한 사람이 병들어서 죽은 데 대해 탄식하는 것을 말할 때 인용한다. 『예기禮記 · 단궁상檀弓上』에 나온다.

221) 교방敎坊: 본래 교방은 당 현종玄宗 때 여인들에게 노래와 춤을 가리키던 곳을 말한다. 조선시대 때 아악雅樂과 속악俗樂 및 가무歌舞를 가르치던 기관으로, 좌방左坊과 우방右坊이 있었는데, 좌방에서는 아악을 가르치고 우방에서는 속악을 가르쳤다.

222) 완물상지翫物喪志: 완물상지玩物喪志. 쓸데없는 것을 가지고 노는데 정신이 팔려 소중한 자신의 본심本心을 잃는 것을 말한다.

223) 태종대왕太宗大王: 이방원李芳遠(1367~1422). 조선시대 3대 임금. 신진 정객政客들을 포섭하여 정몽주를 포함한 구세력 제거에 큰 역할을 하였으며, 숭유정책崇儒政策을 견지하였다.

서 노래를 지어 뜻을 나타냈다. "이런들 어쩌리, 저런들 어쩌리. 만수산 드렁칡이 얽어진들 어떠리. 우리도 이와 같이 얽어져 천 년 만 년 살고지고자." 포은 선생이 답가答歌를 불렀다. "이 몸이 죽고 죽어 일백 번 고쳐 죽어, 백골이 진토塵土되어 혼백이 있건 말건, 님 향한 일편단심一片丹心 어찌 고칠 리야 있으리오." 태종이 그 마음을 움직일 수 없음을 알고 조영규趙英珪[224]를 시켜 제거하게 하였다. 근래 교방敎坊에서 전하는 가곡歌曲은 또한 앞 시대의 어진 이와 명사名士들이 지은 것이 많다. 「어부사漁父詞」[225]는 영남嶺南 선배先輩인 판서判書 농암聾巖 이현보李賢輔[226]가 지은 것이다. 이 가사歌詞를 퇴계선생退溪先生[227]에게 써서 보여 주었던 까닭으로 『퇴계집退溪集』 속에 답서答書가 있고, 그 가사歌詞가 또한 편지 속에 들어있게 된 것이다.

또한 「처사가處士歌」는 진실로 퇴계선생이 지은 것이오, 「장진주將進酒」는 문청공文淸公 송강松江 정철鄭澈[228]이 지은 것이니 뒤에 변하여

---

224) 조영규趙英珪(?~1595) : 신창新昌 조씨趙氏의 시조. 초명은 평評. 이성계의 문인門人으로 정몽주를 선죽교善竹橋에서 격살擊殺하고 정도전鄭道傳 등과 이성계를 추대하여 개국공신 2등에 책록되었다.

225) 「어부사漁夫詞」 : 조선시대 명종 때 이현보李賢輔가 지은 것으로, 단가 5장, 장가 9장으로 이루어져 있는데, 이는 고려 때부터 전해 내려오던 장가 12장을 9장으로 개작한 것이다.

226) 이현보李賢輔(1467~1555) : 본관은 영천永川, 자는 비중棐仲, 호는 농암聾巖·설빈옹雪鬢翁, 시호는 효절孝節. 1498년(연산군 4) 식년문과에 병과로 급제하여 벼슬이 중추부지사에 이르렀다. 자연을 노래한 많은 시조時調를 지었고, 10장으로 전하던 「어부사漁父詞」를 5장으로 고쳐 지은 것이 『청구영언靑丘永言』에 실려 전한다. 저서에 『농암집聾巖集』이 있다.

227) 퇴계선생退溪先生 : 이황李滉(1501~1570). 본관은 진보眞寶, 초명은 서홍瑞鴻, 자는 경호景浩, 초자는 계호季浩, 호는 퇴계退溪·도옹陶翁·퇴도退陶·청량산인淸凉山人, 시호는 문순文純. 주자朱子의 이기이원론理氣二元論을 발전시키고, 이기호발설理氣互發說을 사상의 핵심으로 하여 '동방의 주자'라 칭송되었으며, 시문詩文은 물론 글씨에도 뛰어났다. 저서에 『퇴계전서退溪全書』 등이 있다.

228) 정철鄭澈(1536~1593) : 본관은 연일延日, 자는 계함季涵, 호는 송강松江, 시호는 문청文淸. 가사문학歌辭文學의 대가大家이며, 시조時調의 고산孤山 윤선도尹善道와 함께 시가사상詩歌史上 쌍벽雙璧으로 일컬어진다. 저서에 『송강집松江集』 등이 있다.

「권주가勸酒歌」가 되었다. 또한 「관동별곡關東別曲」·「상사별곡相思別曲」은 모두 송강松江이 지은 것이다. 그러므로 석주石洲 권필權韠[229]이 송강의 묘를 지나다가 7언 절구絶句를 지었다.

| | |
|---|---|
| 空山落木雨蕭蕭, | 빈 산 잎이 진 나무에 쓸쓸히 비 내리니, |
| 相國風流此寂寥. | 상국의 풍류도 여기서는 적막하네. |
| 惆悵一盃難更進, | 술 한 잔 올리기 어려움을 슬퍼하니, |
| 昔年歌曲卽今朝. | 지난 날 노래가 바로 오늘 아침인양.[230] |

문충공文忠公 백사白沙 이항복李恒福이 북청北靑으로 귀양갈 적에 철령鐵嶺을 넘다가 노래[231]를 지었는데 그 노래가 지금 세상에 전하고 있다.

또한 「춘면곡春眠曲」[232]은 숙종肅宗 때 교리校理를 지낸 나학천羅學川[233]이 지은 것이다. 우조羽調[234]·계면조界面調[235]·농弄[236]·편篇[237]·

229) 권필權韠(1569~1612) : 본관은 안동安東, 자는 여장汝章, 호는 석주石洲. 유희분柳希奮 등 척족戚族의 방종을 「궁류시宮柳詩」로써 비방하다가 유배를 가던 도중 사람들이 주는 술을 폭음暴飮하고 이튿날 죽었다. 『석주집石洲集』이 있다.

230) 『석주집石洲集』 권7에 실려 있다. 마지막 구는 송강의 「장진주사將進酒辭」를 염두에 두고 쓴 것이다.

231) 이항복李恒福이 귀양 가던 도중에 철령을 넘으면서 지었다고 하는 노래로, "철령 높은 봉에 쉬어 넘는 저 구름아, 고신원루孤臣寃淚를 비삼아 띄워다가 임 계신 구중심처九重深處에 뿌려본들 어떠리"가 그 내용이다.

232) 「춘면곡春眠曲」 : 봄을 맞은 한량의 하룻밤 방탕을 그린 노래로 내용은 다음과 같다. "춘면을 늦잇 깨여 죽창을 반개하니 정화난 작작한대 가난 나뷔 머무난 듯 ……."

233) 나학천羅學川(1658~1731) : 본관은 수성壽城, 자는 사도師道, 호는 창주滄洲. 성품이 강직하고 자신을 지키는 태도가 확고하여, 당시의 당론에 휩쓸리지 않고 독고적인 존재로 정명의리론正明義理論을 주장하였다.

234) 우조羽調 : 우리나라 전통 가곡 중의 하나로, 가곡·풍류와 비슷한 선율을 우조라고 한다.

235) 계면조界面調 : 육자배기·남도무가·시나위와 비슷한 선율을 읊는 곡조의 한 가지로 매우 슬픈 느낌을 준다.

236) 농弄 : 가곡 곡조의 하나로, 계면조의 '언롱言弄'과 '평롱平弄', 우조의 '우롱羽弄' 등 세 곡조가 있다.

237) 편篇 : 가곡 중에서 '편編'을 말하는 것으로, 편락編樂·편수대엽編數大葉·엇편旕編·우편羽編 등이 있다. 편編은 '엮는다', 즉 장단이 촘촘하다는 뜻이다.

우락羽落[238]·계락界落[239]·후정화後庭花[240]는 모두 가곡 중 정조正調에 속한다. 이른바 '락落'과 '롱弄'이란 것은 소리가 굴러가나 느리지 않은 것이요, '편篇'과 '후정화後庭花'란 것은 노래가 빠르게 끝맺어지는 것이다. 근래에 서당西堂 이덕수李德壽,[241] 관양冠陽 이광덕李匡德[242]이 지은 것이 많다고 한다.

「행로군악가行路軍樂歌」, 「매화가梅花歌」,[243] 「황계가黃鷄歌」,[244] 「백구가白鷗歌」[245] 및 시조時調와 잡성雜聲 등에 이르러서는 소리가 모두 무식한 탕자蕩子에게서 나와 요사스럽고 음란하여 모두 윤리가 없으니 어찌 말할 수 있겠는가? 무릇 노래나 음악이 모두 우리나라의 속된 곡조에 불과하여 진실로 중국의 아악雅樂과는 논할 수 없으나, 스스로 그 가운데에 정正·변變의 다름이 없지 않다. 그 음악을 인하여 풍속을 관찰한다면 오

---

238) 우락羽落 : 우락羽樂. 우리나라 전통 가곡 중의 하나로 남창男唱과 여창女唱이 있다. 우羽는 우조羽調, 락樂은 즐거운 가락이라는 뜻으로 붙여진 이름이다. 우락시조羽樂時調의 준말.

239) 계락界落 : 계락界樂. 우리나라 전통 가곡 중의 하나로 계면조 음계에 의한 계락시조界樂時調를 줄여서 이르는 말이다.

240) 후정화後庭花 : 북전北殿을 달리 부르는 말로 조선왕조의 창업을 기린 노래이다. 고려 때부터 전해 오던 노래를 성종 때 가사가 음란하다 하여 임준원任濬元·성현成俔 등이 왕명에 의하여 그 가사의 일부를 산개刪改하여 만든 곡이다.

241) 이덕수李德壽(1673~1744) : 본관은 전의全義, 자는 인로仁老, 호는 서당西堂·벽계蘗溪, 시호는 문정文貞. 김창흡의 문인. 1713년(숙종 39) 증광문과에 병과로 급제하여 벼슬이 대제학이 이르렀다. 저서에 『서당집西堂集』 등이 있다.

242) 이광덕李匡德(1690~1748) : 본관은 전주全州, 자는 성뢰聖賴, 호는 관양冠陽. 탕평책을 최초로 주창한 박세채朴世采의 외손으로 소론 중 완소緩少계열이다. 1722년(경종 2) 정시문과에 을과로 급제하여 벼슬이 대제학에 이르렀다. 저서에 『관양집冠陽集』이 있다.

243) 「매화가梅花歌」 : 12가사十二歌詞 중의 하나로, "매화 옛 등걸에 봄철이 돌아온다. 옛 피던 가지마다 피염즉도 하다마는 ……"으로 시작한다.

244) 「황계가黃鷄歌」 : 12가사 중의 하나로, "일조낭군 이별 후에 소식조차 돈절하다. 어허야아자 좋을시고 ……"로 시작한다.

245) 「백구가白鷗歌」 : 백구사白鷗詞를 말하며, 앞과 뒤가 언어상 판이한 대조를 보이는 것이 특징이다. "백구야 풀풀 나지 말아 너 잡을 내 아니로다. 성상이 바리시니 너를 좇아 예 왔노라 ……"로 시작한다.

吳나라 계찰季札이 아니라도 또한 시대의 성쇠盛衰를 알 수 있을 것이다. 매양 임금의 수레가 궁궐을 나올 때에 법악法樂으로써 임금의 수레 앞뒤에서 연주하는데, 법악은 곧 세종世宗이 지은 「여민락與民樂」이다. 세종 때에 경복궁景福宮 광화문光化門으로부터 태묘문太廟門까지 그 소리는 초장初章을 마칠 수도 없었는데, 지금은 때때로 창덕궁昌德宮에서 모시고 태묘에 이르기까지 옛 대궐의 절반도 되지 않는데 그 장章을 여러 번 연주해야 된다고 한다. 음악이 빨라진 것이 이와 같다.

### 國朝歌曲

書曰, "詩言志謌永言." 是以唐虞之世, 君臣相和, 有勑天賡載之謌. 蓋古人雖君相之尊貴, 不能無歌. 故聖賢之學, 亦曰, "詠歌舞蹈." 自康衢擊壤之歌, 舜殿南風之歌, 卿雲之歌, 孔子蟪蛄之歌, 山頹之歌, 非但有詞, 實皆其時唱聲而永言者. 至於後世, 禮壞樂崩, 歌舞之節遂廢. 所謂流傳歌曲, 不過蕩子伎女輩教坊沿習淫僻之聲, 故君子恥而不爲. 今則儒者, 幷與小詩, 而歸之翫物喪志, 其肯引聲發歌, 爲優伶排達之事乎? 然, 心志所適, 聲氣所發, 輒有激而作歌, 亦自然之理也. 昔太宗大王, 送酒於圃隱先生, 作歌示意曰, "此亦如何, 彼亦如何, 萬壽山藤葛, 籠了蟠了." 先生答歌曰, "死了死了, 一百番更死了, 白骨爲塵土, 魂魄有也無, 向主一片丹心, 寧有改理也否." 太宗知其不可動, 使趙英珪除去之. 近世教坊所傳歌曲, 亦多前賢名流諸公所作也. 故漁父詞, 是嶺南先輩聾巖李判書賢輔所作, 而以此詞, 書示退溪. 故退溪集中有答書, 其詞亦在書中. 又處士歌, 實退溪先生作, 如將進酒, 松江鄭文淸公作, 而後變爲勸酒歌. 又關東別曲, 相思別曲, 皆松江所作. 故石洲權公, 過松江墓, 有一絶曰, "空山落木雨蕭蕭, 相國風流此寂廖. 怊悵一盃難更進, 昔年歌曲卽今朝者." 卽此也. 白沙李文忠公, 謫北靑時, 行踰鐵嶺, 作歌, 其歌今傳于世. 又春眠曲, 肅廟時, 羅校理學川所作也. 羽調界面弄篇羽落界落後庭花, 皆歌曲中正調. 所謂落與弄, 聲之轉而靡慢者也, 篇與後庭花, 歌之促而將闋者也, 而近世西堂冠陽, 多有所作云. 至如行路軍樂歌, 梅花歌, 黃鷄歌, 白鷗歌, 及時調雜聲, 皆出於無識蕩子, 妖淫而已, 全無倫理, 何足道哉? 大抵歌聲樂音, 皆不過東人俗調, 固不可與論於中國雅樂, 而自其中, 亦不無正變之異. 因其音, 觀其風, 則雖非吳季札, 亦足以知時世之盛衰也. 每車駕出宮, 以法樂陳於御輦前後, 而法樂, 乃世宗所製與民樂也. 世宗時, 自景福宮光化門, 至太廟門, 其聲不能盡初章. 今則時御昌德宮, 至太廟, 不及舊闕之半, 而其章屢遍云. 音之向促如是矣.

## 전신前身과 후신後身

전신후신의 설은 너무 황당하다. 그러나 양숙자羊叔子[246]가 나무 구멍에서 고리를 찾고, 고비웅顧非熊이 형의 뺨을 때린다고 화를 내고,[247] 왕백안王伯安이 문을 연 사람이 곧 문을 닫은 사람이라고 한 것[248]은 전하

246) 양숙자羊叔子 : 진晉나라 양호羊祜(221~278). 양호가 다섯 살 때 쇠고리를 가지고 장난하였는데, 그때 그의 유모가 이 물건이 어디서 나왔느냐고 묻자 양호는 이李씨 집의 동쪽 담 나무 구멍에서 얻었다고 하였다. 이에 그 주인이 이것은 나의 죽은 아이가 잃어버린 물건이거늘 어찌하여 가지고 갔느냐고 하기에, 유모가 그간의 일들을 다 얘기하니 이씨는 비통에 잠겼다. 그때 사람들이 기이하게 여겨 이씨의 아들은 양호의 전신이라고 말했다. 『진서晉書』 권34 「양호전羊祜傳」 참조.

247) 고비웅顧非熊이 …… 화를 내고 : 고비웅은 당唐나라 때 시인인 고황顧況의 아들로, 고황의 『화양집華陽集』 가운데 고비웅의 시가 한 권 들어 있다. 고황이 아들 하나를 두었는데, 17세에 요절하고 말았다. 이에 너무 슬퍼서 시를 지어 통곡하니, 그 아들의 혼백이 집을 떠나지 않고 있다가 아버지가 슬퍼하는 것을 보고는 다시 아들로 태어나고자 하였다. 그 뒤에 과연 고비웅이 다시 아들로 태어났는데, 일곱 살이 되었을 때 형이 장난을 치다가 고비웅의 뺨을 때렸다. 그러자 고비웅이 갑자기 "나는 너의 형인데 어찌하여 내 뺨을 때리는가" 하니, 온 집안사람들이 깜짝 놀랐다.

는 말이 분명하니, 또한 완전히 허황된 이야기라고 배척하기는 어렵다.

또 송宋나라 휘종徽宗은 일찍이 밤에 꿈을 꾸었는데, 어떤 한 왕이 구장복九章服[249]을 입고 와서 성내며 말하는 것이었다.

"임안臨安[250]의 산수山水는 본래 나의 소유물이다. 즉시 내게 돌려줘야 마땅하다."

황제가 놀라 잠에서 깨었는데, 잠시 후 곁에서 모시는 신하들이 와서 아무 왕비가 황자皇子를 낳았다고 보고하였다. 다음날 황제가 가서 아이의 용모를 보니 지난밤 꿈에 본 사람과 매우 닮았다. 이 사람은 바로 오월吳越의 왕 전류錢鏐[251]인데, 휘종의 아홉 번째 아들인 강왕康王의 몸을 빌려 태어나서 훗날 고종高宗[252]이 되었고, 남쪽으로 나라를 옮겨 항주杭

248) 왕백안王伯安이 …… 한 것: 왕백안은 명明나라 때 학자인 왕수인王守仁(1472~1529)으로, 백안伯安은 그의 자字이다. 왕수인은 절강浙江 사람으로, 호가 양명陽明이며, 지행합일설知行合一說과 치양지설致良知說을 주장하여 주자학파朱子學派와 서로 다투었다. 세상에서는 그의 학파를 요강학파姚江學派라 불렀는데, 주자의 학풍과는 대치되었다. 왕수인이 일찍이 남안南安에 갔을 때 우연히 어느 사찰에 들어가게 되었다. 이보다 앞서 이 사찰의 상좌승上座僧이 장차 입적入寂하려고 하면서 제자들에게 거처하고 있는 선실禪室에 자물쇠를 채운 다음 문을 열지 말라고 주의시키면서 말하기를, '우선은 내가 오기를 기다리라[姑俟我]'고 하였다. 왕수인이 절에 도착하여 보니 자물쇠가 굳게 잠겨 있으므로 그 까닭을 묻자, 제자들이 그 사연을 얘기하였다. 그러자 왕수인이 '이는 참으로 내가 오기를 기다린 것이다' 하고는 문을 열게 하고 보니, 책상 위에 편지가 있었는데 그 위에는 먼지가 잔뜩 쌓여 있었다. 먼지를 털어내고 읽어보니, "오십칠 년 뒤에 왕수인이 내 방의 자물쇠를 열고 내 몸의 먼지를 털어낼 것이다. 만약 전생의 일을 묻는다면 문을 연 사람이 바로 문을 닫은 사람이라 하겠다[五十七年, 王守仁啓吾鑰拂吾塵, 若問前生事, 開門人是閉門人]"라고 하였다.

249) 구장복九章服: 아홉 가지 수繡를 놓은 옛날 임금의 면복冕服. 의衣에는 산山·용龍·화火·화충華蟲·종이宗彝의 5가지를, 그리고 상裳에는 마름藻·분미粉米·보黼·불黻 등 4가지를 수놓았다.

250) 임안臨安: 지금의 절강성浙江省 항주시杭州市.

251) 전류錢鏐(852~932): 자는 구미具美. 오대五代시대 때 오월吳越을 개국한 임금으로, 임안臨安 사람이다. 후당後唐 건부乾符 연간에 진해군절도사鎭海軍節度使에 제수되었고, 천복天復 연간에 월왕越王에 봉해졌으며, 천우天祐 초에 오왕吳王에 봉해졌고, 양梁나라 태조太祖가 즉위하여서는 오월왕吳越王에 봉해졌으며, 얼마 뒤에는 스스로 오월국왕吳越國王이라 칭하였다. 그 뒤 41년간 재위하였다. 『오대사五代史』 권67 참조.

252) 고종高宗(1107~1187): 남송南宋시대 제1대 황제. 이름은 조구趙構, 묘호는 고종. 금

州의 임안에 도읍하였으니, 또한 기이하지 않은가? 그러나 사람의 삶과 죽음은 모두 기운이 모이고 흩어짐에 달려 있다. 바야흐로 죽을 때에 혼魂과 기氣는 하늘로 날아 올라갔다가 다시 모여 사람이 된다. 이것은 비록 불교 윤회론輪回論이지만 혹 그 이치가 없지는 않다. 전류錢鏐의 죽음은 북송北宋 초기에 해당하며 고종高宗이 태어나기까지는 백여 년도 훨씬 넘는다. 그런데 이미 흩어진 기운이 무엇을 좇아 다시 생겨나서 다른 사람의 몸을 빌려 태어난단 말인가? 그 이치는 미묘하고 심원하니 억측하여 말하기는 어렵다. 예컨대 이림보李林甫가 세 번째 태어나서 기생이 되고 아홉 번째 태어나서 소가 되었다고 하는 말[253]은 더욱 허황되고 거짓이다.

前身後身

前後身之說, 甚荒唐. 然羊叔子之樹穴探環, 顧非熊之怒批兄頰, 王伯安之開門人是閉門人, 所傳皆分明, 亦難以一切誕妄斥之也. 且宋徽宗嘗夜夢, 有一王者, 衣九章服來, 見怒曰, "臨安山水, 本我物, 急當還我." 帝驚寤, 有頃, 左右來告某妃生皇子. 帝明日往視兒貌, 酷類昨夢所見人. 此卽吳越王錢鏐, 而托胎於徽宗第九子康王, 後爲高宗,

---

金나라가 침입하여 개봉開封을 함락시키고 그의 아버지이자 퇴위한 황제 휘종徽宗과 형 흠종欽宗을 포로로 잡아가자, 강남江南으로 탈출하여 남송南宋을 세웠다.

253) 이림보李林甫가 …… 하는 말: 이림보李林甫(?~752)는 당나라 사람으로 호는 월당月堂이다. 성품이 우유부단하고 교활하여 권모술수가 있었으며, 당나라 때의 대표적인 간신奸臣이다. 현종玄宗 때 관직이 병부상서兵部尙書에 이르렀는데, 스스로 방자해져서 마침내 안록산安綠山과 사사명史思明의 난리에 물리침을 당했다. 「유자후용성록柳子厚龍城錄」에 이르기를, "원화元和 6년 6월에 혜주惠州에 사는 어떤 창녀가 시장에서 벼락을 맞아 죽었는데, 옆구리 부분에 붉은 글씨로 쓰여 있기를, '이임보가 잔학한 짓을 하고 권세를 농단하였으므로 옥황상제가 신선들에게 명하여 벼락을 치게 한다' 하였다. 그리고 소희紹熙 원년 봄에 한양漢陽에 사는 채씨蔡氏 집의 딸이 일곱 살 때 벼락을 맞아 죽었는데 등에 부적 같은 글씨가 쓰여 있었다. 글자를 알아보는 자가 읽어보니 '당나라 재상 이임보는 7대 동안 창기가 되어야만 금생에서 형신이 없어진다[唐相李林甫 七世爲娼 今生滅形]는 열세 글자가 쓰여져 있었다' 하였다. 『이견지夷堅志』 권5 「이림보전李林甫傳」 참조.

南渡而都杭州之臨安, 不亦異哉? 然人之生死, 皆氣之聚散也. 方死之時, 魂氣悠揚, 復聚爲人, 此雖佛家輪回之論, 或不無其理. 而如錢鏐之薨, 當在北宋國初, 去高宗生, 洽爲百餘年, 已散之氣, 何從而更生, 至於托胎爲人乎? 其理, 微眇玄遠, 難以臆說也. 至如李林甫三世爲娼, 九世牛云云, 尤是謊誕也.

## 동요童謠의 영험

세상에 전하기를, '예로부터 거리에서 불리던 동요童謠는 마침내 대부분 징험되었다. 이 동요는 참으로 신동神童이 있어서 지은 게 아니라, 매양 형혹성熒惑星[화성][254]이 내려와 동자童子가 되어 노래를 지어 부르면 여러 아이들이 듣고 따라 불렀다'고 한다. 그러나 정말 그런지는 알 수 없다.

예컨대 황건적黃巾賊[255]이 처음 일어날 적에 "푸른 하늘[蒼天]은 이미 죽었으니 누른 하늘[黃天]이 마땅히 설 것이다"라는 등의 말은 또한 동요가 아니라, 모두 장각張角[256]의 무리들이 요망한 말로 속이고 퍼뜨려서 많은 사람들을 현혹시킨 것이다. "천리초千里草[董]가 어찌 푸러르랴? 10일을 점쳐도[十日卜 : 卓] 살지 못하네"[257]라고 하니 과연 동요로서 미오郿

254) 형혹성熒惑星 : 재앙이나 병란兵亂이 일어날 것을 예고해 준다는 별로, 화성火星의 딴 이름이다.

255) 황건적黃巾賊 : 후한後漢 말기에 일어난 비적匪賊. 수령은 장각張角으로 황건黃巾을 머리에 썼다고 하여 '황건적'이라 불렸다.

256) 장각張角(?~184) : 황건적의 지도자. 후한後漢시대 거록鉅鹿 사람. 호는 태평도太平道. 황로술黃老術을 받들고 일삼았으며 물에 붙여서 병 고치는 주문을 빌었다.

257) 천리초千里草가 …… 못하네 : 천리초는 동董자를 파자破字한 것이고, 십일복十日卜은

塢[258]에 있는 동탁의 군대가 패배할 조짐을 암시한 것이다. "형혹성이 남두南斗[259]로 들어가면 천자가 대궐을 내려와 달아나네"라고 한 것은 예로부터 전해오는 속설이니 반드시 참위讖緯에서 나온 말은 아니다.

양梁나라 무제武帝[260]는 맨발로 대궐을 내려와 달아나는 모양을 하여 재앙을 그치게 하고자 했는데, 위魏나라 왕이 죽었다는 소식을 듣고 탄식하며, "오랑캐도 또한 천상天象에 응하는가?" 하였다. 참으로 우스운 일이다.

대개 거리의 말과 소문은 비록 황당무계한 것이 많지만 또한 간혹 증거로 삼을 만한 것이 있다. 예컨대 광대들이 부르는 판소리 열 두 마당 가운데 자라가 토끼를 짊어지고 용궁으로 들어가는 노래[수궁가水宮歌, 토끼타령]가 있다. 그 이야기는 조리가 없어서 비록 웃을 만한 것 같으나, 이것은 백제百濟의 사신이 신라新羅에 이르러 신라의 조정 신하와 서로 묻고 답한 것이다.[261] 본래 가정하고 가탁한 우스갯소리였는데 후세 사람들이 부연해서 광대의 노래로 삼은 것이다. 그 일은 김부식金富軾[262]이 지은 『삼국사기三國史記』에 실려 있다.

---

탁卓자를 파자한 것으로, 동탁董卓이 죽을 것을 예언하는 말이다.

258) 미오郿塢 : 만세오萬歲塢. 한漢나라 말에 동탁董卓이 장안 근처에 구축했던 요새로, 유사시에 대비하여 많은 재물을 비축해 두었다.

259) 남두南斗 : 남방에 있는 여섯별로 구성된 성수星宿 이름. 그 모양이 말斗과 비슷하여 이르는 말이다.

260) 양梁나라 무제武帝(464~549) : 남북조南北朝시대 때 양梁나라를 연 임금. 본명은 소연蕭衍, 자는 숙달叔達.

261) 그 이야기는 …… 것이다 : 『삼국사기三國史記』를 살펴보면 신라 김춘추金春秋와 관련된 이야기가 있다. 김춘추가 고구려高句麗에 사신으로 갔다가 사로잡히자, 위의 이야기로 위기를 모면하고 신라로 돌아올 수 있었다는 내용이다.

262) 김부식金富軾(1075~1151) : 본관은 경주慶州, 자는 입지立之, 호는 뇌천雷川, 시호는 문열文烈. 숙종 때 문과에 급제, 안서 대도호부安西大都護府의 사록司錄·참군사參軍事가 되고, 직한림直翰林·우사간右司諫을 거쳐 중서사인中書舍人이 되었다. 1145년 현존하는 최초의 정사正史인 『삼국사기三國史記』 50권의 편찬을 끝냈으며, 1146년에 의종이 즉위하자 낙랑군개국후樂浪郡開國侯에 봉해지고 『인종실록仁宗實錄』의 편찬을 주재했다.

### 童謠符驗

世傳, 自古街巷間童謠, 竟多符驗, 此非眞有神童所作. 每熒惑星下降爲童, 作謠唱之, 則衆兒聞而效顰云. 未知其然, 而如黃巾初起, '蒼天已死, 黃天當立' 等說, 亦非童謠也, 皆張角輩譸張妖言, 以惑衆也. '千里草, 何青青, 十日人, 不得生.'[263] 則果童謠而郿塢賊之敗兆也. "熒惑入南斗, 天子下殿走." 則似是古傳俗說, 必非出讖緯也. 梁武帝跣足下殿作走狀, 欲以弭灾, 而聞魏主殂, 歎曰, "虜亦應天象耶?" 殊可一笑. 盖街談巷諺, 雖多無稽, 亦或有可據者. 如優人所唱十二歌中, 有鱉負兎入龍宮歌, 其說無倫理, 雖若可笑, 此是百濟使到新羅, 與羅朝臣相問答, 是設辭假托之戲言, 而後人推演爲優歌者也. 其事, 見載金富軾所撰『三國史』.

## 초상화

옛사람 문집에는 그 책의 첫머리에 간혹 그 사람의 유상遺像을 그려 넣기도 하였다. 내가 본 것은 오직 구양수歐陽修의 『구양공집歐陽公集』, 소동파蘇東坡의 『동파집東坡集』, 주희朱熹의 『주문공대전朱文公大全』, 문천상文天祥의 『문산집文山集』, 방효유方孝孺[264]의 『손지집遜志集』, 어양漁

263) 본문에는 '十日上不生'이라고 잘못 기록되어 있는 것을 바로잡음.

264) 방효유方孝孺(1357~1402) : 명明나라 때 사상가. 저장성浙江省 상산현象山縣 출생. 자는 희직希直 · 희고希古, 호는 손지遜志. 유불儒佛을 연구한 문호 송렴宋濂의 가르침을 받아 학식이 깊었다. 대의명분을 발휘한 정의로운 사람으로서, 당쟁 · 탄압이 격심했던 명나라 말기에 특히 '동림파東林派'도 높이 평가되었다. 저서로 『손지재집遜志齋集』이 남아 있다.

洋 왕사정王士禎[265]의 『정화록精華錄』 뿐이다. 이밖에도 반드시 많이 있을 것이나, 나는 대부분 미처 보지 못했다. 우리나라의 문집으로는 오직 정몽주鄭夢周의 『포은집圃隱集』과 길재吉再의 『언행습유言行拾遺』 두 책 뿐이니, 이밖에 또한 많이 보지 못했다. 대개 옛사람의 유상遺像은 반드시 참됨을 잃은 것이 많으니 비록 전하는 것이 있지만 별반 그 모습을 닮은 것은 없다. 하물며 삼대三代[266] 이상을 알 수 없는 것은 말할 필요가 있겠는가?

순흥부順興府[267] 소수서원紹修書院[268]에 봉안된 선성先聖[공자]의 초상이 둘 있다. 하나는 소축자小軸子인데 다만 부자夫子[공자]의 초상만을 그렸고, 하나는 비단 화첩이며 대축大軸으로 크기가 건물 한 칸을 채울 만하고, 아울러 선성 및 안자顔子[269]·증자曾子[270]·자사子思·맹자와 72제자를 그렸으니 모두 진채화眞彩畵[271]이며 선성先聖은 면복冕服[272]차림이다. 축 앞면에 짧은 기록이 있는데 이르기를 "이것은 황명皇明 주왕周

---

265) 왕사정王士禎(1634~1711) : 청淸나라 때 시인. 자는 이상貽上, 호는 완정阮亭·어양산인漁洋山人. 본명은 왕사진王士禛. 산둥성山東省 신청新城 출신. 옹정제雍正帝의 이름을 피하여 사정士正이라고 개명하였으나, 건륭제乾隆帝가 사정士禎이라는 이름을 하사하였다. 주이존朱彝尊과 함께 남주북왕南朱北王이라고 일컬어졌다. 그의 시론으로 신운설神韻說이 유명하다. 문집으로는 『대경당집帶經堂集』이 있고, 자신의 시를 정선한 『어양산인정화록漁洋山人精華錄』 및 『거이록居易錄』, 『지북우담池北偶談』 등의 필기가 전한다.

266) 삼대三代 : 중국의 고대 왕조인 하夏, 상商, 주周의 상고시대를 가리킨다.

267) 순흥부順興府 : 경상북도 영주군榮州郡에 있던 지명.

268) 소수서원紹修書院 : 경상북도 영풍군 순흥면 내죽리에 있는 서원으로, 우리나라 최초의 서원이다. 1541년에 풍기군수로 부임한 주세붕周世鵬이 이듬해 안향安珦을 배향하기 위해 사묘를 설립하였다가, 1543년에 유생교육을 겸비한 백운동서원白雲洞書院을 설립한 것이 서원의 시초이다.

269) 안자顔子 : 춘추春秋시대 노魯나라 사람. 본명은 안회顔回. 자는 자연子淵. 공문십철孔門十哲 중 으뜸으로 꼽힌다. 안빈낙도安貧樂道하며 덕행德行으로 이름이 높았다.

270) 증자曾子 : 공자의 제자 증참曾參. 자는 자여子輿. 효행孝行으로 이름이 높았다.

271) 진채화眞彩畵 : 농채화濃彩畵. 먹선이 안보일 정도로 물감을 두껍게[진하게] 채색하여 표현하는 그림.

272) 면복冕服 : 사대부 이상이 입던 예관禮冠과 복식. 길례吉禮 때 면류관을 쓰고, 복식은 그 예에 따라 다르게 입었다. 『주례周禮』「춘관春官·사복司服」 참조.

王[273]의 숙궁橚宮에서 나왔는데 고려高麗 말 회헌晦軒 안문성공安文成公[274]이 일찍이 왕경王京에 사신 갔다가 구입해 온 것이다"라고 하였다. 그러나 주왕周王은 태조太祖의 아들로 당시 한창 세상에 위엄을 떨치고 있을 때인데, 어찌 이것을 상점에서 팔 수 있었겠는가? 또한 연도의 표기가 약간 잘못된 듯하다. 아마도 그 뒤에 안축安軸[275] 등 여러 공公들이 구입하여 가져온 것일 듯하다.[276] 그러나 이것은 이미 소축小軸 화첩과도 같지 않으니 필시 대부분 당시의 진본은 아닐 것이다.

왕기王圻[277]가 찬수한 『삼재도회三才圖繪』[278]에 역대 임금과 신하의 도상圖像이 있으니 반고盤古[279]시대로부터 천황天皇[280]에 이르기까지 초

---

273) 주왕周王 : 명明 태조太祖의 넷째 아들.

274) 안문선공安文成公 : 안향安珦(1243~1306). 본관은 순흥順興, 초명은 유裕, 자는 사온士蘊, 호는 회헌晦軒, 시호는 문성文成. 조선시대에 문종文宗의 이름이 향珦이었기 때문에 그의 이름을 안유安裕로 다시 바꿔 부르게 되었다.

275) 안축安軸(1287~1348) : 고려 때 문신. 자는 당지當之, 호는 근재謹齋. 본관은 순흥順興. 『편년강목編年綱目』을 이제현李齊賢과 함께 고쳐 엮었고 충렬·충선·충숙 3조의 실록편찬에도 참여하였으며 경기체가 『관동별곡關東別曲』, 『죽계별곡竹溪別曲』을 남기는 등 학문과 문장이 높았다. 흥녕군興寧君에 봉해진 뒤에 죽었다. 저서에 『근재집謹齋集』이 있다. 시호는 문정文貞.

276) 이것은 …… 듯하다. : 이 기록에는 연대나 인물에 약간의 착오가 있는 듯하다. 안향이나 안축은 고려시대 후기 사람으로 당시는 중국의 원나라 중·말엽에 해당되는 시기이다. 원나라에 간 고려 사신이 그 후대 사람인 명나라 주왕의 숙궁에서 나온 공자의 화상을 구입해 가져온다는 것은 이치에 맞지 않는 일이다.

277) 왕기王圻(생몰년 미상) : 자는 원옹元翁. 명明나라 가정嘉靖 연간에 진사를 지냈다. 저서에 『홍주유고洪洲類稿』가 전한다.

278) 『삼재도회三才圖繪』 : 명明나라 때 편찬된 유서類書 106권으로, 왕기王圻가 지었다. 1607년에 쓴 저자의 자서自序가 있고, 후에 그의 아들 왕사의王思義가 속집續集을 편찬하였다. 여러 서적의 도보圖譜를 모으고, 그 그림에 의하여 천지인天地人의 삼재三才에 걸쳐 사물을 설명하였다.

279) 반고盤古 : 중국 고대신화에 등장하는 조물주. 세계창조에 관해서는 2가지 다른 이야기가 남아 있다. 하나는 천지분리형天地分離型으로, 태초의 세계는 혼돈의 상태였는데, 반고가 태어나고 천지가 열리자 음양 중에서 양은 하늘이 되고, 음은 땅이 되었다. 반고는 하늘과 땅 사이를 받치고 있었는데 하늘은 더 높아지고 땅은 더 두꺼워지고 반고의 키도 점점 자라나 결국 하늘과 땅은 멀어지게 되었다. 또 하나의 이야기는 사체화생형死體化生型으로, 최초의 세상에 반고가 있었는데 그가 죽자 그의 몸이 변해서 세계가 만들어졌다고 한다. 두 눈은 해와 달로, 몸은 땅으로, 피는 강으

상이 없는 것이 없다. 복희伏羲[281)]가 사람의 몸에 소의 머리를 하고 있는 것은 모두 본래 모습으로 그렸을 것인데 기괴하고 놀라워 웃을 만하니 그 일은 황당하다. 비록 진秦·한漢 이후에도 또한 생각으로써 억측하여 그린 것이 분명 많았을 것이니, 어찌 믿을 수 있겠는가?

송宋나라 이후로는 사람들이 대부분 초상화가 있으니 여인들도 또한 마찬가지다. 사대부의 부인은 얼굴을 드러내는 것을 어렵게 여겨 평상시에는 그리지 않다가 병이 위중하여 죽을 때가 되서야 화공畵工을 불러 급히 초상을 그리게 했다. 이것은 예에도 위반될 뿐만 아니라, 이런 일을 당해 집안 사람들이 슬프고 두려워하는데 화공이 어찌 차분하고 여유 있게 그릴 수 있겠는가? 또 사람이 오랜 병으로 죽을 때가 되면, 용모는 반드시 초췌하게 되어 귀신같을 것이다. 이것을 그려낸다면 보는 사람도 놀라고 두려워할 것이니, 이런 초상화를 어디에 쓰겠는가? 송나라 풍속은 또한 기이하기도 하다. 정자程子는 "수염과 머리털 하나라도 같지 않으면 이는 다른 사람이다"라고 말하지 않았던가. 하물며 임종 때의 외모는 어떠하겠는가.

우리나라는 국초부터 중엽까지 후비后妃도 어진御眞(초상)이 있어 문소전文昭殿[282)]에 봉안하였다. 이것은 옛날부터 내려오는 관례慣例이다. 그때 종실 중 뛰어난 자가 많아 반드시 재주와 기예가 있는 사람을 선발하여 도상圖像을 가르쳐 익히게 하였다. 때문에 모두 내전內殿의 진상眞像을 우러러 그릴 수 있었다. 명종明宗 때에 이르러 문소전文昭殿에 불이 나서 어진御眞이 모두 타버렸다. 그 뒤에 또 용사龍蛇의 변고[임진왜란를

---

로, 피부는 논밭으로, 머리카락과 수염은 별로, 체모는 식물로, 이와 뼈는 암석으로 변하였다고 한다.

280) 천황天皇 : 『사기史記』에서 언급하는 천황天皇·지황地皇·태황泰皇의 삼황三皇 중 하나. 일반적 의미로는 도교계道教系의 신神을 말하며 북극성을 신격화한 것.

281) 복희伏羲 : 상고上古시대 황제皇帝이다. 처음으로 팔괘八卦를 그렸고, 서계書契 문자文字를 만들었다.

282) 문소전文昭殿 : 신의왕후神懿王后의 사당祠堂. 명종 때 문소전을 폐쇄하였다.

거치면서 옛 대궐과 더불어 불에 타버렸는데, 원묘原廟[283]도 다시 설치하지 못해서 드디어 그 제도가 폐지되었다. 그러나 열조列朝의 어진御眞은 대부분 있어, 영조英祖는 화첩이 열 하나가 있으니 대개 재위在位한 기간이 가장 길었기 때문일 것이다.

숙종肅宗 때 어진御眞을 완성하였는데, 재상 고故 김구金構[284]가 마침 강화유수江華留守[285]로서 빈대賓對[286]에 참여하여 새로 그린 어진御眞을 심도沁都[강화도]에 봉안하여 보장지保障地로 삼아야 한다고 아뢰었다. 숙종肅宗이 허락하여, 드디어 장녕전長寧殿[287]을 강화江華에 창설해서 봉안하였다. 뒤에 또 영조의 어진 1본을 봉안하여 심전沁殿[장녕전]은 드디어 양실兩室이 되었으니, 이는 김공의 의논에서 시작된 것이다. 이 일이 어찌 임금의 뜻에 영합하는 데 가깝지 않은가? 그렇다면 정축년丁丑年(1637)에 강화江華를 지키지 못하고 소현세자[288]와 봉림대군이 청나라에 인질로 잡혀간 일이 과연 어진御眞을 봉안하지 않아서 그랬던 것인가? 태조太祖

283) 원묘原廟 : 정묘正廟 이외 별도로 세운 종묘宗廟.

284) 김구金構(1649~1704) : 본관은 청풍淸風, 자는 자긍子咽, 호는 관복재觀復齋, 시호는 충헌忠憲. 1669년(현종 10) 사마시에 합격, 1682년(숙종 8) 춘당대春塘臺문과에 급제하여 벼슬이 우의정에 이르렀다.

285) 유수留守 : 조선시대 때 요긴한 곳을 맡아 다스리던 정종이품正從二品의 경관직을 이른다.

286) 빈대賓對 : 매월 여섯 번씩 의정議政, 비변사 당상備邊司堂上, 대간臺諫, 옥당玉堂 등이 입시하여 중요한 정무를 임금에게 아뢰던 일을 가리킨다.

287) 장녕전長寧殿 : 조선시대 때 숙종의 영정影幀을 봉안했던 전각殿閣. 강화부江華府 소재. 1866년(고종 3)에 없어졌다.

288) 소현세자昭顯世子(1612~1645) : 인조의 맏아들. 이름은 왕. 어머니는 인열왕후仁烈王后 한씨韓氏이다. 1625년(인조 3) 세자에 책봉되고, 27년 정묘호란 때에는 전주로 내려가 남도의 민심을 수습, 같은 해 강석기姜碩期의 딸 민회빈愍懷嬪과 혼인하였다. 36년 병자호란 후 자진하여 봉림대군鳳林大君과 함께 인질로 선양[瀋陽]에 갔다. 선양에서 그는 단순한 볼모가 아닌 조선·청淸 양국 간에 제기된 문제를 해결하는 조정자의 역할을 하였다. 44년 베이징[北京]에 들어가 70여 일을 머물면서 역법曆法에 관심을 가지게 되었고, 특히 독일인 신부 아담 샬과의 친교로 천문·수학·가톨릭 서적과 여지구輿地球·천주상天主像을 들여왔다. 45년 청나라에서 돌아온 세자는 뜻하지 않은 부왕과의 갈등으로 2개월 만에 급서하였는데, 인조 독살설이 제기되기도 하였다.

이하 역대 임금의 신주神主 역시 황급하게 실려 가게 되는 굴욕을 면하지 못했는데, 어찌 나무로 만든 신주가 진상眞像보다 중요하지 않아서 그렇게 된 것이란 말인가? 애석하다! 김공은 길고 먼 계획을 세우지 못했다.

人物畵像

古人文集卷首, 或寫其遺像. 余所見者, 惟歐陽公集・東坡集・朱文公大全・文文山集・方遜志集・王漁洋精華錄而已. 此外, 亦必多有, 而余皆未及見矣. 我東則惟鄭圃隱集及吉冶隱言行拾遺二書而已. 此外, 亦不多見也. 盖古人遺像, 必多失眞, 雖有傳者, 似不過三四分, 況三代以上不可知者乎?

順興府紹修書院, 奉安先聖像二本. 一則小軸子而但畵夫子一像, 一則絹本大軸也, 長廣幾盈一間. 幷畵先聖及顔曾思孟與七十二弟子, 皆眞彩而先聖則冕服像也. 軸上前面有小記, 謂此出皇明周王橚宮中, 而麗末晦軒安文成公, 嘗朝京購來. 然周王太祖之子, 時方盛世, 豈至鬻此於市肆. 且年條恐是稍左矣, 豈其後安軸諸公購來者耶? 然此已與小軸本不同, 必皆非當時眞本也.

王圻所纂『三才圖繪』, 有歷代君臣圖像, 自盤古天皇無不有像. 伏羲之人身牛首, 皆以本形畵之, 怪駭可笑, 其事荒唐. 而雖慕漢以後, 亦當以意臆繪者必多, 何足取信? 宋以後則人皆有像, 婦女猶然. 士大夫夫人, 難於露面, 平常則置之. 及至病重屬纊, 輒召畵工, 急先圖寫, 非但違禮, 當此, 外內悲遑, 畵工者, 何能整暇? 且人久病垂死, 形貌必至憔悴如鬼, 以此寫出, 見者驚怖, 安用此像爲? 宋俗亦可異也. 程子不云乎? "一髭髮不似, 便是別人." 況臨死之貌乎?

我朝自國初至中葉, 后妃亦有御眞, 奉安文昭殿, 是古例. 而其時宗英衆多, 必擇有才藝者, 敎習圖像, 故皆能仰描內殿眞像. 至明廟時, 文昭殿失火, 御眞盡爲煨燼. 其後, 又經龍蛇之變, 幷與舊闕而鬱攸, 原廟亦不更設, 其制遂廢. 然, 列朝御眞則皆有之, 英廟至於十一本,蓋享國最長故也. 肅廟時, 御眞描成, 故相金公構, 適以江華留守, 入參賓對, 進奏請奉安新本于沁都, 以爲倚重於保障地. 肅廟許之, 遂創設長寧殿於江華而奉之, 後又繼奉英廟眞一本, 沁殿遂爲兩室, 始出金公之議也. 此事不幾近於迎合乎? 丁丑之江都失守, 世子大君, 至於北行, 此果未奉御眞而然耶? 太祖以下列朝廟主, 亦未免駄載蒼黃之窘辱, 豈木主不如眞像之重而然耶? 惜乎! 金公不能爲長遠計也.

## 석성石星과 이여매李如梅의 초상화

내가 평양을 유람하다가 무열사武烈祠[289]에 걸려있는 두 개의 초상을 보았다. 상서尙書 석성石星[290]은 벽壁의 중심에 있었고, 총병總兵 이여매李如梅[291]는 그 오른쪽에 걸려 있었다. 석성石星은 오사모烏紗帽에 남단령藍團領[292]을 입었는데 용모가 매우 단정하였다. 이여매는 곧 제독提督 이여송李如松[293]의 아우로 임진년壬辰年 평양平壤 싸움에서 왜구가 쏜 총

289) 무열사武烈祠 : 1593년(선조 26) 명明나라 병부상서兵部尙書 석성石星의 은덕에 대한 보답과 그 공을 기리기 위하여 평양에 세운 사우祠宇. 석성은 임진왜란 당시 명나라의 병부상서에 재임하고 있었는데, 조선에 대한 원병의 파견논의를 적극적으로 주창하여 실현시켰던 인물.

290) 석성石星(?~1599) : 명나라 동명東明 사람. 자는 공신拱宸. 병부상서兵部尙書를 역임했다. 왜구 침입 때 황제의 노여움을 크게 사서 옥에 갇혀 죽었다.

291) 이여매李如梅 : 명나라 때 사람. 자는 자청子淸. 여장如樟과 여송如松의 아우. 관직은 요동총병遼東總兵이었다.

292) 남단령藍團領 : 깃을 둥글게 만든 관리의 정복을 단령이라 하는데, 남단령은 남색의 단령을 말한다.

293) 이여송李如松(?~1598) : 명明나라 때 무장. 자는 자무子茂, 호는 앙성仰城. 용맹하여 무훈이 뛰어났으며, 임진왜란의 왜구倭寇를 물리쳤다. 관직이 요동총병遼東總兵이었으며, 전쟁에서 죽은 뒤에 충열忠烈이라는 시호를 받았다.

탄에 맞아 죽은 사람이다. 그 초상은 칼을 짚고 갑옷을 입은 채 의자에 앉아 있는 전신상인데, 검푸른 얼굴에 눈이 둥글고 흰자위가 넓었다. 거꾸로 자란 수염은 위로 솟구쳐 고슴도치 털과 같았고 체구는 매우 장대하고 사나워서 어린아이들이 두려워 울 정도였다. 그러나 과연 얼마나 진짜 장수의 모습을 닮았을지 알 수는 없다.

옛날 위지공尉遲恭[294]과 무목武穆 악비岳飛와 상개평常開平[295]도 모두 이러했을 것이며, 또 산사山寺 문무門廡에 있는 사천왕의 소상塑像도 상당히 이와 근사할 것이다. 이여매李如梅가 비록 씩씩하고 용감하다고는 하나 어찌 이 정도까지 되었겠는가?

石星·李如梅遺像

余遊平壤, 見武烈祠揭奉二像. 石尙書星主壁, 李總兵如梅配其右. 石着烏紗帽藍團領, 相貌甚端雅. 李卽提督如松弟, 而壬辰平壤之戰, 中丸死於倭陣者也. 其像, 伏釼披甲踞椅之全體, 而面靑黑眼環多白, 倒鬚上指如蝟毛磔, 體極壯大猙獰, 足令小兒怖啼. 未知果七分而眞將帥也. 古之尉遲恭岳武穆常開平, 皆當如此. 又山寺門廡塑像天王, 頗近之, 如梅雖武勇, 何至如是耶?

294) 위지공尉遲恭(585~658) : 당나라 때 사람. 자는 경덕敬德, 시호는 충무忠武. 수隋 · 당唐 교체기에 당 태종을 도와 커다란 공적을 세워 악국공鄂國公에 봉해졌다.

295) 상개평常開平 : 상우춘常遇春(1330~1369). 자는 백인伯仁. 안휘성安徽省 회원懷遠 출생. 용맹 과감한 명장으로서 이름이 높았다. 1355년 태조太祖의 부하가 되어 각지로 전전轉戰, 진우량陳友諒, 장사성張士誠 등의 군웅群雄을 항복시키는 데 큰 공을 세웠다. 1368년 서달徐達 등과 함께 북방정벌에 나서 원元나라 수도를 함락시킨 다음, 다시 태원太原에서 코코 테무르를 대파하고 전녕全寧에서 에스[也速]를 토벌하여 개평開平을 함락시켰다. 이로써 원나라 순종順宗을 북쪽으로 몰아냈으나 개선 도중 유하천柳河川에서 급사하였다.

## 부유한 사대부

북송北宋의 사대부士大夫 가운데 부유한 사람이 많았는데, 송자경宋子京[296]이 가장 부유하였다. 그가 『신당서新唐書』[297]를 편찬할 적에 항시 담황색 주렴이 처진 단청을 한 누각에서 밤에는 두 개의 연촉椽燭[298]을 태우고, 단연端硯[299]에는 이정규李廷珪의 먹[300]을 갈아 징심당지澄心堂紙[301]를 펼치고, 시녀들이 곱게 치장하고 좌우에서 모시니, 바라보면 마치 신선 같았다. 그 사치하고 화려함이 이와 같으니, 하증何曾[302]이 하루 식사를 하는데 만전萬錢을 쓴 것은 부귀한 축에 들지도 않는다.

원元나라 예찬倪瓚[303]과 고영顧瑛[304]은 모두 부호富豪였고 명明나라 위

---

296) 송자경宋子京: 송기宋祁. 자는 자경子京, 시호는 경문景文. 송宋나라 인종仁宗의 명에 의해 『신당서』를 편찬하는데 구양수와 더불어 참여하였다.

297) 『신당서新唐書』: 송宋나라 구양수歐陽修·송기宋祁 등이 칙명勅命을 받들어 『구당서舊唐書』를 개수改修한 사서史書로 225권이다.

298) 연촉椽燭: 서까래와 같은 초. 대촉大燭.

299) 단연端硯: 단계연端溪硯. 단계端溪에서 생산되는 유명한 벼루.

300) 이정규李廷珪의 먹: 남당南唐의 이욱李煜(961~975)이 만들게 한 '남당사보南堂四寶'의 하나. '남당사보南堂四寶'는 이정규李廷珪의 먹, 남당관南唐官의 벼루, 징심당澄心堂의 종이, 오백현吳佰玄의 붓을 일컫는다.

301) 징심당지澄心堂紙: 중국 오대五代의 남당南唐 대에 만들어진 최고급 종이. 뽕나무 껍질을 원료로 하여 만들며, 두꺼운 대형전大型牋과 얇은 장경지藏經紙 크기의 대판大版 2종이 있다.

302) 하증何曾(199~279): 자는 영고穎考. 시호는 원元. 진晉나라 때 사람으로, 학문을 널리 배우기를 좋아했고, 작위爵位가 공公에 올랐다. 하지만 성품이 호방하여 사치한 것을 좋아하여 하루 식사의 값이 만전萬錢을 넘었다.

303) 예찬倪瓚(1301~1374): 원말元末·명초明初의 산수화가. 자는 원진元鎭, 호는 운림雲林·정명거사淨名居士·운림산인雲林散人·무주암주無住菴主. 집이 부귀해서 사방의 이름 있는 선비들이 날마다 그 문에 도달해서 청비각淸閟閣에 살았다. 법서法書와 명화名畵 및 귀중한 서적을 많이 소장했다. 그가 그린 산수화는 조용한 취향의 독자적인 화경畵境에 도달한 산수화 양식으로 '소산체蕭散體'라고 한다. 대표작으로 어장추제도漁莊秋霽圖, 용슬재도容膝齋圖 등이 있으며, 저서로 『청비각집淸秘閣集』이 있다.

304) 고영顧瑛(1310~1369): 명明나라 때 사람. 호는 옥산도인玉山道人. 『명사明史』 권285

녕백威寧伯 왕월王越[305] 또한 부귀하였으니, 비단 창을 한 붉은 지게문에 앉아서 현악기와 관악기를 연주하는 사람은 모두 집안의 예인藝人들이었다. 그러나 정관亭館[누정과 관사]의 빈객들은 풍류風流와 문아文雅로 그 성대함이 천하에 으뜸을 따진다면 마땅히 고영이 제일일 것이다.

北宋士大夫

北宋士大夫, 多豪富, 宋子京爲最. 其撰新唐書時, 每在緗簾畵閣, 夜攤二椽燭, 用端硯, 磨李廷珪墨, 展澄心堂紙, 姜媵佳冶左右列侍, 望之若神仙焉. 其侈靡如此, 何曾之日食萬錢, 無足貴也. 元之倪瓚顧瑛皆富豪, 明之王威寧越亦富貴. 縹牕朱戶坐, 以理絲調竹, 皆家姬. 然, 亭館賓客, 風流文雅, 其盛甲於天下, 則當以顧瑛爲第一也.

---

「열전列傳・문원文苑」에, "고덕휘顧德輝의 자는 중영仲瑛이고, 곤산崑山 사람으로 집이 늘 대대로 봉해져 재물을 가벼이 여기고 손님을 모았으니 호걸하고 방탕함을 스스로 즐겼다"고 하였다.

305) 왕월王越: 명明나라 때 사람. 자는 세창世昌. 호는 조조재慥慥齋. 시호는 양민襄敏. 경태景泰 연간에 과거에 합격하여 벼슬은 병부상서兵部尙書에 이르러, 위녕백威寧伯에 봉해졌다. 『왕양민집王襄敏集』이 전한다. 『명사明史』 권171에 전傳이 있다.

# 권6

## 장준莊遵

장준莊遵[1]은 자가 군평君平으로 뒤에 명제明帝[2]의 이름을 피해 성을 엄嚴으로 고쳤다. 서한西漢 말기에 성도成都[3]에서 점을 쳐주던 은사隱士로, 양자운揚子雲[4]이 이른바 '촉땅 장씨는 침명하다[蜀莊沈冥]'[5]는 바로 그

1) 장준莊遵 : 한漢나라 촉蜀 사람. 자는 군평君平・심명沈冥. 성도成都에서 복서卜筮로 생계를 이었으며 성격은 폐쇄적이고 방자하였으며, 『노자老子』를 잘 읽었다. 저서에 『노자지귀老子指歸』가 있다. 구체적인 것은 『몽구蒙求』의 「군평매복君平賣卜」편에 자세히 보인다.

2) 명제明帝 : 후한後漢 제2대 황제로 이름은 유장劉莊이다.

3) 성도成都 : 사천성四川省의 수부首府이다. 민강泯江의 지류에 연한 정치・경제・교통・문화의 일대 중심지로 촉蜀・한漢 때의 고도. 당의 현종은 안安・사史의 난으로 피하여 남경南京이라 일컬었다.

사람이다. '은하문진銀河問津'[6]은 그 말이 황당하지만 저서에 「도덕지귀道德指歸」편이 있는데 수만여 말들은 곧 『노자老子』에 대한 해석이다. 그 문장은 고아하고 아름다워 오히려 곽상郭象[7]이 『장자』를 주해한 것보다 낫다. 대개 양자운도 사모하고 숭상하였으니 그가 어떤 사람인지 알 만하다. 그가 『노자』를 주석한 것에 다음과 같은 말이 있다.

"살아서는 정신을 굽히지 않고 죽어서는 뜻을 어둡게 하지 않는다."

또한 다음과 같은 말이 있다.

"천지天地의 만물은 이루 셀 수 없는데 도道가 왕이 되고, 뭇 영령[衆靈]들은 성대한데 하늘이 왕이 되고, 털이 없는 동물[裸者]은 암혈에 사는데 성인이 왕이 되고, 날짐승[羽者]은 허공을 날아다니는데 봉황이 왕이 되고, 들짐승[毛者]은 땅을 밟고 다니는데 기린이 왕이 되고, 물고기[鱗者]는 물속에 사는데 용이 왕이 되고, 갑각류[介者][8]는 연못에 사는데 거북이 왕이

---

4) 양자운揚子雲 : 양웅揚雄(B.C.53~B.C.18). 자운子雲은 그의 자. 사마상여司馬相如의 작품을 통하여 배운 문장력을 인정받아, 성제成帝 때 궁정문인의 한 사람이 되었다. 왕망王莽이 정권을 찬탈한 뒤 새 정권을 찬미하는 문장을 썼고 괴뢰정권에 협조하였기 때문에, 지조가 없는 사람으로 송학宋學 이후에는 비난의 대상이 되기도 하였다. 작품으로 「감천부甘泉賦」, 「하동부河東賦」, 「우렵부羽獵賦」, 「장양부長楊賦」, 「해조解嘲」, 「해난解難」 등이 유명하다. 저서로는 『역경易經』에 기본을 둔 철학서 『태현경太玄經』과 『논어論語』의 문체를 모방한 『법언法言』 등이 있다.

5) '촉땅 장씨는 침명하다' : 촉장은 촉엄蜀嚴을 말한다. 양자운揚子雲의 『법언法言』 「문명問明」을 보면 "蜀莊沈冥, 蜀莊之才之珍也"라는 구절이 나온다.

6) '은하문진銀河問津' : 진晉나라 장화張華의 『박물지博物志』에 은하수를 향해하여 견우와 직녀를 보고 온 이야기가 실려 있는데 다음과 같다. "바닷가에 사는 한 사내가 뗏목을 타고 10여 일 항해하여 어느 항구에 도착했다. 그 곳의 성 안을 돌아다니다 보니 베틀에 앉아 베를 짜는 선녀들이 있고, 그 아래에는 냇물이 흐르고 있었다. 소에게 그 냇물을 먹이는 한 장부에게 다가가 그 곳의 지명을 물었더니, '당신이 사는 촉蜀의 엄군평을 찾아서 알아보라'고 했다. 다시 뗏목을 타고 해와 달과 별을 보며 항해하여 고향에 도착한 후 엄군평을 찾아서 자초지종을 얘기했더니, '모년 모월, 객성客星이 견우와 직녀성 자리를 범하게 되는데, 당신이 다녀온 은하수의 그 곳이다'라고 알려 주었다."

7) 곽상郭象(?~312) : 진대晋代의 사상가. 자는 자현子玄. 『장자莊子』의 근본원리에 따라서 『장자주莊子注』 33권을 정리해서 주석하였다.

8) 개자介者 : 곤충의 총칭. 갑충甲蟲.

되며, 뭇 하천[百川]은 함께 흐르는데 강과 바다가 왕이 된다."

그 말은 또한 참으로 빼어나다.

嚴君平

莊遵, 字君平, 後避明帝名, 追改姓嚴. 西漢末, 成都賣卜之隱士, 而揚子雲所謂蜀莊沈冥者也. 銀河問津, 其說荒唐, 而所著有道德指歸篇, 數萬餘言, 卽老子解也. 其文, 雅古偉麗, 猶勝於郭象之註莊子. 盖子雲慕尙, 則其人可知. 其註老子有曰, "生不枉神, 死不幽志." 又曰, "天地億萬而道王之, 衆靈赫赫而天王之, 倮者穴處而聖人王之, 羽者翔虛而神鳳王之, 毛者蹠實而神麟王之, 鱗者水居而神龍王之, 介者澤處而靈龜王之, 百川竝流而江海王之." 造語亦奇矣.

## 왕통王通

왕통王通[9]은 자가 중엄仲淹으로 동고자東皐子 왕적王績[10]이 그의 아우이고, 왕복치王福畤[11]가 그의 아들이며, 왕발王勃[12] · 왕면王勔 · 왕건王勮

9) 왕통王通(584~617) : 수隋나라 때 사상가. 자는 중엄仲淹, 시호는 문중자文中子. 학문을 독실히 하였으며 장안으로 갔다가 위로 올린 태평 12책이 채용되지 않자, 하분河汾에 물러나 거처하며 많은 제자를 양성하였다. 방현령 · 두여회 등 많은 제자를 배출하여 당시에 하분문하河汾門下라 일컬었다. 『춘추』를 모방하여 『원경元經』을 지었고, 『예론禮論』, 『독서讀書』, 『독시讀詩』 등의 저서는 거의 흩어져 몇 가지만 전하며, 『가어家語』와 『법언法言』을 모방하여 『중설中說』을 지었다. 『문중자文中子』 10권이 전한다.

10) 왕적王績 : 당나라 때 사람. 자는 무공無功, 호는 동고자東皐子.

11) 왕복치王福畤 : 관직은 옹주사공참군雍州司功參軍에 이르렀고, 면勔 · 발勃 · 적勣 · 조助 · 할劼 등을 낳았는데, 모두 문인으로 이름을 떨쳤다.

12) 왕발王勃(650~676) : 당나라 때 시인. 자는 자안子安. 수隋나라 때 유학자인 왕통王通

이 그의 손자이다. 문중자文中子는 그 문하의 정원程元 등이 붙인 사시私謚[13]이다. 문중자는 육조六朝의 어지러운 세상에 태어나 하분河汾[14]에서 도를 강론하여 제자가 수천 명에 이르니, 세상 사람들이 하분공자河汾孔子라고 일컬었다. 저서로 『원경元經』[15]은 『논어』와 『춘추』의 체제와 범례를 모방했기 때문에 명明나라 왕엄주王弇州[16]는 "성문聖門의 우맹優孟[17]이다"라고 했다. 그러나 주자朱子는 "왕중엄王仲淹은 백대의 뒤에 태어나서 성인의 학문을 알았으니, 또한 호걸스러운 선비이다"라고 하였다.

대개 동광천董廣川[18] 이후로는 그와 같은 큰 학자가 없으니 어찌 문장의 장구에만 얽매이는 평범한 학자이겠는가? 다만 그 문도門徒 가운데 방현령房玄齡[19]과 두여회杜如晦[20]는 모두 그의 제자라고 하는데, 『수사隋史』를 편찬하면서 처음부터 그를 입전立傳하지 않았으니 의심스런 일이다. 그러므로 후세 사람들은 심지어 왕통은 처음부터 없던 사람이라고 하

---

의 손자. 문장에 능해 양형楊炯·낙빈왕駱賓王·노조린盧照鄰과 함께 초당사걸初唐四傑로 꼽히며 성당시盛唐詩의 선구자가 되었다. 저서에 『왕자안집王子安集』 16권이 전하며, 「등왕각서滕王閣序」가 유명하다.

13) 사시私謚: 옛날에 사람이 죽은 후 친족이나 문인이 부여하는 시호謚號.

14) 하분河汾: 황하黃河와 분하汾河. 분하는 황하의 지류로서 산서성山西省으로 흐른다.

15) 『원경元經』: 10권. 구본舊本은 수나라 왕통王通이 편찬하였다. 당나라 설수薛收가 뒤를 이어 아울러 전傳을 지었으며, 송宋나라 원일阮逸이 주석을 하였다. 진晉나라 태희太熙 원년에서 수隋나라 개황開皇 9년까지는 9권으로 왕통의 원서原書이며, 말미의 1권은 수나라 개황 10년부터 당나라 무덕武德 원년까지로 그 뒤를 이어 수습한 것이다.

16) 왕엄주王弇州: 왕세정王世貞(1526~1590)을 가리킨다.

17) 우맹優孟: 우맹의관優孟衣冠. 초楚나라 배우 우맹이 죽은 손숙오孫叔敖의 의관을 차려 입고서 손숙오의 아들을 곤궁한 처지에서 구해냈다는 고사. 전하여 사이비似而非한 것의 비유로 사용된다.

18) 동광천董廣川: 동중서董仲舒(B.C.179~B.C.104). 전한前漢 때 유학자. 광천廣川은 그의 출신지. 일찍부터 『공양전公羊傳』을 익혔으며 경제景帝 때는 박사가 되었다. 3년 동안이나 정원에 나가지 않았을 정도로 학문에 정진했다고 한다. 저서에 『동자문집董子文集』, 『춘추번로春秋繁露』 등이 있다.

19) 방현령房玄齡(?~648): 당나라 때 재상. 이름은 사祖, 자는 교喬. 정치에 밝고 공평한 태도로 일관하였기 때문에 두여회杜如晦와 더불어 현상賢相이라는 칭송을 받았다.

20) 두여회杜如晦(585~630): 당나라 때 재상. 자는 극명克明. 문학관文學館 18학사의 한 사람으로 방현령房玄齡에게 재능을 인정받았으며 채국공蔡國公에 봉해졌다.

였으며, 또한 어떤 사람은 "왕통이 추잡한 행실이 있어서 역사에 입전하지 않았다"고 말들을 하지만 모두 믿을 수가 없다. 비록 중구中冓(내실)의 추한 일이라든가 숨겨진 비밀스러운 일이 있다고 하여도 누가 분명하게 증명하겠는가. 또한 그 사람이 스스로 '수隋의 군자'라고 했으니 어찌 이런 지경에 이르렀는가?

주자가 비록 허다하게 논평하였으나 마침내 한 때의 이름 있는 선비가 되는 데는 해가 되지 않을 것이다. 그러므로 주자가 역시 그의 말을 『시전詩傳』과 『소학小學』에 수록한 것이다. 비록 공자를 모방했다고 하나, 옛사람들은 또한 순경荀卿[21] · 동중서董仲舒 · 양웅揚雄 · 한유韓愈와 함께 오자五子라고 일컬으니 진실로 대유大儒인 것이다. 아마도 '성문의 우맹'이라고 했다 해서 그를 완전히 폐하기는 어려울 것이다.

[남조南朝시대 제齊 · 양梁[22]때 문인 강엄江淹[23]이란 자가 있었는데, 자는 문통文通이다. 「한부恨賦」 · 「별부別賦」를 지어 비록 이름을 떨쳤지만 일개 문사에 불과할 뿐이다. 또 문중자와는 남북으로 지역이 다르고 연대도 서로 멀리 떨어지지 않아, 받들어 존경함이 없는 게 당연하며 이름과 자가 우연히 같은 것이다. 송宋나라 범문정范文正[24]은 그의 자로 자기 이름을 짓고 희문希文으로 자를 삼으니, 이것은 문중자를 사모했기 때문이다.]

21) 순경荀卿 : 순자荀子(생몰년 미상) · 본명은 순황荀況. 전국戰國시대 말기의 사상가. 순경荀卿 · 손경자孫卿子 등으로 불렸다. 예악을 역설하여 맹자의 성선설을 부정하고 성악설을 주장하였다. 저서로 『순자荀子』가 있다.

22) 남조南朝시대 제齊 · 양梁 : 남북조南北朝시대에 강남江南에 있었던 왕조. 남조南朝는 한인漢人이 남쪽의 건강建康에 세운 송宋 · 제齊 · 양梁 · 진陳의 네 나라이다.

23) 강엄江淹(444~505) : 남조南朝시대 문인. 자는 문통文通, 시호는 헌憲. 송宋 · 남제南齊 · 양梁의 3왕조를 섬기는 동안 벼슬은 산기상시좌위장군散騎常侍左衛將軍에 이르렀으며 예릉후醴陵侯에 책봉되었다. 저서에 『강문통집江文通集』 4권이 있다.

24) 범문정范文正 : 범중엄范仲淹(989~1052). 북송北宋 때 정치가 · 학자. 자는 희문希文, 문정文正은 그의 시호. 인종仁宗 때 간관諫官이 되어 벼슬은 참지정사參知政事에 이르렀다. 저서에 『범문정공집范文正公集』 24권이 있다.

王通

王通, 字仲淹, 東皐子績, 其弟也, 福畤, 其子也, 勃勔勮, 其孫也. 文中子者, 其門人程元輩私諡也. 文中子, 生於六朝亂世, 講道河汾, 弟子至數千人, 世稱河汾孔子. 所著元經, 依倣論語春秋, 故明王弇州謂, "聖門之優孟." 然朱子曰, "王仲淹生乎百世之下, 能知聖人之學, 亦豪傑之士也." 蓋董廣川以後, 無此大儒, 豈尋常章句之儒哉. 但其門徒如房玄齡杜如晦, 皆其弟子云, 而及其撰隋史也, 初不立傳, 其事可疑. 故後世, 至以爲王通初無是人. 又或云: "通有穢行, 史不立傳." 皆不可信也. 雖有中冓之醜, 陰密之事, 誰爲彰證? 且其人自是隋之君子, 豈至是也? 朱子雖許多論評, 終不害爲一時之名儒. 故亦以其言, 載之詩傳小學. 雖曰依樣於孔子, 古人亦以荀董揚韓幷稱五子, 則洵爲大儒也. 恐難以優孟全然廢之也. [南朝齊梁之世, 有文人江淹, 字文通, 作恨賦別賦, 雖有盛名, 不過一文士也. 且與文中子, 南北異地, 年代不甚相遠, 宜無慕仰, 而名字偶與相同. 至宋范文正則名其字而字以希文, 此有慕於文中子故也.]

## 진량陳亮

진용천陳龍川[25]은 호탕하고 마음대로 행동하여 얽매이지 않았으며, 강개하여 기개와 절개가 있었다. 그는 병법을 논하기 좋아하며 천하의 일

25) 진용천陳龍川 : 진량陳亮(1143~1194). 자는 동보同甫, 용천龍川은 그의 호, 시호는 문의文毅. 소희紹熙 4년 진사에 급제하여 벼슬은 건강군절도판관建康軍節度判官에 이르렀다. 그러나 재기才氣가 뛰어나고 굳세며 사공事功에 뜻을 두어 의견이 주자와는 상반되었다. 저서에 『용천문집龍川文集』 30권이 있다.

을 잘 이야기했다. 주자가 비록 그와 벗하였으나 매번 기질을 숭상하는 폐단이 있어 병통으로 여겼고, 그가 한고조漢高朝와 당태종唐太宗을 논한 것과 관련해서는 매우 엄하게 질책하였다. 용천도 또한 주자가 경전의 글을 많이 고치고 한유漢儒를 배척한 것에 대해 편지를 써서 비난하였고, 심지어 "자기 안목이 우연히 뜨인 것을 가지고 스스로는 천년 동안 전해지지 않았던 끊어진 학문을 터득한 것으로 생각한다"고 하였다. 많은 말을 왕복하며 장황하게 그치지 않았으나 또한 걸출한 선비이다.

그러나 일찍이 유안幼安 신가헌辛家軒[26]을 찾아가 밤에 천하의 큰 계책을 의논하고 마침내 피곤하여 그와 함께 잠들었다. 다음날 아침 가헌이 잠에서 깨어나 보니 용천은 벌써 일어나 마굿간의 말을 풀어서 몰래 타고 달아나 버렸다. 가헌은 매우 애석했지만 어찌할 수 없었다.

또한 관부官府에 있으면서 어떤 기생을 사랑하여 술김에 기생과 함께 천자 후비의 놀이를 했다. 그 일은 끝내 누설되어 체포되어 옥에 갇히게 되었다. 죄는 죽어 마땅하나 다행히 지재止齋 진부량陳傅良[27]이 백방으로 구원하는데 힘입어 살 수 있었다. 그의 망령된 행실이 이와 같으니 웃을 만도 하다.

陳龍川

陳龍川, 豪縱不羈, 慷慨有氣節, 喜論兵, 善談天下事. 朱子雖友之, 每以尙氣有獘, 病之, 其論漢祖唐宗, 折之甚嚴. 龍川亦以朱子多更定經文, 擯斥漢儒, 貽書非之. 至曰, "因吾眼之偶開, 自以爲得千載不傳

26) 신가헌辛家軒 : 신기질辛棄疾(1140~1207). 남송南宋 때 문신. 자는 유안幼安, 가헌稼軒은 그의 호, 시호는 충민忠敏. 벼슬은 추밀도승지樞密都承旨에 이르렀다. 사詞에 능하여 북송의 유영柳永·주방언周邦彦·남송의 강기姜夔와 아울러 사대사인四大詞人으로 일컬어진다. 저서에 『가헌집家軒集』이 있다.

27) 진부량陳傅良(1137~1203) : 남송南宋 때 문인. 자는 군거君擧, 호는 지재止齋, 시호는 문절文節. 건도乾道 8년 진사에 급제하여 벼슬은 보모각대제寶謨閣待制에 이르렀다. 당시 '지재선생止齋先生'이라 불렀다. 저서에 『시해고詩解詁』, 『주례설周禮說』, 『춘추후전春秋後傳』, 『지재문집止齋文集』 51권 등이 있다.

之絶學." 費辭往復, 張皇不已, 亦一傑士也. 然嘗訪辛稼軒幼安, 夜論天下大計, 遂與困寢. 詰朝, 稼軒睡起, 龍川已先起, 解廐馬, 竊騎而走, 稼軒甚惜而無如何矣. 且在人官府, 狎一妓, 乘醉, 與妓共作天子后妃之戱. 事竟泄露, 被逮囚獄. 罪至當死, 幸賴陳止齋傅良百方伸救得活. 其狂妄如是, 可笑.

## 섭몽득葉夢得

섭몽득葉夢得[28]은 자가 소온少蘊이며 호는 석림石林으로, 남송南宋 초기의 문인 중 명가名家로 꼽혔다. 그의 글은 비록 섭수심葉水心[29]과 나악주羅鄂州[30]에 미치지 못했으나, 변려문에 뛰어나 손적孫覿[31]・왕조汪藻[32]와 더불어 서로 우열을 가릴 수 없을 정도였는데, 사람들 또한 그를 흠

28) 섭몽득葉夢得(1077~1148) : 북송北宋 때 문인. 자는 소온少蘊, 호는 석림石林. 소성紹聖 4년 진사에 급제하여 벼슬은 숭신군절도사崇信軍節度使에 이르렀다. 저서에 『석림춘추전石林春秋傳』, 『석림거사체강집石林居士逮康集』 등이 있다.

29) 섭수심葉水心 : 섭적葉適(1150~1223). 북송北宋 때 문인. 자는 정칙正則, 호는 수심거사水心居士, 시호는 충정忠定. 순희淳熙 5년 진사에 급제하여 벼슬이 보문각학사寶文閣學士에 이르렀다. 저서에 『수심문집水心文集』, 『습학기어習學記言』 등이 있다.

30) 나악주羅鄂州 : 나원羅願(1136~1184). 북송北宋 때 문인. 나여집羅汝楫의 아들. 자는 단량端良, 호는 존재存齋. 건도乾道 2년 진사에 급제하여 순희淳熙 연간에 악주鄂州를 다스리다가 죽었다. 저서에 『악주소집鄂州小集』, 『이아익爾雅翼』 등이 있다.

31) 손적孫覿(1081~1169) : 북송北宋 때 문인. 자는 중익仲益, 별호는 홍경거사鴻慶居士. 변도汴都가 금金나라에 함락된 이후 금나라로부터 뇌물을 받았으며, 흠종欽宗을 대신해 표문表文을 지어 올렸는데 아첨하는 뜻이 있었다고 한다. 저서에 『홍경거사집鴻慶居士集』 42권이 있다.

32) 왕조汪藻(1079~1154) : 북송北宋 때 문인. 자는 언장彦章, 호는 부계浮溪・숭녕진사崇寧進士. 숭녕崇寧 2년 진사에 급제하여 벼슬이 좌태중대부左太中大夫에 이르렀으며 신안군후新安郡侯로 책봉되었다. 저서에 『부계집浮溪集』 36권이 있다.

잡는 자가 없었다. 다만 채경蔡京[33]과 혼인관계를 맺었기 때문에 소술지론紹述之論[34]에 물들게 되었다. 저서로 『석림연어石林燕語』[35] 『피서록화避暑錄話』[36] 등 여러 책은 원우元祐 연간의 여러 공들[37]에 대하여 한마디도 받들어 숭상하는 말은 없고 다만 심하게 헐뜯어 논하지 않았을 뿐이다. 또한 그의 처세하는 몸가짐과 후진을 경계한 것들은 자못 자신을 좋게 보이도록 하려는 것일 뿐이었으니, 이에 대해서는 나는 다 믿지 못하겠다.

### 葉夢得

葉夢得, 字少蘊, 號石林, 南渡初文人中名家也. 其文雖不及葉水心羅鄂州, 長於駢儷, 與孫覿汪藻, 不相上下, 人亦無顯疵. 而但與蔡京連婚, 故不能無漸染於紹述之論. 其所著石林燕語, 避暑錄話諸書, 在元祐諸公, 無一語宗尙, 但不甚疵議而已. 且其修身處世, 戒飭後進, 則頗欲自好, 此則吾未可盡信也.

33) 채경蔡京(1047~1126) : 북송北宋 때 재상. 자는 원장元長. 경제에 밝고 통솔력도 있었으나, 절조가 없어 권력에 영합하는 책모가策謀家였다. 휘종徽宗 때 환관 동관童貫의 도움으로 52세에 재상이 된 뒤, 전후 4회에 걸쳐 16년을 재상 자리에 있으면서 반대파인 구법당舊法黨(保守派)의 관료를 철저하게 탄압했다. 이후 흠종欽宗이 즉위하여 국난을 초래한 우두머리로 몰려 유배가던 도중에 병사했다.

34) 소술지론紹述之論 : 철종哲宗이 신종神宗의 신법新法을 계승해야 한다는 주장을 말한다.

35) 『석림연어石林燕語』 : 섭몽득이 국가의 전장典章에 대해 일찍이 관심을 갖고 예로부터 전해 내려오는 이야기를 찬술한 것으로, 모두 당시의 장고掌故에 관련된 내용으로 10권이다. 관제官制・과목科目에 대해서는 더욱 상세하여 역사서의 빠진 부분을 보충할 수 있어, 송민구宋敏求의 『춘명퇴조록春明退朝錄』, 서도徐度의 『각소편却掃編』과 표리를 이룰 만하다.

36) 『피서록화避暑錄話』 : 2권. 섭몽득은 고금古今에 두루 통달하고 저술에는 대부분 근거가 있었는데, 이 책의 내용도 고증의 자료가 되며 견문을 넓히는데 도움이 될 만하다.

37) 원우元祐 연간의 여러 공들 : 왕안석王安石의 신법新法에 반대하는 사마광司馬光을 비롯한 구당파舊黨派를 가리킨다.

## 문인文人의 지기知己

유지裕之 원호문元好問[38]은 호가 유산遺山으로, 동암東巖 원덕명元德明[39]의 아들이다. 한한閒閒 조병문趙秉文[40]과 더불어 모두 금金나라 사람인데, 유산만 홀로 원元나라 초기까지 살아서 금나라·원나라에서 덕망 있는 노인이 되었다. 또한 그는 재주가 걸출하고 배운 것이 넓은 데다, 시는 고상하고 화려하며 그의 문장은 정밀하고 심오하다. 지금까지도 문장의 대가로 추대하고 있으니, 부수滏水(조병문)도 오히려 그에게 미치지 못할 것이다.

유산이 편찬한 『중주집中州集』[41]은 금나라의 시詩를 모은 것으로 성명 아래 각각 소전小傳을 붙였는데, 잘 알려지지 않은 일로 볼만한 것이 많이 있다. 그 말미에 신원辛愿[42]을 덧붙여 기록하고, 또 그에 대해 애정이 각별하여 심지어 "계남 신노자辛老子를 너무도 좋아하니, 서로 따르는 게 어찌 10년에 그치겠는가"라는 구절이 있다. 대체로 서로를 알아주는 사이지

---

38) 원호문元好問(1190~1257) : 금金나라 때 시인. 자는 유지裕之. 호는 유산遺山. 금나라가 멸망할 당시 좌우사원외랑左右司員外郎으로 있었으며, 원元나라의 벼슬은 거부하고 출사하지 않았다. 저서에 『유산문집遺山文集』 40권, 『중주집中州集』 10권 등이 있다.

39) 원덕명元德明(1159~1206) : 금金나라 때 문인. 호는 동암東巖. 어려서 글 읽기를 좋아하고 속세의 일에 대해 쉬이 말하지 않았다. 자연을 돌아다니며 방랑하고 술 마시고 시를 지으며 자적하며 지냈다. 저서에 『동암집東巖集』이 있다.

40) 조병문趙秉文(1158~1232) : 금金나라 때 문인. 자는 주신周臣, 호는 한한노인閒閒老人. 세상에서 부수선생滏水先生이라 불렀다. 서화시문書畵詩文에 뛰어났다. 저서에 『중용설中庸說』, 『부수집滏水集』, 『이총설易叢說』이 있다.

41) 『중주집中州集』: 금나라 때 시선집詩選集. 1249년(순우淳祐 9) 원호문元好問(1190~1257)이 편찬했다. 모두 10권이다. 금나라 때의 시인 약 200명의 시 1,982수를 작자별로 수록하였다. 각 작자의 상세한 전기傳記를 붙이고, 그 사이에 원호문의 시평詩評을 기록하였다. 이 책은 문화사文化史 구실은 물론 『금사金史』 편찬 때에 중요한 자료가 되었다.

42) 신원辛愿(생몰년 미상) : 금金나라 때 복창福昌 사람. 자는 경지敬之, 호는 계남시노溪南詩老. 검소하며 시문을 잘 하였다. 그의 시 수천 수가 낙하洛下에 빠졌다.

만 오히려 전목재錢牧齋가 정가수程嘉燧[43]를 치켜세운 것과는 다르다. 전목재는 『열조시집列朝詩集』[44]에 정가수의 시를 170~180수나 뽑아 놓고, 걸핏하면 고인高人이라 일컬었으니, 실로 웃을 만하다.

정가수는 자가 맹양孟陽이고 호는 송원시노松圓詩老이다. 명나라 말기의 시인이지만 재주와 학문은 목재에게 훨씬 미치지 못했다. 청나라 초의 문인 중 그를 칭송하는 자가 한 명도 없으니, 그의 사람됨과 시문詩文을 알 수 있다. 대개 옛사람들은 뜻을 함께 하여 벗으로 친하게 되면 서로에게 마음을 쏟아주곤 하였다. 그러므로 한문공韓文公(한유)에게는 장적張籍[45]과 맹동야孟東野[46]가 있었고, 백부白傅[47]에게는 원미지元微之[48]와 유몽득劉夢得이 있었고, 육노망陸魯望[49]에게는 피습미皮襲美[50]가 있었고, 육일六一(구

---

43) 정가수程嘉燧(1565~1643) : 명明나라 때 휴녕休寧 사람. 자는 맹양孟陽, 호는 송원松圓. 음률이 정교하며 서書에 밝았다. 특히 시에 뛰어나 사람들이 송원시로松圓詩老라 불렀다. 저서에 『낭도집浪淘集』, 『가정사선생집嘉定四先生集』 등이 있다.

44) 『열조시집列朝詩集』 : 전겸익의 저서로 81권이다. 명나라 278년간 1,600명의 시를 모았다.

45) 장적張籍(생몰년 미상) : 당나라 때 문학가. 자는 문창文昌. 벼슬은 국자사업國子司業에 이르렀다. 고시古詩·서한행초書翰行草에 능하며 『장사업시집張司業詩集』 등이 있다.

46) 맹동야孟東野 : 맹교孟郊(751~814). 중당中唐 때 시인. 동야東野는 그의 자, 시호는 정요선생貞曜先生. 나이 50세에 대과에 급제했다. 율양溧陽의 위尉가 되었으나, 이내 그만두고 여생을 불우하게 마쳤다. 시의 뜻은 심오·오묘·우아하여 한유韓愈를 비롯한 당시 사람들이 칭찬을 아끼지 않았다. 저서에 『맹동야집孟東野集』 10권이 있다.

47) 백부白傅 : 백거이白居易(772~846). 중당中唐 때 시인. 자는 낙천樂天, 호는 취음선생醉吟先生·향산거사香山居士. 문장은 정절精切하고 시는 평이하여 원진元稹과 이름을 나란히 하였다. 사람들은 원백元白이라 일컬었다. 그의 대표적 작품으로 「장한가長恨歌」·「비파행琵琶行」 등은 문사로부터 서민에 이르기까지 널리 애송되었다. 저서에 『백씨장경집白氏長慶集』 등이 있다.

48) 원미지元微之 : 원진元稹(779~831). 당나라 때 문학가. 자는 미지微之. 부패한 정치의 개혁을 꾀하다가 실패하여 누차 좌천당하였다. 저서에 『원씨장경집元氏長慶集』 등이 있다.

49) 육노망陸魯望 : 육구몽陸龜蒙(?~881). 만당晩唐 때 시인. 노망魯望은 그의 자, 호는 천수자天隨子·보리선생甫里先生. 손수 농사를 지어 농업을 개량하고 미원을 경영하였다. 저서에 벗 피일휴와 창화唱和한 시를 모은 『송릉창화시집松陵倡和詩集』을 비롯하여 농서에 『뇌사경耒耜經』, 『오흥실록吳興實錄』, 『입택총서笠澤叢書』 등이 있다.

50) 피습미皮襲美 : 피일휴皮日休(생몰년 미상). 만당晩唐 때 시인. 자는 일소逸少·습미襲

양수)에게는 소창랑蘇滄浪[51]과 매완릉梅宛陵[52]이 있었고, 소문충蘇文忠(蘇軾을 이름)에게는 산곡山谷(황정견)·완구宛丘[53]·태허太虛[54]·조보지晁補之[55]가 있었다.

이것은 공자孔子가 이른바 '덕은 외롭지 않고 반드시 이웃이 있다(德不孤, 必有隣也)'[56]는 것이다. 이런 까닭으로 건안칠자建安七子[57]와, 당唐나라의 왕발王勃·양형楊炯[58]·노조린盧照鄰[59]·낙빈왕駱賓王[60]과, 송宋나

---

美, 호는 취음선생醉吟先生·간기포의間氣布衣·취사醉士·주민酒民. 맹호연孟浩然과 녹문산鹿門山에서 은거하였으며, 육구몽과 친교가 두터웠다. 저서에 『피자문수皮子文藪』, 『송릉창화시집松陵倡和詩集』 등이 있다.

51) 소창랑蘇滄浪 : 소순흠蘇舜欽(1008~1048). 자는 자미子美, 창랑滄浪은 그의 호. 산문에 뛰어나고, 시가는 호탕하며 자유롭고, 품격은 청아하고 참신하여 매성유梅聖兪와 함께 이름을 나란히 한다. 관직에서 물러나 소주蘇州에서 『창랑가滄浪歌』를 지어 스스로 호를 창랑옹滄浪翁이라 했다.

52) 매완릉梅宛陵 : 매요신梅堯臣(1002~1060). 송나라 때 시인. 자는 성유聖兪, 완릉宛陵은 그의 호. 선성의 옛 이름이 완릉宛陵이라 '완릉선생'이라고 한다. 시에 뛰어나며 구양수와 더불어 시우詩友라 한다. 저서에 『완릉집宛陵輯』, 『당재기唐載記』, 『모시소전毛詩小傳』 등이 있다.

53) 완구宛丘 : 장뢰張耒(1054~1114). 자는 문잠文潛, 완구宛丘는 그의 호. 소사騷詞에 뛰어났고, 시는 장경체長慶體를 본받았다. 저서에 『우한결의雨漢決疑』, 『시설詩說』, 『완구집宛丘集』 등이 있다.

54) 태허太虛 : 진관秦觀(1049~1100). 북송北宋 때 문인. 자는 소유少游·태허太虛, 호는 회해거사淮海居士. 고문古文과 시에 능하였고 특히 사詞에 뛰어났는데, 소식의 문하에 있으면서 황정견黃庭堅·장뢰張耒·조보지晁補之 등과 함께 '소문사학사蘇門四學士'로 일컬었다. 저서에 『회해집淮海集』 등이 있다.

55) 조보지晁補之(1053~1110) : 북송北宋 때 문인. 자는 무구无咎. 어려서 총명하고 기억력도 뛰어났으며 글도 잘 지었다. 예부별원禮部別院 시개봉試開封 고시에서 제1위로 급제하였다. 벼슬을 그만두고 물러나 스스로 호를 귀래자歸來子라 하였다. 사람들은 그를 재주와 기질이 뛰어나며 학문을 좋아하되 게을리 하지 않고 서書와 화畵에 능하며 문장은 기이하고 탁월하다고 하였다. 저서에 『계조집雞肋集』, 『조무구사晁无咎詞』 등이 있다.

56) '덕은 외롭지 않고 반드시 이웃이 있다(德不孤, 必有隣也)' : 『논어論語』 「이인里仁」에 나온다.

57) 건안칠자建安七子 : 한말漢末의 건안建安 연간에 때를 같이하여 문학으로 이름을 떨쳤던 공융孔融·진림陳琳·왕찬王粲·서간徐幹·완우阮瑀·응창應瑒·유정劉楨의 7인을 말한다. 그들은 모두 업중業中에 살았기 때문에 업중칠자業中七子라고도 한다.

58) 양형楊炯(650~?) : 초당初唐 때 시인. 왕발王勃·낙빈왕駱賓王·노조린盧照鄰과 더불

라의 우무尤袤[61]·양만리楊萬里[62]·범성대范成大[63]·육유陸游[64]와, 원元나라의 우집虞集[65]·양홍도楊弘道[66]·게혜기揭傒期[67]·범곽范梈[68]과, 명明나라의 홍정칠자弘正七子[69]와 설루雪樓[70] 칠자·팔자·구자는 모두 한

---

어 '초당사걸' 또는 '왕양노락王楊盧駱'이라 불렸다. 저서에 『양영천집楊盈川集』 10권이 있다.

59) 노조린盧照鄰(생몰년 미상) : 초당初唐 때 시인. 자는 승지昇之, 호는 유우자幽憂子. '초당사걸'의 한 사람으로, 「장안고의長安古意」가 특히 유명하다. 저서에 『유우자집幽憂子集』 7권이 있다.

60) 낙빈왕駱賓王(생몰년 미상) : 초당初唐 때 시인. 낙임해駱臨海 또는 낙승駱丞으로 불렸다. '초당사걸'의 한 사람이다. 저서에 『낙빈왕문집駱賓王文集』 등이 있다.

61) 우무尤袤(1127~1194) : 송나라 때 사람. 자는 연지延之, 시호는 문간文簡. 서실을 수초당遂初堂이라고 불렀다. 저서에 『수초소고遂初小稿』, 『내외제內外制』가 있다.

62) 양만리楊萬里(1124~1206) : 남송南宋 때 시인. 자는 정수廷秀, 호는 성재誠齋, 시호는 문절文節. 저서에 『성재집誠齋集』, 『성재시화誠齋詩話』 등이 있다.

63) 범성대范成大(1126~1193) : 남송南宋 때 정치가·시인. 자는 치능致能, 호는 석호거사石湖居士, 시호는 문목文穆. 시문으로 명성이 있어 양만리楊萬里·육유陸游와 명성이 나란하였다. 저서에 『석호집石湖集』, 『범촌매국보范村梅菊譜』, 『남비록攬轡錄』 등이 있다.

64) 육유陸游(1125~1210) : 남송南宋 때 시인. 자는 무관務觀, 호는 방옹放翁·노학암老學菴 등. 우무尤袤·양만리楊萬里·범성대范成大와 함께 남송南宋 4대 시가로 불리었다. 저서에 『검남시고劍南詩稿』 85권이 있다.

65) 우집虞集(1272~1348) : 원元나라 때 시인. 자는 백생伯生, 호는 도원道園·소암邵庵, 시호는 문정文靖. 당시唐詩의 박력을 계승하여 명시明詩의 당시 존중의 원류를 이룩한 시인으로, '원시사대가元詩四大家'의 으뜸으로 불린다. 저서에 『도원학고록道園學古錄』 50권 등이 있다.

66) 양홍도楊弘道(1189~?) : 원元나라 때 치천淄川 사람. 자는 숙능叔能. 시에 능하며 원호문과 더불어 시로 이름을 떨쳤다. 저서에 『소형집小亨集』이 있다.

67) 게혜기揭傒期(1274~1344) : 원元나라 때 시인. 자는 만석曼碩, 시호는 문안공文安公. 한림원翰林院 시강학사侍講學士로 있으면서 정사正史 편찬의 총재관總裁官을 명 받고 요사遼史에 이어 금사金史를 편술하다 과로로 인하여 죽었다. 저서에 『게문안공전집揭文安公全集』이 있다.

68) 범곽范梈(1272~1330) : 원元나라 때 시인. 자는 형보亨甫·덕기德機. '원시사대가'의 한 사람. 저서에 『범덕기시范德機詩』가 있다.

69) 홍정칠자弘正七子 : 명明나라 효종孝宗의 홍치弘治 연간으로부터 무종武宗의 정덕正德 연간에 걸쳐 명성이 높던 일곱 사람이다. 전칠자前七子로 불리며, 이몽양李夢陽·하경명何景明·서정경徐禎卿·변공邊貢·강해康海·왕구사王九思·왕정상王廷相을 가리킨다.

70) 설루雪樓 : 이반룡李攀龍의 백설루白雪樓를 가리킨다. 설루칠자雪樓七子는 전칠자前七

시대에 이름을 나란히 하였다.

우리나라의 읍취공挹醉公[71]은 남사화南士華[72]·이택지李擇之[73]와 더불어 이름을 나란히 했다. 한 잔 술에 한 수를 읊으며 언제나 함께 하지 않음이 없었으니 옛날의 원진元稹과 백거이白居易 같았다. 택지는 용재容齋 이행李荇이고, 사화는 남곤南袞이다. 읍취헌은 마침내 직언으로 화를 입었으며, 남곤은 비록 부귀하고 현달했으나 끝내 소인배의 우두머리가 되어 버렸다. 어질고 간사함이 판연히 구분되니, 또한 원진과 백거이가 다른 것과 같았다. 세상에는 다만 문단의 미담으로 전하니, 또한 읍취헌에게 무슨 해가 되겠는가?

元好問

元裕之好問, 號遺山, 東巖德明子也. 與趙閒閒秉文, 皆金人, 而遺山獨至元初, 爲金元間耆宿. 且才雄學博, 其詩高華, 其文精深, 至今推文章一大家, 滏水恐反不及也. 遺山所編中州集, 是金詩而姓名下, 各列小傳, 多有佚事可觀, 而其末付辛愿, 又繾綣不已, 至有"愛殺溪南辛老子, 相從何止十年遲"之句. 蓋知己也, 而猶不如錢牧齋之程嘉燧也. 其列朝詩集, 選嘉燧詩, 至一百七八十首之多. 且動稱高人, 實

---

子와 견주어 이반룡을 위시하여 왕세정王世貞·사진謝榛·종신宗臣·양유예梁有譽·서중행徐中行·오국윤吳國倫 등 후칠자後七子를 일컫는 말이다.

71) 읍취공挹翠公: 박은朴誾(1479~1504). 본관은 고령高靈, 자는 중열中說, 호는 읍취헌挹翠軒. 1495년에 진사가 되고 경연관經筵官으로 5년 동안 지내면서 유자광柳子光·성준成俊·이극균李克均의 죄상을 연산군에게 극언했다가 모함으로 쫓겨났다. 저서에 『읍취헌유고挹翠軒遺稿』가 있다.

72) 남사화南士華: 남곤南袞(1471~1527). 본관은 의령宜寧, 사화士華는 그의 자, 호는 지족知足·지정止亭. 1494년 별시문과에 을과로 급제하여 벼슬이 영의정에 이르렀다. 저서에 『지정집止亭集』, 『유자광전柳子光傳』, 『남악창주록南岳唱酬錄』 등이 있다.

73) 이택지李擇之: 이행李荇(1478~1534). 본관은 덕수德水, 택지擇之는 그의 자, 호는 용재容齋·청학도인靑鶴道人·어택어수漁澤漁叟, 시호는 문헌文獻. 1495년(연산군 1) 증광문과에 병과로 급제하여 벼슬이 좌의정에 이르렀다. 저서에 『용재집容齋集』 등이 있다.

可笑也. 嘉燧, 字孟陽, 號松圓詩老, 明季一詩人, 而才學遠不及牧齋. 淸初文人, 無一稱詡者, 則可知其爲人與詩文也. 蓋古人同志而友善, 則好相傾嚮. 故有韓文公則有張籍孟東野, 有白傅則有元微之劉夢得, 有陸魯望則有皮襲美, 有六一則有蘇滄浪梅宛陵, 有蘇文忠則有山谷宛丘太虛晁補之. 此孔子所謂, 德不孤, 必有隣也. 是以建安之七子, 唐之王楊盧駱, 宋之尤楊范陸, 元之虞楊揭范, 明之弘正七[74]子, 雪樓七子八子九子, 皆聯名一世. 我朝之挹翠公, 與南士華李擇之齊名. 一觴一咏, 無時不與之, 如古之元白. 擇之, 容齋李公也, 士華, 乃袞也. 挹翠, 竟以直道被禍, 袞雖貴顯, 終爲小人之魁, 賢奸判焉, 亦如元白之不同矣. 世但傳爲文苑之美談, 亦何損於挹翠也.

## 방효유方孝孺

정학正學 방효유方孝孺[75]는 자가 희고希古 또는 희직希直이며 천태인天台人이다. 문헌공文憲公 송금화宋金華[76]에게 수학하였고 경술과 문장으로 천하에 이름을 날렸다. 그의 문장은 다소 안배가 부족한 듯하나 변화와 기골은 실로 금화보다 뛰어났다. 저서에 『손지재집遜志齋集』이 있다. 농

74) 원문에는 '十'으로 되어 있으나 '七'의 오자로, 바로잡음.

75) 방효유方孝孺(1357~1402) : 명나라 때 학자. 자는 희직希直・희고希古, 호는 손지遜志. 홍무洪武때 한중漢中에서 학문을 가르쳤고 촉蜀의 헌왕獻王이 세자의 스승으로 초빙하였다. 그의 서실을 '정학正學'이라 불렀으니 사람들이 그를 '정학선생'이라 불렀다. 저서에 『손지재집遜志齋集』, 『방정학문집方正學文集』이 있다.

76) 송금화宋金華 : 송렴宋濂(1310~1380). 명明나라 때 문인・정치가. 자는 경렴景濂, 호는 잠계潛溪・금화金華, 시호는 문헌文憲. 저서에 『송학사전집宋學士全集』, 『용문자龍門子』, 『포양인물기浦陽人物記』 등이 있다.

암農巖(김창협)선생도 또한 손지遜志·양명陽明[77]·형천荊川[78]·준암遵巖[79] 사가四家를 명나라 제일의 대가로 추대하고, 또한

"계곡谿谷[80]과 택당澤堂(이식)도 모두 방효유와 왕수인의 한도를 벗어나지 못했다."[81]

라고 하였다. 그의 문장은 대개 경술에 조예가 깊고 이치에도 뛰어나 말을 거침없이 잘하는 것이 장강長江과 대하大河와도 같았다. 그러나 명나라 사람들은 그의 문장을 논하면서 또한 취하는 자가 없었으니 무척이나 괴상한 일이로다.

성조成祖의 정난靖難[82] 때 도연道衍[83]이 그를 죽이지 말 것을 힘써 권

---

77) 양명陽明 : 왕수인王守仁(1472~1528). 자는 백안伯安, 시호는 문성文成. 왕양명으로 일컬어졌으며, 양지良知·양능良能을 주장하고 지행합일을 강조하였다. 육상산의 심학을 계승하여 양명학을 성립시켰다.

78) 형천荊川 : 당순지唐順之(1507~1560). 명明나라 때 문학자. 자는 응덕應德, 형천荊川은 그의 호. 만년에 학문을 강론했는데 제자들이 그를 '형천선생荊川先生'이라 불렀다. 저서에 『형천집荊川集』 등이 있다.

79) 준암遵巖 : 왕신중王愼中(1509~1559). 명明나라 때 산문가. 자는 도사道思, 호는 남강南江·준암遵巖. 이개선李開先·당순지·진속陳束·조시춘趙時春·웅과熊過·임한任翰·여고呂高 등과 더불어 '가정팔재자嘉靖八才子'로 불렸다. 저서에 『준암집遵巖集』이 있다.

80) 계곡谿谷 : 장유張維(1587~1638). 본관은 덕수德水, 자는 지국持國, 호는 계곡谿谷·묵소默所, 시호는 문충文忠. 판서 장운익張雲翼의 아들, 우의정 김상용金尙容의 사위이며, 효종비 인선왕후仁宣王后의 아버지이다. 1605년(선조 38) 사마시를 거쳐 1609년(광해군 1) 문과에 급제하여 벼슬이 우의정에 이르렀다. 저서에 『계곡집谿谷集』이 있다.

81) 『농암잡지農巖雜識』에 다음 구절이 보인다. "明文如遜志·陽明·遵巖·荊川, 皆是歐蘇流派. 就中遜志, 規模宏大, 筆力滂沛, 而少收斂裁剪之功. 陽明天才豪敏, 有操縱有闔闢, 而少深渟典厚之致, 此所以不及歐蘇. 遵巖荊川, 宏大不如遜志, 豪敏不如陽明, 而體裁則加密焉. 然要不出方王度內耳."

82) 성조成祖의 정난靖難 : 성조成祖는 주체朱棣(1360~1424)를 말한다. 시호는 문제文帝. 명나라의 제3대왕 영락제. 태조의 넷째 아들로 처음에 연왕燕王으로 봉해졌다가 태조가 죽자 군사를 일으켜 건문제建文帝를 축출한 정변을 이른다. 이후 경사를 폐하고 방효유 등을 죽이고 도읍을 연경으로 옮겼다.

83) 도연道衍(1335~1418) : 명明나라 때 승려. 본명은 요광효姚廣孝. 자는 사도斯道, 호는 천희天禧·도허노인逃虛老人, 시호는 공정恭靖. 14세에 중이 되어 도연道衍이라 하였다. 시와 서에 능하고 연왕의 반란에 동조하여 제1등 공신으로 추대받았다. 저서에 『도허자집逃虛子集』 등이 있다.

했다. 성조도 반드시 그를 등용하고자 사람을 보내 불러오게 하였다. 정학은 최복縗服(상복)을 입고 궁궐에 들어가 앞에 꼿꼿이 서서 절을 올리지 않았다. 황제가 어탑御榻에서 내려와 위로하며 말했다.

"짐은 주공周公이 성왕成王을 보좌한 것처럼 하고자 한다."

"성왕은 어디에 계십니까?"

"그는 스스로 불살라 죽었다."

"어찌하여 성왕의 아들을 세우지 않습니까?"

"나라는 더 나은 임금에게 힘입는 것이다."

"어찌하여 성왕의 동생을 세우지 않습니까."

황제가 말문이 막히자, 정학이 또 물었다.

"주공 또한 이러한 일이 있습니까?"

황제가 다시 위로하며,

"선생은 어찌하여 스스로를 고통스럽게 하시오? 조서를 초안하는 일은 선생이 아니면 누구도 할 수 없는 일이오."

라 하고는 종이와 붓을 주었다. 정학은 마침내 붓을 쥐고 곧장 큰 글씨로 '연燕의 도적이 왕위를 찬탈했다[燕賊簒位]'는 네 글자를 쓰고 붓을 던져버리고 크게 통곡하며 말했다.

"죽으라면 죽을 것이나 조서는 초안하지 못하겠습니다."

이 말을 듣고 황제는 크게 화를 내며 말했다.

"너는 어찌해서 9족을 돌아보지 않는가?"

"제 비록 10족을 멸한다 해도 어찌하겠습니까?"

황제가 명을 내려 그의 입을 귀까지 찢었으나 여전히 꾸짖는 소리를 그치지 않았으며, 피를 머금어 황제에게 내뿜었다. 황제는 마침내 그의 말대로 친구와 문하생 도합 10족 873인을 같은 날 저잣거리에서 찢어 죽였으니, 얼마나 혹독한가. 명나라가 끝나도록 감히 정학의 일을 조정에서 신원伸寃할 수 없었다.

숭정崇禎 말년에 틈적闖賊[84]이 태주台州에 쳐들어와 방씨 한 사람을 사로잡고 죽이려고 했다. 그 사람이 "나는 정학선생의 후손이다"라고 말하자, 이자성이 듣고서 눈물을 왈칵 흘리며 그를 놓아주었다. 또 군사들에게 다시는 방씨 마을에 들어가지 말라고 명령하여, 이 일로 인해 편안히 살 수 있었다고 한다. 무릇 정학의 일은 틈적闖賊조차 감동했으나, 조정에서는 불문에 붙였으니 탄식할 만하다. 정학이 죽었을 때 나이는 겨우 36세였지만, 소양은 바르고 컸으며 학문은 넓고 깊음이 이미 이와 같았다. 비록 선생으로 하여금 이 같은 절개를 세우지 않도록 하고, 가령 덕을 성취토록 했다면 명대明代 전체를 통틀어도 그 같은 인물을 얻기는 어려울 것이다. 사람들이 간혹 그를 성매죽成梅竹(성삼문)에게 견주지만, 그의 문장과 학술은 성삼문도 반드시 미치지 못할 것이다.

方孝孺

方正學孝孺, 字希古, 一字希直, 天台人. 受學於金華宋文憲公, 以經術文章, 名天下. 其文差欠裁剪, 而其波瀾氣骨, 實勝金華. 所著有遜志齋集. 農巖先生, 亦以遜志陽明遵巖荊川四家, 推爲明世第一大家. 又曰, "谿谷澤堂, 皆不能出方王度內." 其文盖深於經術, 優於理致, 滔滔如長江大河. 然明人論文, 亦無取者, 可怪也. 成祖靖難時, 道衍力勸勿殺. 成祖亦必欲用之, 使人召致, 正學以縗服入前, 植立不拜. 上下榻勞之曰 : "朕欲效周公輔成王." 正學曰 : "成王安在?" 上曰 : "彼自焚死耳." 正學曰 : "何不立成王之子?" 上曰 : "國賴長君." 正學曰 : "何不立成王之弟?" 上語塞, 正學曰 : "周公亦有是事乎?" 上復慰之曰 : "先生何乃自苦? 詔草, 非先生莫可." 遂以紙筆授之. 正學乃援筆立草, 大書 '燕賊簒位' 四字, 投筆大哭曰 : "死則死, 詔不可草." 上大怒

84) 틈적闖賊 : 이자성李自成(1606~1645)을 가리킨다. 명나라 미지米脂 사람으로 숭정崇禎 초 장인인 마적 고영상高迎祥에 의해 장수가 되었다. 고영상이 죽자 도적들에 의해 틈왕闖王으로 추대되었다. 이윽고 여러 성읍을 함락시켜 숭정 말에는 서안西安에서 왕으로 일컬어졌다. 마침내 경성京城에 들어왔다가 오삼계吳三桂에게 쫓겨나 구궁산九宮山에서 스스로 목을 매었다.

曰:“汝不顧九族乎?” 正學曰:“雖十族, 奈何?” 上命抉其口至耳, 猶罵不絶聲, 含血噀帝. 上遂依其言, 幷朋友門生合十族之數八百七十三人, 同日磔于市, 何其酷烈也. 終明之世, 無敢以正學事, 雪冤於朝. 崇禎末, 闖賊入台州, 執一方氏欲殺. 其人曰, “我正學先生後孫.” 賊聞之, 汪然出涕而捨之, 下令其軍, 使勿更入方村, 由是賴安云. 夫正學, 闖賊亦感, 而朝廷不問, 可歎也. 正學之死, 時年纔三十六, 而所養之正大, 所學之宏深, 已如此. 雖使先生無此立節, 假至成就其德, 有明一代, 豈可多得. 人或比之成梅竹, 而其文章學術, 梅竹必不及矣.

## 전겸익錢謙益

우산虞山 전겸익錢謙益은 자가 수지受之이고 상숙인常熟人이다. 명明나라 만력萬曆 임오년(1582)에 태어나 벼슬은 예부상서禮部尙書를 지냈으며, 청淸나라 강희康熙 정미년(1667)에 팔십육 세의 나이로 죽었다. 저서로는 『목재초학집牧齋初學集』과 『유학집有學集』이 있다. 명·청 교체기에 세상 사람들이 종장대가宗匠大家로 추앙하였다. 그러므로 우리나라 농암農巖선생(김창협)도 말하기를,

“근래 전겸익의 『유학집有學集』을 읽었는데, 그는 역시 명나라 말기의 대가였다. 또한 손이 가는 대로 글을 써 내려가되, 법도에 구애받지 않으며, 풍신風神이 드러난 면모는 소장공蘇長公(소식)과 아주 비슷하여 엄주弇州(왕세정)와 대함大函[85] 등이 하나같이 까다롭기만 한 것과는 같지 않았다.”[86]

85) 대함大函 · 왕도곤汪道昆(1525~1593). 자는 백옥伯玉, 대함大函은 그의 호. 명明나라 때 사람. 이반룡 · 왕세정과 함께 고문을 숭상했다.

라고 하였다. 그러나 목재는 문장뿐이라 하겠다.

홍광弘光 정해년(1647)에 청淸나라 군사가 강남을 함락하였다. 성이 함락되기 전에 전겸익은 대종백大宗伯(예부상서)으로서 여러 관리를 이끌고 나가 항복하고 심지어 향로를 받들고 앞장서기까지 했으니, 큰 절개를 이미 잃어 다른 것은 논할 것도 없다. 이미 몸을 버렸으면 마땅히 참고 견디며 자복自服했어야 옳았을 것이다. 그런데 삭발한 것이 부끄러워 치의緇衣를 입고 절집에 의탁했다고 하면서, 도리어 붓을 제멋대로 놀려 큰 소리로 청나라를 가리켜 오랑캐라 하면서 드러내어 꾸짖고 배척했다.

이런 까닭으로 고종高宗(건륭제)[87]이 그 글을 보고 크게 화가 나서 천하에 영을 내려 그 판본을 부수고 그 책을 금지하게 하였다. 심지어 심귀우沈歸愚[88]가 편찬한 『국조시별재집國朝詩別裁集』의 서문을 친히 지었는데 다음 구절이 있다.

"겸익은 과연 충성스러운가? 효성스러운가? 살았을 때 족주族誅[89]를 면했으니 또한 요행이었다."

이미 명나라에 불충하였고 또한 청나라에도 불충하였으니, 앞뒤로 모두 합당하게 처신하지 못했다고 이를 만하다. 숭정崇禎 17년(1644)에 입각入閣한 자가 오십 명이었는데 겸익은 참여하지 않았으나, 온체인溫體仁[90]

86) 『농암잡지農巖雜識』에 다음 구절이 보인다. "近觀『牧齋有學集』, 亦明季一大家也. 其取法不一, 而大抵出於歐·蘇. 其信手寫去, 不窘邊幅, 頗類蘇長公, 俯仰感慨, 風神生色, 又似乎歐公. 但豪逸駘宕之過, 時有俠氣, 亦時有冶情, 少典厚嚴重之致. 又頗雜神怪不經之說, 殊爲大雅累. 然余猶喜其超脫自在, 無砌湊絪縛, 不似弇州太函輩, 一味勦襲耳."

87) 고종高宗(1711~1799) : 청淸나라 제6대 황제. 이름은 홍력弘曆, 시호는 순황제純皇帝, 고종高宗은 그의 묘호. 옹정제雍正帝의 넷째 아들이다. 건륭乾隆이란 연호를 사용하여 '건륭제'라 불렀다.

88) 심귀우沈歸愚 : 심덕잠沈德潛(1673~1769). 청淸나라 때 문학자·시인. 자는 확사確士, 귀우歸愚는 그의 호. 1739년 67세로서 진사에 급제하여 벼슬은 예부시랑禮部侍郞에 이르렀다. 『고시원古詩源』, 『당시별재집唐詩別裁集』, 『명시별재집明詩別裁集』 등 역대의 시선집을 참고하여 『국조시별재집國朝詩別裁集』을 편찬하였다. 저서에 『귀우시초歸愚詩鈔』 등이 있다.

89) 족주族誅 : 한 사람의 죄로 인해 일족一族 또는 삼족三族을 죽이는 행위.

과 분쟁하는 데까지 이르게 되어, 조정에서 쟁송한 글이 있기까지 하다. 또한 유여시柳如是[91]는 기생으로 서불徐佛의 계집종인데 술집에서 천하게 길러졌다. 겸익이 황금과 비단을 많이 보내 힘써 구하여 맞이해 처로 삼으니, 그때 목재의 나이는 육십이었다. 여시는 용모가 아름다웠고 문사文詞에 능했다. 목재는 그녀를 사랑하고 정신이 팔려 매양 여시를 하동부인河東夫人이라 불렀는데, 그녀가 하동河東 유씨柳氏였기 때문이다.

그는 드디어 하동부인을 위해서 불수산장拂水山莊[92]에 강운루絳雲樓[93]를 지었는데, 사치와 화려함을 다하고 고금의 서적을 갖추어 두고 날마다 하동부인과 그 사이에서 노래하고 화답하였다. 또한 일찍이 『명사明史』를 편찬하려고 초안을 잡다가 미처 완성하기 전에 마침 강운루에 불이 나서 그 책이 모두 불타버렸다. 그리고는 늙도록 다시 『명사』를 완성하지 못했으니 매우 애석한 일이다. 그러나 그 심술의 병폐는 평생 간교한 술수로 속여, 응당 옳고 그름이 뒤바뀜이 없지 않을 터이니 또한 애석할 만한 것이 없기도 하다. 목재가 일찍이 정해년(1647)에 국옥鞫獄을 당했는데, 갑자기 일어난 일이라 하동부인이 도보로 그를 따르기까지 하였다. 목재는 옥에서 반드시 죽을 것이라 스스로 짐작하고는 동파東坡의 「어사대옥시御史臺獄詩」[94]를 차운하여 율시 4편[95]을 지었는데, 그 한 연

90) 온체인溫體仁(1573~1639) : 명明나라 때 오정烏程 사람. 자는 장경長卿. 숭정崇禎 초에 예부상서를 지냈다.

91) 유여시柳如是(1618~1664) : 청淸나라 때 사람으로 오강의 기생. 본명은 양애아楊愛兒. 후에 성을 유柳로 이름을 은隱으로 고쳤다. 자는 여시인데 세상 사람들이 또한 유하동이라 불렀다. 글과 서화에 능했다. 일찍이 재주가 겸익만하지 않은 자에게는 시집을 가지 않겠다고 하였는데 후에 과연 겸익의 처가 되었다. 강운루에서 술과 노래로 함께 매우 즐겁게 살았다. 명나라가 망하자 여시는 겸익에게 순국할 것을 권했으나 겸익은 듣지 않았다. 후에 겸익이 죽자 여시가 따라 죽었다.

92) 불수산장拂水山莊 : 전겸익의 집 이름이다.

93) 강운루絳雲樓 : 전겸익의 장서실藏書室 이름이다.

94) 「어사대옥시御史臺獄詩」 : 『소동파시집』 권19에 실려 있는 두 수의 시로 어사대御史臺의 옥중獄中에서 지은 시이다. 원제는 「予以事繫御史臺獄, 獄吏稍見侵, 自度不能堪, 死獄中不得一別子由, 故作二詩, 授獄卒梁成, 以遺子由」이다.

95) 『유학집有學集』 권1을 보면 「和東坡西臺詩韻 六首」가 나온다. 해당 작품은 다음과

은 다음과 같다.

| | |
|---|---|
| 痛哭臨江無孝子, | 통곡하며 강까지 따라오는 효자는 없건만, |
| 徒行赴難有賢妻. | 걸어서 난리에 달려가는 어진 부인이 있을 뿐이네. |

후에 요행히 뇌물을 바치고 살아서 집으로 돌아왔다. 나중에 그 시가 오중吳中에 두루 전해지자, 목재의 아들이 애걸하며 '효자孝子' 두 글자를 고쳐 달라고 간청했으나 목재는 끝내 허락하지 않았다. 그 아들이 또 아버지의 친구들에게 목재를 말려 달라고 간절히 애원하자 다만 '효자'를 '장자壯子'로 고쳐 주었을 뿐이다. 지금 『유학집』에 또한 '장자'라고 쓰여 있다. 그러나 이것이 어찌 아비가 자식을 위해 잘못을 숨겨 주는 도리이겠는가? 그의 인품은 대체로 이러하였다.

그러므로 전겸익은 처음에 비록 동림당東林黨[96]의 군자라고 일컬어졌지만, 한편으로 그를 공격하는 자는 또 『수호지水滸志』[97]에서 도적을 지칭하는 '낭자浪子(풍류남자)'라고 그를 지목하였다. 그러나 그 박학한 문장은 거의 한 시대에 가장 뛰어났다. 그러므로 중국 사람들이 지금까지도 그 인품은 버려도 그 글은 추앙하였으니, 매양 청나라 사람들의 문장을 보면 '우산선생虞山先生'이라 하여 칭찬하지 아니함이 없다. 중국인들은 그 도량이 매우 너그러워 우리나라의 법도와는 같지 않다.

목재가 『황명열조시집皇明列朝詩集』[98]을 편찬하여 그 말미에 조선시를 덧붙였다. 그런데 우리 태종대왕이 성조문황제成祖文皇帝에게 올린

같다. "朔氣陰森夏亦凄, 穹廬四蓋破天低. 青春望斷催歸鳥, 黑獄聲沈報曉鷄. 慟哭臨江無壯子, 徒行赴難有賢妻. 重圍不禁還鄉夢, 却過淮東又浙西." 작자는 모두 6수를 4수로 착각한 듯하다.

96) 동림당東林黨 : 만력 연간(1597~1619)에 고헌성顧憲成 · 고반룡高攀龍 등에 의하여 이루어졌던 문인들의 결사結社이다. 전겸익은 동림당의 지도자였다.

97) 『수호지水滸志』 : 중국 원나라 때 시내암 또는 나관중이 지은 것으로 보이는 장편소설. 송나라 휘종 때 송강을 비롯한 108명의 호걸이 산둥성의 양산박에 모여 일으킨 큰 사건을 적었다.

98) 『황명열조시집皇明列朝詩集』 : 전겸익이 선집한 『열조시집列朝詩集』을 가리킨다.

시 한 수를 싣고, 「소전小傳」을 붙여 함부로 기롱하여 못하는 말이 없었다. 이처럼 그 그릇되고 요망스럽게 입놀림을 한 경우, 영조께서 경인년(1770)의 『명기집략明紀輯略』을 한 번 열람한 것 같은 일이 있었더라면 마땅히 주린朱璘처럼 죄악을 면하지 못했을 것[99]이다. 그러나 건륭 때보다 앞섰기에 요행히 그러한 죄악을 면하였으며, 또한 영조 때보다 뒤졌기에 요행히 그 죄악을 면할 수 있었다.

## 錢謙益

錢虞山謙益, 字受之, 常熟人. 明萬曆壬午生, 官禮部尙書, 淸康熙丁未卒, 年八十六, 所著有牧齋初學集有學集. 明淸之際, 世推一宗匠大家. 故我朝農巖先生, 亦以爲 "近觀牧齋有學集, 亦明季一大家也. 其信手寫去, 不窘邊幅, 風神生色, 絶似乎蘇長公, 不類弇州大函輩, 一味鉤棘, 然牧齋文章而已. 弘光丁亥, 淸師下江南. 城陷以前, 大宗伯, 率百官出降, 至奉爐爲班首, 大節已亡, 他無可論. 旣失身, 則只當隱忍自服可也, 而耻於削髮, 着緇衣, 謂托沙門. 乃反縱筆倡言, 指淸爲奴, 顯加詆斥. 是以, 高宗覽其文, 大怒. 令天下, 毁其板, 禁其書. 至親撰沈歸愚所編欽詩別裁序文, 有曰, "謙益果忠乎孝乎, 其得免生前族誅, 亦倖也." 旣不忠於明, 又不忠於淸, 可謂前後無當也. 崇禎十七年, 入閣者五十, 而謙益不與焉, 至與溫體仁忿爭, 有閣訟之文. 且柳如是是妓, 徐佛之婢, 娼家賤畜, 多致金帛, 力求得之, 聘而爲妻, 牧齋時年六十. 如是有姿容, 善文詞, 牧齋嬖惑之, 每謂河東夫人, 如是乃河東柳氏故也. 遂爲河東夫人, 構絳雲樓於拂水山莊. 窮極奢麗, 藏古

99) 주린처럼 …… 못했을 것 : 청나라 때 주린朱璘은 『강감회찬綱鑑會纂』(『명기집략明紀輯略』을 말함)을 편찬하면서 조선 태조의 종계宗系를 잘못 기록하고 인조반정에 대하여 그 평가를 왜곡되게 기술하였다. 그런데 이 『명기집략』은 명말 진건陳建이 편찬한 『황명통기皇明通紀』의 기록에 근거를 두었다. 1771년 영조 47년에 이 책이 들어오자 영조는 사신을 파견하여 잘못된 기사를 삭제해 줄 것을 요청했는데, 우여곡절 끝에 마침내 청나라는 『명기집략』을 회수하고 목판을 폐기하였다.

今書籍, 日與河東夫人, 唱和其間. 又嘗纂草明史, 未成, 而樓竟失火, 盡焚其書, 老未更成文, 必可惜. 而其心術之病, 平生伎倆也, 當不無顚倒是非, 亦無足惜也. 牧齋嘗赴丁亥鞫獄, 事出蒼猝, 河東夫人, 至於徒步而從. 牧齋在獄, 自分必死, 次東坡御史臺獄詩, 賦四律. 其一聯有曰, "痛哭臨江無孝子, 徒行赴難有賢妻." 後幸納賂得活還家. 後其詩盛傳吳中, 牧齋之子, 哀乞請改孝子二字, 牧齋終不許. 其子又懇父友, 力挽牧齋, 只改孝子爲壯子, 今有學集, 亦書以壯子. 然此豈父爲子隱之道耶? 其人品多類此, 故始雖稱東林黨君子, 然一邊攻之者, 又以水滸志賊號浪子目之矣. 然其博學文章, 則冠絶一世. 故中國人士, 至今捨其人而推其文, 每見淸人文字, 無不以虞山先生稱之. 中國之範圍甚寬, 不似我國規模也. 牧齋有編皇明列朝詩集, 其末附朝鮮詩, 載我太宗大王, 上成祖文皇帝一詩, 而有小傳, 謬加譏侮, 無所不至. 其口氣悖妄, 如在英廟庚寅一經乙覽, 則當未免朱璘之罪惡. 前乎乾隆而倖免, 後乎我英廟而又倖免矣.

## 전겸익의 세 가지 부끄러운 것

목재는 문정공文正公 손승종孫承宗[100]의 문인이고, 가헌稼軒 구식사瞿式耜[101]는 또한 목재의 문인이다. 손승종과 구식사 두 사람은 모두 명나

100) 손승종孫承宗(1562~1638) : 명明나라 때 고양高陽 사람. 자는 치승稚繩. 청이 공격하자 스스로 장수가 되어 청淸을 막는데 공이 있었다. 나중에 청의 병사가 고양을 공격하자, 가족을 거느리고 지키다가 패하여 죽었다. 청 건륭 때에 시호가 충忠으로 추존되었다.

101) 구식사瞿式耜(1590~1650) : 명明나라 때 상숙常熟 사람. 자는 기전起田. 호는 가헌稼軒. 숭정崇禎 초에 어진 정치로 이름을 날렸고, 청나라 군대가 밀려 내려 올 때, 태

라를 위해 순국해서 큰 절개가 빛났지만 목재는 순국하지 않았다. 또 목재가 죽은 후 친족 전씨들이 목재의 재산을 탐낸 나머지, 모의하여 많은 사람을 거느리고 난을 일으켜 그 재산을 전부 나누어 가지려고 하였다. 하동부인이 미리 그 계책을 알고 좋은 말로써 여러 전씨들을 불러 맞이하여 잔치를 베풀고 거짓으로 집안일을 의탁하고는 독한 술로 취하게 하였다. 여러 전씨들이 술에 취해 넘어지자 하동부인은 드디어 문을 닫고 노비에게 호통을 쳐 모두 묶어 관아에 송사하여 모조리 죄 값을 받게 하여 그 집을 온전하게 하였다. 하동부인은 이에 또한 크게 마음 아파하고 목메어 죽었다.

이런 까닭으로 세상 사람들이 "목재는 위로는 손고양孫高陽에게 부끄럽고, 다음으로는 구가헌瞿稼軒에게 부끄럽고, 아래로는 하동부인河東夫人에게 부끄럽다"라고 하였으니 참으로 명언이다. 목재가 무슨 면목으로 지하로 돌아가 이 세 사람을 보겠는가?

牧齋三愧

牧齋, 孫文正公承宗之門人也, 瞿稼軒式耜, 又牧齋之門人也. 孫瞿二公, 皆殉難, 大節炳然, 而牧齋則不死. 又牧齋卒後, 諸族錢氏, 貪牧齋家財, 謀欲率衆作亂, 盡分其財. 河東夫人, 預知其謀, 以好言邀致諸錢, 設宴, 佯托家事. 遂以毒酒醉, 諸錢皆醉倒, 河東遂閉門, 叱奴盡縛訴官, 幷抵罪以全其家. 河東則仍又大痛, 投繯而死. 是以, 世稱: "牧齋, 上愧孫高陽, 中愧瞿稼軒, 下愧河東夫人." 眞名言也. 牧齋以何顔歸, 見三人於地下乎?

---

학사와 병부상서를 지냈고 계림을 지키면서 사졸들과 동고동락했다. 끝내 청군의 포로가 되어 항복하지 않아 피살되었다.

## 서위徐渭

서위徐渭[102]는 자가 문장文長이고 명明나라 만력萬曆 때의 사람으로, 뛰어난 재주가 있었다. 그의 시문詩文은 말이 웅건하고 사고가 발랄하여 출중하였다. 그러나 행실이 경솔하고 천박하니 말세의 경박한 인물 중의 하나였다. 원굉도袁宏道[103]는 「문장전文長傳」에서 그의 문장을 칭찬하며 말하기를,

"성내는 것 같고 웃는 듯하며, 물이 골짜기에서 울리는 듯하고 씨앗 흙에서 돋아나는 듯하며, 과부가 밤에 곡하는 것 같고 나그네가 추워서 일어나는 듯하다. 바야흐로 그 뜻을 펼침에는 평야가 천 리나 펼쳐지는 것 같으며, 돌연히 우뚝 솟아날 때에는 귀신이 가을철 무덤 위에서 속삭이는 듯하다."[104]

하였으니 대체로 형용을 잘한 것이다. 서위와 원굉도는 모두 고인이 이

---

102) 서위徐渭(1521~1593) : 명明나라 때 문인. 자는 문장文長, 호는 청등靑藤·천지天池. 자기의 독창성을 중시하여 명나라 초기에 문단을 풍미했던 의고파擬古派의 모방을 조소하였는데, 사후 그 개성적인 시풍은 공안파公安派인 원굉도袁宏道를 경탄시켰을 정도였다. 저서에 『서문장전집徐文長全集』 30권이 있다.

103) 원굉도袁宏道(1568~1610) : 명明나라 말기 때 문학자. 자는 중랑中郎, 호는 석공石公. 형 원종도袁宗道, 아우 원중도袁中道와 함께 '3원三袁'으로 일컬어지며 공안파公安派로 불렸다. 진사에 급제하여 벼슬은 이부계훈시랑吏部稽勳侍郎에 이르렀다. 이지李贄의 문하에서 수학하여 반전통·반권위 사상의 감화를 받았고, 왕세정王世貞 등의 고문사파古文辭派에 의한 의고운동擬古運動에 반대하여 시의 진수眞髓는 개성의 자유로운 발로이며 격조에 얽매여서는 안 된다고 주장하였다. 평명平明하고 경묘한 시문은 청신한 기풍을 도입하여 종성鍾惺 등의 경릉파竟陵派나 청나라 원매袁枚의 성령설性靈說의 선구가 되었다. 저서에 『원중랑집袁中郎集』 40권이 있다.

104) 원굉도의 「서문장전徐文長傳」에는 다음 구절만 보인다. "故其爲詩, 如嗔如笑, 如水鳴峽, 如種出土, 如寡婦之夜哭, 如羈人之寒起." 그런데 전겸익의 『목재유학집牧齋有學集』 중 「제기백자시題紀伯紫詩」에 오히려 본문과 유사한 내용이 보인다. "如嗔如笑, 如水鳴峽, 如鍾出土, 如寡婦之夜哭, 如羈人之寒起. 方其放意, 平疇千里, 偶爾幽峭, 鬼語幽墳." 이러한 사실을 종합해보면, 홍한주는 원굉도의 글을 직접 본 것이 아니라, 전겸익이 원굉도의 말을 인용한 부분을 믿고 서술한 듯하다.

른바 '이장길李長吉[105]의 귀신같은 재주'가 있었으나, 쇠잔하고 자질구레하니 비록 망국의 문장이라 해도 괜찮을 것이다. 문장文長은 만년에 광기가 있어, 한번은 밤에 내실에 들어갔다가 그 처가 중과 누워 있는 것을 보고 크게 분노하여 칼을 뽑아 그 처를 찔러 죽였다. 본래는 중이 없었는데 오인해서 죽였던 것이니, 이것은 미쳐서 제정신을 잃은 것이다. 드디어 옥에 오랫동안 갇히게 되자, 조망증燥妄症을 견디지 못하고 송곳으로 스스로 그 음낭을 찔러 고환을 터트려 거의 죽다가 살아났다. 후에 요행히 화를 면하여 옥에서 나왔으나 그 사람됨이 이와 같았다.

### 徐文長

徐渭, 字文長, 皇明萬曆時人, 有雋才. 其詩文, 造語奇峭, 藻思坌涌, 逈出人表. 然輕佻無行, 一衰世浮薄之流也. 袁宏道有文長傳, 稱其文曰, "如嗔如笑, 如水鳴峽, 如種出土, 如寡婦夜哭, 如羈人寒起. 方其放意, 平疇千里, 偶爾孤峭, 鬼語秋墳." 盖善形容, 而徐與袁, 皆古人所謂李長吉之鬼才也, 衰颯嵬瑣, 雖謂之亡國之文可也. 文長晩有狂疾, 嘗入內室, 夜見其妻與僧臥, 發大忿怒, 拔釰刺殺其妻, 本無僧而誤認, 此狂易也. 遂逮獄久囚, 不耐燥妄, 以錐自刺其囊破卵, 幾死僅甦. 後倖脫禍出獄, 然其爲人如是矣.

---

105) 이장길李長吉 : 이하李賀(790~816). 중당中唐 때 시인. 장길長吉은 그의 자. 어려서부터 비범했고 시문에 능했으며 시를 지을 때 먼저 제목을 짓지 않았다. 매양 집을 나설 때 약한 말을 타고 따르는 노비로 하여금 오래된 비단 주머니를 등에 지도록 하고 구절을 얻으면 그 주머니 속에 던져 넣었다. 왕이 백옥루白玉樓를 짓고 기문記文을 지으라 했는데 27세의 나이로 죽어버렸다. 저서에 『이하가시편李賀歌詩篇』 4권, 『외집外集』 1권이 있다.

## 왕사진王士禛

왕사진王士禛[106]은 자가 이상貽上이고, 후에 옹정雍正 황제[107]의 어명御名을 피해 사정士禎으로 고쳤다. 호는 어양漁洋 또는 완정阮亭이며 청淸나라 강희康熙 때 사람이다. 시문詩文에 두루 능했는데 시에 더욱 장기가 있어 천하의 문학대가가 되었다. 젊은 시절에 「추류秋柳」 4수[108]를 지었는데 오하吳下[109]에 성대하게 전해져 화답한 자가 수백 인에 이르렀으며, 또한 목재가 받들어 칭송하였다. 『잠미집蚕尾集』, 『남해집南海集』, 『촉도집蜀道集』, 『어양집漁洋集』의 여러 시들은 명편名篇·가구佳句로서 한 시대에 회자되었다. 도곡陶谷 이의현李宜顯[110]이 연경燕京에 사신 갔다가 돌아올 때 처음으로 『잠미집』을 가지고 들어왔다. 그러나 우리나라 사람들

106) 왕사진王士禛 : 왕사정王士禎(1634~1711). 청淸나라 때 시인. 자는 이상貽上, 호는 완정阮亭·어양산인漁洋山人, 시호는 문간文簡. 본명이 옹정제雍正帝의 이름과 같았으므로 사정士正으로 고쳤는데, 건륭제乾隆帝가 사정士禎이라는 이름을 하사하였다. 1658년 진사가 되어 벼슬은 형부상서刑部尚書에 이르렀다. 만년에 전겸익의 지우知遇를 받았고, 주이존朱彝尊과 함께 '남주북왕南朱北王'이라 불렸다. 저서에 『대경당집帶經堂集』, 『어양산인정화록漁洋山人精華錄』 등이 있다.

107) 옹정雍正 황제(1678~1735) : 청淸나라 제5대 황제. 이름은 애신각라윤진愛新覺羅胤禛, 묘호는 세종世宗, 시호는 헌제憲帝. 재위 연호에 따라 옹정제라 부른다.

108) 「추류秋柳」 4수는 다음과 같다. 제1수 : "秋來何處最消魂, 殘照西風白下門. 他日差池春燕影, 祗今憔悴晚烟痕. 愁生陌上黃驄曲, 夢遠江南烏夜邨. 莫聽臨風三弄笛, 玉關哀怨總難論." 제2수 : "娟娟凉露欲爲霜, 萬縷千條拂玉塘. 浦裏青荷中婦鏡, 江干黃竹女兒箱. 空憐板渚隋堤水, 不見琅琊大道王. 若過洛陽風景地, 含情重問永豐坊." 제3수 : "東風作絮糝春衣, 太息蕭條景物非. 扶荔宮中花事盡, 靈和殿裏昔人稀. 相逢南雁皆愁侶, 好語西烏莫夜飛. 往日風流問枚叔, 梁園回首素心違." 제4수 : "桃根桃葉鎮相憐, 眺盡平蕪欲化烟. 秋色向人猶旖旎, 春閨曾與致纏綿. 新愁帝子悲今日, 舊事公孫憶往年. 記否青門珠絡鼓, 松枝相映夕陽邊."

109) 오하吳下 : 소주蘇州 일대의 지역을 가리킨다.

110) 이의현李宜顯(1669~1745) : 본관은 용인龍仁, 자는 덕재德哉, 호는 도곡陶谷, 시호는 문간文簡. 1694년(숙종 20) 별시문과別試文科에 병과로 급제하여 벼슬이 영의정에 이르렀다. 저서에 『도곡집陶谷集』이 있다.

은 아직까지 어양이 청나라 초기의 대가라는 것을 알지 못했다. 영조 말년에 이르러 전집全集과 『정화록精華錄』이 비로소 우리나라에 들어왔다. 이척재李惕齋[111]·이아정李雅亭[112]·박초정朴楚亭[113] 등 여러 사람이 그의 글을 보고 경탄하여

"어양이 죽은 지 거의 오십 년이요, 게다가 한줄기 띠 같은 압록강 물로 떨어져 있을 뿐인데, 지금에야 비로소 세상에 왕완정王阮亭이 있음을 알았다."

하고 서로 극찬하기를 그치지 않았으니, 우리나라 사람들의 고루함이 이와 같았다. 그러나 완정의 시는 신운神韻을 오로지 주장하였기 때문에 추곡秋谷 조집신趙執信[114]은 문사文辭가 공허하고 절실하지 않다는 것으로 기롱하였다. 그러나 기효람紀曉嵐(기윤)은 또한, "산수를 묘사한 작품들은 이곳저곳에 옮겨놓을 수 있다"[115]고 하였다. 대개 그 시는

---

111) 이척재李惕齋: 이서구李書九(1754~1825). 본관은 전주全州, 자는 낙서洛瑞, 호는 척재惕齋·강산薑山·소완정素玩亭·녹천관綠天館·석모산인席帽山人, 시호는 문간文簡. 1774년에 문과에 급제하여 벼슬은 우의정에 이르렀다. 『정조실록正祖實錄』의 편찬에 참여했으며, 명문장가로 특히 시명詩名이 높아 박제가·이덕무·유득공과 함께 4대가로 알려졌고, 오언고시에 능했다. 저서에 『척재집惕齋集』, 『강산초집薑山初集』, 『강산시집薑山詩集』 등이 있다.

112) 이아정李雅亭: 이덕무李德懋(1741~1793). 본관은 전주全州, 자는 무관懋官, 호는 아정雅亭·영처嬰處·형암炯菴·청장관靑莊館·선귤당蟬橘堂. 박학다재하여 경사經史에서 기문이서奇文異書에 이르기까지 통달했고, 문장에 개성이 뚜렷하여 문명을 일세에 떨쳤으나, 서출庶出이었기 때문에 크게 등용되지 못했다. 저서에 『청장관전서靑莊館全書』가 있다.

113) 박초정朴楚亭: 박제가朴齊家(1750~1805). 본관은 밀양密陽, 초명은 제운齊雲, 자는 재선在先·수기修其, 호는 초정·명농明農·위항도인葦杭道人·정유貞蕤. 19세 때 박지원의 문하에서 실학을 연구했으며, 1778년(정조 2) 채제공蔡濟恭의 수행원으로 청나라에 가서 새 학문을 배우고 귀국 후 실사구시實事求是의 사상을 토대로 『북학의北學議』를 저술하였다. 저서에 『정유집貞蕤集』이 있고, 『북학의北學議』는 널리 알려진 저술이다.

114) 조집신趙執信(1662~1734): 청나라 때 익도益都 사람. 자는 신부伸符, 호는 추곡秋谷·무상도인無想道人. 왕사정의 시론에서 출발하여 뒤에는 수사를 중시한 끝에 만당晩唐시를 내세웠다. 저서에 『담용록談龍錄』, 『성조보聲調譜』, 『인원집因園集』, 『이산문집飴山文集』 등이 있다.

비록 기골氣骨이 부족하나 끝내 또한 대가가 되는 것에 부족하지 않았다. 조집신은 어양의 조카사위인데, 일찍이 『담룡록談龍錄』을 저술하여 어양을 성내어 꾸짖었다. 그러나 경박하게 글을 지은 것으로 어찌 능히 강하만고江河萬古를 폐하겠는가?[116] 어양의 저서로 『대경당집帶經堂集』, 『지북우담池北偶談』, 『향조필기香祖筆記』, 『거이록居易錄』, 『분감여화分甘餘話』, 『고부우정잡록古夫于亭雜錄』, 『어양시화漁洋詩話』 등 여러 책은 내가 모두 보았다. 어양의 시에 「논시절구論詩絶句」 37수가 있는데, 원유산元遺山(원호문)의 작품을 본받았으나 빼어난 시구와 훌륭한 논의가 많으니 유산보다 나은 듯하다. 어양의 형인 서초西樵 왕사록王士祿[117]도 또한 시가詩歌를 잘했다.

王士禛

王士禛, 字貽上, 後避雍正御名, 改爲士禎, 號漁洋, 又號阮亭, 淸康熙時人. 兼長詩文, 而尤長於詩, 爲海內文宗. 少時有秋柳四首, 盛傳吳下, 和者至數百人. 且爲牧齋所推許. 其『蚕尾集』『南海集』『蜀道集』『漁洋集』諸詩, 名篇傑句, 膾炙一世, 而至陶谷李相公赴燕回, 始以『蚕尾集』出來. 然我國人, 尙未知漁洋之爲淸初一大家也. 及英宗末年, 『全集』與『精華錄』, 始來我國. 李愓齋及李雅亭朴楚亭諸人見而驚歎之, 以爲漁洋之死幾五十年, 且隔一鴨江衣帶水, 今始知世間有

---

115) 기윤은 『사고전서총목四庫全書總目』에서 『정화록』을 다음과 같이 평한 바 있다. "於是士禛等以淸新俊逸之才, 範水模山, 批風抹月, 倡天下以不著一字盡得風流之說, 天下遂翕然應之."

116) 조집신은 …… 폐하겠는가? : 두보杜甫의 「戲爲六絶句」 시의 둘째 수에 '楊王盧駱當時體, 輕薄爲文哂未休. 爾曹身與名俱滅, 不廢江河萬古流'란 구절이 있는데, 경박위문輕薄爲文이나 강하만고江河萬古는 문장에 관한 평어이다. 여기에서는 조집신의 경박한 문장으로는 왕어양의 강하처럼 영원히 흐르는 문장을 손상시키지 못한다는 의미로 사용한 듯하다.

117) 왕사록王士祿(1626~1673) : 자는 자저子底, 호는 서초西樵. 시를 잘하였고 맹호연을 좋아했다. 동생 사호士祜·사진士禛과 더불어 삼왕三王이라 불린다. 어머니의 상을 당하여 슬퍼하다가 죽었다.

王阮亭, 相與亟稱之不已, 東人之孤陋如是矣. 然阮亭詩專主神韻, 故趙秋谷執信以膚廓譏之, 紀曉嵐亦以爲模山範水, 處處可移. 蓋其詩, 雖欠氣骨, 而終亦不失爲大家也. 執信乃漁洋甥女婿, 而嘗著談龍錄, 詆訶漁洋, 然輕薄爲文, 豈能廢江河萬古也. 漁洋所著有帶經堂集及池北偶談香祖筆記居易錄分甘餘話古夫于亭襍錄漁洋詩話諸書, 余皆見之, 漁洋詩有論詩絶句三十七首, 效元遺山作, 而多秀句名論, 似勝遺山. 漁洋之兄西樵士祿, 亦善歌詩.

## 위희魏禧

위작정魏勺庭[118]은 오로지 『좌씨전左氏傳』과 『전국책戰國策』[119]만을 배웠기 때문에 그 문장이 대부분 종횡무진으로 달리는 듯하다. 기효람紀曉嵐(기윤)이 "책사策士의 문장"이라 했으니 옳은 말이다. 그러나 「대철추전大鐵椎傳」 같은 것은 기이하고 뛰어난 가운데 비분강개한 말이 많다.

『숙자집叔子集』에 「지옥론地獄論」 3편이 있는데, 그 기이한 말과 박식한 논변이 이리저리 돌려 말하며 끝이 없어서 비록 사마온공司馬溫公[120]

118) 위작정魏勺庭 : 위희魏禧(1624~1680). 명나라 때 영도寧都 사람. 자는 빙숙冰叔·숙자叔子, 호는 유재裕齋·작정勺庭. 당시에 위숙자魏叔子라 불렸다. 명나라 말엽에 은거하여 벼슬길에 나아가지 않았다. 형 위상魏祥과 동생 위례魏禮 삼형제를 가리켜 '저도삼위宁都三魏'라 불렀다. 저서에 『좌전경세左傳經世』, 『숙자집叔子集』, 『일록日錄』, 『시집詩集』 등이 있다.

119) 『전국책戰國策』 : 춘추 이후 초와 한이 일어나기까지 245년간에 걸쳐 전국시대의 유사遊士가 여러 나라를 다니며 유세한 책모策謀를 나라별로 모은 책. 한나라 때 유향劉向이 교정하고, 고유高誘가 주를 달았다.

120) 사마온공司馬溫公 : 사마광司馬光(1019~1086). 북송北宋 때 정치가·사학가. 자는 군실君實, 호는 우부迂夫·우수迂叟, 시호는 문정文正. 속수선생涑水先生 또는 죽은 뒤

이 따지더라도 굽히지 않을 것이다. 또 「흑암시뇨지옥론黑暗屎尿地獄論」[121]이 있는데, 이것은 세상을 속이고 이름을 도적질하는 것이니 사람 중에 격앙하여 말하는 자가 있었다. 대개 명부冥府나 지옥의 설은 비록 불가의 어리석은 부녀자를 속이고 현혹시키는 계략에서 나왔으나, 빙숙氷叔이 이른바, "만물萬物은 무無에서 생겨나, 정기精氣가 만물이 되고 떠도는 혼백이 변괴가 된다"고 하니, 지옥이 있고 없음은 일반적인 이치나 억측으로 반드시 그렇다고 단정할 수는 없을 것이다.

옛날 완천리阮千里[122]는 「무귀론無鬼論」을 지었다가 마침내 귀신들에게 낭패를 당하였다. 공자가 말하기를

"귀신의 덕은 성대하도다."[123]

라고 하였고, 또 말하기를

"귀신을 공경하면서 멀리하라."[124]

라고 하였으며, 또한 말하기를

"골육은 지하에 썩어 묻혀서 들판의 흙이 되며, 그 정기는 위로 발양發揚하여 밝은 신령이 되어, 향취가 피어올라 사람을 엄습하여 슬프게 한다."[125]

라고 하였다. 성인의 말씀이 이와 같을 뿐이니 어찌 더 보탤 것이 있겠는가?

---

온국공溫國公에 봉해져 사마온공司馬溫公이라 불렀다. 당시의 연호를 따서 '원우元祐의 재상宰相'이라 일컬어졌다. 재상이 되자 왕안석의 신법을 하나하나 폐지하고 구법으로 대체하여, 구법당舊法黨의 수령으로서 수완을 크게 발휘하다가, 얼마 안 되어 죽었다. 저서에 『자치통감資治統鑑』, 『속수기문涑水紀聞』, 『사마문정공집司馬文正公集』 등이 있다.

121) 「흑암시뇨지옥론黑暗屎尿地獄論」: 위작정魏勺庭이 지은 「지옥론地獄論」 3편 중의 한 편이다.

122) 완천리阮千里: 완준阮駿. 송나라 때 선유인仙遊人. 천리千里는 그의 자. 금나라가 남하했을 때 신어전神御殿을 수호하다가 사망하였다.

123) 『중용中庸』 16장 참조. "子曰, 鬼神之爲德, 其盛矣乎!"

124) 『논어論語』 「옹야雍也」 참조.

125) 『예기禮記』 「제의祭儀」 참조.

魏勺庭

魏勺庭, 專學『左氏』『戰國策』, 故其文多馳騁縱橫. 紀曉嵐謂策士之文是也. 然如「大鐵椎」傳, 奇偉逸宕中, 多悲忿語矣. 『叔子集』有「地獄論」三篇, 其奇辭博辨, 輾轉不窮, 雖司馬溫公, 詰不能屈也. 又有「黑暗屎尿地獄論」, 此則爲欺世盜名, 人有激而言者. 蓋冥府地獄之說, 雖出於佛家, 誑惑愚婦之計. 氷叔所謂 '萬物生於無, 精氣爲物, 遊魂爲變.' 則地獄有無, 恐不可以常理臆見, 斷其必然也. 昔阮千里著無鬼論, 而竟爲鬼輩狼狽者哉. 孔子曰 : "鬼神之德, 盛矣乎!" 又曰 : "敬鬼神而遠之." 又曰 : "骨肉斃於下, 陰爲野土, 其氣發揚于上, 爲昭明, 焄蒿悽愴." 聖人之言, 如是而已, 豈有加哉.

## 문인文人들의 자부심

어떤 사람이 위빙숙魏冰叔(위희)을 보고 말하였다.

"공은 늙도록 자식이 없으니 공을 생각할 때 걱정이 됩니다."

"내게는 세 명의 자식이 있는데 어찌하여 자식이 없다고 하는가?"

그 사람이 놀라며 되물었다.

"공은 어찌하여 자식이 있다고 말하십니까?"

그러자 빙숙은 웃으며 대답하였다.

"『좌전경세左傳經世』는 내 맏아들이요, 『일록日錄』은 내 둘째 아들이요, 『문집文集』은 내 막내아들이니, 어찌 세 자식이 아니겠는가?"

이것은 비록 작정勺庭(위희)의 우스갯소리지만 예전 문인의 자부심은 대부분 이와 같다. 동파東坡(소식)가 다음과 같이 말을 하였다.

"내가 창려昌黎(한유)의 「송이원귀반곡서送李愿歸盤谷序」를 본받아서 매양 한 편의 글을 지으려고 하였다. 그러나 그때마다 붓을 던지며 '퇴지退之(한유)의 독보적인 솜씨를 그대로 두는 것만 같지 못하다'[126]라 하였다."

이것은 과연 어떠한 자부심인가?

최간이崔簡易[127]는 우리나라에서 문장으로 세상에 이름을 날렸기 때문에 자기 몸을 소중히 하는 것도 대가大家였다. 매양 앉을 때에는 자리를 세 겹으로 늘어놓으며 말했다.

"문장을 하는 사람은 야박하게 대접할 수 없다."

또한 죽음을 앞두고 병이 위중해지자, 석주石洲 권필權韠[128]이 찾아뵙고 물었다.

"공이 돌아가신 후에 문장은 진실로 대적할 사람이 없지만, 시는 마땅히 누구를 허여하시겠습니까?"

간이가 눈을 뜨고 대답하였다.

"이 늙은이가 죽으면 시 또한 대적할 사람이 없다."

대개 석주는 그가 자기를 허여해 줄 것이라 생각했다가 마침내 낭패

---

126) 『주문공교창려선생문집朱文公校昌黎先生文集』의 「송이원귀반곡서送李愿歸盤谷序」 주註에 이런 구절이 보인다. "樊日東坡云, 歐陽公言, 晋無文章, 惟陶淵明歸去來一篇而已. 余亦謂, 唐無文章, 惟韓退之送李愿歸盤谷一篇而已. 平生欲效此作一篇. 每執筆輒罷因自笑曰, 不若且放教退之獨步."

127) 최간이崔簡易 : 최립崔岦(1539~1612). 자는 입지立之, 호는 간이簡易·동고東皐, 본관은 개성開城. 이이의 문인. 1577년에 주청사奏請使의 질정관으로 명나라에 다녀왔다. 임진란 중에는 외교문서 작성의 제1인자로 여러 번 명나라에 사신을 가서 문장가로 이름을 얻었다. 그의 글과 차천로의 시, 한호의 글씨를 송도삼절이라 일컫는다. 저서로 『간이집簡易集』, 『주역본의구결부설周易本義口訣附說』, 『한사열전초漢史列傳抄』, 『십가근체十家近體』 등이 있다.

128) 권필權韠(1569~1612) : 자는 여장汝章, 호는 석주石洲, 본관은 안동安東. 정철의 문인으로 과거에 뜻이 없이 시와 술로 빈천하게 살았다. 명나라 사신 고천준顧天俊을 접반하여 문명을 떨쳤다. 임진왜란 때에는 강경한 주전파였다. 광해군 비, 유씨의 아우인 유희분 등 척족들의 방종을 궁유시宮柳詩로 비방하자, 광해군이 대노하여 출처를 찾다가 조수륜趙守倫의 집에서 그 시가 발견되어 친국을 받고 유배되었다. 유배길에 사람들이 주는 술을 폭음하고 이튿날 죽었다. 1623년 인조반정 후에 지평持平에 추증되었다. 문집으로 『석주집石洲集』이 있다.

를 당하고 돌아갔으니, 웃을 만하다.[129] 그러나 간이簡易의 시는 창려昌黎(한유)를 배웠으나 타고난 능력이 그에게 미치지는 못했다. 그러므로 몇 수의 뛰어난 시구詩句 외에 모두 시어가 거칠고 호장豪壯하나 꼭 들어맞지 않으니, 내 생각에는 도리어 석주만도 못한 것 같다. 다만 그의 「관음굴일출觀音窟日出」[130]이란 시는 다음과 같다.

| | |
|---|---|
| 玉宇迢迢落月東, | 멀고먼 절집에 동쪽으로 달이 지니, |
| 滄波萬頃倏翻紅. | 넓고 넓은 푸른 바다 삽시간에 붉게 물드네. |
| 蜿蜿百怪皆啣火, | 꿈틀꿈틀 온갖 괴물이 모두 불을 내뿜어, |
| 送出金輪黃道中. | 하늘 위로 황금 바퀴를 쏘아 올리네.[131] |

이것은 석주가 지을 수 없는 것이다.

權石洲

有人見魏氷叔言曰, "公老而無子, 爲公可憂." 氷叔曰, "吾有三子, 何謂無子?" 其人驚曰, "公何嘗有子?" 氷叔笑曰, "左傳經世是吾長子, 日錄吾次子, 文集吾季子, 豈非三子?" 此雖勺庭戲言, 前古文人自負, 多如此矣. 東坡謂, "吾欲效昌黎送李愿歸盤谷序, 每擬作一文." 輒投筆曰, "不如放退之獨步." 此果何等自負? 崔簡易在我東, 則文章足爲命世, 故其自重亦大家. 居每坐, 設席三重曰, "文章不可薄待." 又臨

129) 『농암잡지農巖雜識』에 다음 구절이 보인다. "簡易文章名世, 人謂詩非本色, 而要亦蘇芝之類. 其風格豪橫, 質致深厚, 不及蘇齋, 而鑱畫矯健過之. 其警絶處, 聲響鏗然, 若出金石. 要非後來詩人所能及也. 嘗聞權石洲見簡易問曰: '當今文筆, 固有吾丈, 在詩則當推何人擅場?' 蓋意其必許己也. 簡易瞑目良久曰: "不知老夫死後何人擅場耳." 石洲憮然有慚色, 其自負如此云."

130) 『간이집簡易集』 권8 「낙산사즉사洛山寺卽事」 중 「십칠조十七朝」로 되어 있으며, 일반적으로 「낙산사팔월십칠일조洛山寺八月十七日朝」로 되어 있다.

131) 『간이집』에는 '숙倏'이 '홀忽'로, '함啣'이 '어御'로 되어 있다. 제목이 문집의 제목과 다른 것처럼, 이 글이 자기가 문헌을 의존하기보다는 기억력에 의존했기 때문에 착각을 일으킨 것이 아닌가 한다. 하지만 전체적인 뜻에는 별반 상관이 없다.

死病重, 石洲權公, 往見仍問曰, "公身後, 文固無對, 詩當許誰?" 簡易開眼曰, "老夫死, 詩亦無人." 蓋石洲意其許己, 竟狼狽以歸, 可笑也. 然簡易詩, 學昌黎而材力不至. 故數首警語外, 皆麤豪不適, 余意則恐反不如石洲也. 但其觀音窟日出詩曰, '玉宇迢迢落月東, 滄波萬頃倏翻紅. 蜿蜿百怪皆啣火, 送出金輪黃道中.' 此則石洲不能爲也.

## 서건학徐乾學

서건학徐乾學[132]은 호가 건암健菴으로 고녕인顧寧人(顧炎武)의 외조카이다. 강희康熙 때에 벼슬이 태학사太學士였으며, 그가 지은 시문으로 『담원집憺園集』이 있다. 그의 처신과 관직에 관하여는 일컬을 만한 것이 무엇이 있는지 알지 못하겠다. 그러나 일찍이 그가 편찬한 『독례통고讀禮通考』를 보니, 나라의 예를 논하는 곳에서 "명나라 때에는 임금과 신하가 무식함이 이와 같았다"고 했다.

또한 일찍이 상소하여 조선이 이미 내복內服[133]이 되었으니 마땅히 동일하게 변발을 해야 한다고 청했는데, 성조聖祖가 "마땅히 옛 풍습에 의거해야 한다"고 하여 허락하지 않았다. 그러나 만약 그의 말과 같이 되었다면, 우리나라는 거의 변발을 면하지 못했을 것이다. 아! 건학이 비

132) 서건학徐乾學(1631~1694) : 청淸나라 때 학자. 자는 원일原一, 호는 건암健庵. 고염무顧炎武의 조카이다. 1670년 진사가 되어 벼슬은 형부상서刑部尙書에 이르렀으며, 『명사明史』, 『일통지一統志』, 『고문연감古文淵鑑』 등을 편찬했다. 저서에 『독례통고讀禮通考』 등이 있으며, 장서藏書를 많이 보유했다고 한다.

133) 내복內服 : 본래 왕기王畿 이내의 땅을 말하는데, 여기서는 조선이 청나라의 속국이 되었음을 두고 일컬은 것이다. 『서경書經』 「주고酒誥」 참조.

록 명나라 조정에서 벼슬하지 않았으나 그 몸은 대대로 벼슬을 해 온 집안의 후예이니, 곧 대명大明 벼슬아치의 후손이다. 그러나 전혀 아비와 할애비를 생각하지 않고, 차마 천자에게 올리는 글에 이런 말을 발설했단 말인가?

바야흐로 지금 한 가닥의 양기陽氣가 겨우 우리나라에 남아 있는데 이것을 기쁘게 여기지 않았을 뿐만 아니라, 도리어 끌어당겨 함께 빠지고자 하였으니 어찌 그리 어질지 못하단 말인가? 일찍이 고염무와 같은 어진 사람에게 이런 조카가 있을 것이라 생각이나 했는가.

우리나라의 남인南人 중에 오시수吳始壽[134]가 죄로 죽은 것은, 오로지 '임금은 약하고 신하는 강하다'는 말을 저들에게 전했기 때문이다.[135] 그런데 지금 『담원집』을 보니 이 설은 본래 건학乾學으로부터 먼저 나온 것이요, 진실로 시수始壽가 말한 바가 아니다. 그 상소가 아직 그의 문집 속에 남아 있다. 때문에 정조正祖 때에 이 문집이 비로소 우리나라에 들어오게 되자, 정조가 열람하고는 그의 억울한 상황을 깨닫고는 명하여 시수의 관직을 회복시켜 주었다. 대체로 건학은 우리나라 사람들에게 좋지 않은 바가 많다. 때문에 변발을 청한 것은 반드시 이런 일들에서 말미암지 않은 것이 없다.

예전에 듣건대 일본인 우삼동雨森東[136]은 문장으로 이름을 날렸는데

---

134) 오시수吳始壽(1632~1681) : 본관은 동복同福, 자는 덕이德而, 호는 수촌水村. 1656년 문과에 급제하여 벼슬은 우의정에 이르렀다. 경신대출척庚申大黜陟으로 허적許積 등 남인 일파가 숙청될 때 김석주金錫胄 등 서인들로부터 허적에게 아부하였다는 탄핵을 받아 유배되었고, 다시 그들로부터 청나라 조문사가 왔을 때 허위보고로 왕을 기만하였다는 탄핵을 받아 사사賜死되었다. 1689년 기사환국己巳換局으로 남인이 득세하자 복관되었다가, 1694년 갑술옥사甲戌獄事로 관직을 추탈당하고 정조 때 다시 복관되었다. 저서에 『수촌문집水村文集』이 있다.

135) 우리나라의 …… 때문이다 : 『숙종실록肅宗實錄』「6년 6월 6일 계해癸亥」조 참조.

136) 우삼동雨森東(1668~1755) : 초명은 준량俊良, 자는 백양伯陽, 호는 방주芳洲·귤창橘窓·상경당尙絅堂. 목하순암木下順庵에게 사사師事하였고, 대마번유對馬藩儒를 역임했다. 정주학程朱學을 종주宗主로 한 대유학자로, 조선어·중국어에 능통하여 조선 사신의 접대를 전담했다. 저서에 『귤창다화橘窓茶話』, 『계빙사록雞聘事錄』, 『조선약설朝鮮

그 나라 사람들이 '일본의 동파東坡(소식)'라고 불렀다. 일찍이 관백關白[137]에게 글을 올려 나라의 제도를 고쳐 조선의 의관제도를 모두 따르자고 청하였는데, 관백이 크게 성을 내고 나라의 옛 법을 어지럽힌다고 하여 삼동을 죽였다고 한다. 그 일이 건학과는 상반된다. 아! 저 건학은 중국 사람으로 도리어 섬나라 오랑캐만도 못하구나!

徐乾學

徐乾學, 號健菴, 顧寧人之甥也. 康熙時, 官太學士, 所著詩文, 有憺園集. 其行己居官, 未知有何可稱, 而嘗見其所編讀禮通考, 論邦禮處, 有曰, "明世君臣, 無識如此." 又嘗上疏, 請朝鮮旣爲內服, 當一體薙髮. 聖祖謂, "當依舊俗." 不許. 若如其言, 我國幾乎不免矣. 噫! 乾學雖未及受官於明朝, 其身則世祿之裔, 卽一大明衣冠之遺種也. 都不念乃父乃祖, 忍發此說於章奏乎? 方今一線陽氣, 僅在一隅我東, 而不惟不喜, 反欲援而胥溺, 何其不仁也? 曾謂亭林之賢, 而有此甥乎? 我朝南人吳始壽之罪死, 專由於以主弱臣强之語, 傳於彼人之故也. 而今見憺園集, 此說本自乾學而先發, 實非始壽所言. 其疏尙在集中, 故至正廟時, 此集始出來, 上取覽而覺其寃狀, 命復始壽官. 大抵乾學於我國人, 多有不好. 故薙髮之請, 未必不繇於此等事矣. 昔聞日本人雨森東, 以能文著名, 其國號稱日本之東坡. 而嘗上書關白, 請改國制, 悉從朝鮮衣冠. 關白大怒, 以爲變亂祖宗舊法, 誅森東云. 其事與乾學相反也. 噫! 彼乾學以中州之人, 反不如島夷也.

---

略說』 등이 있다.

137) 관백關白 : 일본의 고대 관직명으로, 천황을 보좌하며 백관百官을 거느리는 벼슬이다. 모든 주의奏議는 먼저 관백의 자문諮問을 거친 후 천황에게 전해진다.

## 세종대왕의 훈민정음訓民正音

우리 세종대왕은 문무文武를 겸비하였으며 훌륭한 재능과 자질이 있어 나라를 다스린 것이 32년이었다. 태조太祖와 태종太宗이 창업創業하여 아직 정립定立하지 못한 것을 모두 제정하였으니, 예악禮樂을 일으키고 관제官制를 정비하고 성곽과 궁궐을 쌓았으며 야인野人을 정벌하였다. 대마도를 정벌하여 동래관東萊館에 왜인倭人 300명을 수자리 살도록 하는 것으로 약정約定을 맺었고, 육진을 개척하여 위엄을 보이면서도 멀리 있는 자들에게는 유화柔和 정책을 펼쳤으며, 또한 훈민정음을 창제하여 한문을 해석하였다. 우리나라에서 하늘의 뜻을 계승하여 표준을 세운 임금들 중의 으뜸이었다고 이를 만하다. 이때에 다스리는 제도가 모두 펼쳐지고 모든 법도가 정비되어 온 나라가 또한 편안하여, 문신과 무신을 비롯한 신하와 백성이 모두 춘대옥촉春臺玉燭(태평성대) 가운데에 있게 되었다. 지금까지 400여 년 동안이나 여전히 친현락리親賢樂利[138]하고 있다. 아아, 잊지 못하는 마음이 그 얼마나 성대한가?

그러나 위에는 요순堯舜 같은 임금이 있는데 아래에는 고요皐陶[139]·기夔[140]·익益[141]·후직后稷[142] 같은 신하가 없으니 이것이 한스럽다. 만

---

138) 친현락리親賢樂利:『대학大學』에 "詩云, 於戲, 前王不忘. 君子, 賢其賢而親其親, 小人, 樂其樂而利其利, 此以沒世不忘也"라고 하였으니, 훌륭한 전왕前王을 사모한다는 뜻이다.

139) 고요皐陶: 순임금의 신하로, 형법刑法을 관장하는 부서의 우두머리가 되었다.

140) 기夔: 순임금의 신하로, 음악을 관장하는 전악典樂이라는 벼슬을 맡아 태자太子나 경대부卿大夫의 맏아들을 가르쳤다.

141) 익益: 순임금의 신하로, 산림천택山林川澤을 관장하는 우虞라는 벼슬을 맡아 토목과 금수禽獸들을 다스렸다.

142) 후직后稷: 이름은 기棄. 농사를 관장하는 후직后稷이라는 벼슬을 맡아 곡식을 심어 굶주린 백성들을 구제하였다. 고요·기·익·후직은 모두 현신賢臣으로 일컬어지는 사람들이다.

약 정암靜庵(조광조) · 율곡栗谷[143] 같은 두 선생의 재주와 학식으로 동일한 세상에 태어나 임금의 곁에서 보필하였다면 치세를 이룩한 것이 반드시 마땅히 당우삼대唐虞三代[144]와 나란하게 됐을 것이다. 이는 하늘이 이 세상이 진선盡善 진미盡美하게 하지 않으려는 것인가? 매양 국사國史나 야사野史를 읽을 때마다 이 시대에 이르러서는 일찍이 탄식하지 않은 적이 없다.

訓民正音

我世宗大王, 乃文乃武, 有上聖才姿, 厥享國三十有二年. 太祖太宗, 所以草創未定者, 悉皆制作焉. 興禮樂, 定官制, 築城闕, 征野人, 征對馬島, 約戍倭人三百於萊館. 拓六鎭以示威而柔遠, 作訓民正音以譯解文字. 在東方, 可謂繼天立極, 首出庶物也. 于斯時也, 治具畢張, 百度修擧, 朝野乂寧, 文武臣庶, 咸在春臺玉燭之中. 至今四百餘年, 尙有親賢樂利. 於乎, 不忘之心, 何其盛也? 然上有堯舜, 而下無皐夔益稷之佐, 是可恨也! 如使靜菴栗谷兩先生之才之學, 生並其世, 爲左右承弼, 則其所致治, 必當躋唐虞三代, 此天不欲盡善而盡美耶? 每讀國史野乘, 至此世, 未嘗不喟然一歎也.

143) 율곡栗谷 : 이이李珥(1536~1584). 본관은 덕수德水, 자는 숙헌叔獻, 호는 율곡 · 석담石潭, 시호는 문성文成. 어려서 어머니 사임당師任堂에게 학문을 배웠고, 형조刑曹 · 병조판서兵曹判書를 역임했다. 학문을 민생 문제와 직결시켰고, 당쟁黨爭의 조정 · 10만 군대의 양성 및 대동법大同法과 사창社倉의 실시에 노력했으며, 글씨와 그림에도 능했다. 저서에 『율곡전서栗谷全書』가 있다.

144) 당우삼대唐虞三代 : 당唐은 요堯임금이 다스리던 나라, 우虞는 순舜임금이 다스리던 나라이고, 삼대三代는 우禹임금의 하夏나라, 탕湯임금의 은殷나라, 문왕文王 · 무왕武王의 주周나라를 가리킨다. 모두 태평성대太平聖代의 시대이다.

## 세종대왕의 중국어 사용

세종의 성스러운 학문은 하늘이 내려 준 것으로, 생각해서 통달하지 않는 것이 없었는데, 항상 우리나라의 의관은 이미 대략 중국을 모방했으나 언어는 오히려 오랑캐말[侏儷]을 면하지 못한다고 여겼다. 드디어 안으로는 궁첩宮妾과 액속掖屬들로부터 밖으로는 신료들에 이르기까지 모두 영을 내려 중국말을 가르치고 익히게 하였다. 세종 자신도 비록 사사롭게 대하거나 국정에 임할 때에도 중국말이 아니면 발언한 적이 없었으며, 군신들이 입시할 때에도 모두 중국말로 말을 주고받게 하였다. 그러므로 세종의 시대가 끝날 때까지 조정의 신하 중에 중국어를 익히지 않는 사람이 없었다. 그러나 여러 신하들이 임금 앞에서는 그나마 중국말을 사용하지만 막 합문閤門을 나서면 또한 모두들 우리나라 말로써 서로 수다스럽게 떠들기를 그치지 않았다. 궁궐에서도 이러했으니 백성들은 어떠하겠는가? 풍속을 옮기고 바꾸는 것은 성인도 또한 어려운 일이니 매우 탄식할 만하다.

世宗聖學

世宗聖學天縱, 無思不通, 常以爲我國衣冠, 旣略倣中原, 而言語則猶未免侏儷. 遂自內而宮妾掖屬, 外至臣僚, 皆令敎習華語, 雖燕對暬御, 非華語未嘗發口, 群下入侍, 亦皆以華語酬酢. 故終上之世, 朝士無不嫺習華語. 然群臣在上前, 則僅用華語, 纔出閤門, 又皆以朝鮮語相剌剌不已. 宮闈亦然, 國人何論? 移風易俗, 聖人亦難矣, 殊可歎也.

## 선조임금의 시

선조宣祖가 임오·계미(1582~1583) 사이에 지은 「감회感懷」라는 율시 한 수가 서울에 성대하게 전한다.

| | |
|---|---|
| 孤抱難攄獨倚樓, | 외로운 포부를 펴기가 어려워 홀로 누대에 기대니, |
| 由中百感不勝愁. | 마음속에서 만감이 일어나 근심을 견디지 못하네. |
| 月明古殿香烟盡, | 달 밝은 옛 궁전에는 향 연기 다하고, |
| 風冷疎林夜雪留. | 바람 찬 성근 수풀에는 밤눈이 남아있네. |
| 身似相如多抱病, | 몸은 사마상여司馬相如[145]와 같아서, 몸에 지닌 병이 많고 |
| 心如宋玉苦悲秋. | 마음은 송옥宋玉[146]과 같아서, 슬픈 가을에 괴로워하네. |
| 凄涼南內無人問, | 쓸쓸한 궁전 안에 물어 오는 사람 없고, |
| 雲外鐘聲只自悠. | 구름 너머로 종소리만 아득히 들려오네. |

율곡栗谷(이이)은 이 시의 기상이 처연하다고 여겨 간언을 매우 간절하게 하고서 물러나와 사람들에게 말했다.

"임금은 진실로 소시小詩(자잘한 시)를 읊조릴 필요가 없는데, 또한 시의 뜻이 곤궁하고 슬프니 마침내 서고西顧의 근심[147]이 있게 될 것이다."

---

145) 사마상여司馬相如(B.C.179~B.C.117): 전한前漢 때 문인. 자는 장경長卿. 부賦에 뛰어나, 「초사楚辭」를 조술祖述한 송옥宋玉·가의賈誼·매승枚乘 등에 이어 '이소재변離騷再變의 부賦'라 일컬어진다. 「자허부子虛賦」는 그의 대표적인 작품이다.

146) 송옥宋玉(생몰년 미상): 전국戰國시대 초楚나라 시인. 굴원屈原에 다음가는 부賦의 작가로, 두 시인을 '굴송屈宋'이라 병칭竝稱하였다. 『초사楚辭』에 수록된 「구변九辨」「초혼招魂」, 『문선文選』에 수록된 「풍風」, 「고당高唐」, 「신녀神女」 등이 그의 작품으로 전한다.

147) 서고西顧의 근심: 『시경詩經』, 「대아大雅·황의皇矣」에 "乃眷西顧, 此維與宅"이라고 하였으니, 서쪽을 돌아본다는 뜻으로 여기서는 서쪽에 우환이 있을 것이란 말이다.

그로부터 10년 뒤 용사龍蛇의 변고[148]를 당해 임금의 수레가 서쪽으로 피난가게 되었으니 모두 선생이 말한 대로였다. 옛사람은 간혹 시참詩讖[149]을 경계하였는데, 백부白傅[150]는 젊은 시절에 일찍이 다음과 같은 시가 있었다.

| | |
|---|---|
| 少年已多病, | 젊은이가 이미 병이 많으니, |
| 此身豈堪老. | 이 몸이 어찌 늙음을 감당하리오? |

시는 비록 상서롭지 못하나 백거이는 끝내 부귀를 즐겨 누렸고, 벼슬은 예부상서禮部尙書에 이르렀으며 나이 75세에 죽었으니, 이른바 시참詩讖도 또한 사람마다 다 그런 것은 아니다. 다만 기상은 응당 화평해야 하니, 병도 없으면서 신음하는 것은 마땅하지 않다. 송宋나라 원헌元獻 안수晏殊[151]는 시를 지을 때 부귀한 말을 좋아해서, 매양 자미子美(두보)가 곤궁하고 근심하는 말을 즐긴 것을 비난하였다. 그러므로 그가 지은 시는 다음과 같다.

| | |
|---|---|
| 梨花院落溶溶月, | 배꽃 핀 뜨락에는 휘영청 밝은 달이요, |
| 柳絮池塘淡淡風. | 버들개지 날리는 연못가에는 선들선들 바람이네. |

그러나 노두老杜(두보)는 평생 곤궁하고 근심했기 때문에 시 또한 곤궁

---

148) 용사龍蛇의 변고 : 임진왜란을 말한다. 용사는 임진년의 '辰[용]'과 계사년의 '巳[뱀]'를 연이어 말한 것이다.

149) 시참詩讖 : 자기가 지은 시가 우연히 자기의 신상에 관한 예언이 된 것이다.

150) 백부白傅 : 백거이白居易를 말한다. 문종文宗 대화大和 9년(835, 64세)부터 무종武宗 회창會昌 2년(842, 71세)까지 낙양洛陽에서 태자소부분사太子少傅分司를 역임하였으므로 이렇게 일컬은 것이다.

151) 안수晏殊(991~1055) : 북송北宋 때 문인. 자는 동숙同叔, 시호는 원헌공元獻公. 진종眞宗의 신임을 얻어 기밀機密에 참여하였으며, 벼슬은 재상에 이르렀다. 인재 발굴에 능하여 후배의 양성에 힘썼고, 오대五代의 난 이후 처음으로 학교를 부흥시켰다. 문하에 범중엄范仲淹, 사위에 부필富弼이 있고, 한기韓琦·구양수歐陽修도 그에 의하여 등용되었다. 저서에 『주옥사珠玉詞』가 있다.

하고 근심스럽다. 만약 두보가 부귀하였다면 또한 반드시 그렇지 않았을 것이니, 대부분 그가 처한 상황에 따라서 그렇게 되는 것이다. 제왕에 이르면 응당 백성들과는 다르다. 그러므로 당태종唐太宗의 다음과 같은 시는 품격이 웅장하다.

| | |
|---|---|
| 昔乘匹馬去, | 옛날 한 필의 말을 타고 갔는데, |
| 今驅萬乘來. | 이제 만승의 수레를 몰고 돌아오네. |
| 雪耻酬百王, | 치욕을 갚아 역대의 제왕에게 보답하고, |
| 除凶報千古. | 흉적을 제거하여 오랜 세월에 화답하네. |

또한 송태조宋太祖의 「영일출咏日出」 시는 다음과 같다.

| | |
|---|---|
| 未離海底千山暗, | 바다 밑에 있을 때는 온산이 어둡더니, |
| 纔到天中萬國明. | 중천에 떠오르자 온 세상 밝아지네. |

남당南唐의 사신 서현徐鉉[152]이 크게 놀라, 심지어 궁전에 들어가다가 만세를 불렀다. 이런 까닭으로 우리 정조正祖가 지은 시는 대부분 관대하고 화평하다. 그의 「읍청루挹淸樓」 절구 1수는 다음과 같다.

| | |
|---|---|
| 南出都門意豁然, | 남으로 도성 문을 나오니 마음이 탁 트이고, |
| 杏花春酒大江前. | 큰 강 앞 살구꽃 아래에서 봄 술을 든다. |
| 笑看多少迷津客, | 웃으며 길 잃은 여러 나그네를 보면서, |
| 竟日徊徨水一邊. | 종일토록 물가를 배회하네. |

또 을묘년乙卯年(1795)에 일찍이 나의 7대조 문의공文懿公[153] 및 정명공

152) 서현徐鉉(916~991) : 송宋나라 때 학자. 자는 정신鼎臣. 태종의 명을 받들어 『설문해자說文解字』 15권의 정본定本을 만들었다.

153) 문의공文懿公 : 홍주원洪柱元(1606~1672). 선조宣祖의 사위. 본관은 풍산豊山, 자는 건중建中, 호는 무하옹無何翁. 1623년에 정명공주貞明公主와 결혼하여 영안위永安尉에 봉해졌으며, 당대의 풍류객으로 시를 즐겼다.

주貞明公主[154]의 사판祠板(신주)에 치제致祭하게 하고, 또한 그 날에 다음과 같은 시를 하사하였다.

| | |
|---|---|
| 傾都車馬映朝霞, | 온 장안의 거마車馬가 아침 노을사이로 비추이고, |
| 喬木千章大主家. | 교목喬木 천 그루 공주의 집에 솟아 있네. |
| 賢尉形容如可見, | 현위賢尉(문의공)의 모습은 뵈올 듯하고, |
| 中堂華髮對黃花. | 중당中堂(정명공주)의 흰머리는 국화를 마주하듯. |

또 나의 백종조伯從祖 효안공孝安公[155]이 가을날에 일찍이 숙몽정夙夢亭[156]에서 잔치를 베풀고 유람하였는데, 정조가 총애하여 시를 하사하였다.

| | |
|---|---|
| 人瑞編中最上頭, | 『인서편人瑞編』[157]의 가장 윗자리에 올랐고, |
| 好將洪福贊皇疇. | 홍복洪福을 누리며 천자의 정사를 돕네. |
| 韶顏白髮遲遲日, | 환한 얼굴 흰머리에 더디고 더딘 날이요, |
| 丹木黃花灩灩秋. | 단풍나무 국화꽃에 곱디고운 가을이네. |
| 平地神仙添海屋, | 평지平地의 신선으로 장수를 누리시니, |
| 晚天絲管鬧江樓. | 해질녘 풍악소리 강 누대에 요란하네. |
| 更看八十城西老, | 다시 보리니 도성 서쪽 나이 팔십의 노인이, |
| 車馬應從綠野遊. | 수레와 말을 몰아 푸른 들녘 노니는 것을. |

---

154) 정명공주貞明公主(1603~1685) : 선조宣祖의 첫째 공주. 어머니는 인목대비仁穆大妃. 광해군이 즉위하여 영창대군을 역모 죄로 사사하고 인목대비를 서궁으로 폐출시킬 때 함께 감금되었다. 인조반정仁祖反正 후 공주로 복권되고 홍주원에게 시집을 갔다. 인목대비가 죽은 후 궁중에서 무도한 백서帛書가 나와 의심을 받았으나, 숙종이 즉위하자 후대를 받았다.

155) 효안공孝安公 : 홍낙성洪樂性(1718~1798). 본관은 풍산豊山, 자는 자안子安, 호는 항재恒齋, 시호는 효안孝安. 1744년 문과에 급제하여 벼슬은 영의정에 이르렀으며, 궤장几杖을 하사받고 중추부영사에 전임하여 기로소에 들어갔다.

156) 숙몽정夙夢亭 : 위치는 자세하지 않으나, 이덕무의 「영처시고嬰處詩稿」에 보면 「登漢江洪氏夙夢亭, 又歇古心亭, 亭額尤菴先生筆也」라는 제목의 시가 있는데, 이로 보아 숙몽정은 한강 가에 있었던 홍씨 집안의 정자인 듯하다.

157) 『인서편人瑞編』 : 70세 이상 장수하는 사람의 명부. 장수하는 사람이 많은 것도 선정善政의 일부이다.

대개 임금의 시문은 모두 이와 같다. 그러므로 매양 시문이 쇠잔하고 섬약하지 않도록 아래 사람들에게 금하고 경계했던 것이다. 비록 이 몇 편을 보더라도 대성인의 기상과 규모를 우러러 체득할 수 있을 것이다.

### 宣祖詩

宣廟, 壬午癸未間, 有御製感懷一律, 都下盛傳. 詩曰, "孤抱難攄獨倚樓, 由中百感不勝愁. 月明古殿香烟盡, 風冷疎林夜雪留. 身似相如多抱病, 心如宋玉苦悲秋. 凄凉南內無人問, 雲外鐘聲只自悠." 栗谷, 以此詩氣像悽楚, 規諫甚切, 退而語人曰, "人君固不必吟咏小詩, 且詩意窮苦悲辛, 終當有西顧之憂." 後十年, 當龍蛇之變, 乘輿西狩, 悉如先生所言矣. 古人, 或以詩讖爲戒, 而白傅少時, 嘗有詩曰, "少年已多病, 此身豈堪老." 詩雖不祥, 白公竟行樂富貴, 官禮部尙書, 壽七十五卒, 所謂詩讖, 亦不人人盡然. 但氣像[158]則自當和平, 不當爲無病呻吟也. 宋晏元獻公, 爲詩好富貴語, 每以子美好窮愁語非之. 故其作如'梨花院落溶溶月, 柳絮池塘淡淡風' 是也. 然老杜一生窮愁, 故詩亦窮愁. 若富貴, 則亦必不然, 皆隨所遇而然也. 至於帝王, 則當與匹庶有異. 故唐太宗, '昔乘匹馬去, 今驅萬乘來. 雪耻酬百王, 除凶報千古' 等語, 氣格雄壯. 又宋太祖咏日出詩, '未離海底千山暗, 纔到天中萬國明.' 南唐使徐鉉, 大驚, 至上殿, 呼萬歲. 是以, 我正廟御製詩律, 皆寬大和平. 挹淸樓一絶曰, "南出都門意豁然, 杏花春酒大江前. 笑看多少迷津客, 竟日徊徨水一邊." 又乙卯, 嘗賜祭余七代祖文懿公及貞明貴主祠板, 仍又賜詩於其日, 有曰, "傾都車馬映朝霞, 喬木千章大主家. 賢尉形容如可見, 中堂華髮對黃花." 又余伯從祖孝安公, 秋日嘗宴遊夙夢亭, 以詩寵賜之曰, "人瑞編中最上頭, 好將洪福贊皇疇. 韶顔白髮遲遲日, 丹木黃花灩灩秋. 平地神仙添海屋, 晩天絲管鬧江樓.

158) 서벽외사해외수일본에는 '像'이 '象'으로 되어 있다.

更看八十城西老, 車馬應從綠野遊." 盖上之宸翰聲調, 皆如此. 故每以詩文之衰颯纖仄, 禁戒群下. 雖此數篇, 亦足以仰體大聖人氣象規模矣.

## 종친宗親의 처신

효종孝宗[159]이 봉림대군鳳林大君으로 잠저潛邸[160]에 있을 때, 일찍이 사부인 고산孤山 윤선도尹善道[161]에게 몸을 보호할 방법을 물었다. 그러자 고산은 다음과 같은 시 한 구절을 써서 올렸다.

| | |
|---|---|
| 公子王孫芳樹下, | 공자公子 왕손王孫은 꽃다운 나무 아래에 있고, |
| 清歌妙舞落花前. | 청아한 노래에 아름다운 춤사위 |
| | 꽃잎 떨어지는 앞에 펼쳐지네.[162] |

대개 중국과 우리나라를 막론하고 종친 가운데 빼어난 사람으로서 보신을 잘하여 일생을 잘 마친 자는 드물 것이다. 그러므로 소제蕭齊[163] 때

159) 효종孝宗(1619~1659) : 조선시대 제17대 임금. 본명은 이호李淏, 자는 정연靜淵, 호는 죽오竹梧. 인조의 둘째 아들로 인조 4년(1626) 봉림대군鳳林大君에 봉해졌다. 청나라에 원한을 품고 북벌계획을 세웠으나 죽음으로 인하여 뜻은 이루지 못했다.

160) 잠저潛邸 : 임금이 아직 왕위에 오르기 전에 살던 집이나 또는 그 기간을 말한다.

161) 윤선도尹善道(1587~1671) : 본관은 해남海南, 자는 약이約而, 호는 고산孤山, 시호는 충헌忠憲. 1628년 별시문과의 초시初試에 장원으로 급제하여, 왕자사부王子師傅가 되어 특히 봉림대군鳳林大君을 보도輔導했다. 그의 시조時調는 정철鄭澈의 가사歌辭와 더불어 조선 시가에서 쌍벽을 이루고 있다. 저서에 『고산유고孤山遺稿』가 있다.

162) 본래 유정지劉廷芝의 「대비백두옹代悲白頭翁」 중 한 구절이다.

163) 소제蕭齊 : 남조南朝의 제齊나라. 소씨蕭氏가 나라를 세운 까닭으로 소제蕭齊라고 일컬었으니 대개 북조北朝의 고제高齊를 분별해서 말한다.

소란蕭鸞[164]이 무제武帝의 자손을 다 죽였기 때문에, 여러 왕 가운데에는 대대로 천왕가天王家에 태어나지 말라는 원한을 갖기도 하였다. 이런 까닭으로 당唐나라 선종宣宗[165]은 제왕諸王이었던 시절에 매양 덕을 감추고 타고난 재주를 숨겼다. 그러므로 사람들은 그를 헤아릴 수 없었는데 그를 맞이해 세워 제왕이 된 뒤에야 총명하고 슬기로움이 빼어나 겉으로 드러나니, 궁녀와 내시에서부터 궁궐 밖에 이르기까지 뭇 신하들이 비로소 그가 빼어난 군주임을 알았다.

옛날에 안평대군安平大君[166] 이용李瑢은 왕자로서 세조(수양대군)의 친동생인데 재주가 있고 문장에 능하였으며, 또한 글씨 잘 쓰는 것으로 천하에 유명했다. 그러나 재주를 믿어 교만하고 방자하며 호화롭고 사치함이 정도를 지나쳤는데, 항상 술자리를 성대히 베풀었고 화려한 가마와 수레가 문 앞에 가득하였다. 또한 강가에 비해당匪懈堂을 지었는데 문전성시門前成市를 이루었으며 날마다 시 짓는 것을 성사盛事로 여겼다. 그러므로 태허太虛 최항崔恒[167]도 또한 「비해당 48영匪懈堂四十八咏」을 지었는데, 그 문집 가운데 실려 있으므로 볼 수가 있다. 그러나 스스로 삼가지 아니하는 까닭으로 "한 자의 베도 기울 수 있고 한 말의 곡식도 찧어 먹을 수 있지만, 형제 두 사람은 서로 용납하지 못하네"[168]라는 노래

164) 소란蕭鸞 : 제齊나라 명제明帝. 소도성蕭道成의 아들. 이름은 란鸞, 자는 경서景栖. 성품에 시기심이 많아서 고제高帝와 무제武帝의 여러 아들을 거의 다 죽였다. 연호는 건무建武・영태永泰이고 묘호를 고종高宗이라 하였다.

165) 선종宣宗 : 당나라 제16대 왕. 본명은 이침李忱. 헌종憲宗의 열세 번째 아들이다.

166) 안평대군安平大君(1418~1453) : 이용李瑢. 자는 청지淸之, 호는 비해당匪懈堂・낭간거사琅玕居士・매죽헌梅竹軒. 세종 10년(1428)에 안평대군에 봉해졌다. 시문詩文에 뛰어났고 당대의 명필名筆이며 그림과 가야금에도 일가를 이루었다.

167) 최항崔恒(1409~1474) : 본관은 삭녕朔寧, 자는 정보貞父, 호는 태허정太虛亭・동량幢梁, 시호는 문정文靖. 1434년(세종 16) 알성문과謁聖文科에 급제하여 벼슬이 영의정에 이르렀다. 저서에 『태허정집太虛亭集』 등이 있다.

168) "한 자의 …… 못하네" : 한漢나라 문제文帝 때에 그의 형인 회남왕淮南王이 반역을 꾀하다가 발각되어 촉중蜀中으로 귀양 가서 죽었다. 그러자 백성들이 노래를 지어, "한 자의 베[尺布]도 기울 수 있고 한 말의 곡식[斗粟]도 찧어 먹을 수 있지만, 형제 두 사람은 서로 용납하지 못하네"라고 하였다. 여기서는 안평대군이 수양대군에게

가 불려지게 되었으니, 어찌 두렵지 않은가?

예컨대 무풍부정茂豊副正[169]의 다섯 부자父子는 같은 날에 화를 당했고, 주계군朱溪君 이심원李深源,[170] 수천부정秀泉副正 이정은李貞恩[171] 등의 여러 공은 모두 현명한 종친이었으나 또한 화를 벗어나지는 못했으니, 이것은 폐조廢朝의 무도한 세상을 만났기 때문이다. 유독 월산대군月山大君[172]은 덕종德宗[173]의 장남으로 또한 노래와 시에 능했고, 풍월정風月亭을 지어서 평생을 즐겼으나 끝내 화를 당하지 않았으니 이것은 요행이었다. 이것으로 보건대 고산孤山의 의논은 비록 올바른 방법이 아니었지만, 또한 식견이 없는 것도 아니다.

尹孤山

孝廟, 以鳳林大君, 在潛邸時, 嘗問保身之道於師傅尹孤山善道. 孤山以"公子王孫芳樹下, 淸歌妙舞落花前"一句書進. 蓋無論中國與我國, 宗英之能善保而令終者, 鮮矣. 故蕭齊時, 蕭鸞盡殺武帝之孫. 故諸王中有世世勿生天王家之怨恨矣. 是以, 唐宣宗爲諸王時, 每潛德晦光. 故人莫測焉, 至迎立爲帝, 然後聰明才智, 拔出意表, 自宮掖至

---

죽임당한 것을 말한다.

169) 무풍부정茂豊副正 : 이총李摠(?~1504). 태종의 증손. 자는 백원百源. 시에 능하였고 거문고를 잘 탔다. 양화도楊花渡에 별장을 짓고 살면서 시인묵객들을 맞이하여 날마다 시를 지었는데, 지은 시가 무려 천백 편에 달하였다. 서호주인西湖主人이라 자호하였다. 무오년에 장류杖流 되었다.

170) 이심원李深源(1454~1504) : 효령대군의 손자. 자는 백연伯淵, 호는 성광醒狂·묵재默齋.

171) 이정은李貞恩(생몰년 미상) : 자는 정중正中, 호는 월호月湖·설창雪窓·남곡嵐谷. 태종의 아들인 익녕문益寧君의 아들이다. 일찍이 수천부정秀川副正에 봉해졌다가 도정에 올랐다. 인품이 독실하고 돈후하며, 식견과 도량이 있었다.

172) 월산대군月山大君(1454~1488) : 본명은 이정李婷, 자는 자미子美, 호는 풍월정風月亭. 덕종德宗의 맏아들. 성종 2년(1471)에 월산대군에 봉해졌다. 성종이 자주 그의 집에 드나들고 그의 정자를 풍월정風月亭이라 이름 짓고 근체近體 오언율시五言律詩를 친히 지어 주었다.

173) 덕종德宗(1438~1457) : 본명은 이장李暲, 자는 원명原明. 세조 1년(1455)에 왕세자王世子로 책봉되었으나 즉위하기 이전에 죽었다. 성종 2년(1471)에 덕종으로 추존追尊되었다.

外庭, 群下始知其英主也. 昔安平大君瑢, 以王子爲光廟之親弟, 而有才能文, 又以善書名天下. 然而恃才驕恣, 豪侈過度, 常置酒高會, 軒駟盈門. 又起匪懈堂於江干, 其門如市, 日以詞翰爲盛事. 故崔太虛恒, 亦有「匪懈堂四十八咏」, 載其集中, 可見也. 然而不能自愼, 故未免致尺布斗粟之謠, 可不懼哉? 如茂豊副正五父子, 同日被禍, 朱溪君深源秀泉副正貞恩諸公, 皆賢宗, 而亦未免禍, 是則適當廢朝無道之世故也. 獨月山大君, 以德宗第一子, 亦能聲詩, 作風月亭, 娛樂一生, 而卒無事焉, 此則幸也. 以此觀之, 孤山之論, 雖非正道, 亦非無見也.

## 효종孝宗과 윤강尹絳의 일화

효종孝宗이 일찍이 후원에 작은 정자를 하나 지었는데 부제학副提學 윤강尹絳[174]이 상소를 올려 극진히 말하기를,

"백성은 곤궁하고 재물은 고갈되었는데, 토목 공사를 일으킨 것은 마땅하지 아니합니다."

라고 하니, 말이 매우 절실하고 올곧았다. 효종이 비답批答을 너그럽게 하고 인하여 표범 가죽 한 벌을 하사해서 직언에 대해 상을 주도록 하고서, 다시 부제학이 직접 입시하여 받도록 명하였다. 윤공이 할 수 없이 대궐에 이르자, 효종은 또 명하여 후원에 들어와 기다리도록 하였고, 다시 부제학이 홀로 들어오기를 명하고 승지承旨와 사관史官은 모두 들어오는 것을 허락하지 않았다. 마침내 윤공이 홀로 앞에 나아가

174) 윤강尹絳(1597~1667) : 본관은 파평坡平, 자는 자준子駿, 호는 무곡無谷. 1624년(인조 2) 증광문과에 병과로 급제하여 벼슬이 대사헌에 이르렀다.

서 이르자, 효종은 바야흐로 새로 지은 정자에 앉아 있다가 매우 노해서 꾸짖어 말하기를,

"이 정자는 몇 칸에 불과하다. 설령 네가 이 정자를 짓는다 해도 비용이 얼마나 되겠느냐? 나는 천승지국千乘之國의 임금으로 몇 칸의 집을 지었을 뿐인데 과연 나라를 망치는 일이더냐? 너는 이름을 얻고자 직언을 하였으니 후세의 급암汲黯[175]이 될 것이지만 나는 무도한 임금이 될 것이다."

하고는 드디어 수하에게 곤장 한 대를 내려치라고 명하였다. 윤공이 힘써 말하기를

"유신儒臣에게 욕을 보여서는 안 됩니다."

라고 아뢰었으나, 이미 좌우 수하에게 붙잡혀 끌려가서 어쩔 수 없었다. 효종이 마침내 친히 표범 가죽을 주고, 또한 그 자리에서 사은謝恩하도록 명하고서 재차 말하였다.

"곤장을 받은 부제학과 곤장으로 다스린 임금은 모두 부끄러우니 이런 임금과 신하를 장차 어디에 쓰겠는가. 너는 비록 돌아가서 집안사람들을 보더라도 이 일이 새어나가지 않도록 조심하라."

윤공은 비록 이 일을 말하지 않았으나 그 날로 도읍 사람이 대부분 듣고 알았다. 뒤에 우옹尤翁(송시열)[176]이 봉사封事를 올려 임금이 실덕失德하였음을 크게 말했다. 심지어, "옥서玉署(홍문관)의 신하가 엉덩이를 드러내고 피부에 상처가 났다"한 것이 이것이다. 윤공은 호가 무곡無谷으

---

175) 급암汲黯(?~B.C.112) : 한漢나라 때 복양濮陽 사람. 자는 장유長孺. 매우 강직하였기 때문에 '급직汲直'이라 불렸다. 기절을 숭상하였고, 황노黃老의 학설을 배워 일 처리가 청정淸靜하다는 평가를 받았다. 곧은 말을 꺼리지 않아, 한무제가 '옛날의 사직社稷의 신하에 가깝다'고 하였다. 관직이 회양태수淮陽太守에 이르렀다.

176) 우옹尤翁 : 송시열宋時烈(1607~1689). 본관은 은진恩津, 아명은 성뢰聖賚, 자는 영보英甫, 호는 우암尤菴·화양동주華陽洞主, 시호는 문정文正. 효종과 함께 북벌계획을 추진하였고, 예론禮論에 밝아 남인의 허목許穆과 대립하였다. 이이李珥의 학통을 이어 기호학파의 주류를 이루었다. 성격이 과격하여 많은 정적政敵을 가졌으나 뛰어난 학식으로 많은 학자를 길러냈다. 저서에 『송자대전宋子大全』 등이 있다.

로 벼슬은 판서에 그쳤으며, 윤지완尹趾完[177]과 윤지선尹趾善[178] 두 재상은 모두 그 아들이다. 아마도 효종의 이 일은 성덕에 있어서 비록 혹 지나친 일이기는 하나, 우연히 한 번 격노하는데 그쳐 마치 일식·월식과 같을 뿐이었다.[179] 그러나 중국은 비록 대신들이라도 황문黃門(환관)에게 명령해서 걸핏하면 정장廷杖[180]으로 다스렸다. 서애西涯[181] 같은 여러 공들도 모두 팔십 내지 백대에 이르는 곤장을 면하지 못하였으니, 임금이 신하를 예로써 대하는 의리가 어디에 있는가? 우리나라는 법령이 너그러워, 신하 가운데 죄가 가벼운 경우는 곤장을 모두 형률에 비추어 돈을 받고 속죄시켜 주었다. 근래에 헌종憲宗[182] 정미·무신(1847~1848) 사이에 홀연히 교지를 내려서 형률을 무겁게 하면 반드시 죄를 범함이 없을 것이라 하였다. 그러자 뒤에 왕부王府(의금부)에서 형률을 따질 때에 곤장을 결행하고 돈을 받고 속죄시켜 주지 않으려고 하였다. 당시 대신 박회수朴晦壽[183]는 역대의 임금들이 시행하지 않은 것을 전하로부터 시작하는 것은 마땅하지 않다고 하여, 임금을 뵙고 힘써 간쟁諫爭하고서야 중지되었다.

---

177) 윤지완尹趾完(1635~1718) : 본관은 파평坡平, 자는 숙린叔麟, 호는 동산東山, 시호는 충정忠正. 1662년(현종 3) 증광문과에 을과로 급제하여 벼슬이 우의정에 이르렀다.

178) 윤지선尹趾善(1627~1704) : 본관은 파평坡平, 자는 중린仲麟, 호는 두포杜浦. 1660년(현종 1) 진사가 되고, 2년 뒤 증광문과에 병과로 급제하여 벼슬이 좌의정에 이르렀다. 온건한 성품으로 당화黨禍를 입지 않고 숙종의 측근자로서 총애를 받았다.

179) 일식·월식과 같을 뿐이었다 : 일식과 월식은 해와 달이 없어지면 다시 나타나기를 우러러 바라기 때문에 임금의 잘못은 고치면 그만이라는 의미이다.

180) 정장廷杖 : 명明나라 때 황제가 관원을 처벌하는 가혹한 형벌. 궁궐의 계단 아래에서 조정의 신하를 장형杖刑으로 다스렸는데, 심지어 죽은 사람도 있었다고 한다.

181) 서애西涯 : 이동양李東陽(1447~1516). 명明나라 때 시인. 자는 빈지賓之, 호는 서애西涯, 시호는 문정文正. 효종孝宗 때 관직이 문연각대학사文淵閣大學士에 이르렀다. 저서에 『회덕당집懷德堂集』 등이 있다.

182) 헌종憲宗(1827~1849) : 조선시대 제24대 왕. 본명은 이환李奐. 자는 문응文應. 호는 원헌元軒. 익종翼宗의 아들로 1841년 비로소 친정親政하게 되었으나 삼정三政의 문란과 국정의 혼란으로 더욱 민생고가 가중되었다.

183) 박회수朴晦壽(1786~1861) : 본관은 반남潘南, 자는 자목子木, 호는 호곡壺谷, 시호는 숙헌肅獻. 1816년(순조 16) 정시문과에 병과로 급제하여 벼슬이 좌의정에 이르렀다.

玉署之臣

孝廟, 嘗於內苑構一小亭, 副提學尹絳, 上疏極言, 民窮財竭, 不當興土木之事, 辭甚切直. 上優批, 仍賜豹皮一領, 以賞直言, 又命副學入侍自受, 尹公不得已詣闕. 上又命來待後苑, 亦令副學獨入, 承旨史官皆勿許入. 尹公遂獨行至前, 上方坐其新構小亭, 盛怒厲聲曰, "此亭不過數楹矣, 使汝構此, 費當幾許? 吾以千乘之君, 作數間屋子, 果足亡國乎? 汝則要名沽直, 爲後世之汲黯, 而吾則爲無道之君矣." 遂命捽下杖棍一度, 尹公力言儒臣不可示辱. 然已被左右捽曳, 無如何矣. 上乃親授豹皮, 又命當前謝恩, 更教曰, "受杖之副學, 杖治之人君, 皆羞恥也, 將焉用此君臣爲? 汝雖歸見家人, 愼無泄露." 尹雖不言, 當日都下, 皆聞知. 後尤翁, 上封事, 盛言上失德. 至曰, "玉署之臣, 露臂決膚." 卽此也. 尹公, 號無谷, 官止判書, 趾完趾善二相, 皆其子也. 盖孝廟此事, 在聖德, 雖或過中, 偶一激怒爾, 如日月之食. 而皇明則雖大臣, 令小黃門, 動輒廷杖. 如西涯諸公, 皆未免杖至八十或一百, 安有君使臣以禮之義哉? 本朝立法寬仁, 臣隣罪輕者, 杖皆照律收贖而已. 近在憲廟丁未戊申間, 忽有教以爲律重則必無犯罪. 後之王府, 勘律皆欲決杖而不贖. 時, 大臣朴公晦壽, 以爲祖宗所不行者, 不當自殿下創行, 面陳力爭乃止.

## 정조의 문장

예로부터 제왕으로서 문장에 뛰어난 자는 각 시대마다 있었으나 우리 정조대왕 같은 경우는 보지 못했다. 은하수와 같은 문장은 막대博大하고

창명昌明하여, 진실로 작가로서 고문의 법도를 잃지 않았다. 아, 성대하구나. 정조가 지은 시문은 총 22권이며, 내각內閣(규장각)의 여러 공들이 또한 각종의 저서를 비교하여 바로잡았고, 『일득록日得錄』[184]과 『심리록審理錄』[185]을 아울러서 『홍재전서弘齋全書』[186]라 이름하고 모두 100권을 편찬해 건릉健陵의 무덤에 넣고 경모궁景慕宮[187]과 내각內閣·춘방春坊[188] 등에 나누어 보관했으니, 이 또한 역대에 없는 일이었다. 중국에서 제왕의 시문으로 성대한 경우는 또한 청淸나라 고종高宗 만한 사람이 없었다. 고종이 낙선당樂善堂[189]에서 지은 시는 『잠저집潛邸集』에서부터 건륭乾隆 연간 계묘년(1783)의 3, 4집에 이르기까지 『사고전서四庫全書』[190]에 편입된 것이 3만 4천여 수나 될 만큼 많으나, 당시 고종의 나이는 이미 73세였다. 계묘년부터 기미년(1799) 89세로 죽을 때까지 17년 동안 지은 것은 몇 천 수가 되는지 알 수 없다. 비록 당·송 시인으로 향산香山(백거이)·방옹放翁(육유) 같은 이들도 시음詩淫[191]이라고 부르지만 오히려 고종처럼 많은

---

184) 『일득록日得錄』: 조선시대 정조의 일기로 활자본 18권이다. 시대순으로 배열되어 있고, 경연經筵 등의 제반행사에서 대신·각료·유생들과 나눈 대화와 전교가 수록되어 있다.

185) 『심리록審理錄』: 32권 6책 사본으로, 정조 재위 25년간의 판례집. 1784년(정조 8)에 홍인호洪仁浩가 왕명에 의해 1776년(영조 52) 이후의 판례를 편수編修하고 1799년(정조 23)에 그의 아우 홍의호洪義浩가 다시 왕명을 받아 계속하여 1801년(순조 1)에 완성하였다.

186) 『홍재전서弘齋全書』: 184권 100책의 인본. 정조의 시문·윤음綸音·교지敎旨와 기타 편저의 전집으로, 1799년(정조 23)에 규장각에서 편찬하고 1814년(순조 14)에 간행하였다.

187) 경모궁景慕宮: 사도세자와 그의 비 헌경왕후獻敬王后의 사당으로 창덕궁 안에 있으며, 경모전景慕殿이라고 한다.

188) 춘방春坊: 세자시강원世子侍講院. 태조 초에 설치한 태자관속太子官屬을 후에 개칭한 것으로 왕세자를 모시고 경서와 사적을 강의하며 도의를 가르치는 임무를 담당하였다. 1894년(고종 31) 갑오경장 때 폐지되었다.

189) 낙선당樂善堂: 청淸나라 고종의 집 이름이다.

190) 『사고전서四庫全書』: 청淸 건륭乾隆 37년에 조서를 내려 사고전서관을 열어 중비中祕에 감춰진 책을 다 발굴하여 미진한 것은 복구하고 온 나라의 서적을 구하여 관신館臣들이 선별적으로 골라 수록한 것이다.

191) 시음詩淫: 시에 빠진 사람.

데는 미치지 못한다. 비록 장수를 누려서이긴 하지만, 역시 장한 일이다. 다만 그 시문이 경솔히 지은 것이 많고, 애초에 잘 다듬지 않았으며 양만 풍부할 뿐이니 우리 정조에게는 훨씬 미치지 못한다.

正宗大王文章

自古, 帝王之長於文詞者, 代各有之. 然終未見如我朝正宗大王, 雲漢文章, 博大昌明, 洵不失作家古文之規度, 嗚呼盛哉. 御製詩文, 摠二十二卷. 內閣諸公, 又較整各種諸書, 幷日得錄審理錄, 摠名弘齋全書, 合編一百卷, 納于健陵之幽宮, 又分貯景慕宮及內閣春坊等處, 亦歷代所未有也. 在中州則帝王詩文之繁富, 又無如淸高宗. 其樂善堂所著詩, 自潛邸集至乾隆癸卯三集四集之編入四庫全書者, 爲三萬四千餘首之多, 而其時高宗年已七十三. 自癸卯至己未壽八十九崩, 其間十七年所作, 又不知當爲幾千首也. 雖唐宋詩人, 如香山放翁, 號爲詩淫者, 尙未至如是之多. 雖其享有大耋, 吁亦壯矣, 但其詩文, 多出率爾. 初無裁剪, 富博而已, 不及我正廟遠甚.

## 순조純祖

순조는 성인의 도량을 갖춘 데다 관대하고 인자하여 재위하는 34년 동안 즐거워하거나 성내는 감정을 밖으로 드러내지 않았다. 그러므로 일찍이 한 사람도 죄 없이 죽이지 않았고, 또한 일찍이 한 사람도 죄 없이 죄를 주지 않았다. 재위기간 동안 형벌을 받아 죽은 자가 비록 많기는 하였으나 저들은 모두 스스로 하늘이 내린 죽음의 형벌을 범한 것이었을 뿐이니, 이것은 역대로 이전에 없었던 일이다. 이런 까닭으로 비록 일개 벼슬아치의 관직을 낮추거나 빼앗는 일도 모두 삼가고 안타까워하여 차마 하지 못하였으니 덕의 지극함이다. 하지만 나이가 중년에 이르기 전에, 이미 익종翼宗[192]과 명온明溫·복온福溫 두 공주가 모두 재위에 있을 때 죽었고, 헌종憲宗마저 끝내 또한 후사 없이 죽었으니, 천도天道의 불분명함이 이같이 심하였다. 임금의 검소한 덕은 천성에서 나온 것이라, 또한 검소함을 숭상하는 데 뜻을 두지 않았다. 옛날에 이광려李匡呂[193]가 영조의 만사挽詞를 지은 것이 있는데 다음과 같다.

| | |
|---|---|
| 人盡自知儉, | 사람들은 모두 스스로 검소함을 안다고 하나, |
| 吾王不自知. | 우리 임금 스스로 알지 못하는구나.[194] |

이 말은 다만 영조의 검소한 덕에 해당될 뿐 아니라, 순조 또한 그러하다. 순조가 하늘을 공경하고 조상을 본받으며 어진 이를 높이고 백성을 사랑한 것은 모두 지극한 성품이다. 그러므로 『논어』·『맹자』 등의 책을 매번 펴보고자 하면 반드시 환수宦竪(환관)에게 명하여 어느 책 몇 권을 가져오게 하여, 혹 방자한 말로써 소홀히 하지 않았다. 일찍이 스스로 호를 순재純齋라 하였고, 또한 일찍이 벼루 뚜껑이나 혹은 종이에다 매번 손수 '순종純宗' 2자를 썼다. 그런데 뒤에 마침내 '순純'자로서 묘호廟號를 올렸으니, 중국 전대前代에도 실로 이런 묘호가 없었는데 우연히

---

192) 익종翼宗(1809~1830) : 순조의 세자. 본명은 이대李旲, 자는 덕인德寅, 호는 경헌敬軒, 시호는 효명孝明, 묘호는 문호文祜. 1812년(순조 12)에 왕세자로 책봉되었고, 대리청정代理聽政하다가 4년 만에 죽었다. 익종으로 추존되고, 능은 수릉綏陵이다.

193) 이광려李匡呂(1720~1783) : 본관은 전주全州, 자는 성재聖齋, 호는 월암月巖·칠탄七灘. 학행으로 천거되어 참봉에 임명된 적이 있을 뿐 관직에 나아가지 않았다. 세상을 떠난 뒤에 문인들이 유고를 모아 『이참봉집李參奉集』을 간행하였다.

194) 『이참봉집李參奉集』 권2 「영종대왕만사英宗大王挽詞」 총10수 중 제5수. "昌菹猶見嗜, 漆器尚堪規. 我聖澹無好, 儉宜萬世師. 陳衣餘故浣, 在列咸摧澌. 人盡自知儉, 先王不自知."

임금의 뜻과 서로 부합하니 기이하다. 지금 임금이 등극함에 이르러 이학수李鶴秀[195]가 '사악함을 물리치고 난리를 없애 공열功烈이 우뚝하다'[196]고 상소하여 순조 묘호를 고쳐 올릴 것을 청하였으니,[197] 죽은 임금의 성덕을 잊지 못함에 거의 유감이 없을 것이다.

純祖

純廟聖度寬仁, 在位三十四年, 喜怒不形. 故未嘗殺一不辜, 亦未嘗罪一不辜. 其間伏法者, 雖多, 彼皆自干天誅耳, 此則列朝所未有也. 是以, 雖一庶僚, 降官落職, 亦皆愼惜不忍焉, 德之至也. 而壽不及中身, 翼宗及明溫福溫二公主, 皆喪逝於在宥之日, 憲廟竟又無嗣而薨, 天道夢夢, 至此甚也. 上儉德出於天性, 亦不留意於崇儉. 昔李匡呂英廟挽詞有曰, '人盡自知儉, 吾王不自知.' 此語非但爲英廟儉德, 純廟亦然矣. 純廟敬天法祖, 尊賢愛民, 皆至性. 故論語孟子等書, 每欲披閱, 必命宦豎, 使之奉來某書某卷, 未或以慢語忽之. 嘗自號純齋, 又嘗於硯盖或紙面, 每手書純宗二字, 後竟以純字上廟號. 中國前代, 實無此號, 而偶與上意相符, 異哉. 至今上御極, 李公鶴秀, 以闢邪戡亂功烈巍蕩上疏, 請改上純祖廟號, 庶幾無憾於於戱不忘之盛德耶.

195) 이학수李鶴秀(생몰년 미상) : 본관은 연안延安, 자는 자고子皐, 호는 단고丹皐.
196) '사악함을 …… 우뚝하다' : 천주교를 탄압하고 홍경래난을 진압한 업적을 말한다.
197) 상소하여 …… 청하였으니 : '순종純宗'을 한 등급 올려 '순조純祖'로 고친 사실을 가리킨다.

## 우리나라의 지리

우리나라는 동쪽 영남嶺南의 영해寧海[198]로부터 서쪽 해서海西의 풍천豊天[199]까지 천 리가 되며, 남쪽 끝 호남湖南의 해남海南에서 북쪽 관북關北의 서수라西水羅[200]에 이르기까지 삼천 사백 리가 되니, 둘레가 만여 리나 된다. 비록 작다고는 말하나, 국토의 크기를 논하자면 저 옛날의 전국戰國시대에 견주더라도 오히려 연燕이나 조趙보다 크다. 그러나 천 리 되는 평야가 없고 만 가구가 되는 고을도 없으며, 높은 데 올라서 바라보면 밭두둑 사이로 난 길은 구불구불하여 마치 뱀이 꿈틀거리고 지렁이가 기어가는 듯하며, 군·현의 사람과 만물이 모인 것은 벌떼가 모이고 개미가 모여드는 듯하다. 태반은 험난한 산골짜기 사이에 의지해 붙어 있고, 초가집은 땅에 붙어 있어 마치 기와와 조약돌에 귀뚜라미가 달라붙은 것 같으니 그 가난하고 연약함이 또한 가련하다. 무릇 어디에 성곽과 궁실의 진귀하고 화려한 장관이 있겠는가.

그러나 금·은·구리·철의 생산과 물고기·소금·크고 작은 대나무의 이익은 도처에서 얻을 수 있다. 또한 남만南蠻의 장사꾼과 해외 선박의 왕래와 무역이 없다. 그러므로 물건과 재화가 우리나라에서 생산되어 마침내 우리나라에서 소비되니, 마땅히 편안하게 일에 종사하고 즐겁게 생활하며 집집마다 풍족하고 사람마다 넉넉하였다.

또 선조 대의 임진왜란과 인조 대의 병자호란 이후로는 국경을 지키고 이웃 나라와 화목하여 부고桴鼓로 사람을 놀라게 하는 일이 없어서 모두 잘 다스려져 편안하여, 닭과 개의 울음이 서로 들리고 밥하는 연기

198) 영해寧海 : 경상북도 영덕군 지방을 말한다.
199) 풍천豊川 : 황해도 송화군에 있는 지명이다.
200) 서수라西水羅 : 함북 경흥군에 있는 지방이다. 일출로 유명하다.

가 서로 보이게 되어 병기와 갑옷이 어떠한 물건인지 전혀 몰랐다. 수백 년 동안 병사를 모집하여 변방에 수자리 나가는 고통이 없었으며, 굶주린 백성에게 먹을 것을 공급하고자 식량을 운반하는 수고로움이 없었다.

바야흐로 지금 나라의 안팎이 관대冠帶를 갖추고 옷과 신발을 착용하여 청정한 낙토가 되었으니 우리나라와 같은 곳은 없다. 그런데 나라에는 일 년 동안 먹을 저축이 없고, 백성에게 온 집안의 즐거움이 없어서 상하가 근심하고 한탄하며 허둥지둥하여 마치 아침저녁으로 숨이 끊어질 병을 앓고 있는 듯하니, 이것이 무슨 연고인가?

가령 관중管仲[201]이 나라를 다스리고 이회李悝[202]가 땅을 측량하고 유안劉晏[203]이 재화를 다스린다면, 혹 기사회생起死回生할 좋은 약을 처방할 수도 있을 것이다. 그러나 그런 사람들이 아니라면 그 책략 또한 없을 것이다. 옛말에 이르기를

"인재[材]는 다른 시대에서 빌릴 수 없다."

라 했으니 또한 어찌 지금 시대에 관중·이회·유안 같은 사람이 없다고 단정 지을 수 있겠는가? 공자가 말하기를,

"빈말을 하여 시행하지 못하는 것은 시행한 일이 매우 적절하고 환히 드러났는지 보는 것만 못하다."[204]

---

201) 관중管仲(?~B.C.645) : 춘추시대 제齊나라 재상. 이름은 이오夷吾, 중仲은 그의 자. 환공桓公을 섬겨 정승이 되어 부국강병에 힘쓰고, 제후를 규합하여 환공으로 하여금 천하를 광정匡正하여 오패五覇의 으뜸이 되게 하였다. 저서로 알려진 『관자管子』는 후세 사람들에 의하여 가필된 것으로 여겨지고 있다.

202) 이회李悝(B.C.455~B.C.395) : 전국시대 위魏나라 사람. '이리里悝'라고도 한다. 문후文候를 섬겼으며 「진지력교盡地力敎」를 지었고 '평적법平糴法'을 고안, 위나라의 부국강병에 크게 기여했다. 그는 농사를 권장하여 생산력을 높였으며, 풍년이 든 해에는 곡식을 많이 거두어들였다가 흉년이 든 해에 이를 풀어 농사를 짓는 사람도 손해를 보지 않고 다른 일반 백성들도 편안히 살 수 있게 하였다. 『한서漢書』 권24에 그 사실이 나온다.

203) 유안劉晏(?~B.C.780) : 당唐나라 때 사람. 자는 사안士安. 그는 재물財物을 잘 관리해서, 일찍이 이부상서吏部尙書와 전운사轉運使 등의 직임을 맡아, 해마다 강회江淮에서 생산되는 곡식 40만 곡斛을 운송하여 관중關中의 식량난을 해결하였다. 후대에는 이재理財를 잘하는 사람의 대명사로 쓰인다. 『구당서舊唐書』 권49에 그 사실이 나온다.

고 했으니 뒷날의 군자에게 거의 간절히 바라는 것이다.

我國地勢

我東, 東自嶺南之寧海, 西至海西之豊川, 爲千里, 南極湖南之海南, 北抵關北之西水羅, 爲三千四百里, 周回則洽當爲萬餘里也. 雖曰偏小, 論其幅員, 比諸古之戰國, 猶大於燕趙矣. 然無千里之野, 少萬家之邑. 登高而望, 則畦塍道里之縈廻, 蛇蟠而蚓屈, 郡縣人物之都會, 蜂屯而蟻聚. 太半, 依付於崎嶇山谷之間, 藁屋撲地, 若瓦礫之有蟋蟀, 其所窶窽呰窳, 亦可憐. 夫安有城郭宮室瓌奇鉅麗之大觀也. 然金銀銅鐵之産, 魚塩竹箭之利, 在在可求, 亦無蠻商海舶之往來貿遷. 故物貨之生於我國者, 終亦消於我國, 宜其安業樂生, 家給人足. 且自宣廟壬辰仁祖丙子以後, 保疆睦隣, 桴鼓不警人, 皆恬嬉乂晏, 鷄狗相聞, 烟火相望, 了不知金革之爲何物者. 數百餘年, 無徵兵戍邊之苦, 無給餉運糧之勞, 而方今四海內外, 能冠帶衣履, 爲一片乾淨之樂土, 莫如我國. 然而國無一年之蓄, 民無全家之歡, 上下愁歎遑遑, 若朝夕垂盡之病, 此曷故也. 如使管仲治國, 李悝量地, 劉晏理財, 則或可試起死回生之良劑, 而非其人, 則無其術矣. 古語云, "材不借於異代." 亦安知無今日之管仲李悝劉晏也. 孔子曰, "空言而無施, 不如見之行事之深切著明." 庶幾厚望於後之君子也.

204) 공자가 말하기를 …… 못하다" : 『사기史記』 「태사공자서太史公自序」 참조. "孔子曰 我欲載之空言, 不如見之於行事之深切著明也."

## 붕당의 폐해

예로부터 붕당의 화는 끝내 나라를 망하게 하니, 예컨대 동한東漢의 감릉甘陵 남북부南北部[205]와 당唐나라의 우牛·이李[206]와 명明나라의 동림당東林黨[207] 같은 것이 바로 이것이다. 그러므로 당唐나라 문종文宗은 심지어 이런 말을 하였다.

"하북河北의 역적을 제거하는 것은 쉬우나, 붕당을 제거하는 것은 어렵다."

이것은 비록 임금이 실언失言한 것이기는 하지만, 마침내 화란禍亂을 초래하여 탁류濁流에 던져짐을 면하지 못하였으니, 임금으로서도 붕당에 대해 또한 어찌할 수 없었던 것이다.

오직 우리 조정은 그렇지 않아 붕당의 논쟁은 선조 을해년(1575)에 시

---

205) 감릉남북부甘陵南北部 : 후한의 환제桓帝가 황제가 되기 전에 여오후蠡吾侯로 있을 때, 감릉의 주복周福에게 수학하였다. 즉위하여 복福을 추천하여 상서尙書로 삼았다. 그 당시에 같은 군郡 사람으로 하남윤河南尹으로 있는 방식房植이 조정에서 명망이 있었으므로, 향리 사람들이 노래를 부르기를, '천하에서 법도로 삼는 방백무이고, 스승 됨을 인해서 관인을 찬 주중진[天下規矩房伯武, 因師獲印周仲進]'이라 하였다. 그러자 두 집안의 빈객賓客들이 서로 상대방을 기롱하면서 드디어 각각 붕도朋徒를 세워 점차적으로 틈이 벌어지게 되었다. 이로 말미암아 감릉에 남부南部와 북부北部가 있게 되었고, 당인黨人이라는 말이 이로부터 생겨나게 되었으며, 사대부들이 당을 세우는 것이 여기에서 비롯되었다. 『후한서後漢書』「당고전서黨錮傳序」 참조.

206) 우牛·이李 : 당나라 문종文宗 때의 대신 우승유牛僧孺와 이종민李宗閔의 병칭. 이들은 당을 결성하여 이길보李吉甫·이덕유李德裕 부자父子와 대립하였다.

207) 동림당東林黨 : 명明나라 때 고헌성顧憲成이 세웠던 당파 이름이다. 명나라 만력萬曆 연간에 이부낭중吏部郎中으로 있던 고헌성이 체직되어 향리로 돌아간 뒤에 무석無錫의 동림서원東林書院을 중건重建 하고는 고반룡高攀龍 등 여러 사람들과 강학하면서 조정의 정사에 대해서 비평하였는데, 명류名流들이 이에 호응하여 이름이 크게 드러났으므로 그들을 가리켜 동림당東林黨이라고 하였다. 그 뒤 천계天啓 연간에 환관宦官 위충현魏忠賢이 전권專權하는 것을 반대하여 대항하다가 혹독한 죄를 당하였다. 숭정崇禎이 즉위한 뒤 위충현이 세력을 잃고 사망하자, 비로소 당금黨禁이 풀렸다. 『명사明史』「고헌성열전顧憲成列傳」 참조.

작되었으나, 처음에는 심의겸沈義謙[208]과 김효원金孝元[209] 두 사람이 서로의 시비를 가리고자 한 것에 불과하였다. 한 사람은 동인東人이 되고 다른 사람은 서인西人이 되어 떠들어대기를 마지않았으니, '이쪽이 잘했고, 저쪽이 못하였다'고 하는 것은 모두 일삼을 만한 것이 못되었다. 그러므로 율곡栗谷(이이)은 '양쪽이 모두 옳고 둘 다 그르다(兩是雙非)'라고 하여 서로 화해시키려 하였으나 이루어지지 않았다. 처음에는 작은 개울물이었다가 결국에는 큰 강물이 되었다.

동인은 나누어져 남인南人과 북인北人이 되고, 북인은 또 갈라져 대북大北·소북小北·중북中北·골북骨北[210]·육북肉北[211]·청북淸北[212]·탁북濁北[213]이 되고, 서인은 나누어져 노서老西·소서少西·공서功西·호서湖西·한서漢西가 되어 각자 이름이 있었다. 숙종肅宗 때에 이르러 회懷·니尼[214]가 나와 비로소 사문斯文에 큰 시비가 일어났다. 그러나 또한

---

208) 심의겸沈義謙(1535~1587) : 본관은 청송靑松, 자는 방숙方叔, 호는 손암巽菴·간암艮菴·황재黃齋. 이황李滉의 문인으로, 김효원金孝元과 대립하여 당쟁의 불씨를 일으켰다.

209) 김효원金孝元(1532~1509) : 본관은 선산善山, 자는 인백仁伯, 호는 성암省庵. 현감縣監 김홍우金弘遇의 아들로, 조식曺植과 이황李滉의 문인이다. 이조전랑吏曹銓郎에 기용되었으나 결국 그를 지지하는 신진 사림파와 심의겸을 지지하는 기성 사림파 사이의 대립으로 확대, 동인·서인의 양파로 갈라졌다. 그의 집이 동대문 밖에 있었다하여 그 일파를 '동인'이라 부른다. 그 후 10년간 한직으로 있으면서 당쟁이 일어난 데 대해 크게 책임을 느끼고, 시사時事에 관해서는 전혀 입을 열지 않고 자숙하였다. 저서에 『성암집省庵集』이 있다.

210) 골북骨北 : 선조 말에서 광해군 초에 형성된 대북大北 중의 일파로, 홍여순洪如淳을 중심으로 한 일당이며 인조반정과 더불어 전멸하였다.

211) 육북肉北 : 선조 말에서 광해군 초에 형성된 대북 중의 일파로, 이산해李山海를 중심으로 일어났다가 인조반정과 더불어 없어졌다.

212) 청북淸北 : 선조 말에 형성된 대북 중의 일파로, 남이공南以恭과 기자헌奇自獻을 중심으로 모였으며 인조반정과 더불어 없어졌다.

213) 탁북濁北 : 선조 말에서 광해군 초에 형성된 대북 중의 일파로, 이이첨李爾瞻을 중심으로 모였으며 인조반정과 더불어 없어졌다.

214) 회懷·니尼 : 송시열宋時烈(1607~1689)은 회덕군懷德郡에서 살았고, 윤증尹拯(1629~1714)은 이성군尼城郡에 살았다. '회·니'는 그 첫 글자를 따서 만든 명칭으로 송시열宋時烈(1607~1689)과 윤증을 일컬으며, 나아가 노론과 소론을 가리키는 말이다.

신하들 스스로의 힘겨루기에 불과했을 뿐이다. 마침내 경종景宗[215] 신축·임인(1721~1722) 연간에 이르러 신임사화辛壬士禍[216]가 크게 일어나 실로 국가의 의리와 관계되면서 충신과 역신이 판연하게 갈라지게 되었으니, 당나라의 우·이, 송宋나라의 천川·삭朔[217]과는 크게 달랐다. 대북 일파는 계해반정癸亥反正[218]에 모두 죽임을 당했고, 후에 중북은 미약하여 지금 소북小北에 합병되었다. 오직 남인과 서인은 이름이 이전과 같았으나, 서인은 송시열·윤증 이후로 또한 나뉘어 노론老論과 소론少論이 되었다. 지금은 다만 노론·소론·남인·소북 등 사색四色만 남아 각자 대대로 당론을 유지하여 이미 300년 동안 고황膏肓[219]과 같은 고질병이 되었다.

그래서 매번 벼슬길에서 통색通塞·선후先後·다소多少를 결정하는 과정에서, 반드시 이 당론에 따라 분배하고 조율하였다. 그러므로 만약 향족鄕族과 한준寒畯[220]으로 어느 당파에도 가담하지 않은 사람은 끝내

215) 경종景宗(1688~1724) : 조선시대 제20대 임금. 본명은 이윤李昀. 자는 휘서輝瑞.

216) 신임사화辛壬士禍 : 숙종이 재위 46년에 세상을 떠나고 경종이 즉위하였으나 병이 많고 후사가 없어 후계문제를 놓고 싸움이 벌어져 수백 명이 잡혀가 죽거나 유배당하였다. 경종 원년에 불씨가 터져 2년간(辛丑·壬寅)에 걸쳐 지속되었으며, 이런 상황에서 경종은 재위 4년 만에 세상을 떠나고 영조가 즉위하였다.

217) 천川·삭朔 : 천川은 천촉川蜀으로 사천성四川省을 가리키니 곧 촉땅 출신의 소식을 말하며, 삭朔은 삭방朔方으로 북쪽 땅 낙양을 가리키니 곧 정이程頤가 사는 곳을 말한다. 소동파 문하와 정이 문하의 당파 싸움을 지칭한다.

218) 계해반정癸亥反正 : 인조반정仁祖反正. 1623년(인조 1)에 서인일파가 광해군 및 집권당인 대북파를 몰아내고 능양군綾陽郡 이종李倧(인조)을 왕으로 옹립한 무력정변을 말한다.

219) 고황膏肓 : 뱃속에 있는 장기臟器의 이름으로, 병마病魔가 몸 속 깊이 스며든 것을 말한다. 『춘추좌씨전春秋左氏傳』 성공成公 10년 조에, "진후晉侯가 병이 나서 진秦나라에서 의원을 구하였는데, 진백秦伯이 의원을 보내었다. 그런데 의원이 도착하기 전에 진후가 꿈을 꾸었는데, 꿈속에서 병이 두 어린아이[二豎]로 변하더니 말하기를, '저 어진 의원이 우리를 해칠까 두렵다' 하니, 그 중 하나가 말하기를, '황肓의 위, 고膏의 아래에 숨으면 우리를 어쩌겠는가' 하였다. 의원이 이르러서는 말하기를, '병을 고칠 수가 없습니다. 황의 위, 고의 아래에 숨어 있어서 공격하려 해도 할 수가 없고 도달하려 해도 할 수가 없어서 약이 거기까지 도달하지 못하니 고칠 수가 없습니다' 하였다"고 되어 있다.

사대부의 반열에 끼이지 못했으니, 실로 웃을 만하며 진실로 천하 만고에 있지 않는 일이다.

그러나 지금 벼슬길에 나아가고 힘쓰는 자가 이를 버려두고는 끝내 벼슬길에 나아가 세상에 행세할 수 없다. 그러므로 또한 이것을 의복倚伏[221]으로 삼아 서로 견제하였거니와, 당초부터 국가를 유지하는 하나의 중대한 관건이 되지 않은 적이 없었다. 설령 구공歐公(구양수)에게 붕당론朋黨論을 짓게 한다면 또한 무엇을 말할지 알지 못하겠다. 이에 대한 원류와 이 일의 시말은 이미 각각 국사國史와 야승野乘에 수록된 것이 있으니 지금 구체적으로 논하지는 않는다.

朋黨之禍

自古, 朋黨之禍, 卒亡人國, 如東漢之甘陵南北部, 唐之牛李, 明之東林, 是已. 故唐文宗, 至以爲去河北賊易, 去朋黨難. 此雖人主失言, 竟未免馴致禍亂, 投之濁流, 則人主亦無如何矣. 惟我朝不然, 朋黨之論, 自宣廟乙亥始, 其初則不過沈義謙金孝元兩人, 互相是非, 一東一西, 譁然不已, 而此長彼短, 皆無能事. 故栗谷以兩是雙非, 調停不得. 始焉涓涓, 終爲江河. 東人分爲南人北人, 北人又岐爲大北小北中北骨北肉北清北濁北, 西人分爲老西少西功西湖西漢西, 各自名目. 至肅廟之時, 懷尼出而始爲斯文大是非. 然亦不過群下之自相傾軋而已. 卒至景廟辛丑壬寅間, 士禍大起, 實係國家義理, 忠逆判焉. 與唐之牛李宋之川朔大異, 而大北一派, 盡誅於癸亥反正, 後中北則微弱, 今合於小北. 惟南人西人名目依前, 而西人懷尼後, 又分爲老論少論. 今則但有老論少論南人小北四色, 各自世守其論, 已成三百年膏肓之病. 每於科宦通塞先後多少之際, 必以是分排低仰之, 如鄕族寒畯不入一邊者, 終

220) 한준寒畯 : 한준寒俊. 미미한 집안 출신의 수재秀才이다.

221) 의복倚伏 : 화禍와 복福이 서로 원인이 되어 변천하는 것을 말한다. 『노자老子』에 이르기를, "화는 복이 기대어 있는 바이며, 복은 화가 숨어 있는 바이다"라고 하였다.

不厠士大夫之列, 其事可笑. 誠天下萬古, 所未有也. 然今之科宦奔競者, 捨此則卒無以進身而行于世. 故亦以是倚伏而相制, 未始不爲維持國家之一大關捩. 如使歐公立論, 又未知何以爲說也. 其所源流事端終始, 已各有國史野乘所載, 今不具論.

## 문벌門閥의 폐해

사람을 벼슬시키되, 대대로 하였다는 것은 무왕武王이 주紂임금의 죄를 나열하면서 한 말이다.[222] 그러나 비록 위대한 순舜임금 같은 성인으로도 당시 보좌했던 신하의 태반이 구족九族[223]의 사람이었다. 또한 탕湯임금이 현명한 사람이면 출신을 가리지 않고 등용하였으나, 은나라에 벼슬하였던 사람들은 또한 족친族親이 많았다. 대개 현명하면 등용하였으므로 부열傅說[224]은 비록 판축版築[225]하던 곳에서 등용되었으나, 이척伊

222) 사람을 …… 말이다 : 무왕이 주紂 임금을 정벌하러 나가기 직전에 주 임금의 죄를 나열하면서, '술에 빠지고 여색에 혼란해서 감히 포학함을 행하여, 사람을 죄 주되 친족親族에게까지 미치고, 사람을 벼슬시키되 대대로 임용하였으며, 궁실과 누대와 연못을 축조하고 사치한 의복을 입어 백성들을 학대하였다'고 하였다. 『서경書經』「태서泰誓 상上」을 보면 "沉湎冒色, 敢行暴虐, 罪人以族, 官人以世, 惟宮室臺榭陂池侈服, 以殘害于爾萬姓, 焚炙忠良, 刳剔孕婦, 皇天震怒, 命我文考, 肅將天威, 大勳未集"이라는 구절이 나온다.

223) 구족九族 : 『금문상서今文尙書』에 의하면 부족父族 넷, 모족母族 셋, 처족妻族 둘을 말한다. 부족은 오복친五服親, 출가한 고모와 그 자녀, 출가한 자매와 그 자녀, 출가한 외손녀와 그 자녀이며, 모족은 외조부의 성족姓族, 외조모의 성족, 출가한 이모와 그 자녀이며, 처족은 장인의 성족, 장모의 성족을 가리킨다.

224) 부열傅說(B.C.1335~B.C.1246) : 은殷나라 고종高宗 때의 재상宰相. 은나라 고종이 꿈에서 부열을 보고는 백방으로 수소문하여 찾아내었는데, 과연 현인이었다. 이에 부열이라 부르고 재상을 삼으니 나라가 크게 다스려졌다.

陟은 이윤伊尹의 손자이므로 또한 재상이 되었으니, 실로 대대로 벼슬주는 것을 혐의하지 않았던 것이다.

후세에 이르러서는 다만 대대로 등용하여 관직을 주었을 뿐만 아니라, 원위元魏[226]와 당唐나라는 처음부터 씨족을 숭상하고 문벌을 중시하여 그 폐단이 대대로 벼슬하는 것보다 심하였다. 그러므로 천자의 궁궐에서 창을 들고 지키던 자들까지 창을 부수고 다투어 부르짖으며 문족門族에 끼어들고자 부르짖었으니 또한 가소로운 일이다.

당나라 때 농서隴西 이씨는 국성國姓으로서 제일로 추대되었고, 그밖에 범양范陽 노盧씨, 청하淸河 최崔씨, 형양滎陽 정鄭씨, 산음山陰 왕王・사謝씨는 문족門族의 성대함이 천하에서 으뜸이었다. 송宋나라에 이르러서는 또한 이와 같이 심하지는 않았다. 또한 명대에 이르러서는 사람을 선발함에 오로지 문학과 재주로써 하였다. 그러므로 벼슬하여 현달한 자가 모두 사방에서 몰려온 사람들이었다. 이런 까닭으로 명나라 삼백 년 동안 볼만한 인물들이 많이 있었다. 성씨가 드문 벽성僻姓으로, 가령 철현鐵絃[227]・연안練安[228]・해서海瑞[229]・담원춘譚元春[230] 등과 같은 사람

---

225) 판축版築 : 성・담 같은 것을 쌓는 공사로, 부열傅說은 이 때 죄를 지어서 부험傅險에서 길을 닦고 있었다. 부열의 일은 『맹자孟子』「고자告子 하下」에 나온다.

226) 원위元魏 : 북위北魏를 말한다. 위魏나라 효문제孝文帝가 낙양洛陽으로 천도한 뒤에 성姓을 척발씨拓跋氏에서 원씨元氏로 바꾸었으므로 원위라고 한다.

227) 철현鐵絃(1366~1402) : 명明나라 때 등인鄧人. 자는 정석鼎石, 시호는 충양忠襄. 홍무洪武연간에 병부상서를 지냈는데, 연병燕兵이 강을 건너오자 회수淮水 가에 주둔하여 맞서 싸우다가 사로잡혔다. 굴하지 않고 적들을 꾸짖으면서 욕하다가 저자거리에서 맞아 죽었다. 『명사明史』 권142에 나온다.

228) 연안練安(?~1402) : 명明나라 때 사람. 자는 자녕子寧, 호는 송월거사松月居士. 성품이 영특하여 홍무洪武 연간에 진사시에 2등으로 급제하여 수찬修撰이 되었다. 뒤에 관직이 이부시랑吏部侍郞에 이르렀다. 성조成祖가 즉위한 뒤에는 불손한 말을 하였다가 척살되었다. 홍치弘治 연간에 왕좌王佐가 유문遺文을 모아 『금천옥설집金川玉屑集』이라는 이름으로 편간하였다. 『명사明史』 권141에 나온다.

229) 해서海瑞(1514~1587) : 명明나라 때 사람. 자는 여현汝賢, 호는 강봉剛峰, 시호는 충개忠介. 1549년 거인擧人으로 뽑혀 벼슬길에 올라 벼슬은 남경이부우시랑南京吏部右侍郞에 이르렀다. 가정제嘉靖帝의 실정失政을 직간하여 옥에 갇혔다가 가정제의 죽음으로 석방되었다.

들은 전시대에는 볼 수 없는 성씨이다. 또 공동崆峒[231]은 고조高祖를 알지 못했고, 구문장丘文莊[232]은 주애인珠崖人으로 조정에 벼슬하여 태학사太學士에 이르렀으니 많아서 다 기록하지 않으나 미루어 알 수 있다.

우리 조정의 건국 초기에 정도전鄭道傳[233]은 고려 말의 천한 부류로 공을 세워 벼슬이 현달하였고, 통두란佟豆蘭[234]·함부림咸傅霖[235] 같은 자들도 모두 부귀하고 현달하였다. 그러나 건국 초기는 마땅히 그럴 수 있었다. 지금은 조정이 정립된 지 거의 오백 년이 흘러, 교목喬木과 같은 세가世家와 대족大族으로 서울에 자리를 잡고 있는 자들이 몇 십가 몇 백가인지 알 수 없다. 모두 마치 대대로 과거에 급제하고 벼슬한 듯이

---

230) 담원춘譚元春(?~1631) : 명明나라 때 시인. 자는 우하友夏. 당시 문단의 의고파擬古派 시풍詩風에 대항하여 스스로의 독자적인 감상을 통하여 옛 시인의 순수한 시정신을 탐구하려고 시도하였으며, 종성鍾惺과 함께 경릉파竟陵派라 불린다. 1627년에 향시鄕試에 합격했으나 벼슬은 하지 않았다. 저서에 『담우하합집譚友夏合集』 23권 등이 있다.

231) 공동崆峒 : 공동空同. 이몽양李夢陽(1475~1529). 명明나라 때 시인. 자는 헌길獻吉, 호는 공동자空同子. 의고문파擬古文派의 대표적 인물이다. 하경명何景明·서정경徐禎卿 등과 시문의 복고를 주창하여 '문필진한文必秦漢, 시필성당詩必盛唐'을 주장하였다. 진한秦漢의 고문과 이두李杜(이백·두보)의 시를 이상으로 하고 시의 격조를 중시하였기 때문에, 격조설格調說로 문단을 주도하였으나 모의표종模擬剽從의 비난도 받았다. 저서에 『이공동전집李空同全集』이 있다.

232) 구문장丘文莊 : 구준丘濬(1418~1495). 명明나라 때 유학자·정치가. 자는 중심仲深. 문장文莊은 그의 시호. 1454년 진사가 되어 벼슬은 문연각대학사文淵閣大學士에 이르렀다. 경세지재經世之才를 가지고 시폐時弊를 직언直言하여 황제를 잘 보필하였으며, 주자학에 정통하고 전고典故에도 밝았다. 『영종실록英宗實錄』과 『헌종실록憲宗實錄』을 편찬하였으며, 저서에 진덕수眞德秀의 『대학연의大學衍義』를 증보하여 『대학연의보大學衍義補』를 지었다.

233) 정도전鄭道傳(1337~1398) : 본관은 봉화奉化, 자는 종지宗之, 호는 삼봉三峰. 저서에 『삼봉집三峰集』, 『경제육전經濟六典』이 있다.

234) 통두란佟豆蘭 : 이지란李之蘭(1331~1402). 조선의 개국공신開國功臣. 본관은 청해靑海, 자는 식형式馨, 본명은 퉁쿠란투란티무르[佟古倫豆蘭帖木兒], 시호는 양렬襄烈. 본래 여진족으로 1392년 이성계를 도와 조선 건국에 공을 세워 개국공신 일등에 책록되고 청해군으로 봉해졌다.

235) 함부림咸傅霖(1360~1410) : 본관은 강릉江陵, 자는 윤물潤物, 호는 난계蘭溪, 시호는 정평定平. 1385년 문과에 급제하여 벼슬이 대사헌에 이르렀다. 이성계를 도와 개국공신 3등에 책록되고 명성군溟城君, 동원군東原君에 봉해졌다.

하여, 문호門戶가 서로 대등한 뒤에야 비로소 혼인을 허락하기를 마치 동진東晋[236) 오의항烏衣巷의 왕씨王氏와 사씨謝氏[237)처럼 한다. 문과를 차지한 자들은 청요직淸要職을 다투어, 호당湖堂[238)·한림翰林(홍문관)·전랑銓郞[239)의 자리를 이들 이외의 사람에게는 내어주지 않는다. 지금은 그 폐단이 더욱 심하니 옛날에는 현달했으나 지금은 한미한 자는 또한 그 범주에 포함되지 않는다. 또 시세時勢를 좇는 자들은 문벌을 더욱 중시하여 혼인하는 길이 점점 좁아져 서로 저울 눈금을 재듯이 아주 사소한 것까지 따져 장차 주진朱陳[240)이 되고서야 그친다. 관직 중에 청현직淸顯職은 도성 밖에 사는 사람에게는 내주지 않으니, 구석진 벽촌의 한미한 출신으로 문과로 판서가 되고 무과로 곤수梱帥가 되고 음직으로 목사牧使가 되는 경우는 만에 하나 둘도 되지 않는다. 나라의 영토는 삼천 리지만 벼슬길에 나아가고 물러나는 자는 서울 성안에서 나오는데 불과할 뿐이다. 이와 같으므로 사대부들은 위연히 탄식하며,

---

236) 동진東晋 : 사마염司馬炎이 삼국의 위魏나라의 선위禪位를 받아 세운 왕조. 처음에 낙양에 도읍하였다가 후에 건강建康에 천도하였다. 전자를 서진西晋이라 하고, 후자를 동진이라 하였다.

237) 오의항烏衣巷의 왕씨王氏와 사씨謝氏 : 육조六朝시대 때의 망족望族으로, 후대에는 고문세족高門世族을 뜻하는 말로 쓰였다. 유우석劉禹錫의 '오의항시烏衣巷詩'에 이르기를, "옛날에 왕씨 사씨 집 앞 살던 제비가, 날아와서 심상한 백성집에 들어가네[舊時王謝堂前燕, 飛入尋常百姓家]" 하였다.

238) 호당湖堂 : 독서당讀書堂. 조선시대 전기에 과거 급제하여 벼슬길에 나선 젊고 유능한 문신들을 위한 수양·연구 시설이다. 1426년(세종 8)에 집현전 대제학 변계량卞季良이 세종의 명을 받아 재주와 덕행이 뛰어난 문신을 선정하여 장의사藏義寺에서 사가독서賜暇讀書를 하게 한 데에서 비롯되었다. 세조 때 일시 폐지되었다가 1491년(성종 22)에 상설기구로 '남호독서당南湖讀書堂'이란 현호懸號를 달고 복구되었다. 1517년(중종 12)에는 지금의 서울 성동구 옥수동玉水洞 한강 연안의 두모포豆毛浦에 독서당을 신축하고 '동호독서당東湖讀書堂'이라 하였다. 이때부터 임진왜란이 일어나 소실될 때까지 학문연구와 도서관의 기능을 담당하였는데, 정조 때 규장각이 설치됨에 따라 완전히 소멸되었다.

239) 전랑銓郞 : 조선시대 이조와 병조의 정5품 정랑正郞 및 정6품 좌랑佐郞을 합하여 부르던 말이다.

240) 주진朱陳 : 양가에서 대대로 통혼하는 사이. 서주徐州의 주진촌朱陳村에 주씨朱氏와 진씨陳氏만이 살아 대대로 혼인을 한데서 유래하였다.

"세상에는 어진 인재가 없다."

고 말하니, 한문공韓文公(한유)이 이른바 '진실로 말이 없는 것인가? 진실로 말을 알지 못하는 것인가?'[241]라고 한 격이다.

그러나 먼 지방의 한미한 가문에서 태어난 자는 책을 읽고 글을 짓는 것이 공령功令(과거문)에 불과하며, 자식을 가르쳐 집안을 잇게 하는 것도 또한 농업에 힘쓰게 하는 데에 그치며, 견문이 몽매하여 일개 집사執事로 쓰이는 것도 감당하지 못할 정도이니, 어찌된 까닭인가? 위에 있는 자는 아랫사람을 이끌어 분발시키지 못하고, 아래에 있는 사람 또한 모두 스스로 세상에 나아갈 생각이 없다고 스스로 생각하니, 장차 어디로부터 그 재주와 학문을 닦을 수 있겠는가? 그 형세로 보자면 매우 두려워하고 조심하면서 서로 이끌어 봉필蓬蓽과 규두圭竇[242]와 같은 시골의 오두막집에서 늙어 죽지 않을 수 없으니, 또한 슬프지 아니한가. 지금 비록 탕임금이 어진 사람을 등용함에 일정한 차별을 두지 않았던 제도를 시행하더라도 주객이 이미 나뉘고 뿌리가 이미 견고하니, 실로 짧은 시간 내에 변화시킬 수는 없을 것이다.

鄭道傳

官人以世, 此武王所以數紂之罪. 然雖大舜之聖, 當時輔佐, 太半九族之人也. 且湯雖立賢無方, 殷代在位者, 亦多族親. 盖賢則用之, 故傅說雖起版築, 伊陟以伊尹之孫, 亦爲宰相, 實不以世官爲嫌也. 至於後世, 則非但世官, 元魏及唐, 始尙氏族, 重其門望, 其弊甚於世官, 故天陛執戟者, 碎戟爭叫, 願入門族, 亦可笑也. 唐世隴西之李, 以國姓推第一, 其他范陽之盧, 淸河之崔, 滎陽之鄭, 山陰之王謝, 門族之盛, 甲於天下. 至宋則亦不如是之甚. 又至有明一代, 取人專以文學才具. 故仕

241) '진실로 …… 것인가?' : 한유韓愈, 「잡설雜說」에 나온다.

242) 봉필蓬蓽과 규두圭竇 : 봉필은 쑥대나 대나무를 엮어서 만든 사립문을 말하고, 규두는 담장을 뚫어 만든 창문이라는 뜻으로, 가난한 자가 사는 다 쓰러져 가는 집을 말한다.

宦而顯達者, 皆東西南北之人也. 是以前明三百年, 人物多可觀. 姓氏稀僻, 如鐵絃練安海瑞譚元春諸人, 皆前史所未見之姓也. 且崆峒不識高祖, 丘文莊是珠崖人, 仕中州, 至太學士. 多不盡錄, 然推可知也. 我朝國初, 則鄭道傳以麗季賤流, 而立功顯官, 如佟豆蘭咸傅霖, 亦皆貴顯. 然龍飛之初也, 宜其然矣, 而今則定鼎, 幾近五百年, 喬木世家大族, 盤據輦轂之下者, 不知幾十百家. 皆若世科而世官, 門戶相埒, 然後始許婚嫁, 如東晉烏衣之王謝. 占文科者, 爭其淸選, 湖堂翰林銓郎, 不出度外. 今則其弊尤甚, 古顯而今微者, 又其度外. 又以近於時勢者, 門戶尤重, 婚路漸隘, 權衡停稱銖兩而較, 將爲朱陳而乃已. 官職之淸顯, 不及王城以外, 其在遐陬寒畯之文爲判書, 武爲樞帥, 蔭爲牧使者, 萬不能一二. 國家有三千里封彊, 所進退者, 不過都下闤闠中而已. 如是而士大夫喟然歎曰, "世無良才." 韓文公所謂'其眞無馬耶, 其眞不知馬耶'者也. 然生于遠方寒門者, 讀書爲文, 不越乎治功令, 敎子承家, 亦止於力農業, 聞見貿貿, 不堪爲一執事用者何也. 上旣不能導率以激揚, 在下者又皆自分無當世之念, 將何從以淬礪其才學也哉. 其勢不能不伈伈俔俔, 相率而老且死於蓬蓽圭竇之下矣, 不亦悲哉. 今雖有成湯無方之制, 主客已分, 樹本已固, 實無以期月變易也.

## 과거제도의 폐해

과거란 글로써 선비를 선발하는 것으로, 이 제도는 수隋나라 양제煬帝 때부터 시작되었다. 그러므로 후세 사람들이 비난하면서도 지금까지 시행하여, 마치 삼대三代의 고법古法인양 여기고 끝내 폐지하지 않았다. 그러나 이미 요순의 교주敎冑[243]의 법을 쓰기 어렵고, 또 양한兩漢의 효렴孝廉・현량賢良[244]의 제도를 시행하는 것도 어려우니, 마땅히 문장을 시험하는 과거제도를 따르되 별도로 규례規例를 만들어 공평무사公平無私하게 시행하면 옳을 것이다.

중국은 물론 우리나라에서도 자子・묘卯・오午・유酉의 년年에 식년시式年試[245]가 있다. 논論・책策 등 삼장三場[246]을 초시初試[247]로 하고 명

243) 교주敎冑 : '주冑'는 '장長'의 뜻. 천자에서 경대부까지의 적자를 말한다. 『사기史記』에 '치자穉子'라는 말이 있는데, 공안국孔安國은 치穉와 주冑는 소리가 가깝다고 했고, 정현鄭玄은 국자國子라고 했다. 공경대부公卿大夫의 자제이다. 『서경書經』「순전舜典」에 "제帝가 말씀하시되, 기夔여! 그대를 명하여 악樂을 주관하게 하노니, 주자冑子를 가르치되, 직直하되 온溫하며, 관寬하되 율栗하며, 강剛하되 사납지 말게 하며, 간簡하되 오만하지 말게 할지니, 시詩는 뜻을 말하고, 노래는 말을 길게 하고, 소리는 길이에 의지하고, 율律은 소리를 고르게 하나니, 팔음八音이 능히 화하여 서로 윤倫을 빼음이 없어야 신인神人있어 화和하리라. 기夔가 아뢰되, 아아, 내가 돌을 치고 돌을 치면, 백수百獸는 솔무率舞하리이다[帝曰, 夔, 汝典樂, 敎冑子, 直而溫, 寬而栗, 剛而無虐, 簡而無傲, 詩言志, 歌永言, 聲依永, 律和聲, 八音克諧, 無相奪倫, 神人以和. 夔曰, 於予擊石拊石, 百獸率舞]"라고 되어 있다.

244) 효렴孝廉・현량賢良 : 한漢나라 때, 효렴孝廉과 현량방정賢良方正의 방법으로 관리를 선발했던 제도. '효렴孝廉'은 글자 그대로 효성이 지극하고 행동이 청렴결백淸廉潔白한 사람을 일컫는다. 즉 각 주州・군郡의 장長에게 명해 관할 고장에서 효성으로 이름난 사람을 조정에 천거하게 해, 그 중에서 선발했다. 효렴孝廉에서 중시되었던 것은 그 사람의 품행品行이었다. 그러나 '현량방정賢良方正'은 문묵재학文墨才學, 곧 시詩나 문장・학식 따위의 '재주'를 가진 자 중에서 뽑았으므로, 선발인원도 효렴孝廉보다 많았을 뿐만 아니라 재능을 위주로 선발했기 때문에 품행에 문제가 있는 사람도 섞여있게 마련이었다. 이와 비슷한 제도가 우리나라에도 있었다. 조선시대 중종中宗은 조광조趙光祖의 건의로 현량과賢良科를 두어 관리를 선발했다. 국정 개혁 차원에서 실시된 이 제도는 재주와 품행을 겸비한 인물을 선발하는데 주목적이 있었다.

245) 식년시式年試 : 대비과大比科. 자子・묘卯・오午・유酉가 든 해를 식년으로 하여 3년에 한 번씩 정기적으로 과거시험을 치렀다. 식년시는 소과小科・문과文科・무과武科로 나눈다. 소과의 경우는 생원生員・진사進士의 복시覆試, 문과는 복시・전시殿試, 무과는 복시・전시, 잡과는 역과譯科・의과醫科・음양과陰陽科・율과律科의 복시를 식년에 실시하였다. 초시를 거친 합격자는 예조에서 복시를 거쳐 33명을 뽑고 전시에서 성적순으로 갑과甲科에 3명, 을과乙科에 7명, 병과丙科에 23명을 급제시켰다. 무과는 28명, 잡과는 역과가 19명, 의과 1명, 율과 9명, 음양과 9명 등 총 38명을 뽑았다. 식년시가 처음 실시된 것은 1084년(선종 1)이지만, 1393년(태조 2)에 가서야 비로소 제도적으로 정착되었다. 그러나 국가적 변고나 국상國喪, 또는 특별한 사유가 있을 경우에는 식년시를 연기하거나 시행하지 않았다. 식년시는 그 해 1~5월에 시

경과明經科[248]를 복시覆試[249]로 하여 또한 편의대로 시행하기는 하지만, 단지 마땅히 이런 과거를 행하는 것만으로도 충분하다. 그 외에 증광시增廣試[250]·정시庭試[251] 등 허다한 과명科名이 있으나 모두 나라에 무익

---

행하는 것이 상례였으나, 농번기와 겹치는 이유로 생원 또는 진사의 초시는 식년 전해 8월 15일 이후에, 문과·무과의 초시는 같은 해 9월 초순에 각각 실시하였다. 생원과 진사의 복시와 문과·무과의 복시는 식년의 2월과 3월에 각각 실시하였다. 식년 문과는 조선시대에 총 163회에 걸쳐 시행되었다.

246) 삼장三場 : 식년시에는 초시·복시·전시의 3단계 시험이 있었는데, 이중 초시와 복시는 초장·중장·종장의 삼장으로 나누어 고시하였다.

247) 초시初試 : 조선시대 문과·생원진사시·무과·잡과 등의 제1차 시험. 일명 향시鄕試라 한다. 조선시대에는 과거삼층법이 실시되어, 문과·무과는 초시·복시覆試·전시殿試를, 잡과와 생원진사시는 초시와 복시를 실시하였다. 초시에는 관시館試·한성시漢城試·향시가 있는데, 관시는 문과에만 있던 것으로, 성균관 유생 중 원점圓點 300 이상인 자들만 응시할 수 있었다. 모든 초시는 상식년上式年(寅·申·巳·亥) 가을에 실시하여 식년式年(子·午·卯·酉) 봄에 실시하는 복시에 대비할 수 있게 하였다. 시험 장소는 1소所와 2소로 나누어, 시관試官과 상피관계相避關係에 있는 사람도 응시할 수 있게 하였다. 시험과목은 문과의 경우 초장初場에서는 사서오경의 의의疑義 혹은 논論 중에서 2편을, 중장에서는 부賦·송頌·명銘·잠箴·기記 중에서 1편과 표表 및 전箋 중에서 1편을, 종장에서는 대책對策 1편을 시험 보았고, 생원시·잡과 등도 각기 필요한 과목을 채택하였다.

248) 명경과明經科 : 식년문과式年文科 초시初試의 한 분과. 시험 과목은 오경五經 중 춘추의春秋義를 제외한 사경四經과 사서四書 중 의疑 1편을 시험 보았다. 초기에는 전국에서 7백 명, 후기에는 5백 40명을 선발하였고, 후기에는 강경講經만으로 인재를 뽑게 했는데 식년시에 포함시켰다.

249) 복시覆試 : 조선시대 과거인 소과小科·문과文科·무과武科·잡과雜科의 응시자들이 거쳐야 할 2단계 시험이다.

250) 증광시增廣試 : 조선시대 즉위경卽位慶이나 30년 등극경登極慶과 같은 큰 경사가 있을 때 또는 작은 경사가 여러 개 겹쳤을 때 임시로 실시한 과거. 식년시式年試와 마찬가지로 그 절차가 생원·진사의 초시初試·복시覆試, 문과 초시·문과 복시·문과 전시殿試의 5단계로 나누어지며, 시험과목도 같았다. 때로는 대증광大增廣이라 하여 문과합격자에 7명을 더하여 선발하였다.

251) 정시庭試 : 조선시대의 문무 과거로서, 3년마다 정기적으로 시행하는 식년시式年試 외에 임시로 시행하던 여러 별시 중의 하나. 처음에는 관인들에게 시험을 보여 관직을 올려주거나, 봄·가을로 성균관 유생을 궁정에서 시험한 후 우수자에게 전시殿試에 직접 응시할 자격이나 다음 문과 초시의 성적에 가산점을 주는 상을 내렸으나, 후에 급제를 인정하게 되고 1583년(선조 16)에는 독자적인 과거로 승격되었다. 원래 세자 책봉과 같은 국가의 경사가 있을 때 시행하였지만, 점차 명목을 엄히 따지지 않고 시행 횟수도 늘어났다. 임시로 실시되는 과거였으므로 지방민들이 응시하기가

하다.

나라에 경사慶事가 있으면 경사를 함께 한다면서 과거를 시행하고 선비를 선발하는 것은, 벼슬길에 나가길 다투는 자들에게 요행의 문을 열어 주는 것이다. 이치상으로도 마땅하지 않고 나라에 있어서도 이로움이 없으니 당연히 먼저 급히 없애야 하는 것이다. 또 하물며 인일人日[252]·삼일三日[253]·칠석七夕[254]·구일九日[255]의 절일제節日製[256]는 처음에는 성균관에 기거하는 유생에게만 시험을 보였는데 지방에 있는 사람까지 아울러 시험을 보게 하고, 으뜸이 된 사람이 매번 사제賜第[257]되는 지경에 이르니, 더욱 부당하다.

매번 알성시謁聖試[258]·정시庭試의 과거에는 서울과 지방유생들을 모

---

불리하였고, 시관과 응시자 사이에 상피제相避制도 적용되지 않아 서울의 문벌 출신들이 진출하는 데 중요한 통로로 이용되었다.

252) 인일人日 : 인일제人日製. 인일人日인 음력 정월 초7일에 가절佳節이라고 하여 보이는 과거科擧. 성균관成均館 유생이 주 대상이다.

253) 삼일三日 : 삼일제三日製. 절일제節日製의 하나로, 삼월 초사흗날에 보이는 과거科擧를 지칭한다.

254) 칠석七夕 : 칠석제七夕製. 칠석七夕에 행하는 과거科擧로, 오제梧製를 지칭한다.

255) 구일九日 : 구일제九日製. 오순절제五巡節製의 하나. 9월 9일에 보이는 과거科擧로, 국제菊製를 지칭한다. 오순절제五巡節製는 인일제人日製·삼일제三日製·칠석제七夕製·구일제九日製·황감제黃柑製 등이다.

256) 절일제節日製 : 절제節製. 조선시대 성균관 유생儒生에게 보이던 시험. 매년 인일人日(1월 7일)·상사上巳(3월 3일)·칠석七夕(7월 7일)·중양重陽(9월 9일)에 실시하였는데 그날 사고가 있으면 그달 다른 날로 연기하였다. 시험과목은 대책對策·표表·전箋·잠箴·송頌·제制·조詔·논論·부賦·명銘 중에서 1편을 선택, 제술製述하도록 했다. 합격자 정원은 일정하지 않았으며, 시험관은 의정부와 6조六曹·제관諸館의 당상관堂上官이 성균관에서 시취試取하여 과시科試의 차제次第를 임금께 품했다. 특명으로 과시할 때는 대제학이 승지·성균관 당상관과 함께 실시하고 시권試券을 거두어 입궐하여, 옥당玉堂이나 춘방春坊의 관원 2명에게 과시의 차제를 대독對讀하게 하였다.

257) 사제賜第 : 임금의 특명으로 과거에 급제한 사람과 똑같은 자격을 주는 일.

258) 알성시謁聖試 : 알성과謁聖科. 조선시대에 실시된 비정규 문과·무과 시험. 국왕이 문묘에 가서 제례를 올릴 때 성균관 유생에게 시험을 보여 성적이 우수한 몇 사람을 선발하는 것으로서, 1414년(태종 14)에 처음 실시하였다. 문과는 초시初試와 복시覆試는 없고 전시殿試만으로 급제자를 선발하였다. 알성시는 왕이 친히 참가한 친림

두 내원內苑(창경궁)의 춘당대春塘臺에 모아놓고 부賦 한편을 짓게 하거나 혹은 부賦와 표表를 한편씩 짓게 하였다.[259] 반드시 임금이 직접 참석하여 시제試題를 걸고 명관命官[260]과 주문主文(대제학) 및 대독관對讀官[261]에게 몇 사람을 고과하여 선발할 것인지 명하고 아울러 과거급제를 하사하였다. 그 시간은 겨우 반나절인데도 거두어들인 시권試券이 매번 삼사만三四萬·오륙만五六萬에 이르렀다. 훌륭한 많은 선비들이 비록 이 나라에 났다하더라도,[262] 바다 모퉁이의 작은 나라에 문장에 능한 선비를 '집집마다 표창할 만하다[比屋可封]'[263]고 말할 수 있는 것이, 어찌 진실로 글을 숭상하는 정책이 훌륭한 결과이겠는가.

옛날 책策을 시험 보는 곳에서 책권策券이 오십에 이르면 곧 진하陳賀[264]할 만하다고 하였는데, 지금의 책권은 거의 만으로써 헤아려지니,

---

과親臨科였다. 알성문과는 당일 합격자를 발표하였으므로 시관試官의 수도 많았다. 또 친림하므로 상피제相避制가 없어 시관의 아들이나 친척도 응시할 수 있었다. 국초國初에는 성균관 유생과 3품 이하의 조사朝士에게만 응시자격을 주어 성균관 유생들에게 학문 의욕을 고취하는 효과가 있었다. 뒤에 지방의 유생들에게도 응시자격을 주었다. 무과는 초시와 전시로 나누고 전시에 국왕이 친림하였다.

259) 매번 …… 하였다 : 춘당대시春塘臺試. 조선시대에 창경궁昌慶宮의 춘당대에서 실시하던 특별한 과거. 왕실에 경사가 있거나 유생儒生을 시험하기 위해 부정기적으로 실시하던 문文·무과武科로, 1572년(선조 3) 선조가 창경궁의 춘당대에 친림親臨하여 치르게 한 데서 비롯되었는데, 이 시험만으로 대과大科 3단계 시험의 마지막 단계인 전시殿試를 보는 것과 같은 혜택을 주었다. 시험은 제술과製述科만으로 하고, 합격자 수는 일정한 정원이 없었다.

260) 명관命官 : 시험관의 하나로 특별히 과거를 보는 경우 임금이 과장에 친림하여 직접 임명하는 시관試官이다.

261) 대독관對讀官 : 고려시대 공민왕 때 과거의 공정성을 높이기 위하여, 전시殿試를 시행할 때 독권관讀券官을 보좌하도록 한 부시관副試官 이하의 시관試官을 말하며, 정3품 이하 4명을 임명하였다. 왕 앞에서 치르는 전시 때 응시자들의 시험지인 시권試券을 읽는 사람을 독권관이라 하는데, 그때 대독관이 마주하여 보좌한다 해서 이러한 이름이 붙었다.

262) 훌륭한 …… 났다하더라도[思皇多士, 雖曰生此王國] : 『시경詩經』 「대아大雅·문왕편文王篇」에 보인다.

263) '집집마다 …… 만하다[比屋可封]' : 요순 때 사람이 모두 착하여 집집마다 표창할 만하였다는 뜻이다. 『논형論衡』에 "堯舜之人, 可比屋而封, 桀紂之人, 可比屋而誅"라고 하였다.

공손홍公孫弘[265]과 동중서董仲舒[266] 같은 사람이 수레로 싣고 말[斗]로 헤아릴 만큼 많을 수 있다. 설사 모조리 글에 능하여 글로써 사람을 선발하더라도 본래 세상의 수요에는 부족한데, 이른바 과거에 응시하는 선비는 태반이 하인·머슴·농부·목동처럼 낫 놓고 'ㄱ'자도 모르는 자들이다. 이와 같은 과거제도는 거의 천하만국에 없을 것이다. 높은 재주와 학식을 쌓은 선비는 어디서 얻을 것인가. 또한 이른바 과장科場에서 제출하는 답안의 글은 모두 대동소이大同小異하여, 부단학장鳧短鶴長[267]처럼 본래 우열을 가릴 수 없는 것이다. 이 때문에 저자거리의 어린아이들도 과거에 급제한 자를 가엾게 여길 따름이다.

내가 생각건대 여러 과거는 마땅히 다 없애야 한다. 다만 식년시의 대·소과는 남겨두되, 명경明經은 칠서七書를 모조리 강講할 필요 없이 매번 삼경三經 중 하나, 사서四書 중 하나를 허락하고, 집주集註를 읽고 풀이하는 것은 없애고 단지 경문經文만을 외우게 하며, 글의 뜻은 반드시 반복하여 거듭 물으면 된다. 다음 식년시를 기다려 칠서를 또 바꾸어 강경講經하게 한다면 과거에 응시하는 자가 반드시 노력하게 될 것이니, 몇 년이 안 되어 당대의 실학하는 선비를 얻을 수 있을 것이다. 만일 때

264) 진하陳賀 : 경사스러운 날에 백관이 임금에게 축하를 올리던 일이다.

265) 공손홍公孫弘(B.C.200~B.C.121) : 전한前漢 때 재상宰相. 자는 계季. 무제 때 육십 세에 처음으로 박사가 되었는데, 법률·행정에 밝고 그 운용에 있어 유교적 방책方策을 썼으며 성품이 겸허하였기 때문에, 무제의 신임을 얻어 벼슬이 승상丞相에 이르렀고 평진후平津侯에 봉해졌는데 승상으로 봉후封侯된 것은 그가 처음이다.

266) 동중서董仲舒(B.C.170?~B.C.120?) : 하북성河北省 광천현廣川縣 출신. 일찍부터 『공양전公羊傳』을 익혔으며 경제景帝 때는 박사가 되었다. 무제武帝 때 현량대책賢良對策을 올려 인정을 받고, 전한의 새로운 문교정책에 참획參劃하게 되었다. 오경박사五經博士를 두고, 국가 문교의 중심이 유가儒家로 통일된 것은 그의 헌책獻策에 힘입은 바가 크다. 저서에 『동자문집董子文集』, 『춘추번로春秋繁露』 등이 있다.

267) 부단학장鳧短鶴長 : 『장자莊子』에 "물오리의 다리가 짧다 하여 이를 길게 늘여주면 괴로워하고, 학의 다리가 길다 하여 짧게 줄여주면 슬퍼한다[鳧脛雖短, 續之則憂. 鶴脛雖長, 斷之則悲]"라는 이야기가 보이는데, 이는 만물은 각기 그에 상응하는 자연의 특징을 가지고 있으므로 쓸데없이 등삭할 것이 아니라, 그 성분性分에 만족해야 한다는 비유이다. 여기서는 시권試券 제출자들이 지닌 각각의 특징으로 보았다.

때로 청淸나라 강희康熙 기미년(1679)의 박학홍사博學鴻詞[268]와 같은 별과別科를 시행하고자 한다면, 조정에서 먼저 서울과 지방의 관리들에게 신칙하여, 박학홍사로서 당대에 추앙받는 인물을 구하여 각각 한 두 명을 추천하게 하고, 말을 제공하고 오게 하여 박학홍사로써 제목을 주고 시험보아 선발하는 것도 하나의 방법일 것이다.

### 科擧

科擧之以文取士, 其制始於隋煬帝. 故後世非之, 而至今行之, 視若三代古法, 終不廢. 然旣難用堯舜敎胄之法, 亦難行兩漢孝廉賢良之制, 則當從試文之科, 而別立規例, 公而無私可也. 中州無論, 而我國子午卯酉年, 初試論策等三場, 覆試明經, 亦爲便宜, 只當行此科足矣. 其外, 增廣庭試許多科名, 皆無益於國家也. 國家有慶, 則謂以同慶, 設科取士者, 足啓奔競者, 僥倖之門而已. 於義無當, 在國無裨, 宜先亟罷者也. 且況人日三日七夕九日節日之製, 始試於館學居齋之儒生, 今則並及方外而試之, 居魁者, 每至賜第, 尤無當也. 每當謁聖庭試之科, 京外人士, 咸聚內苑之春塘臺, 命製一賦, 或賦表雙題. 必親臨揭題, 命命官主文及對讀官, 考取幾人, 幷爲賜第, 其間纔半日, 收劵, 則每至三四萬五六萬. 思皇多士, 雖曰生此王國, 以海隅彈丸之國, 能文之士, 可謂比屋可封者, 豈眞右文之盛耶. 古之策場, 策劵滿五十, 則謂之可以陳賀, 而今之策劵, 幾以萬計. 公孫弘董仲舒, 足可以車載而斗量也. 假使盡爲能文, 以文取人, 本不足需世, 而其所謂赴擧之儒, 太半是皁隷廝役與

268) 박학홍사博學鴻詞 : 박학굉사博學宏辭. 박홍博鴻. 청淸나라 때 제과制科의 하나로 실시한 관리등용법. 청나라는 건국 초에 명나라의 유신 및 청의 중국 지배를 지지하지 않은 한인漢人 학자들을 회유하기 위하여, 1679년(강희 18)과 1736년(건륭 1) 2회에 걸쳐 이를 성대히 실시하였다. 특히 강희제 때는 칙령勅令으로 상설의 과거 이외에, 학행學行을 겸비하고 문장이 뛰어난 인재를 선발하기 위하여, 대유大儒 143명을 응시하게 하였다. 시부詩賦의 시험을 주로 하여 1등 20명, 2등 30명을 급제시켜서 한림관翰林官에 임명하였다.

田夫牧童之目不識丁. 如此科制, 殆天下萬國之所無也. 高才積學之士, 何從以得之哉. 且所謂當場呈券之文, 皆大同小異, 鳧短鶴長, 本無優劣. 以此登科者, 不過爲市童之儕而已. 愚意, 則當盡罷諸科, 但存式年大小科, 而明經, 則不必盡講七書. 每許三經中一經, 四書中一書, 除其音釋集註, 只誦經文, 文義, 則必反覆參問. 待後式, 七書又令換講, 則赴擧者, 必當努力, 不幾年, 可得當世實學之士矣. 如欲時行別科, 如淸世康熙己未之博學鴻詞, 則自朝家先飭京外官, 使求博學鴻詞一世所推之人, 各薦一二人, 給馬來赴, 以博學鴻詞, 分題試取, 亦或一道也.

## 과거제도와 관련한 일화

정조가 일찍이 여러 신하들과 이야기하다가 과거의 폐단을 논하는 데 미치자, 지신知申[269]으로 입시入侍한 가정柯汀 조진관趙鎭寬[270]이 말했다.

"여기에 제일 좋은 방법이 있으니 왕께서는 심려하지 마십시오."

"무엇인가?"

"대 · 소과를 막론하고 방榜이 붙은 후에 매번 앞으로 나오게 하여 면시面試[271]를 하면 글에 능한 자는 합격할 것이고, 그렇지 못한 자는 반드시 스스로 물러갈 것입니다. 수종隨從[272] · 접두接鬪[273] · 협책挾冊[274] · 외제外

269) 지신知申 : 조선시대 승정원承政院의 도승지都承旨를 달리 이르는 말이다.

270) 조진관趙鎭寬(1739~1808) : 본관은 풍양豐壤, 자는 유숙裕叔, 호는 가정柯汀, 시호는 효문孝文. 1762년 사마시司馬試에 합격하여 벼슬이 중추부지사中樞府知事에 이르렀으며, 기로소耆老所에 들어갔다. 저서에 『가정집柯汀集』, 『역문易問』이 있다.

271) 면시面試 : 직접 마주 대하고 시험을 보는 것이다.

272) 수종隨從 : 조선 후기의 각종 과거에는 수험생들이 시험지를 베끼는 사람 또는 서책을 가진 사람 등의 많은 수종인을 데리고 들어갔다. 이 때문에 입문자의 수가 많아

製[275] · 환봉換封[276] · 간촉干囑[277] · 관절關節(뇌물) 등 많은 간교한 행위는 금지하지 않아도 없어질 것이니, 어찌 좋은 방법이 아니겠습니까."

정조가 한참동안 아무 말이 없다가 하교하였다.

"우리나라는 예로부터 명석名碩이라 해서 반드시 모두 스스로의 힘으로 글에 능했던 것은 아니다."

"진실로 임금의 하교와 같다면 아마도 과거의 폐단을 신들에게 하교하실 필요는 없을 것입니다."

대개 정조가 등극한 초기에 면접시험을 한번 시행하였다. 한 유생이 책문策文으로 선발되었는데, 정조가 직접 「홍범洪範」[278]과 「황극내편皇極內篇」을 묻자 그 사람이 황망히 입을 다물고 얼버무리는데 이르렀다. 정조가 삭과削科를 명하였으나 속마음은 매우 참담하였다. 그 후로 다시는 면접시험을 시행하지 않았기 때문에 정조의 하교가 있었던 것이다.

---

서 큰 혼란이 일어나 밟혀 죽거나 다치는 등의 사고가 잇달았다.

273) 접투接鬪 : 응시자수의 증가로 시관들이 시간에 쫓겨 허두 몇 줄만 읽거나 또는 일찍 낸 시험지만을 과차하는 폐풍이 생겼다. 이 때문에 수험생들이 시험지를 먼저 내려고 다투게 되었고, 결국은 수종인을 많이 데리고 들어가 답안을 나누어 작성하였다.

274) 협책挾冊 : 시험장 안에서 책이나 문서를 가진 자가 발견되면, 2식년 동안 과거응시의 제한을 받게 되어 있었으나, 효종 이후 이 금지조항도 해이해져서 수험생들이 공공연히 책을 가지고 들어가 보고 쓰는 경우가 생겼다.

275) 외제外製 : 글 잘하는 사람이 시험장 밖에서 제술하여 시험장의 서리나 군졸의 손을 빌려 수험생에게 전하게 하였으며, 또 수험생이 시험장을 빠져나가 집에서 제술하여 오는 경우도 많았다.

276) 환봉換封 : 과거의 부정 중에서 가장 악질적인 것으로, 채점할 때 수험생의 이름 등을 적은 피봉과 답안지를 분할하고, 채점이 끝나면 합격한 답안지와 그 답안지의 피봉을 골라내어 붙이는데, 이때 자기의 피봉을 합격 답안지에 붙이게 하여 합격하도록 하는 것이다.

277) 간촉干囑 : 채점시 피봉과 답안을 분리하여 답안을 서리에게 붉은 글씨로 베끼게 하고 베낀 이 답안지를 가지고 채점하였는데, 세도가의 자제들은 자기가 잘 아는 서리를 등록관이나 봉미관의 서리로 보내어 역서할 때 그들로 하여금 자기의 시험지를 잘 고치게 하였다.

278) 「홍범洪範」 : 『서경書經』에 기록된 한 편의 제목으로, 하나라 우임금 때 낙수洛水에서 나온 신귀神龜의 등에 있었다는 구장九章의 문장으로서, 천하를 다스리는 대법으로 삼는 것이다.

옛날 영조 때 판서 이일제李日躋[279]의 아들이 정시庭試에 급제하였다. 영조가 불러들여서 먼저 아버지의 이름을 묻자 이렇게 대답하였다.

"일자日字 제자躋字이옵니다."[280]

"제躋자는 무슨 자인고?"

"말발굽 제자이옵니다."

또 그날의 어제御題를 외라고 명하니, 이에 거꾸로 외어 대답하기를,

"고금추색춘당동古今秋色春塘同."

이라 하니, 어제는 곧 '춘당추색고금동春塘秋色古今同'이었다. 영조가 재차 물었다.

"어제御題의 어御자는 무슨 어御자인고?"

"어영청御營廳[281]의 어御자이옵니다."

"시권試券은 네가 지었느냐?"

"다른 사람이 대신 지어 주었습니다."

"이 사람은 어영군御營軍에 합당하다."

영조는 삭과를 명하고 어영군에 충당시켰다. 그 일이 지금까지도 여전히 웃음거리로 전해지는데, 이는 또 면시도 아니었다.

명나라 홍무洪武(주원장 재위시의 연호)년간에 대비大比(鄕試)[282]로 선비를

---

279) 이일제李日躋(1683~?): 조선시대 경종 때 문신. 본관은 전주全州, 자는 군경君敬, 호는 화강華岡.

280) 원래 아버지의 이름을 말할 때에는 '○자○자'라고 한다. 그러나 아버지보다 높은 사람 앞에서는 그냥 ○○라고 해야 한다.

281) 어영청御營廳: 임진왜란 뒤 5위五衛에 대체되어 설치된 3군문三軍門의 하나. 1623년(인조 1) 이귀李貴가 개성유수開城留守로 있으면서 건장한 자 260명을 모집하여 화포술火砲術을 가르치고 이를 어영군御營軍이라 한 것이 그 시초이다. 이에 조정에서는 이귀를 어영사御營使로 삼고, 뒤에 어영찬획사御營贊劃使·찬리사贊理使를 두고 군대를 편제하여, 1624년 이괄李适의 난 때는 인조를 어영군이 공주公州로 호종하였고, 공주에서 민간인의 포수를 뽑아 정예부대를 조직하였으나 총융청摠戎廳에 소속되었다. 1628년 어영청을 설치하여 이서李曙를 제조提調로, 구인후具仁垕를 대장으로 임명하여 군병 훈련을 전담하게 하였다. 1652년(효종 3) 효종의 북벌北伐계획에 따라 어영청을 정비·강화, 비로소 군보軍保를 정하고 군영을 설치하여 이완李浣을 어영대장으로 북벌계획의 본영本營 구실을 하였다.

선발하였는데, 당시 주시관主試官이 사사로운 정으로 한 사람을 발탁했다가 급사중給事中[283]에게 탄핵을 받았다. 고황高皇(명태조 주원장)이 크게 노하여 주시관과 합격한 사람 모두 피부를 벗겨 좌석으로 만들고 매번 과거 때마다 반드시 주시관으로 하여금 그 자리에 앉게 하니, 명나라 수백 년 동안 과장科場은 엄숙하였고 사사로운 정도 두절되었다. 태조가 법을 세운 것이 이와 같이 엄격하고 혹독했다.

### 科弊

正廟嘗與群臣語, 及科弊, 柯汀趙公鎭寬, 以知申入侍, 進曰 : "此有第一要道, 無勞聖慮." 上曰 : "何也?" 鎭寬曰 : "無論大小科, 榜後, 每令進前面試, 則能文者入格, 不文者必自退, 其隨從接鬪挾冊外製換封干囑關節等許多奸僞, 不期禁而自禁. 豈非要道乎?" 上默然良久, 乃教曰 : "我朝古來名碩, 未必皆自手能文." 鎭寬又曰 : "誠如聖教, 則恐不必以科弊, 下教於臣等也." 蓋正廟登極初, 一行面試, 一儒生, 以策被選, 上親問「洪範」·「皇極內篇」, 其人慌忙口噤, 至於曳白. 上命削其科, 而意甚慘然, 後更不行面試. 故有此教也.

昔英廟時, 李判書日躋之子, 擢庭試科. 上召入, 先問父名, 對曰, "日字躋字." 又問, "躋字何字?" 對曰, "馬蹄躋字." 又命誦當日御題, 乃倒誦以對曰, "古今秋色春塘同." 御題, 則乃 '春塘秋色古今同' 也. 上又問, "御題之御字是何御字?" 對曰, "御營廳之御字也." 上又問, "試券汝作乎?" 對曰, "借作也." 上曰, "此人可合御營軍." 命削科充御

---

282) 대비大比 : 『주례周禮』에 '3년은 대비이므로 대비년에 덕행과 도예를 살펴서 현자와 능자를 뽑아 등용한다[三年則大比, 考基德行道藝而興賢者能者]'라 하였다. 조선시대에도 과거제도의 하나로 실시되었다. 1603년(선조 36)에 창설하여 3년에 한 번씩 시험을 치렀는데, 『속대전續大典』 이후에는 자子·오午·묘卯·유酉년에 시행하는 것으로 하여 4년에 한 번씩 보는 식년式年으로 바뀌었다.

283) 급사중給事中 : 당唐나라 때 행정조직의 기본인 3성6부제 중 문하성과 중서성의 판관判官격인 정5품의 벼슬.

營軍, 其事至今猶傳笑, 此則又非面試也.

明洪武間, 大比取士, 其時主試, 以私情擢一人, 爲給事中所劾. 高皇大怒, 主試及登科人, 幷皆剝其皮, 爲坐席, 每科必令主試據坐, 終明之世數百年, 科場肅淸, 私情杜絶. 高皇立法, 如此其嚴酷也.

## 서원書院과 학교學校의 폐단

천하의 일은 비록 옛날 성왕聖王의 좋은 법과 아름다운 제도가 있더라도 오래되면 반드시 폐단이 있게 되고, 이미 폐단이 있게 되면 변화시켜 통하게 하지 않을 수 없으니, 또한 반드시 거슬러 올라가 옛사람을 탓해서는 안 된다.

학교는 오로지 옛 성인들을 제사지내기 위해 설립한 것일 뿐 아니라, 또한 선비를 기르고 학문을 진작시켜 인재를 양성하는데 목적이 있다. 그러므로 국학國學・주학州學・현학縣學・향학鄕學이 비록 크고 작은 차이는 있지만 인재를 양성하는 목적은 동일하다.

또한 서원書院은 송宋나라 때부터 시작되었는데, 서원의 설립 역시 선유先儒들을 받들어 제사지내고 유풍儒風을 돈독하게 장려하기 위함이다. 처음에는 나라에서 유학을 숭상하고 도를 중시하는 좋은 일이었다. 중국은 지금 어떠한지를 알지 못하겠지만, 우리나라는 그 폐단이 서원보다 심한 것이 없다. 어찌 서원의 잘못이겠는가? 진실로 선비들이 추구하는 것이 바르지 않기 때문이다.

옛날에 신재愼齋 주세붕周世鵬[284]이 처음으로 영좌嶺左(경상북도) 순흥

284) 주세붕周世鵬(1495~1554) : 본관은 상주尙州, 자는 경유景游, 호는 신재愼齋. 1541년

부順興府에 소수서원紹修書院을 창건하여 안문성공安文成公(안향)을 배향했으니, 퇴계退溪(이황)도 그 일을 칭찬하였다. 대개 처음은 잘하지 않음이 없었다. 이후 서원과 사당이 뒤를 연이어 일어나 지금은 거의 고을마다 서원 없는 곳이 없으며, 한 고을에 간혹 많게는 수십 개에 이르기도 한다. 또한 현인賢人 한 분을 수십 개의 서원에 나누어 배향하기도 하는데, 가령 우옹尤翁(송시열)을 배향하는 곳은 81개의 서원에 이른다. 또한 지명地名이나 고을의 이름이 우연히 중국과 부합되면 또한 제사를 지내니, 남양南陽에는 제갈무후諸葛武侯(제갈량)을 모시는 사당祠堂[285]이 있고, 단성丹城의 신안리新安里에는 주자朱子를 모시는 사당[286]이 있다. 이것이 무슨 의리인가? 주자는 송宋나라의 여섯 현인[287]으로 이미 대성전大成殿에 배향되어, 태학太學(성균관)으로부터 여러 고을에 이르기까지 모두 마찬가지이다. 진실로 주자를 존경하고 사모하고자 한다면 주자의 학문을 배우고 주자의 행실을 실천하는 것, 이것이 주자를 존경하고 사모하는 것이다. 어찌 집집마다 제사를 지낸 뒤라야 존경하고 사모하는 것이 되겠는가?

무릇 지금 시골 유생들은 대부분 학문이 없고 식견이 어두우며, 조상 중에 과거에 급제하여 벼슬에 오른 훌륭한 사람이 거의 없고 또한 재산의 풍성함도 부족하다. 곤궁하여 살아갈 길이 없으면 서로 공문을 발송하고 말을 창도하여 반드시 이렇게 말한다.

---

풍기군수로 부임하여 1542년(중종 37) 백운동白雲洞(順興)에 고려 말의 학자 안향安珦의 사당 회헌사晦軒祠를 세우고, 1543년 주자의 백록동학규白鹿洞學規를 본받아서 우리나라 최초의 서원인 백운동서원白雲洞書院(紹修書院)을 창설했다. 청백리로 녹선錄選되었고 단가短歌 8수를 지었다.

285) 남양南陽에는 …… 모시는 사당: 남양南陽은 경기도 화성군 남양면 일대를 가리킨다. 용백사龍柏祠란 사당이 있는데, 제갈량諸葛亮·호안국胡安國·윤계尹棨의 위패를 모셔 놓았다.

286) 단성丹城의 …… 모시는 사당: 신안新安은 주자朱子가 살던 곳이다.

287) 송宋나라의 여섯 현인: 소옹邵雍·장재張載·주돈이周敦頤·정호程顥·정이程頤·주희朱熹를 가리킨다. 간혹 주희 대신 사마광司馬光을 포함시키기도 한다.

"아무 고을 아무 땅에서는 마땅히 아무 선생을 제사지내야 하고, 아무 서원 아무 사당에서는 마땅히 아무 유현儒賢을 배향해야 한다."

난데없이 짧은 편지로 여러 고을의 태수에게 도움을 구하고 본손本孫의 집안에 재물을 독촉한다. 기타 온갖 방법으로 사원祠院을 짓느라 폐해가 하나 둘이 아니니, 이것이 진실로 현인賢人을 사모하고 도道를 즐기는 진실한 마음이겠는가? 다행히 계획을 이루게 되면 또한 반드시 여럿이 모여 먹고 마신다. 먹고 마시는 것도 모자라 또 반드시 말하기를,

"아무 고을 아무 백성은 불효하고 공손하지 못하다. 간혹 음란하고 간사하며 행실이 좋지 못하다."

하고는 자주 많은 서원의 종들을 풀어서 그 사람을 잡아들여 위협하고 끝내는 뇌물을 받고서야 그만둔다. 모두 서원의 귀중함을 의지하여 성곽의 여우·사직단社稷壇의 쥐[288]가 된다. 그러므로 관리가 알아도 묻지 못한다.

이것은 서원만 그런 것이 아니라 학교도 마찬가지이다. 이렇다면 설사 마을마다 학교를 세우고 고을마다 서원을 세우더라도 끝내 어찌 나라에 도움이 되겠으며, 어디서 인사人士를 취하겠는가? 장차 이러한 폐단을 징계하려면 학교를 없애고 서원을 허물어야 할 것인저. 만약 구습을 따르기만 하고 바꾸지 않는다면 뒤에 해로움이 되어, 끝내 백성들은 삶을 즐거워하지 않고 선비들은 염치를 알지 못하는 것을 면하지 못할 것이다. 하늘을 찌를 듯한 폐단은 이루다 말할 수 없다.

學校書院

天下事, 雖古聖王之良法美制, 久則必弊, 旣弊則不得不變而使通, 亦不必追咎於古人也. 學校, 非專爲先聖祀享而設, 亦在養士興學, 爲

288) 성곽의 여우·사직단社稷壇의 쥐 : 성곽에 구멍 뚫고 사는 여우와 사직단에 빌붙어 먹고 사는 늙은 쥐라는 뜻으로, 의지하는 바가 있어 나쁜 짓을 하는 사람이나 임금 곁에서 아부하고 알랑거리는 간신을 비유하는 말이다.

作成人材者也. 故有國學州學縣學鄕學, 雖小大異等, 其作成則一也. 且書院者, 始自宋世, 其設也, 亦欲其尊祀先儒以爲敦奬儒風. 其初, 則未嘗非國家崇儒重道之好事也. 在中國, 則今未知何如, 而我東, 則爲弊莫甚於此, 豈書院之罪也? 實士趨之不端故也. 昔周愼齋世鵬, 始創紹修書院於嶺左順興府, 享安文成公, 退溪亦善其事. 蓋其初則未嘗不善也, 其後以院以祠, 接踵以起, 今則殆無邑無院, 一邑而或至數十院之多. 又一賢分享屢十院, 如尤翁俎豆之所, 至於八十一院. 且地名邑號, 偶合中國, 則亦祀之, 南陽有諸葛武侯祠, 丹城新安里, 亦有朱子祠, 此何義也? 朱子以宋六賢, 已陞殿而配食, 自太學至列邑, 皆然. 苟欲尊慕, 學朱子之學, 行朱子之行, 是尊慕也. 豈家祭戶祀, 然後爲尊慕耶? 凡今之爲鄕邑儒生者, 擧多蔑學昧識, 而旣乏科宦之顯祖, 又欠財帛之豐産. 窮不自聊, 則相與發文倡說, 必曰, '某邑某地, 當祀某先生, 某院某祠, 當追配某儒賢.' 蘦地折簡, 求助於列邑之守, 督財於本孫之家. 其他百方營造, 煩弊不一, 此眞慕賢樂道之誠心哉? 幸而遂計, 則又必群聚餔啜, 餔啜之不足, 又必謂 "某村某民, 不孝不悌, 或淫辟失行." 多發院隷, 捕捉威脅, 畢竟受賄乃已, 而皆以依憑院重, 作爲城狐社鼠. 故官吏知而勿問, 此不但書院也, 學校亦然. 此則雖使里里置校, 村村設院, 竟奚裨於國家, 何取於人士? 其將懲於此弊, 罷校毁院乎! 如果因循不變, 則後來爲害, 終未免民不樂生, 士不知恥, 滔天之弊, 有不可勝言也.

근세에 영남의 인사들은 걸핏하면 사사로이 사묘祠廟를 세우고 문집을 간행하는데, 이것은 모두 고향의 선배들로 모두 세상에 널리 알려진 명사名士는 아니다. 그 계획이 사대부의 명칭을 잃지 않으려는 데서 나왔으니, 가세家勢가 한미하고 이미 조정에 벼슬할 수 없으면 진실로 문족門族을 보존하고 향리鄕里를 호령하며 편호編戶와 구별되는 것조차 어렵다고 스스로 생각했기 때문이다. 이에 선조 중에 조금이라도 신중하고 성실하다는 칭송이 있고, 대강이라도 해亥와 시豕를 분별할 수 있는 자를 취하여 평소의 시구詩句와 편지를 주워 모아 판각하고 이름 하기를 '아무선생유고某先生遺稿'라고 한다. 이어 또 같은 고을과 이웃 고을의 많은 선비들을 서로 불러 모아 '아무 선생께서 생활하고 학문을 닦던 곳이다'라고 일컬으며 재물을 모아 사당을 짓는데, 장인匠人들을 불러 모으고 백성들을 부려서 모두 한 번 지휘하고 명령하면 며칠 지나지 않아 사당을 완성하니, 손바닥을 뒤집는 것처럼 쉽게 한다. 더욱 서로 모방하여 마침내 '아무성세덕사某姓世德祠'라고 칭송하니, 거의 고을마다 없는 곳이 없으며 기와지붕이 날듯이 우뚝하게 연이어 있다.

이것은 모두 조정에서 들어보지 못하고 세상 선비들이 알지 못하는 것이다. 그러나 영남은 특히 심하여 마침내 큰 폐단을 이루었다. 다만 이것뿐이 아니라, 사당이 이미 완성되면 또한 서로 거느려 소장訴狀을 가지고 고을에 들어가 향의鄕議니 사론士論이니 하며 관장官長에게 호소하는데 반드시 이렇게 말한다.

"우리 고을 아무 마을에 아무 선생은 경술經術・문장文章・덕행德行으로 세상의 명유名儒가 되어 백 년 동안이나 산처럼 우러르고 있습니다. 지금 이미 사당을 세워 배향하게 되었으니, 어진 이를 높이고 숨어 있는 이를 드러내는 도리에 있어 관가官家에서도 해마다 희생·폐백·향·초를 봉해주어야 마땅할 것입니다."

간청하기를 그치지 않으면 관장은 장광설이 듣기 싫어 종종 허락하는 경우가 있다. 선비들의 습속은 이것을 따라서 불어나게 되었다.

순조純祖 때 참판參判 유성환兪星煥(字:景汝)[289]이 안동부安東府를 다스렸는데, 하루는 수백 명의 선비들이 소장訴狀을 가지고 관아의 뜰에 가득 모여,

"태봉苔峯 선생의 도덕과 학문은 제사지내야 마땅하므로 지금 서원을 설립하였으니, 관가에서 향과 초를 봉해줄 것을 청합니다."

라고 하며 입을 모아 성대하게 칭송하였다. 이른바 태봉이란 사람 역시 틀림없이 향당鄕黨에서 행실을 삼간 한 사람이었을 것이다. 경여景汝는 속으로 비웃었으나 마지못해 소장의 말미에 다음과 같이 판결하였다.

"우리나라는 도학道學에 기고봉奇高峯[290]이 있고, 절의節義에 고제봉高霽峰[291]·조중봉趙重峰[292]이 있고, 명덕名德에 김학봉金鶴峰[293]이 있고, 상

---

289) 유성환兪星煥(1788~?): 본관은 기계杞溪, 경여景汝는 그의 자.

290) 기고봉奇高峰: 기대승奇大升(1527~1572). 본관은 행주幸州, 자는 명언明彦, 호는 고봉高峰, 시호는 문헌文憲. 어려서부터 재주가 특출하여 문학에 이름을 떨쳤을 뿐 아니라 독학으로 고금古今에 통달, 32세에 이황李滉의 제자가 되어 이항李恒·김인후金麟厚·이황의 문하에 왕래하면서 선학先學들이 미처 생각하지 못한 새로운 학설을 제시한 바가 많았다. 그 중에서 이황과 사단칠정四端七情을 주제로 논란한 편지는 가장 유명한 것으로, 사칠이기론四七理氣論의 변론이 있은 후 이황은 그의 학식을 존중하여 대등한 입장에서 논의했다. 저서에 『고봉집高峰集』, 『주자문록朱子文錄』, 『논사록論思錄』 등이 있다.

291) 고제봉高霽峰: 고경명高敬命(1533~1592). 본관은 장흥長興, 자는 이순而順, 호는 제봉霽峰, 시호는 충렬忠烈. 임진왜란이 일어나자 광주光州에서 모집한 의병 6천여 명을 이끌고 금산錦山에 침입한 왜군과 싸우다 전사했다. 저서에 『제봉집霽峰集』, 『유서석록遊瑞石錄』 등이 있다.

292) 조중봉趙重峰: 조헌趙憲(1544~1592). 본관은 배천白川, 자는 여식汝式, 호는 중봉重峰, 시호는 문열文烈. 임진왜란이 일어나자 옥천에서 의병을 일으켜 1천 7백여 명을 규합, 이 해 8월 영규靈圭 등 승병僧兵과 합세하여 청주淸州를 수복했다. 이어 전라도로 향하는 고바야까와小早川隆景의 왜군을 막기 위해 금산錦山으로 행했으나, 전공戰功을 시기하는 관군의 방해로 대부분의 의병이 해산당하고 불과 7백 의병으로 금산 전투

업相業에 민노봉閔老峰[294]이 있고, 시인에 백옥봉白玉峰[295]이 있고, 명필에 한석봉韓石峰[296]이 있다. 이런 분들은 관가에서도 익히 알고 있는 봉峰이다. 기타 매우 기괴한 봉峰은 관가에서 알지 못하는 봉峰이다."

여러 유생들이 크게 화를 내며 말하기를,

"태봉선생이 어떤 선배인데 언사의 부당함이 이와 같은가?"

하면서 떼지어 관아의 뜰에 가득 모여 지껄여 대어 마침내 이로써 많이 곤액을 당하다가 며칠이 지나서야 진정되었다. 선비를 대우하는 예우로는 비록 혹 실언失言하기는 하였으나, 판결한 말은 기발하고 절묘하니 또한 하나의 통쾌한 일이며, 듣는 사람들도 크게 웃지 않는 사람이 없었다.

대개 영남 사람들은 질박하면서도 인색하고, 일을 도모할 때에는 반드시 힘을 다한다. 무릇 선현先賢에 관계되는 일이라면 거의 번독함도

---

에 참가, 끝까지 용전하다 7백 의병과 함께 모두 전사했다. 이이李珥의 문인 중 가장 뛰어난 학자의 한 사람으로, 기발이승일도설氣發理乘一途說을 지지하여 이이의 학문을 계승·발전시켰다. 저서에 『중봉집重峰集』, 『동환봉사東還封事』 등이 있다.

293) 김학봉金鶴峰 : 김성일金誠一(1538~1593). 본관은 의성義城, 자는 사순士純, 호는 학봉鶴峰, 시호는 문충文忠. 1590년 통신부사가 되어 정사正使 황윤길黃允吉과 함께 일본에 건너가 실정을 살피고 귀국, 일본의 침략을 경고한 서인西人 황윤길과는 반대되는 보고를 하여 임진왜란이 일어나자 처벌될 뻔했으나 유성룡柳成龍의 변호로 화를 모면했다. 이황의 문인으로 성리학에 조예가 깊었다. 저서에 『해사록海槎錄』, 『학봉집鶴峰集』 등이 있다.

294) 민노봉閔老峰 : 민정중閔鼎重(1628~1692). 본관은 여흥驪興, 자는 대수大受, 호는 노봉老峰. 1649년(인조 27) 정시문과에 장원하여 벼슬이 좌의정에 이르렀다. 저서에 『노봉문집老峯文集』 등이 있다.

295) 백옥봉白玉峰 : 백광훈白光勳(1537~1582). 본관은 해미海美, 자는 창경彰卿, 호는 옥봉玉峰. 1564년(명종 19) 진사進士가 되었으나 벼슬에 뜻이 없어 산수山水를 즐기며 시서詩書에 열중했다. 최경창崔慶昌·이달李達 등과 함께 '삼당시인三唐詩人'으로 불린다. 저서에 『옥봉집玉峰集』이 있다.

296) 한석봉韓石峰 : 한호韓濩(1543~1605). 본관은 삼화三和, 자는 경홍景洪, 호는 석봉石峰. 어려서부터 어머니의 격려로 서예書藝에 정진하여 왕희지王羲之·안진경顔眞卿의 필법을 익혀 해서楷書·행서行書·초서草書 등의 각 체에 모두 뛰어났다. 그때까지 중국의 서체書體와 서풍書風을 모방하던 풍조를 벗어나 독창적인 경지를 확립하여 석봉류石峰流의 호쾌豪快·강건剛健한 서풍書風을 창시했다. 김정희金正喜와 함께 조선 서예계의 쌍벽을 이룬다.

헤아리지 않고 사생결단死生決斷도 피하지 않아, 뜻을 두면 일을 이루고 만다. 만약 이런 사람이 정正을 말미암아 들어간다면 제 몸을 버리고 순국殉國하는 것 또한 회피하지 않을 것이요, 만약 간혹 사邪를 말미암아 뜻을 세운다면 반드시 하지 못할 것이 없을 것이다. 이것은 숭상할 만한 것이기도 하지만 또한 두려워할 만한 것이기도 하다.

내가 일찍이 영남 좌도左道(경상북도)와 우도右道(경상남도) 세 고을에 수령을 지냈기 때문에 그 풍속에 익숙하다. 비록 송사訟事를 다투는 것으로 보더라도 그 뜻이 한 번 정해지면 관청의 위엄으로도 굽힐 수 없고 부드러운 말로도 풀 수 없다. 각자 주장하는 의견은 만 마리 소로도 돌리기 어려우니, 영남 좌도가 더욱 심하고 우도는 조금 나으니 대개 호서湖西에 가깝기 때문이다. 영남 사람이면 좌도左道·우도右道를 막론하고 과거에 응시하거나 벼슬을 하는 자가 서울에 들어오면 반드시 반촌泮村에 거처하며, 또한 과거나 벼슬살이가 아니면 백의白衣(포의)를 입고 조령鳥嶺(새재)을 넘지 않는다. 이것은 퇴도退陶(이황)의 유계遺戒라고 하는데, 지금은 역시 다 그렇지는 않다.

### 嶺南文集

近世嶺南人士, 動輒私設祠廟, 而槧印文集, 是皆鄕先輩也, 非盡擧世知名之名流也. 其計出於不欲失士大夫之名稱, 而自以家勢寒畯, 旣不得朝廷之科宦, 則實難保有門族, 號令鄕里, 區別於編戶故也. 於是就其祖先中, 稍稱謹愿, 粗辨亥豕者, 掇拾平日詩句若書牘, 付之剞劂, 名曰‘某先生遺稿.’ 仍又相與倡聚同邑及隣境多士, 謂以杖屨藏修之地, 鳩財搆屋, 募匠徒, 役民人, 皆一麾使令, 不日成造, 易如反掌. 轉相倣效, 遂稱某姓世德祠, 殆無邑無之, 瓦甍翼然, 磊落相望. 此皆朝家之所不聞, 世儒之所不知, 而嶺南爲甚, 遂成一大弊. 非徒此也, 祠旣成則又相率, 而持狀入邑, 謂之鄕議士論, 訴其官長, 必曰, “本邑某里某先生, 經術文章德行, 爲世名儒, 百年山仰. 今已建祠腏享, 在尊賢闡幽之道, 官家亦宜歲封牲幣香燭.” 懇之不已, 則爲官者, 厭聞饒舌, 往往施許, 士習從以滋長矣. 純廟時, 兪參判景汝星煥, 知安東府. 一日多士數百, 抱狀盈庭, 以爲苔峰先生, 道德學問, 宜其祭祀, 故今方設院, 請官封香燭, 交口盛稱. 所謂苔峰, 亦必是鄕黨一謹飭人也. 景汝心笑之, 力[297]判其狀尾曰, “我國之道學有奇高峰, 節義有高霽峰趙重峰, 名德有金鶴峰, 相業有閔老峰, 詩人有白玉峰, 名筆有韓石峰, 此則官所聞知之峰也. 其他怪怪奇奇之峰, 官所不知之峰云云.” 諸生大怒, 謂, “苔峰何等前輩, 而口氣不當若是.” 群咻滿庭, 遂以此受困甚多, 歷日始定. 待士之體, 雖或失言, 判辭則奇絶, 亦一快矣, 聞者, 無不大笑. 蓋嶺人, 質而嗇, 謀事必力. 凡繫爲先爲賢, 幾乎不計煩瀆, 不避死生, 有志則事成. 如使斯人, 由正而入, 則損軀殉國, 亦無回避, 如或由邪立志, 則必當無所不爲, 此可尙而又可畏也. 余嘗爲宰嶺左右凡三邑. 故慣於其俗, 雖以爭訟見之, 其意一定, 則官威不能屈, 軟語不能解. 各自主見, 萬牛難回, 則嶺左尤甚, 右道則差勝, 蓋近湖西故也. 嶺人無論左右道, 赴擧與從宦者, 入京必主泮村, 且非科宦, 則不以白衣踰嶺, 是退陶遺戒云, 而今則亦不盡然.

## ‘자子’라는 칭호

정조正祖가 『우암집尤庵集』을 『송자대전宋子大全』이라 하였는데, 순조純祖 때에 이르러 또한 서울과 지방 선비들의 여론이 다음과 같았다.

“『우암집』을 이미 『송자대전』이라 일컬었으니 『율곡전서栗谷全書』도

297) 서벽외사해외수일본에는 ‘力’이 ‘乃’로 되어 있다.

마땅히 『이자전서李子全書』라 일컬어야 된다."[298]

마침내 반드시 자子라 칭할 필요가 없다느니, 자子라 칭하는 것은 부당하다느니, 논의가 어지러워 정해지지 못했다. 연천공淵泉公[299]도 일찍이 고종사촌 동생 하경夏卿 서충보徐忠輔와 편지를 왕복하며 논쟁을 했으나 끝내 자子라 칭하는 것을 개정할 수 없었다. 그러나 이러한 논의는 정자程子와 주자朱子의 문집에서 모방하여 두 사람 모두를 거론하여 함께 높이려는 계책에 불과할 따름이다. 자子라 칭할지의 여부는 모두 두 현인을 두고 경중을 따지거나 가감을 하기에는 부족하다.

옛날에 자子라 칭하는 것은 도덕이 공자·안자·증자·맹자와 같은 뒤라야 비로소 자子라 칭할 수 있었다. 노자老子[300]·장자莊子[301]는 이단으로써 또한 자子라 칭하였다. 맹자가 살던 시대에는 서로 자子라 칭했으니, 맹자 또한 일찍이 고자告子·시자時子·진자陳子·공도자公都子·악정자樂正子[302]라고 말했다. 그 외에 관중管仲·안영晏嬰·양주楊朱[303]·묵적墨

298) "『우암집』을 …… 된다": 자子는 '선생님'이라는 뜻으로 높이 추앙할 만한 사람을 일컬을 때 사용하는 말이다. 따라서 우암 송시열이 문집에 자子를 붙여 격을 높이자, 율곡 이이의 제자들이 율곡선생이 우암선생보다 나으니 율곡선생의 문집에도 자子를 붙여야 한다고 주장한 것이다.

299) 연천공淵泉公: 홍석주洪奭周(1774~1842). 본관은 풍산豊山, 자는 성백成伯, 호는 연천淵泉, 시호는 문간文簡. 1795년(정조 19)에 급제하여 벼슬이 좌의정에 이르렀다. 저서에 『연천집淵泉集』 외에 『학해學海』, 『영가삼이집永嘉三怡集』, 『동사세가東史世家』, 『학강산필鶴岡散筆』, 편서編書에 『속사략익전續史略翼箋』, 『상예회수象藝撓粹』, 『풍산세고豊山世稿』, 『대기지의戴記志疑』가 있다.

300) 노자老子(생몰년 미상): 도가道家의 창시자. 본명은 이이李耳, 자는 백양伯陽, 시호는 담聃. 노담老聃이라고도 불린다. 그의 사상은 열자와 장자에게 계승되었다고 하며, 한漢나라 초기에 성행하였던 황노黃老사상 형성에 영향을 주었다. 저서에 『노자老子』가 있다.

301) 장자莊子(B.C.369~?): 춘추春秋시대 송宋나라 사람. 본명은 장주莊周. 그의 사상은 위진현학魏晉玄學의 사상적 기반이 되었으며, 남북조시대에 성행한 반야학般若學과 당나라 때 융성한 선종禪宗 형성에 영향을 주었다. 현종玄宗은 그에게 남화진인南華眞人이라는 호를 추증하였으며, 그의 저서 『장자莊子』는 『남화진경南華眞經』이란 이름으로 널리 읽혔다.

302) 고자告子 …… 악정자樂正子: 『맹자』에 나오는 인물들로 고자는 맹자와 다른 학설로 대치되던 인물이고, 나머지는 모두 맹자의 제자이다.

303) 양주楊朱(생몰년 미상): 전국戰國시대 위衛나라 사람. 자는 자거子居. 위아설爲我說을

翟[304] · 열어구列禦寇[305] · 신불해申不害[306] · 한비韓非[307]와 같은 무리들도 자子라 칭하지 않음이 없었으니, 손으로 이루 다 셀 수 없을 정도이다. 어찌 도학이 있은 뒤라야 비로소 자子라 칭하겠는가? 이러한 논의는 이기기를 좋아하는데 불과하다.

공문십철孔門十哲[308] 중에 자子라 칭한 사람은 오직 안자顔子 한 사람이었다. 비록 십철十哲에 들지는 못했지만 유약有若[309]만 자子라 칭했으니, 어찌 자하子夏 · 자공子貢의 어짊이 도리어 유약에게 미치지 못해서 그러했겠는가? 이로써 말한다면 율곡栗谷(이이)과 우암尤菴(송시열) 두 선생은 자子라 칭하던지 자子라 칭하지 않던지, 후학들이 어찌 감히 이로써 두 분의 우열을 따질 수 있겠는가?

## 宋子大全

正廟以尤菴集爲『宋子大全』. 至純廟世, 又有京外士論謂 : "尤菴集,

---

주로 하여, 털끝 하나를 뽑아 천하를 이롭게 할 수 있을지라도 그런 일은 하지 않는다고 한 극단적인 이기주의자利己主義者이다. 묵자의 겸애설과 서로 반대되는 학설이다.

304) 묵적墨翟(B.C.480~B.C.390) : 묵자墨子. 전국戰國시대 송宋나라 사상가. 겸애설兼愛說 · 숭검崇儉 · 비공非攻 등의 설說을 주창하였다. 당시 유가와 함께 병칭되어 유묵儒墨이라 하였다.

305) 열어구列禦寇 : 전국戰國시대 정鄭나라 사람. 그의 학문은 황로黃老를 기본으로 하였으며, 『열자列子』 8권을 저술했다.

306) 신불해申不害(생몰년 미상) : 전국戰國시대 한韓나라 사람. 소후昭侯를 15년 동안 도와 나라를 부국강병으로 만들었다. 황노黃老의 학문에 기초하여 법가法家의 시조로 불린다.

307) 한비韓非(?~B.C.233) : 전국시대 말기의 사상가. 한韓나라의 공자公子로 형명법술刑名法術의 학學을 좋아하여 이사李斯와 더불어 순자荀子에게 배웠다. 저서에 『한비자韓非子』가 있다.

308) 공문십철孔門十哲 : 공자가 천하를 돌아다닐 때 함께 했던 10명의 뛰어난 제자로 덕행德行에는 안연顔淵 · 민자건閔子騫 · 염백우冉伯牛 · 중궁仲弓, 언어言語에는 재아宰我 · 자공子貢, 정사政事에는 염유冉有 · 계로季路, 문학文學에는 자유子游 · 자하子夏이다.

309) 유약有若 : 자는 자유子有. 공자의 제자로, 외모가 비슷하고 덕이 있어 공자가 죽자 동문제자들이 공자대신 모시려 했을 정도로 뛰어난 제자이다.

旣稱『宋子大全』『栗谷全書』, 當稱『李子全書』." 遂有不必稱子, 不當稱子之論, 紛然未定. 淵泉公, 亦嘗與其內弟徐夏卿忠輔, 往復辨難, 而終未能改定稱子矣. 然此不過依倣於程朱文集, 以爲雙擧並尊之計而已. 稱子與否, 皆不足輕重加損於兩賢也. 古之稱子, 非但道德之如孔顔曾孟, 然後始可稱子也, 老子·莊子, 以異端亦稱子. 孟子之時, 互相稱子. 孟子, 亦嘗謂告子, 時子, 陳子, 公都子, 樂正子. 其外如管仲, 晏嬰, 楊朱, 墨翟, 列禦寇, 申不害, 韓非之徒, 無不稱子, 指不勝接矣. 何獨道學而後, 始稱子乎? 此論不過好勝也. 孔門十哲稱子者, 惟顔子一人. 雖不與十哲, 有若獨稱子, 豈子夏子貢之賢, 反不及有若而然耶? 以此言之, 栗尤兩先生, 或稱子或不稱子, 而後學何敢以此軒輊也?

## 사람 됨됨이와 문장이 서로 어긋난 경우

공작孔雀은 비록 독毒이 있으나 깃털이 아름다워서 사람들은 대부분 그 독을 잊은 채 사랑하고, 호랑이와 표범은 비록 사납지만 가죽이 알록달록하여 무늬가 있기 때문에 살아 있을 때는 미워하나 죽으면 반드시 아름답다고 일컫는다. 조남명曺南溟[310]은 일찍이 다음과 같은 시를 지었다.

| | |
|---|---|
| 人之愛正士, | 사람이 바른 선비를 사랑함은, |
| 好虎皮相似. | 호랑이 가죽을 좋아함과 흡사하네. |
| 生前欲殺之, | 살아있을 때는 죽이려고 하더니, |

310) 조남명曺南溟 : 조식曺植(1501~1572). 본관은 창녕昌寧, 자는 건중楗仲, 호는 남명南溟, 시호는 문정文貞. 조정의 부름을 받았으나 끝내 나가지 않고 사색과 연구에 전념하였다. 저서에 『남명집南溟集』 등이 있다.

死後方稱美.　　　　　　죽은 뒤에서야 아름답다 일컫네.

이것은 격언이라 하겠다. 옛날에 남곤南袞은 기묘사화己卯士禍[311] 때 간교한 괴수로 마땅히 백대의 죄인이 되었으나, 이후 그가 소릉昭陵[312]을 복위시키고자 한 한 번의 상소는 세상 사람들이 귀신을 울릴 만하다고 일컬었으며, 그 문장이 국사國史에 실려 있다. 이것은 이른바 사람 때문에 말을 폐할 수 없다는 것이니, 어찌 공작에게 깃털이 있고 호랑이와 표범에게 문채나는 가죽이 있는 것과 같은 경우가 아니겠는가?

또한 군자의 말이라도 의심할 만한 것이 없을 수 없으니, 점필재佔畢齋[313]의 「조의제문弔義帝文」[314]이 그렇다. 점필재의 처신은 이미 동봉東峰[315]이나 추강秋江[316]과는 달라 이미 조정에 현달했으니, 그 글은 지어서는 안 되는 것이다. 또한 만약 실제로 기탁한 바가 없이 진실로 꿈에 본 일을 우연히 문인의 한때 장난으로 지은 것이라면, 마땅히 글상자 안

311) 기묘사화己卯士禍 : 1519년(중종 14) 11월에 남곤 · 심정沈貞 · 홍경주洪景舟 등의 훈구재상勳舊宰相이 조광조 · 김정金淨 · 김식金湜 등의 젊은 선비들을 몰아내어 죽이거나 혹은 귀양 보낸 사건이다.

312) 소릉昭陵 : 문종의 왕후 권씨의 능陵이다.

313) 점필재佔畢齋 : 김종직金宗直(1431~1492). 본관은 선산善山, 자는 계온季昷, 호는 점필재佔畢齋, 시호는 문충文忠. 1459년(세조 5) 식년문과에 정과로 급제하여 벼슬이 중추부지사中樞府知事에 이르렀다. 문장과 경술經術에 뛰어나 영남학파嶺南學派의 종조宗祖가 되었고, 문하생으로는 정여창鄭汝昌 · 김굉필金宏弼 · 김일손金馹孫 · 유호인兪好仁 · 남효온南孝溫 등이 있다. 저서에 『점필재집佔僤齋集』 등이 있다.

314) 「조의제문弔義帝文」 : 세조世祖가 단종을 쫓아내고 왕위를 찬탈한 사건을 풍자하여 지은 글로, 항우가 초회왕楚懷王을 죽인 중국의 고사로 비유한 것이다. 김종직의 문하생인 김일손이 사관史官으로 있을 때 이 글을 사초史草에 적어 넣었고, 이것으로 인하여 무오사화戊午士禍가 일어나게 되었다.

315) 동봉東峰 : 김시습金時習(1435~1493). 생육신生六臣의 한 사람. 본관은 강릉江陵, 자는 열경悅卿, 호는 매월당梅月堂 · 동봉東峰 · 청한자淸寒子 · 청은淸隱 · 벽산碧山 · 췌세옹贅世翁, 시호는 청간淸簡. 저서에 『매월당집梅月堂集』 등이 있다.

316) 추강秋江 : 남효온南孝溫(1454~1492). 생육신生六臣의 한 사람. 본관은 의령宜寧, 자는 백공伯恭, 호는 추강秋江 · 행우杏雨 · 최락당最樂堂, 시호는 문정文貞. 어려서 사유신이 충성을 보고 스스로 벼슬할 생각을 버리고 가기를 유람하다가 병사하였다. 저서에 『추강집秋江集』 등이 있다.

에 보관했어야 옳았을 것이다. 그의 문도門徒들은 또한 어찌 심지어 충분忠憤에 격동되어 쓴 것이라 하여 사초史草에 수록하고 직필直筆로 간주했는가? 당시 폭군이 위에 있고 간사한 신하가 아래에 있었으니, 어찌 뼈가 부수어져 강에 던져지는 참혹한 화를 면할 수 있었겠는가? 김계운金季雲[317] 등 여러 공들이 모두 자초한 것이다.

南袞

孔雀, 雖有毒, 以毛羽之美, 人皆忘其毒而愛之. 虎豹, 雖猛, 皮則有文, 故生雖惡之, 死必稱美矣. 曺南溟, 嘗有詩曰, "人之愛正士, 好虎皮相似. 生前欲殺之, 死後方稱美." 此格言也. 昔南袞, 己卯奸魁也, 當爲百代之罪人, 而其後[318]昭陵一疏, 世稱其可泣鬼神, 其文載在國史. 此所謂不以人廢言者也, 豈非孔雀之有羽, 而虎豹之有文者耶? 亦有君子之言, 不能無可疑者, 佔畢齋之「弔義帝文」也. 佔畢之自處, 旣異於東峰・秋江, 而已顯於朝矣, 其文不當作也. 又若實無寄托, 而眞有夢事, 偶爲文人一時戲墨, 則當秘諸巾衍, 可也. 爲其門徒者, 又何至謂以忠憤所激, 載之史草, 看作直筆也. 其時, 暴君在上, 奸臣在下, 安得免碎骨投江之慘禍也? 金季雲諸公, 皆自取也.

---

317) 김계운金季雲 : 김일손金馹孫(1464~1498). 본관은 김해金海, 자는 계운季雲, 호는 탁영濯纓. 김종직金宗直의 제자. 김일손이 쓴 사초史草 속에 세조 찬위簒位를 풍자한 김종직의 「조의제문弔義帝文」과 훈구파의 비행에 대한 기록이 연산군에게 알려져 영남학파의 여러 학자들과 함께 처형을 당하였다. 저서에 『탁영문집濯纓文集』이 있다.

318) 서벽외사해외수일본에는 '後'가 '復'로 되어 있다.

## 홍인문興仁門 밖의 곡성曲城

영조 때에 홍인문興仁門[319] 밖 곡성曲城이 무너져 바야흐로 개축할 때, 역부役夫가 땅을 파다가 큰 쇳조각을 얻었는데 파면 팔수록 더 많이 나왔다. 그 길이와 폭, 둘레가 곡성과 같았다. 영조가 듣고 괴이하게 여겨 조정의 신하들에게 물었으나 모두 알지 못했다. 당시 문익공文翼公 유척기兪拓基가 재상에서 물러나 시골의 오두막집에서 살았는데, 영조는 공이 전고典故를 많이 안다고 여겼던 까닭으로 따로 사관史官을 보내어 자문을 구하니, 다음과 같이 대답하였다.

"옛날 세종世宗 몇 년에 처음 도성都城을 쌓을 때 무학無學[320]의 말대로 하였는데, 그가 말하기를 '도성의 동쪽은 허虛하니 성문 밖에 따로 곡성曲城을 쌓되 성 밑에 모두 큰 철판을 깔아야 한다'고 하였으니, 그 허虛한 기운을 막고 보호하며 진압하고자 하는 뜻이었습니다. 신臣이 젊은 시절에 마침 한림학사翰林學士[321]로 마니산摩尼山 사고史庫[322]에서 실록을 포쇄曝曬할 적에 이 일이 『세종실록世宗實錄』에 실려 있는 것을 보았습니다."

영조가 또 사관에게 명령하여 가서 실록을 살펴보게 했는데 과연 그

---

319) 홍인문興仁門 : 동대문東大門. 문의 바깥쪽에는 반원형의 평면을 이룬 옹성甕城을 쌓아 적에 대한 방비를 견고히 하였는데, 도성 내의 여덟 개의 성문 중 옹성을 갖춘 것은 이 문 뿐이다.

320) 무학無學(1327~1405) : 여말선초麗末鮮初의 스님. 본명은 박자초朴自超, 호는 무학無學·계월헌溪月軒. 1392년 조선 개국 후 왕사가 되어, 태조를 따라 계룡산과 한양漢陽을 오가며 지상地相을 보고 도읍을 한양으로 옮기는 데 찬성하였다. 저서에 『불조종파지도佛祖宗派之圖』, 『인공음印空吟』이 있다.

321) 한림학사翰林學士 : 예문관검열藝文館檢閱.

322) 마니산摩尼山 사고史庫 : 임진왜란을 경계로 기존의 춘추관·충주·성주·진주사고의 4사고 체제에서 5사고 체제로 개편하였는데, 바로 춘추관·오대산·태백산·적상산·강화(마니산)사고가 그것이다.

러하였다. 영조가 이로써 깊이 감탄하고 더욱 공을 중시하였다. 대개 선배의 총명과 정력은 대부분 이와 같았으니, 어찌 임금에게 신임을 받지 않을 수 있겠는가? 근세에 익종翼宗이 대리청정할 때 종묘宗廟에서 행하는 일곱 가지 제사[七祀][323]를 춘방春坊에 물었으나 모두 알지 못한다고 대답하였다. 이와 같은 사람들이 어찌 능히 고문顧問의 반열에 끼어 있을 수 있겠는가?

옛날 명明나라 효종孝宗이 용이 낳은 아홉 새끼의 이름을 내각內閣에 물었는데 모두 대답하지 못했다. 또 태학사太學士 서애西涯 이동양李東陽에게 물었는데 그는 곧 아홉 가지를 일일이 열거해 기록하여 다음과 같이 아뢰었다.

"용이 낳은 아홉 새끼는 모두 용이 되지 못해서 각기 다른 형태가 되었습니다. 첫째는 비희贔屭로 모양은 거북과 흡사하고 성품이 무거운 것을 짊어지기를 좋아하였으니, 지금 돌비석 아래 거북 받침[龜趺]이 이것입니다. 두 번째는 이문螭吻으로 모양은 짐승과 흡사하고 성품이 바라보기를 좋아하였으니, 지금 집 위 수두獸頭가 이것입니다. 세 번째는 포뢰蒲牢로 모양은 용과 흡사하나 작고 성품이 부르짖기를 좋아하였으니, 지금 종 위의 꼭지[紐]가 이것입니다. 네 번째는 폐안狴犴으로 모양은 호랑이와 흡사하고 위력이 있으므로 옥문獄門에 서있는 것입니다. 다섯 번째는 도철饕餮로 성품이 먹고 마시는 것을 좋아하므로 정鼎의 덮개에 세워져 있는 것입니다. 여섯 번째는 공하蚣蝮로 성품이 물을 좋아하므로 다리 기둥에 서있는 것입니다. 일곱 번째는 애자睚眦로 성품이 죽이기를 좋아하므로 칼 콧등에 서있는 것입니다. 여덟 번째는 금예金猊로 모양은 사자와 흡사하고 성품이 불과 연기를 좋아하므로 향로에 서있는 것입니다. 아홉 번째는 초도椒圖로 모양은 나방螺蚌과 흡사하고 성품이 닫기를 좋아하므로 문의 문고리 머리에 서있는 것입니다."

---

323) 일곱 가지 제사[七祀]: 한 해 동안에 지내는 일곱 가지 제사. 사명司命·호戶·조竈·문門·여厲·행行·중류中霤에 지낸다.

송宋나라 때 구양공歐陽公(구양수)이 바야흐로 『오대사五代史』[324]를 편수할 때, 편지를 써서 유공劉公[325]에게 그 당시 황후皇后가 합문閤門으로 들어오는 예절을 물었다. 원보原甫가 막 밥을 먹다가 붓을 당겨 일일이 열거해 기록해서 답장을 보내고서 말했다.

"훌륭한 구양구歐陽九(구양수)가 독서를 별로 하지 않는구나!"

또 왕형공王荊公[326]이 「영국咏菊」 시를 지은 적이 있다.

| | |
|---|---|
| 黃昏風雨鬧園林, | 황혼에 비바람 동산 수풀에 요란하고, |
| 殘菊飄零滿地金. | 쇠잔한 국화 바람에 떨어져 땅 가득 황금빛이네. |

사람들이 국화는 떨어지는 꽃이 아니라고 하여 비난하자, 구양수가 변호하며 말했다.

"「이소離騷」에 '저녁에는 가을 국화에서 떨어지는 꽃 먹네[夕飡秋菊之落英]'[327]의 말이 있으니 국화 또한 떨어지는 꽃이다."

유원보劉原甫가 듣고 비웃으며 말했다.

"낙落은 시작함이니, 「이소」의 '낙영落英'은 '처음 피어나는 꽃[始英]'이란 말과 같다. 국화에 어찌 떨어지는 꽃이 있겠는가? 이것은 구양수가

324) 『오대사五代史』: 『신오대사新五代史』 74권. 정사正史로서 오대왕조五代王朝의 사적事蹟을 기전체紀傳體로 서술하였다. 본래는 사저私著로서 『오대사기五代史記』라 하였으나, 저자가 죽은 뒤 정사로 받아들여졌다. 관찬官撰인 『구오대사舊五代史』가 역대의 실록實錄을 바탕으로 하여 충실한 사실주의史實主義를 취한 데 반해, 이 책은 군신도덕君臣道德과 중화사상中華思想에 기초한 사관史觀으로 일관되어 있다.

325) 유공劉公: 유창劉敞(1019~1068). 자는 원보原父, 시호는 문정文正. 구양수歐陽脩가 매양 책에 의문이 있으면 서신으로 그에게 물었는데 대답하는 붓의 손놀림이 멈추지 않아서 구양수가 그의 박학다식함에 감복하였다.

326) 왕형공王荊公: 왕안석王安石(1021~1086). 송宋나라의 개혁정치가. 신법당新法黨의 영수. 자는 개보介甫. 1042년 진사출신으로 강남지역의 지방관으로 근무하였으며 이재理財의 능력을 인정받았다. 때마침 정치의 일대 쇄신과 개혁을 갈망한 야심적 황제 신종神宗에 의해 발탁되어 역사적으로 유명한 파격적인 개혁정책을 실시하였으며, 후에 형국공荊國公에 봉해졌다.

327) 원문은 다음과 같다. "朝飮木蘭之墜露兮, 夕飡秋菊之落英. 苟余情其信姱以練要兮, 長顑頷亦何傷."

배우지 못한 잘못이다."

구양수는 여러 차례 남에게 비웃음을 받게 되었다. 그러나 만일 '처음 피어나는 꽃'이라 한다면, 어찌 갑자기 '바람에 떨어져 땅 가득 황금빛이네[飄零滿地金]'라고 했겠는가? 세상에 전하기를 천하의 국화는 대부분 꽃이 떨어지지 않는데, 유독 황주黃州의 국화만 꽃이 떨어진다고 한다. 형공荊公의 시는 아마도 황주의 국화를 읊은 듯하다. 그렇다면 두 사람의 말은 서로 실수한 것이 아닌가.

[청淸나라 상구商丘 송목중宋牧仲[328]의 『균랑이필筠廊二筆』에 이런 내용이 적혀 있다.

세상에 전하기를, 왕개보王介甫의 시에 이런 구절이 있다.

| | |
|---|---|
| 黃昏風雨過園林, | 황혼에 비바람 동산 수풀을 지나고, |
| 吹得黃花滿地金. | 바람 불어 국화꽃은 땅 가득 황금빛이네. |

소자첨蘇子瞻이 시구를 이어 읊었다.

| | |
|---|---|
| 秋花不比春花落, | 가을꽃은 봄꽃에 비해 잘 떨어지지 않으니, |
| 爲報詩人仔細吟. | 시인에게 알려 자세히 읊게 하려함이네. |

이로 인해 왕안석에게 죄를 얻어 소자첨이 황주로 귀양을 가게 되었다. 국화 중에서 황주의 국화는 꽃이 떨어지니, 소식이 그것을 보고 비로소 크게 부끄러워하며 승복하였다고 한다.

또 일찍이 살펴보건대, 왕안석이 「잔국殘菊」이란 시를 지었다.

| | |
|---|---|
| 黃昏風雨打園林, | 황혼녘 비바람 동산 수풀을 들이치고, |
| 殘菊飄零滿地金. | 쇠잔한 국화 바람에 떨어져 땅 가득 황금빛이네. |

328) 송목중宋牧仲 : 송락宋犖(1634~1713). 자는 목중牧仲, 호는 만당漫堂. 청淸나라 때 시인으로, 하남河南 상구商丘 사람이다.

구양영숙歐陽永叔이 시를 보고 왕안석을 희롱하며 이렇게 읊었다.

| | |
|---|---|
| 秋花不比春花落, | 가을꽃은 봄꽃에 비해 잘 떨어지지 않으니, |
| 爲報詩人仔細看. | 시인에게 알려 자세히 보게 하려함이네. |

왕안석이 이를 듣고 비웃으며 말하였다고 한다. "구양구歐陽九가 배우지 못한 잘못이다. 『초사楚詞』의 '저녁에 가을 국화의 떨어진 꽃을 먹네[夕飡秋菊之落英]'를 보지 못했단 말인가?"

내가 생각하건대, 구양수와 왕안석 모두 문장으로 한 시대를 주도했지만, 서로 좌우에 칼날을 차고서 피차 서로 비웃는 꼴이다. 어찌 풀과 나무의 이름도 오히려 다 알지 못하고 게다가 떨어지고 안 떨어지는 꽃이 있음을 알지 못한 것이 아니겠는가? 국화가 시든 뒤에 어찌 다시 먹을 만한 맛이 있으리요? 어떤 사람은 이렇게도 말하였다.

"『시경詩經』의 방낙訪落에는 낙落을 시始라고 풀이했다.[329] 낙영落英의 낙落은 아마도 처음 피어난 꽃을 말하는 것이다."

그렇다면 왕안석이 인용하여 고증한 말도 또한 깊이 생각하지 않았던 것인저.

상구商丘가 기록한 것은 또한 나의 견해와 같지 않으니, 어느 것이 옳은지 모르겠다.]

興仁門曲城

英廟時, 興仁門外曲城頹圮, 方改築, 役夫掘地, 得大鐵片, 愈掘愈多. 其長廣周圍, 與曲城同. 上聞而怪之, 問朝臣, 皆不知. 時兪文翼公拓基, 罷相退居鄉廬, 上以公多識典故, 別遣史官詢問. 公對曰, "昔世宗幾年, 始築都城, 因無學言謂國都東虛, 城門外, 別築曲城, 城底悉

329) 『시경詩經』「주송周頌 방락訪落」의 '방여락지訪予落止'의 주석에 다음 구절이 보인다. "訪, 問, 落, 始."

鋪大鐵片, 欲其防護鎭壓之意也. 臣少時, 適以翰林, 曬史摩尼山, 此事, 見載世宗實錄云云." 上又命史官, 往考實錄, 果然. 上以此深歎之, 尤重公. 蓋前輩聰明精力, 多如此, 安得不見重於君上? 近世翼宗代理時, 以宗廟七祀, 問春坊, 而皆以不知仰對. 若此者, 其能備數於顧問之列乎? 昔皇明孝宗, 以龍生九子之名, 問內閣, 皆不能對. 又問太學士李東陽, 西涯, 乃列錄以奏云, "龍生九子而皆不爲龍, 各爲異形. 一曰贔屭, 形似龜, 性好負重, 今石碑下龜趺是也. 二曰螭吻, 形似獸, 性好望, 今屋上獸頭是也. 三曰牢, 形似龍而小, 性好叫吼, 今鍾上紐是也. 四曰狴犴, 形似虎, 有威力, 故立於獄門. 五曰饕餮, 性好飮食, 故立於鼎盖. 六曰蚣蝮, 性好水, 故立於橋柱. 七曰睚眦, 性好殺, 故立於刀環. 八曰金猊, 形似獅, 性好烟火, 故立於香爐. 九曰椒圖, 形似螺蚌, 性好閉, 故立於門鋪首." 宋時歐陽公, 方修五代史, 書問其時皇后入閤儀節於劉公, 是[330]原甫, 方食, 援筆列錄以答, 仍曰, "好箇歐陽九, 不甚讀書." 又王荊公有咏菊詩曰, "黃昏風雨鬧園林, 殘菊飄零滿地金." 人以菊無落花非之, 歐公曰, "離騷有 '夕飡秋菊之落英'之語, 菊亦落花矣." 劉原甫聞而笑曰, "落, 始也, 離騷落英, 猶言始英也, 菊安有落花? 此歐陽九不學之過也." 歐公屢爲人取笑. 然如曰始英, 則何遽云 '飄零滿地金' 也? 世傳, 天下菊, 皆不落, 獨黃州菊, 落花. 荊公詩, 似咏黃州菊也, 然則兩公之言, 無乃胥失耶?

[淸宋商丘牧仲, 筠廊二筆有云, "世傳, 王介甫詠菊, 有 '黃昏風雨過園林, 吹得黃花滿地金' 之句. 蘇子瞻續之曰, '秋花不比春花落, 爲報詩人仔細吟.' 因得罪. 介甫謫子瞻黃州, 菊惟黃州落辦, 子瞻見之, 始大愧服. 又嘗考之, 王介甫作殘菊詩曰, '黃昏風雨打園林, 殘菊飄零滿地金.' 歐陽永叔見之, 戱介甫曰, '秋花不比春花落, 爲報詩人仔細看.' 介甫聞之, 笑曰, "歐陽九不學之過也, 豈不見楚詞云, '夕飡秋菊

330) '是':'時'의 잘못으로 보인다.

之落英'云云." 余謂歐王二公, 文章擅一世, 而左右佩釰, 彼此相笑, 豈非於草木之名, 猶未盡識, 而不知有落不落者耶? 菊之衰謝而後, 豈復有可飡之味哉? 或云 '詩之訪落, 以落訓始也, 落英之落, 蓋謂始開之花耳.' 然則介甫之引證, 殆亦未之思歟?" 商丘所記, 又與余所見不同, 未知其孰是.]

## 한 자리에 오래도록 있는 이유

한漢나라 제도는 한 명의 관리에게 한 관직을 오래도록 맡기는 경우가 많았다. 그러므로 관리의 장자長子나 장손長孫이 창씨倉氏나 고씨庫氏 등으로 일컬어지는 경우까지 있게 되었다. 중국은 후세에도 여전히 그러하였으니, 명明나라의 헌예軒倪[331]와 황종況鍾[332]같은 사람은 회계태수會稽太守를 맡은 것이 삼십 년이 되도록 바뀌지 않았다. 지금 청淸나라에 이르러서도 외직外職의 경우 포정사布政使처럼 중요한 직책도 많게는 십여 년 동안 오래도록 맡겨 두었으니, 위임과 책임의 도는 마땅히 이와 같아야 한다. 이런 까닭으로 율곡栗谷 이이李珥는 매양 시무時務를 조목조목 진술할 적마다 감사監司와 수령守令은 오래도록 맡겨야 한다고 말하였으나 끝내 시행되지는 못하였다. 그러나 그때는 오히려 요즘처럼 관

331) 헌예軒倪 : 헌예軒輗(?~1464)를 말하는 듯함. 명나라 녹읍鹿邑 사람. 자는 유행惟行. 절강안찰浙江按察이 되어 시폐時弊를 진달하였고, 우부도어사右副都御史가 되어서는 절강의 민적閩敵을 토벌하였다. 형부상서와 남좌도어사南左都御史를 지냈다. 성품이 고초孤峭하여 사람들이 그의 청렴을 칭송하였다.

332) 황종況鍾(1384~1443) : 명나라 정안靖安 사람. 자는 백율伯律. 소주지부蘇州府知를 맡아 강정렴결剛正廉潔로 대하니 백성들이 신처럼 받들어 황청천況青天이라고 불렀다.

직이 절도 없이 자주 바뀌지는 않았다. 외관外官은 이미 6·3년의 기한이 있어서 그나마 준수되고 있으나, 내직內職은 아침에 제수하더라도 저녁이면 바뀌어 교체되는 것이 어지럽게 되었다. 그러므로 문신으로 조정에 들어간 지 수십 년쯤 되는 사람이라면 고신告身[333]이 거의 집에 넘칠 것이며, 선부選部(이조)도 그 빈번함을 감당할 수 없었을 것이다. 이것은 옛날과 중국에서는 전례에 없던 일이다.

그러나 앞 시대는 오히려 다 그런 것은 아니었다. 그러므로 윤탁연尹卓然[334]은 도승지都承旨로 17년을 지냈고, 이명李溟[335]은 호조판서로 10년을 지냈고, 수몽守夢 정엽鄭曄[336]은 통정通政일 때 대사성大司成[337]이 되어, 1품에 이르도록 계속 겸직하여 수십 년 동안 바뀌지 않았다. 박엽朴燁[338]은 서백西伯(평안감사)으로 10년을 지냈는데, 이것은 박엽이 몰래 김상궁金尙宮[339]에게 뇌물을 주어 여러 번 임명되기에 이른 것으로 혼조

---

333) 고신告身 : 조선시대 벼슬아치로 임명된 사람에게 주는 사령장辭令狀. 4품 이상은 교지敎旨, 5품 이하는 이조吏曹의 봉교奉敎로 임명한다.

334) 윤탁연尹卓然(1538~1594) : 본관은 칠원漆原, 자는 상중尙中, 호는 중호重湖, 시호는 헌민憲敏. 1590년(선조 23) 종계변무宗系辨誣의 공으로 광국공신光國功臣 3등에 책록되어 칠계군漆溪君에 봉해졌으며, 임진왜란 때 함경도관찰사가 되어 왕세자를 호종하였다. 저서에 『계사일기癸巳日記』가 있다.

335) 이명李溟(1570~1648) : 본관은 전주全州, 자는 자연子淵, 호는 귀촌龜村. 효령대군孝寧大君의 후손. 저서에 『귀촌유고龜村遺稿』가 있다.

336) 정엽鄭曄(1563~1625) : 본관은 초계草溪, 자는 시회時晦, 호는 수몽守夢·설촌雪村, 시호는 문숙文肅. 이이李珥·성혼成渾의 문인. 1583년(선조 16) 별시문과에 병과로 급제하여 벼슬이 대사성에 이르렀다. 저서에 『수몽집守夢集』, 『근사록석의近思錄釋疑』가 있다.

337) 대사성大司成 : 조선시대 때 정3품의 관직. 성균관成均館의 최고관으로, 유학儒學에 관한 일을 담당하였다. 학생을 지도하고 가르치는 만큼 겸직은 원칙적으로 금하였는데, 대제학大提學이 겸직하는 일이 많았으나, 순조 이후 금지되었다.

338) 박엽朴燁(1570~1623) : 본관은 반남潘南, 자는 숙야叔夜, 호는 약창葯窓. 1597년(선조 30) 별시문과에 급제하여 벼슬이 황해도 관찰사에 이르렀다. 1623년 인조반정 후 처가가 광해군과 인척이었다는 이유로 훈신勳臣들에 의해 학정虐政의 죄를 쓰고 사형 당했다.

339) 김상궁金尙宮 : 선조 때부터의 상궁으로, 민첩하고 꾀가 많아 광해군의 총애를 받았다. 이를 배경으로 국정에 관여하여, 권신 이이첨李爾瞻과 쌍벽을 이룰 정도로 권력을 휘둘렀다. 매관매직賣官賣職을 일삼는 등 그 해독이 컸으므로, 윤선도尹善道 등이

昏朝(광해군) 때의 일이라 말할 것도 없다. 또 박엽은 마침내 탐욕과 포악으로써 죽임을 당했다.

대개 후세에 관직을 자주 바꾸는 것은 다름이 아니라, 벼슬에 사람을 가려 뽑지 않아 오직 벼슬을 다투는 사람이 차지하기 때문이다. 청현직淸顯職과 두터운 녹봉은 사람들이 모두 스스로 바라는 것이라, 갑이 이미 분수에 걸맞지 않으면 을도 역시 분수에 걸맞지 않게 된다. 어찌 자신의 역량과 재주를 헤아린 뒤에 벼슬을 구하는 자가 있겠는가?

옛날에 저헌樗軒 이문강공李文康公[340]은 공신으로 연성부원군延城府院君에 봉해지고 품계가 보국輔國[341]에 이르렀으나, 끝내 일개 공조판서도 지내지 못하고 죽었다. 택당澤堂 이식李植도 지위는 존귀하고 현달했으나 일개 수령도 지내지 못했으니, 아마도 공이 관리로서의 재능이 서툴렀기 때문일 것이다. 그러나 공은 스스로 문장으로 유명한 사람이었으니 후세 사람들은 일찍이 이로써 공을 폄하하지 않았다. 영조英祖 때 뇌연雷淵 남문청공南文淸公[342]은 청렴과 명망이 있었고 또 가선嘉善으로 대제학大提學을 지냈으나, 최후의 관직은 형조판서로 봉조하奉朝賀[343]에 불과하였다. 오늘날의 기준으로 본다면 이는 수치스러운 일이 될 것이다. 그러나 선배들은 한 번도 개의치 않았기 때문에 조정에서도 마음에 두지 않았다. 이 같은 일은 너무 많아 다 기록할 수 없다.

---

여러 번 상소하여 논핵하였으나, 도리어 그들이 유배되었다. 1623년(광해군 15) 인조반정이 일어나자 반정군에 잡혀 참수되었다.

340) 이문강공李文康公 : 이석형李石亨(1415~1477). 본관은 연안延安, 자는 백옥伯玉, 호는 저헌樗軒, 시호는 문강文康. 1441년(세종 23) 식년문과에 장원하여 벼슬이 대사헌에 이르렀다. 저서에 『저헌집樗軒集』 등이 있다.

341) 보국輔國 : 보국숭록대부輔國崇祿大夫로 정1품의 품계이다.

342) 남문청공南文淸公 : 남유용南有容(1698~1773). 본관은 의령宜寧, 자는 덕재德哉, 호는 뇌연雷淵·소화小華, 시호는 문청文淸. 이재李縡의 문인. 1721년(경종 1) 진사進士, 1740년(영조 16) 알성문과에 병과로 급제하여 벼슬이 양관대제학에 이르렀다. 저서에 『뇌연집雷淵集』 등이 있다.

343) 봉조하奉朝賀 : 종이품從二品 이상의 벼슬아치가 치사致仕한 뒤에 임명되는 벼슬. 죽을 때까지 녹을 받고 의식 때에만 출사出仕하였다.

久任

漢制, 職官多久任. 故爲吏者長子孫, 至有倉氏庫氏之稱. 中國, 則後世猶然, 明代, 如軒倪, 况鍾者, 以會稽太守三十年不遷. 至今淸外職, 則雖布政使之重, 多至十餘年之久, 委任責成之道, 當如是也. 是以, 栗谷每疏陳時務, 輒以監司守令久任爲言, 而終不見施. 然猶不如近世之數遞無節也. 外官, 則旣有六年三年之限, 僅或遵守. 而內職, 則朝除夕遷, 更代紛然. 故文臣之立朝屢十年者, 告身幾乎盈屋, 選部不勝其頻繁, 此前古與中國所無之例也. 然前世, 則尙不盡然. 故尹公卓然爲都承旨十七年, 李溟爲戶判十年, 守夢鄭公曄, 通政時, 爲大司成, 至一品而仍作兼職, 數十年不遞. 朴燁爲西伯十年, 此則燁暗賂金尙宮, 至於屢瓜, 昏朝事, 無足道也. 且燁, 竟以貪虐被誅矣. 盖後世數遞, 非他也, 官不擇人, 惟奔競是得. 故淸官厚祿, 人皆自期, 甲旣非分, 則乙亦非分, 夫安有量力度才, 然後方爲求官者哉? 昔, 樗軒李文康公, 勳封延城府院君, 階至輔國, 而終不得一工曺判書而卒. 澤堂李公, 位崇顯, 而不爲一守宰, 盖公踈於吏才故也. 然公自是文章名流, 後人未嘗以此貶公也. 英廟時, 雷淵南文淸公, 以淸名宿望, 又經嘉善大提學, 而卒職不過刑曹判書奉朝賀也. 在今日見之, 足爲羞恥也. 然先輩未嘗介意, 故朝家亦不留意, 此等事甚多, 不可殫錄矣.

## 낙향落鄕의 어려움

문중자文中子(왕통)가 양소楊素[344]에게 말했다.

344) 양소楊素(?~606) : 수隋나라 때 권신. 자는 처도處道, 시호는 경무景武. 공功으로써

"선인들은 낡은 오두막으로도 비바람을 막을 수 있었고, 척박한 밭으로도 죽거리를 마련할 수 있었다."

대개 중국 사람들은 대부분 대대로 시골에서 살다가 녹祿을 얻으면 서울에서 벼슬살이하고, 벼슬이 없으면 시골로 돌아갔다. 그러므로 사람마다 척박한 밭과 낡은 오두막집이 있어, 벼슬길에 나아가고 물러남에 여유가 있었다. 그러나 우리나라 사대부들은 대부분 대대로 서울에서 살아서 밭과 집을 장만하는 것이 벼슬하는 가운데서 나오니, 일생 동안 벼슬살이를 힘쓸 뿐이다. 그러므로 벼슬과 녹을 얻은 뒤라야 부모를 섬기고 자식을 기를 수 있으며, 벼슬이 없으면 굶주리게 되니 비록 몸을 깨끗이 하며 고답적으로 살고자 하더라도 불가능하다. 이런 까닭으로 혹 시골에 사는 사람이 있더라도 뜻을 잃고 배척을 당한 자가 아니면 곤궁하여 떠돌다가 그렇게 된 것이지 고답적으로 살고자 해서가 아니다. 이에 사람들은 낙향落鄕이라 말하지만, 마침내 한 두 세대가 지나도록 벼슬살이하지 못하면 혼삿길이 막히고 가문이 한미해져서, 비록 원대한 포부를 이루고자 힘쓰더라도 이미 힘이 없어지기 마련이다. 그 형세가 번화한 서울에서 나고 자라고 늙어 죽지 않을 수 없다. 어찌 그들이 강호산림의 즐거움에 마음을 여유롭게 할 수 있겠는가? 게다가 한번 시골 사람이 되면 농사를 짓지 않으면 굶주려서 점차 농부가 될 뿐이며, 견문은 날로 줄어들고 비루하고 무지하게 되니 또한 슬프지 아니한가?

근세에 척재惕齋 이존중李存中[345]은 깊은 골짜기에 물러나 살았는데, 일찍이 다음과 같은 시를 지었다.

居鄕事業二其端, 시골에 살며 하는 일이 두 가지인데,

---

상주국上柱國을 더하고 월국공越國公에 봉해졌다.

345) 이존중李存中(1703~1761) : 본관은 전주全州, 자는 경이敬以, 호는 척암惕庵·척재惕齋·하당荷堂. 1750년 식년문과에 장원하여 벼슬이 예조참의禮曹參議가 되었으나, 사직하고 낙향하여 학문 연구에 전심했다. 저서에 『척재집惕齋集』, 『국조명신록國朝名臣錄』 등이 있다.

| | |
|---|---|
| 於讀於耕廢一難. | 책읽기와 밭갈이 하나라도 폐하기 어려워라. |
| 專務鉏犁無見識, | 오로지 농사에 힘쓰면 식견이 없어지고, |
| 空談書卷奈飢寒. | 부질없이 글만 논하면 굶주림과 추위를 어찌하리. |
| 這間莫道分工易, | 여기에서 두 가지 일 쉽게 나눌 수 있다고 말하지 마라, |
| 是處方看立志完. | 이곳에서 뜻 세움이 완전함을 볼 수 있네. |
| 古有斯人君記否, | 예로부터 이런 사람 있는 줄 그대 기억하는가? |
| 唐之董召漢兒寬. | 당나라 동소董召와 한나라 아관兒寬이라네. |

이 말은 진실로 이치가 있으나 만일 척박한 밭과 낡은 오두막이 없다면, 비록 동소와 아관의 현명함으로도 또한 어쩔 수 없을 것이다.

### 士大夫官祿

文中子謂楊素曰, “先人, 弊廬足以庇風雨, 薄田足以具饘粥.” 盖中國人, 皆世居有鄕, 得祿, 則宦遊京師, 無官, 則歸田. 故人各有薄田弊廬, 其進退有餘, 而我國士大夫, 皆世居京輦, 求田問舍, 無非仕宦中出來, 一生經營仕宦而已. 故有官祿, 然後可以仰事俯育, 無官則餒, 雖欲潔身高蹈, 不可得矣. 是以或有居鄕者, 非失志擯斥, 則乃窮困漂泊而爲之, 非高蹈也. 於是, 人謂之落鄕, 而遂至一二世, 不能沾祿, 則失其婚娶, 門戶蕭條, 雖欲奮厲圖南, 已無力矣. 其勢, 不得不生長老死於闤闠之間, 夫安有疎曠其襟懷於江湖山林之樂者哉? 且一爲鄕人, 則不農者饑, 騃騃然農夫而已. 聞見日蹙, 謏陋無知, 不亦悲乎? 近世, 李愓齋廢居洞陰, 嘗有詩曰, “居鄕事業二其端, 於讀於耕廢一難. 專務鉏犁無見識, 空談書卷奈飢寒. 這間莫道分工易, 是處方看立志完. 古有斯人君記否, 唐之董召漢兒寬.” 斯言誠有理, 而如無薄田弊廬, 雖有董兒之賢, 亦無如何矣.

# 권7

## 문형文衡

우리나라 문형文衡은 그 관직이 매우 높고 무거운 직책인데 이전 시대에 없던 것이다. 고려조에 비록 보문각대제학寶文閣大提學[1]이 있었으나 청현직淸顯職에 불과하였다. 본조本朝의 초기에 문형 역시 그다지 중책은 아니었으나, 사가四佳 서거정徐居正[2]과 태허太虛 최항崔恒에 이르러

1) 보문각대제학寶文閣大提學 : 보문각은 고려 중기 예종 때 설치한 비각秘閣. 경서의 강론과 정책 자료의 저술, 의식제도 및 사료의 주해와 교감 등의 일을 하였다. 관원은 학사學士와 직학사直學士, 직각直閣, 교감校勘을 두었다가, 1314년(충숙왕 1)에 정2품의 보문각 대제학을 설치하였다.

2) 서거정徐居正(1420~1488) : 본관은 달성達成, 자는 강중剛中, 호는 사가정四佳亭, 시호는 문충文忠. 1444년(세종 26) 식년문과에 급제하여 조선시대 최초의 양관대제학兩館

그 이름이 비로소 무거워졌다. 고문사古文詞를 잘하는 사람으로 문단의 맹주가 아니면 누구도 그 자리에 있을 수 없었다.

선발하는 관례는 선부選部(吏曹)에서 하는 것도 아니고, 대신들에 의해서도 아니며, 또한 임금의 낙점을 받아 되는 것도 아니다. 반드시 전임자가 천거하여 대신하도록 한 뒤에야 그 자리에 나아갈 수 있다. 지금은 구경九卿[3]이 빈청賓廳에 모여 전임자가 이름을 쓰고 권점圈點을 한 뒤에서야 임금의 낙점을 받으니,[4] 그 어려워하고 신중하기가 이와 같다.

그러므로 4백여 년에 걸쳐 이 직책을 맡았던 사람들 모두가 비록 한유韓愈・유종원柳宗元・구양수歐陽修・소식蘇軾과 같을 수 없었겠지만, 전연 실질이 없는 어魚자와 로魯자 조차 구분 못하는[5] 사람은 비록 존귀하고 세력이 있어도 또한 감히 함부로 그 자리를 차지할 수 없었다. 그래서 반드시 과거 급제자 중에서 선발하였고, 또 문벌과 지체가 미천하면 그 자리에 참여하지 못하였다. 지금은 비록 과거 급제자라도 노론과 소론이 아니면 허락하지 않으니, 어찌 그리도 편협하단 말인가? 이런 까닭으로 간이簡易 최립崔岦은 문장이 세상에 뛰어났음에도 그 자리를 얻지 못하였다. 또한 과거 급제를 한데다 문벌과 지체도 있고 문장에도 뛰어났으나 문형을 얻지 못한 사람이 있으니, 점필재佔畢齋 김종직金宗直과 동명東溟 정두경鄭斗卿[6]이 이 경우이다.

점필재의 문장은 서거정보다 뛰어났으나, 서거정이 그를 시기하여 삼

---

大提學이 되었으며 달성군達城君에 책봉되었다. 저서에 『사가집四佳集』・『동인시화東人詩話』・『태평한화골계전太平閑話滑稽傳』・『필원잡기筆苑雜記』 등이 있다.

3) 구경九卿 : 삼공三公과 육경六卿. 우리나라는 으레 의정부議政府의 좌참찬左參讚・우참찬右參讚, 육조의 각 판서判書, 한성부漢城府의 판윤判尹을 총칭한다.

4) 구경九卿이 …… 받으니 : 이러한 규례는 중종 이후부터 시행되었다고 한다.

5) 어魚자와 로魯자 조차 구분 못하는 : 魚와 魯는 글자의 생김새가 비슷하여 자주 혼동하므로, 학식이 짧은 사람을 가리켜 '魚魯不分'이라고 부르기도 한다.

6) 정두경鄭斗卿(1597~1673) : 본관은 온양溫陽, 자는 군평君平, 호는 동명東溟. 이항복李恒福의 문인. 1629년(인조 7) 별시문과에 급제하여 벼슬이 홍문관제학에 이르렀다. 저서에 『동명집東溟集』이 있다.

십 년 동안 문형을 맡아 바뀌지 않은 사이에 결국 점필재는 먼저 죽고 말았다. 서거정은 비로소 허백당虛白堂 홍귀달洪貴達[7]을 천거하여 자기 자리를 대신하게 하였다. 그런 까닭에 동봉東峰 김시습金時習은 다음과 같은 시를 지었다.

| | |
|---|---|
| 平生可笑事, | 평생 가소로운 일, |
| 貴達爲文章. | 홍귀달이 문형이 된 거라네. |

다만 김시습만이 그를 조롱한 것이 아니라, 지금에까지 문단의 흠이 되고 있다.

정두경의 경우는 다만 임명되지 못했을 뿐이다. 그러므로 효종이 그의 부고를 듣고는 점필재의 일을 거론하며 매우 한스럽게 여겼다. 그래서 '행직문형行職文衡'이라는 말을 명정에 특서特書하라 명하셨으니 특별한 은혜였다.

예전에 항해공沆瀣公[8]이 나에게 다음과 같이 말한 적이 있었다.

"우리나라 문형의 직책은 반드시 당대에 문장에 뛰어나다고 이름난 사람이 맡아왔다고 한다. 그러나 과거 급제자가 아니면 비록 저암著菴 유한준兪漢雋[9]·연암燕巖 박지원朴趾源·완구宛邱 신대우申大羽[10]와 같은 문장이 있어도 그 직책에 참여할 수가 없으니, 이 관직을 무엇에 쓰

7) 홍귀달洪貴達(1438~1504) : 본관은 부계缶溪, 자는 겸선兼善, 호는 허백당虛白堂·함허정涵虛亭, 시호는 문광文匡. 1460년(세조 6) 강릉별시江陵別試 문과에 을과로 급제하여 벼슬이 대제학에 이르렀다.

8) 항해공沆瀣公 : 홍길주洪吉周(1786~1841). 본관은 풍산豊山, 자는 헌중憲仲, 호는 항해沆瀣. 홍석주의 동생으로 작자의 재종형이 된다. 만년에 군읍郡邑을 다스려 선정善政했으나 벼슬에 뜻이 없어 곧 사퇴하였다. 저서에 『현수갑고峴首甲稿』·『표롱을첨縹礱乙籤』·『숙수념孰遂念』·『항해병함沆瀣丙函』 등이 있다.

9) 유한준兪漢雋(1732~1811) : 본관은 기계杞溪, 초명은 한경漢炅, 자는 만청曼淸·여성汝成, 호는 저암著庵·창애蒼厓. 남유용의 문인으로 중년부터 문단에 두각을 나타내어 당대에 백년 이래의 대문장가라는 격찬을 받았다. 저서에 『저암집著庵集』이 있다.

10) 신대우申大羽(1735~1809) : 본관은 평산平山, 자는 의부儀夫, 호는 완구宛丘. 정조 초에 음보로 등용, 고문古文으로 이름 높았다.

겠는가?”

대체로 항해공의 이 말은 실제 스스로를 말한 것이니, 거듭 탄식을 한 것이다.

文衡

我國文衡之職, 極貴重, 前代所未有也. 麗朝雖有寶文閣大提學, 不過淸顯之職而已. 本朝國初, 亦不甚重, 至徐四佳·崔太虛, 其名始重. 非有古文詞能主盟詞垣者, 莫或居之. 其例, 不繇選部, 不由大臣, 亦無中批, 必前任薦代, 然後方出. 今則九卿會賓廳, 待前任書名行圈, 然後受點, 其難愼如是. 故至四百餘年, 爲此任者, 雖未能人人如韓·柳·歐·蘇, 其全然無實, 不辨魚魯者, 雖有貴且力, 亦莫敢冒據. 然必以科目人取之, 且門地卑微, 則不與焉. 今則雖科目人, 非老少論, 則不許, 何其局也! 是以崔簡易文章命世, 而不得其任. 又由科目, 而有門地能文章, 亦有不得者, 佔畢齋及鄭東溟斗卿, 是也. 佔畢之文, 優於四佳, 而四佳猜之, 至於主文三十年不遞, 佔畢竟先卒, 四佳始乃薦虛白而代之. 故東峯有‘平生可笑事, 貴達爲文章’之詩, 非但東峯嘲之, 至今爲文垣欠事也. 東溟則但適未及耳, 故孝廟聞其訃至, 擧佔畢事, 甚恨之. 仍命以‘行職文衡’, 特書銘旌, 異數也. 昔沆瀣公嘗語余曰: “我國文衡之官, 必以當世名能文者居之云. 而非科目, 則雖有兪著菴·朴燕巖·申宛邱之文章, 不與焉, 安用此官爲?” 蓋公之言, 實自道也, 重爲一歎.

## 풍수風水의 허망함

격암格菴 남사고南師古[11]는 명종 때 사람이다. 그는 천문天文·지리地理·음양陰陽·술수術數에 두루 정통하여 왕왕 신이神異한 일들을 많이 하였는데, 그가 죽자 세상에서 시해尸解[12]라고 일컬었다. 손곡蓀谷 이달李達[13]은 다음과 같은 만사輓辭를 지었다.

| | |
|---|---|
| 鸞馭飄然若木津, | 난새를 타고 표연히 떠난 약목若木 나루, |
| 君平簾下更何人. | 엄군평君平의 주렴 아래에 다시 누가 남았나? |
| 床東弟子收遺草, | 침상 동편의 제자들 남은 초고 수습하니, |
| 玉洞桃花萬樹春. | 옥동玉洞[14]의 복숭아꽃 나무마다 봄빛이로다.[15] |

격암은 감여堪輿에 더욱 정통하여 땅 속을 훤히 알았고, 미리 길흉을 예측하는 것이 귀신과 같았으니 아마도 도선道詵[16]과 무학無學대사 이후

11) 남사고南師古(1509~1571): 본관은 영양英陽, 호는 격암格庵. 역학·풍수·천문·참위讖緯·복서卜筮 등 비결에 도통했다. 일찍이 이인異人을 만나 진결眞訣을 얻어 비술秘術에 정통하게 되었고 정확한 예언으로 소문이 났다. 또 풍수지리에 아주 정통하여 많은 일화를 남겼다. 저서에 『격암일고格庵逸稿』가 있다.

12) 시해尸解: 도가의 술수術數의 이름. 몸만 남겨 놓고 혼백이 빠져 가버린다는 뜻으로, 신선이 되는 것을 말한다.

13) 이달李達(1561~1618): 본관은 신평新平, 자는 익지益之, 호는 손곡蓀谷·동리東里·서담西潭. 시문에 뛰어난 정사룡鄭士龍과 박순朴淳 등의 문인으로, 특히 당시풍唐詩風의 시를 잘 지어 선조 때의 최경창·백광훈과 함께 '삼당시인'으로 이름을 떨쳤다. 저서에 『손곡시집蓀谷詩集』이 있다.

14) 옥동玉洞: 경북 울진군 읍내리 옥계동에 있었던 옥동서원玉洞書院을 가리키는 듯함. 1574년에 지방 유림들이 발의하여 남사고의 학문과 덕행을 추모하기 위해 세웠다. 1621년에 몽천사蒙泉祠로 위패를 옮겨 향사를 지내다가 다시 상현사常賢祠로 옮겼다. 1868년 대원군의 서원철폐로 훼철되어 복원되지 못하였다.

15) 『손곡시집蓀谷詩集』 권6 「만남격암사고挽南格菴師古」.

16) 도선道詵(827~898): 통일신라시대의 승려. 속성은 김金, 호는 옥룡자玉龍子. 신승神僧으로 추앙받았으며, 헌강왕의 초빙으로 궁중에 들어가 왕에게도 많은 영향을 끼쳤다.

로 일인자일 것이다. 그러나 이욕利欲에 가려지면 술법 또한 신령하지 못한 법이다. 그러므로 일찍이 그는 대지大地의 명당자리를 구해서 부모님 묘를 이장했는데, 이장을 하고 다시 보면 꼭 망할 자리였다. 또 다시 이장을 하였고 심지어 열 번이나 이장을 하였는데, 결국 바닷가 포구의 낭떠러지에 매장하고 다시 살펴보니 가장 나쁜 자리였다. 격암은 힘이 다하고 형세가 궁해지자 마침내 바다를 바라보며 통곡을 하고서 그칠 수밖에 없었다. 끝내 후사가 없었다.

문강공文康公 삼연三淵 김창흡金昌翕이

| | |
|---|---|
| 畢竟知無可葬地, | 필경 이장할 만한 곳이 없음을 알고는, |
| 終然一哭海雲邊. | 끝내 바닷가에서 한바탕 통곡하였네.[17] |

라는 시를 지으니, 이를 두고 말한 것이다.

대개 땅이 영험하면 사람이 걸출하게 된다. 그러므로 옛사람들은 매양 '산천에 기가 모여 있다' 말하였는데, 그런 이치가 없다고 할 수는 없다. 비록 삼대三代와 같은 상고上古시대에도 매양 도읍과 거주지를 정할 때 반드시 점을 쳤다. 그러므로 '서우胥宇[18] · 상택相宅[19]'이라는 말을 하는데, 모두 거북점과 시초점을 쳐서 길흉을 물은 것뿐이지 후세의 풍수나 향배向背[20]의 설 같은 것은 아니다. 또 주검을 장사지내는 것은 먼 옛날에 들판에 묻어 봉분도 하지 않고 나무도 심지 않았다. 그러므로 공자가 말하기를 "옛날에는 묘를 만들지 않았다"[21]고 하였던 것이다.

---

그의 음양지리설陰陽地理說 · 풍수상지법風水相地法은 고려 · 조선시대를 통하여 우리 민족의 가치관에 큰 영향을 끼쳤다. 『도선비기道詵秘記』를 지었다고 알려져 있다.

17) 『삼연집三淵集』 권14 「갈역잡영葛驛雜詠」 제111수. "南公師古最靈通, 十葬其親每値凶. 畢竟知無可求理, 徒然大哭海雲中."

18) 서우胥宇 : 『시경詩經』 「대아大雅 · 면緜」 참조. "爰及姜女, 聿來胥宇."

19) 상택相宅 : 『서경書經』 「낙고洛誥」 참조. "公不敢不敬天之休, 來相宅, 其作周匹休."

20) 향배向背 : 背山臨水와 같은 종류의 원칙을 가리킨다.

21) "옛날에는 …… 않았다" : 『예기』 「단궁檀弓 · 상上」 참조. "古不修墓."

중고中古시대 이후에 이르러 비로소 관棺과 곽槨, 봉분과 나무심는 제도가 있게 되었다. 『주례周禮』에 족장族葬 제도[22]가 있지만 장례라야 고작 흙이 살갗에 직접 닿지 않게 하는데 불과할 뿐이니, 어찌 일찍이 용호龍虎·혈안穴案[23]으로 그 설이 분분했겠는가? 지금은 단지 그 시신과 혼백을 편안하도록 하기 위해서 뿐만 아니라, 오로지 자손의 화복을 여기에 의탁하여, 동쪽으로 옮기고 서쪽으로 옮기며 다시 이장하는 일이 다반사茶飯事가 되었다. 저 곳이 흉지凶地이고 이곳이 길지吉地임을 그 누가 확신하겠는가? 저 격암의 고묘高妙한 술수로도 이렇게 열 번이나 이장하는 잘못을 저질렀는데, 하물며 지금의 용렬한 지사地師와 망령된 사람이야 어떻겠는가! 조상의 유골을 옮기는 것은 그 일이 매우 어렵고도 신중하여야 한다. 풍수의 기가 취산聚散한다는 설은 그 이치가 지극히 아득하고 캄캄하니, 이를 어찌 쉽게 말하고 쉽게 행할 일이겠는가?

약천藥泉 남구만南九萬[24]은 경전과 이치에 통달하였기 때문에 자손에게 다음과 같은 교훈을 남겼다.

"장지를 점치고 발인할 날을 잡지 말라. 다만 예에 정해진 달을 지켜 장구가 정비되기를 기다린 후 날을 정하고 발인하여 선영에 장사지내되, 조금도 술사術士들에게 묻지 말라."

지금껏 수백 년간 유독 그 집안만이 그 교훈을 준수하여 시행하고 있다. 그리하여도 그 후손이 이어져 끊이지 않았는데, 다만 과거에 급제하

---

22) 족장族葬 제도: 『주례周禮』「춘관春官·묘대부墓大夫」 참조. "墓大夫掌凡邦墓之地域, 爲之圖, 令國民族葬, 而掌其禁令. 正其位, 掌其度數, 使皆有私地域. 凡爭墓地者, 聽其獄訟, 帥其屬而巡墓厲, 居其中之室以守之." 소疏에 족장은 하나의 무덤에 오복五服의 안에 있는 친족을 모두 장사 지내는 것이라고 하였다.

23) 용호龍虎·혈안穴案: 묏자리를 쓸 때 용호는 좌청룡·우백호이고 혈안은 혈의 앞으로 책상과 같은 안산案山을 두는 것. 여기서는 음택 풍수에서 따지는 세부적 사항을 총체적으로 가리키는 듯하다.

24) 남구만南九萬(1629~1711): 본관은 의령宜寧, 자는 운로雲路, 호는 약천藥泉·미재美齋, 시호는 문충文忠. 1651년(효종 2) 사마시司馬試를 거쳐, 1656년 별시문과에 을과로 급제하여 벼슬이 영의정에 이르렀다. 저서에 『약천집藥泉集』이 있다.

고 현달한 지위로 이름난 인물이 없었다. 그러므로 간혹 장례에 묏자리를 가리지 않은 것에 허물을 돌리는 사람도 있지만 나는 그렇지 않다고 말한다. 고금의 사대부 가문이 한번 현달한 조상이 있다가 그 후에 혹 망하고 혹은 바뀌어 버린 것이 어찌 한정이 있겠는가마는, 그 처음엔 모두가 그 능력에 따라 분주하게 산을 구하여 장사지냈던 것이다. 모두 복의 깊고 얕음과 운수의 길고 짧음에 있는 것이지, 모두 다 반드시 묏자리의 길흉에 관련 있는 것이 아니다. 미혹됨이 심한 자는 심지어 사람이 한번 과거에 합격하고 한번 벼슬에 뽑히는 것마저도 모두 산리山理에 말미암는다고 생각하니, 또한 병폐가 아니겠는가! 대저 이름난 묏자리가 반드시 부귀한 자손을 낸다는 것을 그렇지 않다고 부정하는 것은 아니다. 다만 이름난 묏자리는 인력으로 구할 수 없는 것이다.

근래 한 지관地官이 정승 이상황李相璜[25)]을 모시고 연경에 갔던 적이 있다. 요동 벌판을 지나다가 보니, 묘를 하나 보았는데 상물象物이 자못 성대하였다. 물어보니, 바로 공경公卿을 지낸 귀한 사람의 묘지로 그 집안이 대대로 부호이고 자손이 번창하다고 하였다. 이정승이 지관을 돌아보며 말했다.

"살아 있는 사람의 만 가지 인연이 모두 산리山理에 매여 있다고 한 것은 자네가 평생 동안 호언장담한 말일세. 그런데 망망 천리 벌판에는 애당초 용호龍虎 · 안대案對[26)]를 논할 것도 없으니, 이것은 무슨 이치인가?"

---

25) 이상황李相璜(1763~1841) : 본관은 전주全州, 자는 주옥周玉, 호는 동어桐漁 · 현포玄圃, 시호는 문익文翼. 1786년(정조 10)에 진사시와 문과를 통과하여 벼슬이 영의정에 이르렀다. 저서에 『동어유집桐漁遺集』 · 『해영일기海營日記』가 있다.

26) 용호龍虎 · 안대案對 : 음택풍수에 있어서 묘혈을 택하는 기준이 되는 사항의 용어이다. 혈을 중심으로 좌청룡左青龍, 우백호右白虎, 북현무北玄武, 남주작南朱雀에 해당하는 산을 둔다. 용호는 혈을 중심으로 좌우로 감싸듯 뻗어 나온 산줄기이고, 현무는 혈 북쪽의 높은 산으로 주산主山이 된다. 주작은 혈의 남쪽에 있는 산으로 혈 앞에서 나지막이 솟아 책상에 해당하는 산을 안산案山이라 하고, 더 남쪽으로 높이 솟아 주산을 조회하듯 하는 산을 조산朝山 혹은 조대산朝對山이라 부른다. 최창조, 『한국의 풍수사상』, 민음사, 1984, 61~62면 참조.

"이 대지는 의무려산醫巫閭山이 주산主山이 되고, 항산恒山은 청룡이 되며, 태항산太行山은 백호가 되며, 발해渤海가 득수得水의 형국이 되오니, 자손이 어찌 잘 되지 않겠습니까?"

이공이 또 근처를 가리켰는데 묘지 하나가 황폐한 상태였다. 물어보니, 자손은 있으나 빈궁하다고 하였다. 이공이 말하였다.

"두 묘는 떨어진 거리가 겨우 수백 보에 불과한데, 의무려산과 태항산은 어찌 유독 저 무덤만 호위하고 이 무덤은 돌보지 않는가?"

지관은 말문이 막혀 대답하지 못하자 이공은 크게 웃었다고 한다. 세상에 땅에 미혹된 사람들은 모두 이런 부류이다.

내 일찍이 복선화음福善禍淫에 대해 논한 바 있는데, 윤회인과輪回因果와 지가地家의 논의는 모두가 대략일 뿐이니, 혹은 있을 수도 있고 혹은 없을 수도 있어 실제로 사람 사람마다 모두 이와 같은 것은 아니다. 다만 음淫을 하면 화를 얻는 것만큼은 그 응답이 귀신과 같으니 선하지 못한 일은 결코 해서는 안 된다. 선행이 복이 되는 것은 그 응답 역시 더딜 뿐더러, 또한 복을 받을 수도 있고 받지 못할 수도 있다.

### 南師古

南格菴師古, 明廟時人. 天文·地理·陰陽·術數, 無不精通, 往往多神異之事. 其卒, 世稱尸解. 李蓀谷達挽之曰: "鸞馭飄然若木津, 君平簾下更何人. 床東弟子收遺草, 玉洞桃花萬樹春." 格菴尤精堪輿, 洞知地中, 預卜吉凶如神, 盖道詵無學後一人. 然蔽於利欲, 則術亦不靈, 故嘗求大地名穴, 移葬其親, 旣葬更見, 必亡也. 又更移葬, 至於十葬, 而竟埋於海口石岸, 更見則最惡地. 格菴力盡勢窮, 遂望海慟哭而止. 後竟無嗣. 三淵金文康公, 有'畢竟知無可葬地, 終然一哭海雲邊'之詩, 是也.

盖地靈則人傑, 故古人每曰'山川鍾氣.' 不可謂無其理, 而雖三代上古之世, 每以國都及生居, 必卜之. 故有云, '胥宇相宅,' 皆用龜筮, 問其吉凶而已, 非如後世風水向背之論. 且死葬者, 在邃古, 葬之中野, 不封不樹, 故孔子曰 : '古不修墓.' 至中古以後, 始有棺槨·封樹之制. 『周禮』有族葬, 葬不過不至土親膚, 何嘗以龍虎穴案, 其說紛紜乎? 今則非但爲安其體魄, 專寓子孫之禍福, 東遷西移, 改葬如茶飯焉. 彼凶此吉, 其誰確信? 夫以格菴之高妙, 有此十誤, 況今庸師妄人乎! 祖先枯骨之動, 其事至難愼, 風水聚散之說, 其理極茫昧, 此豈易言易行之事也! 南藥泉通經達理. 故遺誡子孫, '使不得卜地涓日, 但準禮月, 待葬具就整, 定日啓靷, 葬於先隴, 都不諏議於術士.' 至今數百年, 其家獨遵以行之. 然其後, 猶綿延不絶, 但無登科多顯位之聞人, 故或以葬不擇兆歸咎. 而余則曰 : "不然." 古今士大夫家, 一有顯祖, 而其後或亡或替者何限, 而其初則皆隨其力, 奔走求山而葬者也, 都在福之淺深, 運之脩短, 非盡必繫於墓之吉凶也. 惑之甚者, 至以爲人之一發解·一被選, 皆由於山理, 不亦病乎! 大抵名墓之地, 必出富貴之孫, 非曰'不然', 但名墓不可力取也. 近有一地師, 陪李相相璜入燕, 過遼野, 見有一墳墓, 象設頗盛. 問之, 乃公卿貴人墓也, '家世豪富, 子孫繁衍'云. 李公顧謂地師曰 : "子以生人萬緣, 皆屬山理, 平生大言矣. 茫茫千里之野, 初無龍虎案對之可論, 此何理也?" 地師曰 : "此大地, 醫巫閭山爲主, 恒山爲青龍, 太行山爲白虎, 渤海爲得水, 子孫安得不然?" 李公又指其近地, 一墓荒蕪矣. 問之, 曰'有孫貧窮'云. 公曰 : "兩墓纔數百步近, 醫閭·太行何獨衛彼不衛此?" 地師語窮不答, 李公大笑云. 世之惑於地理者, 皆此類也.

余嘗論福善禍淫, 輪回因果與地家之論, 皆大略而已, 或有或無, 實未嘗人人如是. 但淫而有禍者, 其應如神, 不善之事, 決不可爲也. 善之有福, 其應亦遲, 又或有或無矣.

## 풍수風水에 관한 책

풍수에 관한 책은 진晉나라 곽박郭璞[27]에서부터 생겨나 그 후로는 대대로 술사가 있었다. 남송시대의 채원정蔡元定[28]은 유학자로서 이 풍수에 관한 책에 정통하였다. 주자는 그를 벗하였고 또한 그의 감여堪輿의 논의를 취하였으며, 심지어 영부릉永阜陵[29]의 이장을 논한 장계까지 지었다.

대개 풍수의 좋고 나쁨은 자연의 이치라 군자도 취하는 바가 있다. 그러나 후세 사람들처럼 화복을 오로지 여기에 의거하여 일마다 풍수의 비중을 무겁게 한다면, 이것은 미혹됨이 심한 것이다.

### 風水書

風水書, 起於晉郭景純, 而其後則代有術士. 南宋時蔡季通, 以儒者精通是書. 朱子友之, 而亦取其堪輿之論, 至有議永阜陵狀. 盖風水美惡, 自然之理, 君子亦取之. 然若後人專以禍福, 事事歸重, 則惑之甚也.

---

27) 곽박郭璞(276～324) : 진나라 때 시인 · 학자. 자는 경순景純. 음양 · 역산 · 오행 · 복서에 능하였다. 나중에 왕돈王敦의 기실참군記室參軍이 되었는데, 왕돈이 무창武昌에서 반란을 일으켰을 때 반대하였다가 살해당하였다. 유곤劉琨(越石)과 더불어 서진西晉 말기부터 동진東晉에 걸친 시풍詩風을 대표하는 시인이다.

28) 채원정蔡元定(1135～1198) : 송나라 때 유학자. 자는 계통季通. 그의 학문은 주희에게 인정받았고 함께 앉아서 강론할 정도였다. 후에 한탁주韓侂冑가 권세를 잡아서 위학僞學(道學)을 금하고 주희와 채원정을 공격하였다. 마침내 채원정이 용릉으로 귀양가자 멀고 가까운 곳에서 배우러 온 사람들이 날마다 무리를 지을 정도였다.

29) 영부릉永阜陵 : 송宋나라 효종孝宗의 능으로 중국 하남성河南省 공현鞏縣의 서남쪽에 있다.

## 기호嗜好의 지나친 사례

사람의 기호嗜好는 같지 않다. 그러나 남들이 즐기지 않는 것을 즐기고 남들이 좋아하지 않는 것을 좋아하는 것은 이른바 벽癖이니, 벽癖은 병이다. 남들이 즐기는 것을 즐기고, 남들이 좋아하는 것을 좋아하는 것은 천하의 귀·눈·입·마음을 지닌 사람은 모두 같은 것이니, 어찌 병이라고 말하겠는가? 굴도屈到[30]는 기芰[31]를 즐겼고, 증점曾點은 양조羊棗를 즐겼고,[32] 문왕文王은 창저菖菹[33]를 즐겼다. 이것은 비록 즐기는 것이 치우치기는 했으나 그래도 이상한 일은 아니다.

옛날에는 냄새를 따라 다니는 해객海客[34]이 있었으며, 우리나라에도 남의 손톱 먹기를 좋아하는 사람이 있었고 남의 부스럼 먹기를 좋아하는 사람도 있었으니, 이것은 괴이함에 가까운 것이다. 두예杜預[35]는 좌전벽左傳癖이 있었지만, 책을 사랑하는 것은 고금의 문인에게는 항상 있는 일이니, 이것은 두원개杜元凱의 한 때의 장난스런 말에 지나지 않는다.

---

30) 굴도屈到: 춘추시대 초나라 사람으로 강왕康王 때에 막오莫敖가 되었는데, 기芰를 너무 좋아하여 병이 심해졌을 때 가로家老를 불러 자기 제사에 기를 쓰도록 부탁하였다. 나중에 제사에 기芰를 사용하려 하자 아들인 자건子建이 '아버지는 사욕으로 국가의 기강을 무너뜨리려 한다' 하고는 제사에서 기芰를 빼버렸다.

31) 기芰: 세발 마름으로 수초水草의 일종이다.

32) 증점曾點은 양조羊棗를 즐겼고: 『맹자孟子』「진심盡心 하下」에 "증점이 양조를 좋아하여 증자가 차마 양조를 먹지 못하였다[曾晳, 嗜羊棗, 而曾子不忍食羊棗]"라는 구절이 나온다.

33) 창저菖菹: 창저는 창포로 담근 김치.

34) 냄새를 따라 다니는 해객海客: 옛날에 악취가 매우 많이 나는 사람이 있었는데, 친척과 처첩 등 그를 아는 모든 사람은 그와 함께 살려고 하지 않았다. 그래서 바닷가에 가서 혼자 살았는데, 그 냄새를 좋아하여 밤낮으로 따라 다니는 유별난 사람이 있었다고 한다.

35) 두예杜預(222~284): 진晉나라 때 학자·정치가. 자는 원개元凱. 『좌전左傳』을 너무 좋아하여 스스로 '좌전벽左傳癖'이 있다고 하였다. 『춘추좌씨경전집해春秋左氏經傳集解』·『춘추장력春秋長歷』을 지었다.

근세에 참판 이희준李羲駿[36)]은 옥해벽玉海癖이 있었으니 이것은 벽癖이다. 『옥해玉海』[37)]는 유서類書로, 곧 송나라의 백후伯厚 왕응린王應麟이 편찬한 것이다. 모은 것이 비록 넓지만, 오로지 송나라 이전의 길吉하고 좋은 일만을 취했을 뿐이니, 사실 고증할 만한 것이 잘 갖추어져 있지 않았는데 이공은 지나치게 아끼고 좋아하여 일생동안 하루도 책을 놓지 않았다. 비록 밥을 먹거나 뒷간에 갈 때라도 반드시 손에 들고 열람하였고, 성곽 밖이나 들에 조문弔問하러 갈 적에도 역시 소매에 넣고 가니 늙어서까지 한결 같았다. 말년末年에 해서海西 지방 관찰사로 나가게 되었다. 어느 날 밤 선당宣堂에서 깊이 잠들었을 때 불이 났다. 그는 잠이 깨지도 않은 채 나체裸體로 불길을 뚫고 밖으로 나왔다. 다시 생각하니, 『옥해』 전질全帙이 자리 곁에 있었는데 미처 그것을 구하지 못한 것이었다. 공은 마침내 큰소리로 "내 옥해玉海, 옥해玉海!" 부르짖으며, 다시 불을 무릅쓰고 방으로 들어가려다가 결국 연기를 들이마시고 쓰러져 그 길로 죽고 말았으니, 어찌 이리 심하단 말인가? 이것은 벽癖이 목숨을 앗아가는 데까지 이르렀어도 깨닫지 못한 것이다.

또한 우스운 일이 한 가지 있다. 영조 때 판서 윤양래尹陽來[38)]는 성품이 상복喪服과 최관衰冠[39)]을 좋아하여 수집하기에 온 정신을 쏟았다. 항상 친척과 친구들이 상을 당하면 상을 마치는 날을 기억하고 있다가 그날 아침에 반드시 사람을 보내어 달라고 하니, 사람들이 익히 알던 터라 누구나 내주었다. 공은 명주로 만든 상자 속에 그것을 모두 보관해 두었

---

36) 이희준李羲駿(1775~1842) : 본관은 한산韓山. 자는 평여平汝. 시호는 문정文靖. 1805년(순조 5) 증광문과에 급제하여 1827년에는 이조참판에 이르렀다.

37) 『옥해玉海』 : 송宋나라 때 왕응린王應麟이 지은 유서類書로 200권이다. 천문天文·율력律曆·지리地理 등 24 일문一門으로 분류하여 널리 경사자집經史子集에서 초록하였으며 고증에 뛰어나다.

38) 윤양래尹陽來(1673~1751) : 본관은 파평坡平, 자는 계형季亨, 호는 회와晦窩, 시호는 익헌翼獻. 1699년(숙종 25) 진사가 되고, 1708년 식년문과에 급제하여 벼슬이 대사헌에 이르렀다

39) 최관衰冠 : 어버이의 상을 지낼 때 쓰는 관冠.

는데, 몇 백 관冠이 되는지 알지 못한다. 매번 비가 내리는 날 손님이 드물어지면 아랫사람에게 명하여 꺼내어 펼쳐 놓게 하였는데, 방이며 대청에 빼곡히 들어찼다. 공은 곧 배회하면서 손에 비벼보며 “좋구나. 즐겁다!” 하였으니, 이는 또 무슨 심사인가?

『옥해』는 고서이니 문인의 벽癖에 마땅하지만, 이것은 바로 흉복凶服이니 어찌 좋고 즐거울 수가 있겠는가? 이것이 이른바 남들이 좋아하지 않는 것을 좋아한다는 것이니 사람을 포복절도하게 만든다.

예전에 들으니, 영조가 일찍이 여러 신하들을 불러 야대夜對를 하며 각각 원하는 것을 말해보라 하였다. 모두 ‘춘대옥촉春臺玉燭’[40]과 같은 왕의 덕과 ‘요천순일堯天舜日’[41]과 같은 태평의 말을 올리니 임금의 뜻에 영합하려는데 불과하여, 마치 한 사람의 입에서 나온 것 같았다. 그러나 도곡陶谷 이의현李宜顯만은 침묵을 지키고 있었다. 임금이 괴이하여 이유를 물으니, 공이 일어나 아뢰었다.

“제가 원하는 것은 남들과 다르옵니다.”

“무엇인가?”

“여름날 초당草堂에 가랑비가 촉촉하게 내리고, 이때에 손님이 찾아오지 않으면 혼자서 삭은 풀을 가져다 한가로이 낡은 중국 책을 배접褙接하는 것이 가장 즐겁습니다. 이것이 신의 평생소원입니다.”

그러자 임금은 크게 웃었다.

李羲駿玉海癖

人之嗜好不同, 然嗜人之所不嗜, 好人之所不好, 是所謂癖. 癖者, 病也. 若嗜人之嗜, 好人之好者, 天下之耳目口心皆同, 何足謂之病也?

---

40) 춘대옥촉春臺玉燭 : 춘대春臺는 좋은 경치를 볼 수 있고 놀기 좋은 곳을 가리키고, 옥촉玉燭은 사철의 기후가 고르고 날씨가 화창하여 일월日月이 환히 비치는 것을 가리킨다. 여기서는 춘대春臺와 함께 임금이 덕이 있어 백성이 살기 좋음을 말한다.

41) 요천순일堯天舜日 : 요임금과 순임금의 시대와 같은 태평한 세월을 말한다.

屈到嗜芰, 曾點嗜羊棗, 文王嗜菖菹, 此雖嗜之偏, 猶非異事. 古有逐臭之海客, 我國有嗜食人爪甲者, 有嗜食人瘡痂者, 是則近於怪矣. 杜預有左傳癖, 愛書, 古今文人之常事, 此不過元凱之一時戱語. 而近世李參判羲駿, 有『玉海』癖, 此則癖也. 『玉海』, 類書而乃宋王應麟伯厚所編. 裒輯雖博, 專取宋以前吉祥善事而已, 則實無賅備可考. 而李公耽愛偏好, 一生未嘗一日釋卷. 雖對飯如厠, 必持而披閱, 郭外野弔, 亦袖去, 底老猶然. 其末年, 出按海西, 一日夜, 熟寢宣堂, 失火, 睡未快醒, 裸體冒炎突出, 更思則『玉海』全帙, 在座側, 未及救. 公遂大呼, "吾『玉海』『玉海』!", 還欲冒入, 竟未免吸煙而倒, 仍爲畢命, 何其過也? 此則癖之至於殞身而不覺也. 又有一可笑事, 英廟時判書尹公陽來, 性愛喪服衰冠, 銳意求聚. 常暗記親戚朋知人遭制闋服日, 其朝必送人覓之, 人亦稔知, 故皆與之. 公悉置巾笥, 不知爲幾十百冠. 每當天雨客稀, 則令左右搜出張羅, 房屋軒楹, 累累彌滿. 公輒徘徊摩挲, 亟稱 '快哉! 樂哉!' 此何意義? 『玉海』, 古書也, 文人宜癖, 而此乃凶服之物, 何足快樂? 此所謂好人之所不好者, 令人絶倒也. 昔聞, 英廟嘗召諸臣夜對, 令各陳所願, 皆以'春臺玉燭, 堯天舜日'爲辭, 不過迎合也, 如出一口, 而獨陶谷李相公宜顯默然. 上怪問之, 公起復曰 : "臣之願, 異於人." 上曰 : "何也?" 公對曰 : "夏日草堂, 細雨濛濛, 于斯時也, 人客不來, 獨取腐糊, 閒褙接唐本弊書最好, 是臣平生大願." 上大笑.

## 사대부士大夫의 어법語法

공자孔子는 온량공검溫良恭儉[42]한 성품을 지녔으니, 제자들과 함께 가르치고 논란을 할 때에는 번번이 '너[爾·汝]'라고 불렀다. 중유仲由[43]와 같은 사람은 공자보다 아홉 살이 적어 나이가 크게 차이가 나지 않았으나 또한 이름을 부르며 '너[爾·汝]'라고 하였다. 맹자에 이르러서는 비록 공손추公孫丑나 만장萬章일지라도 모두 '그대[子]'라고 불렀으니, 맹자는 기상이 강엄剛嚴한데도 또한 그렇게 하였다. 백 년 사이에 세태가 달라진 것이 이와 같다.

퇴계선생退溪先生은 일생동안 삼가고 신중하여, 비록 문인일지라도 모두 '그대[子]'나 '군[君]'으로 불렀지 한 번도 거만한 말로 대하지 않았다. 대체로 성현聖賢이 학문을 닦는 것은 어느 곳이든 공경하고 삼가지 않음이 없으나 또한 같지 않은 것도 있는 듯하다.

내가 일찍이 들으니, 사대부 선배들이 매양 친척 자제 중 나이가 어린 사람을 보면 모두 '너[爾·汝]'라고 부르는데, 말하는 사람이나 듣는 사람이나 모두 당연하게 여겼다. 간혹 나이 든 사람 중에 말이 공손하고 조심스러우면 어린 사람들은 도리어 괴이하게 여기고 불안해하였다. 지금은 영 딴판이라 간혹 '너[爾·汝]'라고 부르는 자가 있으면 듣는 사람이 물러나 도리어 입을 비쭉이며 '아무 어른이 옛날의 도를 행하려 한다'고 말하며 손가락질하고 비웃는다. 그 형세가 시속을 따르지 않을 수 없는 것이니, 이것은 풍기風氣가 날로 혼탁하고 경박한 데로 쏠리기 때문이다.

옛날 주전충朱全忠[44]이 당나라를 찬탈한 뒤, 전각殿閣 위에서 잔치를

42) 온량공검溫良恭儉 : 『논어論語』 「술이述而」 참조. "子貢曰, 夫子溫良恭儉讓以得之. 夫子之求也, 其諸異乎人之求之與?"

43) 중유仲由 : 공자의 제자로, 자는 자로子路, 중유仲由는 이름이다. 공자보다 9세 아래였고 제자 중에서는 최연장자로 중심적인 인물이었다. 본디 무뢰한이었는데 공자의 훈계로 입문入門하여 곧고 순진하며 헌신적으로 공자를 섬겼다.

44) 주전충朱全忠(852~912) : 중국 오대五代 후량後梁의 건국자. 본명은 주온朱溫. 당나라 말기 '황소黃巢의 난'에 참가하여 그 부장部將이 되었으나, 882년 형세의 불리함을 간파하고 관군에 항복하여 당의 희종僖宗으로부터 전충全忠이라는 이름을 하사받았다. 그 뒤 황소의 잔당과 그 밖의 군웅을 평정하여 그 공으로 양왕梁王에 봉해지고 각지의 절도사를 겸하는 등, 화북 제일의 실력자가 되었다. 그 후 당의 소종昭宗을 살해한 뒤 애제哀帝를 세우고, 다시 907년에 애제로부터 제위를 양수讓受받아 양梁

베풀었는데 그의 형 전욱全昱이 잔을 밀치고 마시지 않으며 말하였다.

"셋째야, 네가 천자가 되었단 말이냐? 네가 황소黃巢[45]를 따라 도적이 되었을 때 천자께서 사면해주시었고, 또 너를 등용하여 사진절도사四鎭節度使로 삼았으니 네게 섭섭하게 한 것이 무엇이란 말이냐? 그런데 어찌하여 당나라 삼백 년의 사직을 멸망시켜 스스로 찬탈을 하였단 말이냐? 행실이 삼족을 멸하는 데 마땅한 터에 이 술이 웬 말이냐?"

이것은 '너[爾·汝]'를 직접 천자에게 사용한 예이다.

士大夫語法

孔子, 溫良恭儉, 而其與門弟子教誨論難, 輒以爾汝呼之. 如仲由, 少孔子九歲, 年齡不甚懸絶, 而亦名呼而爾汝之. 至孟子, 雖公孫丑萬章, 皆稱子, 孟子則氣象近剛嚴而亦然. 相去百年之間, 時態不同者, 如是矣. 退溪先生, 一生謹愼, 雖對門人, 皆稱子稱君, 未嘗慢語待之. 盖聖賢之爲學, 無處不敬謹, 而亦或有不同處矣. 余嘗聞, 士大夫先輩, 每見親知人子弟之年少者, 皆爾汝之, 言者聞者, 亦視以當然. 而厥或有長老中言辭恭謹, 則少輩反怪之而不安. 今則一切反是, 或有爾汝者, 聞者退而反唇, 輒謂'某丈行古之道', 相與指笑之. 其勢不能不循俗焉, 此則風氣日趍淆薄故也. 昔朱全忠簒唐後, 嘗宴飮殿上, 其兄全昱, 却盃不飮曰: "朱三! 汝作天子耶? 汝從黃巢爲盜, 天子赦之, 用汝作四鎭節度使, 何負於汝, 而奈何滅唐三百年社稷, 自爲簒逆乎? 行當族矣, 安用此盃?" 此則直以爾汝加天子矣.

---

나라를 세우고 개봉開封을 수도로 정함으로써 당 왕조를 멸망시켰다.

45) 황소黃巢(?~884): 당나라 말기 농민반란의 수령. 과거에 낙방하자 소금 암매매를 업으로 삼았다. 875년 왕선지王仙芝의 반란에 호응하여 군사를 일으킨 후 거의 전국 각지를 전전轉戰하면서 가는 곳마다 관군은 격파하고, 5년 후에는 장안에 입성하여 스스로 황제에 올랐으나, 관군의 반격으로 자결하였다.

## 자신의 분수를 지키는 법

사람 중에 자신의 분수 안의 일을 다하고 장수하다가 유감없이 죽은 자는 예전에 그러한 적당한 사람이 없었지만, 오직 당나라의 진국공晉國公 배도裴度는 혹 여기에 거의 가까울 것이다. 공의 명성과 덕망은 서평왕西平王 이성李晟[46]이나 분양왕汾陽王 곽자의郭子儀[47]와 같은 부류였으므로, 사관은 '그 몸에 곽자의처럼 나라의 안위安危가 달려 있던 것이 이십 년간이었다'고 평가하였다. 말년엔 출세를 다하고 물러나 안락과 태평 속에 생을 마쳤다. 임종臨終에 임해 다만 다음과 같이 말했다.

"내 죽어도 유감은 없지만 다만 세 가지 한스러운 것이 있다. 오교장午橋莊에 소나무가 장성하지 못한 것이 첫 번째 한이요, 금벽지錦碧池에 비단잉어가 다 자라지 못한 것이 두 번째 한이요, 『한서漢書』를 끝까지 다 읽지 못한 것이 세 번째 한이다."

공이 매양 말하였다.

"닭 · 돼지 · 술 · 국수는 젓가락이 닿는 대로 먹으면 되고, 생로병사生老病死는 때가 이르러 따르면 된다."

만족할 줄 알고 근심 없음이 이와 같았다.

옛날에 비록 본성을 다하고 천명을 알았으나 장수와 부귀를 누리지 못하고 생을 마친 사람이 있으니, 안연顔淵 같은 사람이 이런 경우이다. 또한 비록 부귀와 장수를 누렸으나 분수 안의 일을 다 하지 못한 경우는

46) 이성李晟(727~793) : 당나라 때 임담인臨潭人. 자는 양기良器, 시호는 충무忠武. 주자朱泚를 평정하고 수도를 회복하여 서평왕西平王에 봉해졌다.

47) 곽자의郭子儀(697~781) : 당나라 때 무장武將. 시호는 충무忠武. 안사安史의 난을 평정한 일등 공신으로 상부尙父의 칭호를 받고 분양왕汾陽王에 봉해졌다. 상賞을 주고 벌을 주는 것이 공평하여 이광필李光弼과 이름을 나란히 하였으며, 너그럽고 관대하여 사람들이 많이 따랐다.

예나 지금이나 그런 사람은 많이 있다. 그러나 만약 유자儒者의 논리로 본다면 진국공 배도는 도학道學을 알지 못했으니, 반드시 이처럼 허여하지는 않을 것이다.

守分

人能盡吾分內事, 老壽無憾而死者, 古無其人, 而惟唐裵晉公, 或庶幾焉. 公之名德威望, 李西平·郭汾陽之一流, 而史稱'其身繫國家安危, 如郭子儀者, 二十年.' 末乃宦成身退, 安樂太平而卒. 而臨終但曰: "吾死無憾, 而但有三恨. 午橋莊, 松雲未成, 一恨也; 錦碧池, 鱅尾魚未長, 二恨也; 讀漢書, 未終篇, 三恨也." 公每曰: "鷄猪酒麵, 逢著則喫, 生老病死, 時至則行." 其知足無憂, 如此矣. 古雖有盡性知命, 而不能老壽富貴而終, 如顔子者, 是也. 又雖富貴壽考, 不能盡分內, 則古今多有其人. 然如以儒者之論見之, 裵晉公, 不知道學, 必不許此也.

## 홍경래난洪景來亂을 토벌한 유효원柳孝源의 잘잘못

벼슬을 주고 상을 내리는 것은 임금이 세상을 다스리는 큰 권한이어서 이것에 투명하지 않다면 무엇으로 격려하고 권장할 수 있겠는가? 국가의 대사大事로 반역의 무리를 토벌하는 것보다 중요한 것이 없어서, 장수를 명하고 군사를 출정시키는 것에 국가의 존망存亡이 달려 있다. 그러므로 장수가 종묘에서 제육을 받을 때, 임금이 몸소 수레바퀴통을 밀며 말하기를, "도성 밖의 일은 장군이 다스리시오!"[48]라고 한 것이다.

48) "도성 밖의 …… 다스리시오!" : 『사기史記』 「풍당전馮唐傳」에 다음과 같은 구절이 나

그러므로 사람을 살리고 죽이는 권한이 오직 장군이 하는 바에 달려있는 것이다. 만약 군사의 일을 일일이 조정에 보고해야 한다면 이것은 팔뚝을 얽어매어 방해를 하는 것과 같은 것이다. 또 성을 공격하여 도적을 격파시키는 날, 참형은 괴수에 그치고 협종脅從한 사람들은 처벌하지 않았던 일은, 당나라 때 채주자사蔡州刺史 오원제吳元濟의 반란을 평정할 때에 진국공晉國公 배도裴度가 황제의 명령으로 와서 행한 바다. 그런데 이것은 변방의 번藩과 진鎭이 강포强暴하여 반란이 거듭 일어난데 연유한 것으로, 반란을 무마하는 데 주력하여 권도權道로 그렇게 처분한 것이다. 대체로 이를 가지고 교주고슬膠柱鼓瑟의 논의로 여기는 것은 온당치 않다.

순조純祖 신미년(1811) 겨울, 홍경래洪景來[49]가 군사를 일으켰는데, 이는 황지潢池[50]의 일개 도적에 불과했다. 끝내는 군색해져 정주성定州城에 들어가 관군과 서로 4개월을 대치했는데, 성 안의 백성 수천 명이 도적과 한마음이 되어 누구 하나 관군과 내통하여 성문을 열어주는 사람이 없었다. 이것은 온 성이 모두 도적인 바, 조야朝野가 온통 분통이 터

---

온다. “신이 듣건대, 옛날에는 왕이 장수를 파견할 때 꿇어앉아 곡을 밀며 ‘도성 안의 일은 과인이 다스릴 터이니 도성 밖의 일은 장군이 다스리시오’ 하였습니다[臣聞, 上古, 王者之遣將也, 跪而推轂曰 : 閫以內者, 寡人制之; 閫以外者, 將軍制之].” 전쟁 중에 장군의 권한과 책임이 그만큼 막중함을 말한다.

49) 홍경래洪景來(1780~1812) : 1811년 평안도에서 일어난 홍경래난의 최고 지도자. 외숙 유학권柳學權에게 배워 유학은 물론 풍수風水나 병서 등 술서에 밝았다. 안동 김씨의 세도정치, 삼정의 문란, 농민의 몰락 등을 목격하면서 사회모순에 불만을 품고 있었다. 우군칙禹君則 · 김창시金昌始 · 이희저李禧著 · 김사용金士用 등과 결속하여 1811년 가산의 다복동多福洞에서 서북인의 차별대우, 세도정권의 가렴주구, 정진인鄭眞人의 출현 등을 공포하며 봉기하였다. 엄한 군율을 앞세워 민심을 얻은 결과, 가산 · 곽산 등 청천강 이북 10여 개 지역을 점령하였으나, 내부의 분열과 반란군이 생겨 박천 · 송림 전투에서 패해 정주성으로 후퇴하였다. 4개월간 정주성에서 버텼으나, 관군이 화약을 매설하여 성을 깨뜨리는 바람에 성이 함락되어 농민군이 진압되었고, 남정 1917명과 홍경래 등 주모자가 처형되었다.

50) 황지潢池 : 토지가 협착狹窄하고 척박瘠薄하다는 뜻으로, 바다의 한쪽 구석에 치우쳐 임금의 은택이 미치지 못함을 말한다.

져 이를 갈지 않는 사람이 없었다. 마침내 봉황성鳳凰城의 장군을 통해 은밀히 내통하여 땅을 파고 화약을 묻어 마침내 성을 격파하였다. 관군이 일제히 북을 울리고 함성을 지르며 입성하여 모조리 죽이고 사로잡았다.

그런데 당시 순무중군巡撫中軍 유효원柳孝源[51]은 부원수副元帥로서 성 안의 백성들이 도적에게 동조한 것을 분하게 여겨 모두 사로잡아 포박하였는데, 15세 이상의 남자 도합 1,900여 명을 각 진영에 넘겨 모두 참수하였다. 개선凱旋할 때에 재상 김재찬金載瓚[52]은, 유효원이 조정의 명령을 받들지 않고 마음대로 많은 백성을 죽였다는 이유로 그의 관직 삭탈을 주청奏請하여, 결국 한 품계品階도 상으로 받지 못했다. 유효원은 성을 내며 공주公州의 시골집으로 돌아가 날마다 술을 마시다가 등창이 나서 죽었다.

순무사巡撫使 이요헌李堯憲[53]은 다만 도원수都元帥라는 빈 직함만 끌어안고서 궁궐 밖에 군영을 세우고 끝까지 한 걸음도 도성문을 나서지 않았다. 그런데도 전장에서 말을 몰고 칼을 뽑은 수고도 없었는데도 특별히 본병本兵(병조판서)의 직임을 제수하였으니, 이것은 진실로 지나치게 상을 내린 것이다. 유효원의 도에 넘는 참형은 비록 명을 어긴 점은 있으나, 홍경래의 반란은 당나라의 번藩과 진鎭에서 일어난 반란과 같은 종류가 아니다. 정주성定州城의 백성들은 모두 우리 조정이 4백 년간 양육養育한 적

---

51) 유효원柳孝源(1751~1813) : 본관은 진주晉州, 자는 사백斯伯, 시호는 무숙武肅. 1811년 홍경래의 난이 일어나자 순무중군巡撫中軍으로서 정주성定州城을 폭파하여 난을 평정하였다. 항복한 반군의 남녀를 함부로 즉결처분하였는데, 후에 이 사실이 문제되어 대간臺諫에서 삭직削職을 청하자 사직을 청하고 고향으로 돌아갔다.

52) 김재찬金載瓚(1746~1827) : 본관은 연안延安, 자는 국보國寶, 호는 해석海石, 시호는 문충文忠. 1774년 정시문과에 급제하여 벼슬이 영의정에 이르렀다. 저서에 『해석집海石集』·『해석일록海石日錄』이 있다.

53) 이요헌李堯憲(1766~1815) : 본관은 전주全州, 자는 계술季述, 호는 소소옹笑笑翁, 시호는 숙렬肅烈. 홍경래난이 일어나자 양도순무사兩道巡撫使에 발탁되어 평안도 일대를 장악한 반란을 평정하여 원훈元勳으로 봉해졌으나 사양하였다.

자赤子(백성)이지만 차마 기꺼운 마음으로 도적을 섬겨 비밀 통문을 쥐고 거사擧事에 달려갔다면 이는 도적이지 백성이 아니다.

내가 생각건대, 유효원의 이 일은 진실로 옛날의 대장군에 해당하는 일이다. 어찌 개선하는 장군에게 상을 주지 않을 뿐만 아니라 도리어 죄를 주는 일을 한단 말인가? 나라가 태평할 때에는 사당의 제사에 일개 대축大祝도 왕왕 물품을 하사 받는 일이 있으니 이는 당연하다고 할 수 있다. 그런데 도적을 평정한 장수에게 도리어 일개 총융사摠戎使의 관직을 아꼈으니, 이와 같다면 그 누가 국가를 위하여 만 번이라도 목숨 바쳐 적개심을 내겠는가? 김공은 나라의 기둥이요 주춧돌이 되는 신하인데, 이 일은 실착失着을 면치 못하였다.

洪景來

爵賞, 人主馭世之大柄, 此而不明, 何以激勸? 國之大事, 莫大乎征討叛逆, 而命將出師, 存亡繫焉. 故將之受脤, 人君親自推轂, 亦曰: "閫以外, 將軍制之." 是以生殺之柄, 惟其所爲也. 如使兵事一稟於朝, 則是掣肘也. 且攻城破賊之日, 誅止其魁, 脅從罔治者, 唐之平蔡, 晉公以帝命來行. 此由於藩鎭强暴, 其亂屢興, 故主於撫摩, 而權宜之也. 恐不當以此爲膠柱之論者也.

純祖辛未冬, 景來稱兵, 不過潢池小醜賊, 終竄入定州城, 與官軍相持四朔. 城中民屢千, 一心向賊, 無一人內應而開門, 是滿城皆賊, 朝野無不忿惋切齒. 竟因鳳凰城將密通, 掘地埋藥, 城遂破. 官軍一齊鼓噪入城, 盡爲誅捕. 而其時巡撫中軍柳孝源, 以副元帥, 憤其城民之和應, 悉令捕繫, 男夫年十五以上, 合一千九百餘人, 出付各陣, 盡斬之. 及其凱旋, 領相金公載瓚, 以孝源不奉朝命, 擅殺多民, 奏削其職, 竟亦不賞一堦. 孝源恚, 還公州鄕廬, 日飮酒, 疽背以死. 巡撫使李堯憲, 則徒擁都元帥之虛名, 設營闕外, 竟不出國門一步, 有何汗馬血刃之勞, 而特擢本兵之任, 此固濫賞也. 孝源之濫殺, 雖或違制, 此非唐家藩鎭之屬. 爲定州民人者, 皆列朝四百年, 養育之赤子, 而忍能甘心事賊, 挾券赴擧, 則皆賊也, 非民也. 愚意則孝源此事, 眞古之大將也. 安有凱旋之將, 而不惟不賞, 反加之罰者乎? 國家昇平, 則廟享一大祝, 往往受資, 認若當然, 而平賊之將, 則反惜摠戎使一官, 如是而其誰能爲國家, 出萬死敵愾乎? 金公爲國柱石, 而此則未免失着也.

## 인동印童

서한西漢시대에는 공경公卿부터 도장을 차지 않은 사람이 없었다. 그러므로 승상丞相·태위太衛는 금도장에 자줏빛 끈을, 어사御使·대부大夫는 은도장에 푸른 끈을 찼다. 모든 경관京官과 외관外官들도 다들 도장을 찼는데 각각 등급에 따른 구별이 있었다. 비록 『사기』와 『한서』의 기록으로 말해보면, 항우는 회계會稽 태수 은통殷通을 죽이고 그 도장과 끈을 찼고, 또 주매신朱買臣[54]은 회계 태수로서 도장을 차고 벽제를 했으니 그 대강을 알 수 있다. 위·진시대 이후로는 드디어 도장을 차지 않았으니, 당나라 관제에 금자광록대부金紫光祿大夫·은청광록대부銀靑光祿大夫가 있었으나 관직의 품계를 정하는 빈 명칭에 불과했다.

후세에는 도장의 제도가 매우 중차대해졌으나, 또한 끈이 없어 차려고 해도 어려운 일이었다. 그러므로 관리가 출입할 때 반드시 도장함을 휴대하여 비록 뒷간에 가더라도 역시 그 안에 두었다. 다만 외직의 관리

54) 주매신朱買臣(?~B.C.109) : 전한前漢시대 무제武帝 때 정치가. 자는 옹자翁子. 집안이 가난하여 나무를 해다 팔아 자급하였다. 후에 무제 때 엄조嚴助의 추천을 받아 회계 태수가 되었다. 주매신이 벼슬을 하지 못했을 때 그 아내는 집을 나갔는데 나중에 주매신이 회계태수가 되자 자결한 이야기는 많이 알려져 있다.

는 매번 명함을 올려 상관을 뵙는데, 도장함을 들고 다니는 사람은 감히 내문內門에 들어가거나 공당公堂에 오르지 못하고 번번이 문밖에 물러나 있는 것이 상례이다.

교교재嘐嘐齋 김용겸金用謙[55]은 몽와夢窩·농암農巖·삼연三淵의 조카이고, 문곡文谷 김수항金壽恒의 손자이다. 성품이 당시 세속인과 달라 옛 도를 힘써 실천하였다. 일찍이 삼등현감三登縣監[56]이 되어 감사를 알현하려 할 때, 도장을 받드는 동자가 감영 안으로 들어오지 못하는 것을 보고 대노하여 말했다.

"공인公印을 어찌 잠시라도 몸에서 뗄 수 있단 말인가?"

그리고는 들어가려다 도로 나와 문밖 청사에 앉더니, 관노에게 명하여 불에 달군 송곳으로 도장을 뚫게 하여 그것을 차고서야 들어가 우선 감사를 알현하였다. 그 동안 하루해가 다 지나갔다. 감사도 이 일을 듣고 웃었고 후세 사람들도 그 일을 좋게 여겼다. 삼등현의 관인은 비록 닳아서 다시 만들더라도 매번 도장의 손잡이를 뚫었으니, 지금도 그렇게 해오고 있다. 대개 김공은 옛일을 좋아하여 세속을 놀라게 한 일이 많은데 모두 이와 같았다.

印童

西京之世, 自公卿莫不佩印, 故丞相太尉, 金印紫綬, 御史大夫, 銀印青綬. 凡京外官, 皆佩印, 而各有等位辨別. 雖以『史』『漢』所著言之, 項羽殺會稽守殷通, 佩其印綬, 又朱買臣以會稽太守, 佩印而除道, 槩可知也. 魏·晉以後, 遂不佩印, 而唐之官制, 有金紫光祿大夫·銀青光祿大夫, 不過階官而虛名也. 後世則印制, 甚重且大, 且無綬, 欲

55) 김용겸金用謙(1702~1789): 본관은 안동安東, 자는 제대濟大, 호는 교교재嘐嘐齋. 벼슬은 음직으로 1786년(정조 10) 공조판서를 지냈다. 음악에 조예가 깊었고, 서책을 널리 읽었다.

56) 삼등현三登縣: 평안남도 강동군 지역에 있던 현.

佩亦難矣. 故官出入, 必以印器隨之, 雖如厠, 亦置厠中. 但外職, 每刺見上官, 荷盠者, 不敢入內門上公堂, 輒退在門外, 例也.

嘐嘐齋金公用謙, 夢窩・農・淵之姪, 文谷之孫也. 性異於流俗, 務行古道. 嘗爲三登縣監, 將謁監司, 見印童不入營中, 大怒曰: "公印, 豈可須臾離側?" 欲入還出, 坐門外廳舍, 命官隸, 用火錐穿印而佩之, 然後始入見, 其間幾盡日. 監司亦聞而笑之, 後人美其事. 三登縣印, 雖刓而改造, 每穿印柄, 至今猶然. 盖金公好古事多駭俗, 皆如此.

## 사무의 번거롭고 간소함

송나라 장순민張舜民[57]이 말하였다.

"당나라 도장의 글자는 머리카락같이 가늘지만, 오늘날 도장의 글자는 힘줄처럼 두껍다. 그런데도 개봉부開封府 삼사三司의 도장은 오히려 해마다 바뀌니, 당나라와 송나라의 사무 중에 어느 것이 번잡하고 간결한지 알 수 있다."[58]

후세의 번잡한 사무가 이와 같으니, 비록 정막程邈[59]이 아니었다면 과

57) 장순민張舜民(생몰년 미상): 북송北宋 때 빈주邠州 사람. 자는 운수芸叟, 호는 부휴거사浮休居士・정재矴齋. 이부시랑을 지냈고, 원우元祐의 당으로 몰렸다. 저서에 『화만록畫墁錄』, 『화만집畫墁集』이 있다.

58) "당나라 …… 알 수 있다.": 장순민張舜民이 지은 『화만록畫墁錄』에 나오는 말로 글자의 출입이 있다. "…… 삼사의 인장은 더욱 거친 것이 오히려 해마다 바뀌니 이로 보건데 일의 번잡하고 간단한 것을 알 수 있다[…… 三司印文尤麤, 猶且歲易, 以此可見事之繁簡也]."

59) 정막程邈(생몰년 미상): 진秦나라 때 하두下杜 사람. 자는 원잠元岑. 본래 옥리獄吏였다가, 죄에 걸려 옥중에서 예서隸書를 만들었다는 이야기가 있다.

두고문科斗古文[60]으로는 결코 글씨를 다 써낼 수 없다. 해자楷字를 만들고 목판에 새기는 법을 발명한 사람은 그 공이 사황史皇[61]에 못지 않을 것이다.

唐印文

宋張舜民言 : "唐印文如絲髮, 今印文如筋, 而開封府三司印, 猶歲易, 唐宋事務繁簡, 可知也." 後世繁務如是, 雖非程邈, 科斗古文, 決不可行書之. 造楷字創鏤板, 功不在史皇下矣.

## 심온沈溫 집안과 박은朴訔 집안

동자董子(동중서)는 말하였다.

"그 뜻을 바르게 하되 이익을 도모하지 않으며, 그 도를 밝히되 공을 계산하지 않는다."

문정공文定公 소철蘇轍도 다음과 같이 말하였다.

"선을 마땅히 해야 하는 것은 불이 반드시 뜨겁고 물이 반드시 차가움과 같으며, 불선不善을 행하지 않아야 마땅함은 추우騶虞[62]가 살생을 하지 않고 절지竊脂[63]가 곡식을 먹지 않는 것과 같은 것이다."[64]

60) 과두고문科斗古文 : 상고시대에 필묵筆墨이 발명되지 못했을 때, 뾰족한 나무의 끝에 옻칠을 묻혀 글씨를 썼는데 머리 부분은 옻칠이 많이 묻어 있고, 꼬리 부분은 가늘어져 올챙이처럼 생겼다고 해서 과두라고 하였다. 공자의 구택舊宅에서 과두문으로 쓰인 많은 죽간이 나왔다는 것은 잘 알려진 일이다.

61) 사황史皇 : 본래 황제黃帝의 신하로 글자를 처음 만들었다고 한다. 후세에는 창힐倉頡을 가리켜 사황이라 부르기도 한다.

62) 추우騶虞 : 성인의 덕화에 감응하여 나타나는 영험한 짐승.

대개 군자는 도를 실천하고 선을 행함에 마땅히 순舜임금과 도척盜蹠의 갈림길에서 경계하고 두려워할 뿐이다. 복선화음福善禍淫으로 기준을 삼는 것은 부당하니, 설사 선을 행해서 복이 없더라도 악을 행해서는 안 되며, 악을 행해서 화가 없더라도 불선不善을 행해서는 안 된다. 내가 일찍이 「범방전范滂傳」을 읽었는데 매양 범방 어머니가 하는 말이,

"내가 너에게 악을 행하기를 원한다 해도 (너는) 악을 행해선 안 되는 것이며, 내가 너에게 선을 행하도록 하기 위해서는 내가 악을 행해서는 안 된다."[65)]

라 하였으니, 일찍이 세 번 반복하여 읽고 슬퍼하지 않은 적이 없었다.

내 일찍이 드러난 악과 숨겨진 악에 대해 논한 일이 있다. 우리나라 초기에 평도공平度公 박은朴訔[66)]이 안효공安孝公 심온沈溫[67)]을 죄에 얽어 죽였다. 이 한 가지 일로 본다면 불선不善한 일을 쌓으면 온갖 재앙이 내린다는 것이 과연 어디에 있는가? 당시 세종은 새로 즉위하였고 태종은 상왕上王의 지위에 있었지만, 평도공은 총애를 받고 조정에서 권력을 마음대로 부렸다. 안효공 심온의 일가붙이들이 외척으로 연결된 것을 미워하

---

63) 절지竊脂 : 새의 이름. 부리가 구부러졌고 날고기를 먹는다고 하며, 고기를 잘 훔치므로 절지라는 이름이 붙었다고 한다.

64) "선을 …… 같은 것이다." : 소철이 엮은 『고사古史』라는 책의 「서敍」에 나오는 말이다.

65) "내가 너에게 …… 안 된다." : 『후한서後漢書』 권97 「당고열전黨錮列傳」 참조. 이것은 범방이 죽으면서 자기 자식에게 권계한 말로 보이는데, 저자는 어머니의 말로 오해한 듯하다.

66) 박은朴訔(1370~1422) : 본관은 반남潘南, 자는 앙지仰之, 호는 조은釣隱, 시호는 평도平度. 1388년 문과에 급제하여 벼슬이 좌의정에 이르렀다. 좌명공신佐命功臣으로 금천부원군錦川府院君으로 봉해졌다. 충녕대군忠寧大君이 세자로 책봉될 때부터 심온沈溫과 대립하였다.

67) 심온沈溫(?~1418) : 본관은 청송靑松, 자는 중옥仲玉. 세종의 장인. 고려 때 문과에 급제하여 조선조 창업에 기여하였고, 세종이 즉위하자 국구國舅로서 영의정이 되었다. 1418년 사은사로서 명나라에 가게 되었을 때, 그의 동생 정泟이 병조판서 박습朴習과 같이 상왕인 태종의 병권장악을 비난한 것이 화근이 되어 귀국하는 도중 의주에서 체포되어 수원으로 압송, 사사되었다. 나중에 무고로 밝혀져 관직이 복위되고, 안효安孝라는 시호가 내렸다.

였는데, 마침 안효공이 중국에 사신을 가자 이틈을 타서 백방으로 죄를 얽어 모함하였다. 안효공이 돌아오기를 기다려 상왕은 강두江頭에서 사사賜死를 명하니, 세종과 소헌왕후昭憲王后도 신원하여 구제할 수 없었다.

평도공은 남몰래 가병家兵을 동원하여 안효공의 집을 포위하고 그 자손을 남김없이 몰살하였다. 그때 안효공의 어린 아들은 젖먹이였던 터라, 유모는 씨가 다 없어지는 것이 가엾어 자기 아들로 바꾸어 넣었다. 아이를 업고 탈출하여 몰래 도망쳐 주야로 달려 고개를 넘어 선산善山의 강거사康居士 집에 숨어들었다. 강거사는 전날 밤 꿈에 조짐이 있었고 또 부부가 늙도록 자식이 없던 터라, 드디어 길러 자식을 삼았다. 아이는 장성하자 강씨 성을 쓰며 감히 스스로 세상에 드러내지 못한 채 생을 마쳤다. 안효공의 손자 대에 이르러 비로소 심씨 성을 회복하였다.

대개 평도공과 안효공은 절친한 친구 사이였다. 그러므로 안효공은 임종할 때 분개하고 탄식하며 의금부의 낭관에게 말하였다.

"내가 무슨 죄인가?"

"죄라고 해야 '명령이 여러 문에서 나온다[令出多門]'고 한 네 글자에 불과하오."

안효공이 말했다.

"호조판서는 어찌하여 나를 구제하지 않는가?"

호조판서는 바로 평도공이었다. 낭관이 웃으며 말했다.

"이 일은 바로 호조판서가 꾸민 일이요."

그러자 안효공이 이를 갈며 말했다.

"내 자손 중에 혹 살아난 자가 있거든 대대로 박 아무개의 자손과는 결혼하지 말라는 내 말을 전해주시오."

근세에 두 성씨는 세대가 점점 멀어지자 다시 혼인 관계를 맺게 되었으나 모두 빈궁하고 후사도 없다고 한다. 심씨 집안이 백세의 원수를 잊은 일은 의당 그럴 만도 하다. 그러나 양가의 후손들이 모두 번창하여 천지만엽千枝萬葉이 그 숫자가 억에서 그치지 않기를 오백 년이 하루 같았다. 그런데 박씨 성은 더욱 성대하여 큰 학자와 현달한 인물이 끝없이 연달아 나와 심씨 가문보다 잘 되었으니, 혹시 박씨는 문강공文康公 야천冶川 박소朴紹[68]로부터 따로 숨은 덕이 있어서 이전의 허물을 속죄해서 그렇게 된 것인가? 이것은 알 수가 없다. 이 일은 이미 야승野乘에 실려 있어 사람들이 다 아는 것이니 내가 사사로이 말하는 것이 아니다.

[내가 젊었을 때 소남小楠 심능숙沈能淑[69] 어른께 이 이야기를 직접 들었다. 심능숙은 바로 안효공의 후손이고 또 청릉青陵 국구國舅[70]의 종손이라 반드시 대대로 전해온 가승家乘이 있을 것이니 의당 어긋남이 없을 것이다. 그러나 『조야회통朝野會通』[71]에는

> 태종 18년에 상께서 세종에게 선위하셨다.

라고 하였고, 또

> 이 해에 상왕이 병조판서 박습朴習과 참판 강상인姜尙仁을 죽이고, 심온에게 자진을 명하셨다. 상왕은 병조에 잘못이 있다 하여, 그 당상堂上과 낭청郎廳을 국문하라 명하고, 강상인은 거열형車裂刑에 처하고 박습은 참수하였으

---

68) 박소朴紹(1493~1534) : 본관은 반남潘南, 자는 언주彦胄, 호는 야천冶川, 시호는 문강文康. 1519년 식년문과에 장원하여 옥당정자玉堂正字를 지내고 홍문관부수찬·사간원정언·시강원사서 등을 역임하였다. 조광조 등 신진사류와 함께 왕도정치의 구현을 위하여 노력하였다. 김안로 등을 탄핵하려다 그들의 미움으로 파직당하여 고향 합천에 내려가 학문에 전념하였다.

69) 심능숙沈能淑(1782~1840) : 본관은 청송青松, 자는 영수英叟, 호는 소남小楠. 1829년 음직으로 감역이 되었고, 1832년부터 1835년까지 태인현감을 지냈다. 시인으로 명성이 있었고, 사상적으로 도선道仙에 기울어져 있었다. 저서에 『후오지가後吾知可』·『문시文時』가 있다.

70) 청릉青陵 국구國舅 : 명종의 장인이었던 심강沈鋼(1514~1567)을 가리킨다. 심강의 큰딸이 명종의 비인 인순왕후이다. 명종 1년(1546)에 영돈녕부사에 임명되고, 청릉부원군青陵府院君이 되었다.

71) 『조야회통朝野會通』 : 김재구金載久의 저술로 28권 18책이며, 편년체로 기록되어 있다.

며, 영의정 심온은 수원에 압송해 자진케 하셨다.

라고 하였다. 또

"이 옥사는 종묘의 원장垣墻 때, 마음대로 병사를 낸 일에 관한 것이다."

라고 하였고, 또

『우복집愚伏集』[72]에서는 추대에 관한 일이다.

라고 하였다. 또

일설에는 심온이 국구로서 영상이 되어 임금의 명을 받들어 명나라에 사신을 갔다가 돌아오는 길에 압록강에서 체포되어 수원에 유배되어 사사되었다. 임종을 앞두고 집안사람에게 말하기를, '대대로 박씨와는 혼인하지 말라'고 하였다. 당시 사람들은 박은이 좌상으로서 심온의 죽음에 대해 말을 한 적이 있기 때문에 매우 한스러워했다고 한다. 대개 도총제都摠制 심정沈泟은 바로 심온의 동생이다. 하루는 병조판서에게 '오늘날 호령이 두 군데서 나오니, 한 입에서 나오는 전일專一함 보다는 매우 못하다'고 말하였다. 당시의 통례는 경연이 끝나면 입시入侍했던 신하들이 모두 상왕전上王殿에 가서 경연 중에 있었던 일을 일일이 아뢰도록 하였기 때문에 바깥의 크고 작은 일을 전부 보고하였다. 이 때문에 심정의 말도 역시 상왕이 듣게 되었다. 상왕은 듣고 나서 진노하여 드디어 국문을 명하고서, '이것이 어찌 심정 혼자만의 말이겠는가? 필시 심온의 뜻에서 나왔기 때문에 일가가 모두 이와 같은 마음을 품었을 것이다'라고 생각하였다. 이때 유정현柳庭顯·이직李稷 등이 심온의 잘못을 말하고, 박은 또한 '심온이 국구로서 영상에 임명되었는데도 도리어 좌상이 으레 이조·병조를 겸직하고, 우상이 호조·형조·공조를 겸직하는 것 보다 못하다고 여겼습니다. 심온은 권력이 없는 것을 싫어하여 좌상의 지위를

72) 『우복집愚伏集』: 정경세鄭經世의 문집으로, 32권 16책이다.

필시 얻고자 하였으니, 그 마음대로 법을 무너뜨리려는 의도를 여기에서도 볼 수 있습니다' 말하였다. 상왕은 '인정상 누구인들 권력을 잡고 싶지 않겠는가? 좌상의 이 말은 굳이 하지 않아도 좋을 듯하다'라고 하였다.

심온이 수원에 도착하자, 상왕이 사람을 보내어 그 곡절을 물으니 심온은 다음과 같이 말을 하였다.

'이 말은 신이 중국으로 떠난 다음에 나왔으니, 원컨대 말을 낸 사람과 따져보게 해주십시오.'

상왕이 또 사람을 보내어 말하였다.

'박습朴習이 이미 죽었으니 어디에서 분별한단 말이냐? 경은 왕비의 아비이니 다만 사사를 명한다.'

이 말을 전하자 심온은 '가문 대대로 내 말을 지켜라. 박씨와는 감히 혼사를 논하지 말라' 하였다. 그런데 현령 심륭沈隆이 박씨 가문의 데릴사위가 되었는데 역시 자녀가 없었다.

라 하니, 이는 모두 『조야회통』의 기록이다.

이로써 본다면 안효공의 죽음은 죄가 없다고 할 수 없으며, 또한 평도공의 일은 동료 재상으로서 이 옥사에 힘을 보탠 것에 불과한 것이다. 그리고 병사를 동원해 마음대로 살인을 한 일도 없으니 그 이야기는 의심할 만하다.

나라 초기에 법제가 비록 모두 처음 만든 것이지만, 신하된 자가 어찌 마음대로 가병家兵을 동원하여 이처럼 거리낌 없이 함부로 많은 사람을 죽이는 데까지 이르렀겠는가? 백성들도 오히려 그렇게 죽이지 못하거늘 더구나 대신의 집안사람들을 죽일 수 있겠는가! 또한 하물며 국모가 살아있는데 이처럼 몰살의 계책을 자행하겠는가! 이것은 혹시 상왕의 밀지密旨가 있었는데 다른 사람들은 몰랐던 것인가? 더욱 의심스런 일이다. 그러나 안효공의 자식이 난리를 피해 고개를 넘었고 강씨 성을 썼으니, 심씨 가문에 대대로 전하는 이야기가 분명하다. 그렇지 않다면 또한 어찌 자신을 바꾸어 몰래 달아나는 지경에 이르렀겠는가? 내가 이사란 내

부분 전해들은 이야기에서 나온 것이니, 아마도 본손本孫의 가승家乘만은 못할 듯하다.]

沈·朴 兩姓

董子曰："正其誼, 不謀其利, 明其道, 不計其功." 又蘇文定公曰："善之當爲, 如火之必熱, 水之必寒, 不善之不當爲, 如騶虞之不殺, 竊脂之不穀." 盖君子之於行道爲善, 當以舜蹠之分, 戒懼而已. 不當以福善禍淫爲準, 則使善而無福, 惡不可爲也. 使惡而無禍, 不可爲不善也. 余嘗讀范滂傳, 每於滂母之言. 其曰："使汝爲惡, 惡不可爲. 使汝爲善, 我不爲惡." 未嘗不三復而悲之也.

余嘗有陽惡陰惡之論, 而國初朴平度公構殺沈安孝公一事見之, 積不善而降之百殃者, 果安在哉? 方世宗新卽位, 太宗在上王位, 而平度公承寵, 用事於大朝. 娼嫉沈安孝之戚聯, 適當安孝朝京, 乘間構誣百方. 待其使還, 上王命於江頭賜死, 世宗與昭憲后, 皆無以伸救矣. 平度私發家兵, 圍安孝第, 盡殺安孝子孫無噍類. 其時安孝幼子方乳養, 乳媼不忍夷滅, 以渠一子換納. 負兒脫身, 潛逃晝夜行, 踰嶺投匿善山康居士家. 居士因有前夜夢兆, 而亦夫婦老無子, 遂養爲子. 兒長, 冒康姓, 不敢自見於世, 以終其生. 至安孝之孫, 始復沈姓. 盖平度與安孝切友也, 故安孝臨命, 憤歎謂王府郎曰："吾何罪?" 郎曰："罪不過令出多門四字." 安孝曰："戶判何不救我?" 戶判卽平度也. 郎笑曰："此正戶判所爲也." 安孝切齒曰："我子孫, 或有生出, 幸以吾言傳及, 世世勿與朴某之孫結婚也." 近世兩姓, 以年代寢邈, 嘗再與姻媾, 而皆貧窮無嗣云. 沈家忍忘百世之讐者, 宜其然也. 然兩家後承, 皆蕃昌, 千枝萬葉, 其麗不億者, 五百年如一日. 而朴姓尤大, 名儒鉅公, 磊落相望, 殆過於沈族, 抑朴氏, 自冶川文康公以來, 別有潛德, 以贖前愆而然耶? 是未可知也. 此事已載野乘, 人皆知之, 非余私言也.

[余少時, 嘗親聞此說於小楠沈丈, 沈乃安孝之後, 又青陵國舅之宗

孫, 必有世傳家乘, 宜無差爽. 而『朝野會通』乃云: "太宗十八年, 上禪位於世宗." 又云: "是年上王誅兵曹判書朴習, 參判姜尙仁, 賜沈溫自盡. 上王以兵曹有所失, 命鞠其堂郞, 尙仁車裂, 習斬, 領議政沈溫, 辭連押送水原, 使之自盡." 又云: "此獄, 宗廟垣墻時, 擅發軍兵事." 又云: "『愚伏集』以爲推戴事." 又云: "一說, 溫以國舅, 爲首相, 奉使天朝, 還渡鴨綠江被逮, 流水原賜死, 臨死謂家人曰: '世世勿與朴氏爲婚姻也.' 人謂朴訔以左相, 於溫之死有言, 故深恨之云. 盖都摠制沈泟, 卽溫之弟. 一日與兵判語, 今之號令出於二處, 大不如出於一口之爲專一. 當時規例, 經筵畢, 入侍臣之皆詣上王殿, 將筵中事, 歷白之, 故外間大小事, 無不上聞. 以此, 沈泟之言, 亦有上聞. 上王聞之震怒, 遂命鞠治. 乃以爲此豈獨泟之言, 必出於溫之意, 故其一家, 皆懷如此之心. 柳庭顯·李稷等, 皆言其不善, 朴訔亦曰: '溫以國舅拜首相, 反不如左相之例兼吏兵曹, 右相之例兼戶刑工, 溫嫌其無權, 必欲得左相之位, 其權毁法之意, 此亦可見.' 上王曰: '人情孰不欲執權, 左相此言, 似不須發也.' 及溫到水原, 上王使人問其曲折, 溫曰: '此言在臣赴京之後, 願與發言人辨之.' 上王又使謂曰: '朴習已死, 何從可卞, 卿乃王妃之父, 只令賜死' 以此言, 沈言世世守之, 與朴氏不敢議親. 獨縣令沈山隆, 贅於朴門, 而亦無子女." 是皆『會通』所錄也.

以此觀之, 安孝之死, 不能無罪, 且平度事, 不過以僚相助勢此獄而已, 亦無發兵擅殺之擧, 其說可疑也. 國初法制, 雖皆草刱, 爲人臣者, 何至擅發家兵, 妄殺多人如是無憚. 匹庶尙不可, 況大臣之家人, 又況國母方在, 而恣行其湛滅之計如此. 此或有上王之密旨, 而外人之所不知耶? 尤可疑也. 然安孝之子, 逃難嶺外, 冒姓康氏, 則沈氏世傳分明, 不然則亦何至易子潛走之境. 盖野史多出傳聞, 恐不如本孫之家乘也.]

## 읍취헌挹翠軒 박은朴誾

읍취헌挹翠軒 박은朴誾은 자가 중열仲說이고 문과에 급제하여 벼슬이 교리에 이르렀다. 일찍이 권달수權達手[73]를 신원했다는 이유로 화를 당해 연산군 때에 죽었으니 나이가 겨우 26세였다. 뛰어난 재주가 있었고 시와 문을 모두 일찍 이루었다. 시는 비록 송나라 시풍이라 황정견黃庭堅·진사도陳師道와 흡사했지만, 모두 창건蒼健하고 노성老成하여 젊은이의 구기口氣가 아니어서 세상 사람들은 동방의 제일로 받들었다. 비록 위로 고운孤雲 최치원崔致遠과 목은牧隱 이색李穡에게는 이르지 못했지만, 호음湖陰 정사룡鄭士龍[74]·소재蘇齋 노수신盧守愼[75]·지천芝川 황정욱黃廷彧[76] 세 사람에게 비교하면 고삐를 나란하게 달리고도 남는 재주가 있었다. 이덕무李德懋(字 : 懋官)는 '관복재觀復齋[77]가 더 오래 살았으면

---

73) 권달수權達手(1469~1504) : 본관은 안동安東, 자는 통지通之, 호는 동계桐溪. 1504년 연산군의 생모 윤씨를 종묘에 모시려 하자, 그 부당함을 주장하다가 의금부에 하옥되어 장형杖刑을 받고 용궁龍宮에 유배되었다. 그해 다시 의금부로 압송되어 국문을 받던 중 옥사하였다.

74) 정사룡鄭士龍(1491~1570) : 본관은 동래東萊, 자는 운경雲卿, 호는 호음湖陰. 1509년(중종 4) 생원을 거쳐 별시문과에 병과로 급제하여 벼슬이 대제학에 이르렀다. 일찍이 중국에 사신 가서 문장을 떨쳤고, 시인으로 명성이 있어 당시 신광한申光漢과 쌍벽으로 일컬어졌다. 저서에 『호음집湖陰集』이 있다.

75) 노수신盧守愼(1515~1590) : 본관은 광주光州, 자는 과회寡悔, 호는 소재蘇齋, 시호는 문간文簡. 1543년 식년문과에 장원하여 벼슬이 영의정에 이르렀다. 양명학에도 조예가 깊어 주자학자들에게 공격을 받았고, 불교의 승려들과도 교유하여 그 영향도 많이 받았다. 저서에 『소재집蘇齋集』이 있다.

76) 황정욱黃廷彧(1532~1607) : 본관은 장수長水, 자는 경문景文, 호는 지천芝川, 시호는 문정文貞. 1552년(명종 7) 사마시에 합격, 1558년 식년문과에 병과로 급제하여 벼슬이 대제학에 이르렀다. 저서에 『지천집芝川集』이 있다.

77) 관복재觀復齋 : 김숭겸金崇謙(1682~1700). 자는 군산君山. 관복재觀復齋는 그의 호. 김창협金昌協의 아들로, 일찍부터 시와 서법에 능했으나, 19세로 요절하였다. 김창흡金昌翕이 그의 시를 수습하여 『관복재시고觀復齋詩稿』를 엮었다. 이덕무의 평은 『청비록淸脾錄』 권2에 보인다.

마땅히 취헌翠軒보다 나았을 것이다'라고 하였는데, 옳은 말인 듯하나 서로 장단점이 있다.

그가 지은 시에

故人自致青雲上, 　　고인은 스스로 청운青雲 위에 올랐고,
老我孤吟黃菊邊. 　　늙은 나는 외로이 국화 곁에서 읊조리네.[78]

風從木葉蕭蕭下, 　　바람은 나뭇잎을 따라 우수수 내려 불고,
酒許山妻淺淺斟. 　　술은 아내의 손에 맡겨 졸졸 붓게 하네.[79]

老婢撥灰明兀兀, 　　늙은 계집종이 재를 헤치니 불이 붉게 일고,
孺人挹酒勸卿卿, 　　아내는 술잔 들고 '당신[卿卿]'하고 술을 권하네.[80]

鬢毛飄飄生秋氣, 　　귀밑머리 바람에 날리니 가을 기운이 느껴지고,
風雨淒淒作曉寒. 　　비바람 처량하게 새벽의 찬 기운을 일으키네.[81]

등의 구절은 농암農巖도 자주 칭찬하여 『농암잡지農巖雜識』에 실어 놓았다. 그의 시는 대개 이치理致가 많아, 부화하고 경박한 말이 없다. 그런데도 결국 흉액에 걸려 요절을 면치 못했으니 괴이한 일이다.

읍취헌은 문경공文景公 신용개申用漑[82]의 사위이니, 「영보정시永保亭詩」[83]는 바로 신공이 충청도 관찰사로 고을을 순행할 때 따라다니며 두

78) 『읍취헌유고挹翠軒遺稿』 권3 「夜臥有懷士華承旨」.

79) 위의 책, 「十月四日, 與擇之約攜酒叩仁老. 擇之忽以病報 ……」. 한국문집총간본에는 '下'가 '過'로 되어 있다.

80) 위의 책, 「夜臥, 誦曾來鳴字韻詩有感, 因和之, 聊付書以寄」.

81) 위의 책, 「僕一二年來, 頭有白毛始生之髮. 屢見素莖 ……」. 한국문집총간본에는 '飄飄'가 '颯颯'으로 되어 있다.

82) 신용개申用漑(1463~1519) : 본관은 고령高靈, 자는 개지漑之, 호는 이락정二樂亭·송계松溪·수옹睡翁. 읍취헌 박은의 장인이며, 김종직의 문인이다. 1488년(성종 19) 문과에 급제하여 벼슬이 좌의정에 이르렀다. 저서에 『이요정집二樂亭集』 등이 있다.

루 유람할 적에 다섯 수를 읊은 것이다. 그때의 나이가 겨우 열다섯[84]이었는데, 그 작품이 세상에 유명해져 지금까지도 전해지고 있다. 또 문집 속의 「망실고령신씨행장亡室高靈申氏行狀」[85]은 남곤南袞에게 명銘을 지어 달라 부탁하기 위해 쓴 것인데, 세상 사람들은 한창려韓昌黎(韓愈)의 기격氣格이 있다고 일컬으니, 그의 타고난 재주가 이와 같았다. 다만 재능을 숨길 줄 모르고 무도한 세상에서 벼슬을 탐내어, 곧다는 명성을 얻기 위해 임금을 거스르다 화를 당한 것이 안타깝다. 정조께서 규장각에 그의 문집을 목판에 새겨 간행할 것을 명하고서 어제서문御製序文을 권두에 붙였으니, 이로써 후세에까지 영구히 전하게 된 것이다.

### 挹翠軒

挹翠軒朴公誾, 字仲說, 文科官校理. 嘗以伸救權達手被禍, 死於燕山朝, 年纔二十六. 有雋才, 詩文皆早就. 詩雖宋調, 絶似黃・陳, 又皆蒼健老成, 非年少人口氣, 世推東方第一. 雖未能上薄孤雲・牧隱, 比之湖・蘇・芝三家, 則方駕而有餘材矣. 李懋官以爲觀復齋得年, 則當突過翠軒, 似是而互有長短矣. 其"故人自致青雲上, 老我孤吟黃菊邊", "風從木葉蕭蕭下, 酒許山妻淺淺斟", "老婢撥灰明兀兀, 孺人挹酒勸卿卿", "鬢毛颯颯生秋氣, 風雨凄凄作曉寒." 等句, 農巖亦亟稱之, 載之『雜識』. 其詩蓋多理致, 非有浮華儇薄之語, 而竟未免凶短折, 可怪也.

挹翠爲申文景公用漑女婿, 而「永保亭詩」, 乃申公錦伯時, 從巡部

83) 「영보정시永保亭詩」: 『읍취헌유고挹翠軒遺稿』 권4에 「영후정자營後亭子」라는 제목으로 5수가 실려 있다.

84) 그 때의 나이가 겨우 열다섯: 신용개가 충청도 수군절도사로 임명된 것은 1502년이며 이듬해에 체직되었다. 박은의 「영후정자營後亭子」라는 시의 머리에는 '계해년(1503) 2월에 장인을 방문하여, 보령保寧의 영營에서 머물렀다'고 되어 있다. 영보정은 보령의 수영水營 뒤에 있던 정자이다. 이때 박은의 나이는 실제 24~25세로, 여기서 15세라고 한 것은 작가의 착오로 보인다.

85) 「망실고령신씨행장亡室高靈申氏行狀」: 『읍취헌유고挹翠軒遺稿』 권4 참조.

歷覽, 詠五首. 其時年僅十五, 其作名世, 至今傳誦. 又集中所載, 「亡室高靈申氏行狀」, 所以請銘於南袞者, 而世稱有昌黎氣格, 其天才如此. 然但恨不知卷懷之義, 叨爵於無道之世, 沽直忤君, 卒嬰其禍, 惜哉. 正廟令內閣, 開板槧印其文集, 仍以御製序文, 弁其首, 此可以不朽於後世者也.

## 우리나라의 고사高士

남명南冥 조식曺植 · 대곡大谷 성운成運[86] · 동주東洲 성제원成悌元[87] · 화담花潭 서경덕徐敬德[88] · 청송聽松 성수침成守琛[89]은 모두 우리나라에서 드물게 덕이 높은 선비이다. 그 유풍遺風과 여운餘韻은 지금도 없어지지 않아 완고한 사람에게 염치를 알게 하고 나약한 선비를 일으켜 주고

86) 성운成運(1497~1579) : 본관은 창녕昌寧, 자는 건숙健叔, 호는 대곡大谷. 중종 때 과거에 급제하였으나 명종 즉위 때 을사사화로 형이 화를 입자 속리산에 은거했다. 선조에 누차 벼슬을 주었으나 모두 사퇴하였다. 이지함 · 서경덕 · 조식 등과 교유하며 학문에 힘썼다. 저서에 『대곡집大谷集』이 있다.

87) 성제원成悌元(1506~1559) : 본관은 창녕昌寧, 자는 자경子敬, 호는 동주東洲 · 소선笑仙, 시호는 청헌淸憲. 성리학을 비롯하여 산경 · 지지 · 의학 · 복술에 정통했다.

88) 서경덕徐敬德(1489~1546) : 본관은 당성唐城, 자는 가구可久, 호는 화담花潭 · 복재復齋. 시호는 문강文康. 독학으로 공부하였고 산림에서 후진 교육에 힘을 기울이다 어머니의 권유로 생원시에 합격했으나, 벼슬에 뜻이 없어 개성 동문 밖 화담에 초막을 지어 놓고 학문에 전심하여 성리학, 도학, 수학, 역학 연구로 일생을 보냈다. 황진이, 박연폭포와 함께 '송도삼절松都三絶'이라 불렸다. 저서에 『화담집花潭集』이 있다.

89) 성수침成守琛(1493~1564) : 본관은 창녕昌寧, 자는 중옥仲玉, 호는 청송聽松 · 죽우당竹雨堂. 시호는 문정文貞. 조광조趙光祖의 문인. 기묘사화 때 스승 조광조가 처형되고 많은 선비들이 화를 입자, 벼슬길을 포기하고 『대학』, 『논어』를 읽고 〈태극도太極圖〉를 그리면서 조화造化의 근본 탐구에 몰두했다. 저서에 『청송집聽松集』이 있다.

있는 바, 반드시 도학으로 그분들을 지목한 것은 아니다.

남명은 기氣를 숭상했기 때문에 비록 천 길 절벽처럼 우뚝한 기상이 있었으나, 이웃집 과부를 꾸짖고 쫓아낸 것을 퇴계는 내 고사리를 홀로 캐는 것만 못하다고 생각했으니,[90] 이것을 병폐로 여긴 것이다. 그러므로 그 학문에는 폐단이 있어 한번 전해져 정인홍鄭仁弘[91] 같은 사람을 배출하니, 결국 영남 우도右道에서는 남명을 숭상하는 사람이 없게 되었다.

화담은 타고난 자태가 세상에서 빼어났기에 율곡 또한 "화담에겐 스스로 터득한 묘처가 있다"라고 말하였다. 그러나 퇴계의 문인 가운데 어떤 사람이 화담을 장횡거張橫渠[92]에 견주자 퇴계는 정색을 하며 말했다.

"화담의 무슨 책이 『정몽正蒙』[93]에 견줄 만하고, 어느 문장이 「서명西銘」[94]에 견줄 만하냐?"

대개 화담은 끝내 방외方外에 노닐었으니 다만 일개 덕을 감춘 군자인 것이다. 동주·대곡·청송 세 선생은 또한 모두 속세를 초탈하여 세상을 등지고 영원히 떠날 뜻이 있었으니, 옛사람에게 견준다면 상평尙平[95]·

---

90) 이웃집 과부를 …… 생각했으니 : 채미採薇는 본래 백이伯夷·숙제叔齊가 수양산首陽山에 은거하여 고사를 캐 먹었다는 고사에서 유래한 말로, 이후로는 돌아가 은거함을 의미하기도 한다. 여기서는 이웃집 과부를 꾸짖고 쫓아낸 남명의 행동을 비판한 듯하다.

91) 정인홍鄭仁弘(1535~1623) : 본관은 서산瑞山, 자는 덕원德遠, 호는 내암來菴. 조식의 문인. 대북大北의 영수. 영창대군을 지지하는 일파에 맞서 광해군을 옹호하다 유배길에 오르나, 광해군이 등용되자 풀려났다. 이후 스승 조식의 추존사업을 벌이며, 이언적과 이황을 비방하는 바람에 팔도 유생의 탄핵을 받는 등 큰 파문을 일으켰다. 1623년 인조반정으로 참형되어 신원되지 못하였다. 저서에 『내암집來菴集』이 있다.

92) 장횡거張橫渠 : 장재張載(1020~1077). 북송北宋 중기 때 학자. 자는 자후子厚. 세상에서 횡거선생橫渠先生이라 불렀다. 관직을 사퇴하고 후진양성에 힘썼는데, 그의 수양론은 주자에게 큰 영향을 주었다. 저술에 『정몽正蒙』·「동명東銘」·「서명西銘」이 있다.

93) 『정몽正蒙』 : 장재의 저서로, 의義를 취하여 사리에 어두운 것을 바르게 고친다해서 '정몽'이라 이름했다.

94) 「서명西銘」 : 장재가 서재의 서쪽 창가에 붙여 놓았다는 250자로 된 인도仁道의 원리를 밝혀 놓은 글이다.

95) 상평尙平 : 동한의 상장尙長을 말함. 자는 자평子平. 아들이 결혼을 하고는 집안일에 관여를 하지 않아, 집안일에 얽매이지 않는 인물의 전형이 되었다고 한다.

금경禽慶[96] · 서유자徐孺子[97] · 황숙도黃叔度[98] 등과 같은 무리일 것이다. 이분들도 또한 몇 대에 한번 나오는 뛰어난 분들이니, 어찌 꼭 일일이 법도에 맞추고 성리性理를 이야기하여야만 비로소 참 군자가 되겠는가?

南溟花潭之學

南溟 · 大谷 · 東洲 · 花潭 · 聽松, 皆我東之曠世高士. 其遺風餘韻, 至今不泯, 有足以廉頑立懦, 而不必以道學目之也. 南溟則尙氣, 故雖有壁立千仞之象, 其毁逐隣寡, 退溪以爲不如獨採我薇, 盖病之也. 故其學有獘, 一傳而爲鄭仁弘, 嶺右遂無宗尙南溟之人. 花潭則天姿絶世, 故栗谷亦曰 : "花潭有自得之妙." 然退溪門人, 有以花潭比橫渠者, 退溪正色曰 : "花潭何書可比『正蒙』, 何文可比「西銘」?" 盖花潭終涉方外, 直一隱德君子也. 東洲 · 大谷 · 聽松三先生, 亦皆超脫塵氣, 有遯世長往之意, 比之古人, 尙平 · 禽慶 · 徐孺子 · 黃叔度之儕流也. 斯亦間世逸人, 何必繩趨尺步, 談說性理, 然後始爲眞君子也哉?

## 허엽許曄 자녀들의 문재文才

초당草堂 허엽許曄[99]은 선조 때 나이와 덕행으로 동인의 영수가 되었다.

---

96) 금경禽慶 : 한나라 북해北海 사람. 자는 자하子夏. 유생의 신분을 지키려고 관직을 버리고 왕망王莽에게 벼슬하지 않았다.

97) 서유자徐孺子 : 후한의 서치徐穉를 말함. 남창南昌 사람. 자는 유자孺子. 임금의 부름에 응하지 않아 남주南州의 고사로 칭송되었다.

98) 황숙도黃叔度 : 후한의 황헌黃憲을 말함. 신양愼陽 사람. 자는 숙도叔度. 효렴孝廉으로 천거되고, 또 공부公府에서 불렀으나, 잠시 갔다가 돌아와 끝내 나가지 않았다. 천하에서 징군徵君이라 불렀다고 한다.

그의 여러 자식인 하곡荷谷 허봉許篈[100] · 악록岳麓 허성許筬[101]은 허균許筠[102]과 더불어 모두 문사文辭로 세상에 이름이 있었으며, 딸 난설헌蘭雪軒[103]은 세상에서 허경번許景樊이라 일컬어졌고 청나라 사람 서당西堂 우동尤侗[104]의 「외국죽지사外國竹枝詞」에까지 오른 인물이다. 그 형제자매 모두 재주는 뛰어났으나 훌륭한 행실이 없었으니, 모두 인요人妖이다.

그 중에 허균은 시문이 더욱 절묘하며 청나라 사람 김인서金麟瑞[105]와

---

99) 허엽許曄(1517~1580) : 본관은 양천陽川, 자는 태휘太輝, 호는 초당草堂. 서경덕의 문인. 1546년 식년문과에 갑과로 급제하여 벼슬이 대사성에 이르렀다. 1575년 동인·서인의 당쟁이 시작될 때 김효원金孝元과 함께 동인의 영수가 되었다. 저서에 『초당집草堂集』·『전언왕행록前言往行錄』이 있다.

100) 허봉許篈(1551~1588) : 본관은 양천陽川, 자는 미숙美叔, 호는 하곡荷谷. 유희춘의 문인. 아버지 허엽의 뒤를 이어 동인의 선봉이 되었다. 저서에 『하곡집荷谷集』·『하곡수어荷谷粹語』 등이 있다.

101) 허성許筬(1548~1612) : 본관은 양천陽川, 자는 공언功彦, 호는 악록岳麓. 1583년 별시문과에 급제하여 벼슬이 이조판서에 이르렀다. 동생 허봉許篈·허균許筠 및 여동생 허난설헌許蘭雪軒 등과 함께 당시 이름난 문장가로, 성리학에도 통달하였고 글씨에도 뛰어났다. 저서로 『악록집岳麓集』이 있다.

102) 허균許筠(1569~1618) : 본관은 양천陽川, 자는 단보端甫, 호는 교산蛟山·성소惺所·백월거사白月居士. 1589년(선조 22) 생원이 되고, 1594년 정시문과에 급제하여 벼슬이 좌참찬에 이르렀다. 광해군 폭정에 항거하여 이듬해 하인준河仁俊·김우성金宇成 등과 반란을 계획하다가 탄로되어, 1618년 가산이 적몰籍沒되고 참형되었다. 저서에 『성소부부고惺所覆瓿藁』·『성수시화惺叟詩話』·『학산초담鶴山樵談』 등이 있다.

103) 허난설헌許蘭雪軒(1563~1589) : 본관은 양천陽川, 본명은 초희楚姬, 호는 난설헌·경번景樊. 허균의 누이. 이달에게 시를 배워 천재적인 시재를 발휘했다. 명나라 주지번朱之蕃에 의해 『난설헌집蘭雪軒集』이 간행되어 격찬을 받았다.

104) 우동尤侗(1618~1704) : 청淸나라 때 장주長洲 사람, 호는 서당西堂. 해학과 유희의 문장을 좋아했다고 한다.

105) 김인서金麟瑞 : 명말청초明末淸初의 문학가이자 문예비평가인 김성탄金聖歎(1608~1661)을 가리키는 듯하다. 그의 이름은 채采이고, 자는 약채若采인데 명나라가 망한 후에 인서人瑞로 개명하였다. 일설에는 성이 장張이고 이름이 위喟라고도 한다. 성탄은 그의 호. 평생 관직에 오르지 않고 관리들의 폭정에 항의하다 처형되었다. 분방불기奔放不羈의 성격을 타고났으며, 세상의 속론통설俗論通說 따위에 구속되지 않고 독자적인 견식見識으로 문예비평을 하였다. 또한 『장자』·『초사楚辭』·『사기』·『두시杜詩』·『수호지水滸誌』·『서상기西廂記』 등에 대해 각각 비평을 하여 『성탄재자서聖嘆才子書』로 내놓음으로써, 문학으로 간주되지 않았던 희곡·소설을 정통문학과 구별하지 않고 다루었다. 우리나라에도 영향을 미쳐, 이후 패관이나 소설을 비

같은 부류인 바, 세상에 전하는 『홍길동전』은 또한 허균의 작품이다. 그러나 이른바 『간죽집看竹集』에도 시문이 실린 것이 많지 않은데, 중국은 그렇지 않다. 목재牧齋 전겸익錢謙益과 만촌晩村 여유량呂留良[106]의 문집이 비록 금서가 되었지만, 사람들이 대부분 몰래 소장하여 보배로 여긴다고 한다.

洪吉童傳

許草堂曄, 宣廟時, 以耆宿爲東人領袖, 而其諸子荷谷篈・岳麓筬, 與筠皆以文辭名世. 女蘭雪軒, 世所稱許景樊, 而至登於淸人尤西堂「外國竹枝詞」者也. 其兄弟姊妹, 皆才勝無行, 儘人妖也. 其中筠, 詩文尤妙絶, 如淸人金麟瑞之類, 世傳『洪吉童傳』, 亦筠作也. 然所謂『看竹集』, 詩文所存無多, 中國則不然, 錢牧齋呂晩村集, 雖禁書, 人多私藏而寶重之云.

## 백호白湖 임제林悌

백호白湖 임제林悌[107]는 시문으로 세상에 이름이 났는데, 미수 허목의

난하는 사람들에 의해 나관중・시내암과 함께 수괴首魁로 늘 지목되었다.

106) 여유량呂留良(1629~1683) : 자는 장생莊生・용회用晦, 호는 만촌晩村・남양촌옹南陽村翁. 명나라가 망한 후 청나라에 출사하지 않고 중이 되어 이름을 내가耐可, 자를 불매不昧, 호를 하구노인何求老人이라 하며 살았다.

107) 임제林悌(1549~1587) : 본관은 나주羅州, 자는 자순子順, 호는 백호白湖. 성운成運의 문인. 1577년 알성문과에 급제하여, 예조정랑禮曹正郎과 지제교知製敎를 지내다가 동서東西의 당파싸움을 개탄하고 명산을 찾아다니며 여생을 보냈다. 평생 명문장가로 명성을 떨쳤으며 시풍詩風이 호방하고 명쾌했다. 저서에 『임백호집林白湖集』 등이 있다.

외조부이다. 성품이 호탕하여 세속에 구애받지 않았다. 위독할 때 자손들이 탕약을 올리자, 백호는 물리치고 마시지 않으며 다음과 같이 말하였다.

"구이九夷와 팔만八蠻이 모두 황제를 칭했는데 유독 조선만은 감히 엄두를 내지 못하고 있다. 이런 나라에서 어찌 탕약을 마셔가며 구차히 살아간단 말이냐!"

그 농담과 조롱은 가소로운 일이다.

옛날 세조 때 관북 사람 이징옥李澄玉[108]이란 자가 있었다. 용력이 있어 이시애李施愛의 난[109]을 토벌하였고, 그 공적으로 함경감사에 발탁되었다. 이징옥은 용맹을 믿고 사납고 난폭했으며, 또한 무리를 이끌고 한양을 침범하려다가 선회하여 다시 명령을 바꾸어 두만강을 건너 명나라를 정벌하고 대금황제라고 자칭하려다가 결국 반란군에게 피살되었다. 이것은 일개 촌놈이 난을 일으킨 부류로 제 스스로 죽을 길을 찾아간 것에 불과할 뿐이니, 참으로 가소로운 일이다. 그러나 황제를 칭한 자로는 오직 이징옥 한 사람이었으니, 백호가 그렇게 말하는 것이 어찌 괴이하다 하겠는가?

---

108) 이징옥李澄玉(?~1453) : 본관은 양산梁山으로 어려서 무용이 뛰어났다. 1416년 부사직으로 별시에 응시하여 무과친시에 장원을 하여 사복소윤司僕少尹에 임명되었다. 이후 황상黃象의 천거로 경원첨절세사가 되어 1423년에 아산阿山에 침입한 야인을 격파하여 1425년 절제사로 승진하였다. 이로부터 변방을 방어하며 여진의 침입을 막았다. 1453년 계유정란 때 김종서의 심복으로 몰려 파직을 당하자, 후임자인 박호문朴好問을 죽이고 종성鍾城에 병마를 이끌고 가서 대금황제라 자칭하다, 종성판관 정종鄭種, 이행검李行儉 등의 습격을 받아 피살되었다.

109) 이시애의 난 : 1467년 이시애가 세조의 집권정책에 반대하여 일으킨 반란이다. 서북지방민의 불만을 대변하는 것처럼 그들을 단결시키고 자신의 난을 의거라고 주장하는 등 세조의 정책에 반대하였으나, 결국 실패하여 효수되었다. 이시애의 난은 1467년에 발생하였고, 이징옥이 난을 일으킨 것은 1453년으로, 이시애의 난을 이징옥이 토벌하였다는 내용에는 착오가 있다.

林白湖

林白湖悌, 詩文名世, 許眉叟之外祖也. 性豪爽不羈, 其臨死, 子孫進藥, 白湖却不飮曰 : "九夷八蠻, 無不稱帝, 而獨朝鮮, 不敢生意. 如此之國, 安用服藥苟生!" 其調詼可笑. 昔世祖時, 有關北人李澄玉者, 有膂力, 討平李施愛亂, 以功擢拜咸鏡監司. 澄玉恃勇强悍, 又欲率衆犯京, 旋更發令, 擬將渡豆滿江伐大明, 仍自稱大金皇帝, 竟爲亂軍所殺, 此不過一村漢亂類, 渠自送死而已, 誠可笑. 然能稱皇帝者, 惟澄玉一人, 白湖云云, 亦何怪也?

## 왕어양王漁洋[110]도 인정한 청음淸陰 김상헌金尙憲의 시

청음淸陰 김상헌金尙憲 선생은 인조 경오년(1630)에 바다를 건너 중국에 사신을 간 적이 있었다.[111] 역시 배를 타고 돌아올 때에 바람을 만나 출발하지 못하고 등주登州에서 오랫동안 체류하게 되었다. 그때 산동山東 사람 장연등張延登[112]이 도찰원都察院[113]의 좌도어사左都御史를 지내다가

110) 왕어양王漁洋 : 청나라 때 시인인 왕사정王士禎(1634~1711)을 말한다. 원명原名은 사진士禛이다. 자는 자진子眞, 호는 완정阮亭 · 어양산인漁洋山人이다. 저서에 『대경당전집帶經堂全集』·『오대시화五代詩話』·『지북우담池北偶談』 등이 있다.

111) 청음淸陰 김상헌金尙憲 선생은 …… 간 적이 있었다 : 인조 경오년은 1630년인데, 김상헌은 1626년 '성절겸사은진주사聖節兼謝恩陳奏使'로 명나라에 다녀왔고, 청나라에 압송된 것은 1639년이므로, 약간의 착오가 있는 듯하다.

112) 장연등張延登 : 구체적인 행력은 찾을 수 없으나, 『청음선생집』에 장연등이 지은 「조천록서朝天錄序」가 있는데, 말미에 '천계 7년 정묘년 초여름에 제남 황산거사 장연등 제미보는 제한다[天啓七年 歲次丁卯初夏 濟南黃山居士張延登濟美父題]'라고 하여 황산거사黃山居士를 호로 삼고 있음을 알 수 있다. 그리고 왕사정의 『지북우담池北偶談』에도 「조선시朝鮮詩」라는 항목(문연각사고전서본 870책 216면 참조)으로 김상헌의 시를

퇴직하여 집에 거처하고 있었는데 때마침 서로 가까운 곳이었다. 선생은 왕래하며 사이좋게 지내다가 마침내 읊조린 여러 편의 시와 예전에 지은 시편을 뽑아 몇 권으로 만들어 장연등에게 주고서 귀국하였다.

그 후 왕어양王漁洋이 장연등의 손녀사위가 되어 선생의 시집을 장연등의 집에서 모조리 얻어 보고는 찬탄을 금치 못하였다.[114] 그는 선생의 시를 가지고 「논시절구論詩絶句」를 읊기까지 하였다.

| | |
|---|---|
| 淡雲微雨小姑祠, | 엷은 구름과 가랑비 내리는 소고사小姑祠, |
| 菊秀蘭衰八月時, | 국화는 꽃 피고 난초는 시드는 팔월이라, |
| 記得朝鮮使臣語, | 조선 사신의 시 잊을 수 없으니, |
| 果然東國解聲詩. | 과연 조선 사람 시를 잘 짓는구나.[115] |

또 『지북우담池北偶談』에 선생의 여러 시를 많이 수록해 놓았다.

---

수록하였는데, 서두에 "추평 화동공 장상서 연등이 조선 사신 김상헌 숙도의 조천록 한 권을 판각하였는데 좋은 시구가 많아 여기에 대략 실었다. …… [鄒平張尙書華東公延登, 刻朝鮮使臣金尙憲叔度朝天錄一卷, 詩多佳句, 略載於此. ……]"라고 하여 장연등이 김상헌의 시를 판각板刻한 것으로 되어 있으며, 또 왕어양의 기준에도 좋은 구절이 많음을 감탄하고 있다. 그리고 장연등이 추평鄒平에 살며 상서벼슬을 하였고, 화동공華東公은 봉호인 것을 알 수 있다. 또 『어양시화漁洋詩話』에도 비슷한 이야기가 실려 있고, 시호가 충정공忠定公이라는 것을 확인할 수 있다.

113) 도찰원都察院 : 관서의 이름. 명나라 홍무 연간에 설치하여 관리의 감찰·탄핵과 중대사건의 심리에 참여함. 청나라에서는 명나라의 제도를 인습하였다.

114) 그 후 왕어양王漁洋이 …… 금치 못하였다 : 왕사정의 『지북우담池北偶談』에 「조선시」라는 항목으로 김상헌의 시를 수록하고 있고, 또 왕어양의 기준에도 좋은 구절이 많음을 감탄하고 있다. 또 『어양시화漁洋詩話』에는 김상헌이 장연등의 집에 머물렀고, 김상헌의 시를 장연등의 집에서 판각하였는데 그의 시가 꽤 좋았다는 것을 자세히 적고 있다.

115) 『어양시화漁洋詩話』에 나오는 시이다. 왕사정은 김상헌의 시 중에서 몇 개의 잘 된 구절을 옮겨 놓은 후 자신의 감회를 「논시절구論詩絶句」로 읊었다. 앞 두 구절은 김상헌의 시를 그대로 인용하였고 나머지 두 구절만 읊어 놓았는데, 바로 본문에 실린 시이다. 여기에는 '淡'자가 '澹'자로 되어 있다. 또한 『청음선생집淸陰先生集』 권9 「오청천 대빈의 운을 차운한 시 3수[次吳晴川大斌韻三首]」 중 첫 번째 작품에도 나온다. 그런데 '澹雲輕雨小姑祠, 佳菊衰蘭八月時, 機石近依牛女渚, 桂花低暎廣寒枝 ……'로 되어 있는 바, 글자의 출입이 약간 있다.

선생이 등주登州에 체류하면서 절구 여러 수를 지었다.

| | |
|---|---|
| 五更明月水城頭, | 오경 무렵 밝은 달은 물가 성 머리를 비추고, |
| 詠史何人獨倚樓, | 역사를 읊는 사람 누구이기에 홀로 누각에 의지했나, |
| 不向東溟覓歸路, | 동쪽 바다를 향하여 돌아갈 길을 찾지는 않고, |
| 還依北斗望神州. | 도리어 북두를 의지해 신주神州(중국)를 바라보네.[116] |

| | |
|---|---|
| 南商北客簇沙頭, | 남쪽 상인 북쪽 나그네 모래톱에 빼곡한데, |
| 畫鷁青簾幾處舟, | 익조鷁鳥 그린 푸른 주렴은 어느 곳 배이던가, |
| 齊唱竹枝聯袂過, | 죽지사竹枝詞를 제창하며 손잡고 지나가니, |
| 滿城明月似楊州. | 성 가득 밝은 달은 양주楊州나 다름없네.[117] |

또한 율시를 지었는데 다음은 한 연聯이다.

| | |
|---|---|
| 三秋海岸初賓鴈, | 가을 바닷가에 처음 기러기 찾아오고, |
| 五夜天文一客星. | 오경의 하늘에는 객성客星이 하나 떠있네.[118] |

선생의 손자 문곡文谷 김수항金壽恒은 숭정崇禎 기사년(1629)에 태어났고, 왕사정은 갑술년(1634)에 태어났으니 겨우 5년의 차이밖에는 나지 않는다. 게다가 문곡 또한 일찍이 연경에 들어갔을 때 왕사정은 청나라에 벼슬하여 관직이 예부상서에 이르렀고 장수하여 별 탈이 없었으니, 의당 교유했을 터인데 알려진 바가 없으니 이상한 일이다.

선생이 우리나라에 있을 때 굳세고 정직하며 큰 절개가 늠름하였으니, 당나라 송경宋璟[119]의 철로 된 간과 돌로 된 내장보다 더 나은 바가 있

116) 『청음선생집淸陰先生集』 권9 「水城夜景」 참조. '明月'이 '殘月'로, '倚樓'가 '艤舟'로 달리 실려 있다.

117) 『청음선생집淸陰先生集』 권9 「登州次去非韻」 두번째 작품 참조.

118) 『청음선생집淸陰先生集』 권9 「曉發平島」 중 경련頸聯이며, 『어양시화』에도 인용되어 있다.

119) 송경宋璟(663~737) : 당나라 때 명상名相. 시호는 문정文貞. 개원開元 초에 형부상서

었다. 더욱이 시는 유량신일瀏亮新逸하여 지금 왕어양이 이토록 경탄하였으니, 이는 진실로 광평廣平의 「매화부梅花賦」[120]에 해당한다. 선생은 비록 큰 절개가 아니더라도 시문 또한 세상에 이름을 내기에 충분했을 것이다.

王漁洋得見淸陰詩

淸陰金文正先生, 仁祖庚午, 嘗浮海朝皇京. 亦其還, 遇風未發, 滞留登州日久. 其時, 山東人張延登, 官都察院左都御史, 退老家居. 適與相近, 先生往訪交好, 遂以所詠諸詩, 及前日詩篇, 選爲數卷, 付延登而出來. 其後, 王漁洋爲張公孫婿, 盡得見先生詩卷於張公家, 歎賞不已. 至以其詩, 詠「論詩絶句」, 有曰 : "淡雲微雨小姑祠, 菊秀蘭衰八月時, 記得朝鮮使臣語, 果然東國解聲詩." 又於『池北偶談』, 以先生諸詩, 多載錄. 其在登州, 絶句數首. 其一曰 : "五更明月水城頭, 詠史何人獨倚樓, 不向東溟覓歸路, 還依北斗望神州." 其一則曰 : "南商北客簇沙頭, 畫鷁青簾幾處舟, 齊唱竹枝聯袂過, 滿城明月似楊州." 又有律詩, 一聯曰 : "三秋海岸初賓鴈, 五夜天文一客星." 先生之孫, 文谷文忠公, 崇禎己巳生. 漁洋則生於甲戌, 纔五年間, 且文谷亦嘗赴燕, 漁洋仕清, 至禮部尙書, 老壽無恙, 宜與交面, 而未聞焉, 可異也. 先生在東國, 剛毅正直, 大節凜然, 有過於唐之宋璟銕肝石腸, 而詩則瀏亮新逸, 至今漁洋驚歎如此, 此眞廣平之梅花賦也. 先生雖非大節, 詩文亦足以名世矣.

---

가 되어 광평군공廣平郡公에 봉해졌다. '요송姚宋'이라 하여 요숭姚崇과 함께 명상名相의 대명사라 부른다. 철로 된 간과 돌로 된 심장은 직접 송경과 연관된 전고가 보이지 않으나 직간直諫을 미화하는 말로 이해하면 좋을 듯하다.

120) 광평廣平의 매화부梅花賦 : 광평은 송경宋璟의 봉호이고 매화부는 그가 수공垂拱 3년 25세의 나이에 지은 작품으로, 청편부염淸便富艶하여 서徐·유庾의 체體를 얻었다고 한다.

## 지천遲川 최명길崔鳴吉의 공적

우리나라 인물의 성대함으로는 세상에서 흔히 명종과 선조의 2대를 꼽는다. 그러나 인조반정仁祖反正이 있었던 계해년(1623) 초기에는 오리梧里 이원익李元翼·상촌象村 신흠申欽·월사月沙 이정귀李廷龜가 삼정승이 되었고, 사계沙溪 김장생金長生이 대사헌, 우복愚伏 정경세鄭經世가 이조판서, 백주白洲 이명한李明漢·계곡谿谷 장유張維·택당澤堂 이식李植이 교리와 수찬이 되었으니, 그 나머지 여러 공들은 내가 대부분 잊어버려 다 기록할 수 없다. 그러나 그 당시 사람들은 '천하의 정영精英한 기운이 모두 조정에 모여 있다'고 하였으니, 일대의 선발을 잘하기로는 아마도 오백 년 가운데에서 제일일 것이다.

그런데 다음해 갑자년(1624)에 역적 이괄李适이 군사를 일으켜 곧장 한양의 대궐을 침범하여 임금의 수레가 금강을 건너는 지경에 이르렀으니,[121] 금남錦南 정충신鄭忠信[122] 등 여러분의 힘이 아니었다면 나라가 거의 위태로울 뻔하였다. 4년 후 금나라 군대가 또 출병하여 내전內殿(왕비)이 강화도로 피난하는 지경에 이르렀으며, 10년 후 병자년(1636)에 청나라가 군사를 크게 일으켜 마침내 성하의 맹약[城下之盟][123]을 면치 못하였다.

---

121) 다음해 갑자년(1624)에 …… 이르렀으니 : 이괄의 난을 말함. 이괄은 인조반정 때 공이 컸음에도 평안병사 겸 부원수로 외지에 임명이 되어 불만이 생긴데다가, 공신세력들이 반대세력을 지나치게 견제하는 와중에 이괄도 그 피해자가 되었다. 정부에서 이괄의 아들인 전旃을 잡아가려 하자, 이괄은 사자를 목 베고 휘하의 병사를 거느리고 서울로 진격하여 도성을 점령하고 경복궁의 옛터에 진을 쳤다. 이에 인조는 서울을 떠나 공주로 피난하였다.

122) 정충신鄭忠信(1576~1636) : 본관은 광주光州, 자는 가행可行, 호는 만운晩雲, 시호는 충무忠武. 1623년 이괄의 난 때, 도원수 장만張晩의 휘하에서 전부대장前部大將으로 이괄의 군대를 황주와 서울 안산鞍山에서 무찔러 진무공신振武功臣 1등으로 금남군錦南君에 봉해졌다. 저서에 『만운집晩雲集』·『금남집錦南集』·『백사북천일록白沙北遷日錄』 등이 있다.

123) 성하의 맹약[城下之盟] : 적의 성 아래에까지 쳐들어가 맹약을 받는 것과, 적이 성 아

그렇다면 이른바 그 천하의 정영精英한 인물은 모두 어디에 있었더란 말인가? 임금의 수레가 남한산성에서 도성으로 돌아오자 구굉具宏[124]은 주먹으로 빈청賓廳의 기둥을 치며 통곡하기를, "윤황尹煌[125]이 매양 '우리에게 여덟 사람이 있으니 오랑캐를 감당할 것이다.'[126] 하더니, 이 여덟 사람은 모두 어디로 갔단 말이냐?"라고 하였다. 이것은 비록 무신이 한때 분하여 꾸짖은 것이니 또한 괴이할 것이 없다.

대개 외부에서 닥친 환란은 팔꿈치와 겨드랑이와 같은 좌우에서 빚어진 것이 아니다. 더구나 임진왜란과 병자호란은 그 실책이 우리에게 있지 않고 힘의 강약이 같지 않은 탓이라고 하는데 있어서랴. 그런데도 수많은 문학하는 선비들은 모두 팔짱을 끼고 고담高談만 일삼을 뿐이었으니, 간척干戚의 춤이 어떻게 평성平城의 포위를 풀 수 있겠는가?[127] 청음

---

래에까지 쳐들어와 맹약을 맺는 것의 두 경우가 있는데, 어느 경우에든 굴복하는 쪽에서는 가장 큰 치욕으로 여겼다. 『좌전左傳』 「환공桓公 12년」조 참조.

124) 구굉具宏(1577~1642) : 본관은 능성綾城, 자는 인보仁甫, 호는 군산群山. 인조반정 때 난정공신靖社功臣 1등에 올랐고 능성군綾城君에 봉해졌다. 이괄의 난 때 임금을 호종하였고, 병자호란 때에도 공조판서로서 임금을 호종하여 남한산성으로 들어가 경기도의 군사를 거느리고 남한산성을 지켰다.

125) 윤황尹煌(1571~1639) : 본관은 파평坡平, 자는 덕휘德耀, 호는 팔송八松. 정묘호란이 일어나자 주화에 반대하여, 이귀李貴·최명길 등 주화론자의 유배를 청하면서 주화는 곧 항복이라고 하다가 삭탈관직 되었다. 유배를 가려는 차에 삼사에 의하여 구원되었다. 병자호란 때에도 척화를 주장하다가 집의 채유후蔡裕後와 부제학 전식全湜의 '부의浮議로 오국誤國한 죄'를 청하는 탄핵에 걸려 영동군에 유배되었다가 병으로 풀려나온 후 죽었다. 저서에 『팔송봉사八松封事』가 있다.

126) 우리에게 …… 감당할 것이다 : 오리梧里 이원익李元翼, 상촌象村 신흠申欽, 월사月沙 이정귀李廷龜, 사계沙溪 김장생金長生, 우복愚伏 정경세鄭經世, 백주白洲 이명한李明漢, 계곡谿谷 장유張維, 택당澤堂 이식李植을 말한다.

127) 간척干戚의 춤이 …… 풀 수 있겠는가 : 간척의 춤이란 손에 방패와 도끼를 쥐고 추는 악무樂舞의 일종으로, 무무武舞에 속한다. 평성의 포위란 한고조가 평성에서 흉노에 포위되어 곤란을 겪을 때, 진평陳平의 계책으로 간신히 탈출한 일을 가리킨다. 『후한서後漢書』 「최식전崔寔傳」 참조. "…… 故聖人能與世推移, 而俗士苦不知變, 以爲結繩之約, 可復理亂秦之緒, 干戚之舞, 足以解平城之圍. ……" 본래 성인이라야 세상의 추이를 터득할 수 있는데 속된 선비들이 변變을 모른 채, 문자의 약속으로 어지러움을 다스릴 수 있고, 또 방패나 도끼로 추는 춤으로도 평성의 포위를 풀 수 있다고 착각하고 있다는 의미이다.

김상헌과 동계桐谿 정온鄭蘊[128] 등 여러 군자들이 절개를 지켜 굽히지 않음은 일월日月과 더불어 빛을 다툴 만하였다. 그런데 그 당시 청음의 논의가 없을 수 없었을 것이며, 오늘날은 지천遲川[129]의 공적 또한 모조리 폐할 수는 없는 것이다. 관중管仲의 공렬功烈이 비록 낮았지만, 공자께서 "관중이 아니었더라면 나는 피발被髮을 하고 좌임左衽을 하고 있을 것이다"[130]라고 하셨던 것이다. 지금 가령 지천을 '동창東窓의 적'[131]이라고만 한다면 아마도 원통할 것이다. 이 때문에 백강白江 이경여李敬輿[132]는 심양에 있을 때 절구를 지어 두 분을 조화시켰다.

---

128) 정온鄭蘊(1569~1641) : 본관은 초계草溪, 자는 휘원輝遠, 호는 동계桐溪·고고자鼓鼓子, 시호는 문간文簡. 1601년 진사가 되고, 1610년 별시문과에 을과로 급제하여 시강원겸설서·사간원정언을 역임하였다. 영창대군의 피살에 격렬한 상소를 올려 광해군에 의해 제주도에 10년간 위리안치 되었다. 인조반정 후 대제학·이조참판 등 청요직을 두루 지냈다. 정묘호란 때는 행재소로 왕을 호종하였고, 병자호란 때에는 최명길 등의 화의주장을 적극 반대하여 강화가 함락될 때는 자결을 시도하였다. 저서에 『동계문집桐溪文集』이 있다.

129) 지천遲川 : 최명길崔鳴吉(1586~1647). 본관은 전주全州, 자는 자겸子謙, 호는 지천·창랑滄浪, 시호는 문충文忠. 완성부원군完城府院君에 녹훈되었다. 정묘호란이 일어나자 강화를 역설하였고, 병자호란 때에도 척화론 일색의 조정에서 홀로 강화론을 펴 극렬한 비난을 받았다. 인조를 따라 남한산성으로 들어가서도 주전론의 우세 속에서도 주화론을 고수하였다. 최명길은 청군이 물러간 뒤 정승이 되어 흩어진 민심 수습에 온 힘을 기울였다. 1642년 가을에 영의정이 되었는데, 임경업 등의 반청적인 움직임이 청나라에 알려져 청나라에 불려가 김상헌과 함께 갇혀 수상으로서의 책임을 다하였고, 1645년에 귀국하여 인조를 보필하다가 죽었다. 저서에 『지천집遲川集』이 있다.

130) "관중이 아니었더라면 …… 있을 것이다." : 『논어論語』「헌문憲問」 참조. "공자께서 말씀하시기를 '관중이 환공의 제상이 되어 제후의 패자가 되어 천하를 한 번 바로잡았는데 백성들이 지금도 그의 은혜를 입고 있다. 관중이 아니었다면 나는 피발被髮을 하고 좌임左衽을 하고 있을 것이다' 하였다[子曰, 管仲相桓公覇諸侯, 一匡天下, 民到于今, 受其賜, 微管仲, 吾其被髮左衽矣]."

131) 동창東窓의 적 : 송나라 이래의 전설에 진회秦檜가 자기의 처와 밀모密謀하여 동창 아래에서 악비岳飛를 살해한 일이 있었다고 한다. 여기서는 좋은 사람을 모함하여 해치는 의미로 사용한 듯하다.

132) 이경여李敬輿(1585~1657) : 본관은 전주全州, 자는 직부直夫, 호는 백강白江·봉암鳳巖, 시호는 문정文貞. 병자호란이 일어나자 왕을 모시고 남한산성에 피난하였다. 1642년 배청친명파로서 청나라 연호를 사용하지 않은 것을 이계李烓가 청나라에 밀고하여 심양에 억류되었다가, 이듬해 세자와 함께 귀국하여 우의정이 되었다. 저서에 『백강집白江集』이 있다.

二老經權各爲公, 두 늙은이 정도와 권도權道로 제각기 정승이 되시니,
擎天大節濟時功, 하늘을 지탱하는 큰 절개와 시대를 구제하는 공적이라네.
如今爛熳同歸地, 지금 이치가 환히 밝아져 한군데로 귀결된 마당에,
俱是南冠白首翁. 모두가 남관南冠[133]을 쓴 백발의 노인이라네.

지천이 심양 감옥에 갔을 때 또한 절구 한 수를 지었다.

我雖不殺三學士, 내 비록 삼학사三學士[134]를 죽이지는 않았으나,
中夜思之心自驚, 한밤중에 생각하면 마음이 절로 놀라네.
天道由來好回換, 천도는 예로부터 마땅히 순환하니,
白頭今日又西行. 백발을 한 채 오늘 또 서쪽으로 떠나네.

지천의 심사는 대개 이와 같았다. 이 때문에 비록 우암같이 의리를 지켜 굽히지 않는 사람도 또한 다음과 같이 말하였다.

"완성군은 독보獨步[135]를 보내자는 의론을 내었고, 또한 떠날 때 상소하여 정명공주貞明公主를 구하였다.[136] 이 두 가지 일은 죄를 갚을 만한 공적인 것이다."

근래에 금산金山 오경원吳慶元[137]이 『소화외기小華外紀』[138]를 지어 지천을 남김없이 욕하고 꾸짖었다. 이 사람은 학사 오달제吳達濟의 손자이

133) 남관南冠 : 남관은 초나라 사람들이 쓰는 관. 초나라의 종의鍾儀가 남관을 한 채로 포로가 된 일로 인하여, 포로나 죄수가 되었다는 의미로 사용된다.

134) 삼학사三學士 : 병자호란 때에 청국에 항복하는 것을 반대하고 주전론主戰論을 편 세 사람으로 홍익한洪翼漢, 윤집尹集, 오달제吳達濟이다. 척화신斥和臣으로 청나라에 잡혀가서 끝끝내 굴하지 않고 참혹하게 죽었다.

135) 독보獨步 : 병자호란 뒤 명나라에 우리나라가 부득이하게 항복한 일을 전하기 위해 몰래 파견된 승려.

136) 떠날 때 상소하여 정명공주貞明公主를 구하였다 : 이긍익李肯翊의 『연려실기술燃藜室記述』 권27 「정명공주貞明公主」조 참조.

137) 오경원吳慶元(1764~?) : 본관은 해주海州, 자는 선여善餘, 호는 수양일민首陽逸民. 저서에 고려・조선과 명나라와의 교섭사실 등을 기록한 『소화외사小華外史』가 있다.

138) 『소화외기小華外紀』 : 『소화외사小華外史』를 가리킴.

니 공적인 울분과 사적인 감정에 어찌 그렇지 않을 수 있겠는가?

遲川之功

我東人物之盛, 世稱明·宣二朝, 而仁廟改玉, 癸亥初政, 梧里·象村·月沙爲三公, 沙溪爲大司憲, 愚伏爲吏判, 白洲·谿谷·澤堂爲校理·修撰, 其餘諸公, 余多忘之, 不能盡錄. 然其時人, 以爲天下精英之氣, 盡萃于朝廷, 其極一代之選, 盖爲五百年第一也. 然而明年甲子, 逆适稱兵, 直犯京闕, 至於乘輿渡錦, 非鄭錦南諸公之力, 國幾危矣. 後四年, 金師又出, 內殿至入江都. 又十年丙子, 淸兵大擧, 竟未免城下之盟, 其所謂天下精英之人, 皆安在哉? 及大駕自南漢還都, 具宏以拳打賓廳, 大哭曰: "尹煌每言, '吾有八子, 足當虜兵.' 其八子皆去何處?" 此雖武臣一時忿罵, 亦無怪也.

大抵外至之患, 非肘腋之釀成. 且況壬辰·丙子, 失不在我, 强弱不同. 然如干文學之士, 皆袖手高談而已, 干戚之舞, 何以解平城之圍也? 淸陰·桐谿諸君子, 守節不撓, 足可爭光日月, 而在其時, 則淸陰之論不可無, 而在今日, 則遲川之功, 亦不可全廢也. 管仲功烈雖卑, 孔子曰: "微管仲, 吾其披髮左衽矣." 今如以遲川, 但謂東窓之賊, 則恐寃矣. 是以白江李文貞公, 在瀋陽, 詠一絶, 調和兩公曰: "二老經權各爲公, 擎天大節濟時功, 如今爛熳同歸地, 俱是南冠白首翁." 遲川赴瀋獄, 亦有一絶曰: "我雖不殺三學士, 中夜思之心自驚, 天道由來好回換, 白頭今日又西行." 遲川心事, 盖如是矣. 是故雖以尤翁之秉義不回, 亦曰: "完城倡論治送獨步, 又臨行, 疏救貞明公主. 此二事, 足爲將功贖罪." 近日吳金山慶元撰『小華外紀』, 詬罵遲川, 殆無餘地, 是則學士之孫也, 忠忿私憾, 安得不爾也?

## 미수尾叟 허목許穆

미수尾叟 허목許穆은 문정공文正公 허자許磁의 증손이며 백호白湖 임제林悌의 외손으로 완평부원군完平府院君 이원익李元翼의 손녀사위이다. 문장과 경술이 남인의 영수가 될 만했다. 그러므로 숙종 초에 남인이 정권을 잡았을 때 미수는 83세로 우의정이 되었고, 임금의 예우가 극진하여 임금의 명으로 기사耆社[139]에까지 들게 되었다. 대개 문과를 거치지 않으면 통상 기사에 들어가는 것이 허락되지 않는데, 그래서 우암尤庵 송시열宋時烈·수암遂庵 권상하權尚夏·명재明齋 윤증尹拯 등은 산림山林 출신으로 정승에 오르고 나이도 팔십이 넘었으나 모두 기사에 들지 못했다. 미수가 기사에 들어간 것은 임금의 특별한 은총이다.

그가 저술한 문집을 『미수집眉叟集』이라 하지 않고 『기언記言』이라 하였는데, 실상 양자운揚子雲의 『법언法言』과 왕중엄王中淹의 『중설中說』의 의미를 취하고 『논어』에다 이름을 가탁한 것이니, 곧 따라한 것이 아니겠는가? 그 자서自敍에서 말하였다.

"길吉은 죽었고 열烈은 유배되었으며, 열烈의 문객 민정중閔鼎重과 김수항金壽恒이 또한 정권을 잡았다."[140]

이것은 우암 송시열과 동춘 송준길 두 선생 및 노봉老峯 민정중과 문곡文谷 김수항 두 분을 가리켜 말한 것이다. 두 선생은 산림 출신이고, 민·김 두 분은 조정의 대신이니, 대신이면서 도리어 산림의 문객이 되

---

139) 기사耆社 : 기로소耆老所와 같은 말로, 원칙상 문과 출신의 정2품 이상의 전 현직 문관으로 70세가 넘어야 들어갈 수 있었다. 초기에는 문신이 아니거나 70세 미만인 자도 들어간 예가 있으나, 나중에는 규정이 엄격하여 문과 출신이 아니고서 들어간 사람은 허목 한 사람뿐이었으나 그나마도 나중에 제명되었다. 허목은 1676년(숙종 2)에 특명으로 기로소당상耆老所堂上이 되는데 음사蔭仕로서 기로소에 든 것은 특례라고 할 수 있다.

140) "길吉은 죽었고 …… 정권을 잡았다." : 『기언記言』 권66 「자서自序」에 내용이 보인다.

겠는가? 말이 이처럼 터무니없다.

기해년(1659)의 예송禮訟 때 우암과 논쟁을 벌였는데, 삼례三禮에 관한 주소註疏와 여러 학자들의 경설經說은 모조리 전문全文을 암송하여 물 흐르듯 막힘이 없었고 종횡으로 두루 분석하는 박식한 논변은 거침이 없었다고 한다. 그 역시 일세의 거벽巨擘임에 틀림없다.

미수는 전서篆書를 잘 써서 일부 사람들이 동방의 제일이라고 추대하였다. 삼척부三陟府 포구에 퇴조비退潮碑[141]가 있는데, 바로 그가 지은 것이다. 문장과 전서가 참으로 기굴奇崛하지만 동해는 본래 조수潮水가 없는데 어찌하여 퇴조라고 이름을 하였는가? 전서의 뛰어난 작품으로 이사李斯만한 사람이 없는데, 진秦나라의 비석 어디에도 기이한 일이 있다는 말을 들어보지 못하였다.

내가 미수의 초상화를 본 적이 있는데, 말랐으면서도 고상하고 긴 눈썹에 흰 수염이 마치 산택山澤의 늙은이 같았다. 그 초상화는 지금 순흥부順興府 소수서원紹修書院에 있는데, 초상화 축軸의 면에 영상 채제공蔡濟恭이 지은 소기小記[142]가 붙어 있다. 그 글은 '서원에 공부자孔夫子의 진상眞像이 걸려 있는데, 또 선생의 유상遺像을 그 아래 봉안하게 되었으니 유학이 남쪽으로 간 것이다'라는 내용이다. 정녕 미수가 공자의 도통을 바로 이은 것으로 하고자 한 것이니, 어찌 거리낌 없는 정도가 심한 것이 아니겠는가?

---

141) 퇴조비退潮碑 : 삼척에 있는 비석으로 척주동해비陟州東海碑를 가리킨다. 본래 1661년 삼척부사 허목이 풍랑의 피해를 막고자 「동해송東海頌」을 짓고 직접 전서로 써 세운 것인데, 그 뒤 유실되었다. 1710년 삼척부사 박내정朴來貞이 비석의 탁본을 근거하여 똑같이 만들어 세웠다.

142) 채제공蔡濟恭이 지은 소기小記 : 『번암집樊菴集』 제59에 「경서미수허선생소진敬書眉叟許先生小眞」이 실려 있다. 이 글에는 정조 18년 갑인년에 임금이 허목의 7分의 소진小眞을 보고 싶다는 명령이 있어, 사림에서 논의 끝에 이명기李命基의 솜씨로 그려 올렸는데, 임금이 보고는 비단을 따로 내려 이명기에게 이모移模하여 첩을 만들어 대내大內에 비장하게 하고는 그 원본을 다시 내려 보내었다. 이에 이 초상화의 처리를 논의하여 마침내 배운동서원(소수서원)에 봉안하기로 결정하고 그 후 채제공이 그 전말을 기록한 것이다.

세상에 다음과 같은 말이 전한다.

"미수는 종일토록 토목土木처럼 꼿꼿이 앉아 있어서 날던 새가 간혹 양쪽 어깨에 내려와 앉았는데, 미수는 그때마다 손으로 잡았다가 도로 놓아주어도 새가 놀라지 않았다."

아마도 신선의 풍모가 있어 그런 것인가? 그의 언론言論과 기절氣節이 비록 과격한 병폐가 많았으나, 미수가 우암에 대해서는 왕양명王陽明과 주자朱子의 관계와 같으니 우암의 강적이 아니라고 말할 수 없다.

육상산陸象山이 「왕형공사당기王荊公祠堂記」[143]를 찬하여, 신설新說과 신법新法이 천하를 혼란시켰음을 극론하였고, 반복하여 여지를 남기지 않았으나, 나중에는 "공께서는 산천의 기운이 모여 재주가 불세출不世出이었다"[144]고 하였으니, 도리어 안타까워한 것이다. 그렇다면 미수가 미수가 된 것 또한 어찌 범상한 인물이어서 그리되었을까?

정조 때 한 대신이 마전麻田의 숭의전崇義殿[145]을 지나면서 시를 지은 적이 있다.

| | |
|---|---|
| 春江花發麗王殿, | 봄 강에 꽃이 피니 고려왕의 전각이요, |
| 古木梟鳴許穆祠. | 고목에 올빼미가 우는 허목의 사당일세. |

번암樊菴 채제공蔡濟恭이 듣고는 노하여 그 대신에게 "올빼미는 흉조요. 어느 곳인들 울지 않으라만 꼭 미수선생의 사당 앞에서 울어야 되겠소? 옛날의 군자가 어찌 이런 구기口氣가 있었소?"라 하니, 사람들이 모두 웃으면서 전하였다고 한다.

---

143) 「왕형공사당기王荊公祠堂記」: 『상산집象山集』 권19에 「형국왕문공사당기荊國王文公祠堂記」가 실려 있다.

144) "공께서는 …… 불세출不世出이었다": 「형국왕문공사당기荊國王文公社堂記」에 보이지 않는 것으로 보아 다른 글의 기록인 듯하다.

145) 마전麻田의 숭의전崇義殿: 마전은 경기도 연천군 남쪽에 있었던 고려시대의 지명. 숭의전은 조선시대에 고려태조와 혜종·정종·광종·경종·성종·목종·현종의 7왕을 제사지내던 사당으로 1397년(태조 6)에 세웠다.

許眉叟

眉叟, 許文正磁之曾孫, 林白湖外孫, 李完平孫婿也. 文章經術, 足爲午人領袖, 故肅廟初, 午人用事, 眉叟年八十三爲右相, 上禮遇甚重, 至命入耆社. 盖不由文科, 例不許入, 故尤菴·遂菴·明齋, 皆以山林拜相, 壽過八十, 亦不入, 眉叟則異數也. 所著文集, 不曰『眉叟集』, 而曰『記言』. 實取揚子雲『法言』·王仲淹『中說』之義, 而托名於『論語』也, 無乃效顰乎? 其自敍, 有曰: "吉死烈竄, 烈之客閔鼎重·金壽恒又用事." 此指尤春兩先生, 及老峯·文谷而言也. 兩先生, 山林也. 閔·金二公, 朝廷大臣也. 大臣而反爲山林之客乎? 語無着落如此矣.

在己亥議禮, 與尤菴相爭難也, 三禮註疏, 諸儒經說, 皆能口誦全文, 滔滔不竭, 博卞縱橫, 踔厲風發云, 其亦一世巨擘也. 眉叟工篆書, 一邊人, 推爲東方第一. 三陟府浦口, 有退潮碑. 卽其所作. 文與篆, 固奇崛, 而東海本無潮, 何云退潮? 篆之神品, 莫如李斯, 而秦碑諸處, 未聞有異事也.

余嘗見遺像, 枯槁淸瘦, 庬眉皓鬢, 如山澤之癯矣. 其像今在順興府紹修書院, 而軸面有蔡領相濟恭所撰小記. 以爲院有孔夫子眞像, 而又以先生遺像往奉其下, 則吾道南也. 正欲其以眉叟直接夫子之統也, 豈非無忌憚之甚乎?

世傳眉叟終日危坐如土木人, 飛鳥或來集兩肩, 輒手取還放, 而鳥亦不驚云. 盖若有神仙風骨而然耶? 其言論氣節, 雖多矯激之病, 眉叟之於尤翁, 亦如陽明之於朱子, 不可謂非尤翁之勁敵也. 陸象山撰「王荊公祠堂記」, 極論新說新法之亂天下, 反覆無餘蘊, 而其終也乃曰: "公山川間氣, 才不世出." 云, 反惜之也. 然則眉叟之爲眉叟, 亦豈凡常之人也.

正廟時, 有一大臣, 嘗過麻田崇義殿, 有詩曰: "春江花發麗王殿, 古木梟鳴許穆祠." 蔡樊菴聞而怒之, 謂其大臣曰: "梟, 惡鳥也, 何處不鳴, 而必鳴於眉叟先生祠前乎? 古之君子, 何曾有如此口氣?" 人皆傳笑云.

## 잠 안 자는 사람들

무릇 천지간의 동물은 어느 것이나 밤에 잠을 잔다. 이것은 이치의 당연함인데, 꽃 중에는 밤에 합쳐지는 것이 있으니 이것은 식물 역시 밤에 잠을 자는 것이다.

옛날에 서화담이 한 고승과 주야로 잠을 자지 않는 것으로 겨루었다. 15일이 되자 고승은 마침내 먼저 정신이 피로해져 쓰러졌으나, 선생은 여전히 단정하게 앉아 있었고 정신은 더욱 맑았다. 10일이 더 지난 후에야 잠자리에 들어 평상시와 같았다. 아마도 화담은 도술을 익힌 방외方外의 신이한 사람이라 자고 깨는 것도 의당 자기 마음대로 할 수 있었던 것 같다.

그런데 후세에 조정만趙正萬[146) ]같은 사람은 평생을 잠자지 않았으니, 이 또한 신이한 일이다. 그러므로 공은 밤에도 침구가 필요 없었으며, 그 일상생활의 행동은 주야로 매일반이었다. 다만 6~7년마다 매양 한 번 곤히 잠을 잤는데 역시 앉아서 잤다. 한창 잠이 들었을 때는 반드시 머리를 바닥에 대고 뒤통수를 벽 쪽으로 들어 올리고 잤는데, 왼쪽으로 쓰러지고 오른쪽으로 넘어지며 우레가 치듯 코를 곯았다. 한 식경이 지나서야 잠에서 깨는데 그때마다 땀이 흘러 온몸이 흥건하였으며, 또한 5~6일 앓고 난 후에야 안정이 되었다. 그리고는 5~6년간 다시 잠을 자지 않았다. 대체로 사람이 잠을 충분히 자지 않으면 기혈氣血이 모두 말라 반드시 오래 살지 못하기 마련이다. 그런데도 공은 팔십이 넘도록 살았으니 괴이한 일이다. 그러므로 공이 오재寤齋라고 자호한 것은 이런 이

146) 조정만趙正萬(1656~1739) : 본관은 임천林川, 자는 정이定而, 호는 오재寤齋. 송준길·송시열의 문인. 경·사·백가서에 두루 통하였고, 시와 서예에도 뛰어났다. 저서에 『오재집寤齋集』이 있다.

유에서이다. 공은 우암의 문인이며 음사蔭仕로 판서에까지 올랐다.

공과 같은 시대에 명곡明谷 최석정崔錫鼎[147] 역시 잠을 자지 않았다. 비록 오재 보다는 못하지만, 매양 한 달에 반드시 두 번 잠을 잤으며 잠잘 때는 밤에 누워서 잤다고 한다. 그러나 이것도 모두 전대에 들어보지 못하던 일이다.

옛날 희이希夷[148]는 화산華山의 석실石室에 살면서 주야로 잠을 잤다. 희이는 신선神仙(술사)이라 눈을 감으면 몸이 상청上淸[149]에 이르렀다고 한다. 잠자는 일과 자지 않는 일은 모두 논할 것이 못된다. 문충공文忠公 소식蘇軾이 일찍이 지은 시가 있다.

| | |
|---|---|
| 無事此靜坐, | 아무 일 없이 단정하게 앉아 있으니, |
| 一日如兩日, | 하루가 이틀이나 된 듯하네. |
| 若活七十年, | 만약 칠십 년을 산다면, |
| 便是百四十. | 곧 백사십 년을 사는 셈이로다.[150] |

만약 동파東坡의 말대로라면 정좌靜坐도 역시 두 배나 장수하게 하는데, 하물며 잠을 자지 않는 것에 있어서랴! 오재공의 팔십 년은 다른 사람의 백 육십 년에 해당되며, 게다가 대현大賢(우암)에게 친히 가르침을 받았다. 그의 궁리격물窮理格物의 정미함과 저작의 풍성함이 우암 문하

---

147) 최석정崔錫鼎(1646~1715) : 본관은 전주全州, 초명은 석만錫萬, 자는 여시汝時·여화汝和, 호는 존와存窩·명곡明谷, 시호는 문정文貞. 최명길의 손자. 1671년(현종 12) 정시문과에 급제하여 벼슬이 영의정에 이르렀다. 저서에 『예기유편禮記類編』, 『명곡집明谷集』이 있다.

148) 희이希夷 : 진단陳摶(871~989)의 사호賜號. 송나라 진원眞源 사람으로 자는 도남圖南, 호는 부요자扶搖子이다. 당나라 말엽에 태어났고, 오대 때에는 화산華山에 거처하면서 수도하였다. 잠자리에 들면 늘 백여 일씩 일어나지 않았다고 한다. 송 태종 때 희이선생이란 호를 내렸다. 저서에 『지현편指玄篇』이 있다.

149) 상청上淸 : 도가에서 하늘을 일컫는 말로, 옥청玉淸·태청太淸과 함께 삼청三淸의 하나.

150) 『소식시집蘇軾詩集』 권45에 「사명궁양도사식헌司命宮楊道士息軒」이라는 제목으로 실려 있다.

의 다른 선비들보다 배나 되어야 마땅할 터인데, 모두 볼만한 것이 없었으니 다만 잠을 자지 않았을 뿐인 것이다.

花潭不眠

凡天地間動物, 莫不夜眠, 此理之常也. 而花有夜合, 則是植物亦夜眠也. 昔徐花潭, 與一高釋, 相較晝夜不眠, 至十五日, 其僧竟先神疲頹倒, 先生猶端坐, 精神益澄明, 又至十日寢處始如常. 盖花潭有道, 便是方外異人, 寤寐當惟吾所欲, 而後世如趙公正萬, 平生不寐, 此又異事也. 是以公夜無寢具, 其起居動作事爲, 晝夜一般. 但間六七年, 每一困睡, 亦坐眠也. 方其睡時, 必頭抵地, 腦擡壁, 左頹右圮, 鼾息如雷, 一食頃而覺, 輒汗流浹體, 又呻痛五六日, 然後乃安, 復至五六年更不眠. 夫人不穩眠, 則氣血俱燥, 必不久壽, 而公則壽踰八十, 可怪也. 是故公自號寤齋, 此也. 公尤菴門人, 而蔭仕至判書, 公之同時崔明谷錫鼎, 亦不寐. 雖不如寤齋, 每一月必再宿, 此則夜臥云矣. 然此皆前代所未聞者也. 古之希夷, 在華山石室, 晝夜睡, 希夷, 神仙也. 合眼則身到上淸云. 睡與不睡, 皆不足論也.

蘇文忠公, 嘗有詩曰: "無事此靜坐, 一日如兩日, 若活七十年, 便是百四十." 若如坡公言, 則靜坐者, 亦可爲倍壽, 況不寐者乎? 寤齋公之八十, 爲他人百六十壽, 而且親炙大賢矣. 其窮格之精微, 著作之繁富, 當加倍於尤門諸儒, 而皆無見焉, 但不寐而已.

## 명촌明村 나양좌羅良佐

명촌明村 나양좌羅良佐[151]는 농암의 외숙이다. 성품이 객기客氣가 많고 괴론乖論을 좋아하였다. 평생의 재주라고 해봐야 바른 사람을 욕보이는 것이어서 조카인 농암과 삼연三淵 등 제현들과 사이가 좋지 못하였다. 또 일찍이 우암에게 불만이 있었으니, 그가 지은 『명촌잡록明村雜錄』은 모두 우암을 비방하는 내용이다. 또한 사계沙溪 김장생金長生을 배향하는 일에 대해 조정과 사림의 의논이 올바르게 귀결되었는데도, 나양좌는 방자하게 패론悖論을 펴서 심지어 '사계는 진신搢紳 사이의 좋은 제자이고 향당鄕黨의 좋은 부로父老에 불과하다. 만약 이런 사람이 배향이 된다면 신성한 사당을 연달아 만여 리나 세워야 할 것이다'라고 하였다. 양좌의 구기口氣가 모두 이와 같았다.

羅明村

羅明村良佐, 農巖之舅也. 性多客氣, 喜乖論, 平生伎倆, 無非醜正, 故與其甥農・淵諸賢不相合. 又嘗不滿於尤翁, 其所著『明村雜錄』, 皆誹謗尤翁. 又當沙溪從享, 朝議士論歸正, 而良佐肆發悖論, 至以爲"沙翁不過搢紳間佳弟子, 鄕黨中好父老, 若使此等人從享, 則聖廡延袤, 當爲萬餘里." 良佐口氣, 皆如是矣.

151) 나양좌羅良佐(1638~1710) : 본관은 안정安定, 자는 현도顯道, 호는 명촌明村. 윤선거尹宣擧의 문인으로 과거에 뜻을 두지 않고 학문과 수양에만 전념하였다. 1687년 스승 윤선거의 억울한 누명을 벗기려고 상소했다가 영변에 유배되어, 이듬해 풀려났다. 1689년 기사환국으로 김수항金壽恒과 이사명李師命이 극형으로 죽자, 혼자 천릿길을 달려가 이사명의 상을 치르고 돌아오니 모두들 의협심에 감탄하였다. 저서에 『명촌잡록明村雜錄』이 있다.

## 응재凝齋 이희지李喜之의 시재詩才

응재凝齋 이희지李喜之[152]는 완녕공完寧公 이사명李師命[153]의 아들로, 경종 신임사화辛壬士禍(1721~1722) 때의 다섯 사람[154] 중 한 명이다. 임인년壬寅年(1722) 삼수三手의 옥사獄事[155]에 김용택金龍澤·정인중鄭麟重·서덕수徐德修 등과 함께 체포되어 고문을 받고 사형을 당했다. 이때 공의 가문이 당한 참혹한 화는 혹독하여 말하는 것조차 마음이 아프다. 그러나 공은 벼슬을 하지 않은 처지로 조정이 혼란한 시기에 문을 닫아걸고 근신

152) 이희지李喜之(1681~1722) : 본관은 전주全州, 자는 사복士復, 호는 응재凝齋. 이사명李師命의 아들이며, 이이명李頤命의 조카이다. 1721년 경종이 병이 잦고 세자가 없자, 김창집金昌集·이이명李頤命·이건명李健命·조태채趙泰采 등 노론 4대신이 연잉군延礽君을 세제로 책봉하여 대리청정하게 되었다. 이듬해 노론 4대신의 처사에 반기를 든 소론의 유봉휘柳鳳輝가 왕세제 책봉의 불가함을 상소하고, 김일경金一鏡 등은 목호룡睦虎龍으로 하여금 고변하게 하였는데, 이희지 등이 경종에게 약물을 먹여 시해할 목적으로 궁녀에게 금전을 주었으며 왕을 비방하는 노래를 지었다고 무고하여 큰 옥사가 일어났다. 이 무고로 이희지·이기지李器之·김성행金省行 등 60여 명이 투옥되었다. 그는 여덟 차례의 형을 받고 매를 맞다가 죽었다. 영조 때 신원되었다. 저서에 『응재집凝齋集』이 있다.

153) 이사명李師命(1647~1689) : 본관은 전주全州, 자는 백길伯吉, 호는 포암蒲菴. 1680년 서인 김석주金錫胄·김익훈金益勳 등이 남인 허견許堅 등이 역모를 꾀한다고 고발한 경신대출척에 가담하여 남인을 몰아내는데 공을 세워, 보사공신保社功臣 2등으로 책록되고 완녕군完寧君에 봉해졌다. 1689년 기사환국 때 남인이 정권을 잡는 과정에서 사사되었다가 나중에 신원되었다.

154) 다섯 사람 : 어떤 기준에 의한 것인지는 명확하지 않으나, 목호룡의 고변에 연좌된 이기지李器之·이희지·김용택·정인중·서덕수·심상길沈尙吉·홍의인洪義人·김민택金民澤·김성행金省行 등 노론 4대신의 자질子姪과 추종자들 중의 5인인 듯하다.

155) 삼수三手의 옥사獄事 : 목호룡睦虎龍이 노론을 몰아붙이기 위해 고변한 삼급수설三急手說을 가리킴. 신임사화 때, 경종이 소론을 비호하자, 노론 숙청에 김일경이 강경노선을 취하였다. 목호룡은 노론측에서 경종을 시해하고자 모의하였다는 삼급수설로 고변하였는데, 곧 대급수大急手(칼로써 살해)·소급수小急手(약으로 살해)·평지수平地手(모해하여 폐출함)이다. 이 일로 국청이 설치되어 노론 4대신은 사사되었고, 정법으로 처리된 자가 20여 명이고 장폐된 자가 30여 명이었으며, 그 밖의 가족으로 교살된 자가 13명, 유배가 114명, 자결한 부녀자가 9명, 연좌된 자가 173명에 달하였다.

하지 못하고 재주를 믿고 일 만들기를 좋아하다가, 드디어 화망禍網에 걸리고 말았다. 그러므로 『단암만록丹巖漫錄』[156]에서, "이희지의 위태한 일과 사특한 일을 벌인 것은 그 아비보다 더 심하다"라고 말하였으니, 그 논의는 너무나 가혹하다. 비록 그러하나 공의 죽음은 정정당당한 나라 일로 죽었으니 이를 한마디로 말한다면 '충의忠義'이다. 주변 사람들은 반드시 군자에게 다 갖추기를 요구하는 것은 아닐 터이다.

공의 시재詩才는 청경淸警하여 절창이 많다. 문집 한 권이 있는데 지금 세상에 전해진다. 「낙일落日」이란 시가 인구에 회자되고 있는데 다음과 같다.

| | |
|---|---|
| 無可奈何方半墜, | 반쯤 떨어졌을 때도 어쩔 줄 몰라 하니, |
| 有誰相送已全沈, | 이미 다 진 해를 뉘라서 건져내랴? |
| 山精木魅皆歡喜, | 산의 정령 나무귀신은 모두 기뻐 좋아하고, |
| 孝子忠臣一苦心. | 효자와 충신들은 하나같이 고심하네. |

또한 다른 절구 한편이다.

| | |
|---|---|
| 水舍鷄鳴夜嚮晨, | 물가 집에 닭 우니 밤은 새벽을 향해 가고, |
| 柳梢風動月橫津, | 버들 끝에 바람 불고 달은 나루에 비꼈어라. |
| 漁歌知在江南北, | 뱃노래는 이 강 어디선가 들여오는데, |
| 一色蘆花不見人. | 갈대 꽃 무성할 뿐 아무도 뵈지 않네. |

역시 절창으로 문집 속에 들어 있다. 그러나 유독 문숙공文肅公 심상규沈象奎[157]는 '남당南唐 사람의 시요, 응재의 작품이 아니다'라고 단정

156) 『단암만록丹巖漫錄』: 1728년 민진원閔鎭遠이 관직에 있으면서 궁중의 일을 초록한 책으로, 2책이다. 1680년(숙종 6)부터 1728년(영조 4)까지의 일을 노론의 입장에서 연대순으로 기록하였다.

157) 심상규沈象奎(1766~1838): 본관은 청송靑松, 초명은 상여象輿, 자는 가권可權·치교穉敎, 호는 두실斗室·이하彛下, 시호는 문숙文肅. 정조의 지우知遇를 받은 뒤 상규라는 이름과 치교라는 자를 하사받았다. 1789년 알성문과에 급제하여 벼슬이 영의정

하였으니, 이는 알 수 없다. 마땅히 뒤에 『전당시全唐詩』를 다시 살펴보아야 할 것이다.[158]

壬寅三手之獄

李凝齋喜之, 完寧公師命子. 景廟辛壬時, 五人中一也. 壬寅三手之獄, 與金龍澤・鄭麟重・徐德修諸公, 被逮拷掠, 至於正刑. 時公一門慘禍酷烈, 言猶痛心. 然公以韋布, 當朝著淆亂, 不能杜門謹愼, 恃才喜事, 遂罹禍網. 故『丹巖漫錄』, 亦謂'李喜之之傾危妖邪, 甚於其父.' 其論太苛峻矣. 雖然公之死, 死於堂堂正正之國, 是蔽一言曰'忠義', 邊人恐不必責備於君子也. 公詩才淸警, 多絶調, 有集一卷, 今行于世. 而其「落日」詩, 膾炙人口, 有曰: "無可奈何方半墜, 有誰相送已全沈, 山精木魅皆歡喜, 孝子忠臣一苦心." 又有詩一絶曰: "水舍鷄鳴夜嚮晨, 柳梢風動月橫津, 漁歌知在江南北, 一色蘆花不見人." 亦絶唱, 而在集中. 然獨沈文肅, 斷以爲此南唐人詩, 非凝齋作, 是未可知也. 當俟更考全唐詩.

## 운평雲坪 송능상宋能相

운평雲坪 송능상宋能相[159]은 징사徵士[160]로 우암선생의 후손이다. 비록

---

에 이르렀다. 『순조실록』 편찬총재관을 지냈고, 『건릉지장속편健陵誌狀續編』과 『만기요람萬機要覽』을 편찬하였고, 저서에 『두실존고斗室存稿』 16권이 전한다.

158) 마땅히 뒤에 …… 할 것이다: 『전당시全唐詩』에는 이 시가 실려 있지 않다.

159) 송능상宋能相(1710~1758): 본관은 은진恩津. 자는 사능士能, 호는 운평雲坪・동해자東海子. 송시열의 현손이며, 한원진韓元震의 문인이다. 과거에 뜻을 두지 않고 학문

경술經術로 선발되었으나, 학문은 기운을 숭상하고 기이한 것을 좋아하였으니 유학에 순정한 사람은 아니다. 일찍이 『상례비요喪禮備要』[161] 한 책은 실제 신의경申義慶[162]이 지은 것이요, 사계沙溪가 찬술한 것이 아니라고 하면서 큰소리로 논리를 세우고 드러내놓고 사계를 비난하고 배척하였다. 근세에 사계의 후손들이 떠들썩하게 들고일어나자, 결국 대신들이 경연에서 주청하여 은일隱逸이라는 이름이 삭제되는 것을 면하지 못하였다. 후에 매산梅山 홍직필洪直弼[163]이 주의奏議를 올려 그의 관작을 회복시켰다. 그러나 그 심술의 병통은 끝내 가릴 수 없었다.

운평이 말년에 한번은 평양을 유람하고 시를 지은 적이 있다.

| | |
|---|---|
| 第一江山箕子國, | 제일강산인 기자箕子의 나라에, |
| 三千粉黛練光亭. | 삼천 명의 기생이 모인 연광정練光亭이로다. |

이것은 이미 학문하는 사람의 구기口氣가 아니다.

---

을 쌓아 약관에 명성을 떨쳤다. 1740년에 학행學行으로 천거 받아 세자시강원자의世子侍講院諮議가 되고, 1744년부터 10여 년간 장령掌令을 지냈다. 1754년(영조 30) 시강원 서연관侍講院書筵官와 장악원정掌樂院正을 거쳐 집의를 지냈다. 윤봉구尹鳳九·이재李縡·임성주任聖周·이병상李秉常 등의 노론학자들과 서신을 주고받으며 교유하였다. 저서에 『운평문집雲坪文集』이 있다.

160) 징사徵士 : 임금의 부름이 있어도 벼슬하지 않은 학문과 덕행이 모두 높은 사람을 높이는 말.

161) 『상례비요喪禮備要』 : 원래 신의경申義慶이 지은 예서禮書를 김장생이 『주자가례朱子家禮』의 원문을 위주로 하여, 일반인이 쓰기에 편리하도록 보충·삭제·교정하여 실생활에서 쓰이도록 펴낸 초보적 지침서이다.

162) 신의경申義慶(1557~1648) : 본관은 평산平山, 자는 효직孝直, 호는 서파西坡. 1620년에 사마시에 입격하고 학행으로 천거되어 사헌부대관을 지냈다. 1648년 대사헌에 추증되었다. 일찍이 김장생金長生과 함께 『주자가례朱子家禮』 등을 공부하였고, 예학에 조예가 깊어 김장생에게 도움을 많이 주었다. 사대부의 상喪에서 집례執禮한 경험을 바탕으로 『상례비요喪禮備要』를 저술하였다.

163) 홍직필洪直弼(1766~1852) : 본관은 남양南陽, 초명은 긍필兢弼, 자는 백응伯應·백림伯臨, 호는 매산梅山, 시호는 문경文敬. 여러 번의 임금의 부름에도 나가지 않고 평생을 성리학에 전념하였다. 궁리를 근본으로 하고 육경과 제자서에 통달하였다. 성리학에서 정자의 심본설心本說을 극력 지지하였다. 저서에 『매산집梅山集』 52권이 있다.

그리고 영변寧邊의 묘향산妙香山을 유람하면서 보현사普賢寺 꼭대기의 작은 암자에 올랐다. 때마침 복날이라 개를 잡아 국을 끓여 먹었다. 한창 술에 취하고 배불리 먹더니, 갑자기 손으로 개고기 한 점을 집더니 법당에 올라가 부처의 입을 더럽히고는 큰소리로 꾸짖기를,

"너는 어찌하여 채소만 먹느냐? 우리가 먹는 개장국을 먹어도 무방할 것이다."

라 하며 온갖 농지거리를 하였다. 말을 채 마치기도 전에 운평은 쓰러져 아홉 구멍에서 피를 쏟으면서 얼마 지나지 않아 죽었다. 한창 더운 때이고 암벽이 험준하여 승도들이 힘을 다해 끌어 내렸으나 시신은 이미 썩어 문드러졌고 악취로 접근하기 어려웠다고 한다. 이 또한 군자의 행실이겠는가? 그의 평소에 길렀던 객기客氣를 알 만하다.

옛날에 명도明道선생[164]이 산사를 유람하면서도 부처를 등지고 앉은 적이 없었으며, 또 중들이 모여서 밥 먹는 것을 보고는 감탄하며 말했다.

"삼대三代의 위의威儀가 모두 여기에 있도다."

성현들이 이단異端에 대해 저서를 통하여 배척한 것은 괜찮았다. 어찌 일찍이 이같이 욕보인 일이 있었는가? 매산공이 일호를 회복해야 한다는 의론은 선정先正을 중히 여겼기 때문이다. 그러므로 "10세까지도 용서한다"[165]고 한 것은 이를 두고 말한 것이다.

### 宋雲坪

宋雲坪能相徵士, 而尤菴先生後孫也. 雖以經術被選, 其學尙氣好

164) 명도明道 선생 : 송나라 때 대학자인 정호程顥(1032~1085)를 가리킨다. 아우 정이程頤와 아울러 이정二程선생이라고 일컬어진다.

165) "10세까지도 용서한다" : 이 말은 『좌전左傳』 양공襄公 21년에 나온다. 진후晉侯가 숙향叔向의 죄를 악왕부樂王鮒에게 물으니, 악왕부가 '훌륭한 일을 한 사람은 10세 후의 죄까지도 용서하여 좋은 일을 권장해야 한다'고 대답하였다. 송능상이 일호逸號를 회복하게 된 것은 결국 우암의 공로가 인정되어 그 후손인 송능상의 허물이 용서받았다고 이해한 듯하다.

奇, 非醇於儒者. 嘗以『喪禮備要』一書, 實出於申義慶, 非沙溪所纂, 大言立論, 顯加詆斥. 至近世沙翁諸孫譁然, 竟未免大臣筵奏, 削其逸號. 後因梅山洪公獻議, 復其爵. 然其心術之病, 終不可掩也. 雲坪末年, 嘗遊平壤有詩, 有曰 : "第一江山箕子國, 三千粉黛練光亭" 此已非學問人口氣. 而其遊寧邊之香山也, 上普賢寺絶頂一小菴, 時値伏日, 烹狗作羹, 方醉飽, 忽手持狗肉一片, 上法堂. 汚穢佛口, 大罵曰 : "汝何食素? 喫吾狗羹無妨." 弄謔備至. 言未訖, 雲坪暈倒, 九竅流血, 頃刻而死. 方盛暑, 而巖壁險峻, 僧徒盡力攀曳以下, 而尸已朽爛, 臭穢難近云. 此亦君子之事乎? 其平日所養之客氣, 可知也. 昔明道遊山寺, 未嘗背佛而坐, 又見寺僧會飯, 歎曰 : "三代威儀, 盡在是." 聖賢之於異端, 著書以闢之, 可也. 何嘗有如是醜辱乎? 梅山公復逸之議, 歸重於先正, 故曰 : '十世宥之者', 此也.

## 전생의 소원

세상에서 "중국 사람들이 '고려국에 태어나 한번 금강산을 보고 싶다[願生高麗國, 一見金剛山]'라는 시를 쓴 사람이 있다"라고 하는데, 실제로 명나라와 청나라 사이에 누가 지은 것인지 알 수가 없다.

영조 때 서암恕菴 신정하申靖夏[166]가 아직 뱃속에 있을 때, 모부인母夫人이 꿈을 꾼 적이 있는데, 어떤 문사가 와서 말하였다.

166) 신정하申靖夏(1680~1715) : 본관은 평산平山, 자는 정보正甫, 호는 서암恕菴, 본관은 평산平山. 김창협의 문인. 1705년 증광문과 병과로 급제, 예문관검열 · 설서 · 부교리 등을 역임하였다. 저서에 『서암집恕菴集』이 있다.

"'고려국에 태어나 한번 금강산을 보기를 원한다'라는 시는 내가 지은 것이오. 이토록 큰 소원이 있었기 때문에 지금 의당 그대의 아들이 될 것이오."

얼마 안 있어 서암을 낳았는데, 재주와 명성을 일찍 성취하여 두터운 신망이 있었다. 일찌감치 과거에 급제하여 교리에 올랐다. 포쇄사관曝曬史官[167]으로 오대산에 들어갔다가 돌아오는 길에 금강산을 두루 유람하였다. 산길을 내려오는 도중에 갑자기 병으로 죽었으니, 참으로 기이한 일이다. 문집이 세상에 전한다.

願生高麗國

世稱中國人有'願生高麗國, 一見金剛山'之詩云, 而實未知明淸間誰某所作也. 英廟時, 申恕菴靖夏懷孕時, 母夫人嘗夢, 一文士來言曰: "願生高麗國, 一見金剛山, 是吾作也. 以是大願, 故今當爲汝子. 未幾, 生恕菴, 才名夙就, 有重望. 早登科, 官校理. 以曝曬史官, 入五臺山, 歸歷金剛遍遊, 出山途中, 忽以病卒, 洵可異也. 有文集行于世.

## 담배

담파고痰破菰[168]가 무슨 풀인지 모르겠으나 여송국呂宋國(필리핀)에서

167) 포쇄사관曝曬史官 : 포쇄관曝曬官. 조선시대 때 사고史庫에서 서적을 점검하고 거풍擧風을 시키는 벼슬아치. 포쇄관은 필요할 때 예문관이나 홍문관의 관원 중에서 뽑아 겸직하도록 하였다.

168) 담파고痰破菰 : 담배. '淡巴菰'・'淡巴苽'・'淡巴姑'・'淡巴菰'・'淡芭菰'・'淡婆姑' 등으로 표기하기도 한다.

처음 나왔다. 선조 임진왜란 이후 일본 사람에게 얻어 종자를 가져다 심었는데, 지금은 천하에 성행하고 있다. 이 이야기는 『계곡만필谿谷漫筆』에 자세히 보인다.[169] 대개 차의 일종으로 실제로는 정해진 이름이 없다.

그러므로 우리나라에서는 양서兩西(관서와 해서) 지방에서 생산되는 것은 '서초西草'라 일컫고, 삼남 지방에서 생산되는 것은 '남초南草'라 부르며, 혹은 '언蔫' 혹은 '어菸'라고 부르지만 모두 알맞은 글자는 아니다. 총괄하여 논하면 그 풀은 반드시 좋은 밭에다 심어야 하니 곡식에 해가 되고, 정해진 때 없이 피워대니 기氣에 해가 된다. 금·은·동·철을 녹여 대통[盞]을 만들고 설대[臺]를 만들고 물부리[嘴]를 만들며,[170] 또한 재떨이와 담배합[171]을 만드는데, 그 제조법이 동일하지 않고 모양도 일정하지 않아 재물에 해가 된다. 차는 끓여 마시고 이것은 태워서 피운다. 똑같이 먹는 것이지만 입에 긴 담뱃대를 물고 있어 말하거나 걸어 다닐 때는 겸손하지 않으니 반드시 웃어른을 피해야 한다. 그러므로 교만하고 거만한 사람은 함부로 범하여 무례하다고 책망을 받고 그때마다 시비를 불러 모은다. 또한 조심하지 않으면 불을 내기 쉽고 목구멍을 찔리기도 쉽다. 더욱이 이로 인한 손실은 한 시대를 통틀어 말한다면 재물의 손실이 만을 헤아릴 정도이니 그 폐해가 되는 것이 더욱 크다.

---

169) 이 이야기는……자세히 보인다: 『계곡만필谿谷漫筆』 권1의 「남령초흡연南靈草吸煙」·「남초지용어세태장여중국지다南草之用於世殆將如中國之茶」·「칭송남초지허실稱頌南草之虛實」·「세지공남초자世之攻南草者」 등에 담배에 관한 내용이 실려 있다.

170) 금·은·동·철을 녹여……만들며: 담뱃대의 대통[雁首]·설대[煙道]·물부리 3부분을 말한다. 앞부분의 대통은 구부러진 끝에 담배를 담는 작은 통이 붙어 있고, 바닥에 작은 구멍을 만들어 설대와 이었으며, 물부리는 입에 물기 편리하도록 끝으로 갈수록 가늘다. 설대가 길어서 연기가 식어야 맛이 좋다고 한다. 설대가 길고 대통이 작은 것이 파이프와 다르며, 한국·중국·일본 등에서 주로 사용한다. 대통을 안수라고도 하는데, 마치 기러기의 목과 유사하다 하여 붙은 이름이다.

171) 담배합: 일명 담배 서랍. 모양은 타원형·원통형·직사각형 등이 있으며, 자단·느티나무·뽕나무·오리나무·괴목 등이 재료로 사용되며, 나전이나 옻칠한 것 등 질감도 여러 가지이다.

그러나 세상에 이를 즐기지 않거나 좋아하지 않는 자는 겨우 천만 가운데 한 사람 정도이다. 남녀·귀천·노소를 막론하고 움직일 때마다 휴대하니, 그 폐단은 중국인들이 차를 만든 것보다 심하고, 나라에 두루 퍼진 것이 이미 수백 년이라 지금은 금지시켜도 반드시 금지시킬 수 없고 영을 내려도 반드시 행할 수 없다.

그러나 풀의 성질은 평담하고 독성이 없다. 그러므로 피워서 비록 기를 손상시키지만 이 때문에 요절했다는 말은 아직 듣지 못했으며, 심어서 비록 밭에 해가 되지만 또한 이 때문에 밭이 척박해지고 백성들이 굶주렸다는 말은 아직 듣지 못했다. 밥을 먹은 후나 측간에 갈 때, 책을 보거나 손님을 대할 때, 유람을 하거나 일을 할 때 그것이 없으면 멋이 없다. 그러므로 사람들이 근심하거나 기뻐하거나 한가하거나 바쁘거나 앉거나 눕거나 일어나거나 거처할 때, 모두 잠시라도 담배[此君][172]가 없을 수 없다.

다만 진작 육조·수·당의 시대에 태어나 전아하고 순정한 이름을 얻고, 이백과 두보에게 품평을 받고 한유와 백거이에게 읊어지고 보譜나 경經으로 읊조려지기를, 차의 경우처럼 육홍점陸鴻漸(陸羽)[173]과 채군모蔡君謨[174]가 있는 것만 못함이 한스럽다. 일찍이 다음과 같은 이야기를 들었다.

이 풀이 처음 나왔을 때 선배 중에 계곡 장유가 제일 먼저 즐기고 좋

172) 차군此君 : 본래 대나무를 일컫는 말인데, 여기서는 담배를 말한다.

173) 육홍점陸鴻漸 : 육우陸羽(733~804). 자는 홍점鴻漸, 호는 경능자竟陵子. 당현종唐玄宗 개원開元 733년에 경능군竟陵郡(현재 호북성 천문현天門縣)에서 태어났다. 774년 육우는 호주자사湖州刺使 안진경顔眞卿이 『운해경원韻海鏡源』을 저술할 때 작업에 참여하여 차의 역대 이야기를 수집하였고, 그 줄거리를 자신의 저서 『다경茶經』의 칠지사七之事 편에 보충 편집하여 비로소 『다경茶經』을 탈고하였다. 육우가 10여 년 세월에 걸쳐 정립한 『다경茶經』은 세계 최초의 차 전문서로서 뿐만 아니라 후세 차에 관한 모든 학문의 지침서가 되었다.

174) 채군모蔡君謨 : 채양蔡襄(1012~1067). 송나라 때 사람. 자는 군모君謨, 시호는 충혜忠惠. 저서에 『다록茶錄』·『여지보荔枝譜』·『채충혜집蔡忠惠集』 등이 있다.

아해서, 막 어른이 되어서부터 이미 손에서 담뱃대를 놓지 않았다. 그의 장인 선원공仙源公 김상용金尙容[175]은 볼 때마다 반드시 호통치고 금하도록 하였다. 어느 날 계곡은 장인어른이 내실內室로 들어오는 것을 보고 서둘러 황급히 감추었다가 이불과 요를 태워버렸다고 한다.

이 이야기는 세상에 미담으로 전하고 있다. 내가 일찍이 중국 칙사勅使의 행차를 보았는데, 상사上使나 부사副使는 대부분 입에 긴 담뱃대를 빗겨 물고는 견여肩輿를 타고 칙서를 받들어 서울로 들어왔다. 보고서 매우 경악할 만 했지만 저들에게는 애당초 혐의가 되지 않았다. 근세에는 간혹 자식이 아버지를 피하지 않고 젊은이가 어른을 피하지 않는다고 한다. 정말 그러한지 모르겠지만 이것 역시 중국의 법도에서 말미암은 것인가. 가소롭다.

### 痰破菰

痰破菰者, 不知何草, 而始出於呂宋國. 宣廟壬辰後, 得之倭人, 取子以種之, 今則盛行於天下. 其說詳見『谿谷漫筆』矣. 盖茶荈之類, 而實無定名. 故在我國, 則産兩西者稱西草, 産三南者謂南草, 或稱蔫, 或稱菸, 皆非當字也. 統論則其草, 種必良田, 害於穀也. 吸無定時, 害於氣也. 鎔鑄金銀銅鐵, 爲盞爲臺爲嘴, 又爲承灰之器與盛草之盒, 其製不一, 厥形靡常, 害於財也. 茶則煎飮, 此則燃吸, 同一食物, 而口含長竿, 謂涉不遜, 必避尊者長者. 故驕傲者冒犯, 責以無禮, 輒有彙緣是非. 且不謹則易致失火, 亦易刺喉. 且因此費損, 通一世言, 則耗財萬計, 爲害尤大矣. 然世之不嗜不好者, 僅僅千萬之一. 男婦貴賤老稚, 動輒携持, 其弊甚於中州人設茶而遍一國者已數百餘年. 今則禁必不得, 令必不行也. 然草性平淡無毒. 故吸雖損氣, 未聞以此致夭, 種雖害田, 亦未聞以此田蹙而民飢也. 其飯後如厠看書對客遊覽行役, 無

---

175) 김상용金尙容(1561~1637). 본관은 안동安東, 자는 경택景擇, 호는 선원仙源・풍계楓溪, 시호는 문충文忠. 저서에 『선원유고仙源遺稿』 등이 있다.

之不有趣且味. 故凡人之憂樂閒忙坐臥起居, 皆不可頃刻無此君. 但恨不早生六朝隋唐之世, 得一雅馴之名, 品題於李杜, 吟詠於韓白, 爲譜爲經, 如茶有陸鴻漸蔡君謨也. 嘗聞此草始出, 前輩中谿谷, 最先嗜好. 纔免童丱, 已手不釋竹. 其外舅仙源金公, 見必訶禁. 一日, 谿谷見婦翁入內室, 忙急收藏, 至燒衾褥. 世傳爲美談矣. 余嘗見燕人勅行, 爲上副使者, 多口横長竿乘肩輿陪勅書入京. 見甚可駭, 而彼人初未嘗爲嫌故也. 近世則或子不避父, 少不避長云. 未知誠然, 而亦由於北人之法耶, 可笑.

## 아편鴉片

아편연鴉片烟은 서양 오랑캐에게서 나왔는데, 반드시 나라와 천하를 망하게 하고서야 그칠 것이다. 그 제조법은 무엇을 섞어 만드는지 알 수 없으나, 아마도 아편연이 주재료가 될 것이다. 아편연은 앵속각鶯粟角[176]의 다른 이름이다.

일찍이 들으니, 서양 사람들은 반드시 13, 4세의 순전한 양기를 가진 아동을 유인하여 밀실에 가두고 자물쇠를 걸고 음식을 넣지 않는다. 4, 5일 지나서 진수성찬을 차려 놓고 불을 지피며 그 기운을 쐬게 한다. 그런 다음 아동을 포박하여 그 앞에 두고 음식을 들어 코구멍 가까이 대어 냄새를 맡게 한다. 아동은 먹고 싶어도 먹을 수 없고, 오래 굶주리고 허기가 져서 기운이 다 빠지면, 곧장 포박을 풀어 나체에 산발을 한 채로 다리를 묶어 거꾸로 매단다. 머리로부터 땀이 떨어지면 그릇으로 받아내

176) 앵속각鶯粟角 : 앵속각罌粟殼이라고도 하는데, 양귀비의 별칭이다.

고 땀이 다 나오면 아동은 죽게 되는데, 이것이 절한絶汗[177]이다. 그 땀을 가져다 아편연에 섞어 약을 만든다고 한다. 정말 그런지 알 수 없으나 이런 짓은 도척盜蹠도 차마 하지 못할 일이다.

약이 완성되면 그 낱알은 삼씨만한 크기가 된다. 복용법은 그 약을 새로 만든 은 담뱃대에 담고, 불을 붙여 덮개를 닫고는 사람을 눕게 하고 들이마시게 한다. 매번 연기를 들이마실 때 연기 한 점도 새지 않게 하여 다 타서 연기가 없어진 후에야 일어난다. 그 사람은 어질어질하다가 한참 후에 제정신을 차린다. 그런 뒤에는 몇 배나 총명해져 하루에 천 마디의 말을 암기할 수도 있으며, 조금만 먹어도 체증이 있는 자는 밥을 잘 먹을 수도 있으며, 걸음걸이가 절뚝거리던 자도 달리는 말을 따라잡을 정도로 달릴 수도 있으며, 양기가 말라 서지 않던 자도 하루에 열 명의 여자와 동침할 수도 있어, 그 쾌락을 다하는 것이 뜻대로 되지 않는 일이 없다.

그러나 1년이 지나지 않아 그 능력이 갑자기 급감하여 도리어 본래의 기력만도 못하게 된다. 그러면 또한 반드시 이 약을 복용한 뒤에야 이전과 같게 된다. 그러나 재차 복용한 것도 반년에 지나지 않는다. 서너 차례 복용하게 되면 그 기간이 겨우 2, 3개월이며, 점차 수습收拾[178]조차 할 수 없는 데에 이르러 죽게 된다. 아마도 일생의 정력을 미리 뽑아 죽음을 재촉해서 한 듯하다.

그런데도 근세에 중국인들이 대부분 아편연에 미혹되어 죽음에 이르러도 후회하지 않는다. 청나라 선종宣宗 도광道光(1821~1850) 연간에 엄한 형벌로 금지하였으나, 죽임을 당하면서도 여전히 몰래 복용하였다. 이는 나방이 등불에 달려드는 것과 같을 뿐만 아니라, 또한 일대 변고라 하겠다.

서양 사람의 일들은 어느 것이나 기묘하고 교활하기가 대체로 이와 같다. 비록 어진 군자가 왕위에 앉아 있더라도 어찌할 수가 없으니, 어찌

177) 절한絶汗 : 사람이 죽으면서 이마에서 나는 식은 땀.
178) 수습收拾 : 국립중앙도서관본에는 '收捨'로 되어 있다.

세운世運에 관계된 것이 아니겠는가? 청나라 사람 전조망全祖望[179]의 『길기정집鮚埼亭集』에 「아편연부鴉片烟賦」[180]가 있으니 참고하여 볼 만하다.

鴉片烟

鴉片烟者, 出於洋夷, 而必欲亡人國・亡天下乃已也. 其製, 未知雜取何物, 而盖鴉片烟爲主. 鴉片烟, 鶯粟角之一名也. 嘗聞洋人必以十三四歲純陽童兒, 誘置一密室, 扃鐍其戶, 斷其飮食. 歷四五日, 乃設珍味盛饌, 令煖而薰其氣. 後縛其童置前, 持饌器, 觸近鼻孔, 俾嗅之. 兒欲食不食, 久飢虛乏奪氣, 則卽又解縛, 裸體散髮, 束足以乚懸之, 自頭髮汗滴, 以器承取, 汗盡兒斃, 此絶汗也. 取其汗, 和以造藥云. 未知的然, 而此盜蹠之所不忍爲也. 藥成則其粒似麻子大, 而服法則取其藥, 盛新製銀烟臺, 燃火覆以盖, 令人臥以吸之, 每吸呑其烟, 不泄一點, 盡燒無烟乃起. 其人暈, 移時始醒. 其後則聰明倍蓰, 能日記千言, 少食痞滯者, 能健飯, 行步蹣跚者, 能走及奔馬, 陽痿不起者, 能日御十女, 窮其所樂, 靡不如意. 然不過一周年, 而其所能, 忽皆暴減, 反不如本來氣力, 則又必更服此藥, 然後如舊, 而再服者, 又不過半年, 至三服・四服, 則其間僅二三月, 漸至收拾不克而死. 盖預抽一生精氣, 而促之者也. 然而近世中國人, 多惑取, 底死不悔. 宣宗道光間, 嚴刑痛禁, 至於誅殺, 而猶爲潛服, 不啻如蛾之撲燈火, 亦一大變. 而洋

179) 전조망全祖望(1704~1755) : 청淸나라 때 학자. 자는 소의紹衣, 호는 사산謝山. 황종희黃宗羲를 사숙하여 황종희가 완성하지 못한 『송원학안宋元學案』을 완성시켰고, 『수경주水經注』를 교감하였다. 건륭 초에 홍박鴻博에게 천거되어 진사가 되어 서길사庶吉士에 뽑혔다. 절강성 소흥紹興의 즙산학원蕺山學院과 단계서원端溪書院 등에서 교육을 담당하여 유종주劉宗周의 학통을 전수하였고, 인재양성에 주력하였다. 저서에 『길기정집鮚埼亭集』 등이 있다.

180) 「아편연부鴉片烟賦」: 『길기정집鮚埼亭集』은 내・외편을 합하여 98권 24책으로, 1873년에 간행된 책이다. 그런데 「아편연부」는 보이지 않고, 「담파고부淡巴菰賦」만 실려 있다. 아마도 기억의 착오로 보인다.

人之事, 無不奇巧, 而凶狡多如此. 雖仁人君子在上, 無如何矣, 豈非世運之攸關者耶? 淸人全祖望『結埼亭集』, 有「鴉片烟賦」, 可考見也.

## 산송山訟

나는 풍수는 맹신해선 안 된다는 것을 앞서 대략 말하였다. 지금 그 폐단이 더욱 심한 것이 산송이니, 지혜로운 사람조차 어찌할 수가 없다. 호귀豪貴하여 힘 있는 집안에서는 묘 하나를 차지하면 반드시 그 선영의 묘역을 넓히고, 용호龍虎·안대案對 안팎으로 원근을 따지지 않고 모두 소나무를 심어 나무꾼을 금하며, 남이 들어와 장사지내는 것조차 허락하지 않는다.

심한 경우 전인前人들의 무덤과 나란할 때에는 그 무덤을 파서 옮기기까지 한다. 심지어 사대부로서 대대로 장사를 지낸 사람 중에는 간혹 묏자리 주위가 십 리도 더될 정도로 넓은 경우도 있다. 이윽고 서로 본받아 사족과 부유한 백성들도 모두 남만 못할까 부끄러워하여 힘을 다해 남보다 더 넓게 하려고 하니, 금하지 않으면 그치지 않을 것이다. 이 때문에 송사 문서가 날로 번잡하니 이른바 민간의 송사는 태반이 바로 산송山訟이라고 한다. 그러므로 관장官長들이 그 괴로움을 이기지 못한다.

심지어 장정들을 거느리고 상여를 부수고 주먹질하며 서로 싸우다가 왕왕 살인하는 변고도 있으며, 또한 묘를 파내고 시체를 은닉하는 행패도 있다. 대개 산을 욕심내는 사람은 무리하게 위세로 협박하고, 장사 지내는 것을 금하려는 사람은 성을 내면서 겨루어 이기려고 한다. 이것은 산리山理에 미혹되었을 뿐만 아니라, 또한 빼앗기는 것을 치욕으로 여기기 때문이다.

조정 법전에 묘지의 크기는 등급과 제도가 있지만, 매번 호귀한 사람들에 의해 법령이 무너지기 때문에 사람들이 뒤쫓아 모방하여 날로 심해지니, 그 형세는 끝내 재단하여 바로잡을 수 없다. 국가의 영토는 고정되어 더 넓힐 수 없는데 죽어 장사지낼 자는 한정이 없으니, 소민小民으로 힘없는 자들은 장차 불에 유골을 태워야 할 것인가? 물에다 유골을 던져야 할 것인가?

천하의 모든 일은 궁하면 반드시 변통이 생기는 것이 자연스런 이치이다. 만약 밝은 군주와 현명한 임금이 크게 징계를 가하고 엄하게 조목을 시행하여 근세의 병폐를 철저하게 개혁하지 않는다면 반드시 나라가 위태로워지고 사람이 망하게 될 것이며, 분묘를 평평하게 하고 봉분과 나무를 훼손하며 옛날의 묘에다 새로 장사 지내고서야 마음 편하게 다툼을 멈추는데 이를 것이니, 또한 오싹하고 몹시 마음 상하지 않겠는가? 그렇게 하지 않으면 족장族葬 제도는 현실에 맞지 않은데다 오래된 것이며, 누택원漏澤園[181]의 법령 또한 모두 쓸데없는 법문이며 쓸모없는 것이다.

### 山訟

余以風水之不當酷信, 前已縻言矣. 今其爲弊, 尤有最甚者, 卽爭訟一事, 而智者無如何矣. 豪貴有力之家, 占一墓, 則必廣其塋域, 其龍虎案對內外, 不計遠近, 皆植松禁樵, 仍不許人入葬. 甚則並與前人塚, 而掘移乃已. 至於士大夫世葬者, 或有周圍十數里之廣, 轉相效則, 士族富民, 亦皆恥不如人, 竭力求勝, 不禁則不已. 以此訟牒日煩, 所謂民訟, 太半是山訟, 故官長不勝其苦. 甚至有率丁伐喪車, 毆擊相鬩, 往往有殺越之變, 亦有掘墓匿尸之擧. 盖慾其山者, 强以威勒, 禁其葬

181) 누택원漏澤園 : 관에서 설치한 공동묘지로, 상주가 없는 시체나 묘지가 없는 사람들을 위하여 만든 묘지이다.

者, 忿以角勝, 此不但惑於山理, 亦又因恥於見奪故也. 朝家典憲, 步數不無等威定制, 而每緣豪貴隳法, 故從以效之, 日甚一日, 其勢終不可裁正也. 國家封疆, 地不加闢, 死葬者無限, 小民無力者, 其將焚骸於火乎, 投骨於水乎? 天下萬事, 窮則必變, 理之自然也. 如非明君哲辟, 大行懲創, 嚴施科條, 痛革近世之痼瘼, 則必至國革人亡, 而夷其邱壟, 毁其封樹, 以新葬加諸古墓, 始可帖然而息其鬧, 不亦凜然而傷痛乎? 不然則族葬之制, 迂且古矣. 漏澤園之令, 亦皆虛文而無用也.

## 풍수風水와 화복禍福

장례에 송사가 있는 것은 힘 있는 사람이 빼앗은 때문만이 아니라, 그 근본을 따져 보면 결국 풍수·화복의 설 때문에 그렇게 되는 것이다. 지금 사람마다 모두 약천藥泉 남구만南九萬의 가법[182]을 사용한다면, 저절로 『주관周官』의 족장族葬 제도[183]가 되어 이 폐단이 빠르게 고쳐질 것이다. 그러나 그 중에도 반드시 부귀하고 공경 벼슬을 지내며 자손이 번성한 사람이 있을 것이니, 어찌 집집마다 타이르고 권장하여 이 제도를 행하겠는가?

風水禍福之說

葬之有訟, 不但爲有力者爭奪, 夷究其本, 則畢竟因風水禍福之說以

182) 약천藥泉 남구만南九萬의 가법 : 남구만 가문의 법도는 권7의 '남사고南師古' 항목에 자세히 보인다.

183) 『주관周官』의 족장族葬 제도 : 『주관周官』은 『주례周禮』를 달리 부르는 말이다. 족장族葬제도는 '남사고南師古' 항목의 주 참조.

致之也. 今使人人, 皆用南藥泉家法, 則自爲周官族葬之制, 此弊頓革. 而其中必不無富貴公卿子姓繁衍之人, 夫安得家喩戶勸, 而行此也?

## 여러 호칭

사대부士大夫란 사와 대부로 모두 조정의 관작을 받은 사람들이다. 우리나라는 애당초 녹祿을 받지 않고 일명一命[184]이 된 자가 자칭하여 사대부라고 하였다. 만약 사대부의 자손이나 족당族黨의 경우라면 혹 괜찮지만, 위포韋布[185]나 백도白徒[186]를 구별 없이 사대부라고 칭한다면 이 무슨 말이겠는가? 사士라고 부르는 것도 오히려 불가한데, 하물며 대부大夫에 있어서랴!

더욱 가소로운 것은 양반兩班이란 호칭이다. 무릇 녹을 받고 조정에 벼슬한 연후에야 비로소 문무文武나 동서東西의 반열에 차례로 설 수 있는데, 벼슬하지 않은 부류들이 어떻게 조정의 반열에 참여하였는가? 사족이라 부르면 괜찮지만 양반이라고 하면 전혀 의미가 없다. 양반이라 할 뿐만 아니라, 한 글자로 반班이라 부르거나 반가班家라고 하며 반명班名이라고도 한다. 말로 서로 지칭할 뿐만 아니라, 또한 책에다 쓰고 아울러 관공서의 문서나 상주上奏하는 문자에도 모두 쓴다. 만약 다른 나라 사람에게 보인다면 무엇을 가리키는지 어떻게 알겠는가? 습속이 이미

184) 일명一命 : 주나라 때의 관작 제도로 구명九命까지 있다. 일명은 가장 낮은 관직으로 처음 벼슬을 하는 것을 일컫는 말이다.

185) 위포韋布 : 위대韋帶와 포의布衣로, 곧 빈천한 사람의 의복을 일컫는 말이다.

186) 백도白徒 : 본래 과거를 통하지 않고 관원이 되는 경우와 군사 훈련을 받지 않은 병졸을 말한다.

오래되어 바꿀 수가 없으니 한탄스럽다.

더욱 가소로운 일이 있다. 우리나라 사람들은 사족이나 천한 부류를 막론하고 관례를 하면 모두 서방書房이라 불러, 마침내 서방은 장부丈夫의 통상적인 호칭이 되었다. 서방이란 독서하고 책을 보관하는 방이니 사족에게는 오히려 괜찮지만, 가마를 메고 헛간을 치는 천류들이 무슨 서적에 관련이 있다고 그들 역시 서방이라고 하는가? 아녀자가 남편을 불러 서방이라고 하는 것은 더욱 마땅치 않다. 우리나라 풍속의 비루하고 잘못됨이 대부분 이와 같다.

중국에서는 포의布衣들은 모두 제생諸生[187]이기 때문에 간혹 거인擧人[188]이라 부른다. 나이가 많으면 선배라고 부르며 아무 어른이라 부르며 아무 성 몇째라고 부를 뿐이니, 어찌 이런 우스운 호칭이 있겠는가? 지금 세속에서 이른바 아무 생원生員이라고 하는 호칭은 그래도 서방보다는 낫다. 우리나라는 의義 · 의疑[189]로 소과에 급제한 후에야 비로소 생원이라 부른다. 그러나 소과에 급제한 자를 구별 없이 진사進士라고 하고, 또 경향의 사족들은 연로하면 번번이 생원이라고 함부로 부르니, 우리나라의 일은 근거가 없다.

## 士大夫

士大夫者, 士與大夫, 皆朝廷之有官爵者. 我國則初不受祿而爲一命者, 自稱爲士大夫. 如曰士大夫之子孫與族黨, 則或可也, 而韋布白徒, 混稱士大夫, 此何謂也? 士猶不可, 况大夫乎? 尤有可笑者, 兩班之稱也. 凡受祿而仕於朝, 然後始可序立於文武東西之班, 白衣之類, 何與於朝班乎. 謂以士族, 則可也, 謂以兩班, 則全無意義. 不但曰兩

187) 제생諸生 : 수학 중인 남자, 즉 학관學官의 제자弟子를 일컫는 말이다.
188) 거인擧人 : 관리등용시험을 볼 자격이 있는 사람.
189) 이義 · 이疑 : 조선시대에 생원시生員試에서 시험 보이던 문제 형식으로, 사서의四書疑와 오경의五經義가 있었다.

班, 又單稱班, 又謂班家, 又謂班名, 不但言語相稱, 又筆之於書, 並與官文・公牒・奏御文字, 皆書之. 若使他國人見之, 豈知其何所指也? 習俗已久, 無以變易, 可歎. 又有可笑事, 我國人不論士族與賤流, 加冠則皆稱書房, 遂爲丈夫例號. 書房者, 讀書藏書之室, 在士族, 則尙或可也, 而輿儓厮役之賤, 何干於書籍, 而亦謂之書房乎? 女呼夫謂書房, 尤不近當. 東俗之陋繆, 多如此. 中州則布衣人, 皆諸生, 故或稱擧人. 年長則稱先輩, 又稱某丈, 又稱某姓第幾而已, 豈有此可笑之稱謂也? 今俗所謂某姓生員, 其稱猶賢於書房, 而我國則以義疑中小科, 然後始稱生員, 然小科者, 混謂之進士, 京鄕士族人, 年老則輒皆冒稱生員, 我國事, 無非沒巴鼻也.

## '공公'의 유래

공公이란 제후의 다섯 등급[190] 중 하나의 작위이다. 주周나라의 천자를 왕王이라 부르기 때문에 그 다음을 공이라 불렀다. 그 작위는 후侯의 윗 등급이고 공과 덕이 모두 높은 연후에야 비로소 공으로 봉해지니, 태공太公[191]・주공周公[192]・소공召公[193]・필공畢公[194]이 이런 경우이다. 이 때문

190) 오등五等 : 공公・후侯・백白・자子・남男의 다섯 등급을 말한다.

191) 태공太公 : 주周의 현신賢臣인 여상呂尙 태공망太公望을 말한다. 동해東海 사람으로 본래 성姓은 강姜씨이나, 그 선조先祖가 여呂에 봉해져서 성姓이 되었다. 자는 자아子牙. 연로하여 은닉해서 낚시로 세월을 보냈는데, 문왕文王이 사냥 중에 우연히 만나 말을 해보니 통하는 바가 있어 크게 기뻐하며 "吾太公望子, 久矣"라 하여 태공망太公望이라 불렀다. 세전世傳에 병서兵書가 전한다.

192) 주공周公 : 주공단周公旦. 성姓은 희姬, 문왕文王의 둘째 아들. 은殷을 치고 천하를 차지하는데 결정적인 역할을 하였다. 주周의 제도 및 관제의 정비, 예악禮樂의 제정

에 비록 천자의 아들이라고 해도 모두 공이 되는 것은 아니다. 관숙管叔[195]·채숙蔡叔[196]·조숙曺叔[197]·당숙唐叔을 공이라 칭한 적이 없었던 것이 이런 경우이다.

진秦·한漢나라 이전에 시호諡號가 있는 사람은 본래의 작위에 시호를 얹어서 불렀으니, 헌자獻子[198]나 문자文子[199]가 이런 경우이다. 그러므로 그때 사람들은 서로 주고받는 언어나 호칭에서 군君이라 부르거나 자子라고 불렀고, 그렇지 않은 경우에는 '이爾·여汝'로 부를 뿐 실제로는 공이라 칭한 적이 없다. 대개 공이란 후세의 왕의 작위이다. 진나라 시황제에 이르러 천자를 비로소 제帝라고 불러 한나라가 그대로 이어서 사용하여 지금껏 변하지 않고 있다.

그런데 한나라 이후 제후들 중에 가장 높은 사람은 왕이다. 그 다음이 후侯나 백伯이 되고, 공과 자子·남男 같은 경우는 마침내 그 이름이 없어졌고, 천자의 승상丞相을 으레 삼공三公[200]이라 불렀다. 공이란 대체로 극

---

등 주周의 문물은 주공에 의해 이루어졌고, 특히 조카인 어린 성왕成王을 잘 보필하였다. 주공은 정치가인 동시에 사상가로서 인간의 이성을 바탕으로 한 학문과 도덕을 발전시켜 사회의 윤리화를 도모하였으니, 동양윤리의 선각자先覺者로 공자도 주공을 이상적인 인물로 여겼다.

193) 소공召公 : 주周 문왕文王의 서자庶子. 이름은 석奭. 소召에 봉해졌다.

194) 필공畢公 : 필공고畢公高를 말함. 주周 문왕文王의 15번째 아들. 이름은 고高. 무왕이 필畢에 봉했다.

195) 관숙管叔 : 주周 문왕文王의 3째 아들. 무왕武王의 동생. 주공周公의 형. 이름은 선鮮. 관管에 봉해져 관숙선管叔鮮이라 한다.

196) 채숙蔡叔 : 주周 문왕文王의 5째 아들. 무왕武王의 동생. 이름은 도度. 채蔡에 봉해졌다. 주공周公이 섭정攝政 때 채숙과 관숙이 의심하여 무강武康과 함께 난을 일으켜, 주공이 무강은 죽이고 채숙은 곽린郭鄰에 좌천시켰다.

197) 조숙曺叔 : 주周 문왕文王의 여섯 째 아들. 이름은 진탁振鐸. 조曺에 봉해져서, 조숙진탁曺叔振鐸이라 불렸다.

198) 헌자獻子 : ① 춘추春秋 때 진晉나라 위서魏舒의 시호. ② 춘추 때 진晉나라 범앙范鞅의 시호. ③ 춘추 때 진晉나라 극극郤克의 시호. ④ 춘추 때 진晉나라 한궐韓厥의 시호.

199) 문자文子 : ① 춘추春秋 때 노盧나라 계손행보季孫行父의 시호. ② 춘추 때 진晉나라 사섭士燮의 시호. ③ 춘추 때 위衛나라 공어孔圉의 시호. ④ 춘추春秋 때 위衛나라 손림부孫林父의 시호.

200) 삼공三公 : 가장 높은 세 가지 벼슬을 일컬음. 전한前漢의 승상丞相·태위太尉·어사

존칭인데, 한나라 이후로 연로하거나 사관이 이름을 잊은 경우도 간혹 공이라 칭한 듯하다. 예를 들면 『항우본기項羽本紀』의 '초남공楚南公'이란 말에 복건服虔이 주석하기를, "초나라 남방南方의 노인老人이라"고 하였고, 또 '삼로三老[201]인 동공董公'[202]이란 사람이 있으니 모두 노인의 칭호이다. 여후呂后의 아버지를 '선보인單父人 여공呂公'[203]이라 하였고, 한고조의 아버지를 '태공太公'이라 하였으며, 또 상산사호商山四皓[204]에 동원공東園公[205]과 하황공夏黃公[206]이 있으며, 여기에 정공丁公[207]・등공滕公[208]・우공于公[209]・적공翟公[210]의 종류도 있었다. 이 경우는 사관이 그 이름을 잊어버려 공이라 칭한 것이다.

그러나 한나라 이후 왕왕 언어 가운데 공이라 부른 경우도 있는데, 예

---

대부御史大夫, 후에 대사도大司徒・대사마大司馬・태사공太司空으로 개칭, 후한後漢의 태위太尉・사도司徒・사공司空을 말한다.

201) 삼로三老: 진秦나라의 직제로 향鄕에서 교화敎化를 담당하였다.

202) 동공董公: 한漢나라 신성新城 사람. 고조高祖가 낙양洛陽에 이르렀을 때 동공이 말하길, "항우는 무도無道하여 그 주인을 맘대로 죽이니 천하의 도적이라 삼군三軍을 거느리고 가서 치라"고 하여 이에 고조가 비로소 의제義帝의 상喪을 발하였다고 한다.

203) 여공呂公: 한漢나라 고조高祖의 아내 여후呂后의 아버지 여문呂文을 말함. 자는 숙평叔平. 고조가 미천할 때 벌써 그의 특별함을 알아 사위를 삼았고, 고조가 등극하자 임사후臨泗侯로 봉해졌다.

204) 상산사호商山四皓: 진秦나라 말년에 전란戰亂을 피하여 섬서성陝西省 상산商山에 은거한 네 사람의 백발노인. 곧 동원공東園公・하황공夏黃公・녹리선생甪里先生・기리계綺里季를 말한다. 후에 모두 한漢나라 혜제惠帝의 스승이 되었다.

205) 동원공東園公: 상산사호商山四皓 중의 한 명으로 원공園公이라 함. 하내河內의 지軹 사람. 성은 당唐, 이름은 병秉, 자는 선명宣明. 원중園中에서 살아서 이를 호로 삼았다.

206) 하황공夏黃公: 상산사호商山四皓 중 한 명으로 한은漢鄞 사람. 성은 최崔, 이름은 광廣, 자는 소통少通. 제齊나라 사람. 하리夏里에 은거하며 수도修道하여 호가 하황공이다.

207) 정공丁公: ① 주周나라 여급呂伋의 시호諡號. ② 춘추春秋 때 송宋나라 정공丁公. ③ 한漢나라 설薛 사람, 명名은 고固.

208) 등공滕公: 한漢나라 때 하후夏侯인 영嬰을 가리킨다. 등령滕令이 되었기에 그렇게 불렀다.

209) 우공于公: 한漢나라 담郯 사람. 현옥사縣獄史로서 옥사를 공정히 잘 다스려 덕이 있었다. 스스로 말하길 자손 중에 반드시 흥할 자가 있을 거라며 대문을 사륜마차四輪馬車가 지날 수 있게 크게 지었는데, 과연 훗날 아들이 현달하였다.

210) 적공翟公: 한漢나라 적방진翟方進의 아버지로, 이름은 분명치 않다.

로 패공이 “공 등은 모두 떠나라”고 말한 종류가 모두 이런 경우이다. 또 고악부古樂府에 ‘공무도하公無渡河’[211]가 있는데, 이것은 아내가 남편을 공이라고 부른 것이다. 또 춤 중에 ‘공막무公莫舞’[212]란 것이 있다. 공이란 호칭은 이에 점점 많아져 당나라 이후로는 어느 누구든지 공이라 칭한다.

심지어 지금 사람들은 묘지명墓誌銘이나 행장行狀에 비록 생도生徒[213]나 신분이 낮고 미천하게 일생을 살았어도 모두 공이라고 호칭하면서 공의 호칭이 본래 왕공의 극히 존귀한 작록인 줄도 모르니, 어찌 이리도 남용하고, 어찌 이리도 잡다한가. 대개 천하의 일은 옛것을 변화시켜 지금 것을 따르는 것이 이와 같지 않은 경우가 없다.

## 公

公者, 諸侯五等之爵也. 周之天子稱王, 故其次稱公, 其爵在侯上, 功德俱高, 然後始封爲公, 如太公・周公・召公・畢公, 是也. 是以雖天子之子, 亦不盡公, 如管叔・蔡叔・曹叔・唐叔, 皆未嘗稱公, 是也. 秦漢以前, 則有諡者, 皆用本爵, 冒諡以稱之, 如獻子・文子之類, 是也. 故其時人, 相與言語稱謂, 或稱君或稱子, 不然則爾汝而已, 實未嘗稱公, 盖公者, 後世之王爵也. 至始皇, 天子始稱帝, 漢仍之, 至今不變. 而自漢以後, 諸侯最尊者, 王也. 其次爲侯或爲伯, 若公與子・男,

211) 공무도하公無渡河 : 『악부시집樂府詩集』 제26권에 「상화가사相和歌辭」라는 항목으로 〈상화육인相和六引〉이 실려 있는데, 그 첫째가 공후인箜篌引으로 당나라의 이하李賀가 최표의 고금주의 기록을 인용하고 나서 자신이 곡조를 지은 것이다. 이어서 〈공무도하〉라는 제목으로 6수의 노래가 실려 있는데, 작자는 유효성劉孝威・장정견張正見・이백李白・왕건王建・온정균溫庭筠・왕예王叡 6인이다.

212) 공막무公莫舞 : 춤의 이름으로 건무巾舞이다. 한고조와 항우가 홍문鴻門에서 만났을 때 항장項莊이 검무를 추며 한고조를 죽이려 하자, 항백項伯도 춤을 추며 소매로 가려서 방해하였고, 또 항장에게 “공은 그러지 마시오[公莫]”라고 하였다. 한나라 사람들이 그것은 고맙게 여겨 춤을 출 때 건巾을 써서 항백이 소매로 가린 것을 형상화하였다.

213) 생도生徒 : 지방의 향교에서 공부하던 학생.

遂無其名, 而天子之丞相, 例稱三公, 公者, 盖極尊之稱, 而自漢世年老與史失其名者, 又或稱公, 如項羽本紀之楚南公, 服虔註曰, 楚之南方老人也. 又有三老董公, 是皆老稱也. 呂后之父曰, 單父人呂公. 又高祖之父曰, 太公. 又商山四皓, 有東園公・夏黃公, 又有丁公・滕公・于公・翟公之類, 是則史失其名而冒稱公也. 然自漢以後, 亦往往言語稱公, 如沛公曰: "公等皆去." 之類, 是也. 又古樂府有'公無渡河', 是妻以夫爲公也. 又舞名有'公莫舞'. 公之稱, 於是乎漸多, 而唐以後, 則殆無人不公. 至於今人誌狀, 雖生徒卑微者, 皆以公稱, 竝不知公之號, 本是王公極尊貴之爵, 何其濫與, 何其褻與. 大率天下事, 變古從今, 無不如是矣.

## '선생先生'의 유래

선생이란 칭호는 전국시대에 시작되었으나, 이것은 서로 높여 부르는 것이지 모두 도덕군자를 일컫는 것은 아니다. 신원연新垣衍이 노중련魯仲連에게 말하기를, '선생은 천하의 선비이다'[214]라고 하였고, 평원군平原君이 모수毛遂에게 말하기를, '모 선생이 한번 초나라에 가서'[215]라고 하였다. 그리고 한나라 무제가 동방삭東方朔을 선생으로 대우하였으니, 이것

---

214) '선생은 …… 선비이다': 『사기史記』 권83 「노중련추양열전魯仲連鄒陽列傳」에 보인다. 신원연은 위魏나라의 장수로 진秦나라를 황제로 높이자는 의견을 가지고 조趙나라에 왔다가, 제齊나라 사람으로 조나라에 머물고 있던 노중련을 만난 뒤, 그의 인물에 탄복하여 천하의 선비라 일컫고는 그대로 물러갔다.

215) '모 선생이 …… 가서': 『사기史記』 권76 「평원군우경열전平原君虞卿列傳」에 보인다. 평원군平原君이 초楚나라와 동맹을 맺고 돌아온 뒤, 맹약을 성사시킨 모수를 높이 평가하고, 자신의 안목 없음을 자책하면서 한 말이다.

은 한나라 무제의 농담이다. 도연명이 오류선생五柳先生이라 자호한 것은 이름을 숨기고 세상을 피하기 위해 스스로를 그렇게 불렀던 것이다.[216] 그 외에도 문인이나 고사高士들이 서로 선생이라 불렀다.

송나라에 오면 유현儒賢[217]들이 출현하여 의리를 가장 중요시하여 학문의 선배가 아닌 경우는 감히 함부로 선생이라 칭하지 못하였다. 그러나 명나라와 청나라 사이의 문인들은 술을 마시고 담소하는 사이에서도 선생이라 칭한 경우가 많았으니, 실상 모두 그러했던 것은 아니다.

先生

先生之稱, 始自戰國, 而此相與尊稱之也, 非盡謂道德君子也. 新垣衍謂魯仲連曰: "先生天下士也." 平原君謂毛遂曰: "毛先生一至楚." 漢武帝以東方朔爲先生, 此又漢武之弄談也. 陶淵明自號五柳先生, 此則欲其隱名避世之自稱也. 其外文人高士, 互相稱先生. 至宋世儒賢出, 而其義最重, 非學問先輩, 則不敢妄稱, 然明淸間文人, 酒盃談話之際, 亦多稱先生, 實不盡然.

## '공公'이라 부를 때

옛사람들이 공公이라 칭할 때, 간혹 아들이 아버지를 공이라 불렀다.

216) 도연명이 …… 불렀던 것이다: 도연명은 「오류선생전五柳先生傳」을 지어 검소하고 부귀에 급급하지 않은 자신의 처지와 지조를 나타냈다. '오류'라고 한 것은 집 옆에 버드나무 다섯 그루가 있었기 때문이라고 한다.

217) 유현儒賢: 일반적으로 어진 선비를 뜻하지만, 송나라의 학자를 말할 때는 성리학을 익히고 실천하는 학자'를 가리킨다.

사마천司馬遷이 자기 아버지 사마담司馬談을 태사공太史公이라 부른 경우다.[218] 며느리가 시아버지를 공이라 부른 경우가 있으니, 가의賈誼의 책문에

"아들을 안고 젖을 먹이며 공과 더불어 나란히 걸터앉았다"[219]

는 말이 그것이다. 스스로 공이라 칭한 경우가 있으니, 한고조가 장량張良의 말을 듣고 역이기酈食其를 꾸짖기를

"어린 유생이 거의 공의 일을 망칠 뻔하였다."

고 한 경우가 그것이다.[220]

또 전국시대에 오기吳起가 장수가 되었을 적에 종기가 난 병사가 있었다. 오기가 종기를 입으로 빨아내자 병사의 어미가 통곡하며 말하기를

"지난 해 오공이 그 애 아비의 종기를 빨았습니다."

라고 하였다.[221]

또 송나라 하언何偃이 길에서 안연지顔延之를 만나 멀리서 안공顔公이라고 부르자, 안연지가 말하기를

"나는 삼공三公도 아니고 전사田舍의 공[222]도 아니고 또 당신 집안의 아공阿公[223]도 아닌데 왜 나를 공이라 부르는가."

라고 하였다.[224]

또 육조시대에 고승을 사람들이 모두 공이라 칭하였으니, 원공遠公은 혜원慧遠[225]이고, 임공林公은 지도림支道林[226]이며, 유공猷公은 백도유帛道

---

218) 사마천司馬遷이 …… 경우다 : 『사기史記』 권130 「태사공자서太史公自序」에 그 내용이 보인다.

219) "아들을 …… 걸터앉았다" : 『신서新書』 권3 「시변時變」에 그 내용이 보인다.

220) 한고조가 …… 경우가 그것이다 : 『사기史記』 권55 「유후세가留侯世家」에 그 내용이 보인다.

221) 전국시대에 …… 하였다. : 『사기史記』 권65 「손자오기열전孫子吳起列傳」에 그 내용이 보인다.

222) 전사田舍의 공 : 시골에 거처하는 사람이란 말로, 겸양의 뜻이다.

223) 아공阿公 : 시아버지, 할아버지를 가리키는 말이다.

224) 송나라 …… 하였다. : 『남사南史』 권34 「안연지열전顔延之列傳」에 그 내용이 보인다.

225) 혜원慧遠(334~416) : 동진東晋의 승려. 염불의 결사結社인 '백련사白蓮社'의 개조. 속

猷[227]이고, 지공誌公은 보지寶誌[228]이며, 징공澄公은 불도징佛圖澄[229]이고, 안공安公은 도안道安[230]이며, 습공什公은 구마라습鳩摩羅什[231]이다. 중들도 공이라고 칭하였으니, 대개 공이란 옛날 분들이 서로 존칭한 것이다. 그렇다면 지금의 존칭도 옛날의 존칭과 같은 것이니 어찌 지금 사람들을 책망할 수 있겠는가?

### 謂父稱公

古人之稱公, 或子謂父爲公, 司馬遷以其父談爲太史公. 有婦謂舅爲公, 賈誼策, '抱哺其子, 與公竝踞.' 有自稱公, 漢高祖聞張良言, 罵酈食其曰: "竪儒幾敗迺公事." 又戰國時, 吳起爲將, 卒有病疽, 起吮之. 卒母哭曰: "往年吳公吮其父." 又宋何偃路逢顔延之, 遙呼顔公, 延之荅曰: "我非三公, 又非田舍之公, 又非君家之阿公, 何謂我公?" 又六朝時, 高僧, 人皆稱公, 遠公, 慧遠也; 林公, 支道林也; 猷公, 帛道猷也; 誌公, 寶誌也; 澄公, 佛圖澄也; 安公, 道安也; 什公, 鳩摩羅什也. 僧亦稱公, 盖公者, 古人之相尊稱也. 然則今之尊稱, 猶古之尊稱,

---

성은 가賈, 시호는 변각辨覺·원오圓悟. 여산廬山에 살았기 때문에 '여산 혜원'이라고 불러 수대隋代 지론종地論宗의 학장學匠인 정영사淨影寺의 혜원과 구별하고 있다.

226) 지도림支道林: 동진東晋의 고승. 도림道林은 그의 자, 법명은 지둔支遁, 속성은 관關. 지형산支硎山에 은거하여 수도하였기 때문에 세상에서 지림공支林公·지형支硎이라고 불렀다.

227) 백도유帛道猷: 서천축西天竺의 승려.

228) 보지寶誌: 양梁나라 때 고승. 보공寶公·지공誌公이라고 부른다. 승검僧儉을 사사하여 선업을 닦았다. 예언을 잘하여 그의 기록을 지공부誌公符라고 불렀다. 양무제梁武帝가 그를 존경하였다. 광제대사廣濟大師라는 시호를 받았다.

229) 불도징佛圖澄(232~348): 서역西域의 승려. 오호십육국五胡十六國시대에 활약한 승려로, 부도징浮圖澄이라고도 한다.

230) 도안道安(312~385): 동진東晋의 승려. 흔히 석釋도안으로 불린다. 어려서 배우러 다니던 중 불도징佛圖澄을 만났는데 불도징이 찬탄을 하였다. 부견苻堅이 양양襄陽을 얻고 나서 모셔다 장안 오중사五重寺에 거처하였다. 저서에『승니궤범僧尼軌範』·『법문청식法門淸式』이 있다.

231) 구마라습鳩摩羅什: 서역 구자국龜玆國의 승려. 후진後秦시대에 장안에 와서 경론經論 380여 권을 번역하였다.

又何責於今人也.

## 홍씨洪氏 성姓

홍洪이란 성씨는 당나라 이전에는 별로 보이지 않고, 송나라 때에 비로소 홍흥조洪興祖[232] 등 여러 공이 나타나서 자기들의 조상이 공공씨共工氏[233]라고 하였다. 공공은 우禹임금을 도와 치수治水를 하여 공이 있었으므로 그 자손들이 대대로 치수를 담당하다가 드디어 홍으로 성을 삼았다고 하는데, 그 일이 너무나 아득하다.

우리나라의 홍씨는 동이東夷의 사람이라 아마도 중국과는 상관이 없을 듯하다. 또 시조도 고려에서 시작되어 계보가 멀지 않은데도 근원을 찾아 거슬러 올라가 궁구窮究할 수 없으니 알 수 없는 일이다. 게다가 비록 중국의 홍씨라 하더라도 세상에 이름난 뛰어난 인물이 없고, 가장 저명한 사람이라야 홍충선공洪忠宣公[234] 4부자에 불과할 뿐이다. 명·청대에 이르러 현달한 관리가 없지는 않았으나, 모두 매몰되어 문장이나 공적이 역사책에 기록할 만한 사람이 없으니 한탄스러운 일이다.

---

232) 홍흥조洪興祖(1090~1155) : 송宋나라 때 사람. 자는 경선慶善. 소흥紹興 중에 공단명孔端明, 장병張炳, 주림周林과 함께 4명이 과거에 합격하니, 황제皇帝가 보고 말하길 홍조興祖가 최고라 하고 마침내 비서성정자秘書省正字를 제수하였다고 한다.

233) 공공씨共工氏 : 요堯임금 때 치수治水의 일을 관장하던 벼슬.

234) 홍충선공洪忠宣公 : 홍호洪皓(1088~1155). 송나라 때 사람으로, 금金나라에 사신으로 가서 15년간이나 억류되어 있으면서도 굴하지 않고, 몰래 사람을 보내 금나라의 실정을 송나라에 알렸다.

洪姓

洪之爲姓, 唐以前, 無多見, 宋世始有洪興祖諸公, 而謂其先出於共工氏. 共工佐禹治水有功, 其子孫世掌治水, 遂以洪爲姓云, 而其事玄遠. 如我洪, 東夷之人, 恐當與中國不相干. 且始祖自麗朝, 譜牒不遠, 無以窮源而上溯究, 未可知也. 且雖中國之洪, 亦無名世之偉人鉅公, 其最著稱者, 不過洪忠宣公四父子而已. 至明淸不無如干顯官之人, 而皆沒沒無文章事功, 可列於史傳者, 可歎也.

## 경복궁景福宮

우리 태조가 한양에 도읍을 정할 적에, 궁전의 이름, 각 문의 이름, 성문의 이름, 방坊의 이름은 모두 삼봉三峯 정도전鄭道傳이 지었다. 경복궁은 국사인 무학과 향배向背를 놓고 논쟁을 하다가 결국 정도전의 의견을 따랐다. 종묘를 왼편에, 사직을 오른편에, 대궐을 앞에, 저자를 뒤에 두는 등, 형세가 바른 데로 귀착이 되었다.

그런데 무학대사가 '사오 세대를 지나지 않아 선수禪受[235]의 일이 생기고, 수백 년을 못 가서 큰 난리가 일어나 궁궐이 재가 될 것이다'라 한 말은 하나하나가 모두 꼭 들어맞았다. 선조 계사년(1593)에 임금의 수레가 피난 갔던 의주에서 돌아와 옛날의 궁궐을 중건하여 새롭게 하려고 계획하였지만, 임진왜란이라는 8년의 전쟁을 겪는 동안 국고가 텅 비어 우물쭈물하다가 실행하지 못하고 말았다.

무신년(1608)에 선조가 승하하시고 광해군이 왕위를 이어받자 조정이

235) 선수禪受 : 선양禪讓. 왕위를 타인에게 넘겨주는 일을 말한다.

혼란에 빠졌고, 또 경희궁慶熙宮 3만 간을 짓느라 다른 일을 시작할 겨를이 없었다. 광해군 말년에 이르러 비로소 경복궁을 중건하자고 논의하여 목재와 석재를 모으고 중건도감重建都監의 제조提調와 낭청郎廳을 임명하고, 계해년(1623) 3월에 공사를 시작하려고 하였으나, 터도 닦기 전에 인조반정이 일어났다.

그 후 갑자년(1624)에는 이괄李适의 난이 일어났고, 정묘년(1627)에는 오랑캐의 난리가 있어 요동과 심양의 소요로 안정되지 못하였다. 국가에 변고가 많아 중건의 논의가 결국 폐지되고 말았다. 옛 궁궐에 쌓아 놓은 목재와 석재들은 차례대로 여러 임금의 공주나 옹주가 출가할 때 저택의 재목으로 조성되어 드디어 남은 것이 없게 되었다. 상위象魏[236]가 세워지고 무너지는 것은 실로 세운世運에 관계된 것이니 탄식할 만하다. 근세에 헌종께서 이 일에 마음을 두셨으나 얼마 안 있어 헌종도 승하하시니, 이것은 하늘이 그 일이 성취되는 것을 원치 않는 것이다.

漢陽地名

我太祖定都漢陽, 宮殿名・各門名・城門名・坊名, 皆三峰鄭道傳所作. 而景福宮, 則與國師無學, 爭難向背, 竟從道傳議. 左廟右社, 前朝後市, 體勢歸正, 而無學所謂 "不過四五世, 有禪受之事, 不及數百年, 有板蕩之亂, 宮闕灰燼." 則一一符驗矣. 宣廟癸巳, 車駕自灣上還都, 擬欲重建舊闕而新, 經八年兵燹, 國財蕩然, 因循未果, 戊申宣廟賓天, 光海嗣位, 朝著淆亂, 又營造慶熙宮三萬間, 不遑他擧. 至其末年, 始議重建, 鳩聚材石, 差定重建都監提調郎廳. 將以癸亥三月始役, 而未及開基, 仁廟反正. 其後甲子有适變, 丁卯有虜亂, 遼瀋擾亂不定. 國家多事, 其議遂廢, 舊闕積置之木石, 次第爲列朝公翁主出閤時, 造成主第之材, 而遂無餘存. 象魏成毁, 實關世運, 可歎. 近世憲廟, 留心

236) 상위象魏 : 본래 천자나 제후의 궁문 밖 양쪽에 세운 한 쌍의 높은 건축물로 교령敎令을 게시하는데 사용했는데, 여기서는 궁궐이란 의미로 넓게 사용한 듯하다.

於此, 無幾, 憲廟亦薨, 是天之不欲成就其事也.

## 물시계

경루更漏[237]의 법은 예전부터 시행되어 왔다. 중국은 궁중에 물시계를 두었을 뿐만 아니라, 밖으로는 군현에도 경고更鼓[238]가 없는 곳이 없었다. 우리나라는 겨우 궁궐에 물시계가 있을 뿐이고 군현에는 없었다. 다만 사도四都의 분사分司[239]와 8도의 순찰영巡察營과 절도영節度營에는 오경을 알리는 북만 있었을 뿐이다. 또 경更은 있으나 점點이 없으니, 가난해서 할 수 없었던 것이다. 경에는 북을 치고 점에는 징을 치는데, 우리나라는 초경 삼점三點에 반드시 운종가雲從街에 걸린 종을 28번 울려서 28지地에 응한다. 처음을 인정이라고 부르는데, 순작巡綽[240]이 사람의 통행을 금하고 성문을 닫는다. 오경 삼점의 다섯 번째 징소리에 이르러 또 운종가의 종을 33번 울려 33천天에 응한다. 이것을 파루罷漏라고 하는데, 각 영의 순라를 비로소 거두고 성문도 열고 사람의 통행을 금하지 않는다. 이 제도는 모두 중국에서 나왔으나, 경을 알리는 북을 오경 삼점에서 그치는 것은 송나라에서 행하던 것으로 우리나라에는 해당되지 않는다.

송 태조는 경신년庚申年 생인데, 송나라 초에 '한기寒氣가 오경의 머리

---

237) 경루更漏 : 물시계를 이용해 매 경更마다 시간을 알리던 제도. 밤을 다섯 등분해 오경五更으로 나누었고, 다시 매 경을 다섯 등분하여 점點이라고 하였다.

238) 경고更鼓 : 초경初更・이경・삼경・사경・오경으로 나눈 밤의 시간時間을 알리기 위하여 치던 북.

239) 사도四都의 분사分司 : 사도四都는 개성・광주廣州・수원・강화에 설치한 도읍이고, 분사分司는 분청分廳을 가리킨다.

240) 순작巡綽 : 순찰을 도는 사람. 순탁巡逴과 같은 말이다.

에서 다한다'라는 참설이 있었다. 국가의 흥망에 관계가 되므로 예조藝祖(송 태조)가 이를 싫어하여, 시각을 맡은 관리에게 매 경마다 오점을 치고 오경엔 삼점으로 그치라고 명하였다. 그러나 남·북의 송나라가 누린 햇수가 도합 325년이니 실로 5번의 경신년을 지낸 것이다. 그 일이 웃을 만하다. 송나라 이전은 모두 오경에 오점을 썼다. 그러므로 당나라 이영李郢의 시[241]에 '스물다섯 소리 추점秋點이 길다'라는 것이 있고, 문공文公 한유韓愈의 시[242]에, '닭이 세 번 울고, 경에 오점을 치네'라는 구절이 이런 경우이다.

更漏之法

更漏之法, 自古已行. 中國則不但宮中置漏, 外而郡縣, 無不有更鼓. 我國僅有宮漏而已, 郡縣無之, 獨四都分司, 八路巡察營·節度營, 只有五更撾鼓, 而有更無點, 蓋貧不能也. 更爲鼓點爲鉦, 而我國則初更三點, 必鳴雲從街懸鍾, 二十八槌, 以應二十八地. 始稱人定, 巡綽禁人行, 閉城門. 至五更三點, 第五鉦, 又鳴街鍾三十三槌, 以應三十三天. 謂之罷漏, 而各營巡綽始撤, 城門亦開, 不禁人行. 此制皆從中國出來, 而更鼓之止於五更三點者, 趙宋世行之, 我國則無當也. 宋太祖庚申生, 宋初有'寒盡五更頭'之讖. 以應國祚, 故藝祖惡之, 命司漏人, 使之每更皆打五點, 至五更三點而止. 然南·北宋享國, 合爲三百二十年, 則實爲五庚申也, 其事可笑也. 宋以前, 則皆用五更五點, 故唐李郢詩, "二十五聲秋點長." 又韓文公詩, "鷄三號, 更五點." 是也.

---

241) 이영李郢의 시 : 이 시는 『전당시全唐詩』 590권 61수의 「숙항주허백당宿杭州虛白堂」에 나온다. 인용한 구절은 "秋月斜明虛白堂, 寒蛩唧唧樹蒼蒼. 江風徹曉不得睡, 二十五聲秋點長"의 결구이다.

242) 한유韓愈의 시 : 이 시는 『전당시全唐詩』 338권 12수의 「동방반명東方半明」에 나온다. 인용한 구절은 "東方半明大星沒, 獨有太白配殘月. 嗟爾殘月勿相疑, 同光共影須臾期. 殘月暉暉, 太白睒睒. 鷄三号, 更五點"의 마지막 연이다.

# 권8

## 청백리淸白吏 이병태李秉泰

문청공文淸公 이병태李秉泰[1]는 몸가짐이 청렴하여 의로운 것이 아니면 취하지 않았다. 배고픔과 추위를 참고 견디며 부귀를 뜬구름과 같이 여겼으니, 눈에 누운 원공袁公[2]과 옷을 물리친 진삼陳三[3]도 그와 견주기

---

1) 이병태李秉泰(1688~1733) : 본관은 한산韓山, 자는 유안幼安, 호는 동산東山, 시호는 문청文淸. 경종 3년(1723) 증광 문과에 급제하여 벼슬이 부제학에 이르렀다.

2) 원공袁公 : 원안袁安(?~92). 동한東漢 때 여양汝陽 사람으로 엄중하고 위엄이 있었다. 현달하기 전에 낙양洛陽에 큰 눈이 내려 사람들이 대부분 식량을 구하러 나다니는데, 원안 혼자만 누워서 일어나지 않았다. 낙양 군수가 원안의 문 앞에 이르러서는 그것을 보고 현명하다고 여겨, 그의 효성과 청렴을 칭찬하였다.

3) 진삼陳三 : 진식陳寔 삼부자를 이르는 말이다. 청렴한 진식에게는 6명의 아들이 있었는데, 그 중에서도 진기陳紀와 진담陳諶 두 아들이 청렴하고 재능이 있어 이름을 얻

에는 부족하다.

공이 젊었을 적에 어떤 문인門人이 찾아와 부엌에서 연기가 나지 않는 것을 보고는 가만히 나가 생선 한 마리를 사서 몰래 여종에게 아침 국을 끓여 대부인에게 바치게 했는데, 공은 이 일을 알지 못했다. 공이 안채에 들어가 어머님을 뵈니 막 생선국을 잡수시려는 중이었다. 공이 괴이하게 여겨 물었다.

"이 국은 어디서 난 것입니까?"

"어떤 사람이 우리가 먹을 것이 없는 것을 가련히 여겨 특별히 가져온 것이다."

"이것은 의義가 아니니, 어머니께서 비록 배가 고프시더라도 드시지 않는 것이 마땅합니다."

하고는 그 사람에게 돌려주라고 종에게 명하였다. 어머니께서는 평소 공의 뜻을 알고 있던 터라 아무 말 않고 내주었다.

또 부제학副提學이 되어 일찍이 걸어서 호종扈從의 반열을 따른 적이 있었다. 영조가 수레 안에 있다가 굽은 길을 지날 때 그가 걷는 것을 엿보게 되었다. 드디어 수레를 멈추고는 승지에게 앞으로 나오게 하고 하교하였다.

"이병태는 집이 가난하여 말 한필도 없어서 걸어서 다니고 있소. 부제학으로 하여금 걸어서 뒤쫓아 오도록 하는 것은 나의 잘못인 듯하오."

이에 특별히 사복시司僕寺[4]의 부제조副提調를 제수하고 곧 내구마內廐馬[5]를 들여 타도록 하였다. 대개 태복太僕(사복시)에는 본래 부제조가 없으니, 이것은 임금의 특별한 대우이다.

목곡牧谷 이기진李箕鎭[6]이 공에게 준 시가 있으니 다음과 같다.

---

었다. 당시 사람들은 세 부자를 일컬어 '시호삼군時號三君'이라 불렀다. 『후한서後漢書』「진식열전陳寔列傳」 참조.

4) 사복시司僕寺 : 조선시대 여마輿馬와 구목廐牧 등에 관한 일을 맡아보던 관아. 태복太僕.

5) 내구마內廐馬 : 임금을 위하여 기르는 말. 조선시대에는 내사복시內司僕寺에서 사육을 담당했다.

弊衫破帽朝天去, 해지고 찢어진 조복朝服으로 조회하러 가니,
羞殺班中錦繡人. 반열의 비단 옷 입은 사람을 너무나 부끄럽게 만드네.

공의 호는 동산東山인데 저작에 별다른 시문은 없고, 다만 『동산주고東山奏稿』 7권이 있는데 모두 시대를 근심하고 세속을 걱정하는 말과 임금님께 충성하고 나라를 사랑하는 말이다. 이것으로도 공이 평소 축적한 바를 알 수 있다.

공의 관직은 그다지 현달하지 못해, 궁핍하고 굶주림을 면하지 못하고 죽었다. 뒤에 대신들이 공의 청백함을 주청하여, 특별히 이조판서에 추증되고 '문청공文淸公'이라는 시호를 받았다. 공의 청렴함과 고결함은 비록 중국의 옛사람 중에서라도 많이 볼 수 없는 것이니 청렴의 경우라면 청렴이라고 하겠으나, 종종 인정에 가깝지 않은 곳이 있어 자막子莫의 중용[7]과 비슷하고 오릉於陵의 청렴[8]을 벗어나지 못한 듯하다.

비록 욕심 많은 사람을 청렴히 하고 나약한 사람을 일으켜 세워준다고 할 만 하지만, 성인의 도道에서는 어머니께 생선국을 물리치기를 권한 한 가지 일만으로도 비록 불효라고 해도 과언이 아닐 것이다.

---

6) 이기진李箕鎭(1687~1755) : 본관은 덕수德水, 자는 군범君範, 호는 목곡牧谷, 시호는 문헌文憲. 권상하權尙夏의 문인. 1717년 진사를 거쳐 정시문과에 병과로 급제하여 벼슬은 형조판서에 이르렀다.

7) 자막子莫의 중용 : 자막子莫은 맹자에 등장하는 인물로, 노나라의 현인이다. 양자楊子·묵자墨子가 중中을 잃은 것을 교훈 삼아, 그 중간을 취하였으나 변통할 줄 몰라 맹자에게 비난을 받았다. 『맹자孟子』「진심盡心·상上」 참조. "孟子曰 : 楊子取爲我, 拔一毛而利天下, 不爲也. 黑子兼愛, 摩頂放踵利天下, 爲之. 子莫執中, 執中爲近之, 執中無權, 猶執一也. 所惡執一者, 爲其賊道也, 擧一而廢百也."

8) 오릉於陵의 청렴 : 오릉於陵은 진중자陳仲子가 살던 지명으로, 곧 진중자를 가리킨다. 지나치게 청렴을 추구하며 여유를 두지 않아, 맹자에게 비난을 받았다. 『맹자孟子』「등문공滕文公·하下」 참조. "匡章曰 : 陳仲子, 豈不誠廉士哉. 居於陵, 三日不食, 耳無聞, 目無見也. 井上有李, 螬食實者過半矣. 匍匐往將食之, 三咽然後, 耳有聞, 目有見. 孟子曰 : 於齊國之士, 吾必以仲子, 爲巨擘焉. 雖然仲子惡能廉, 充仲子之操, 則蚓而後可者也."

李文淸公秉泰

李文淸公秉泰, 律身淸苦, 非其義不取. 忍飢耐寒, 視富貴如浮雲, 臥雪之袁公, 却衣之陳三, 猶不足比也. 公少時, 有門人嘗來謁, 察見廚烟不起, 潛出買一生魚, 密令女奴作朝羹, 進大夫人, 公不知也. 及公入內舍, 見母夫人方對魚羹欲食, 公怪問 : "此羹何來?" 母謂 : "某人憐我無食而特來矣." 公曰 : "此無義也, 母氏雖飢, 不當食也." 仍命還給其人. 母夫人, 素知公意, 憮然出給. 又以副提學, 嘗徒步扈班. 英廟在輦中, 因路曲處, 覘知之. 遂駐輦, 命承旨進前下敎曰 : "李秉泰, 家貧無馬, 至於徒步, 使副提學步從, 是予之過也." 仍特授司僕副提調, 卽入內廏馬, 命騎之. 盖太僕本無副提調, 而此乃異數也. 牧谷李公箕鎭, 有詩贈公曰 : "弊衫破帽朝天去, 羞殺班中錦繡人" 公號東山, 所著無他詩文, 但有『東山奏稿』七卷, 皆閔時病俗之言, 忠君愛國之辭, 此亦足以見公平生所蘊也. 公官不甚顯, 未免窮餓而終, 後大臣以公淸白奏請, 特贈吏判, 謚文淸公. 盖公之淸高, 雖在中國古人, 亦不多見, 淸則淸矣. 然往往有不近人情處, 殆近子莫之中, 未免於陵之廉. 雖曰 : "廉頑立懦." 在聖人之道, 當以勸母夫人却魚羹一事, 雖謂之不孝, 非過語也.

## 정조와 김익金熤의 일화

문정공文貞公 김익金熤[9]은 효성과 우애가 있으며 청렴하고 검소한데

[9] 김익金熤(1723~1790) : 본관은 연안延安, 자는 광중光仲, 호는 죽하竹下 · 약현藥峴, 시호는 문정文貞. 1763년(영조 39) 정시문과에 급제하여 벼슬은 영의정에 이르렀다.

다 행실이 순수하고 독실해, 한 세상에 추앙을 받았던 건릉健陵(정조) 때의 이름난 정승이다. 정조가 언젠가 영우원永祐園[10]에 행차하여 참배를 하고 돌아올 때, 각 진영에 명을 내려 장차 동쪽 교외에서 군사 훈련을 보려고 하셨다. 이때 공은 좌의정으로 급히 면대를 청하였다.

"전하께서 상로처창霜露悽愴[11]한 날을 당하여 이런 일을 거행해서는 마땅치 않습니다. 모든 사람이 우러러보고 있으니, 청컨대 속히 명령을 거두어 주소서."

간절히 아뢰기를 그치지 않았다. 정조가 묵묵히 기뻐하지 않다가 결국 명을 거두었다. 환궁還宮한 후에 공의 아들 재찬載瓚을 불러들여 여러 번 엄한 하교를 하였다.

"너의 아비는 충신이 되고, 나는 걸桀・주紂가 되었구나."

심지어는 손으로 땅을 내리치면서 목소리를 높이니, 재찬은 황공하고 두려워 울음소리와 눈물이 함께 나왔다. 물러나 공에게 임금의 하교를 전하니 공은 정신과 안색이 변하지 않으며 말했다.

"엄한 하교가 그러하였지만 노여움은 의당 저절로 풀릴 것이니, 어찌 늙은 신하를 죽이기야 하시겠는가?"

뒤에 끝내 다른 일이 없었다.

공이 죽자 임금이 공의 시장諡狀을 들이라 하였는데, 공의 집에서는 두렵고 무서워 감히 그 일을 시장에 써넣지 못했다. 임금이 열람한 후 교지를 내렸다.

"이 대신은 모년에 내가 영우원에 행차했을 때 상주한 말이 매우 곧고 간절하였으니, 이 일을 시장에서 누락시키는 것은 마땅치 않다."

다시 써서 들이길 명하였다. 공의 집안은 마침내 이 내용을 더 기록하

10) 영우원永祐園 : 영조의 둘째 아들 사도세자의 묘인 현륭원顯隆園의 다른 이름.

11) 상로처창霜露悽愴 : 부모와 조상을 그리워하여 슬퍼하는 마음을 가리킨다. 『예기禮記』「제의祭義」. "霜露旣降, 君子履之, 必有悽愴之心." 鄭玄의 註: "非其寒之謂, 謂悽愴及怵惕, 皆爲感時念親也."

여 들였다. 이는 군신이 각기 잘 처신한 것이고, 임금의 성대한 덕이 드러난 일이다.

金文貞公熤

金文貞公熤, 孝友淸儉, 內行淳篤, 爲一世所推, 健陵名相也. 正廟嘗幸永祐園, 展謁回鑾, 下令各營陣, 將行閱武於東郊. 公以左相, 急請對進曰 : "殿下當霜露悽愴之日, 不宜有此擧, 萬人所瞻, 請亟寢成命." 屢懇不已. 上默然不悅, 遂撤其令. 還宮後, 召入公之子載瓚, 多下嚴敎曰 : "汝父爲忠臣, 吾爲桀紂矣." 至以御手搶地厲聲. 載瓚惶凜, 聲淚俱發. 退以上敎, 言於公, 公神色自若曰 : "嚴敎雖然, 天怒自當開霽, 寧殺老臣?" 後竟無他. 及公卒, 上命入公諡狀, 本家惶懼, 不敢以其事載狀中. 上覽後下敎曰 : "此大臣, 某年予園幸時, 所奏甚直切, 不當漏於諡狀." 命更書入. 其家遂以此添錄以入, 此皆君臣兩得, 而上之盛德事也.

## 참다운 정승 김재찬金載瓚

문충공文忠公 김재찬金載瓚은 문정공文貞公 김익金熤의 둘째 아들이다. 성품이 강엄剛嚴하여 굳세고 아첨할 줄 몰랐다. 순조純祖 때 10년간 영의정으로 있는 동안 모든 관료들이 꺼리고 두려워할 정도로 대신의 풍모가 있었다. 대신의 풍모가 있었고 82세에 세상을 마쳤다. 세상 사람들은 우리나라 정승의 직책이 공에게서 그쳤다고 여겼으니, 대개 이후로 공과 비교할 만한 사람이 없었기 때문이다. 또한 집안 대대로 효성과 우애가 있어 지금의 진신搢紳 가운데 집안의 행실이 아름다운 것으로는 공의 집안을 제일로 여긴다. 문정공과 그 아들 승지承旨 헌鑴과 조카인 판서判書 위鍏는 모두 효성으로 정려旌閭를 받았다.

金文忠公載瓚

金文忠公載瓚, 文貞之仲子也. 性剛嚴, 棘棘不阿. 純廟時, 在領相位十年, 百僚憚畏, 有大臣風, 卒壽八十二. 世以爲國朝相業止於公, 盖公以後無與公比矣. 且家世孝友, 今搢紳中, 家行之美, 以公家爲第一. 文貞公及公之子承旨鑴, 公之姪判書鍏, 皆以孝旌閭.

## 청렴하고 유능한 정만석鄭晩錫

동진東晉 때 도사행陶士行[12]은 8주에 도독都督이 되어 위엄과 명성이 높았다. 강동 수천 리의 산에 도적이 없고 밤에 대문을 닫지 않을 정도니, 강동 일대가 그를 힘입어 유지되었다.

내가 살펴보니, 근래에는 오직 우의정 정만석鄭晩錫[13]이 그에 가깝다. 정공은 한미한 가문 출신으로 고립무원孤立無援한데다 성품 또한 아부하

12) 도사행陶士行 : 도간陶侃(259~334). 진晉나라 때 무장. 사행士行은 그의 자, 시호는 환桓. 서진西晉의 혜제惠帝 때 강하태수江夏太守가 되고, 영가永嘉의 난(307~312) 때 무창武昌을 지켜 공을 세웠다. 명제明帝 때는 정남대장군征南大將軍으로서 왕돈王敦의 반란과 소준蘇峻의 변을 평정하는 등, 통군統軍 40여 년 동안 많은 공을 세워 진나라 왕실을 위하여 충성하였다. 『진서晉書』 권66 참조.

13) 정만석鄭晩錫(1758~1834) : 본관은 온양溫陽, 자는 성보成甫, 호는 과재過齋·죽간竹磵, 시호는 숙헌肅獻. 1783년(정조 7) 증광문과에 병과로 급제하여 벼슬이 우의정에 이르렀다.

기를 싫어했음에도, 오히려 나라 안팎의 여러 관직을 거쳐 삼사三事[14]에까지 이르니, 이는 모두 명망으로 그렇게 된 것이다.

공은 정조 때 과거에 급제했으나 문벌과 지체가 현달하지 못해 만년晚年에 비로소 옥서玉署[15]에 들어갔다. 그러나 여러 번 어사御史를 지내는 동안 이름이 이미 드러났다. 무장현감茂長縣監[16]에서 동래부사東萊府使로 옮기자 왜관倭館의 왜인들이 공의 강직하고 청렴함을 알고는 모두 두려워하며 복종하였고, 심지어는 동래부를 향해서 소변도 보지 않았다고 한다. 충청도와 경상도 관찰사가 되었을 때에는 다스리기를 귀신같이 하여 온 고을이 맑고 깨끗해지니, 백성들은 모두 그가 떠난 후에도 사모하여 50여 년이 지난 지금까지도 당요棠謠[17]를 부르며 잊지 못하고 있다.

그러나 조정의 대신들은 대부분 그를 좋아하지 않았는데, 유독 문충공文忠公 김재찬金載瓚만이 그를 훌륭한 그릇으로 매우 중시하였다. 독상獨相[18] 10여 년 동안 여러 차례 그를 추천하였는데, 신미년(1811)에 서쪽 지방에 난리가 일어났을 때[19]는 주청하여 관서선무사關西宣撫使로 삼았다. 난이 평정되자 정공은 그대로 서백西伯(평안도 관찰사)이 되어 임기를 두 번 채우고서야 체직되니, 서쪽 지방이 소생한 것은 실로 김공의 힘이다.

정공은 평안도관찰사에서 돌아와 탁지장度支長(호조판서)과 선혜청宣惠廳[20]제조提調에 연이어 제수되었고, 동서 양전兩銓[21]의 일도 맡았다. 또

14) 삼사三事 : 삼공三公, 즉 정승을 말한다.
15) 옥서玉署 : 본래 한림원翰林園을 지칭하는 말이나, 우리나라에서는 홍문관弘文館의 다른 이름으로도 사용되었다.
16) 무장茂長 : 전라북도 고창군 무장면에 있던 현의 이름.
17) 당요棠謠 : 주周나라의 소백召伯이 방백方伯으로 나가 선정을 베푸니, 백성들이 그를 사랑하여 그가 쉬어 간 아가위나무까지도 아끼고 보호하였다는 고사가 전한다. 『시경詩經』 「소남召南・감당甘棠」 참조. "蔽芾甘棠, 勿翦勿伐, 召伯所茇. 蔽芾甘棠, 勿翦勿敗, 召伯所憩. 蔽芾甘棠, 勿翦勿拜, 召伯所說."
18) 독상獨相 : 정승 세 사람 가운데 두 사람 없이 혼자서 겸무兼務함. 또는 그 겸무하는 사람.
19) 신미년에 …… 난리가 일어났을 때 : 신미년에 일어난 홍경래의 난을 말한다.
20) 선혜청宣惠廳 : 조선시대 대동미, 대동포, 대동전의 출납을 맡아보던 관아.
21) 양전兩銓 : 조선시대 문무관을 가려 뽑는 이조吏曹와 병조兵曹를 이르는 말.

광주유수廣州留守로 있다가 정승에 제수되었는데, 명성과 칭송이 점점 외직에서 세운 공적만 못하게 되었다. 이는 아마도 정승으로서의 황패黃霸[22]가 도리어 영천태수潁川太守 때보다 못했던 것과 같은 것일까? 공이 평안도관찰사가 되었을 때 평안도 사람들이 공을 칭송하며 그 비碑에 다음과 같이 새겼다.

"공과 같은 사람 여덟이 있다면 나라가 거의 다스려질 것입니다."

이는 실로 으레 하는 칭송이 아니었다.

공이 일찍이 관서 지방의 어사가 되어 향산香山(묘향산)에 갔을 때, 이인異人을 만나 함께 산사에서 자게 되었다. 그 사람이 한밤중에 공을 깨우며 말했다.

"그대는 암행어사가 아닌가?"

공이 놀라 물으니 그 사람이 칭찬을 금치 못하며 말했다.

"그대는 매우 귀하고 현달해 조정에서 늙을 것이니, 삼가 지금의 당신 마음을 잊지 마시오."

마침내 생년월일에 따라 연대별로 기록해 보여주었다. 날이 밝자 간 곳을 알 수 없었는데, 그의 말은 그 뒤에 모두 하나하나 증명되었다고 한다.

공은 집에서의 행실이 훌륭해 늙은 형수를 어머니 섬기듯이 하였다. 형수의 집은 이웃에 있었는데, 아무리 큰 비바람이 몰아치더라도 아침저녁으로 가서 문후問候하였고, 현달하였다고 그 일을 조금도 게을리 하지 않았다.

심이진沈彛鎭이라는 사람이 공의 막하幕下에서 십수 년을 근무했는데, 한번은 사람들에게 다음과 같이 말하였다.

---

22) 황패黃霸 : 한漢나라 때 양하陽夏 사람. 자는 차공次公, 시호는 정定. 무제武帝 말년에 시랑알자侍郎謁者를 제수받고 하남태수河南太守를 역임하였다. 선제宣帝때 영천潁川태수가 되었고 곧 승상丞相이 되었다. 한대漢代에 백성을 다스리는 관리는 황패가 으뜸이라는 말이 있었다.

"나는 세상경험이 많지만 정공만큼 진심으로 나라를 위하는 사람은 보지 못했습니다. 옛날에 공이 평안도관찰사로 임기를 마치고 교체될 때 막부幕府에서 창고를 조사해보니, 남은 것이 족히 3만에 가까웠습니다. 내가 장부를 가지고 밤에 공에게 가서 나누어 보낼 곳을 여쭈어보니, 공이 누웠다가 벌떡 일어나며, '나는 한미한 선비인데 외람되게 천박한 재주로 세 지방을 다스렸으니 영광됨이 이미 지극하다. 조정에서 어찌 나에게 단지 내 자신만을 살찌도록 하였겠느냐? 자네들이 내가 밭이나 집을 사기를 바란다면 이것은 나를 모르는 것이다. 모두 다 감영의 물건으로 기록해 두었다가 후임자의 조치를 기다리는 것이 좋을 것이다'라고 하셨습니다. 내가 '후임자가 공처럼 공평하고 백성을 위할 줄 어찌 알겠습니까?'라고 하니 공이 웃으며, '나는 내 분수를 지키는 것뿐이다. 후임자가 공평하고 불공평한지를 내가 어찌 알겠는가'라고 하니 여러 비장들이 모두 혀를 내두르며 나갔지요."

연천공淵泉公은 항상 말하였다.

"지금의 고관대작은 곧 옛날의 이름난 공公과 큰 선비에 해당한다. 지금 자리에 있는 사람들이 모두 직책을 감당하지 못하는 판인데, 능력이 그 직책에 걸맞아 관직이 아깝지 않은 사람은 오직 정정승 한 사람 뿐이다."

정공鄭公은 비록 늙어서 수명을 다하고 죽었으나, 자식은 요절하였다. 친족의 손자를 얻어 후사로 삼았으나 그 역시 죽어버려, 집안이 결국 쇠퇴하여 떨치지 못하였으니 통탄할 일이다.

鄭晚錫

東晉時陶士行, 都督八州, 威名赫然, 江東數千里, 山無盜賊, 外戶不夜閉, 江左一隅, 賴以維持. 余見近日惟鄭右相晚錫, 近之矣. 鄭公出於寒門, 孤立無援, 性又不喜阿附, 猶能歷敭內外, 滾到三事, 是皆聞望而然也. 公於正廟時登科, 以門地不顯, 晚始入玉署. 然屢爲御史, 已著名, 自茂長縣監, 移東萊府使, 館倭知公剛廉, 皆慴服, 至不敢向萊府溲溺云. 及其爲錦伯爲嶺伯, 廉察如神, 一路澄淸, 民皆去思, 至今五十餘年, 棠謠不忘. 然朝貴多不悅, 獨金文忠公載瓚, 深器重之. 當獨相十年時, 屢被薦引, 至辛未西警, 奏差關西宣撫使. 亂定, 仍爲西伯, 再苽而遞, 西陲賴蘇, 是則金公之力也. 自西伯還, 連除度支長, 宣惠提調, 又秉東西兩銓. 又居留廣州, 至於拜相, 則名譽稍不如外績, 豈其黃霸之丞相, 反遜於潁川太守者耶. 公爲西伯, 西人頌公, 銘其碑曰 : "如公者八, 國其庶幾." 此實非虛譽也. 公嘗以關西繡衣, 入香山, 遇異人, 同宿山寺. 其人夜半蹴公起曰 : "君非王人耶." 公驚問, 其人嘖嘖稱歎曰 : "君當極貴顯, 老於國事, 愼無忘今日乃心也." 遂以公生年月日, 編年錄示. 天明不知所在, 其言, 後皆歷歷有驗云. 公家有至行, 事老嫂如事母, 家隔隣, 雖大風雨, 朝夕往候, 不以貴顯少懈. 有沈彛鎭者, 爲公居幕十數年, 嘗語人曰 : "吾閱世多矣, 其實心爲國, 終未見如鄭公者矣. 昔公以西伯苽遞, 幕府筭其廩, 餘洽過三萬. 吾以簿夜言於公, 稟問分劃送處, 公方臥蹶然起曰 : '我寒畯, 猥以菲才, 歷按三藩, 榮已極矣. 朝家豈使我亶爲肥己耶? 君輩欲我之求田問舍者, 不知我也. 並當爲營中記付物, 待後人施措, 可也' 余曰 : '安知後來者, 爲公爲民, 有能如公者乎' 公笑曰 : '吾盡吾分內所守而已, 後人之公不公, 吾何計也' 諸裨皆吐舌而出." 淵泉公常曰 : "今之高官大爵, 卽古名碩, 所居人, 皆不稱. 而能稱其職, 而官不可惜者, 惟鄭相一人耳." 鄭公雖以老壽終, 有子夭, 取族孫爲嗣, 亦死, 家遂衰替不振, 可歎.

## 풍석楓石 서유구徐有榘

풍석楓石 서유구徐有榘[23]는 자가 준평準平으로 판서 서호수徐浩修[24]의 아들이고, 문형文衡을 지낸 보만재保晩齋 서명응徐命膺[25]의 손자이다. 대대로 사륜絲綸[26]을 관장하여 문한文翰을 집안에 이어왔는데, 풍석 역시 더욱 고문古文에 힘써 오로지 목재牧齋(전겸익)를 공부하였고 천문天文과 역학曆學에 더욱 밝았다. 다만 시와 변려문은 애당초 힘쓰지 않아 다른 글에 미치지 못하였다. 대개 재주가 미치지 못하는 것이 있는 법이니, 옛날에 시에 능하지 못한 사람으로는 비록 당송대가唐宋大家 중에서도 또한 있어서, 이고李翶[27]·황보식皇甫湜·소명윤蘇明允[28]·증자고曾子固[29]

---

23) 서유구徐有榘(1764~1845) : 본관은 달성達城, 자는 준평準平, 호는 풍석楓石. 대제학 서명응徐命膺의 손자이며, 서호수徐浩修의 아들로 서철수徐澈修에게 출계하였다. 1790년(정조 14) 증광문과에 병과로 급제하여 벼슬은 대제학에 이르렀다. 이용후생에 관심이 많아 1834년(순조 34) 호남지방을 순찰할 때 노령蘆嶺의 남북 일대가 기근으로 황폐함을 보고 통신사에 부탁하여 일본으로부터 고구마 종자를 구입 해다 재배를 장려하기도 하였다. 저서에 『풍석집楓石集』, 『임원경제지林苑經濟志』 등이 있다.

24) 서호수徐浩修(1736~1799) : 본관은 달성達城, 자는 양직養直, 시호는 문민文敏. 서명응의 아들. 1764년 문과에 급제하여 벼슬은 이조판서에 올랐다. 저서에 『연행기燕行記』 4권이 있다.

25) 서명응徐命膺(1716~1787) : 본관은 달성達城, 자는 군수君受, 호는 보만재保晩齋, 시호는 문정文靖. 1754년(영조 30) 증광문과에 급제하여 벼슬이 대제학에 이르렀다. 저서에 『보만재집保晩齋集』, 『기자외기箕子外紀』, 『보만재총서保晩齋叢書』 등이 있다.

26) 사륜絲綸 : 본래 천자의 조칙을 가리키는 말인데, 여기서는 임금의 칙서나 교지 등을 작성하는 뜻으로 쓰인 듯하다.

27) 이고李翶(772~841) : 당唐나라 때 유학자. 자는 습지習之, 시호는 문공文公. 한유의 질제姪娣. 스승 한유를 따라 고문古文을 배웠으며, 그의 『복성서復性書』는 한유의 『원성原性』과 더불어 인간의 본성을 논한 것으로, 송대宋代 성리학의 선구가 되었다. 저서에 『이문공집李文公集』 18권이 있다.

28) 소명윤蘇明允 : 소순蘇洵(1009~1066). 북송北宋 때 문학자. 자는 명윤明允, 호는 노천老泉. 아들 소식蘇軾·소철蘇轍과 함께 삼소三蘇라 불렸고, 함께 당송팔대가唐宋八大家로 칭송되었다. 또 소순을 노소老蘇, 소식을 대소大蘇, 소철을 소소小蘇라고도 부른다. 저서에 『노천선생집老泉先生集』 등이 있다.

같은 사람이 그들이다.

내가 정해년(1827) 봄에 심전관沁殿官으로 심도沁都(강화도)에서 풍석楓石과 처음 만났는데, 과연 그가 근래의 명가名家임을 알 수 있었다.

楓石徐有榘

楓石徐公有榘, 字準平, 判書浩修子, 保晩齋文衡命膺孫. 世掌絲綸, 文翰傳家, 而楓石又力治古文, 專學牧齋, 又精於天文曆學. 但其韻語及騈儷, 始不致力, 遜於他文. 然盖才有不逮也, 古之不能詩者, 雖在唐宋大家亦有之, 如李翶・皇甫湜・蘇明允・曾子固, 是也. 余在丁亥春, 以沁殿官, 始交楓石於沁都, 果知其爲近日一名家也.

## 정약용丁若鏞의 실학實學

열수洌水 정약용은 남인南人이다. 영조 임오년(1762)에 태어나 정조 때 문과에 급제, 한림翰林을 역임하여 벼슬이 승지承旨에 이르렀으며, 70여 세에 죽었다. 그가 죽던 날 내가 항해공沆瀣公을 뵈니, 공은 탄식하며 말했다.

"열수의 죽음은 수만 권 서고가 무너진 것이다."

대개 열수는 재주와 학문이 남보다 빼어나 경사經史와 제자백가 외에도 천문지리와 의약잡방에까지 널리 통했다. 13경에 모두 발명發明한 것이 있어 지은 책이 집에 가득했는데, 『흠흠신서欽欽新書』와 『목민심서牧

29) 증자고曾子固 : 증공曾鞏(1019~1083). 당송팔대가의 한 사람. 자는 자고子固. 호는 남풍南豐, 시호는 문정文定. 저서에 『원풍유고元豐遺藁』가 있다.

民心書』는 더욱 옥사를 맡고 백성을 다스리는 사람들에겐 유용한 글이다. 그를 추사秋史의 높은 재주와 실학實學에 견주어도 단지 나을 뿐만이 아니다. 비단 우리나라 근세의 1인자일 뿐만 아니라, 비록 중국에 놓아두더라도 기효람紀曉嵐과 완운대阮雲臺[30]의 바로 아래에 있어도 남음이 있을 것이다.

열수에게 두 아들이 있으니 장남 학연學淵은 호가 유산酉山이다. 재주가 비록 그 아버지에 미치지 못하나 시를 잘 지었고 척독尺牘에 뛰어났다. 음사蔭仕로 감역監役[31]이 되었고 주부主簿[32] 벼슬을 했다. 의술에도 밝아 의원으로 궁중에 들어가 진맥한 적도 있었는데, 죽은 지 몇 년 되었다.

丁洌水若鏞

丁洌水若鏞, 午人也. 英宗壬午生, 正廟時文科, 歷翰林, 官至承旨, 年七十餘卒. 卒之日, 余見沆瀣公, 公歎曰 : "洌水死, 數萬卷書庫頹矣." 盖洌水才學絶人, 經史百子外, 天文地理, 醫藥襍方之書, 靡不淹該. 十三經皆有發明, 凡所著, 其書滿家, 如『欽欽新書』『牧民心書』, 又皆爲按獄治民者, 有用之文字也. 此比之秋史高才實學, 不啻過之. 不但我國近世一人, 雖置之中國, 當在紀曉嵐・阮雲臺脚下, 有餘矣. 洌水有二子, 長學淵號酉山, 才雖不及其父, 善歌詩, 長於尺牘. 蔭仕監役, 官主簿. 亦能曉醫理, 嘗以醫入診大內, 今卒已數年.

30) 완운대阮雲臺 : 완원阮元(1764~1849). 청淸나라 때 학자. 청대 고증학의 집대성자. 자는 백원伯元・양백良伯, 호는 운대芸臺・운태芸台・운대雲臺・연경노인硏經老人・이성노인怡性老人・이성노인頤性老人, 시호는 문달文達. 『국사유림전國史儒林傳』, 『경적찬고經籍纂詁』, 『십삼경주소교감기十三經註疏校勘記』 등의 편찬과 간행에 힘썼다.

31) 감역監役 : 조선시대 선공감繕工監의 종9품 벼슬.

32) 주부主簿 : 조선시대 여러 관청의 정6품 또는 종6품 벼슬.

## 이서구李書九의 시

척재惕齋 이서구李書九는 관리로서의 재능이 있었고 문장에 능했다. 그의 가시歌詩는 더욱 정묘하고 빼어나 비록 연천淵泉의 노숙하고 실질이 있는 데는 미치지 못하지만, 날카로움은 그보다 나았으니, 비유하자면 한유韓愈와 유종원柳宗元에 해당될 것이다.

青山眼冷皇華使, 　　청산은 황화皇華 사신[33)]의 눈을 서늘케 하였고,
芳草魂銷上黨君. 　　방초芳草는 상당군上黨君[34)]의 혼을 녹였을 테지.[35)]

위의 시구는 그가 젊어서 아정雅亭 이덕무李德懋・초정楚亭 박제가朴齊家 등과 서로 왕래하면서 시를 주고받던 때에 지은 것이다.

말년에 이르러 그의 시는 더욱 고고高古하고 담박澹泊하게 변하였는데, 아마 세상일을 두루 맛보고 서리 맞고 목이 타는 시련을 겪는 사이에 다시 예전의 기상을 지니지 않게 된 것이다.

척재는 육십 세 이후 외직에 보임되었고, 두 차례 전라감사를 지냈다. 임오년(1822) 봄 체직되어 돌아올 때, 연천淵泉이 그를 대신하게 되었다. 삼례역參禮驛[36)]에서 막 관인官印을 넘겨줄 때, 척재가 먼저 율시 한 수를 읊어 화답하기를 청하였다.

東南民力困飢荒, 　　동남쪽 백성들이 기근에 시달렸으니,
拯濟專須刺史良. 　　구제하는 것은 오로지 어진 자사刺史에게 달렸네.

---

33) 황화皇華 사신 : 1450년 조선에 사신으로 온 예겸倪謙을 가리킨다.
34) 상당군上黨君 : 상당부원군上黨府院君으로 압구정을 지은 한명회韓明澮(1415～1487)의 봉호이다.
35) 『척재집惕齋集』 권3 「망압구정望狎鷗亭」 참고. 1776년에 지은 작품이다.
36) 삼례역參禮驛 : 전라북도 완주군完州郡에 속한 읍. 전라도 일대 역마의 요충지.

我媿寇公治潁郡, 나는 구공寇公이 영군潁郡을 다스린 것[37]에 부끄럽지만,
君如汲直臥淮陽. 그대는 급직汲直이 회양淮陽에 누운 것[38]과 같으리.
十年流落丹心在, 십 년을 유락流落하여도 단심丹心은 그대로니,
千里逢迎白髮長. 천리 길에 만나는 날 백발이 길었구료.
俱是玉皇香桉吏, 우리 모두 임금을 모시던 측근의 신하이니,
好將經術答明王. 경술을 잘 써서 밝은 임금께 보답합시다.[39]

연천이 화답하였다.

廿載音書久寂寥, 이십 년 동안 소식이 끊어졌더니,
殊鄕何識有今宵. 타향에서 이런 밤 맞을 줄 어찌 알았으랴.
浮萍逐水還相値, 부평초처럼 물 따라 흐르다 다시 만나니,
老栢經霜未便凋. 늙은 잣나무 서리 맞고도 시들지 않네.
江左生靈惟望謝, 강좌江左의 백성들 오직 사안謝安[40]을 바라기를 생각하고,
關中約束擬遵蕭. 관중關中의 약속 소하蕭何[41]를 존숭하는데 비긴다네.
洞陰春色今將鎖, 동음洞陰[42]의 봄기운도 점차 사라져가니,

37) 구공寇公이 영군潁郡을 다스린 것 : 구공寇公은 동한 때의 구순寇恂(?~36)을 이름. 그의 자는 자익子翼, 시호는 위威. 하내河內와 회남淮南의 태수가 되어 선정을 베풀었다.

38) 급직汲直이 회양淮陽에 누운 것 : 급직汲直은 직간直諫을 잘하여 무제로부터 '사직지신社稷之臣'이라는 칭송을 들었던 한나라 때의 간신 급암汲黯(?~B.C.112)을 말한다. 그의 자는 장유長孺로, 회양태수 시절 선정을 베풀어 백성들의 칭송을 얻었다.

39) 『척재집惕齋集』 권3 「호산관류증신사홍성백석주壺山館留贈新使洪成伯奭周」 참조.

40) 사안謝安(320~385) : 동진東晋 때 재상宰相. 자는 안석安石. 처음에는 은거 생활을 하며 조정의 부름을 받지 않다가, 나중에 환온桓溫의 부름을 받고 벼슬길에 올랐다. 뒤에 환온이 역심을 품은 것을 견제하여 진 황실을 보존했으며, 북주北周의 임금 부견符堅이 통일을 위해 백만 대군을 거느리고 쳐들어오자, 이를 크게 격파하여 다시 한 번 나라를 큰 위기에서 구해냈다.

41) 소하蕭何(?~B.C.193) : 한고조를 도운 명재상으로, 관중에 머물면서 고조를 위하여 양식과 군병을 보급하였다. 여기에서는 지방관의 임무에 충실한 이서구를 관중을 잘 다스린 소하와 비교한 듯하다.

42) 지금 경기도 포천의 다른 이름. 이서구는 만년에 지금의 포천군 영중면, 당시 영평永平에 은거했다.

留得宗臣報聖朝.　　종신宗臣[43]을 머물게 하여 조정에 보답코자.

두 시는 드디어 서울에서 크게 유행하였다.

척재가 완백完伯(전라도 관찰사)으로 재직할 때, 전주의 한벽당寒碧堂에서 오언 율시 한 수를 지었는데, 다음과 같다.

慙非郭細侯,　　곽세후郭細侯[44]가 못되어 부끄러운 사람이,
重到似幷州.　　거듭 찾아오니 병주幷州인 듯하네.[45]
竹樹當年色,　　대와 나무는 올해도 푸르고,
湖山此地幽.　　호수와 산은 이곳에서 그윽하다.
羈懷憑落日,　　나그네 회포 지는 해에 더하고,
衰髮照淸秋.　　센머리는 맑은 가을에 비치네.
幕府今誰在,　　막부에 지금 누가 그대로 있나,
空悲庾亮樓.　　부질없이 유량庾亮의 누각[46]을 슬퍼하네.[47]

대개 척재의 시는 비록 굳세고 사나운 맛이 있으나, 역시 대가의 한 사람이다. 내가 올 여름에 한벽당에 올랐는데 이 시를 볼 수 없었다. 혹 싫어하는 사람이 떼어버린 것인가.

---

43) 종신宗臣 : 이서구를 말함. 이서구의 본관이 전주全州이기 때문에 종신으로 표현하였다.

44) 곽세후郭細侯 : 후한後漢 때 곽급郭伋. 세후細侯는 그의 자. 왕망王莽 때 병주幷州의 목牧이 되어 어진 정치를 펼쳤다. 건무建武 중에 영천潁川 태수를 지내다 다시 병주목으로 옮겼다.

45) 거듭 찾아오니 병주幷州인 듯하네 : 척재 이서구가 두 번이나 전라도 관찰사가 된 것을 말한 것이다.

46) 유량庾亮의 누각 : 진晉나라 유량이 강주江州를 진무하면서 세운 누각 이름으로, 유루庾樓 혹은 유공루庾公樓라고 부른다. 유량庾亮(289~340)은 자가 원규元規, 시호는 문강文康으로, 성제成帝 초에 중서령에 올라 곽묵郭默의 반란을 평정하여 강江・형荊・예豫・익益・량梁・옹雍 등 6주의 도독이 되었다. 진나라 왕실을 회복하려 많은 노력을 하였으나, 이루지 못하고 죽었다.

47) 『척재집惕齋集』 권3 「중등한벽루용벽상운지감重登寒碧樓用壁上韻志感」 참조.

李書九

李惕齋書九, 有吏才, 能文章. 其歌詩, 尤精絶, 雖不及淵泉之老實, 巉刻過之, 譬之退之之於子厚也. 如"青山眼冷皇華使, 芳草魂銷上黨君"之句, 皆其少日與李雅亭·朴楚亭輩, 徵逐唱和時所作. 至末年, 其詩益高古澹泊, 盖閱歷世故, 霜降水落, 非復向時氣像[48]也. 惕齋六十後, 以補外例, 再按湖南. 壬午春遞還, 淵泉受其代, 方與交符於參禮驛, 惕齋先賦一律, 要和其詩曰 : "東南民力困飢荒, 拯濟專須刺史良. 我媿寇公治潁郡, 君如汲直臥淮陽. 十年流落丹心在, 千里逢迎白髮長. 俱是玉皇香案吏, 好將經術答明王." 淵泉和之, 有曰 : "廿載音書久寂寥, 殊鄕何識有今宵. 浮萍逐水還相値, 老栢經霜未便凋. 江左生靈惟望謝, 關中約束擬遵蕭. 洞陰春色今將鎖, 留得宗臣報聖朝." 二詩遂盛傳都下. 惕齋完伯時, 題五律一詩[49]於全州之寒碧堂, 有曰 : "慙非郭細侯, 重到似幷州. 竹樹當年色, 湖山此地幽. 羈懷憑落日, 衰髮照淸秋. 幕府今誰在, 空悲庾亮樓." 盖惕齋詩, 雖勁悍, 亦一大家也. 余於今年夏, 歷上寒碧堂, 而不見此詩, 或有惡之者除去耶.

## 이서구李書九의 행정능력

대산 김매순은 항상

"척재惕齋의 관리로서의 재능은 가히 서애西厓 유성룡柳成龍과 견주어도 도리어 나은 점이 있다."

---

48) 『서벽외사해외수일본』에는 '像'이 '象'으로 되어 있다.
49) 『서벽외사해외수일본』에는 '詩'가 '首'로 되어 있다.

라고 말하였고, 연천공 또한

"척재의 기억력은 남들보다 뛰어나다."

고 말하였다. 내가 젊은 시절 일찍이 그를 만났는데, 이야기가 구이九夷와 팔만八蠻[50]의 부락과 지류에 이르자, 역사서에 실린 지志와 전傳을 족보 외우듯이 암송하였고 분석이 매우 상세하였다. 호조의 늙은 관리도 다음과 같이 말하였다.

"우리들이 겪어 본 바 재상이나 거공鉅公으로 호조판서가 된 사람들이 매우 많은데, 장부를 환히 꿰뚫어 보아 신경을 쓰지 않고도 손바닥 들여다보듯 한 사람은 영평永平[51] 이정승 한 사람 뿐이다."

척재는 영조英祖 경인년(1770) 7월에 문과文科에 급제하여, 조정에 들어간 지 60년 동안 내외의 관직을 두루 거쳤는데 매양 일을 헤아리는 것이 귀신같았다. 사람들은 공公이 미리 알고 예측하는 술수가 있다고도 말들을 하였으나, 이는 아마 재주와 지혜일 것이다.

## 惕齋吏才

金臺山邁淳常言 : "惕齋吏才, 可比柳西厓, 反復勝焉." 淵泉公亦言 : "惕齋記性絶人." 吾少日嘗見, 其語及九夷八蠻, 部落支流, 所載前史志傳, 如誦家譜, 分析甚詳. 又戶曹老籌士亦言 : "吾輩閱歷宰相鉅公之爲戶判者甚多, 而其洞曉文簿, 若不經意而瞭如指掌者, 惟永平李相一人." 云. 惕齋英廟庚寅年七[52]月, 登文科, 立朝垂六十年, 踐歷內外, 每料事如神. 人或謂公有前知推步之術, 然是盖才智也.

50) 구이九夷와 팔만八蠻 : 여러 곳에 퍼져 있는 모든 오랑캐의 종족.
51) 영평永平 : 이서구가 만년에 거처하던 곳으로, 지금 경기도 포천시에 있다.
52) 『서벽외사해외수일본』에는 '七'이 '十七'로 되어 있다.

## 심상규沈象奎의 가성각嘉聲閣

문숙공文肅公 두실斗室 심상규沈象奎는 경성京城 송항松巷(松峴거리)의 북쪽에 집을 마련하였다. 바깥 행랑으로부터 굽어져 비스듬히 작은 방[斗室]을 두었고, 여기를 지나면 난간을 빙 둘러서 몸채[正堂]가 된다. 편액에 '가성각嘉聲閣'이라 하였으니 담계覃溪 옹방강翁方綱[53]이 팔십 세에 쓴 것이다.

가성각의 동쪽 기둥은 층층이 꺾이어 북쪽으로 뻗었는데, 모두 트인 누각의 2층집이다. 그 서북쪽은 붉은 담장을 빙 두르고 벽돌을 쌓아 둥근 문을 만들어 놓고, 그 사이에 구들을 놓아 높고 낮게 방을 배치하였다. 또 그 뒤에는 일당一堂·이당二堂·삼당三堂을 줄지어 배치하였으며, 또 그 뒤에 속당續堂을 만들어 4만 권의 장서를 들여 경經·사史·자子·집集으로 나누어 보관하였다. 중간은 영당影堂인데, 그 선대인 함재공涵齋公[54]의 초상을 봉안하고 붉은 장막을 치고 밖에는 향안香案을 설치하였다.

가성각의 앞에는 몇 간의 작은 집을 만들어 이름난 꽃과 기이한 풀들을 늘어놓았고, 뜰에는 종려나무를 심었는데 그 키가 처마에 닿았다. 또 상아로 만든 탁자와 벽을 가득 채운 거울은 우리나라에 없는 것이다. 기타의 기물이나 완상품은 위치가 질서 정연하여 절도가 있고, 집과 방의 창문장식과 난간의 조각은 모두 정묘하고 신기한 것이다. 발과 휘장, 안

---

53) 옹방강翁方綱(1733~1818) : 청나라 때 학자·서예가. 자는 정삼正三, 호는 담계覃溪·소재蘇齋·복초재復初齋. 금석金石·서화書畵·시문에서 당대 제일로 일컬어졌다. 조선의 사신들과 교유를 하여 많은 영향을 미쳤다. 저서에 『양한금석기兩漢金石記』, 『복초재시문집復初齋詩文集』 등이 있다.

54) 함재공涵齋公 : 심념조沈念祖(1734~1783). 본관은 청송靑松, 자는 백수伯修, 호는 함재涵齋. 1776년 문과에 급제하여 벼슬이 대사성에 이르렀다. 저서에 『함재유고涵齋類藁』가 있다.

석과 자리는 정결하고 그윽하며 한가로이 밖에서 바라보면 신선이 거처하는 집 같았다. 비록 담장과 뒷간이라도 혹 누추하고 무너진 곳이 있으면 마치 모욕이라도 당한 듯이 여겼다.

공은 성품이 단아하고 진중하여 음악과 여색을 즐기지 않으며 왁자지껄한 소리를 듣기 싫어하기 때문에 안팎이 숙연肅然하였고, 좌우에 모시는 이들은 감히 말소리를 내지 못하였고 더욱이 웃을 수도 없어서 모두 숨을 죽이고 발을 끌며 다녔다. 평소 거처함에 방안에는 서양의 자명종을 장막 속에 두었고, 밖에는 해시계를 섬돌 위에 설치하였다. 아침과 점심의 식사에 모두 정해진 시간이 있고 지팡이를 짚고 출입함에 법도를 잃지 않으니, 비록 중국 경상가卿相家의 호화로움만은 못하지만 우리나라에는 거의 비교할 만한 상대가 없었다.

그러나 내외의 직책을 두루 지내면서 모두 청렴함으로 저명하였으니, 하급관리에서 대관大官에 오르기까지 한결 같았다. 경사京司에 있을 때는 여러 번 녹봉을 가져가지 않고 본사本司의 구폐捄弊 기금으로 남겨 두었다. 그러나 공사를 막론하고 반드시 당실堂室을 수리한 것은 공의 벽癖이다. 남한산성南漢山城에 분사分司를 마련하여 좌승당坐勝堂을 짓고는 '유차산루有此山樓'라 편액을 하니, 규모가 굉장하여 한 시대의 이름 있는 공경들이 모두 일을 기록하고 시를 읊어 문 위에 걸었다. 또 계곡의 깊은 곳에 옥천정玉泉亭[55]을 세우니 형상이 배 모양이었다. 다음과 같은 절구 한 수를 지어 손수 정자 앞 석벽에 써서 새겨 놓았다.

| | |
|---|---|
| 古松奇石秘雲扃, | 오래 묵은 솔 기이한 바위 구름 속에 가렸으니, |
| 呵護千年賴地靈. | 천년토록 지령地靈의 가호呵護를 받았도다. |
| 他日來尋閒夢處, | 다른 날 찾아와 한가로이 잘 곳 찾는다면, |
| 泠然秋水玉泉亭. | 시원한 가을물 흐르는 옥천정이리라. |

55) 옥천정玉泉亭 : 옥천정은 순조 17년(1817)에 지어졌다.

공은 영조 병술년(1766)에 태어나 정조 기유년(1789)에 문과에 급제하여 대교待敎가 되었다. 나이 45세에 보국대부輔國大夫로 문형을 맡았고, 60세에 정승에 제수되어 영의정에 이르렀다. 순조가 죽자 원상院相[56]이 되었고, 헌종 무술년(1838)에 죽으니 나이 73세였다. 공에게는 두 아들이 있었는데 모두 일찍 죽었고, 족손族孫인 심희순沈熙淳[57]을 취해 손을 이으니 그는 바로 나의 맏사위이다. 공은 시문詩文으로 세상에 이름이 났는데 시가 더욱 좋았다. 고체와 근체시를 모두 잘하여 굳세고 힘 있는 절창이 많다. 『두실집斗室集』 수십 권이 있는데 아직 간행하지 못하였다.

<u>西洋鳴鍾</u>

斗室沈文肅公, 置第京城松巷之北. 自外舍曲折迆爲斗室, 過此則欄楯繚繞, 爲正堂. 扁之曰嘉聲閣, 翁覃溪方綱八十書也. 嘉聲閣之東楹, 層折而北, 皆爲虛樓複閣. 又其西北, 則紅墻逶迆, 築甎爲圓門, 間置炕屋, 高低其房. 又其後, 則列置一堂・二堂・三堂, 又其後, 爲續堂, 貯書四萬卷, 分經史子集以藏之. 中間爲影堂, 揭奉其先大人涵齋公遺像, 障以絳帳, 外設香案. 嘉聲閣之前, 作小屋子幾間, 列名花異卉, 庭植椶櫚, 其長齊櫩. 又有象牙床滿壁鏡, 皆國中所無也. 其他器用翫好, 位置井井有度, 室屋之紋牕雕欄, 皆精妙新異. 其簾帷几簟, 潔淨窈窱幽閒, 自外望之, 若仙居. 雖墻壁圊溷, 有或湫陋毁劃, 若將浼焉. 公性端重, 不喜聲色, 惡聞喧囂, 故外內肅然, 左右者, 不敢放言語, 亦不敢嬉笑, 皆屛氣曳足而行. 平居, 內置西洋鳴鍾於帳裡, 外置日景於階砌上. 朝飧午膳, 咸有定時, 拄杖出入, 不失繩尺, 雖不如中州卿相之豪侈, 在我國, 殆無其對也. 然歷職內外, 皆以廉介著名, 自

56) 원상院相 : 조선시대 임시벼슬의 하나로, 임금이 죽은 뒤 등극하기 전의 어린 임금을 보좌하던 직책.

57) 심희순沈熙淳(1819~?) : 본관은 청송靑松, 자는 호경皥卿, 호는 동암桐庵. 심상규沈象奎의 손자. 1884년(헌종 4) 증광문과에 병과로 급제하여 벼슬이 대사성에 이르렀다.

下僚底大官, 如一日. 其在京司, 多不取朔俸, 留以爲本司捄弊. 然不論公私, 必葺治堂室, 公之癖也. 其分司南城, 亦起坐勝堂, 名其樓曰有此山樓, 制作宏侈, 一時名公卿, 皆記事賦詩, 揭其楣. 又於溪曲深處, 建玉泉亭, 狀如舟形, 咏一絶, 手題亭前石壁以琢之, 有曰 : "古松奇石秘雲扃, 呵護千年賴地靈. 他日來尋閒夢處, 泠然秋水玉泉亭." 公英廟丙戌生, 正宗己酉文科, 爲待教. 年四十五, 爲輔國, 典文衡, 六十拜相, 至領相. 純廟薨, 爲院相, 憲宗戊戌卒, 壽七十三. 公二子, 皆早夭, 取族孫熙淳爲嗣孫, 是余長女婿也. 公詩文名世, 而詩尤勝, 兼長古近體, 勁悍多絶調, 有『斗室集』數十卷. 尙未入梓.

## 취미翠微 신재식申在植

취미翠微 신재식申在植[58]은 자가 중립仲立이다. 과거에 급제하여 문형을 맡았고 관직은 이조판서에 이르렀다. 시호는 문청文淸이다. 취미는 문단의 명망이 있어, 문형을 뽑을 때 충문공忠文公 풍고楓皐 김조순金祖淳[59]이 그를 천거하였고, 또 소를 올려 물망에 오른 여러 사람을 평가하기를,

"신은 힘써 옛 법도를 따라 늙도록 쉬지 않음은 서유구徐有榘만 못하

58) 신재식申在植(1770~?) : 본관은 평산平山, 자는 중립仲立, 호는 취미翠微, 시호는 문청文淸. 1805년(순조 5) 증광문과에 병과로 급제하여 벼슬이 이조판서에 이르렀다. 저서에 『취미집翠微集』이 있다.

59) 김조순金祖淳(1765~1831) : 본관은 안동安東, 초명은 낙순洛淳, 자는 사원士源, 호는 풍고楓皐, 시호는 충문忠文. 1785년(정조 9) 정시문과에 병과로 급제하여 양관대제학을 역임했으며, 영안부원군永安府院君에 봉해졌다. 저서에 『풍고집楓皐集』이 있다.

고, 영화로운 글을 연구하여 법도를 잃지 않음은 박종훈朴宗薰[60]만 못하고, 널리 배우하고 힘써 외어 응용이 끝이 없는 것은 홍석주洪奭周만 못하고, 경전과 역사서를 경위經緯로 삼아 종순從順[61]을 주로 함은 신재식만 못합니다."

라고 하였다. 마침내 취미가 문형에 제수되었으나 어찌 연천 홍석주와 풍석 서유구에 미칠 수 있겠는가?

취미는 성품이 근검하고 외모를 꾸미지 않았으며, 사대부의 풍모가 있었지만 음주를 좋아하여 술에 취하면 술주정으로 실수를 하였다. 헌종 정유년(1837) 여름에 『순조실록』의 편찬을 마쳤을 때, 총재관 이하 여러 사람들이 차일암遮日巖[62]에 나가서 세초연洗草宴[63]을 베풀었으니 이것은 예전부터 행하던 통례였다. 술잔이 돌자 취미는 흠뻑 술에 취해 큰 술잔을 들고 연달아 두실斗室 심공에게 권하였다. 두실은 평소 주량이 크지 않아 사양하고 받지 않았으나 취미가 강요하는 통에 두실은 자못 괴로운 표정이 있었다. 취미가 사나운 목소리로 술잔을 내던지고 욕을 하며,

"너는 대신이라서 자중自重하느라 술을 마시지 않는 것이냐?"

라고 하였다. 곧이어 또 심공의 선친 함재공涵齋公(심념조)의 이름을 부르며 말하기를,

"내가 너의 아비 아무개를 보니 가소롭다."

라고 하니 여러 사람들이 모두 아연실색하여 드디어 연회를 파하고 흩어졌다. 후에 취미가 도리어 시로 해명하였는데, 그 일련一聯은 다음과 같다.

---

60) 박종훈朴宗薰(1773~1841) : 본관은 반남潘南, 자는 순가舜可, 호는 두계荳溪, 시호는 문정文貞. 1802년(순조 2) 정시문과에 병과로 급제하여 벼슬이 좌의정에 이르렀다.

61) 종순從順 : 문종자순文從字順. 글을 짓거나 글자를 사용함에 매우 적절하고 타당함을 이르는 말.

62) 차일암遮日巖 : 세검정 근처에 있는 바위 이름. 장의사莊義寺가 옆에 있었다고 하며, 삼각산의 여러 골짜기 물이 모여 흐르니, 그 아름다움이 성 밖의 놀만한 곳으로 손꼽혔다 한다.

63) 세초연洗草宴 : 국사國史의 찬수撰修를 마치고 열던 잔치.

| | |
|---|---|
| 此盃敢屬將軍貴, | 이 잔을 감히 귀한 장군에게 권했다가, |
| 老物還逢丞相嗔. | 노물老物(늙은이)이 도리어 승상의 꾸중을 만났네. |

심공이 듣고는,

"승상이 꾸중을 당한 것이지 노물이 무슨 꾸중을 당했는가?"

라 하였다. 이는 필시 취미가 전날에 멸시를 많이 당하였기 때문에 술주정이 이 지경에 이른 것이다. 그러나 조정의 회동에 중신이 술에 취해 대신을 욕보였는데도 대각臺閣에서 처벌하라는 논박 한마디 없었으니, 이런 것도 국가의 기강이란 말인가? 그 당시 온 세상이 떠들썩하였다.

申在植

申翠微在植, 字仲立, 登科, 典文衡, 官吏曹判書, 卒謚文淸. 翠微有文垣宿望, 其文衡時, 楓皐金忠文公薦之, 又疏列當薦諸公曰: "力追古轍, 至老未休, 臣不如徐有榘; 咀啜[64]英華, 不失規度, 臣不如朴宗薰; 博學强記, 應用不窮, 臣不如洪奭周; 經經緯史, 主於從順, 臣不如申在植." 翠微竟拜文衡, 然何以及淵泉・楓石也? 翠微性儉率, 不修邊幅, 有士大夫風, 而但好飮酒, 醉則使酒有失. 故憲宗丁酉夏, 『純廟實錄』成, 摠裁官以下諸公, 出遮日巖, 設洗草宴, 古例也. 盃行, 翠微大醉, 擧大白, 連勸斗室沈公, 斗室素無酒量, 辭不受, 翠微强之, 斗室頗有苦色. 翠微厲聲, 擲盃叱辱曰: "汝以大臣自重而不飮乎?" 仍又呼沈公之父涵齋名曰: "吾視汝父某, 爲可笑." 諸公皆失色, 遂罷宴而散. 後翠微反以詩自解, 其一聯曰: "此盃敢屬將軍貴, 老物還逢丞相嗔." 沈公聞之曰: "丞相逢嗔, 老物何嘗逢嗔乎?" 此必翠微前日多藐視, 故酒失至此. 然朝廷之會, 爲重臣者, 醉辱大臣, 而臺閣無一言駁之, 是亦國綱乎? 時擧世譁然.

64) 저철咀啜: '저작咀嚼'과 같은 뜻. 글 뜻을 잘 연구한다는 의미이다.

## 추사秋史 김정희金正喜 삼형제

참판 추사秋史 김정희金正喜[65]는 자가 원춘元春이니, 판서 유당酉堂 김노경金魯敬[66]의 맏아들이다. 그 중제仲弟인 산천山泉 김명희金命喜 성원性原[67]과 그 계제季弟인 금미琴糜 김상희金相喜 기재起哉[68]와 함께 남보다 빼어난 재주로 한 시대에 이름을 떨쳤다. 지금 이미 모두 세상을 떠났으니 진실로 근세에 얻기 어려운 인물들이다.

고문과 시가에는 산천이 가장 뛰어났고, 천고千古의 역사에 통달하고 백가를 꿰뚫으며, 아울러 명물名物·도수度數와 서화書畵·고기古器의 감상으로 당시에 독보적인 인물은 추사 한 사람뿐이다. 만약 금미가 홀로 행세하였다면 또한 족히 스스로 이름 났을 것인데, 형들에게 압도되어 두 형보다 조금씩 손색이 있었다. 추사의 어머니가 추사를 임신하여 24개월 만에 낳았고, 산천은 18개월에 낳았으며 금미는 12개월 만에 낳으니, 그 재주가 모인 것에 따라 임신한 기간이 달랐던가? 또한 기이한 일이다.

추사의 재주는 감상이 제일이고 글씨가 다음이며, 시문이 또 그 다음이다. 그러나 안중에 고인이 없었기 때문에 고금 시인의 일체의 시문에 대해 허락한 것이 극히 적었다. 이런 까닭으로 안목은 높으나 글재주는

65) 김정희金正喜(1786~1856) : 본관은 경주慶州, 자는 원춘元春, 호는 완당阮堂·추사秋史 등 다수. 1819년(순조 19) 문과에 급제하여 벼슬이 대사성에 이르렀다. 고증학, 금석학 등에 밝았으며 실사구시를 주장하였다. 서화 감식에 뛰어났으며 추사체를 완성하여 조선 제일의 서예가로 일컬어졌다. 저서에 『완당집阮堂集』 등이 있다.

66) 김노경金魯敬(1766~1840) : 본관은 경주慶州, 자는 가일可一, 호는 유당酉堂. 1805년(순조 5) 증광문과에 병과로 급제하여 벼슬이 지돈녕부사에 이르렀다.

67) 김명희金命喜(1788~1856) : 본관은 경주慶州, 자는 성원性源, 호는 산천山泉. 1810년 진사가 되고 벼슬은 현령에 그쳤다.

68) 김상희金相喜(1794~1861) : 본관은 경주慶州, 자는 기재起哉, 호는 금미琴糜.

뒤떨어져 거의 시문을 짓지 않았다. 그러므로 글상자에 보관된 것이 실제 몇 편 안 되었고, 또 논찬하고 고증하는 약간의 글도 없었으며, 볼만한 것은 사람들과 왕복한 서간문에 지나지 않는다. 그 외에는 다른 사람과 말로 논변한 것뿐이니, 후세에 추사를 논하는 사람이 무엇을 보고 그의 박식함에 탄복할 것이며, 무엇을 근거로 그의 문장을 좋아하겠는가?

다만 글씨가 가장 공교로워 옛것에 얽매이지 않았고 지금 것에도 아첨하지 않으며, 자기의 주관으로 독창적인 경지를 추구하여 늙을수록 더욱 방사放肆하였으니, 남에게 응수한 편액이나 병풍·족자가 모두 기이하고 괴상스러웠다. 여러 고을에 써놓은 글씨들은 형세를 꺾고 몸을 비틀지 않은 것이 없다. 이 때문에 사람들이 기인한 완상거리로 삼았지만 또한 비방도 많았다. 대개 근세의 원교圓嶠 이광사李匡師[69]의 필법이 이와 비슷하였는데, 추사는 모두 그 묘법을 자득自得하였으니, 어찌 이광사를 답습했겠는가?

## 金秋史

秋史金叅判正喜, 字元春, 判書酉堂魯敬伯子也. 與其仲弟山泉命喜性原, 季弟琴麋相喜起哉, 皆以絶人之才, 名於一世, 已皆凋謝, 然洵近世難得之人也. 其古文歌詩, 山泉最長. 淹通千古, 貫穿百家, 竝與名物度數·書畵古器鑑賞, 而獨步當時, 則秋史一人耳. 琴麋若使孤行, 亦足自名, 而爲伯仲所壓倒, 稍遜於二兄矣. 秋史之母夫人, 孕秋史二十四月生, 山泉則十八月生, 琴麋則十二月生, 才之所鍾而然耶? 亦可異也. 秋史之才, 鑑賞最勝, 筆次之, 詩文又次之. 然眼無古人, 故於古今人一切詩文, 絶少許可. 是以眼高而手下, 絶不作詩文.

69) 이광사李匡師(1705~1777) : 본관은 전주全州, 자는 도보道甫, 호는 원교圓嶠. 1755년(영조 31) 나주의 벽서사건으로 백부 진유眞儒가 처벌을 당할 때, 이에 연좌되어 회령會寧으로 유배되었다가 진도珍島에 유배되어 배소에서 일생을 마쳤다. 정제두에게서 양명학을 배워 아들 이영익에게 전하였다. 모든 서체에 능했고, 원교체라는 독특한 필체를 이룩했다. 저서에 『원교집圓嶠集』, 『원교서결圓嶠書訣』 등이 있다.

故巾衍所弆, 實無幾篇, 亦無論纂考證之一部文字, 所可見者, 不過與人往還書牘. 其外則對人言語辨難而已. 後之論秋史者, 何從以歎其博, 亦何據以愛其文. 但臨池最工, 不泥於古, 不媚於今, 師心獨造, 老益放肆, 爲人應副扁額屛簇, 皆瓌奇詭怪. 其州部點畫, 無非捩勢拗體, 以是人皆把爲奇翫, 而亦多疵謗. 盖近世圓嶠李匡師筆法類此, 而秋史皆自得其妙, 豈蹈襲於匡師也?

## 추사秋史의 서체書體

추사의 글씨가 비록 기괴한 글자체가 많았지만, 행서와 초서가 특히 그렇다. 내가 일찍이 그의 세해細楷[70]를 보니 글자마다 정묘精妙하고, 파波와 과戈[71]가 생동하였다. 예서는 더욱 절품絶品에 드니 아마도 천재이다. 추사가 문을 논하면서 거의 눈앞에 고인古人이 없는 것처럼 한 것이, 설루雪樓[72] 등 여러 사람보다 심하다. 비록 이것이 문인의 습기習氣일지라도, 이반룡李攀龍(字 : 于鱗)[73]과 왕세정王世貞(字 : 元美)은 시와 문장으로

70) 세해細楷 : 소해小楷. 해서의 작은 글씨.

71) 파波와 과戈 : 파는 날捺, 혹은 책磔이라고도 부르는 필법으로, '史'나 '起'의 밑 부분의 물결치는 듯한 긴 획을 가리키는 말이다. 과는 '戈'의 아래로 비스듬히 낚시 바늘처럼 생긴 획 등을 만드는 필법의 이름이다.

72) 설루雪樓 : 명나라 때 문인 이반룡李攀龍을 가리킨다. 설루雪樓는 이반룡의 서실書室인 백설루白雪樓의 준말이다. 여기에 당대의 문인들이 모여들었다 한다.

73) 이반룡李攀龍(1514~1570) : 명나라 때 시인. 자는 우린于鱗, 호는 창명滄溟. 왕세정과 함께 전칠자前七子의 문학론을 계승하여, 산문은 진한秦漢, 시는 성당盛唐의 것을 이상으로 해야 한다고 주장하였다. 후대에 이르러 그의 문학론이 문학의 독창성을 타락시켰다고 비판을 받았다. 저서에 『이창명선생전집李滄溟先生全集』, 『고금시산古今詩刪』이 있다.

각기 일가一家를 이루어 후세에 그 글이 전한 반면, 추사는 그렇지 않으니 '거리낌 없는 망령된 사람'이란 평을 면하기 어렵다.

秋史書體

秋史書雖多怪體, 行草則然, 而余嘗見其細楷, 字字精妙, 波戈活動. 其隸書尤入絶品, 盖天才也. 秋史論文, 殆欲前無古人, 有甚於雪樓諸公. 雖是文人習氣, 于鱗・元美, 則詩與文, 各自成一家言, 有足傳後, 而秋史無是, 難乎免'無忌憚之妄人'也.

## 추사秋史의 두보杜甫 시평

추사는 일찍이 "두시杜詩의 고・근체시는 칠언절구를 제일로 삼아야 마땅하다"고 논하였다.[74] 청나라 학자 모기령毛奇齡이 "『시경』 삼백 편 이후 시인이라 할 만한 사람은 단지 사가四家가 있으나, 양梁나라 태종太宗 간문제簡文帝[75]를 제일로 추대함이 마땅하다"고 하였다. 추사의 말도 이런 종류이다. 이런 말은 모두 모가 나게 유별난 괴론乖論이므로 따라서는 안 된다.

---

74) 추사는 일찍이 …… 논하였다 : 실제로 추사는 두보의 칠언절구만을 뽑아 선집을 만들기도 하였다. 자세한 것은 박철상, 「추사秋史가 편간編刊한 『시암록정두소릉칠언절구詩盦錄定杜少陵七言絶句』의 발굴과 그 가치」(『서지학보』 28, 한국서지학회, 2004) 참조.

75) 간문제簡文帝(503~551) : 양梁나라 무제武帝의 셋째 아들인 소강蕭綱. 묘호는 태종太宗. 어려서부터 총명하여 백가에 통달하였고, 본 것은 다 기록하여 저서가 대단히 많았다. 시문이 대단히 기교가 있어 당시에 그를 궁체宮體라고 불렀다.

秋史論詩

秋史嘗論杜詩古近體, 當以七絶爲第一. 淸儒毛奇齡謂 : "以三百篇後, 爲詩者, 只有四家, 而梁太宗簡文帝, 當推第一." 秋史之言, 亦此類. 是皆崖異之乖論, 不可從也.

## 추사秋史와 옹방강翁方綱

추사가 헌종 경자년(1840)의 국옥鞫獄[76]에 연루되어 심문을 받고 남으로 탐라耽羅(제주도)에 귀향을 갔다가, 다시 북으로 북청北靑으로 유배장소를 옮겼다.[77] 재난과 곤액을 두루 겪었으나 이르는 곳마다 문사들이 그를 좇아 이름이 더욱 드러났다. 또 젊어 벼슬하기 이전에 아버지를 따라 연경에 들어가 담계覃溪 옹방강翁方綱과 교유하였는데, 옹방강이 그의 재주를 아껴 깊이 허락하였고, 또한 많은 연경의 선비들과 왕복하며 토론하였다. 이 때문에 추사의 이름이 서촉西蜀과 강남江南에 두루 퍼졌다.

대개 추사의 글씨는 담계를 본받은 것이 많다. 추사는 정종 병오년(1786)에 태어나서 지금 임금 병진년(1856) 10월에 71세의 나이로 과천의 우사寓舍에서 죽었다. 그의 동생 산천 김명희는 수개월 앞서 69세로 죽

76) 국옥鞫獄 : 1834년 순조의 뒤를 이어 순원왕후 김씨가 수렴첨정을 하면서, 1830년에 있었던 윤상도尹尙度(1768~1840) 사건을 다시 문제 삼았는데, 이때 추사가 연루되어 1840년부터 1848년까지 제주도에 유배를 가게 되었다. 윤상도 사건이란 1830년에 윤상도가 박종훈과 신위, 유상량柳相亮 등을 탐관오리로 탄핵하다가 군신 사이를 이간시킨다는 이유로 순조의 노여움을 사 추자도로 유배된 사건을 말한다.

77) 북청北靑으로 유배장소를 옮겼다 : 1851년 권돈인權敦仁이 철종의 증조인 진종眞宗의 조천례祧遷禮에 관한 주장을 하다 파직당하여 순흥으로 유배되었는데, 이 와중에 친구인 추사도 연루되어 북청으로 2년간 유배를 당하였다.

었고, 그 막내 동생 금미 김상희도 금년 봄에 나이 69세로 죽었다. 모두 자식이 없어 그 후손이 결국 끊어지고 문사文辭도 끊어지고 말았으니, 슬픈 일이다.

翁方綱

秋史嘗被逮於憲宗庚子鞫獄, 至受刑訊, 而南竄耽羅, 北謫北青. 備經禍厄, 然所至文士從之, 其名尤著. 又於年少布衣時, 隨其大人入燕, 與交翁覃溪方綱. 翁愛其才甚許之, 亦多與燕士往復談討. 由是秋史之名, 殆遍於西蜀江南. 盖秋史之書, 軌則於覃溪者, 多矣. 秋史生正宗丙午, 至當宁丙辰十月, 壽七十一, 而卒於果川之寓舍. 其仲山泉先數月, 年六十九而死. 其季琴糜又於今春, 亦年六十九而死. 皆無子, 其後遂斬, 文辭亦絶, 悲夫!

## 추사秋史의 칠십이구정七十二鷗亭

근년에 추사秋史 김정희金正喜가 용산강蓉山江[78] 가에 잠시 거처하였는데, 일찍이 정자의 편액을 '칠십이구정七十二鷗亭'이라고 하였다. 그것을 본 사람이 의아하게 생각하여,

"칠십이구七十二鷗는 무엇을 말합니까?"

하고 물으니 추사가 웃으며 다음과 같이 대답했다.

"옛사람들은 많은 수의 사물을 말할 때 모두 72라고 하였다. 이런 까닭

78) 용산강蓉山江 · 용산강龍山江. 곧 한강의 일부 구간을 말함. 용산강 가에 읍청정挹淸亭이 있다.

으로 관중管仲은 봉선封禪[79]에 대한 제齊나라 환공桓公의 물음에 답하면서 '운운산云云山과 정정산亭亭山 등 72곳에 봉선하였다'[80]고 말하였으며, 위魏나라 무제武帝(조조)의 의총疑塚[81] 또한 72개였다고 한다. 또 한漢나라 고조高祖(유방)의 왼쪽 넓적다리에 난 사마귀도 72개였다고 하였으니, 이것은 모두 그것이 많은 숫자를 말하는 것이지 실제 72개를 가리키는 것은 아니다. 이제 내가 강가에 살아보니 갈매기가 많았다. 그래서 나 또한 '칠십이구'로 정자의 이름을 지은 것이니 어찌 괴이하다 하겠는가?"

추사의 말은 매우 분명하였다. 그러나 내가 평소에 강가에 많이 가 보았는데, 한강 가에서는 갈매기 한 마리도 보지 못하였다. 다만 임자년(1852) 봄에 산과 바다로 여행을 하다가 통천通川과 고성高城의 바닷가에서 처음으로 갈매기를 보았는데, '끼룩끼룩'하는 울음소리가 괴상도 하였다. 이는 아마도 옛사람들이 시를 읊으면서 물가에 사는 새에서 이름을 취한 것에 지나지 않을 것이다.

우리나라는 강에 사는 갈매기가 없는데, 중국에만 강에 필시 갈매기가 산다는 것인가? 알지 못하겠다. 그러나 두보杜甫의 시에,

| | |
|---|---|
| 舍南舍北皆春水, | 집의 남북으로 온통 봄 강물 흐르는데, |
| 但見群鷗日日來. | 다만 갈매기 떼만 매일같이 찾아오네.[82] |

라고 하였으니, 아마 중국에는 강이나 바다, 시냇가를 막론하고 물이

79) 봉선封禪: 고대에 군왕이 즉위한 뒤, 하늘과 땅의 신에게 제사 지내며 그 공덕에 보답하는 것을 말함. '봉封'은 태산泰山에 흙을 쌓아 제사 지내는 것을, '선禪'은 태산 아래 양보산梁父山에 일정한 구역을 설정하여 제사 지내는 것을 의미한다.

80) 운운산云云山과 …… 봉선하였다: 『사기史記』 「봉선서封禪書」에 "관중이 말하기를, '고대에 태산泰山과 양보산梁父山에 도읍한 제후는 72명이나 된다' 하였다"는 구절과 함께 운운산 등 봉선한 장소가 열거되어 있다.

81) 위魏나라 무제武帝의 의총疑塚: 위나라 조조曹操의 가짜 무덤. 조조는 죽을 무렵에 자신의 무덤이 다른 사람들에게 알려질까 두려워 72개의 가짜 무덤을 만들었다고 한다.

82) 두보의 칠언율시 「객지客至」의 수련首聯 참조.

있는 곳이면 갈매기가 있어 그런 것인가?

秋史七十二鷗亭

秋史近年, 暫居蓉山江上. 嘗扁其亭曰'七十二鷗亭.' 見者怪問曰: "何謂其七十二鷗也?" 秋史笑曰: "古人謂事物之多數, 皆稱七十二. 故管仲答齊桓公封禪之問, 以'云云亭亭七十二處'爲辭. 魏武帝疑塚, 亦云七十二. 漢高祖左股黑子, 亦云七十二. 是皆言其多數, 非眞七十二也. 今吾居江上, 多白鷗. 故吾亦以七十二鷗名亭, 何足怪也?" 秋史之言, 甚辨. 然余平生, 江行亦多, 而漢上未嘗見一鷗. 獨於壬子春海山行, 始見白鷗於通川高城海邊, 其鳴聲, 磔磔然可怪. 盖古人詠詩, 不過取名於水禽耶. 我東則無江鷗, 惟中國則江必有鷗耶? 未可知也. 然老杜詩, '舍南舍北皆春水, 但見群鷗日日來.' 豈中國則無論江海川溪, 有水則有鷗而然耶?

## 추사秋史 편액扁額의 유래

추사는 평소에 자호自號 또한 많았다. 젊은 시절, 한번은 그가 거처하는 방에 편액을 걸어 '상하삼천년종횡십만리지실上下三千年縱橫十萬里之室'이라고 하였다. 나는 늘 그 말을 기이하게 생각해 왔는데, 뒷날 어떤 글에서 원나라 문민공文敏公 조맹부趙孟頫[83]가 이미 이런 말을 했음을

83) 조맹부趙孟頫(1254~1322) : 원나라 때 문인. 자는 자앙子昂, 호는 집현集賢 · 송설도인松雪道人, 시호는 문민文敏. 서화와 시문에 뛰어났으며, 글씨는 진당晉唐을 으뜸으로 하고, 그림은 오진吳鎭 · 황공망黃公望 · 왕몽王蒙과 더불어 원대의 4대가로 꼽힌다.

알게 되었다.[84] 또 청나라 잠구潛丘 염약거閻若璩[85]가 쓴 「남뢰南雷 황종희黃宗羲[86] 제문」에도 다음과 같이 쓰여 있다.

"상하로 오백 년, 종횡으로 일만 리 사이에 박학하면서도 정밀한 사람이 셋이 있다. 한 사람은 처사 정림亭林 고염무顧炎武이고, 한 사람은 우산종백虞山宗伯 전겸익錢謙益이고 나머지 한 사람이 선생이다."

아마도 추사가 편액한 것은 이것을 취해서 본받았을 것이다.

秋史扁額

秋史平生, 自號亦多. 少時, 嘗扁其居室曰, '上下三千年縱橫十萬里之室.' 余常奇其語, 後見一書, 元趙文敏公, 已有此語. 又淸閻潛丘[87] 若璩, 「祭黃南雷宗羲文」, 有曰: "上下五百年, 縱橫一萬里, 博而精者, 得三人. 一則顧亭林處士也, 一則錢虞山宗伯也, 一則先生也." 盖秋史所扁, 取則於此也.

---

84) 조맹부趙孟頫가 …… 알게 되었다: 조맹부가 두보의 시를 평한 말. 왕사진王士禛의 『지북우담池北偶談』 권13에 관련 기록이 보인다.

85) 염약거閻若璩(1636~1704): 청나라 때 경학자. 자는 백시百詩, 호는 잠구潛丘. 『고문상서소증古文尚書疎證』을 발표하여 『고문상서古文尚書』가 위서임을 밝혔다. 청대 고증학의 선구자 중 한 사람이다.

86) 황종희黃宗羲(1610~1695): 명말 청초의 유학자. 자는 태충太沖, 호는 남뢰南雷. 세상에서 '이주선생梨洲先生'이라 불렀다. 고증학의 선구자로 천문·역법·역사 등에 관한 저술이 많다. 저서에 『명이대방록明夷待訪錄』·『송원학안宋元學案』·『황이주문집黃梨洲文集』 등이 있다.

87) 국립도서관본은 '立'으로 되어 있으나, '丘'의 오자다.

## 중국中國 학자의 박학博學

연천淵泉 문간공文簡公이 일찍이 말하였다.

“근세의 우리나라 문인 가운데 열수洌水 정약용丁若鏞과 추사秋史 김정희金正喜 등이 가장 박학하다고 일컬을 만하고, 그 밖에는 또한 사람이 많지 않다.”

그러나 지난번 내가 연경에 갔을 때 태학의 공생貢生[88] 여러 명을 만나 그들과 서사書史를 담론하였는데, 모두 묻는 대로 응답을 하여 붓을 돌려가며 번갈아 썼다. 『급총주서汲塚周書』[89] · 『죽서기년竹書紀年』[90] · 『월절서越絶書』[91] · 『목천자전穆天子傳』[92] 등과 같은 책에 실려 있는 벽자僻字도 머뭇거리거나 막힘이 없었다. 또한 논변하고 고증한 모든 것이 한 점 한 획도 어긋남이 없어 글마다 이와 같지 않은 것이 없었다. 어찌 경악할 만한 일이 아니겠는가. 이들은 먼 지방에서 과거보러 왔다가 낙방하여 돌아가지 못하고 서울에서 나그네 생활을 하는 이름 없는 하찮은 선비들에

---

88) 공생貢生 : 중앙 정부에 천거된 학자를 말한다. 중국에서 생원 합격자 가운데 학행이 우수한 자를 부공副貢 · 발공拔貢 · 우공優貢 · 세공歲貢 · 은공恩貢 등의 이름으로 뽑아서 벼슬을 시켰는데, 이들을 모두 공생이라고 한다.

89) 『급총주서汲塚周書』 : 진晉나라 초에 급군汲郡 사람 불준不準이 위양왕衛襄王의 무덤에서 발굴했다는 선진시대의 고서. 『수서경적지隋書經籍志』 · 『당서예문지唐書藝文志』 등에 그 내용이 실려 있다. 안사고顔師古가 『한서예문지漢書藝文志』를 주석하면서 공자가 산삭한 나머지라고 일컬으면서부터 『일주서逸周書』라고 불려왔다. 급군의 무덤에서 나온 고서로 현재 남아 있는 것은 이 책 이외에 『죽서기년竹書紀年』 · 『목천자전穆天子傳』 등이 있다.

90) 『죽서기년竹書紀年』 : 『사기』의 빠진 점을 보완한 것이라고 하는 중국 고대의 역사서. 죽간竹簡에 고체문자古體文字로 쓰여져 있어 중국 고대사의 중요한 자료가 되고 있다.

91) 『월절서越絶書』 : 한나라 원강袁康이 찬했다는 주대周代 월국越國의 흥망에 관한 기록. 15권으로 되어 있으며, 『오월춘추吳越春秋』에 견주어지는 책이다.

92) 『목천자전穆天子傳』 : 기원전 5~4세기경의 중국에서 가장 오래된 역사소설. 주周나라 목왕穆王이 서왕모西王母를 만나고, 다시 남방 여행 중에 미인 성희盛姬와 만나 연애하여 결혼한다는 이야기이다. 죽간으로 역시 양왕의 고분에서 발견되었다.

지나지 않는다. 그러나 내가 보기에는 누구나 열수 정약용이나 추사 김정희였다. 그러니 우리나라 사람들의 재주와 학식으로 중국 사람들을 능히 감당할 수 있는 것이 열에 서넛이나 되겠는가?

中國人博學

淵泉文簡公嘗言："近世我國文人, 如丁洌水·金秋史輩, 最稱博學, 其外亦無多人." 然向余入燕, 訪見太學貢生諸人, 與之談論書史, 皆隨問應答, 輪筆遞寫, 如『汲塚周書』·『竹書紀年』·『越絶書』·『穆天子傳』等諸書所載, 稀僻文字, 無所疑滯. 擧論辨考證者, 不爽點畫, 殆無書不如, 是豈不愕然可驚乎? 是不過遠方赴擧, 失第未還, 旅食京師之無名小生也, 而以余觀之, 無非丁洌水·金秋史也. 我國人才學, 其能當中州人, 三四分乎?

## 소남小枏 심능숙沈能淑의 재주

소남小枏 심능숙沈能淑[93]은 자가 영수英叟로, 재주가 뛰어나고 박학하였으며 시가를 잘하고 고금의 일을 논변하기를 좋아하였다. 술을 수십 잔 들이키면 그때마다 문득 경사經史와 제자백가서를 인용해 대는데, 줄줄 막힘이 없어 늘 온 좌중의 사람들을 굴복시켰다. 이 때문에 도성 안의 글 잘 짓기로 이름난 선비들이 모두 그의 집으로 몰려들어 집에는 신

93) 심능숙沈能淑(1782~1840) : 본관은 청송靑松. 자는 영수英叟. 호는 소남小楠. 1829년 음직으로 감역監役을 지내고 이후 감찰監察·판관判官·태인현감 등을 역임했으며, 근체시에 뛰어났다. 저서로는 『옥수기玉樹記』·『후오지가後吾知可』,·『문시文時』 등이 있다.

발이 항상 가득하고 술잔을 세는 산대가 어지러웠으니 역시 근세의 공문거孔文擧[94]라고 할 만하다.

소남은 어려서 신동으로 일컬어졌고 젊은 날에는 과거 공부에 전념하여 공령功令(과거)의 여러 문체에 뛰어났다. 다만 고문古文은 법도를 다 갖추지 못하였기 때문에 다른 글에 비해 손색이 있었다. 그러나 그의 근체시는 절창이 많았으니 다른 시인들 중에서 쉽사리 찾아볼 수 있는 것이 아니었다. 젊은 시절 삼각산에서 노닐 때, 백운대에 올라 시를 지었다.

| | |
|---|---|
| 我生二十六年秋, | 나 태어난 지 스무 여섯 되던 가을에, |
| 直向三山最上頭. | 곧장 삼각산 정상에 올랐네. |
| 下界撲塵驚漲海, | 먼지로 뒤덮인 인간세상 넘실대는 바다보다 경악스럽고, |
| 絶峰無地勝騎舟. | 깎아지른 봉우리 끝없이 높아 배를 탄 것보다 더하구나. |
| 石上嵐光橫遠架, | 바위 위엔 남기 빛나 멀리 시렁처럼 비껴 있고, |
| 天中雲氣作虛樓. | 하늘에 구름 기운 허공에 누대를 지었도다. |
| 仙郎笑問來時險, | '오는 길 험하지 않았냐?'고 신선이 웃으며 묻기에, |
| 曾自人間愼步遊. | '인간 세계로부터 발걸음을 삼갔노라' 대답했네.[95] |

그의 호방하고 거리낌 없는 것이 이와 같았다. 그러나 이따금 술을 마시면 간혹 실언을 하였고 말이 허풍에 가까워, 이 때문에 친구들이 점점 그를 멀리하게 되었다. 게다가 젊은 날에 친하게 왕래하던 명사名士들이 훗날 대부분 현달하여 공경의 지위에 오르면서도 돌아보지 않아 소남의 이름은 날로 보잘것없이 되었고, 만년에는 낙척하여 무료한 세월을 보냈다. 중년이 되어서야 비로소 음직으로 감역이 되었고, 관직이 태인 현감

94) 공문거孔文擧 : 공융孔融(153~208). 후한後漢 말기의 학자. 문거文擧는 그의 자. 공자의 후손이다. 헌제 때 북해상北海相이 되어 학교를 세우고 유교를 널리 폈다. 그러나 뜻이 지나치게 커 크게 성공하지 못했는데, 일찍이 스스로 말하기를 "자리에는 객으로 가득차고, 술동이의 술이 비는 날이 없으니, 나는 근심할 게 없다네"라고 하였다. 훗날 조조曹操의 미움을 받아 주살되었다. 저서에 『공북해집孔北海集』이 있다.

95) 『송사내편松史內篇』 권1에 「등삼각산백운대登三角山白雲臺」라는 제목으로 실려 있다.

에 그쳤다. 마침내 일을 그르치고 집에 돌아가 불평을 머금다가 생을 마치니 나이 겨우 60세였다.

소남은 풍채가 빼어나고 헌걸찬 장신이었다. 후배들을 장려하여 이끌어주기를 좋아하였으며, 풍류가 성대하여 한 번만 만나보아도 그가 영기英氣가 있음을 알 수 있었다. 그러나 끝내 때를 만나지 못했으니 안타까운 일이다. 저서에 『소남시문집小枏詩文集』[96]이 있고 또 『문시文時』 12권을 편집하여 집안에 보관하고 있다. 소남은 늦은 나이에 두 아들을 두었는데, 장남 의선宜善은 돈녕참봉敦寧參奉을 지내고 일찍 죽었으며, 차남 의홍宜弘은 지금 포의布衣이다.

沈小枏能淑

沈小枏能淑, 字英叟, 有雋才博學, 善歌詩, 好談辨古今事. 飮酒數十盃, 輒援引經史百家, 滾滾不窮, 常屈四座. 以是洛下名能文者, 多輻湊其門, 故戶屨恒滿, 觥籌交錯, 亦近世之孔文擧也. 小枏兒時, 以神童稱, 少工擧業, 長於功令各體. 但古文未盡繩墨, 故遜於他文. 然其歌詩近體, 則多絶調, 詩家中未易多見. 少年遊三角, 登白雲臺, 有詩曰:"我生二十六年秋, 直向三山最上頭. 下界撲塵驚漲海, 絶峰無地勝騎舟. 石上嵐光橫遠架, 天中雲氣作虛樓. 仙郎笑問來時險, 曾自人間愼步遊." 其豪爽不羈類此. 然往往有酒間失言, 談近浮夸, 故朋知稍稍厭之. 且少日徵逐之名士, 後多貴顯, 位公卿而不顧, 小枏之名日蹙, 晩益濩落無聊. 中歲始蔭仕監役, 官止泰仁縣監, 竟敗歸家, 食悒悒而卒, 年纔六十. 小枏貌丰秀頎而長, 好奬引後輩, 風流弘長, 一見可知其有英氣也, 窮不遇時, 惜哉. 所著有『小枏詩文集』, 又編『文時』十二卷, 藏于家. 小枏晩有二子, 長宜善, 官敦寧參奉, 早死. 次宜弘, 今布衣.

---

96) 『소남시문집小枏詩文集』: 현재 그의 시문집은 시집인 『송사내편松史內篇』 4권과 문집인 『송사외편松史外篇』 3권이 『후오지가後吾知可』라는 표제로 6책으로 전하고 있다.

## 소남小枏 심능숙沈能淑의 자부自負

문인들이 지지 않으려 하고 자부하는 마음을 가진 것은 옛날부터 그러했다. 이런 까닭으로 어양漁洋 왕사정王士禎은 「논시절구論詩絶句」에서

三代以還盡好名,　　삼대 이후로 너나없이 이름나기 좋아하여,
文人從古善相傾.　　문인들은 예로부터 경도되기 잘하였네.
君看少谷身先死,　　그대는 보게나, 소곡少谷[97]이 먼저 죽었을 때,
只有春風王子衡.　　오로지 봄바람[98] 같은 왕자형王子衡[99]만 있었다네.[100]

라고 하였다. 대개 명나라 홍치弘治·정덕正德[101] 연간에, 소곡少谷 정선부鄭善夫와 왕정상王廷相은 당초 일면식도 없었다. 그런데도 정선부가 일찍이 시를 짓기를,

海內談詩王子衡,　　중국에서 시를 담론하기로는 왕자형을 치니,
春風坐遍魯諸生.　　봄바람 같은 덕이 노나라 제생諸生에게 두루 미쳤네.

---

97) 소곡少谷: 정선부鄭善夫(1485~1523). 자는 계지繼之, 소곡少谷은 그의 호. 저서에 『경세요록經世要錄』·『소곡산인집少谷山人集』이 있다.

98) 봄바람[春風]: 덕행이 고상하고 학식이 높은 사람과 함께 처함에 그 훈도를 받음이 봄바람과 같다는 의미. '여좌춘풍如坐春風'이란 말이 있다.

99) 왕자형王子衡: 명나라의 왕정상王廷相(1474~1544). 자형子衡은 그의 자, 시호는 숙민肅敏. 홍치 연간의 진사로, 오랑캐를 토벌한 공으로 벼슬이 좌도어사에 올랐으며 경학에 밝고 토론하기를 즐겼다.

100) 『어양정화록漁洋精華錄』에는 "三代以還盡好名, 文人從古善相輕. 君看少谷山人死, 獨有平生王子衡"이라 되어 있다. 내용은 비슷하지만, 글자에 출입이 있다.

101) 홍치弘治·정덕正德: 홍치는 명나라 효종孝宗(1488~1505)의 연호이며, 정덕은 무종武宗(1506~1521)의 연호이다. 이 시기에 문학에서는 복고 운동이 일어났으며, 홍정칠자를 비롯한 유명한 문인들이 쏟아져 나왔다.

라 하였다. 이 구절이 크게 전해지니 왕정상이 듣고는 매우 기뻐했다. 훗날 정선부가 영외嶺外[102]에서 객사하여 장사를 치러줄 사람이 없었는데, 왕정상이 힘을 다하여 재물을 내고 수 천리를 운구하여 고향에 장사를 치러주었다. 이것은 가련하게 여겨서 의리를 낸 것이 아니요, 실로 시 한 구절을 고마워한 까닭이니, 어찌 이름나는 것을 심히 좋아한 까닭이 아니겠는가?

소남 심능숙은 근세의 걸출한 시인이다. 언젠가 자신이 지은 「신루기蜃樓記」[103] 한 편을 내게 보여주었는데, 그 문장을 보니 원숙함이 부족하였다. 한 번 다 읽고 나서는 단지,

"완화구백浣畫舊帛 네 글자가 매우 기이하여 이전 사람들이 말하지 않은 것이다."

라고만 하고 다른 말을 하지 않으니, 소남은 기쁘지 않은 빛을 띠고 가버렸다.

그 뒤 경인년(1830)과 신묘년(1831) 사이의 어느 날 나를 찾아와서 얘기를 시작하려는 참에 갑자기,

"내가 어제 승지 최한익崔漢翼의 정원에서 시를 짓다가 절구 하나를 얻었는데, 과연 근래 지은 것 중에 명작이라 할 수 있네. 최승지 또한 경탄을 하였는데, 그대의 생각은 어떤지 모르겠네."

하면서 드디어 절구를 읊조렸다.

| | |
|---|---|
| 春樹陰陰春鳥啼, | 봄 나무 우거진 곳 봄새가 우는데, |
| 不知啼在樹東西. | 그 소리 나는 곳 나무 동쪽인가 서쪽인가? |
| 可憐城北城南柳, | 사랑스럽구나, 도성의 남북으로 늘어진 버드나무, |
| 盡入君家一色齊. | 모두다 그대 집에 들어와 한 빛깔로 고르다네. |

102) 영외嶺外 : 본래 오령五嶺 밖의 지역으로 지금의 광동·광서 지역을 말하는데, 먼 곳을 지칭하기도 한다.

103) 「신루기蜃樓記」 : 『송사외편松史外篇』 권1에 실려 있으며, 권2에 「신루기후서蜃樓記後序」라는 글도 실려 있다.

나는 천천히 대답하였다.

"시는 참으로 절창입니다. 그런데 다만 방위方位가 너무 많습니다."

그러자 소남은 발끈하며 노기를 띠었다. 내가 다시 말하였다.

"어르신께서 젊은 날에 지은 백운대 율시는 제가 평소에 애송하였습니다. 지금 최승지의 정원에서 쓴 시는 비록 좋기는 하지만 그것에는 미치지 못한 듯합니다."

그리고 곧 율시 전편을 암송하였다. 그러자 소남은 비로소 성난 기색이 점차 펴지고 웃으며 말하였다.

"그대의 총명함이 남들보다 뛰어나네. 어찌 이것을 암송할 수 있단 말인가?"

소남은 시문에 자부하고 있었기 때문에 남이 자신에게 아첨하는 것을 좋아하였다. 그러나 문인들의 이러한 병통이 어찌 소남 뿐이겠는가. 소남이 죽자 문충공文忠公 운석雲石 조인영趙寅永[104]이 다음과 같이 애도하였다.

| | |
|---|---|
| 窮達論身外, | 궁달窮達은 몸 밖의 일로 여기더니, |
| 文章落世間. | 문장만이 인간 세상에 남았구나. |
| 白騾何日返, | 백라白騾는 언제 돌아오며, |
| 黃鶴幾時還. | 황학黃鶴은 어느 때야 돌아올꼬?[105] |

이는 그를 애석하게 여긴 것이다.

104) 조인영趙寅永(1782~1850) : 본관은 풍양豊壤, 자는 희경羲卿, 호는 운석雲石, 시호는 문충文忠. 1819년(순조 19) 식년문과式年文科에 급제하여 벼슬이 영의정에 이르렀다. 순원왕후純元王后 김씨가 수렴청정垂簾聽政하면서 안동김씨 세도정치가 시작되자 풍양조씨의 중심인물이 되었다. 저서에 『운석유고雲石遺稿』가 있다.

105) 『운석유고雲石遺稿』 권4에 「심영수만沈英叟挽」이라는 제목으로 실려 있다. 인용된 부분에 약간의 글자출입이 있다. "故人日以減, 春草自空山. 窮達抛身外, 文章落世間. 白騾今又去, 黃鶴幾時還. 歷歷同庚歓, 停盃漏莫攀"

文人好勝

文人之好勝而自負，自古已然. 故王漁洋「論詩絶句」，有曰:"三代以還盡好名，文人從古善相傾. 君看少谷身先死，只有春風王子衡." 盖明弘・正間，鄭少谷善夫，與王廷相，初不相識. 而鄭嘗有詩曰:"海內談詩王子衡，春風坐遍魯諸生." 其句盛傳，王聞甚喜之. 後鄭客死嶺外，無人庇喪，王悉力出財，返櫬數千里，葬於故鄉. 此非憐而出義也，實感德於一句詩也. 豈非好名之甚乎? 沈小枏，近世詩豪也. 嘗以所作蜃樓記一篇示余，見其行文，欠圓熟. 一讀訖，但曰:"'浣畫舊帛'四字甚奇，前人所未道." 他無一語，小枏不說而去.

其後庚寅・辛卯間，一日訪余，纔接語，便曰:"吾昨遊崔承旨漢翼家園，賦詩得一絶，果近來名作. 崔亦驚歎，君意又何如?" 遂誦之曰:"春樹陰陰春鳥啼，不知啼在樹東西，可憐城北城南柳，盡入君家一色齊." 余徐答謂:"詩固絶調，而但方位太多." 小枏勃然有怒色. 余更曰:"長者少日有「白雲臺」一律，余平生愛誦. 今崔園詩雖好，恐不及." 乃盡誦全篇. 小枏始氣色稍舒，笑曰:"君聰明過人，何能誦此?" 盖小枏於詩文自負，故喜人佞己. 然文人此病，何獨小枏也? 小枏之卒，雲石趙文忠公，輓之曰:"窮達論身外，文章落世間. 白騾何日返，黃鶴幾時還." 盖惜之也.

## 순계醇溪 이정리李正履

순계醇溪 이정리李正履[106]는 자가 심부心夫[107]이며, 교리 이양천李亮天[108]

---

106) 이정리李正履(1783~1843): 본관은 전주全州, 자는 심부審夫, 호는 순계醇溪. 1835년

의 증손이고, 참봉 이재성李在誠[109]의 아들이다. 그의 동생 이정관李正觀[110]과 더불어 고문의 문장을 힘쓰니, 풍부함과 요약됨이 표준에 맞고 온화하고 조용하여 법도가 있었다. 환하게 정채롭게 빛나는 것은 순계의 문장이요, 도도히 흘러 끝없이 넘실대는 것은 염재念齋의 문장이다. 순계의 집은 북산北山(백악산) 아래에 있었는데, 매우 가난하여 이따금 흙 가마솥에 연기가 나지 않았는데도 형제는 문사文史를 공부하며 즐거워하였다.

그러나 순계는 천성이 조용하고 삼가서 지키는 바가 있었으며, 염재는 간혹 술주정을 하며 자잘한 예의범절에 구애받지 않았으니, 이 때문에 많은 사람들이 헐뜯고 비방하였다. 예전에 죽하竹下 김기서金箕書[111]가 시문으로 세상에 이름을 드날렸는데, 일찍이 소남小枏 심능숙沈能淑에게 말하기를,

"문장은 백년이 지나야 값이 정해지니, 우리들이 죽은 후에는 이심부李心夫가 필시 성대하게 영수가 될 것이다."

하였다. 소남은 아무런 대답도 하지 않았으니, 이는 그를 꺼렸기 때문이다. 소남은 시에서는 순계보다 월등히 나았지만 문장에서는 순계에 크게 미치지 못하였다. 순계는 헌종 을미년(1835)에 증광 문과에 급제하여 관직이 승지에 이르렀어도 오히려 곤궁하게 살다가 생애를 마쳤다. 염재는 자가 치서稚瑞로, 음직으로 예산禮山현감이 되었으나 지나친 음주 때문

---

증광문과에 급제하여 벼슬이 승지에 이르렀다.

107) 심부心夫 : 이정리의 자는 심부審夫. 심부心夫는 오기인 듯하다. 국립도서관본과 서벽외사해외수일본 모두 심부心夫로 되어 있다.

108) 이양천李亮天(1716~1755) : 본관은 전주全州, 자는 공보功甫, 호는 영목당榮木堂. 1749년 문과에 급제하여 교리를 지냈다. 저서에 『영목당집榮木堂集』이 있다.

109) 이재성李在誠(1751~1809) : 본관은 전주全州, 자는 중존仲存, 호는 지계芝溪.

110) 이정관李正觀(1792~1854) : 본관은 전주全州, 자는 치서稚瑞·관이盥而, 호는 염재念齋. 1831년 사마시에 합격하여 예산현감을 지냈다.

111) 김기서金箕書(1766~1822) : 본관은 광산光山, 자는 치규稚圭, 호는 죽하竹下. 배와坏窩 김상수金相肅의 아들. 개천 현감과 창도 군수를 지냈으며, 서화로 이름이 있었다. 저서에 『화초만고和樵漫稿』가 있다.

에 실패하여 집에 돌아와 시름 속에 죽었다. 근세에 혹 전해오기를, 염재가 죽어 염라대왕이 되어 강가의 인가에 이적異蹟이 남아있다고 하는데, 그 이야기는 너무도 황당하다.

李醇溪正履

李醇溪正履, 字心夫, 校理亮天曾孫, 參奉在誠子. 與其弟正觀, 力治古文詞, 豐約中程, 雍容有法度. 精光蔚然則醇溪之文也, 滔滔莽莽, 漫汗不窮者, 念齋之文也. 醇溪家在北山下, 貧甚, 往往至土銼無煙, 而兄弟以文史自娛. 然醇溪性恬謹有守, 念齋則時或使酒, 不拘細節, 人亦以是多疵謗. 昔竹下金公箕書, 詩文名世, 嘗謂沈小栟曰: "文章當百年定價, 吾輩死後, 李心夫必裒然爲領袖矣." 小栟默然不答, 盖忌之也. 小栟詩過醇溪遠甚, 文則不及醇溪亦遠甚. 醇溪以憲宗乙未, 登增廣文科, 官止承旨, 猶窮困而卒. 念齋字稚瑞, 蔭仕爲禮山縣監, 以濫觴敗歸, 悒悒而終. 近世或傳, 念齋死爲閻羅王, 有異蹟於江上人家云, 其說甚荒唐.

## 죽어서 이계異界의 왕이 된 사람들

옛날에 유총劉聰[112]은 차수국遮須國[113]의 왕이 되었고, 한금호韓擒虎[114]

112) 유총劉聰(?~318) : 오호십육국五胡十六國시대의 한漢나라 제3대 황제. 자는 현명玄明, 다른 이름은 재載, 시호는 소무昭武. 아버지 연淵을 따라 나라에 헌신하여 녹여왕鹿蠡王에 제수되었다. 진晉나라 영가 4년에 형을 죽이고 스스로 왕이 되었으며, 진나라 회제懷帝를 잡고 민제愍帝를 항복시켰다.

113) 차수국遮須國 : 전설 속에 나오는 나라 이름.

는 염라대왕이 되었으며, 석연년石延年[115]은 부용성芙蓉城[116]의 성주가 되었다고 한다. 이 이야기는 비록 황탄하지만 유총은 중화를 어지럽힌 한 영웅[偏雄]이었고, 한금호는 수나라의 명장이었으며, 만경은 걸출한 시인이었으니 오히려 그럴 수 있다고 하겠다. 그러나 염재念齋 이정관李正觀은 살아서는 곤궁하다가 죽어서 귀하게 된 경우이니, 과연 그러했다면 염라국 또한 인재 구하기에 곤란을 겪는 것이리니, 한번 웃을 만하다.

韓擒虎爲閻羅王

昔劉聰爲遮須國王, 韓擒虎爲閻羅王, 石曼卿爲芙蓉城主. 其說雖誕, 劉聰亂華之偏雄也, 擒虎隋之名將也, 曼卿詩人之傑也, 猶可爲也. 而念齋生窮死貴, 果然則閻府亦才難矣, 殊發一笑.

## 가도학假道學 윤광현尹光鉉

원미元美 왕세정王世貞[117]은

114) 한금호韓擒虎(538~592) : 수隋나라 때 무장. 본명은 표豹, 자는 자통子通. 문제文帝 때 그는 5백 명으로 진陳나라 수도 금릉金陵을 손에 넣고 진후주陳後主를 사로잡았다. 벼슬은 상주국上柱國에 이르렀다.

115) 석연년石延年(994~1041) : 송宋나라 때 송성宋城 사람. 자는 만경曼卿. 기절氣節이 호방하고 세상일에 힘쓰지 않았다. 문장은 굳세고 강건하였으며 시가 더욱 뛰어났다. 변방을 대비하는 상소를 올렸으며 소순흠蘇舜欽, 매요신梅堯臣 등과 이름을 나란히 하였다.

116) 부용성芙蓉城 : 전설 속에 나오는 선경仙境. 구양수歐陽脩의 『육일시화六一詩話』에 "승만이 죽은 후에 그 친구 중에 그를 본 사람이 있었는데, 꿈속처럼 황홀한 가운데 승만 자신은 귀신의 신선이 되어 부용성을 다스리고 있다고 말했다"는 이야기가 실려 있다.

117) 왕세정王世貞(1526~1590) : 명나라 때 학자. 자는 원미元美, 호는 엄주산인弇州山人.

"도학으로 자부하는 사람은, 모두 견식이 좁은 선비가 자신을 꾸미는 겉치장이요, 탐욕한 사람이 모여드는 소굴이다."
라고 하였다.

이 말은 천박함을 면치 못하였으니, 명교名教의 죄가 되기에 충분하다. 그러나 고금에 위군자僞君子·가도학假道學으로 세상을 속이고 이름을 훔친 자가 없지 않았다.

근래 남성南城 밖에 윤광현尹光鉉이라는 자가 있었는데, 집안이 대대로 한미하여 처음에는 어떠한 사람인지 몰랐다. 그러나 스스로 경전에 통달하고 옛것을 배웠다고 말하고, 걸핏하면 성명이기性命理氣를 거론하며 호학湖學[118]을 주장하니, 따르는 사람이 자못 많았다. 그 아내 또한 학식이 있어 글을 잘하고 예를 잘 말하였다. 사족士族의 집안에서 간혹 의심나는 예를 가지고 와서 물어보면, 반드시 여러 학자의 논의를 인용하여 기록해서 답해주니, 그녀의 학문이 광현보다 실로 뛰어났다. 그러나 인물의 성性을 논할 때, 그 아내는 오로지 낙학洛學[119]을 주장하였기 때문에 부부가 의견이 달라, 반드시 대단한 기세로 서로 싸우고 나서 그쳤으니, 규합閨閤[120]이 예禮와 성性을 능히 말하였다는 것을 예전에는 듣지 못하였다. 다만 윤광현은 거칠고 괴팍하였고 망령되게 스스로를 유자儒者로 행세하니 많은 사람들이 비웃었다.

참판 유진오兪鎭五[121]가 과거급제를 하기 전 젊었을 때, 언젠가 여름날에 젊은 무리들을 이끌고 용호蓉湖[122]의 읍청루挹淸樓에 나가 놀았다. 참

---

강소성江蘇省 태창太倉 출신. 가정연간에 진사가 되어 관직이 형부상서刑部尚書에 이르렀다. 고문복고운동을 전개하여 격조를 중요하게 여기는 의고주의擬古主義를 주장했다. 저서로는 『예원치언藝苑卮言』·『금병매金瓶梅』·『명봉기鳴鳳記』·『사승고오史乘考誤』 등이 있다.

118) 호학湖學 : 인성과 물성이 다르다고 주장한 호론湖論을 말한다.

119) 낙학洛學 : 인성과 물성이 같다고 주장한 낙론洛論을 말한다.

120) 규합閨閤 : 궁중의 작은 문, 전하여 내전內殿이나 여성을 가리킨다.

121) 유진오兪鎭五(1808～?) : 본관은 기계杞溪, 자는 경중景中.

122) 용호蓉湖 : 용호龍湖, 곧 용산강龍山江 일대를 말한다.

외를 사서 함께 먹고, 발을 벗고 노는데, 홀연 어떤 사람이 대로 만든 갓끈에 해진 삿갓을 쓰고 긴 도포를 끌며 바른 걸음걸이로 올라오니, 따르는 사람이 대여섯 명이었다. 유경중이 용모를 단속하는 차에 그 사람은 난간에 서서 멀리 바라보다가 갑자기 손을 들어 돌아보며,

"강이 넓고 넓도다."

하고 말하였다. 제자들이 손을 모으며

"그렇습니다."

라고 대답하였다. 그리고 급히 해낭奚囊[123]에서 종이와 붓을 꺼내어 얼른

"선생이 제생諸生들을 돌아보며, '강이 넓고 넓다'고 말씀하셨다[先生顧謂諸生曰, 江漢浩浩云云]"

라고 기록하였다. 그런데 그 사람이 말을 하면, 그때마다 모두 들은 대로 기록하는 것이었다. 유경중이 참외를 그 사람에게 올리며 말했다.

"강이 넓고 넓으면 무슨 다른 일이 있겠습니까? 참외를 먹는 것만 못하지요."

그러자 그 사람이 이마를 찌푸리면서 대답하지 않고 제자들을 돌아보며 말했다.

"이곳은 오래 머물기 어렵구나."

드디어 바쁘게 누대를 내려가 가버리니, 제생들도 물고기 꿰미마냥 줄줄이 뒤따랐다. 뒤에 들으니, 이 사람이 윤광현이었다. 대개 위학僞學이 이름을 훔치는 것이 대부분 이와 같다. 고인古人이 문중자文中子(왕통)[124]를 성인의 우맹優孟[125]이라 하였으니, 윤광현과 같은 자는 학자의

123) 해낭奚囊 : 여행할 때 시를 적어 넣는 주머니. 당나라 때 이하李賀가 매일 아침 일찍 길을 나서 명승지를 유람하며 새로운 시를 짓고 나면, 어린 종복[小奚奴]이 등에 지고 다니던 낡은 비단주머니[古錦囊]에 던져 넣었는데, 저녁에 돌아올 때면 주머니가 가득 차 있었다는 고사에서 유래하였다(『신당서新唐書』 권203 「이하전李賀傳」 참조).

124) 문중자文中子 : 수隋나라 왕통王通(584~617), 자는 중엄仲淹. 시호는 문중자文中子. 강주絳州 용문龍門 출신으로 수隋나라 문제文帝에게 『태평10책太平十策』을 상주하였으나 채택되지 않았고, 양제煬帝로부터 징소되었으나 응하지 않았다. 유교를 중심으로 유·불·도 3교일치를 주장하였으며, 위징魏徵·방현령房玄齡 등의 많은 제자를 배

우맹이라 이를 만하니, 또한 우습지 않은가? 유경중이 일찍이 나에게 이야기해 주었는데, 듣는 자가 포복절도하지 않은 이가 없었다.

### 假道學

王元美謂 : "以道學自命者, 皆陋儒之粉飾, 貪夫之淵藪." 此言未免淆薄, 足爲名敎之罪科, 而古今亦不無僞君子・假道學, 以欺世盜名者矣. 近世南城外, 有尹光鉉者, 家世寒微, 初不知何許人. 而自謂通經學古, 動輒談說性命理氣, 主湖學, 從學者頗多. 其妻亦有學識, 能文辭善說禮. 士族家或以疑禮來問, 必援据諸儒之論, 錄以答之, 其學實勝於光鉉. 然每論性, 其妻專主洛學, 故夫婦異見, 必與盛氣相爭, 鬨然而罷. 閨閤之能說禮說性, 古未聞也. 但光鉉麤率崖異, 妄自擬儒者, 人多笑之.

兪叅判鎭五景中, 年少未第時, 嘗於夏日, 携少輩, 出遊蓉湖之挹淸樓, 買甛苽共喫, 脫足嬉戱. 忽有人竹纓弊笠, 曳長袍, 矩步而上, 從人士, 亦五六. 景中方歛餙, 其人當檻眺望, 忽擧手顧謂曰 : "江漢浩浩矣." 諸生拱手對曰 : "然矣." 遂急探奚囊, 出紙筆立草, "先生顧謂諸生曰, 江漢浩浩云云." 而其人有發言, 則輒皆隨聞隨草. 景中仍以甛苽, 向其人進曰 : 江漢浩浩, 則有何別事? 不如喫此矣." 其人蹙眉不答, 顧諸生曰 : "此難久留." 遂忙下樓去, 諸生亦魚貫以從. 後聞之, 是尹光鉉也. 盖僞學之盜名, 多如此. 古人以文中子爲聖人之優孟, 如光鉉者, 足可謂學者之優孟也. 不亦可笑乎? 景中嘗以是語余, 聞者無不絶倒.

---

출했다. 저서로는 논어의 문체를 모방한 『문중자중설文中子中說』이 있다.

125) 우맹優孟 : 우맹의관優孟衣冠으로, 우맹優孟은 춘추시대 초나라의 이름난 배우이다. 초나라의 재상이었던 손숙오는 청렴하고 검소하였다. 그의 사후 아들은 매우 궁핍하게 살아갔는데, 우맹이 죽은 손숙오의 의관을 차려입고서 초왕을 만나 공신들의 후손을 우대할 것을 깨우쳤다는 고사에서 유래하였다. 흔히 사이비를 의미한다.

## 자국의 전고에 해박한 윤영원尹榮遠

직산현감稷山縣監 윤영원尹榮遠은 자가 현로顯路로, 동산東山 윤지완尹趾完[126]의 후손이다. 기억력이 남보다 뛰어나, 한 번 본 것은 평생 잊지 않았다. 그러므로 제자백가를 꿰뚫고 우리나라 전고에 더욱 자세하였다. 우리나라 사람의 문집은 다 끝까지 찾아 읽어, 선배들의 생몰년과 관직의 제수 그리고 사실의 선후를 고증하지 않은 것이 없었고, 더욱이 연조年條의 날짜와 하나도 어긋나지 않았으니 박학하고 정밀하다고 말할 수 있겠다. 그러나 시문은 드러난 것이 없어, 비록 간혹 지은 것이 있더라도 모두 졸렬하고 난삽하여 볼만한 것이 없으니, 재주가 국한되고 편벽된 사람이다.

윤영원은 윤지완의 후손이니, 집안 대대로 익혀온 한쪽의 견해를 물려받아 지키는 것이 마땅한데도, 공평公平의 논의를 힘써 주장하고 우암 송시열을 높이고 숭상하여 결점을 들추어 비난하지 않았다. 더욱이 경종景宗 신임사화辛壬士禍[127]때 조태구趙泰耉[128]와 유봉휘柳鳳輝[129]를 역적

126) 윤지완尹趾完(1635~1718) : 본관은 파평坡平, 자는 숙린叔麟, 호는 동산東山, 시호는 충정忠正. 1662년 증광문과에 을과로 급제하여 벼슬이 우의정에 이르렀다.

127) 신임사화辛壬士禍 : 조선 경종 원년인 신축년(1721)과 이듬해 임인년에 걸쳐 일어난 사화. 이 사건은 왕위 계승 문제를 둘러싼 노론과 소론 사이의 당파 싸움에서 소론이 노론을 역모로 몰아 실권을 장악한 사화로, 노론의 김창집金昌集・이이명李頤命・이건명李健命・조태채趙泰采 등이 연잉군延礽君을 왕세제로 책봉하자, 소론의 김일경金一鏡이 목호룡睦虎龍으로 하여금 노론 4대신을 역모로 무고하게 하여 극형에 처하고, 많은 노론의 당인을 사사하거나 유배시켰다. 이로 인하여 소론이 집권하게 되었으나, 후에 연잉군이 왕위에 오르면서 소론은 쫓겨났고, 김일경과 목호룡은 극형에 처해졌다.

128) 조태구趙泰耉(1660~1723) : 본관은 양주楊州, 자는 덕수德叟, 호는 소헌素軒・하곡霞谷. 소론의 영수로서 노론과 대립해 오던 중, 1721년 노론 4대신의 주청으로 연잉군이 세제로 책봉되고 세제의 대리청정이 실시되자, 최석항崔錫恒・이광좌李光佐 등과 이를 반대, 대리청정을 환수시켰다. 이어 김일경金一鏡 등으로 하여금 노론 4대신을 역모죄로 몰아 사사케 한 뒤, 소론 정권을 수립, 영의정에 올랐다. 1725년 노론이 재집권하자, 신임사화의 원흉으로 탄핵을 받아 관직이 추탈되었다.

이라 하였다. 그밖에 바른 사람을 욕보이고 어진 이를 무함한 자는 번번이 각 사람들의 지장誌狀·서소書疏와 국사國史나 가승家乘에서 그 연월일年月日을 고증해내어, 하나하나 변론하여 깨트렸다. 항상 주장하는 이론이 이와 같아, 같은 당파 사람들도 대부분 동료로 끼워주지 않았으나, 신경 쓰지 않았다.

윤영원은 성품이 소탈하고 솔직한데다 외모를 꾸미지 않았고, 관리의 직무에 어두워 음직으로 두 번이나 현감이 되었다가 모두 일을 그르치고 돌아왔으나 조금도 개의치 않았다. 일생동안 좋아한 것은 서적뿐이었다. 비록 낡은 도포와 떨어진 삿갓을 쓰고, 신발은 뒤꿈치가 터지고 저고리는 팔꿈치가 드러났어도, 저자거리를 걸어 다니며 둘러보다가 서책을 파는 곳이 있으면 반드시 틈을 엿보아 들어가서 들쳐보는데, 비록 온종일이 걸리더라도 책을 다 읽은 후에 일어났다.

언젠가 정승 김도희金道喜[130]를 찾아갔는데, 일면식도 없었다. 김정승이 놀라 물으니, 윤영원이 말하였다.

"공께서 『태평어람太平御覽』[131]을 가지고 있다고 들었습니다. 감히 한번 빌려보고자 합니다."

김 정승이 웃으면서 책을 내어 보여주었다. 윤영원은 그대로 손으로 서갑을 잡고 인사하고 나가, 문을 나서자마자 책을 꺼내어 읽었다. 걸으면서 한편 읽는 통에 사람들과 부딪치고 말과 부딪쳐 저자의 아이들이

129) 유봉휘柳鳳輝(1659~1727) : 본관은 문화文化, 자는 계창季昌, 호는 만암晩菴. 1684년 진사가 되고, 1721년 사직司直으로 노론이 연잉군의 세제책봉을 주장하자 이에 반대했다. 이어서 세제의 대리청정이 실시되자, 소론의 영수로서 세제의 대리청정의 부당성을 극간하여 철회시키고 노론을 실각시켰다. 1725년 영조의 즉위 후 탕평책에 따른 노론·소론의 연립정권이 수립되자 우의정을 거쳐 좌의정에 올랐으나, 신임사화를 일으킨 주동자라는 이유로 노론의 공격을 받아 이듬해 면직되었다.

130) 김도희金道喜(1783~1860) : 본관은 경주慶州, 자는 사경士經, 호는 주하柱下, 시호는 효헌孝憲. 1813년(순조 13) 증광문과에 병과로 급제하여 벼슬이 좌의정에 이르렀다.

131) 『태평어람太平御覽』 : 송宋나라 태평흥국太平興國 2년에 이방李昉 등이 황제의 명으로 찬술한 1,000권에 달하는 방대한 유서類書이다.

모두 웃어도 개의치 않았다.

또 파주坡州에 사는 윤규석尹奎錫의 집에 필사본 『삼연외집三淵外集』이 있다는 것을 듣고는 서로 알지 못하는 처지에도 불구하고, 마침내 이십 문文을 가지고 시장에서 초를 사서 소매에 넣고, 또 약간의 노자를 마련하여 팔십 리를 걸어가서 한 번 보여주기를 청하였다. 주인이 허락하니 드디어 책을 끼고 여관에 가서 밤에 촛불을 밝히고 아침까지 다 읽고 돌려주니 그가 하는 일이 대부분 이와 같았다. 비록 황당하고 거친 듯하지만, 역시 옛날 기인의 부류이고 지금 사람은 아니다.

我東典故

尹稷山榮遠, 字顯路, 東山趾完後也. 記性絶人, 一目所過, 平生不忘. 故貫穿百家, 尤詳於我東典故. 凡東人文集, 皆窮極搜閱, 前輩之生卒, 官位除拜, 事實先後, 靡不考證, 並與年條月日, 一不差爽, 可謂博而精矣. 然詩文無著, 雖或有作, 皆拙澁無足觀, 才之局而偏者也. 尹以東山之孫, 宜株守世講之一邊聞見, 而力主公平之論, 尊尙尤翁, 無間然. 又於景廟辛壬事, 以耆·輝爲逆, 其他醜正誣賢者, 輒以各人誌狀書蹟, 與國史家乘, 考據其年月日, 一一辨破. 持論如此, 故同黨多不厠儕流而亦不恤也. 尹性踈率, 不修邊幅, 闇於吏事, 蔭仕再爲縣監, 而皆敗歸, 然略不介意. 其一生嗜好, 書籍而已. 雖着弊袍破笠, 履則踵決, 衫則肘見, 而徒行街市歷見, 有賣書卷, 則必睨入而披閱, 雖鎭日, 了卷後乃起. 嘗委訪金相道喜, 盖未曾識也. 金相驚問, 尹曰: "聞公有『太平御覽』書, 敢願一借." 金公笑而出示, 尹仍手携一匣辭去, 纔出門抽卷閱之. 且行且看, 雖人衝馬觸, 市童皆駭笑而不顧焉. 且聞坡州尹奎錫家, 有謄本三淵外集. 不相識, 遂以二十文, 買市燭袖之, 又辦如干行資, 步行八十里, 而乞一見. 主人許之, 遂挾就店舍, 夜燃其燭, 達朝盡閱而還之, 事多類此. 雖近荒踈, 亦一古之奇人, 非今[132]之人也.

## 근세 학자들의 폐단

직산현감稷山縣監 윤영원尹榮遠 어른이 일찍이 나에게 다음과 같이 말하였다.

"육경의 문장은 만세에 가르침을 드리워서 마치 일월이 하늘에 있는 것과 같으니, 공자孔子와 맹자孟子도 높이 받든 것이다. 송나라의 제현諸賢들과 우리나라의 유생들이 나오고 나서야 비로소 몸과 마음에 가깝다고 하여 사서四書만을 오로지 존숭하였다. 그러니 그 아래의 어록을 흉내 내는 사람들은 의심나는 것을 주고받으며 분분히 끝이 없는 것들이 모두 사서에 관계된 것이어서, 이에 육경이 도리어 정통이 아니게 되었다. 사서도 성인의 말이니 절실히 묻고 가깝게 생각하지 않은 것이 없다. 하지만 아래에서 배우고 위로 통달하는 것으로 말한다면, 사서를 우선시하고 육경을 뒤로하는 것은 그런대로 괜찮겠지만, 그렇지 않고 주객主客으로 본다면 또한 지나친 것이 아니겠는가?"

윤 어른의 이 말씀은 송宋·원元시대 말학末學의 지리멸렬한 폐단을 족히 구제할 수 있다.

근래에도 간혹 역사를 배우는 사람들을 '도적으로 자식을 삼는다[認賊爲子]'[133]라고 손가락질하고 있으니, 이것은 또 무엇 때문인가? 경經은 본디 없을 수 없고, 사史도 응당 없어서는 안 된다. 만일 무익하다고 하여 사史를 폐해버린다면, 『춘추』부터 묶어서 시렁에 올려야 마땅하다. 옛날

132) 국립중앙도서관본에는 '今'이 빠져 있다.

133) 인적위자認賊爲子 : 『대불정수능엄경大佛頂首楞嚴經』 권1에 석가모니가 아난에게 "너의 시작 없는 옛날로부터 지금의 생에 이르기까지 도적을 오인하여 자식으로 삼고, 너의 원래의 항상된 것을 잃었기 때문에 윤회를 받게 되느니라[由汝無始, 至於今生, 認賊爲子, 失汝元常, 故受輪轉]"라고 한 말을 인용한 것이다. 곧 '망상妄想을 진실이라고 믿음'을 비유하여 이르는 말이다.

에 상채上蔡 사량좌謝良佐[134]가 명도선생明道先生(정호)을 모시고 앉아서 역사를 이야기할 적에 명도선생이 정색을 하며 '물건을 갖고 놀면 큰 뜻을 잃는다[玩物喪志]'[135]라고 말하니, 상채가 얼굴이 붉어지기까지 하였다. 이것은 명도선생이 그가 자족自足해하는 저의를 미워하여 바로잡았을 뿐이다. 어찌 참으로 역사를 폐하고 보지 말기를 바라 그리했겠는가?

六經反爲閏位

尹稷山顯路丈, 嘗語余曰 : "六經之文, 垂訓萬世, 如日月在天, 孔孟之所尊奉也. 至有宋諸賢, 及我東羣儒出, 而始謂近於身心, 專尙四子, 則又其下依樣於語錄者, 相與往復難疑, 紛然不已者, 盡在四子. 於是, 六經反爲閏位矣. 四子[136]亦聖人之言, 非不爲切問近思, 而若以下學而上達言之, 先四子後六經, 或可也. 不然而視以爲主客, 則不亦過乎?" 尹丈此言, 足可救宋元末學支離之弊也. 近又或以史學者, 指謂認賊爲子, 此又何也? 經固不可無, 史亦當不可無也. 如以無益而廢史, 則當自春秋而束閣矣. 昔上蔡侍坐明道先生說史, 明道正色, 謂玩物喪志, 上蔡至面發赤. 此必明道惡其有自足底意, 故正之而已. 豈眞欲其廢史不見耶?

---

134) 사량좌謝良佐(1050~1103) : 송宋나라 상채上蔡 사람. 자는 현도顯道, 시호는 문숙文肅. 정호程顥・정이程頤의 제자로 정문사선생程門四先生의 한사람이다. 상채학파의 비조로, 관직은 응성지현應城知縣으로, 세상에서 상채선생上蔡先生이라 칭했다.

135) 완물상지玩物喪志 : 『서경書經』 「여오旅獒」에 태보太保 소공召公이 무왕武王에게 "어떤 사람에게 마음이 빠져들면 덕을 잃게 되고, 희귀한 물건을 좋아하게 되면 뜻을 빼앗긴다[玩人喪德, 玩物喪志]"라고 하였다. 곧 하찮은 물건에 집착하여 자신이 품은 큰 뜻을 잃게 된다는 의미이다.

136) 국립중앙도서관본에는 '字'로 되어 있으나, '子'의 오자다.

## 매원梅園 서기순徐箕淳

판서 서기순徐箕淳[137]은 자가 중구仲裘로, 이조판서 대제학 죽석竹石 서영보徐榮輔[138]의 아들이고, 이조참판 대제학 문목공文穆公 서유신徐有臣[139]의 손자이며, 영의정 문청공文淸公 서지수徐志修[140]의 증손이고, 좌의정 문익공文翼公 서명균徐命均[141]의 현손玄孫이며, 영의정 문효공文孝公 만정당晩靜堂 서종태徐宗泰[142]의 5대손이다.

서기순은 문과에 급제하여 관직이 이조판서와 대제학에 이르렀고, 나이 육십여 세에 죽었고, 그 집안은 명문벌열名門閥閱로 사대부[搢紳家] 가운데 큰 가문大家이다. 더욱이 집안이 대대로 청백하였는데, 중구仲裘에 이르러서는 성품이 더욱 검소하였으나, 오직 남들이 몰라줄까 걱정하였으니, 내외의 여러 관직을 두루 거치는 동안 이것으로 이름이 났고 역시 이것으로 비방도 받았다. 지나치게 청백하고 개결介潔하며 매몰차고 박절하여 괴이한데 가까웠으니, 이는 문청공文淸公 이병태李秉泰와 조금 다르다.

---

137) 서기순徐箕淳(1791~1854) : 본관은 달성達城, 자는 중구仲裘, 호는 매원梅園, 시호는 청문淸文. 순조 27년(1827) 문과에 급제하여 벼슬이 대제학에 이르렀다.

138) 서영보徐榮輔(1759~1816) : 본관은 달성達城, 자는 경세景世, 호는 죽석竹石, 시호는 문헌文憲. 1789년(정조 13) 식년문과에 장원하여 벼슬이 대제학에 이르렀다. 저서에 『죽석집竹石集』 등이 있다.

139) 서유신徐有臣(1735~1800) : 본관은 달성達城, 자는 순오舜五, 시호는 문정文貞. 1772년(영조 48) 정시문과에 갑과로 급제하여 벼슬이 대제학에 이르렀다.

140) 서지수徐志修(1714~1768) : 본관은 달성達城, 자는 일지一之, 호는 송옹松翁·졸옹拙翁, 시호는 문청文淸. 1740년 증광문과에 병과로 급제하여 벼슬이 영의정에 이르렀다.

141) 서명균徐命均(1680~1745) : 본관은 달성達城, 자는 평보平甫, 호는 소고嘯皐·재간在澗·보졸재保拙齋, 시호는 문익文翼. 1710년 증광문과에 병과로 급제하여 벼슬이 좌의정에 이르렀다.

142) 서종태徐宗泰(1652~1719) : 본관은 달성達城, 자는 군망君望, 호는 만정晩靜·서곡瑞谷·송애松厓, 시호는 문효文孝. 1680년 문과별시에 급제하여 벼슬이 영의정에 이르렀다. 저서에 『만정당집晩靜堂集』이 있다.

일찍이 그가 전라도 관찰사가 되었을 때, 유생들과 무사들에게 백일장白日場과 활쏘기 시합을 자주 열어, 글을 지어 일등을 하거나 활을 많이 쏘아 맞힌 사람에게는 창고의 물건으로 넉넉하게 상을 주니, 그 액수가 삼사백 금金에 이르렀다. 또 자주 순은의 쟁반을 과녁으로 매달아 놓고 쏘아 맞춘 자에게 곧바로 주었다. 의도는 격려와 권장에서 나온 것이지만 모두 낭비였다. 당시 유생들과 무인들이 밭을 사고 집안을 일으킨 사람까지 있었지만, 도리어 비웃음을 당하고 말았으니, 이것이 나라를 위한 것이던가? 백성을 구휼하려는 것이던가?

게다가 정사政事에는 자질구레하였고 실무에 밝지 못해, 처음에는 청렴과 개결함으로 칭송이 자자하였으나, 끝까지 잘 지키지 못했다. 그밖에 세속을 놀라게 하는 행동들은 혹 취멱吹覓[143]한데 가까운 듯하니, 지금 다 기록하지 않는다. 그러나 집에 몇 섬의 곡식도 없으면서도 배부르고 따뜻한 데 뜻을 두지 않았고, 몸은 부귀하고 현달했으나 담박하게 한미한 선비처럼 한 경우는 근래 이 한 사람뿐이다. 저 가난하고 비루하여 염치가 없는 자와 비교해본다면, 어찌 단지 서로의 차이가 만 배에 그치겠는가? 그의 문사文辭는 대대로 사륜絲綸을 담당하였으니,[144] 많은 사람들이 칭찬하고 있다. 그러나 지은 시문은 마침 내가 본 것이 없으니 억지로 논할 수 없다.

## 徐箕淳

徐判書箕淳, 字仲裘, 吏曹判書大提學竹石榮輔子, 吏曹叅判大提

143) 취멱吹覓 : 취모멱자吹毛覓疵의 준말. 털을 헤쳐 그 속에 있는 흠집을 찾는다는 뜻으로, 억지로 남의 잘못을 꼬치꼬치 찾아내는 것을 말한다.

144) 그의 문사文辭는 …… 담당하였으니[其文辭, 則世掌絲綸] : 사륜絲綸이란, 『예기禮記』「치의緇衣」에 "왕의 말은 가는 실과 같지만, 그 말이 실행될 때에는 밧줄과 같이 굵어진다[王言如絲, 其出如綸]"고 한 말에 연유하여 제왕의 조칙을 의미한다. 제왕의 조칙은 본래 문한文翰을 담당한 한림翰林의 사무이니, 그의 집안이 대대로 이에 해당하는 대제학을 맡은 일을 염두에 둔 말이다.

學文穆公有臣孫, 領議政文淸公志修曾孫, 左議政文翼公命均玄孫, 領議政文孝公晩靜堂宗泰五代孫也. 登文科, 官吏判·大提學, 年六十餘卒, 其名門華閥, 搢紳中一大家也. 且家世淸白, 至仲裘, 性尤寒儉, 惟恐人不知, 歷職內外, 雖以是著名, 亦以是取謗. 盖淸甚而介, 埋沒迫切, 又近於怪, 此與李文淸稍異矣. 嘗按湖南, 屢設儒生白日場及武士試射, 製之居魁, 射之多中者, 皆捐廩優賞, 而其多數至三四百金. 又屢懸純銀盤爲的, 射中者, 輒與之. 意出激勸, 而皆濫費也. 其時儒武, 至有買田起家者, 而反爲見笑, 此爲國乎? 恤民乎? 且爲政近瑣, 實不解務, 始雖廉介騰頌, 亦不終譽. 其他駭俗之行, 頗涉吹覓, 今不殫錄. 然家無擔石, 而志不在溫飽, 身致貴顯, 而泊然如寒士, 則近日一人耳. 其與貧鄙無恥者見之, 何啻相萬? 其文辭, 則世掌絲綸, 人多稱美. 而所著詩文, 余適無見, 不可强論矣.

## 방촌方村 김재두金載斗

사람이 태어남에 하늘은 문벌과 지체를 구별하지 않는다. 그러므로 초야草野에 묻힌 은자 사이에도 때때로 빼어난 사람이 있으니, 옛사람들이 이른바 '영지는 뿌리가 없고 맛 좋은 샘[醴泉]은 근원이 없다'[145]고 한 것이다. 그러나 중국에는 많이 있어도 우리나라에서는 간혹 나왔으나 등용되지 않았을 뿐만 아니라, 도리어 해를 입었다. 예컨대 최영경崔永

145) 영지는 뿌리가 없고…… 근원이 없다: 『사고전서四庫全書』에 "靈芝無根, 醴泉無源"을 인용한 곳이 많이 나온다. 예를 들면 『문헌통고文獻通考』 권94에 "영지는 뿌리가 없고, 맛 좋은 샘은 근원이 없다하는데, 어찌 근본이 없이 생겨나는 것이 있겠는가? [靈芝無根, 醴泉無源, 豈有無本而生者]"가 나오는데, 모두 이 구절을 인용하고 있다.

慶[146]과 정개청鄭介淸[147] 같은 사람들은 근신하지 않아 결국 화를 면치 못했다. 고청孤青 서기徐起[148]와 구봉龜峰 송익필宋翼弼[149]은 재주와 학문이 세상을 덮을 만하였으나 비록 화를 당하지 않았을 뿐, 모두 포위布韋[150]로 늙어 죽었다. 이러한 사람들은 그 처한 지위에 따라 행동했어야 마땅하였다. 구봉은 영특하고 뛰어나 남보다 빼어난 재주가 있어, 기세 높게 거만을 떨었고 정승·판서들과 노닐며 선후배처럼 여겼다. 고청이 비록, "제갈량諸葛亮이 송익필과 닮았다"고 말하였으나, 도리어 고청이 자신의 기개와 절개를 누르고 본분을 지켜 재주를 감춘 것만 못하였다.

근세에 김재두金載斗라는 사람이 있는데, 자는 경칠景七이며 방촌方村이라 자호하였다. 나보다 한 살이 많은데 나는 다만 얼굴만 알 뿐, 아직 말 한마디도 나누지 못하였다. 김재두가 자신의 입으로 안동安東에서 세거世居한 사족士族이라고 말을 하였지만, 안동 사람들은 모두 모른다고 하니, 실로 어떠한 사람인지 상세하지 않다. 그가 젊은 시절 서울에 노닐 때, 명사名士 중에 자부심 있는 사람들이 그를 한번 보고 나면 곧 망연자실惘然自失하여 다시는 그의 나이와 문벌을 따지지 않고 누구나 자기를

146) 최영경崔永慶(1529~1590) : 본관은 화순和順, 자는 효원孝元, 호는 수우당守愚堂. 조식曺植의 문인. 1576년 덕천서원德川書院을 창건하여 스승 조식을 배향하였으며, 1581년 사헌부司憲府 지평持平에 임명되자 사직소를 올리며 붕당의 폐해를 논하였다. 1590년 정여립사건이 일어나자, 그는 삼봉三峯이란 인물로 무고되어 옥사하였다.

147) 정개청鄭介淸(1529~1590) : 본관은 고성固城, 자는 의백義伯, 호는 곤재困齋. 1589년 정여립사건이 일어나 그 공모자로 지목되어 평안도 위원으로 유배를 갔다가, 다시 함경도 경원으로 이배되어 그곳에서 죽었다. 저서에 『곤재우득록困齋愚得錄』이 있다.

148) 서기徐起(1523~1591) : 본관은 이천利川, 자는 대가待可, 호는 고청孤青·고청초로孤青樵老·이와頤窩·구당龜堂, 시호는 문목文穆. 서경덕徐敬德·이중호李仲虎·이지함李之菡을 사사하였다. 제자백가와 기술 및 선학禪學까지 익혔고, 평생을 학문과 강학에만 전념하여 공주의 충현서원忠賢書院에 배향되었다.

149) 송익필宋翼弼(1543~1599) : 본관은 여산礪山, 자는 운장雲長, 호는 구봉龜峯, 시호는 문경文敬. 이이李珥, 성혼成渾과 함께 성리학을 논변하였고, 예학에 밝아 김장생金長生에게 영향을 주었다. 고양의 귀봉산 아래에 문호를 열어놓고 후진을 양성하여, 김장생·김집金集·정엽鄭曄·서성徐渻·정홍명鄭弘溟 등의 제자를 배출하였다. 시와 문장에 모두 뛰어나 선조대의 8문장으로 불렸다. 저서에 『구봉집龜峯集』이 있다.

150) 포위布韋 : 헝겊과 가죽이란 뜻으로 벼슬 없는 선비를 가리킨다.

굽혀 그에게 나아갔다.

또 언젠가 연천공[151]을 알현하고 『주역』을 논하였는데, 공이 놀라고 기이하게 여겨 매양 사람들에게 말하였다.

“오늘날 젊은 사람들 중에 함께 『주역』을 논할 만하기로는 경칠 만한 사람이 없다.”

그가 대가에게 추켜진 것이 또한 이와 같았으니, 뛰어난 점이 없었다면 어려운 일일 것이다. 김재두는 경서에 통달하고 옛 것을 배운데다 글을 쓰는데 말을 자유자재로 구사하였고, 논論과 책策에 뛰어났다. 그러나 철저한 공부는 『대학大學』 한 책에 있었다.

김재두가 일찍이 참판參判 김순옥金舜玉·승지承旨 이공집李公執·주서注書 김사긍金士肯·배천군수 이계문李季問 등 여러 사람들과 더불어 향음주례鄕飮酒禮[152]를 행하였다. 소문을 듣고 종유從遊하여 배우는 자들이 매우 많았으나, 그와 종유從遊하고자 하지 않는 사람들은 누구나 비방하고 비웃었다. 김재두는 사람을 만나면 번번이 독서를 권하였고, 남을 면전에서 책망하기를 좋아하였으며, 말을 함부로 거리낌 없이 하여 사람을 안중에 두지 않는 듯하였다. 조면호趙冕鎬(字 : 藻卿)[153]가 그의 사람됨에 분개하여 늘 말하기를,

“이 사람은 망령된 물건인데 도리어 그의 문도가 되겠는가? 내 만나면 반드시 꾸짖을 것이다.”

---

151) 연천공 : 홍석주洪奭周(1774~1842). 본관은 풍산豊山. 자는 성백成伯, 호는 연천淵泉. 1795년(정조 19) 전강殿講에서 수석을 차지하여 직부전시直赴殿試의 특전을 받고, 같은 해 춘당대문과에 갑과로 급제하였다. 충청도·전라도관찰사·대제학·이조판서 등을 거쳐 좌의정에 올랐다. 『순조실록』 편찬에 참여하였다. 남응중의 역모 사건에 연루되어 삭출削黜되었다가 복직되어 중추부영사中樞府領事에 이르렀다. 성리학에 정통한 10대 문장가로 꼽힌다.

152) 향음주례鄕飮酒禮 : 온 고을 안의 유생이 모여서 읍양揖讓의 예를 지켜 술을 마시던 잔치.

153) 조면호趙冕鎬(1804~1887) : 본관은 임천林川, 자는 조경藻卿, 호는 옥수玉樹. 문집으로 『옥수집玉樹集』이 있는데, 남긴 시가 5,000여 제나 될 정도로 방대하며 특히 빼어난 기속시紀俗詩를 남겼다.

라고 하였다. 그런데 후에 마침 김재두와 함께 서오릉西五陵[154]의 관리가 되었다. 처음 대면에 김재두가 맨 먼저 물었다.

"어떤 책을 읽고 있습니까?"

"책을 읽지 않습니다."

"『대학』은 읽어보았습니까?"

"내 어릴 때 한 번 과독課讀한 후에는 다시 읽지 않았습니다."

김재두가 정색하며 말하길,

"그러면 내 응당 가르쳐드려야지! 오늘부터 시작하시지요."

라고 하더니, 직접 종이를 붙여 책을 만들어 손수 『대학』의 정문正文(본문)을 한 벌 쓰고 반복하여 가르쳐 보이니, 모두 평소 한 번도 듣지 못한 바였다. 『대학』의 요지가 녹아 풀리며 황홀하게 깨닫는 바가 있었다. 처음에는 가소롭더니 이제는 오히려 땀이 흐르며, 모르는 사이에 무릎이 저절로 굽혀져, 그 후로 다시는 비아냥거리고 헐뜯는 소리를 하지 않았다고 한다. 이는 홍경신洪慶臣[155]이 구봉 송익필을 배알한 것과 다름이 없다.[156] 김재두는 헌종 원년(1835)에 대책對策으로 증광문과增廣文科에 올랐고, 후에 대단臺端[157]을 거쳐서 정언正言이 되었으며 외직으로는 낭천현감狼川縣監에 제수되어 오십여 세에 죽었다.

154) 서오릉西五陵 : 고양시 신도동神道洞에 있는 조선시대 왕실의 무덤으로, 창릉昌陵・명릉明陵・익릉翼陵・홍릉弘陵・경릉敬陵을 말한다.

155) 홍경신洪慶臣(1557~1623) : 본관은 남양南陽, 자는 덕공德公, 호는 녹문鹿門. 1594년(선조 27)에 별시문과에 병과로 급제하여 벼슬이 부제학에 이르렀다.

156) 이는 홍경신이 …… 다름이 없다 : 『송자대전宋子大全』 권172의 「구봉선생송공묘갈龜峯先生宋公墓碣」에 "洪參議慶臣每諫其兄寧原君可臣曰, 兄何爲與宋某友乎? 吾見宋某必辱之. 寧原笑曰, 爾果辱宋某乎? 必不能也. 其後見先生, 至不覺降階迎拜, 曰非我拜也, 膝自屈也"라고 하였다.

157) 대단臺端 : 대각臺閣의 말단이란 뜻으로, 사헌부와 사간원의 간관諫官들을 통틀어 이르는 말.

## 徐孤青

人物之生, 天不限門地, 故草野菰蘆, 往往有秀異之人. 古人所謂'靈芝無根, 醴泉無源'者也. 然在中國則多有之, 我國則雖或有之, 非徒不用, 反害之. 如崔永慶・鄭介淸輩, 不能謹愼, 卒未免禍. 徐孤靑・宋龜峯, 才學盖世, 而雖不遇禍, 皆老死布韋. 爲其人者, 當素其位而行, 可也. 龜峯英偉, 有絶人之才, 亢而傲遨, 遊卿相視輩行. 孤靑雖曰"諸葛似宋翼弼." 反未若孤靑之折節守分韜晦也.

近世有金載斗者, 字景七, 自號方村. 長余一齡, 而余但知面, 未及交一言也. 載斗自云世居安東之士族, 而安東人皆云不知, 實未詳其何許人也. 少年遊京師, 名士之自好者, 一見[158]輒惘然自失, 不復較其年齒門地, 莫不屈己就之. 又嘗謁淵泉公論『易』, 公驚異之, 每語人曰: "近日少輩可與語『易』者, 無如景七." 其見推於大家, 又如是, 非有過人者, 恐難能也. 載斗通經學古, 亦能縱筆, 馳騁其詞, 長於論策. 然築底之工, 在『大學』一書也.

載斗嘗與金參判舜玉・李承旨公執・金注書士肯・李白川季問諸人, 行鄕飮酒禮. 聞風從學者甚衆, 然其不樂與從者, 亦無不誹笑之. 載斗見人, 輒勸讀書, 好面折人, 放言不諱, 旁若無人. 趙冕鎬藻卿, 忿其爲人, 常曰: "此妄物, 反爲渠門徒乎? 吾見必叱之." 後與載斗適同爲西五陵僚官. 始相見, 載斗初問: "見讀何書?" 藻卿曰: "不讀書." 又問: "曾讀『大學』否?" 藻卿曰: "吾幼時一番課讀. 後更不讀." 載斗正色曰: "然則吾當敎之, 須自今日始." 遂自貼紙作卷, 手書『大學』正文一通, 敎之反覆開示, 皆生平所未聞也. 旨意融釋, 恍如有悟, 始若可笑, 乃反汗下, 不覺膝自屈. 其後, 更不作嫚罵語云. 此與洪公慶臣之拜謁龜峯, 無異也. 載斗憲宗元年, 以對策登增廣文科, 後通臺端爲正言, 外除爲狼川縣監, 五十餘終.

---

158) 국립중앙도서관본에는 '見'이 '覵'로 되어 있다.

## 봉서鳳棲 유신환兪莘煥

경형景衡 유신환兪莘煥[159]은 현감縣監 복원재復元齋 유성주兪星柱(1760~1837)의 셋째 아들이고, 경력經歷 유한순兪漢純의 손자이며, 판윤判尹 송호宋湖 유언술兪彦述[160]의 증손이다. 송호로부터 문한文翰이 대대로 전해져 경형에 이르러 경서에 통달하고 옛것을 배웠고, 성력星曆과 산수算數 및 손무孫武 · 오기吳起의 병서兵書까지 섭렵하지 않은 것이 없었다. 고문을 힘써 연마하였고 노년에 이르러서는 더욱 노력하여 게을리 하지 않았으니, 오늘날 문학하는 선비 중에서 쉽게 볼 수 없는 사람이다. 경형은 말을 더듬어 언변이 좋지 않았다. 그래서 어린아이들이 처음 들으면 모두 몰래 웃었다. 또한 경형은 늘 묵묵히 말이 적었으나, 매양 책을 대하여 송독誦讀할 때는 줄줄 막히지 않아 낭낭한 소리가 들을 만하였으니 또한 기이한 일이다.

경형은 나의 종숙從叔 고양공高陽公[161]의 사위가 되었으므로, 관례를 한 후로는 서로 잘 어울려, 글을 논한 편지가 사십여 년을 왕래하였다. 경형은 만년에 비로소 음직으로 감역監役이 되어 관직이 전의현감全義縣監에 이르렀다. 관리의 직무에 어두워 마침내 일을 그르치고 집에 돌아와 몇 년을 지내는 동안 모질게 가난하였음에도 태평하였다. 좇아 배우는 사람들 중에 뜻있는 선비가 많았으므로, 집에는 늘 신발이 가득하였고 강독 소리가 그치지 않으니, 이로써 세상에 이름이 났다. 기미년(1859) 가을에 병으로 죽으니, 나이 59세였다. 경형은 나보다 세 살이 적은데, 딸 하나에 아들이 없어서 족친의 자제를 취해 후사를 이었다.

159) 유신환兪莘煥(1801~1859) : 본관은 기계杞溪, 자는 경형景衡, 호는 봉서鳳棲, 시호는 문간文簡. 저서에 『봉서집鳳棲集』이 있다.

160) 유언술兪彦述(1703~1773) : 본관은 기계杞溪, 자는 계지繼之, 호는 송호宋湖 · 서고西皐 · 지족당知足堂, 시호는 정헌靖憲. 저서에 『송호집宋湖集』이 있다.

161) 고양공高陽公 : 홍기모洪夔謨(1773~?). 본관은 풍산豐山, 자는 여전汝典.

兪景衡莘煥

兪景衡莘煥, 縣監復元齋星柱第三子, 經歷漢純孫, 判尹松湖彦述曾孫. 自松湖文翰傳世, 至景衡, 通經學古, 如星曆・算數・孫吳戰陳之書, 靡不涉獵. 力治古文, 底老愈矻矻不倦, 在近日文學之儒, 未易多見也. 景衡口吃, 不能辨給, 故童兒初聞, 皆匿笑. 景衡亦恒默寡言, 然每對書誦讀, 輒淋漓不滯, 朗然可聽, 亦可異也. 景衡爲余從叔高陽公女婿, 故自勝冠, 與相交好, 論文往還四十餘年. 而景衡晩始蔭仕爲監役, 官至全義縣監, 以疎於吏事, 竟敗歸家, 食有年, 貧甚猶泊如. 從學者, 多有志之士, 故戶屨恒滿, 講讀不輟, 以是名於世. 己未秋病沒, 年五十九. 景衡少余三歲, 有一女無子, 取族子爲嗣.

## 시를 못 지었던 유신환

유신환(字 : 景衡)은 재주와 학문이 남보다 뛰어났고 고문古文에 장기가 있었다. 또 일찍이 문원공文元公 오희상吳熙常[162]과 매산梅山 홍직필洪直弼[163] 두 분의 문하에서 노닐면서 경전의 훈고를 강의 받았다. 그러므로 사숙에 연원淵源이 있었으니 대개 몸소 행하고 삼가 경계하는 선비라 할 수 있다. 그러나 시재詩才가 매우 졸렬하였다.

162) 오희상吳熙常(1763~1833) : 본관은 해주海州, 자는 사경士敬, 호는 노주老洲, 시호는 문원文元. 저서에 『노주집老洲集』이 있다.

163) 홍직필洪直弼(1776~1852) : 본관은 남양南陽, 자는 백응伯應, 호는 매산梅山. 홍이간洪履簡의 아들이다. 1814년(순조 14) 학행學行으로 세자익위사世子翊衛司 세마洗馬에 발탁되었다. 그 후 대사헌・형조판서에 임명되었으나 사퇴하였다. 그는 박윤원朴胤源의 문인으로, 송환기宋煥箕・이직보李直輔・임로任魯 등과 교유하였고, 오희상吳熙常으로부터 유종儒宗이라 호칭되었으며, 저서로 『매산집梅山集』이 있다.

일찍이 위사渭師 김상현金尙鉉[164]과 함께 대산臺山 김매순金邁淳[165] 선생의 강좌에 참석하였는데, 다른 시인들도 많이 모여 있었다. 대산이 운을 내고 시를 지으라고 명하니, 좌중이 모두 운을 뽑아 시를 짓는데 경형은 평소 읊을 줄 모르던 터라 못한다고 사양하였다. 대산이 다그치니 경형은 결국 억지로 좌중의 구석에서 괴롭게 시구를 찾으며 머리를 숙이고 끙끙대며 지렁이 우는 소리를 내었다. 하루해가 다 가도록 끙끙대며 겨우 한 수를 이루었는데, 대산이 보니 말이 안 되는 지경이었다. 드디어 호통을 치기를,

"자네는 가슴속에 비축된 책이 몇 권인지 모를 지경인데, 시 짓는 데는 도리어 이렇단 말인가? 문장에 능했던 선배분들 중에 자네 같은 사람이 또 있었던가?"

라고 하니, 사람들이 누구나 속으로 웃음을 삼켰다. 경형은 얼굴이 붉어져 대답하지 못하였다. 그러나 대산공은 늘 경형과 위사를 함께 사랑하고 중히 여겼다. 심지어,

| | |
|---|---|
| 渭生吐詞花洗膚, | 위생渭生(김상현을 말함)이 문사를 내니 꽃 잎사귀를 씻는 듯, |
| 衡生談經石透髓. | 형생衡生(유신환을 말함)이 경전을 담론하니 돌 안쪽을 꿰뚫은 듯. |

이라는 시까지 지었으니, 실로 시가 졸렬하다 하여 낮추어 보지 않은

164) 김상현金尙鉉(1811~1890) : 본관은 광산光山, 자는 위사渭師, 호는 경대經臺, 시호는 문헌文獻. 1859년(철종 10) 증광문과에 급제하여 벼슬이 대제학에 이르렀다. 저서에 『경대집經臺集』이 있다.

165) 김매순金邁淳(1776~1840) : 본관은 안동安東. 자는 덕수德叟. 호는 대산臺山. 시호는 문청文淸. 1795년(정조 19) 정시문과에 급제하였으며, 사인舍人 등을 거쳐 초계抄啓문신이 되었다. 예조참판 · 강화부유수 등을 지냈으며, 고종 때 판서에 추증되었다. 덕행德行으로 저명하였으며, 문장에 뛰어나 여한십대가麗韓十大家의 한 사람으로 꼽혔다. 문집으로 『대산집臺山集』이 있으며 『진여일록[illegible]』과 『열양세시기洌陽歲時記』 등이 있다.

것이다.

洪梅山

兪景衡, 才學過人, 長於古文辭. 又嘗遊吳文元公熙常及洪梅山直弼二公門, 講受經訓, 故私淑有淵源, 盖躬行謹飭之士也. 然詩才甚劣, 嘗與金渭師尙鉉, 在臺山金公座, 詩人亦多會. 臺山命出韻賦詩, 座皆占就, 景衡以素不解吟咏, 辭謝不能. 臺山迫之, 景衡遂勉强苦索於座隅, 垂頭作蚯蚓聲, 竟日戛戛, 僅成一首, 臺山見之, 不成語矣. 遂呵責曰 : "君胸藏幾卷書, 爲詩乃反如此乎? 前輩能文者, 何曾如君?" 諸人無不匿笑. 景衡面發赤, 不能答. 然臺山公, 每於景衡・渭師, 並愛重之, 至有"渭生吐詞花洗膚, 衡生談經石透髓"之詩, 實未曾以詩劣少之也.

## 방산方山 심의덕沈宜德

방산方山 심의덕沈宜德은 자가 군헌君憲으로, 군수 심능용沈能容[166]의 큰아들이다. 순조 갑자년(1804)에 태어나서 헌종 15년 기유년(1849) 겨울에 죽으니 나이는 46세였다. 군헌은 빼어난 재주가 있고 어릴 때부터 시를 좋아해서 청신清新하고 사람을 놀라게 하는 구절이 많았다. 날마다 읊조리기를 그치지 않다가 홀연히 완물상지玩物喪志라고 여겨 다 내쳐버리고는, 좨주祭酒 매산 홍직필을 배알하고 의리성명義理性命의 말을 실컷 들었다. 마침내 사서四書에서 돌이켜 구하고 좌우에 쌓인 도서를 주야로

166) 심능용沈能容(1777~?) : 본관은 청송青松, 자는 치언稚彦. 심학지沈學之의 아들. 1809년에 증광시增廣試에 급제하였다.

뜻을 풀어내며 마치 세상을 잊으려는 사람처럼 지내기를 몇 년 만에 그 심오한 이치를 다 터득하였다.

이로부터 앉으면 반드시 꿇어 앉고, 만나면 반드시 읍揖하고, 고석古昔을 토론할 때 성현이 아니면 표준으로 삼지 않아 극기克己와 궁리窮理를 다한 후에 그치고자 힘썼다. 그의 굳세고 과단성 있게 한 번 변한 것은 지금 세상에 보기 드문 일이다. 그러나 다른 사람들과 잘 사귀어 나같이 방종함을 즐기고 구속을 싫어하는 사람도 내치지 않았고, 보통 사람처럼 반갑게 대해 주었다. 비록 술을 마시지 않더라도 객을 대할 때는 반드시 술을 내었고, 비록 시 읊조리기를 끊었더라도 나를 만나면 반드시 시를 짓게 하니, 두동이 울창주로 쉼 없이 기쁘게 즐김이 십 수 년이 하루 같았다.

신축년(1841)에 군헌이 아버지를 따라와 금천金川[167] 관아에 머물렀다. 당시 나는 은천銀川[168]군수로 있으면서 은천의 강서사江西寺[169]에 모이자고 약속하였다. 단란하게 담론하니 빈 누각엔 달빛이 비치고 강빛이 길게 반짝여 마음이 흡족하고 기뻤다. 닭이 여러 번 울자 나는 비록 피곤하여 앉았다 누웠다 하였으나, 군헌은 흙으로 빚은 것처럼 옷깃이 풀어지지 않았고 말소리는 더욱 단정하니, 맑고 밝은 지식과 높고 신묘한 견해가 모두 이전 선비들이 발명하지 못했던 바였다.

그가 논한 잠과 꿈이 한 가지 이치라는 것은 더욱 기이하여, 가의賈誼가 선실宣室에서 귀신을 논했다는 것[170]과 비교해 어느 것이 정당한지

167) 금천金川 : 현재의 황해도 금천군, 토산군, 평산군에 걸쳐 있던 옛 지명.

168) 은천銀川 : 황해도 배천군의 옛 별호

169) 강서사江西寺 : 황해도 연백군 운산면 강서리 운달산에 있는 사찰. 견불사見佛寺라고도 하고, 영운사靈雲寺, 영은사靈隱寺라고도 한다. 큰 강의 서쪽에 있기 때문에 강서사라고 하였다.

170) 가의賈誼가 선실宣室에서 귀신을 논했다는 것 : 가의賈誼(B.C.201~B.C.168)는 전한시대의 문인. 문제文帝 때 박사에서 태중대부太中大夫가 되었다가 장사왕長沙王의 태부太傅로 좌천되어, 당시 사람들이 가태부賈太傅 혹은 가장사賈長沙라고 일컬었다. 후에 효문제孝文帝가 제사에서 제육을 받고 선실(미앙궁의 前正室)에 앉아있을 때 귀신의

모르겠다. 군헌은 경사經史와 제자백가를 두루 섭렵하였고, 어떤 사람이 새 책이 있다고 들으면 얼른 빌려서 읽고 또 모두 손수 베꼈다. 예학禮學에 더욱 힘을 쏟아, 여러 설들을 절충하여 근본을 거슬러 따지고 두루 인용하여 지당至當한 데로 귀결되도록 힘썼다. 또 학문을 논함에 퇴계退溪를 숭상하였고, 이치를 논함에 율곡栗谷을 존중하였으며, 성性을 논함에 낙학洛學(낙론)을 쫓아, 매양 호학湖學(호론)이 기를 숭상하는 것을 병폐로 여겼다. 화이華夷·역순逆順·존양尊攘을 논변함에 이르러서는 마치 못을 끊고 쇠를 자르는 듯 조금도 용납하지 않았으니, 그의 심지心志와 학술이 이와 같았다.

군헌은 약속을 중히 여겼고 붕우의 도에 독실하여 다른 사람이 한 가지라도 잘하는 것이 있으면 그때마다 장려하고 이끌어주기를, 굶주리고 목마른 사람이 음식을 대하듯 하였다.

석경石經 송영로宋英老[171]가 서장관으로서 연경에 가게 되었는데, 압록강을 건넌 후에 영로 부인이 죽었다. 그 집안에는 혈육이라곤 하나도 없어서 군헌이 재력을 내어 장사를 지내주었다. 또 운고雲皐 서자직徐子直[172]이 일찍이 아이를 출산하다 아내를 잃었다. 아이가 젖을 못 먹어 울어대니 군헌이 듣고 가엾이 여겨 데려다 아내에게 주어 자기 자식처럼 젖을 먹여 길렀다. 이것은 비록 절친한 벗들일지라도 다른 사람들은 하기 어려운 일이다. 군헌이 늘 나에게 말하였다.

"내가 먼저 죽을 것이니, 자네가 나를 위해 전傳을 지어 준다면 유감이 없을 것일세."

군헌은 과연 나보다 먼저 죽었고, 15년이 된 지금 무덤가의 나무들이

---

감응을 느껴 이에 가의를 불러 물으니, 가의는 귀신의 소종래를 한밤중까지 자세하게 아뢰었다. 이에 문제가 감동하여 가의를 자신의 아들 양회왕梁懷王의 태부로 삼았다.

171) 송영로宋英老 : 송주헌宋柱獻(1802~?). 본관은 여산礪山. 영로英老는 그의 자. 헌종 12년(1846) 동지정사冬至正使의 서장관으로 연행하였다.

172) 서자직徐子直 : 서유영徐有英(1801~1874). 본관은 달성達城. 자직子直은 그의 자, 호는 운고雲皐. 저서에 『운고시선雲皐詩選』이 있다.

두 손아귀에 다 차도록 자랐는데 아직도 글 한 편 시 한 수를 써서 곡하지 못하였다. 지금까지 티끌세상을 떠돌다가 끝내 한 글자도 군헌에게 바치지 못했으니, 군헌이 나를 저버렸겠는가? 내가 군헌을 저버린 것이 분명하다.

그러나 나는 속유俗儒이다. 배움도 얇었고 식견도 어두우니 어찌 군헌의 재주와 학문을 다 그려낼 수 있으리오? 또한 군헌은 오십도 못살았고, 관직은 일명一命[173]에도 미치지 못하였다. 40년 동안 경전을 연마하고 문장을 지으며 궁하게 살다 죽은 것은, 군헌의 한이 아니라 실제로는 세상 사람들의 한인 것이다. 군헌에게는 불과 박수치고 웃을 겨를도 없으니, 어찌 터럭이라도 가감加減이 있겠는가. 오호라! 슬프도다.

沈宜德

沈方山宜德, 字君憲, 郡守能容伯子. 純祖甲子生, 憲宗十五年己酉冬卒, 年四十六. 君憲有雋才, 少而喜詩, 多淸新警絶語. 日吟咏不輟, 又忽以玩物喪志, 盡屛棄之. 謁洪梅山祭酒, 飫聞義理性命之說, 遂反求之四子, 左右圖書, 窮晝夜演繹, 若將忘世者, 有年而盡得其蘊奧. 自是, 坐必跪, 見必揖, 商論古昔, 非聖賢不準, 務欲克己窮理後乃已, 其剛果一變, 今世罕見也. 然善與人交, 以余樂縱放惡拘檢者, 亦未見擯斥, 怡怡然如平常人. 雖不飮, 對客必置酒, 雖斷吟, 見余必令賦詩, 朋罇日圏, 驩焉無間, 盖十數年如一日. 歲辛丑, 君憲隨其大人來, 留金川衙. 余時以銀川守, 約會銀之江西寺. 談論團欒, 虛樓夜月, 江光暎帶, 意相懽適. 鷄屢呼, 余雖疲甚, 坐臥無常, 君憲衣襟不散, 弛如泥塑, 辭氣益端厲, 而透明之識, 高妙之見, 皆前儒所未發者. 其論寢夢一理, 尤奇, 賈生之宣室論鬼, 又未知正當何如也. 君憲於經史・百子, 靡不涉獵, 聞人有新書, 亟借閱, 又皆手抄之. 尤致力於禮學, 折衷衆

173) 일명一命: 처음으로 벼슬하거나 가장 하급의 벼슬을 의미하는 말로, 여기서는 9품의 말직을 말한다.

說, 溯本而旁引, 務歸至當. 又論學尙退溪, 論理尊栗谷, 論性從洛學, 每以湖學尙氣病之. 至於華夷・逆順・尊攘之辨, 如斬釘截鐵, 不少假貸, 其心志學術盖如此. 君憲重然諾, 篤於友道, 見人有一善, 輒奬許援引, 如飢渴之於飮食. 宋石經英老, 以書狀赴燕, 渡灣後, 英老夫人死. 其家孤孑無人, 君憲出力, 庇其喪. 又徐雲皐子直, 嘗因産而喪其妻, 孩呱呱不乳, 君憲聞而憐之, 取以授其室, 乳養如己子. 此雖皆切友, 他人難能也. 君憲每語余曰: "我當先死, 子爲我立傳, 足矣." 君憲果死, 十五年, 墓木幾拱, 而尙不以一文一詩哭之. 至今汩沒塵埃間, 卒未能一隻字及於君憲, 君憲負余乎? 余果負君憲也. 然余俗儒也, 失學昧見, 曷足以盡君憲之才之學也? 且君憲壽不中身, 官不及一命, 四十年劬經績文, 而窮且死者, 非君憲之恨也, 實世人之恨也. 在君憲, 不過拊掌含笑之不暇, 有何加損於絲髮也哉? 嗚呼! 悲夫!

## 남원창수집南園唱酬集

임진년 윤9월에 나는 운고雲皐 서유영徐有英과 더불어 시사詩社를 결성하여 회포를 풀고 흥취를 즐기면서 남산 아래에서 날마다 서로 왕래하였다. 꽃을 평하고 새를 읊으며 구름을 시로 짓고 달을 아로새겨, 고시와 근체시 약간 편을 모아 『남원창수집南園唱酬集』[174]이라 이름 하였다.

174) 『남원창수집南園唱酬集』: 현재 『해옹고海翁藁』의 권2・3에 상・하로 수록되어 있다. 도성 남쪽에 있던 저자의 고향에서 은거하며 송주헌宋柱獻・서유영徐有英・최영희崔永熙・이완희李完熙・서준보徐俊輔 등과 수창하였다. 30대 중반 이후부터 40대 중반까지 지은 시들이 연대순으로 배열되어 있다. 대체로 한강 주변인 현호玄湖・오원吳園・금서헌琴書軒・서호西湖・삼호三湖・창랑정滄浪亭 등에서 읊은 서정적인

내가 변려문으로 서문을 지으니 부끄러워서 감히 남에게 보일 수 없지만, 또한 한묵翰墨을 희롱한 한 때의 호사거리는 될 만하였다. 지금 추억을 더듬으니 마치 꿈을 꾸다가 깨어나고 술에 취했다가 정신을 차린 것과 같은데 홀연 이미 32년이나 지났다.

이때에 또 두 사람을 사귀었으니, 한 사람은 석경石經 송영로宋英老이고, 다른 사람은 담호澹湖 홍성용洪聖用[175]이다. 석경은 나보다 네 살이 어리다. 헌종憲宗 원년(1835)에 증광문과에 급제하여 벼슬이 승지承旨에 이르렀고, 금상今上(철종) 정사년(1857)에 죽으니 나이 겨우 56세였다. 담호는 나보다 세 살 어린데, 음직으로 연안부사延安府使가 되었다가 임술년(1862) 겨울에 임소에서 병들어 죽으니 62세였다. 나와 운고만이 우두커니 곤궁하고 늙었다. 운고 또한 음직으로 지금 봉사奉事가 되었는데, 품계와 관질官秩은 아직 나에게 미치지 못하고 있다. 그렇지만 나는 지금 죄인으로 몸을 망쳐 식은 재와 다름없는 신세인데, 운고는 여전히 사우士友 간에 명사가 되어 지금 한창 비흥比興[176]의 자리에서 질탕하게 놀고 있다. 그는 비록 곤궁하고 늙었지만 그 재기才氣는 꺾이지 않아 도도하게 젊은이와 다름없으니, 나보다 훨씬 낫다. 석경은 글씨가 뛰어나고 담호는 시가 뛰어나니, 모두 문인 중에 빼어난 사람들이다.

그런데 두 벗이 만년에 성취한 것이 이 정도에 불과한데, 이미 먼저 저승사람이 되었다. 담호는 척독尺牘과 칠언 근체시에 뛰어났고 그 시는 신운神韻을 주장하였다. 만당晩唐의 온정균溫庭筠[177]과 허혼許渾[178]을 오

---

내용의 시들이 많다.

175) 홍성용洪聖用 : 홍재봉洪在鳳(1801~1862). 본관은 남양南陽. 성용聖用은 그의 자. 헌종 6년(1840) 생원시에 급제하였다.

176) 비흥比興 : 본래 시경의 수사법인 '비比'와 '흥興'을 말하는데, 여기서는 시 짓는 자리를 말하는 듯하다.

177) 온정균溫庭筠(812~870) : 당唐나라 때 시인. 이름은 기岐, 자는 비경飛卿. 시재詩才가 활발하여서 이상은李商隱과 더불어 온溫·이李로 병칭되었으며, 송대의 서곤체西昆體의 비조로 일컬어진다. 저서에 『온비경시집溫飛卿詩集』 등이 있다.

178) 허혼許渾(788~858) : 당唐나라 때 시인. 자는 중회仲晦. 당 문종文宗 태화太和 6년 진

로지 배워서 득의처得意處마다 왕왕 절창이 있다. 그의 경어驚語와 걸구傑句를 세상에서 많이 전송하고 있는데, 예를 들면,

| | |
|---|---|
| 數點酒燈霜滿郭, | 몇 점點[179]에 주막의 등불 성곽에 서리 가득 내렸고, |
| 五更隣笛月橫天. | 오경五更에 이웃의 피리소리 하늘에 달빛 비꼈네. |
| 老樹圓通孤鳥夢, | 늙은 나무의 둥지 둥글어 외로운 새 꿈을 꾸고, |
| 亂山靑繞一床書. | 어지러운 산의 푸름이 감겨 한 서상에 책이 있네. |
| 空山佛氣籠秋石, | 쓸쓸한 산에 불가의 분위기는 가을 바위를 감싸고, |
| 古碓泉聲落暮鍾. | 오래된 물레방아의 물소리는 저녁 종소리에 끊어지네. |
| 洞濕頻吹楊柳雨, | 습한 골짝 비 오는 날 버들은 자주 움직이고, |
| 江涼欲動芰荷秋. | 서늘한 강 가을에 연꽃이 하늘거린다. |
| 漁人各去分孤火, | 어부는 저마다 떠나가 외로운 등불은 흩어지고, |
| 野艇相依宿遠橋. | 성밖 배는 서로 의지하여 먼 다리에서 잠자네. |
| 暗樹驚禽江月白, | 강물에 비친 달이 밝아 어두운 나무에 깃든 새 놀라고, |
| 疎星歸鴈海天涼. | 바닷가 하늘이 서늘하니 성긴 별 사이로 기러기 돌아가네. |
| 夜寒雪色搖殘燭, | 추운 밤 눈빛이 스러지는 촛불을 흔들고, |
| 人靜梅花落道書. | 사람 고요한데 매화가 도서道書에 떨어지네. |

등의 구절 등 이루 다 헤아릴 수 없다. 이제는 어느덧 사별하여 울음

사에 급제하였다. 윤주 사마가 되었을 때 정묘교丁卯橋 촌사村舍에 거처하였기에 사람들이 그를 '허정묘許丁卯'라고 불렀고, 영주郢州 자사가 되었을 땐 '허영주許郢州'라 불렸다. 시에 뛰어나 그 수사의 아름다움이 온정균과 비교되기도 하였다.

179) 점點 : 시간을 나타내는 단위로 경更의 5분의 1에 해당한다.

소리를 삼키고 있으니, 빈 들보에 지는 달이 비치는 형세라[落月空樑][180] 어떻게 얼굴을 볼 수 있으리오? 담호는 재취再娶해서도 아들이 없고 딸만 둘이 있자, 족자族子를 데려다 후사를 이었다. 담호의 노래도 역시 끊어지리니, 슬프도다!

## 南園唱酬集

壬辰閏九月, 余與徐雲皐子直, 結詩社, 排懷遣興, 日相徵逐於南山下. 評花課鳥, 裁雲鏤月, 摠得古近體若干什, 謂之南園唱酬集. 余以儷語弁之, 羞不敢示人, 然亦足爲游戲翰墨之一時好事. 至今追憶, 若夢回酒醒, 欻焉已三十有二年矣. 于斯時也, 又得二交, 一則宋石經英老也, 一則洪澹湖聖用也. 石經少余四齡, 憲宗元年, 登增廣文科, 官承旨, 今上丁巳卒, 年纔五十六. 澹湖少余三歲, 蔭仕以延安府使, 壬戌冬病卒於官, 壽六十二. 獨余與雲皐, 巋然窮老. 雲皐亦蔭仕, 今奉事, 品秩姑未及余, 而余今僇敗如死灰, 雲皐尙爲士友間名士, 方逸宕於比興之座, 雖窮且老, 其才氣不挫, 滔滔若少壯, 優於余遠矣. 石經筆勝, 澹湖詩勝, 皆文人之秀者, 而二友晩年成立, 不過如是, 而已先泉臺矣. 澹湖長於尺牘及七言近體, 其詩主神韻, 專學晩唐溫・許, 得意處往往有絶唱. 其驚語傑句, 世多傳誦, 如, "數點酒燈霜滿郭, 五更隣笛月橫天. 老樹圓通孤鳥夢, 亂山青繞一床書. 空山佛氣籠秋石, 古碓泉聲落暮鍾. 洞濕頻吹楊柳雨, 江凉欲動芰荷秋. 漁人各去分孤火, 野艇相依宿遠橋[181]. 暗樹驚禽江月白, 疎星歸鴈海天凉. 夜寒雪色搖殘燭, 人靜梅花落道書." 等句, 不可勝數. 今焉已矣, 死別呑聲, 落月空樑, 何以見顔色也. 澹湖再娶, 皆無子有二女, 取族子爲嗣. 澹湖之

180) 빈 들보에 …… 형세라[落月空樑] : '낙월공량落月空樑'은 '낙월옥량落月屋樑'과 비슷한 말로, 지는 달이 빈 들보 위를 비춘다는 뜻인데, '고인에 대한 회상'을 의미한다. 두보杜甫가 이백李白을 그리워하며 지은 「몽이백夢李白」이라는 시에 "달빛이 들보에 가득이니 그대의 얼굴을 비추는 듯[落月滿屋梁, 猶疑照顔色]"이라 한 데에서 유래한다.

181) 서벽외사해외수일본에는 '橋'가 '檣'으로 되어 있다.

聲詩, 亦絶矣. 悲夫!

## 연천淵泉 홍석주洪奭周와 항해沆瀣 홍길주洪吉周[182]

나의 재종형 연천공淵泉公은 그의 둘째 동생 항해공沆瀣公과 더불어 문장으로 서로 우열을 다투었다. 훈壎을 부니 지篪가 화답하듯, 우애가 독실하고 지극하여 일생의 지기知己였다. 연천이 일찍이 말하였다.

"내 아우 아무개는 고문古文을 힘써 익히니 천 년 전의 장자莊子나 사마천司馬遷과 어깨를 나란히 할 것이다."

그런데 연천은 오로지 태사공太史公(사마천)을 배워 그 문장이 장강長江과 대하大河와 같이 드넓어 끝이 보이지 않았고, 항해는 제자서諸子書에서 힘을 얻었으므로 그 문장이 강에 달빛이 거울처럼 비쳐 정채가 찬란하였고, 뱀의 몸을 한 귀신과 소의 머리를 한 귀신[蛇神牛鬼][183]이 백 가지로 눈을 현혹시키는 듯하니, 참으로 두 사람은 우열을 가리기 어렵다.

항해공은 타고난 재질이 매우 뛰어나 하나를 들으면 둘을 알았다. 그러므로 겨우 말을 배울 때에 천자문을 읽었고, 네 살에는 훈민정음을 통달하였으며 일곱 살에는 점을 칠 줄 알았다. 열네 살이 되었는데도 여전히 작아 남의 등에 업혀서 과거장에 들어갔으나, 입으로 대책對策을 부르며 수천 자를 물 흐르듯 한 붓으로 지어내었다. 자라서는 백가百家를

182) 홍길주洪吉周(1786~1841) : 본관은 풍산豊山. 자는 헌중憲中, 호는 항해沆瀣. 음직으로 군수郡守를 지냈다. 저서로는 『숙수념孰遂念』, 『항해병함沆瀣丙涵』, 『수여연필睡餘演筆』, 『항해집沆瀣集』, 『속수사續度詞』, 『서림일위書林日緯』 등이 있다.

183) 뱀의 몸을 …… 한 귀신[蛇神牛鬼] : 머리는 소처럼 생기고 몸뚱이는 뱀처럼 생긴 귀신으로 본래 나쁜 귀신을 의미하는 말이나, 여기서는 기이한 문체를 이르는 말인 듯하다.

두루 섭렵하였고, 산수算數와 길흉을 헤아리는 책들에도 두루 통달하였으니, 근세의 빼어난 재주이다.

영의정 금릉金陵 남공철南公轍[184]이 일찍이 몸소 항해가 지은 책을 열람하고는 한숨을 쉬며 말하였다.

"내 문장은 어떻게 하면 홍평강洪平康과 같아질 수 있을까?"

당시 항해가 음사로 막 평강平康에 부임하여 현감을 맡았기 때문에 그렇게 말한 것이다. 풍석楓石 서유구徐有榘도 일찍이 나에게

"내가 매양 글을 지을 때마다 홍평강이 두려워 감히 남들에게 보여주질 못한다."

라고 말하였다. 또 연천淵泉 김이양金履陽[185]은 항해의 문장이 절묘絶妙한 것에 탄복하고 심지어 자기 손자에게 가서 배우게 하였다. 이 여러 분들의 감식안은 충분히 문장을 알 만한데도 이처럼 이들을 높이 평가하였다. 대산臺山 김매순金邁淳은 항상

"홍연천의 문장은 계곡谿谷(장유)·택당澤堂(이식) 이후 수백 년간 이만한 기상과 품격은 일찍이 없었다."

라고 말하였다. 또 정승 이서구李書九[186]는 그 생질 김유순金裕淳에게 말하기를,

"여러 경전 중에 『춘추』가 가장 알기 어려운데, 능히 『춘추』 사전四傳[187]

---

184) 남공철南公轍(1760~1840) : 본관은 의령宜寧, 자는 원평元平, 호는 금릉金陵·사영思穎, 시호는 문헌文獻. 대제학 남유용南有容의 아들이다. 1792년 문과에 급제하여 벼슬이 영의정에 이르렀다. 저서로 『금릉집金陵集』 등이 있다.

185) 김이양金履陽(1755~1845) : 본관은 안동安東, 초명은 이영履永, 자는 명여命汝, 호는 연천淵泉. 1795년(정조 19)에 정시문과 을과로 급제하여 관직은 병조·호조판서를 거쳐 지중추부사, 봉조하에 이르렀다. 저서에 『김이양문집金履陽文集』 3책이 있다.

186) 이서구李書九(1754~1825) : 본관은 전주全州. 자는 낙서洛瑞, 호는 척재惕齋·강산薑山·소완정素玩亭·석모산인席帽山人. 시호는 문간文簡. 1774년 정시庭試에 병과로 급제하고, 이후 한성부판윤·평안도관찰사·형조판서·판중추부사 등을 역임했다. 문자학과 전고典故에 조예가 깊고, 문사文詞에 뛰어나 조선 후기 사가시인四家詩人으로 꼽힌다. 저서로는 『척재집惕齋集』, 『강산초집薑山初集』 등이 있다.

187) 『춘추』 사전四傳 : 『춘추春秋』에 대한 네 가지 해석서로, 『공양전公羊傳』, 『곡량전穀

의 본말을 아는 사람은 평생에 홍 아무개 한 사람밖에 보지 못했다." 라고 하였으니 연천을 지목한 것이다.

연천은 만년에 항상 이렇게 말하였다.

"우리 형제가 죽은 이후에 저서들을 『이정전서二程全書』[188]의 예에 의거하여 합집合集해서 전하는 것이 좋겠다."

그러나 두 공이 돌아가신 지가 이미 이십여 년이 지났는데도, 그 시문을 다 교감하지 못하여 아직 난고亂藁인 채로 남아 있다. 또 해거공海居公[189]이 이미 늙으셨고, 원천原泉[190]도 나약하고 힘이 없어, 책을 간행하여 세상에 통행할 날이 없을까 두려우니 그저 한 번 탄식할 뿐이다. 지난해 내가 정승 심암心菴 조두순趙斗淳[191]을 뵈었는데, 조공이 말하였다.

"『홍연천집』은 결단코 인몰湮沒되어서는 안 될 것인데, 후사가 없고 집이 청빈한 것을 생각해 보면 반드시 간행하기 어려울 것이다. 이만한 문집이라면 비록 내각內閣에서 판각해도 괜찮을 것이다."

공의 이 말은 나를 마주하여 주고받은 말에 불과할 뿐이니, 재력을 낼 사람이 누가 있겠는가?

---

梁傳』, 『좌전左傳』, 『호전胡傳』을 말한다.

188) 『이정전서二程全書』: 송나라 때 정호程顥·정이程頤 형제의 문집을 모은 책으로, 『이정유서二程遺書』 25권, 『부록附錄』 1권, 『이정수언二程粹言』 2권, 『이정외서二程外書』 10권, 『역전易傳』 4권, 『경설經說』 8권, 『이정문집二程文集』 13권, 『유문遺文』 1권, 『속부록屬附錄』 1권 등이 수록되어 있다. 정호와 정이의 문인들이 집록해두었던 것을 모아 주희가 정리하고, 1606년 명나라의 서필달徐必達이 다시 교정하여 간행했다.

189) 해거공海居公: 홍현주洪顯周(1793~1865). 본관은 풍산豊山, 자는 세숙世叔, 호는 해거재海居齋·약헌約軒, 시호는 효간孝簡. 홍석주의 아우이며 정조의 둘째 딸 숙선옹주淑善翁主와 혼인하여 영명위永明尉가 되었다. 저서에 『해거재시초海居齋詩抄』, 『해거시집海居詩集』 등이 있다.

190) 원천原泉: 홍우건洪祐健(1811~1866)으로, 홍길주의 장남이다.

191) 조두순趙斗淳(1796~1870): 본관은 양주楊州, 자는 원칠元七, 호는 심암心菴, 시호는 문헌文憲. 1826년(순조 26) 증광문과에 병과로 급제하여 벼슬이 영의정에 올랐다. 저서에 『심암집心菴集』이 있다.

淵泉公, 沆瀣公

余再從兄淵泉公, 與其仲弟沆瀣公, 以文章相上下, 塤唱篪和, 友于篤至, 爲一生知己. 淵泉嘗謂 : "吾弟某, 力治古文詞, 肩莊馬於千載之上." 然淵泉專學太史公, 其文如長江大河, 渾浩不見涯涘. 沆瀣得力於諸子, 故其文如水月鏡相, 精光燁如, 蛇神牛鬼, 變眩百出, 眞二難也. 沆瀣公天姿英發, 聞一知二, 故纔學語讀千文, 四歲通訓民正音, 七歲解卜筮. 十四歲尙眇小, 爲人所負入場圍, 口號對策, 滔滔數千言, 一揮而就. 旣長泛濫百家, 旁通算數選擇之書, 盖近世逸才也. 金陵南領相公轍, 嘗自閱所著, 喟然歎曰 : "吾文何以則如洪平康?" 時沆瀣蔭仕, 方任平康知縣故云. 徐楓石, 亦嘗語余曰 : "吾每作文, 輒畏洪平康, 不敢示人." 又金淵泉, 歎沆瀣文章妙絶, 至使其孫就學. 此數公藻鑑, 足以知文章, 而推重如此. 金臺山邁淳常言 : "洪淵泉之文, 谿・澤後數百年, 無此氣格." 又李相書九, 謂其甥金裕淳曰 : "諸經中, 春秋最難曉, 能知春秋四傳原委者, 平生但見洪某一人." 指淵泉也. 淵泉晩年恒言 : "吾兄弟身後, 以所著, 依二程全書例, 合集以傳, 可也." 然二公之歿, 已二十餘年, 而其詩文, 未盡校讐, 尙在亂稿. 且海居公已老, 原泉綿弱無力, 恐當無鋟梓行世之日, 殊可一歎. 往年, 余見心菴趙相斗淳, 趙公曰 : "洪淵泉集, 決不可湮沒, 想其無嗣而家淸貧, 必難刊行. 此等文集, 雖自內閣刻板, 可也." 公之此言, 不過對余酬酢而已, 有誰出力哉!

## 홍석주와 홍길주의 저작

연천공은 영조 갑오년(1774)에 태어나 정조 을묘년(1795)에 일차강日次講[192]으로 등과하여 문형을 맡았고, 관직이 좌의정에 이르렀다. 헌종 임인년(1842)에 죽으니, 나이는 69세였고, 시호는 문간文簡이다. 저서에 『학해學海』 내외편, 『상서보전尙書補傳』, 『정노訂老』, 『삼한명신록三漢名臣錄』, 『속사략익전續史略翼箋』,[193] 『재재록載載錄』, 『학강수필鶴岡隨筆』 등이 있다. 『속사략익전』은 근년 해장海藏 신석우申錫愚[194]가 경상도 관찰사로 있을 때 영남 관아에서 판각하여 드디어 세상에 크게 유행하였다. 해장은 문단에 오랜 명성이 있었기 때문에 선배를 높이 받들기를 이와 같이 할 수 있었던 것이다.

항해공은 정조 병오년(1786)에 태어나 음사로 군수를 지냈으며, 헌종 신축년(1841)에 죽으니 나이 56세였다. 저서에 『항해집沆瀣集』, 『숙수념孰遂念』 등이 있는데, 『속수사續叟詞』와 『서림일위書林日緯』는 한묵翰墨을 유희하며 지은 작품이다. 또 「십이루기十二樓記」가 있는데 칠보문七寶文으로 줄줄이 이어 쓴 것으로, 옥이 연이어진 고리 모양으로 옛 회문廻文[195]의 종류이다.

---

192) 일차강日次講 : 성균관 유생들을 대상으로 날마다 돌아가며 어전御殿에서 강講하는 것을 말한다.

193) 『속사략익전續史略翼箋』 : 홍인모洪仁謨가 찬하고 그의 아들 홍석주와 홍길주가 수집 보완하여 완성한 명나라의 역사를 기록한 책이다. 본래 표지명은 '명사략익전明史略翼箋'으로 되어 있으며 1857년에 목판본으로 간행되었는데, 조두순趙斗淳과 홍길주의 서문이 있고 권말에는 신석우의 발문이 있다.

194) 신석우申錫愚(1805~1865) : 본관은 평산平山, 자는 성여聖如, 호는 해장海藏, 시호는 문정文貞. 1834년(순조 34)에 식년문과에 병과로 급제하여 벼슬이 예조판서에 이르렀다. 저서에 『해장집海藏集』과 『청이부지淸伊府志』가 있다.

195) 회문廻文 : 바로 읽거나 거꾸로 읽어도 뜻이 성립되고 평측이 맞는 한시체로, 진晉나라 소백옥蘇伯玉의 아내가 지은 「반중시盤中詩」가 그 시초가 된다.

淵泉公

淵泉公, 英宗甲午生. 正宗乙卯, 以日次講登科, 典文衡, 官至左相. 憲宗壬寅卒, 壽六十九, 諡文簡. 所著有學海內外篇 · 尙書補傳 · 訂老 · 三漢名臣錄 · 續史略翼箋 · 載載錄 · 鶴岡隨筆等書, 而續史略翼箋, 則近年申海藏錫愚, 按嶺伯時, 刻板於嶺營, 遂大行于世. 海藏有文垣宿望, 故推重前輩, 能如此. 沆瀣公, 正宗丙午生, 蔭仕郡守, 憲宗辛丑卒, 壽五十六. 所著有沆瀣集 · 孰遂念等書, 而其續度詞 · 書林日緯, 乃遊戲翰墨而作也. 又有十二樓記, 以七寶文, 聯絡書之, 如玉連環樣, 古迴文之類也.

## 홍석주의 학문

육경六經은 만고萬古의 문자의 원조이다. 글자에서 『설문說文』[196]은 소학小學[197]의 원조이다. 문장이 육경에 근원하지 않으면 한갓 글일 뿐 쓸모가 없고, 글자가 『설문』을 따르지 않으면 또한 글자가 만들어진 본말을 알지 못한다. 옛사람의 학문은 모두 근본을 근원으로 삼았다. 그러므로 한문공韓文公(한유)은 '선비가 되어 경전에 통달하지 못하면, 결단코 선비가 될 수 없다'[198]고 하였고, 또 '문장 짓는 것을 알고자 한다면 마

196) 『설문說文』: 동한東漢의 허신許愼이 지은 『설문해자說文解字』를 가리킨다.

197) 소학小學: 문자학 · 음운학 · 훈고학 등의 학문분야를 이르는 말이다.

198) '선비가…… 될 수 없다': 『흠정사고전서欽定四庫全書』에 있는 『오백가주창려문집五百家注昌黎文集』과 『당송팔대가문초唐宋八代家文鈔』의 「은원외사회골서殷員外使迴鶻序」에 나오는데, 여기에는 모두 "士不通經, 果不足用"이라 되어 있다. 『오백가주창려문집五百家注昌黎文集』은 송나라의 위중거魏仲擧가 편찬하였다.

땅히 먼저 대략 글자를 알아야 한다'[199]고 하였다. 또 「부독서성남符讀書城南」[200]이란 시에서 다음과 같이 말했다.

| | |
|---|---|
| 文章豈不貴, | 문장이 어찌 귀하지 않으리오마는, |
| 經訓乃菑畬. | 경전의 훈고 바로 밭가는 것이라네. |
| 潢潦無根源, | 길바닥의 물은 근원이 없어, |
| 朝滿夕已除. | 아침엔 가득해도 저녁이면 마르고 만다네. |
| 人不通古今, | 사람이 고금古今에 통달하지 못하면, |
| 馬牛而襟裾. | 우마牛馬가 옷을 입은 격이요. |
| 行身蹈不義, | 몸을 부리다 불의를 밟고 말 것이니, |
| 況望多名譽. | 하물며 훌륭한 명예를 바라리오. |

고정림顧亭林(고염무) 또한 사서四書를 다 외지 못한다고 사람을 조롱했으니 대개 옛사람들이 문장 짓는 것을 알 수 있다.

우리나라에서는 식년 문과에 응시하는 경생經生들은 칠서七書(사서와 삼경)에 모두 능하고, 아울러 집주集註와 언해를 누구나 암송하고 있다. 응당 경학에 두루 통달한 것으로 말하면, 전문분야를 닦은 한나라 학자들에 견줄 수 있어 오경박사五經博士의 직임도 감당해낼 만하다. 그런데 그 사람들이 지리멸렬하지 않은 사람이 없고 흐리멍덩하기가 어로해시魚魯亥豕[201]도 구별하지 못하는 사람과 다를 바 없으니, 이는 입과 귀로만 학문을 하여 다만 잘 읽는 것에만 힘을 쓴 것에 불과하기 때문이다. 어찌 가소롭지 않겠는가? 이러므로 경전을 읽어서 과거에 응시하는 것

199) '문장 짓는 것을…… 알아야 한다': 『오백가주창려문집五百家注昌黎文集』과 『당송팔대가문초唐宋八代家文鈔』의 「과두서후기科斗書後記」에 나오는데, 여기에는 모두 "凡爲文辭士, 宜略識字"라 되어 있다.

200) 「부독서성남符讀書城南」: 한유는 자기 아들 부符가 군성郡城의 남쪽에서 독서할 때에 이 시를 지어 격려했다고 한다. 『고문진보古文眞寶』 전집前集 권1에 실려 있고, 『창려선생집昌黎先生集』 권6에도 실려 있다.

201) 어로해시魚魯亥豕: 글자가 비슷하여 혼동하기 쉽기 때문에 학식이 낮은 사람을 지칭하는 의미로 사용되었다.

이 또한 문장을 지어 과거에 응시하는 것과 같게 되었다. 그러나 문사文士의 정원을 채우기에도 부족한데, 경생은 도리어 공령功令만도 못하니 과거가 문학을 망친 것이 이와 같다.

순조 계사년(1833) 가을에 나는 익위翊衛[202]로서 계방桂坊[203]에서 숙직을 하였는데, 그때 참판 윤성대尹聲大[204]도 겸보덕兼輔德[205]으로 춘방春坊[206]에서 숙직을 하고 있었다. 밤에 함께 근세의 문인에 대해 담론할 때에 윤공이 탄식하며 말하였다.

"우리들은 그대의 재종씨 대감(연천 홍석주)과 비교해 보면 한갖 밥벌레에 불과하지요. 내가 일찍이 이 중신重臣과 함께 시원試院에 자물쇠를 걸고 고강考講[207]을 10여 일 했지요. 모 어른이 상시上試[208]가 되었는데 매번 수강을 할 적에, 본문의 첫머리는 반드시 몸소 필사하여 내는데, 여러 시관들이 그때마다 요란스레 찾았습니다. 하지만 모 어른은 보고 웃고 이윽고 또한 책을 뽑아 한번 살펴보고는 바로 보여주는데, 두세 번 보는 경우도 없이 번번이 이와 같이 하였는데도 한번도 어긋남이 없었습니다. 모 어른은 팔짱을 끼고 눈을 감고 있을 뿐인데 한 글자 한 소리의 잘못도 귀신같이 적발해내니 여러 시관들이 경탄치 않은 사람이 없었습니다.

202) 익위翊衛 : 왕세자의 시위侍衛를 맡은 세자익위사世子翊衛司의 정5품 관리. 좌익위, 우익위에 각 한 명씩 있었다.

203) 계방桂坊 : 세자익위사世子翊衛司를 달리 이르는 말이다.

204) 윤성대尹聲大(1776~?) : 본관은 파평坡平, 수익守翼의 아들. 순조 27년(1827)에 증광시增廣試에 급제하였다.

205) 겸보덕兼輔德 : 조선 중기 이후 세자시강원世子侍講院의 정3품 당상관직. 1392년(태조 1) 세자관속世子官屬으로 좌·우 보덕 각 1인을 두었다가, 세종 때 집현전의 관원으로 겸직시켰다. 그러나 1455년(세조 1) 집현전의 혁파와 『경국대전』의 편찬 등 관제 개편과정에서 좌보덕은 정식 직제화되고, 우보덕은 겸직으로 바꾸고 좌우의 구분을 없앴다. 보덕과 겸보덕은 모두 종3품관이었으나, 영조 때 겸보덕 등 5인의 겸관직을 세자시강원에 정식으로 설치하고, 『속대전』에서 법제화하면서 정3품 당상관으로 조정되었다.

206) 춘방春坊 : 세자시강원의 별칭이다.

207) 고강考講 : 과거 시험을 보일 때 경서의 강을 받아 시험 성적을 매기는 것이다.

208) 상시上試 : 과거 시관試官의 우두머리이다.

내가 묻기를 '공은 경전에 통달함이 이와 같으시니 지금 만약 공에게 과거한 것을 박탈하여 지금 다시 강에 응시하게 한다면 공은 능히 하실 수 있겠습니까?' 하니, 모 어른은 '만약 음 풀이를 면제해 주면 지금이라도 할 수 있겠네'라고 하시니, 듣는 사람들이 모두 혀를 내둘렀지요."

연천의 학문은 경전을 씨줄로 역사서를 날줄로 하고 근본을 근원으로 삼아 속유俗儒가 되는 것을 부끄럽게 여겼다. 그러므로 비록 일찍이 일차日次[209]의 강講으로 급제하였으나, 그가 경전에 통달함이 어찌 한 때의 과거와 벼슬에 요행을 바라는데 그치겠는가? 윤공은 무실懋實한 사람이기 때문에 존경하고 복종함이 이와 같았다. 그러나 또한 어찌 깊이 연천의 학문을 알았다 할 수 있겠는가?

說文

六經, 萬古文字之祖也. 字之有說文, 亦小學之祖也. 文不源六經, 則徒文而無用也. 字非從說文, 則亦莫知造書之源委也. 古人之學, 皆元元本本, 故韓文公, 以爲士不通經, 果不爲士. 又以爲欲知作文, 宜先略識字. 又符讀書城南詩, 有曰:"文章豈不貴, 經訓乃菑畬. 潢潦無根源, 朝滿夕已除. 人不通古今, 馬牛而襟裾. 行身陷不義, 況望多名譽." 顧亭林, 亦以四書不盡誦嘲人, 盖古之人於爲文, 可知也. 我國則式年應擧之經生, 於七書皆能, 並集註諺釋, 無不盡誦. 宜其經學淹通, 可方專門之漢儒, 堪爲五經博士. 而其人無非蔑學, 貿貿無異於魚魯亥豕者, 不過口耳之工, 而徒能讀故也, 豈非可笑乎? 是以讀經而應擧, 亦如作文而應擧, 然其不足備數於文士, 則經生反不如功令, 科擧之誤文學, 如是矣. 純廟癸巳秋, 余以翊衛直桂坊, 時參判尹公聲大, 亦

209) 일차日次: 일차日次는 성종 때부터 경서의 강독을 권장하기 위하여 실시하던 시험인데, 성균관의 유생 중에서 실력 있는 사람을 뽑아 임금이 친히 이들을 대궐에 모아 놓고 삼경이나 사서 중에서 찌를 뽑아 외우게 하였다. 뒤에 생원이나 진사 명문가의 자제 등도 참여하였다.

以兼輔德直春坊. 夜與談論近世文人, 尹公歎曰: "吾輩比之君再從氏大監, 則不過一食飯蟲也. 吾嘗與此重臣, 共鎖試院, 考講旬餘. 某丈爲上試, 而每當受講, 正文章頭則必自寫出, 諸試官, 輒皆紛然尋覓. 某丈見而笑之, 仍又抽卷, 一閱便示, 未或有再三, 披閱者, 番番如是, 一不差爽. 某丈袖手瞑目而已, 而至於一字一音之誤, 摘發如神, 諸試官, 無不驚歎. 吾問 '公通經如此, 今若奪公科, 更令應講, 則公能爲之否.' 某丈曰: '若除音釋, 今亦可爲', 聞者, 皆吐舌." 淵泉之學, 經經緯史, 元元本本, 恥爲俗儒. 故雖嘗以日次講取第, 其所通經, 豈欲僥倖於一時科宦而止者哉? 尹公, 愨實人也, 故能推服如此, 然亦豈能深知淵泉之學也.

## 모문룡미毛文龍米

헌종 신축년(1841)에 나는 배천白川[210]군수로 있었다. 때는 초봄이라 전세田稅로 세금을 부과하려던 중, 내가 예년의 장부를 가져다 살펴보니 여러 조목의 명목이 비록 많았으나 다 군현에 통행되는 것이었다. 그런데 그 중에 '매결수미삼두每結收米三斗'가 있는데 호조에 바치는 것이었다. 이는 원세元稅 이외의 별도의 명목이었다. 내가 괴이하게 여겨 아전들에게 물어 보아도 알지 못하였고, 읍에 사는 사민士民에게 물어 보아도 전부 알지 못하고 다만 예로부터 관례대로 받았을 뿐이라고 하였다. 그해 여름에 내가 마침 서울에 들어와 이것을 탁지度支(호조)의 연로한 관리와 전고에 밝은 문사에게 물어 보았으나 아는 사람이 없었다. 마침

210) 배천白川: 황해도 배천군. 현재 황해도 연백군에 속해 있다.

내 광호廣湖[211]로 나가 연천을 배알하고 물어보니, 공이 웃으며 말했다.

"우리나라 일이 다 이렇다. 이는 빨리 없애야 마땅한 일이다. 숭정崇禎(1628~1644) 연간에 명나라 장수 모문룡毛文龍[212]이 병사를 거느리고 와서 가도椵島[213]에 주둔하였는데, 양식이 부족하여 외교 문서를 보내 쌀을 청해 왔다. 우리나라는 우의를 깨기 어려워 어쩔 수 없이 양서兩西(황해도와 평안도)에 영을 내려, 토지 매 결마다 쌀 서 말을 더 내게 하였다. 백성들이 배로 운반하여 보냈는데, 당시에 이를 모미毛米라고 하였다. 모문룡은 후에 원총독袁總督[214]에게 죽음을 당했으니 이 쌀을 혁파해야 마땅함에도 그대로 해마다 으레 징수하였다. 지금 수백 년에 이르도록 명목이 수미收米가 되어 원세元稅에 섞여 들어가니, 뒷날의 어리석은 백성들이 어떻게 분별하겠는가? 참으로 이른바 '지식을 사사로이 쓰지 않고 상제의 법을 따른다'[215]는 것이니 한탄할 만한 일이다."

송宋나라 예조藝祖(태조)가 한림학사 두의竇儀[216]가 맹촉孟蜀[217]의 연호

211) 광호廣湖 : 동호東湖의 별칭이다. 남산 자락인 응봉鷹峯 아래를 휘감아 도는 한강 기슭을 두무개 혹은 동호東湖라 하였는데, 사가독서제도에 따라 설치된 용산 인근의 남호독서당이 응봉 일대로 이전되면서 대칭對稱하여 동호라고 하였다.

212) 모문룡毛文龍(1576~1629) : 명明나라 때 장군. 광해군 14년(1662)에 철산鐵山 가도椵島에 진을 치고, 우리 조정에 후금을 치도록 강하게 요청, 외교상 막대한 지장을 초래하던 중 원숭환袁崇煥에게 피살되었다.

213) 가도椵島 : 평안북도 철산군에 있는 섬이다.

214) 원총독袁總督 : 원숭환袁崇煥(1584~1630). 명明나라 완莞 출신. 자는 원소元素, 호는 자여自如. 1597년 수재秀才가 되었고, 1606년 거인擧人이 되었으며, 1619년 진사進士가 되었다. 명나라 말기에 청나라의 침입으로 위기에 빠지자 산해관山海關의 방위를 자원하였다. 영원성寧遠城을 축조하고, 서구에서 도입한 '홍이포紅夷砲'등 우세한 화력을 바탕으로 청의 공세를 저지하여 1618년 '영원대첩寧遠大捷'을 승리로 이끌었다. 문제를 일으키던 모문룡을 처형한 일로 인해 엄당閹黨의 공격을 받아 청과 내통했다는 무함으로 처형되었다.

215) '지식을 …… 따른다' : 『시경詩經』「대아大雅 · 황의皇矣」 참조. 여기서는 무지한 백성이 모르는 사이에 법령을 따르게 된 것을 풍자한 듯하다.

216) 두의竇儀(914~966) : 송宋나라 때 어양漁陽 사람. 재주가 뛰어났고 청렴 후덕한 성품으로 한림학사와 예부상서를 지냈다.

217) 맹촉孟蜀 : 오대 십국五代十國의 하나로, 후촉後蜀의 별칭이다. 맹지상孟知祥이 촉을 근거지로 나라를 세웠으므로 '맹촉'이라 부른다.

를 안다고 하여 감탄하며 말하기를,

"재상은 반드시 독서하는 사람을 써야 하는 법이다."

라고 했으니, 나도 연천공에 대해서 그렇게 말하겠다.

毛文龍米

憲宗辛丑, 余守白川郡. 時値初春, 方以田稅出賦, 余取見年例文簿, 則諸條名目雖多, 皆郡縣通行者, 而其中有每結收米三斗, 所捧當納戶曹者也, 此是元稅外別名也. 余怪問諸吏, 不知. 又問邑居士民, 皆不知, 但稱自古依例收納而已云. 其夏, 余適入京, 以此遍問度支老吏, 及諳練典故之文士, 皆無知者. 遂出廣湖, 拜淵泉問之, 公笑曰: "我國事, 皆如是, 是宜亟罷者也. 崇禎間, 明將毛文龍, 擁兵來駐椵島, 而以其糧乏, 移咨請米. 我國難於失和, 不得已發令兩西, 以每結三斗米, 加斂於結. 民船運以送, 其時則謂之毛米. 文龍後爲袁總督所殺, 此米當停罷, 而仍爲歲徵. 至今數百年, 換名收米, 混入元稅, 後來蚩氓, 何以辨別. 眞所謂 '不識不知, 順帝之則'者, 殊可歎也." 宋藝祖, 以翰林學士竇儀, 能識孟蜀年號, 歎曰: "宰相須用讀書人." 余於淵泉公亦云爾.

## 이만수李晩秀가 김황원金黃元의 시를 이어 짓다

신묘년(1831) 가을에 연천공이 정사正使가 되어 연경에 갈 때, 나는 해거공을 따라 패수浿水(대동강) 가까지 쫓아가 송별을 하고 돌아왔다. 이때 처음으로 기성箕城(평양)을 유람하게 되어 사흘 동안 내성과 외성, 누정樓亭과 승경勝賞들을 바삐 둘러보았다. 후에 다시 가보지 못한 것이 지금 이미 32년이 지나니 마치 꿈속의 광경처럼 어렴풋하다. 대개 그곳 아름다운 강산과 누대, 번화한 거리와 사람들, 사치스런 치장과 비단옷은 우리나라에서는 '소전당小錢塘'[218]이라 할 만한데, 서울 안팎에서 구하여도 다시 이런 이름난 도성은 없을 것이다.

고려의 시인 김황원金黃元[219]이 일찍이 부벽루浮碧樓[220]에 올라 시를 지으며 고심하다가 겨우 한 연聯을 이루었다.

| | |
|---|---|
| 長城一面溶溶水, | 장성의 한 편은 넘실대는 물길이요, |
| 大野東頭點點山. | 큰 들 동쪽 끝은 점점이 산이로다. |

시상詩想이 마르고 재주가 다하여 마침내 통곡하고는 돌아오니, 지금까지 전하여 시가詩家의 우스갯거리가 되었으나 뒤에 이어 짓는 사람이 없었다. 순조 계해년(1803)에 이르러 극옹屐翁 이만수李晚秀[221]와 담녕澹寧 홍의호洪義浩[222]와 연천공이 삼사三使[223]가 되어 연경에 들어가다가 부벽루를 찾아 올랐다. 여러 공들의 말이 김황원의 일에 미치자 극옹이 시구

218) 소전당小錢塘 : 전당은 본래 당대唐代에 현재의 절강성 항현杭縣에 있던 현으로, 경치가 수려하고 누대와 미인이 많은 곳으로 유명하였다.

219) 김황원金黃元(1045~1117) : 본관은 광양光陽, 자는 천민天民. 일찍이 부벽루에 올라 절경을 노래하다가 완성하지 못하고 내려온 일화로 유명하다.

220) 부벽루浮碧樓 : 평양 모란대牡丹臺 밑 절벽 위에 있는 누각. 고려 초기 건립한 것으로, 고려 예종이 군신과 더불어 연회할 때 이안李顔에게 명하여 이름을 지었다고 한다.

221) 이만수李晚秀(1752~1820) : 본관은 연안延安, 자는 성중成仲, 호는 극옹屐翁·극원屐園·후재後齋, 시호는 문헌文獻. 1789년 문과에 급제하여 벼슬이 대제학에 이르렀다. 저서에 『극원유고屐園遺稿』 15책이 있다.

222) 홍의호洪義浩(1758~1826) : 본관은 풍산豐山, 자는 양중養仲, 호는 담녕澹寧, 시호는 정헌正憲. 1803년(순조 3)에 사은부사謝恩副使로, 1823년에는 동지사로 청나라에 다녀왔다. 대사간·동지경연사·예조판서·공조판서 등을 지냈다.

223) 삼사三使 : 삼사三使는 외교사신단의 주축이 되는 고위관리로, 연행사신의 경우 정사正使·부사副使·서장관書狀官 혹은 교린국交隣國의 경우 통신사通信使·부사副使·종사관從事官을 지칭한다. 『순조실록純祖實錄』에 순조 3년 7월 11일조의 기사를 참고하면, 이만수가 사은정사謝恩正使, 홍의호가 부사, 홍석주가 서장관으로 파견된 사실을 알 수 있다.

를 읊어 김황원의 시의 뒤에 이어붙이고 삼사에게도 분담하도록 부탁하여 시를 판각하여 걸게 하니, 지금까지도 누각 머리에 걸려 있다. 그러나 사실은 극옹이 다 지은 것이다. 지금 여기에 기록한다.

| | |
|---|---|
| 長城一面溶溶水, | 장성의 한 편은 넘실대는 물길이요, |
| 大野東頭點點山. | 큰 들 동쪽 끝은 점점이 산이로다. (김황원) |
| 萬戶樓臺天畔起, | 만호萬戶의 누대는 하늘가에서 솟아나고, |
| 四時歌吹月中還. | 사계절에 부르는 노래는 달가운데 돌아온다. (이만수) |
| 風烟不盡江湖上, | 바람 안개 그치지 않는 강호 가에, |
| 詩句長留宇宙間. | 시구는 길이 우주 간에 머무른다. (홍의호) |
| 黃鶴千年人已遠, | 천 년 전에 황학 타고 간 사람은 이미 멀어져, |
| 夕陽迴棹白雲灣. | 석양에 노를 돌리니 흰 구름 이는 물굽이로세. (홍석주) |

그러나 지금 사람들은 모두 극옹 한 사람의 손에서 나온 것인 줄 모르고, 간혹 그 시의 기상과 재주를 품평하는 사람마저 있으니 우스운 일이다.

詩人金黃元

辛卯秋, 淵泉公以正使赴燕, 余隨海居公, 追至浿上, 拜別而還. 是時, 初遊箕城, 故連三日, 內城外城, 亭樓勝賞, 卒卒遍觀. 後未更往, 今已三十二年, 依俙若夢中光景也. 大抵其江山樓臺之佳麗, 城市人物之繁華, 脂粉綺羅之侈靡, 在我東, 足可謂小錢塘, 求之京外, 更無此名都勝地也. 高麗詩人金黃元, 嘗登浮碧樓, 賦詩苦索, 僅成一聯. 有曰 : "長城一面溶溶水, 大野東頭點點山." 思竭才盡, 遂痛哭而還, 至今傳爲詩家笑談, 而後無繼之者. 至純祖癸亥, 屐翁李晚秀 · 澹寧洪義浩, 及淵泉公, 以三使入燕, 歷上浮碧樓, 諸公語及金黃元事, 屐翁口占續之, 分屬三使, 仍令刻揭其詩, 至今猶在樓楣, 然實則皆屐翁作也. 今錄於此, '長城一面溶溶水, 大野東頭點點山.'---金黃元. '萬戶樓臺天畔起, 四時歌吹月中還.'---屐翁. '風烟不盡江湖上, 詩句長留宇宙間.'---澹寧. '黃鶴千年人已遠, 夕陽廻棹白雲灣.'---淵泉. 今人多不知皆出屐翁一手, 或品評其氣象才思, 可笑也.

## 계해년 연행 때의 삼사三使

계해년癸亥年(1803)에 연행사로 참가했던 삼사三使는 그 문명文名이 서로 필적하였다. 담녕이 비록 시와 글씨에서 조금 처진 감은 있으나 재주와 문식은 가장 뛰어났으니, 한 때의 보기 드문 동반이라 하겠다. 그로부터 29년이 지난 신묘년辛卯年(1831)에 연천이 또 상사上使로서 연경에 들어갔을 때, 극옹과 담녕은 이미 저 세상 사람이었다. 연천이 길을 떠나 처음으로 고양高陽에 이르러 서글피 감회에 젖어 절구 한 수를 읊었다.

| | |
|---|---|
| 屐老風流似夢中, | 극옹의 풍류도 꿈속 일인 듯한데, |
| 青山又鎖澹寧翁. | 청산이 다시금 담녕마저 가두었네. |
| 傷心卄九年前路, | 이십구 년 전 이 길에서 상심하노니, |
| 只有秋光與舊同. | 가을 경치만 여전히 그 빛이로세. |

癸亥赴燕三使

癸亥赴燕之三使, 其文名略相上下. 澹寧雖若稍遜詩與筆, 才藻尤長, 蓋一時奇件也. 後二十九年辛卯, 淵泉又以上价入燕, 而屐翁澹寧, 已作九原矣. 淵泉初到高陽, 愴然感懷, 詠一絶曰 : "屐老風流似夢中,靑山又鎖澹寧翁. 傷心卄九年前路, 只有秋光與舊同."

## 연광정練光亭과 부벽루浮碧樓를 노래한 시

연광정練光亭[224]과 부벽루浮碧樓를 노래한 시는 매우 많다. 부벽루는 응당 목은牧隱(이색)의 「작과영명사昨過永明寺」[225]라는 율시가 압권이고, 연광정은 삼연三淵 김창흡金昌翕의 시[226]가 아주 좋아 이 시를 능가할 것이 없을 듯하다. 그 시는 다음과 같다.

| | |
|---|---|
| 雪嶽幽棲客, | 설악산 깊숙이 숨어 살다가, |
| 關河又薄遊. | 대동강 물을 건너 다시 노니네. |
| 隨身有淸月, | 몸을 따르는 건 맑은 달뿐인데, |
| 卜夜在高樓. | 좋은 밤 골라 누각에 올랐네. |
| 釰舞魚龍靜, | 칼춤 추니 어룡이 숨을 죽이고, |
| 盃行星漢流. | 술잔 도니 은하수 펼쳐 흐르네. |
| 鷄鳴相顧起, | 새벽닭 울음에 돌아보며 일어날 제, |
| 留興木蘭舟. | 목란 배에 여흥을 남겨 두었네. |

근일에 자하紫霞 신위申緯[227]가 "이 시는 우리나라 사람들의 상투적인 말투에서 벗어나지 못했다"라고 극언하는 바람에 혹평이 되고 말았다. 대

224) 연광정練光亭 : 대동강가에 있는 누각으로 명승지 중의 하나.

225) 『목은고牧隱藁』 권2 「浮碧樓」 참조.

226) 『삼연집三淵集』 권8 「夜登練光亭, 次趙定而韻」 참조.

227) 신위申緯(1769~1845) : 본관은 평산平山, 자는 한수漢叟, 호는 자하紫霞·경수당警修堂. 1799년(정조 23) 문과에 급제, 벼슬이 이조참판에 이르렀다. 당시 시詩·서書·화畵의 삼절三絶이라 불렸다. 저서에 『경수당전고警修堂全藁』가 전한다.

간大諫 정지상鄭知常[228]에 대해서는 "'우헐장제초색다雨歇長堤草色多'[229]라는 절구는 비록 절창이지만 대동강에서 송별하는 내용에 지나지 않으니, 이름난 정자나 절경을 읊은 시와는 관련이 없다"라고 하였다.

浮碧樓題詠

練光·浮碧題詠甚多. 而浮碧樓則當以牧隱昨過永明寺一律爲壓頭. 練光亭則三淵詩最好, 恐無駕出其上者矣. 其詩曰:"雪嶽幽棲客, 關河又薄遊. 隨身有淸月, 卜夜在高樓. 釰舞魚龍靜, 盃行星漢流. 鷄鳴相顧起, 留興木蘭舟." 近日申紫霞, 至以爲此未免東國人例套口氣, 是故作苛論也. 至如鄭大諫'雨歇長堤草色多'一絶, 雖云絶唱, 不過浿江送別語, 非關名亭勝賞矣.

## 추사秋史의 금강산시金剛山詩

무릇 산수와 누대에 대해 온 세상이 매우 칭찬하는 것을 반드시 폄하하고자 하는 사람은 좋은 사람이 아니다. 정자로는 연광정練光亭, 산으로는 금강산金剛山이 모두 응당 나라 안에서 제일로 꼽힌다. 세상 사람들의 안목은 같기 마련인데, 영조 때에 최익남崔益男[230]이 평양을 지나가

228) 정지상鄭知常(?~1135) : 본관은 서경西京, 초명은 지원之元, 호는 남호南湖. 시에 뛰어나 고려 12시인 중의 한 사람으로 꼽힌다. 역학과 불전에 정통하고, 그림·글씨에 능했으며, 노장철학에도 조예가 깊었다.

229) '우헐장제초색다雨歇長堤草色多' : 정지상이 지은 시 「대동강大同江」의 1구이다.

230) 최익남崔益男(1724~1770) : 본관은 전주全州, 초명은 충남忠男, 자는 사겸士謙, 시호는 충헌忠憲. 영조 39년(1763) 문과에 급제하여 벼슬이 이조좌랑에 이르렀다.

다가 시를 지어 폄하하였다. 그 중 한 연聯은 다음과 같다.

| | |
|---|---|
| 林藪彌縫荒野色, | 수풀은 들판의 황량한 빛 가려주고, |
| 樓臺憑藉大江聲, | 누대는 대동강 명성 따라 이름났네. |

이처럼 길인吉人의 말투가 아니더니, 뒤에 과연 죄를 짓고 죽임을 당하였다.

또 자하 신위가 이렇게 논한 적이 있다.

"금강산은 모두 얽힌 산봉우리와 검은 바위로 이루어져 있다. 조물주가 처음에 특이하게 배치해보려고 한 꾸러미의 천석泉石을 안고 가다 우연히 동해가에 내려놓게 되었다. 그래서 더는 수습하지 못하다보니 이렇게 질서 없이 어지럽게 흩어지게 된 것이다."

아무리 우스갯소리라도 이런 식으로 말할 필요는 없었다.

추사 김정희는 평생 괴론乖論을 즐긴 분이다. 금강산을 읊은 절구를 보면 다음과 같다.

| | |
|---|---|
| 矗矗尖尖怪怪奇, | 우뚝우뚝 뾰쪽뾰족 기괴하고 오묘하여, |
| 人天神佛摠堪疑. | 사람이런가 하늘이런가 신이런가 부처런가? |
| 平生詩爲金剛惜, | 일생의 역작을 금강 위해 남겼는데, |
| 及到金剛不敢詩. | 이곳에 정작 오니 감히 시를 못 짓겠네. |

역시 시어가 기괴하지만 이것은 딴말 없이 극구 칭찬한 말이다.

秋史金剛山詩

凡山水樓臺, 擧世盛稱者, 必欲貶薄者, 非好人也. 亭之有練光, 山之有金剛, 皆當甲於國中. 世人眼孔宜同. 而英廟時崔益男, 過箕城, 有詩譏貶. 其一聯曰: "林藪彌縫荒野色, 樓臺憑藉大江聲." 其口氣, 非古人也, 後果以罪誅. 又申紫霞嘗論: "金剛皆亂山黑石. 造化翁初欲別樣鋪置，携一包泉石，偶遺東海邊，故更不收拾，散落無倫序如此." 此雖調諧，不必如是言也. 金秋史平生喜乖論. 其詠金剛一絶曰："矗矗尖尖怪怪奇，人天神佛摠堪疑. 平生詩爲金剛惜，及到金剛不敢詩." 詩亦怪奇，然是則極口無異辭矣.

## 시인詩人의 시와 대가大家의 시

시인의 시가 있고 대가의 시가 있다. 당나라 때로 말하면 왕유王維·위응물韋應物[231)]의 경우는 풍격은 높지만 일개 시인에 불과하였으니, 두보杜甫나 한유韓愈처럼 재주가 걸출하고 학문이 박식한 경지에 이른 뒤에야 비로소 대가라고 할 수 있다. 송나라 때는 소자미蘇子美(소순흠)와 매성유梅聖兪[232)]가 비록 당나라의 왕유와 위응물에는 못 미쳤지만 이들은 모두 시로 자부하였고 또한 시 때문에 곤궁하고 늙은 자들이니, 마땅히 모두 '시인의 시'라고 해야 할 것이다. 소식과 육유陸游의 경지에 이른 뒤에야 또한 대가라 칭할 수 있다.

근일에 자하 신위와 우촌雨村 남상교南尙教[233)]가 모두 재기才氣가 용

231) 위응물韋應物(735~835) : 당唐나라 때 시인. 호는 소주蘇州. 역양현령櫟陽縣令과 소주자사蘇州刺史 등을 지내며 선정을 베풀었다. 시에 뛰어나 도연명과 나란히 '도위陶韋'라고 일컫기도 하고, 왕유·맹호연·유종원과 나란히 '왕맹위유王孟韋柳'라 일컫기도 한다. 저서에 『위소주집韋蘇州集』이 있다.

232) 매성유梅聖兪 : 매요신梅堯臣(1002~1060). 송宋나라 때 시인. 자는 성유聖兪, 호는 원릉宛陵. 소순흠蘇舜欽·구양수歐陽修 등과 같이 성당盛唐의 시를 본으로 하여 당시 유행하던 서곤체西崑體의 섬교纖巧한 폐풍을 일소하고, 새로운 송시宋詩의 개조開祖가 되었다. 저서에 『완릉집宛陵集』·『당재기唐載記』가 있다.

233) 남상교南尙教(1783~1866) : 본관은 의령宜寧, 자는 문숙文叔, 호는 우촌雨村. 천주교를 신봉하다가 1866년 병인박해 때 체포되어, 아들 종삼鍾三과 함께 사형 당하였다.

솟음쳤으니 시인 중의 절창이지만, 이른바 시인의 시에 속할 뿐이다. 나의 재종형 연천공 정도는 되어야 대가라 칭할 수 있는데, 우리나라의 여러 시인과 비교해 보면 위로 소재蘇齋 노수신盧守愼과 접맥되지만, 호방하고 강건함이 못 미칠 뿐이다.

詩人之詩

有詩人之詩, 有大家之詩. 如唐之王·韋, 風格雖高, 不過詩人也. 至杜·韓然後, 其才雄, 其學博, 始可稱大家. 宋之蘇子美·梅聖兪, 雖不及唐之王·韋, 皆以詩自命, 亦以詩窮且老者, 宜皆曰詩人之詩. 至蘇·陸然後, 亦可稱大家也. 近日申紫霞緯·南雨村尚敎, 皆才氣坌涌, 詩人之絶調也, 而正所謂詩人之詩也. 惟余再從兄淵泉公, 然後可稱大家, 比之本朝諸家, 可以上接蘇齋,[234] 而但雄放遒健不及耳.

## 연천당淵泉堂

연천공이 아직 급제하지 못했을 때에 초당에서 독서하였는데, 앞에는 연못이 있고 뒤에는 우물이 있어 '연천당淵泉堂'이라 이름을 짓고, 그것을 호로 하였다. 판서 김이양金履陽도 연천淵泉으로 자호하였는데, 김공이 나의 재종형보다 19세 많았다. 연천이란 호는 누가 먼저 썼는지 알 수 없다. 두 분이 비록 동년 급제를 했으나, 김공의 벼슬이 갑자기 현달한 데다 시문에도 뛰어났고 언론과 기개가 웅건하고 신속하여 당해낼

저서에 『우촌시고雨村詩藁』가 있다.

234) 齋 : 국립중앙도서관본에는 '齊'로 되어 있다.

자가 없었다. 또한 두 자손이 있는데, 장남 김대근金大根[235]은 문과에 급제하여 지금은 병조판서로 있고, 차남 김현근金賢根[236]은 순조의 명온공주明溫公主에게 장가들어 부마가 되었으니 모두 귀하게 된 분들이다. 김공이 세상에 이름난 것이 이미 오래되었고 수명이 92세에 이르렀는데, 두 분의 연천이란 호 중에 누가 후세에 전해질지 나는 알지 못하겠다.

옛날에 문충공文忠公 이항복李恒福이 백사白沙라 자호하였는데, 그때 윤훤尹暄[237]도 호가 백사였다. 윤훤은 바로 오음梧陰 윤두수尹斗壽의 아들로 마침 동시대 사람이었다. 그런 까닭으로 윤공이 일찍이 이공에게 농담 삼아 말하기를,

"원컨대 한 동이 술로 백사란 호를 사고 싶소."

라고 하니 이공이 웃으며,

"호를 같이 쓰는 것이 무슨 해가 되겠소. 그냥 둘 다 쓰다가 후세에 우열이 정해지기를 기다려도 괜찮을 것이오."

하고는 결국 허락하지 않았다. 두 호가 지금 모두 나란히 전한다.

淵泉堂

淵泉公未第時, 讀書草堂, 前有池後有井, 名曰 '淵泉堂', 仍以號焉. 金判書履陽, 亦以淵泉自號, 而金公長於余再從兄十九歲. 淵泉之號, 未知孰爲先後, 而二公雖與同年, 金公官位驟顯, 兼長詩文, 言論氣槩, 踔厲風發. 亦有二孫 : 長大根文科, 今兵判; 次賢根尙純祖明溫公主爲駙馬, 皆貴人也. 金公旣名世已久, 壽至九十二, 兩公之淵泉, 吾未知

235) 김대근金大根(1805~1879) : 본관은 안동安東, 자는 일원一源, 호는 여연如淵. 1827년(순조 27) 친림문과親臨文科에 병과로 급제하여 벼슬이 우찬성에 이르렀다. 저서에 『여연유고如淵遺稿』 3책이 있다.

236) 김현근金賢根(1810~1868) : 본관은 안동安東, 자는 성희聖希, 호는 죽사竹史.

237) 윤훤尹暄(1573~1627) : 본관은 해평海平, 자는 차야次野, 호는 백사白沙. 1590년(선조 23) 진사가 되고, 1597년 정시문과에 을과로 급제하여 벼슬이 평안도관찰사에 이르렀다. 저서에 『백사집白沙集』이 있다.

誰當傳後矣. 昔李文忠公恒福, 自號白沙, 其時尹公暄, 亦號白沙, 尹乃梧陰公子, 而適爲並世之年輩, 故尹公嘗戲謂李公 : "願以一壺酒, 買白沙之號." 李公笑曰, "並號何傷, 兩存之, 以待後世論定優劣, 可也." 遂不許, 兩號今皆並傳.

## 신재新齋 홍낙명洪樂命

내 아버지 신재선생新齋先生[238]은 문장이 간고簡古하고, 창려昌藜(한유)를 전공하여 비판문자碑版文字와 제뢰문祭誄文에 매우 뛰어났다. 때때로 독특한 논리를 펴는 대목에서는 간간히 언어를 자유자재로 구사한 것이 많았다. 고금과 인물을 논할 적에는 또 모두 끝간데없이 넓고 매인 데가 없었지만, 끝내 문장 짓는 규범에서 벗어나지 않았다. 그런 까닭으로 장인 서어西漁 권상신權常愼[239]이 매번 나에게 말하였다.

"공의 문장은 한퇴지에는 못 미치지만 이고李翺에게 뒤쳐지지도 않는다."

또 연천공이 한번은 선생의 묘문을 지으려고 하였는데, 만년이 되도록 완성하지 못하였다. 신축년(1841) 여름에 내가 배천白川의 임지에서 서울로 가던 중에 광호廣湖의 임한정臨漢亭으로 가서 연천을 배알하고 묘문을 독촉하기를,

238) 신재선생新齋先生 : 홍낙명洪樂命(1722~1784). 본관은 풍산豊山, 자는 자순子順, 호는 신재新齋 시호는 문청文淸. 영조 40년(1754) 증광문과에 급제하여 벼슬이 이조판서에 이르렀다. 저서에 『신재문수新齋文粹』·『소학초록小學抄錄』·『퇴계서초退溪書抄』 등이 있다.

239) 권상신權常愼(1759~1825) : 본관은 안동安東, 자는 경호絅好, 호는 일홍당日紅堂·서어西漁, 시호는 효헌孝獻. 1785년(정조 9) 진사시進士試에 장원으로 급제하여 벼슬이 대사헌에 이르렀다. 저서에 『서어집西漁集』 등이 있다.

"형님이 지금 이미 칠순이시니, 아마도 죽어서 역사에 기록될 날이 얼마 남지 않았을 것입니다."

라고 말하니, 공이 웃으시며,

"내 문장이 어찌 선생께 합당하겠냐마는 선생의 묘문을 지어보려고 꼭 선생의 문체를 본받으려 했지만, 끝내 그대로 흉내내기가 어려워서 그러네."

라고 하였다. 마침내 완성하지 못했는데, 이듬해에 연천공도 돌아가시니 지금껏 한으로 남아 있다. 선생은 문장을 억지로 짓지 않았고 시작詩作도 달갑게 여기지도 않았기 때문에 문집 중에 실린 시가 매우 적다.

문경공文景公 강한江漢 황경원黃景源[240]이 장자와 사마천을 잘 배워 문장이 뛰어났으나 마음속으로는 늘 신재선생에게 굴복하였다. 한번은 선생께 이렇게 말하였다.

"내가 비록 공보다 12살이 많지만 공은 병들었고 나는 건강하니 응당 나중에 죽을 것이다. 옛사람의 말에 '죽어서는 모름지기 한유의 묘지명을 얻어야 한다' 하였으니 공은 부디 나를 위해 미리 명을 지어주시오."

선생이 웃으며 버텼는데, 황공이 여러 번 독촉하자 선생은 마지못해서 그의 묘지를 지었다. 그 명은 다음과 같다.

| | |
|---|---|
| 中藏古文, | 뱃속에 고문을 담았으니, |
| 炯炯其瞳. | 그 눈빛 형형하도다. |
| 生於極東, | 극동에서 태어나, |
| 沒於極東. | 극동에서 죽었도다. |
| 吁嗟黃公! | 슬프다, 우리 황공이여! |

강한이 보고 크게 읽고는,

240) 황경원黃景源(1709~1787) : 본관은 장수長水, 자는 대경大卿, 호는 강한江漢 · 강한유노江漢遺老, 시호는 문경文景. 1740년 문과에 급제하여 벼슬이 대제학에 이르렀다. 저서에 『강한집江漢集』이 있다.

"문사가 과연 아름답소만 나를 너무 작게 보았소이다."
라고 하였다. 이는 강한이 문장으로만 이름이 났기 때문이었다. 후에 나와懶窩 권공도 생전에 자신의 묘지를 부탁하였는데, 황공과 권공은 모두 결국에는 선생보다 7년 뒤에 죽었으니 신재선생이 그 이름난 공경들의 존중을 받은 것이 이와 같았다.

선생은 일생동안 명리名利에 담담하여 이조참의와 부제학에서부터 총재冢宰(이조판서)에 이르기까지 관직에 있던 기간을 날짜로 계산할 수 있을 정도였다. 만년에는 동쪽 교외에 터를 잡아 기둥 몇 개의 초가를 엮어 날마다 문하생들과 쉬지 않고 강독하였다. 글을 지어 산신령에게 맹서하였다.

| | |
|---|---|
| 衰病侵尋, | 노쇠함과 질병이 차츰 몰려와, |
| 旣難供職, | 직무를 수행할 수 없기에, |
| 抱書歸山, | 책 싸 들고 산으로 와, |
| 古人之則. | 고인의 도를 본받습니다. |
| 白首之年, | 성성한 백발의 노인이, |
| 爰卜一壑, | 골짜기에 집을 짓고, |
| 笑迎野老, | 촌 노인네 웃으며 맞아, |
| 同歌聖澤. | 함께 성덕을 노래합니다. |

또 다음과 같은 시도 지었다.

| | |
|---|---|
| 不買良田買竹扉, | 좋은 밭 제쳐두고 대로 얽은 문을 사니, |
| 室人交笑世人譏. | 집안사람도 서로 웃고 세상도 날 비웃네. |
| 飢中自有無窮樂, | 굶주림 속에 절로 무궁한 즐거움이 있으니, |
| 石上淸流雨後肥. | 바위 옆 맑은 샘물 비온 뒤에 불어 있네. |

이 모두가 선생의 소신으로서 늙어갈수록 세속을 초탈하다 보니, 과거로 입신하였지만 세상에서는 선생을 조정의 부름에 응하지 않는 산림

의 은사로 대우하였다.

선생은 학문이 갈수록 높아졌는데, 늘 퇴계선생을 깊이 흠모하여 『퇴계서초退溪書抄』 7권을 남겼다. 또 한 번은 다음과 같은 절구를 지었다.

| | |
|---|---|
| 平生願學退陶翁, | 내 평생 퇴계 선생 배우고자 원한 것은, |
| 守道林泉百世風. | 산림에서 도를 지킨 백세의 풍모라네. |
| 造物嫌吾心太濫, | 조물주는 외람된 내 마음을 미워하여, |
| 只教疾病恰相同. | 평생 앓은 질병만 흡사하게 하였네. |

## 新齋先生

余王考新齋先生, 文章簡古, 專學昌藜, 故尤長於碑版祭誄, 往往有奇崛處, 間多馳騁其辭. 論說古今人物, 則又皆汪洋放肆, 終不失作者軌範. 故外舅權西漁公, 每語余曰:"公文雖不及退之, 亦不下李翺." 又淵泉公, 嘗擬作先生墓文, 至晚年猶未就. 辛丑夏, 余自白川任所入京, 往拜淵泉於廣湖之臨漢亭, 督其文曰:"吾兄今已七旬, 殆汗青無日也." 公笑曰:"吾文豈能當先生? 然爲先生墓文, 必欲效先生體, 終難依樣故也." 後竟未成, 明年公亦捐館, 至今爲可恨也. 先生於文, 不苟作, 不屑爲詩律, 故集中所載詩甚少. 江漢黃文景公, 善學莊馬, 文章絶世, 而每心折先生. 嘗語先生曰:"吾雖先公十二年, 公病我健, 我當後死. 古人云'死須得韓公銘' 公其幸爲我預銘." 先生笑而靳之, 黃公屢督之, 先生不得已撰其墓誌. 其銘曰:"中藏古文, 炯炯其瞳. 生於極東, 沒於極東. 吁嗟黃公!" 江漢見而大讀, 曰:"文辭果美, 但藐我甚." 盖江漢只有文章故也. 後懶窩權公, 亦生乞其墓誌, 黃・權二公, 竟皆後先生七年而卒, 其爲名公卿推重如此. 先生一生恬退, 自吏議副學至冢宰, 在官可以日計. 晚卜居東郊, 構數楹茆茨, 日與門徒, 講讀不輟, 爲文誓告山靈曰, '衰病侵尋, 旣難供職, 抱書歸山, 古人之則. 白首之年, 爰卜一壑, 笑迎野老, 同歌聖澤.' 又有詩曰, '不買良田買竹扉, 室人交笑世人譏. 飢中自有無窮樂, 石上清流雨後肥.' 此皆先生所守, 而老益高蹈, 雖以科目立身, 世之視先生如林下徵士矣. 先生學問益高, 每深慕退陶先生, 有退溪書抄七卷, 又嘗有詩一絶曰, '平生願學退陶翁, 守道林泉百世風. 造物嫌吾心太濫, 只教疾病恰相同.'

## 죽리竹里 김이교金履喬

순조 병자년(1816) 가을, 내가 아버지를 모시고 아산현牙山縣 임지에 가서 머물렀는데 그때 내 나이는 겨우 열아홉이었다. 현에 백련암白蓮菴이 있었는데 절은 퇴락하고 스님도 적어 자못 그윽하면서 널찍하였다. 그런 까닭으로 한번 유람하여 율시 두 수를 읊어 작은 종이에 썼는데, 아버지께서 보시고 책상 위에 두었다. 그 중 한 수는 다음과 같다.

| | |
|---|---|
| 步上巖阿最高頂, | 걸어서 바위언덕의 가장 높은 곳 올라가니, |
| 蒼苔赤葉滿禪居. | 푸른 이끼 붉은 단풍 선승의 처소에 가득하다. |
| 上方客至雲歸後, | 상방上方(절)의 객 구름이 간 뒤에 이르고, |
| 古殿鍾鳴日落初. | 오랜 불전의 종소리 해가 떨어지자 울리네. |
| 溪樹雨零秋已暮, | 시냇가 나무에 비 떨어지니 가을은 하마 저물었고, |
| 藥爐香歇境俱虛. | 약 화로에 향기 그치니 경내가 온통 고요하다. |
| 浮生偶得塵緣淨, | 덧없는 인생 세속 인연이 맑아짐을 얻고, |
| 且就山僧乞梵書. | 우선 산승에게 나아가 불경을 빌리네. |

마침 죽리竹里 김이교金履喬[241]가 성묘를 가는 길에 현에 들러 정당政

241) 김이교金履喬(1764~1832) : 본관은 안동安東, 자는 공세公世, 호는 죽리竹里, 시호는

堂[242])에 들어갔다가 우연히 책상 위의 시를 보고 놀라 물었는데, 내가 시를 지었다는 것을 알고는 즉시 나를 불러 나이를 묻고 여러 번 칭찬하고 감탄하였다. 그리고는 요즘 지은 여러 시를 가져오라고 하기에 난초亂草까지 모두 김공에게 내보였다. 김공은 길이 바빠 소매 속에 넣어 두었다가 길을 가면서 다 읽어보았다. 그 길로 신창新昌에 들러 현루玄樓 이희현李羲玄을 방문하여 나의 여러 시를 내보이며 말했다.

"내가 이번 걸음에 당세의 설루칠자雪樓七子[243])의 시를 얻어 보았소."

이때 현루는 유배 중이었는데, 그 말을 듣고서 기특하게 여겨 시까지 지어 보내주었다. 나산蘿山 성만진成晩鎭이 시에 노련하여 큰 명성이 있었는데, 그도 신창의 집에 거처하다가 역시 죽리의 말을 듣고 시를 지어 보내었다. 내가 지금은 다 잊었으나 다만 현루가 지었던 한 연聯을 기억하고 있다.

| | |
|---|---|
| 判不染跡青雲路, | 청운青雲의 길에 발을 들여놓지 않을 것이 분명하니, |
| 訝許齊名白雪樓. | 백설루白雪樓와 이름이 나란하지 않을까 싶네. |

내가 지금은 영락하여 이룬 것이 없이 결국 세상과 인연을 끊고 말았으니, 아마도 현루의 시가 시참詩讖이 된 것인가.

훗날 죽리가 나의 장인 서어공西漁公 권상신께 말하였다.

"그대의 사위가 이렇게 훌륭한데, 우리들에게는 자랑하는 말 한 마디도 없었으니 무엇 때문입니까?"

죽리가 후생들을 장려하고 끌어준 것은 과연 선배로서의 풍모를 지닌 것인데 그 뒤로 더는 서로 관련하는 말이나 글이 오가지 않았으니 또 어

---

문정文貞.

242) 정당政堂 : 지방 수령이 정무를 보는 관아.

243) 설루칠자雪樓七子 : 설루雪樓는 이반룡李攀龍의 백설루白雪樓를 말하며, 설루칠자는 명나라의 후칠자後七子인 이반룡·왕세정王世貞·사진謝榛·종신宗臣·양유예梁有譽·서중행徐中行·오국륜吳國倫을 가리킨다.

째서인가? 아마 내가 침체되어 명성이 드러나지 않다보니 칭찬할 게 없다고 생각하여 포기한 것인가? 김공은 문형을 맡았고 관직은 좌의정에 이르렀으며 69세에 돌아가셨다.

金履喬

純祖丙子秋, 余陪先君子, 往留牙山縣任所, 時余年纔十九. 縣有白蓮菴, 寺殘僧少, 而頗幽敞. 故一往遊賞, 詠二律書小紙, 先君子覽而置桉上. 其一詩曰: "步上巖阿最高頂, 蒼苔赤葉滿禪居. 上方客至雲歸後, 古殿鍾鳴日落初. 溪樹雨零秋已暮, 藥爐香歇境俱虛. 浮生偶得塵緣淨, 且就山僧乞梵書." 適竹里金公履喬, 因省墓行, 歷縣入政堂, 偶見桉上詩驚問, 知爲余詩, 卽招余問齒, 亟稱歎, 仍求近日諸詩. 故並以亂草, 示呈金公, 行忙袖去, 在道盡閱之. 仍歷新昌訪玄樓李公羲玄, 出示余諸篇曰: "吾今行, 得見當世之雪樓七子." 時玄樓在謫, 聞而奇之, 至以詩見遺. 成蘿山晚鎭, 老於詩, 有盛名, 家居新昌, 亦聞竹里言, 以詩寄之. 余今皆忘之, 但記玄樓一聯曰: "判不染跡青雲路, 訝許齊名白雪樓." 余今濩落無成立, 竟僇廢, 豈玄樓詩爲讖耶? 後竹里見余外舅西漁公曰: "君佳婿如此, 無一言延譽吾輩, 何也?" 竹里之爲後生奬引, 果有前輩風流, 而其後更無一言一書相干, 又何也? 豈余沈屈無聞, 則謂無足稱詡而抛之耶? 金公典文衡, 官左相, 年六十九卒.

## 서어西漁 권상신權常愼

소식蘇軾이 팽성彭城에 옮기자 영빈潁濱[244]이 그곳에 가서 백일을 머물다 떠나게 되었다. 공은 슬픈 나머지 절구 두 수[245])를 읊었다.

逍遙堂後千尋木, 소요당 뒤 천 길 나무,
長送中宵風雨聲. 한밤에 비바람 소리 길이 보내오네.
誤喜對床尋舊約, 책상을 마주하여 예전 맹세 지킴을 잘못 좋아했더니,
不知漂泊在彭城. 팽성에 표박하여 온 신세인 줄 알지 못했네.

秋來東閣凉如水, 가을 되니 동각東閣이 물처럼 서늘한데,
客去山公醉似泥.[246]) 객 떠나니 산 늙은이 술에 진탕 취하네.
困臥北牕呼不醒,[247]) 북창에 곤히 누워 불러도 깨지 못하니,
風吹松竹雨凄凄. 바람은 송죽松竹에 불고 비 소리만 추적추적.

또 황주黃州에 있을 때, 완구宛丘 장뢰張耒와 함께 청명일淸明日에 동란東欄[248])의 배꽃을 보고 함께 시를 지었다.

梨花澹白柳深靑, 배꽃은 하얗고 버들잎 짙푸르러,
柳絮飛時花滿城. 버들개지 날릴 때 꽃은 성안에 가득.

---

244) 영빈穎濱 : 소철蘇轍(1039~1112). 자는 자유子由, 호는 영빈穎濱·난성欒城이다. 소식蘇軾의 아우이며 소순蘇洵의 아들로, 당송팔대가唐宋八大家 중 한 사람이다. 그는 19살 때 소식과 함께 과거에 급제하였으나 왕안석王安石의 신법新法을 반대하여 파란만장한 벼슬살이를 하였다. 벼슬은 우사간右司諫을 거쳐 어사중승御使中丞·상서우승尙書右丞·문하시랑門下侍郎 등의 벼슬을 지냈다. 저서로는 『난성집欒城集』 50권을 비롯하여 많은 문집과 저술을 남겼다.

245) 절구 두 수 : 시의 제목은 「소요당숙회逍遙堂宿會」인데, 소철의 문집인 『난성집欒城集』 권7에 나온다. 『동파문집』 권8에도 나온다.

246) 취사니醉似泥 : 니취泥醉를 이름. 니泥는 벌레가 뼈가 없어 물속에서 활발히 움직이지만 물이 없어지면 진흙과 같이 된다는 말인데, 니취는 술에 취해 곤죽이 되는 몹시 취한 상태를 나타낸다. 이백李白의 「양양가襄陽歌」에 나온다. 본래 산공山公은 진晉나라의 산간山簡을 가리킨다.

247) 『흠정사고전서』의 『난성집欒城集』에는 '성醒'이 '기起'로 되어 있다.

248) 동란東欄 : 광서성廣西省 전남도田南道에 위치한 주州.

| | |
|---|---|
| 怊悵東欄一株雪, | 쓸쓸한 동란의 한 그루 배꽃, |
| 人生看得幾淸明. | 살아생전 청명일을 몇 번이나 보려는지.[249] |

공이 죽은 후 몇 년 만에, 완구가 청명일에 마침 동란을 지나가게 되었는데, 배꽃이 또 무성히 피어 있었다. 완구는 그 시를 기억해 내고 이윽고 여러 차례 외더니 처연히 눈물을 떨구며 떠났다. 이것이 홍경려洪景廬[250]가 말한 '웃음에 담긴 노여움이 사나운 눈매보다 더 무섭고, 장가長歌의 서글픔이 통곡보다 심하다'는 것이다.

나의 장인 서어西漁 권공께서는 문사文辭에 뛰어났고 시가를 더욱 잘하여 사대부들 중에서 풍류와 문채가 한 시대를 밝게 빛냈다. 만년에 남산南山의 주애鑄崖[251]에 거처하였는데 한번은 샘을 파고 벽을 뚫고 꽃나무를 심었다. 그리고 초가집 몇 칸을 지어 '초남정草南亭'이라 이름 붙이고는 날마다 술을 차려 놓고 시를 지으며 손님이나 벗들과 술을 주고받으며 재미있게 즐기니, 마치 곤궁을 길이 맹세하기라도 한 듯(永矢邁軸[252]) 살 날이 얼마 남지 않았다는 것도 알지 못하였다.

몇 년이 흘러 갑신년(1824) 겨울에 공은 정사正使로 연경에 가다가 고교보高橋堡에서 돌아가시니, 선배의 전형을 더는 볼 수 없게 되었다. 초남정의 샘과 바위와 꽃나무가 모두 빈산 속에 파묻히고, 가택도 모두 남의 소유가 되어 이미 남김없이 훼손되고 말았다. 또 공에게 '경혜景蕙'로 자호하던 첩이 있었는데 시도 잘 알고 가야금도 잘 탔으며 거기에 글씨

---

249) 이 시의 제목은 「화공밀주동란이화시和孔密州東欄梨花詩」다.

250) 홍경려洪景廬 : 홍매洪邁(1123~1202). 경려景廬는 그의 자. 저서로 『용재수필容齋隨筆』이 유명하다.

251) 주애鑄崖 : 남산의 주전소鑄錢所가 있던 부근 언덕으로 추정된다.

252) 영시과축永矢邁軸 : '영시永矢'는 길이 맹세한다는 의미이고, '과邁'나 '축軸'은 모두 굶주림과 곤궁을 상징하는 말이다. 『시경詩經』「위풍衛風 · 고반考槃」에 나오는 말로, 위衛나라 장공莊公이 선왕의 훌륭한 일을 계승하지 못하여 현자들이 곤궁하게 처하고 있는 상황을 풍자한 것이다. 그 구절은 다음과 같다. "考槃在阿, 碩人之過. 獨寐寤歌, 永矢弗過. 考槃在陸, 碩人之軸. 獨寐寤宿, 永矢弗告."

도 잘 써서 공이 매우 아꼈다. 그런데 지금은 그녀도 어떤 무부武夫가 거두고 있다. 버들가지가 봄바람에 어지러이 흔들리는 것은 예로부터 그러하였으니 '님을 위해 꽃을 피우지 않고 남겨둠'[253]을 어찌 쉽게 말할 수 있겠는가?

임진년(1832) 봄, 내가 일찍이 남쪽 변경에서 꽃놀이를 하다가 폐허가 된 공의 고택古宅을 보고 마음이 매우 처연하여 절구 두 수를 읊었다.

| | |
|---|---|
| 往事翻驚逝水波, | 지난 일이 놀랍게도 흘러가는 물이 되니, |
| 傷心一曲藥山歌. | 마음 상해 한 곡조 약산가藥山歌를 읊조리네. |
| 殘花落日西門路, | 꽃 이울고 해 저무는 서문 길에서. |
| 莫遣羊曇醉後過. | 술 취한 양담羊曇[254]을 지나가게 마시라. |

| | |
|---|---|
| 客散華筵跡已陳, | 손님 떠난 연회 자리 지나간 자취 되니, |
| 磵花溪鳥自相親. | 산골짝 꽃 시냇가 새만 서로들 친하구나. |
| 草南故宅春依舊, | 초남정 고택에 봄빛은 여전한데, |
| 燕子樓空不見人. | 연자루[255] 텅 비어 그 사람 뵈지 않네. |

---

253) '님을 위해 …… 남겨둠' : 한유韓愈의 「진주초귀鎭州初歸」란 시에 "꽃을 피우지 않고 남겨두어 낭군이 오시길 기다린다[留花不發待郎歸]"라는 구절이 있다. 여기서는 님을 기억하며 정절을 지키는 뜻으로 사용한 듯하다.

254) 양담羊曇 : 양담은 사안謝安의 사위로 사안의 옛집을 지나다가 퇴락한 것을 보고 통곡을 하였는데, 여기에서 작자도 장인 서어공西漁公의 구택을 보고 감상에 잠긴 것을 양담의 전고를 써서 나타내고 있다.

255) 연자루燕子樓 : 순천부順天府의 남쪽 옥천玉川 위에 걸터앉은 누각 이름이다. 옛날에 태수太守 손억孫億이 이곳에서 연회宴會를 열고 관기官妓 호호好好와 서로 사랑을 나누었는데, 뒤에 관찰사가 되어 다시 그곳을 가보니 호호는 이미 늙어버렸더라는 고사가 있다. 이 고사를 두고 통판通判 장일張鎰이 지은 시에 "서리 내린 달밤 처량도 해라 우뚝한 연자루에, 낭관이 한 번 가고 나니 꿈만 유유하였네. 당시 한자리에 앉았던 손을 늙었다 꺼려 마소, 누각 위의 호호도 또한 백발이 되었는걸[霜月凄涼燕子樓 郎官一去夢悠悠 當時座客休嫌老 樓上佳人亦白頭]"이라 하였고, 저자 또한 일찍이 이 고사를 두고 지은 「순천연자루順天燕子樓」 시에 "작아령 밖엔 한 그루 오수가 우뚝 섰고, 연자루 앞엔 팔마비가 조용히 섰구나. 백발의 손랑을 사람들은 웃지 마소, 두목지도 일찍이 자지시를 지었다네. 누각 밖엔 해마다 제비가 날아드는데, 누각 안엔 호호가 이미 늙어버렸구려. 풍류 아는 인물 지금은 어디 있느뇨, 한 곡조 비파

이것이 이른바 '장가長歌의 애조哀調'라는 것이다.

사안謝安은 옛날 진晉나라 왕실의 이름난 재상이었다. 비록 친족의 상을 입더라도 악기 연주를 그만두지 않으니 높은 풍류가 강좌江左에 영향을 미쳤다. 이 때문에 그의 사위 양담羊曇이 공이 죽은 뒤로 다시는 서문을 지나가지 않았다. 그 뒤에 한번은 취중에 이곳을 지나가게 되었는데, 시종이 '이곳이 서문입니다'라고 하자 양담은 결국 말채찍으로 문짝을 두드리면서 조자건曹子建[256]의 '화려한 집에 사시더니, 쓸쓸히 묘소에 묻히셨네'[257]라는 시구를 읊고 통곡하며 돌아왔다고 한다. 나는 이 고사를 쓴 것이다.

## 風流文彩

東坡謫守彭城潁濱, 來留百日而去. 公悵然, 有詩二絶曰 : "逍遙堂後千尋木, 長送中宵風雨聲. 誤喜對床尋舊約, 不知漂泊在彭城." 又曰 : "秋來東閣凉如水, 客去山公醉似泥. 困臥北牕呼不醒, 風吹松竹雨淒淒." 又在黃州, 與張宛丘, 清明日, 共賦東欄梨花, 有曰 : "梨花澹白柳深青, 柳絮飛時花滿城. 怊悵東欄一株雪, 人生看得幾清明." 公卒後幾年, 宛丘適於清明日, 過東欄, 梨花又盛開. 宛丘追記其詩, 遂屢誦而悽然, 下淚而去. 此洪景盧所謂'嬉笑之怒, 過於裂眥. 長歌之哀, 甚於痛哭'者也. 余外舅西漁權公, 長於文辭, 尤善歌詩, 在搢紳中,

소리에 해는 반쯤 기울었네[鵲兒嶺外一襞樹, 燕子樓前八馬碑. 白髮孫郎人莫笑, 牧之曾賦子枝詩. 樓外年年燕子飛, 樓中好好已成非. 風流人物今安在, 一曲琵琶半落暉]"라고 하였다.

256) 조자건曹子建 : 조식曹植(192~232). 자건子建은 그의 자. 조조曹操의 셋째 아들이고 조비曹丕의 이모제異母弟이다. 조식은 10여 세부터 문재가 뛰어나 위무제魏武帝의 총애를 받았는데, 무제가 죽고 조비가 즉위한 후에는 많은 핍박을 받아 「칠보시七步詩」를 짓는 등 학대를 받고 돌아다녔다. 그는 이러한 신세와 울분을 시로 써내어 굴원屈原 이후의 대시인으로까지 존숭되었고, 또 오언시 발전에 확고한 기초를 세워 놓은 시인이며 건안문학建安文學의 최고봉이다. 저서에 『조자건집曹子建集』 10권과 시문 이백여 편이 있다. 조식은 나중에 진陳에 봉해져 시호를 사思라 했으므로 그를 흔히 진사왕陳思王이라 부른다.

257) '화려한 …… 묻히셨네' : 조자건曹子建의 『문선文選』 권27 「악부시수樂府四首」 참조.

風流文彩, 照暎一時. 晩居南山之鑄崖, 嘗疏泉鑿壁蒔花木. 又起茆亭數楹, 名曰草南亭, 日置酒賦詩, 與賓朋酣觴娛樂, 若將永矢薖軸, 不知年壽之不足者. 有年, 至甲申冬, 公以上价赴燕, 歿於高橋堡. 而先輩典型, 不可復見矣. 草南之泉石花木, 皆蕪沒於空山, 家宅並屬別人, 已傾毁無餘. 且公有侍姬, 自號景蕙, 頗解詩善鼓琴, 亦工臨池. 公甚愛之, 今亦爲一武夫所蓄. 柳枝之擺亂春風, 自古然矣. 留花不發, 豈能易言也? 壬辰春, 余嘗賞花南陲, 見公故宅荒廢, 意甚悽然, 咏二絶曰 : "往事翻驚逝水波, 傷心一曲藥山歌, 殘花落日西門路, 莫遣羊曇醉後過." 又曰 : "客散華筵跡已陳, 磵花溪鳥自相親, 草南故宅春依舊, 燕子樓空不見人." 此所謂'長歌之哀'也. 昔謝太傅, 晉室名相也, 雖朞功之喪, 不廢絲竹, 風流弘長, 衣被江左. 故其甥羊曇, 公歿後, 不復過西門. 後嘗乘醉而過. 從者曰 : "此西門也." 曇遂以馬策扣門扉, 口誦曺子建'生存華屋處, 零落歸山邱'之詩, 痛哭而返. 余用此語.

## 사람의 치아齒牙

사람의 치아齒牙가 문장으로 표현되는 경우는 남녀의 용모를 설명할 때에 불과하다. 그러므로 「위풍衛風」에 "이가 박씨처럼 희다"[258]고 한 것은 장강莊姜을 찬미한 것이며, 『한서漢書』에 "이가 줄에 꿴 조개껍질 같다"[259]고 한 것은 동방삭東方朔[260]의 자찬이다. 그 밖에 간혹 늙어서

258) "이가 박씨처럼 희다" : 『시경詩經』 「위풍衛風 · 석인碩人」 참조.

259) "이가 줄에 꿴 조개껍질 같다" : 『한서漢書』 「동방삭열전東方朔列傳」 참조. "又常服子路之言. 臣朔年二十二, 長九尺三寸, 目若懸珠, 齒若編貝, 勇若孟賁, 捷若慶忌, 廉若鮑叔, 信若尾生."

이가 없음을 기록한 경우로는, 한나라 장창張蒼[261]은 백 살이 넘자 이가 다 빠져서 젖을 먹었고,[262] 당나라 무후武后는 80세에 치아가 다시 자라나 심지어 조정의 신하들이 이가 새로 난 것을 표表를 올려 칭하稱賀한 일이 있었다.[263]

또 그 밖의 것으로 「단궁檀弓」에 "고자고高子皐[264]는 3년간 피눈물을 흘리며 이를 보인 적이 없었다"[265]라고 하였고, 『좌전佐傳』에 "입술이 없으면 이가 시리다"[266]라고 하였으며, 『사기』에 "범수范睢는 갈비뼈가 끊어지고 이가 부러졌다"[267]라고 하였고, 또 "당나라 양귀비는 측생側生(여지)을 많이 먹어 잇몸이 상했다"라고 하였으니, 이와 같았을 뿐이었다.

한유韓愈에 이르러서야 비로소 이가 빠진 것에 대한 자탄自歎이 시에 많이 나타나는데, "치아가 빠진 때로부터"[268]라 하였고, 또 "말이 새니 이 빠진 것 서글프네"[269]라고 하였고, 또 "치아 머리털 일찍 쇠니 참으

---

260) 동방삭東方朔(B.C.154~B.C.93) : 전한前漢 때 문인. 자는 만천曼倩. 무제 때 벼슬이 태중대부太中大夫에 이르렀으며, 기이한 꾀와 재담으로 무제의 사랑을 받았다. 저서에 『답객난答客難』·『비유선생전非有先生傳』·『칠간七諫』 등이 있다.

261) 장창張蒼(B.C.256~B.C.152) : 한漢나라 양무陽武 사람. 진나라 때에 어사가 되었다가 죄를 지어 달아났다. 진이 한漢에 멸망하자 어사대부御使大夫에 천거되었다. 널리 배우고 독서를 좋아하여 도적에 밝았으며 율력에 정밀하였다. 소하蕭何가 재상이 되자 장창이 항상 일을 처리하는데 도왔고, 문제文帝가 즉위하자 승상이 되었으나 병으로 사양하였다.

262) 한나라 장창은 …… 젖을 먹었고 : 『사기史記』 「장승상열전張丞相列傳」 참조. "蒼之免相後, 老, 中口無齒, 食乳, 女子爲乳母."

263) 당나라 무후는 …… 칭하한 일이 있었다 : 『신당서新唐書』 「후비열전后妃列傳」 참조.

264) 고자고高子皐 : 성은 고高, 이름은 시柴이다.

265) 고자고는 …… 보인 적이 없었다 : 『예기禮記』 「단궁檀弓·상上」 참조, "高子皐之執親之喪也, 泣血三年, 未嘗見齒, 君子以爲難."

266) 입술이 …… 이가 시리다 : 『춘추좌씨전春秋左氏傳』 「희공僖公 5년」 겨울 참조.

267) 범수范睢는 …… 이가 부러졌다 : 『사기史記』 「범수채택열전范睢蔡澤列傳」 참조. 원문에는 "魏齊大怒, 使舍人笞擊睢, 折脅摺齒. 睢詳死, 卽卷以簀, 置厠中"이라 하여 '折脅摺齒'가 '折脅拉齒'로 되어 있다.

268) "치아가 빠진 때로부터" : 『오백가주창려문집五百家注昌黎文集』 권1 「赴江陵途中 寄贈王二十補闕 李十一拾遺 李二十六員外 翰林學士」 참고.

269) "말이 새니 …… 서글프네" : 『오백가주창려문집五百家注昌黎文集』 권3 「感春四首」의

로 슬프네"[270]라고 하였으며, 또 "치아 듬성듬성 촌스럽구나"[271]라고 하였고, 또 "남은 이 열아홉 개 흔덕흔덕 위태하네"[272]라고 하였고, 또 "내 이가 다 빠지려고 한다"[273]라고 하였다.

또한 「이가 빠지다[齒落]」[274]라는 시 한 편은 다음과 같다.

| | |
|---|---|
| 去年落一牙, | 작년에 어금니 하나 빠지고, |
| 今年落一齒. | 올 들어 하나가 또 빠졌네. |
| 俄然落六七, | 순식간에 예닐곱 개 빠졌는데도, |
| 落勢殊未已. | 빠져도 빠져도 그치지 않네. |
| 餘在皆動搖, | 남은 이 모두 다 흔덕흔덕, |
| 盡落應始止. | 다 빠져야 비로소 멈출 것인데. |
| 憶初落一時, | 젖니 빠진 그날을 추억해 보니, |
| 但念豁可恥. | 합죽한 입이 된 것 부끄러웠지. |
| 及至落二三, | 그러다가 두세 개 빠지고 보니, |
| 始憂衰卽死. | 노쇠하면 죽는구나 걱정되었네. |
| 每一將落時, | 매양 하나씩 빠질 때마다, |
| 懍懍恒在已. | 두려움이 언제나 엄습했었네. |
| 叉牙妨食物, | 삐뚤삐뚤 뻐드렁니 음식 씹기 불편하고, |
| 顚倒怯漱水. | 들쭉날쭉 뒤죽박죽 양치하기 겁이 났네. |
| 終焉捨我落, | 결국에 나를 떠나 다 빠진다면, |
| 意欲崩山比. | 무너진 산에 비유하려 생각했었지. |

---

제3수 참조.

270) "치아 머리털 …… 슬프네" : 『오백가주창려문집五百家注昌黎文集』 권4 「贈崔立之評事」 참조.

271) "치아 듬성듬성 촌스럽구나" : 『흠정사고전서欽定四庫全書』에 있는 『오백가주창려문집五百家注昌黎文集』 권4 「送侯參謀赴河中幕」 참조.

272) "남은 이 …… 위태하네" : 『흠정사고전서欽定四庫全書』에 있는 『오백가주창려문집五百家注昌黎文集』 권5 「寄崔二十六立之」 참조.

273) "내 이가 …… 한다" : 『흠정사고전서欽定四庫全書』에 있는 『오백가주창려문집五百家注昌黎文集』 권6 「除官赴闕至江州寄鄂岳李大夫」 참조.

274) 『흠정사고전서欽定四庫全書』에 있는 『오백가주창려문집五百家注昌黎文集』 권4 「齒落」 참조.

| | |
|---|---|
| 今來落旣熟, | 요즘엔 그마저 익숙해져서, |
| 見落空相似. | 마치 공상空相인 듯 여겨진다네. |
| 餘存二十餘, | 이제 남은 건 이십여 갠데, |
| 次第知落矣. | 다음에도 빠질 줄 알겠거니와. |
| 儻常歲一落, | 해마다 한 개씩만 빠진다면야, |
| 自足支兩紀. | 이십 년은 충분히 지탱하겠네. |
| 如其落倂空, | 빠져서 빈자리가, |
| 與漸亦同指. | 점점 또한 손가락으로 꼽을 듯. |
| 人言齒之落, | 사람들이 말하길 이가 빠지면, |
| 壽命理難恃. | 남은 목숨 믿기가 어려운 법이라지. |
| 我言生有涯, | 나는 말했지 인생은 끝이 있어, |
| 長短俱死爾. | 길건 짧건 모두가 죽는 거라고. |
| 人言齒之豁, | 사람들은 말하길 이가 빠지면, |
| 左右驚諦視. | 모든 사람들이 놀라 자세히 볼 거라네. |
| 我言莊周云, | 나는 그랬지 장자의 말에, |
| 木鴈各有喜. | 나무와 기러기도 제각기 기쁨이 있다 하네.[275] |
| 語訛默固好, | 말이 어눌하니 묵묵함이 실로 좋고, |
| 嚼廢軟還美. | 씹지를 못하니 연한 것이 도리어 좋네. |
| 因歌遂成詩, | 인하여 노래하고 시를 짓고는, |
| 持用詫妻子. | 이것을 처자에게 자랑한다네. |

또 「증유사복贈劉師服」[276]이란 시는 다음과 같다.

| | |
|---|---|
| 羨君齒牙牢且潔, | 부럽다! 그대의 치아가 단단하고 깨끗하여, |
| 大肉硬餠如刀截. | 질긴 고기 딱딱한 떡을 마치 칼로 자르듯. |
| 我今呀豁落者多, | 나는 지금 텅 비어 빠진 이가 많으니, |
| 所存十餘皆兀䶤. | 남아 있는 십여 개도 모두 흔들흔들. |

275) "나무와 …… 하네" : 『장자莊子』 「산중山中」 참조.

276) 『흠정사고전서欽定四庫全書』에 있는 『오백가주창려문집五百家注昌黎文集』 권5 「贈劉師服」 참조.

| | |
|---|---|
| 匙抄爛飯穩送之, | 숟가락으로 익은 밥을 조심조심 떠 넣고, |
| 合口細嚼如牛呞. | 입을 다물고 잘게 소가 새김질하듯 씹네. |
| 妻兒恐我生悵望, | 처자는 내가 삶을 처량히 생각하지나 않을까, |
| 盤中不飣栗與梨. | 밥상에 밤이나 배를 올리지 않았네. |
| 只今年纔四十五, | 지금 내 나이 겨우 사십오, |
| 後日懸知漸莽鹵. | 뒷날에는 확실히 점점 황폐해질 테지. |

「진학해進學解」에서는 "이마가 벗겨지고 이가 빠졌으니, 마침내 죽은들 무슨 보탬이 있겠습니까?"[277]라 하였고, 또 「제십이랑문祭十二郞文」에서는 "흔들리는 것이 혹은 빠져 떨어졌다"라고 하였고, 또 「오잠五箴」에서는 "흔들리던 이가 날로 더욱 빠져 간다"고 하였다.

대개 공의 기질이 약했기 때문에 일찍이 형산衡山의 꼭대기에 올라 눈이 아찔하여 아래를 내려다 볼 수 없어 발광하고 통곡하는데 이르렀었다. 이런 까닭으로 이와 머리칼이 일찍 쇠하여 오래 살지 못할 것을 염려하더니, 늘그막에 유황을 먹고 결국 이 때문에 일어나지 못하니, 애석하다! 공은 당唐나라 대종代宗 대력大曆 무신년(768)에 태어나, 목종穆宗 장경長慶 4년 갑신년(824) 겨울에 돌아가시니, 겨우 57세이셨다.

전고의 문인들이 이가 빠지는 것을 한탄하고 애석히 여겨 자주 시를 읊은 일은 실제 많이 보이지 않는다. 비록 향산香山 백거이白居易·육일六一 구양수歐陽修·동파東坡 소식蘇軾·임천臨川 왕안석王安石 등이 모두 노년까지 장수하고 시에 재능이 있었으나 또 이와 같지는 않았으니, 어찌 이들 모두 이가 견고하여 빠지지 않아서 그런 것이겠는가? 또 이는 씹는 일을 주로 하니 이가 없으면 먹는 일을 폐하게 된다. 젊고 왕성한 사람이 만약 질긴 고기와 딱딱한 떡을 칼로 자르듯 할 수 없다면 비록

277) "이마가 벗겨지고 …… 있겠습니까?" : 인용문은 제자가 한유에게 묻는 말로, 훌륭한 학식이 있어도 세상에서 공을 세우지 못하고, 집안도 건사하지 못하는데다 머리와 이빨마저 빠졌으니, 이대로 죽은들 세상에 아무런 보탬이 되지 못하는 처지에 제자들을 가르치려 한다고 힐난하는 구절이다.

한탄할 수 있겠으나, 그 부드러운 것은 그래도 씹을 수 있다. 하물며 군자가 어찌 다만 먹고 마시기만 하겠는가?

한유는 대현大賢이라, 도를 알고 문에 능하여 송유宋儒 이전에는 그와 비교할 이가 없다. 어찌 이가 없는 것에 자질구레하게 연연하여 문자로 표현한 것이 이처럼 많은 데에 이르렀는가? 이 또한 공을 위하여 애석해 할 만하다.

나의 치아는 본디 약하여 젊고 건장하였을 때에도 질긴 고기를 씹을 수 없었다. 나이 스물일곱에 이미 이 하나가 빠졌으니, 이는 한유에게도 없었던 일이다. 서른 이후에는 점차로 모든 이가 들떠 불안하더니, 겨우 마흔이 넘어서 혹 물을 마시거나 식사를 하는 중 바람맞은 낙엽처럼 빠졌다. 오십여 세에 이르러서는 양 잇몸이 드디어 텅 비어 아무 것도 없게 되고 말았다. 옛사람들이 '잇몸이 없으면 이가 시리다'고 하였는데, 나는 '이가 없으면 입술이 수고롭다'고 말하고 싶다. 만약 한유가 이런 일을 당했다면 반드시 허다한 교사기구巧辭奇句가 있었을 것이지만, 나는 시가 졸렬하고 재주가 없어 형용하여 말할 수 없는 것이 한스럽기만 하다.

대체로 한유처럼 도학을 지니고 문장을 잘하는 분도 말이 새고 씹지 못하는 것에 대해서는 감정을 추스를 수 없어서 한탄해 마지않았으니, 나처럼 학문도 없고 문장력도 없어 질긴 고기와 딱딱한 떡이 있다는 것만 아는 사람은 또 어찌 한탄에만 그칠 뿐이겠는가? 다시 자신을 비웃을 뿐이다. 그러나 한유의 나이는 예순에 미치지 못하였으나, 나는 지금 머리칼이 모두 희어지고 이가 모두 빠졌으면서도 오히려 노쇠함을 잘 견뎌 인생을 벌써 예순 여섯 해나 살았으니, 또한 기이하다 하리라. 하늘이 나에게 잘 하지 못하는 것을 잘 하라고 기회를 준 것인가? 아니면 묵은 잘못을 다 갚지 못하여 반드시 견디지 못할 일을 두루 겪게 하는 것인가?

## 人之牙齒

人之牙齒, 見於文字者, 不過稱謂男女之容姿. 故衛詩"齒如瓠犀"美莊姜也. 『漢書』"齒如編貝" 東方朔自贊也. 其他則或記老而無齒, 如漢張蒼, 年過百歲, 無齒飮乳. 又唐武后, 年八十, 牙齒更生, 至有廷臣, 以新牙更生, 進表稱賀. 又其他則檀弓云: "高子皐, 泣血三年, 未嘗見齒." 『左傳』云: "脣亡則齒寒." 『史記』范雎, 折脅拉齒. 又唐之楊妃多食側生, 損其牙車, 如是而已. 至韓文公, 始以落齒自歎, 見於詩者多. 其曰: "自從齒牙缺." 又曰: "語誤悲齒墮." 又曰: "齒髮早衰嗟可閔." 又曰: "我齒豁可鄙." 又曰: "所餘十九齒, 飄飄盡浮危." 又曰: "我齒落且盡." 又有「齒落」一篇曰: "去年落一牙, 今年落一齒. 俄然落六七, 落勢殊未已. 餘在皆動搖, 盡落應始止. 憶初落一時, 但念豁可恥. 及至落二三, 始憂衰卽死. 每一將落時, 懍懍恒在已. 叉牙妨食物, 顚倒怯漱水. 終焉捨我落, 意欲崩山比. 今來落旣熟, 見落空相似. 餘存二十餘, 次第知落矣. 儻常歲一落, 自足支兩紀. 如其落併空, 與漸亦同指. 人言齒之落, 壽命理難恃. 我言生有涯, 長短俱死爾. 人言齒之豁, 左右驚諦視. 我言莊周云, 木鴈各有喜. 語訛默固好, 嚼廢軟還美. 因歌遂成詩, 持用詫妻子." 又「贈劉師服」曰: "羨君齒牙牢且潔, 大肉硬餠如刀截. 我今呀豁落者多, 所存十餘皆兀鼿. 匙抄爛飯穩送之, 合口細嚼如牛呞. 妻兒恐我生悵望, 盤中不飣栗與梨. 只今年纔四十五, 後日懸知漸莽鹵." 「進學解」曰: "頭童齒豁, 竟死何裨." 又「祭十二郎文」曰: "動搖者, 或脫而落." 又「五箴」曰: "齒之搖者, 日益脫." 盖公氣質脆弱, 故嘗登衡山絕頂, 目眩不能下, 至發狂痛哭. 是以, 齒髮早衰, 慮不久長, 末年服硫黃, 竟以是不起, 惜哉! 公以代宗大曆戊申生, 至穆宗長慶四年甲辰冬卒, 壽僅五十七. 前古文人, 歎惜落齒, 屢詠詩篇者, 實不多見. 雖香山・六一・東坡・臨川, 皆老壽能詩, 而亦不如是, 豈盡齒堅不落而然耶? 且齒主咀嚼, 無齒則廢食. 少壯者, 如不能大肉硬餠如刀截, 則雖可憤歎, 其柔則可茹, 況君子, 豈可爲徒餔啜也? 韓公大賢也, 識道能文, 宋儒以前, 莫與爲比. 豈或區區係戀於無齒, 形諸文字, 至於此多? 是亦爲公可惜也! 余齒牙素弱, 雖在少壯, 亦不能咀嚼硬肉. 年二十七, 已落一齒, 此文公之所未有也. 三十以後, 漸皆浮危不安, 纔過四十, 或飮水或喫飯, 隕如風蘀. 至五十餘, 兩齦齶遂空洞無物. 古人謂脣亡齒寒, 余則曰齒亡脣勞. 如使韓公當之, 必有許多巧辭奇句, 而恨余詩劣不才, 不能形道也. 夫以文公之有道學能文章, 尙不能忘情, 於語訛嚼廢, 歎惜不已, 則如余失學無文, 只知有大肉硬餠者, 又豈止於歎惜而已哉? 還復自笑也. 然韓公壽不及六十, 而余今髮盡白齒盡落, 猶能支離, 人世已六十六年, 亦可異也. 天其使我增益其所不能耶? 抑宿愆未償, 必欲閱歷其所不堪者耶?

## 관명우질鸛鳴于垤

내가 일찍이 도운陶雲 이홍부李弘夫[278]의 곁에 앉아 있었는데, 우연히 새와 벌레가 둥지에 살고 구멍에서 사는 것을 담론하게 되었는데, 나는 다음과 같이 말했다.

"황새는 새의 평범한 한 종류인데도 스스로를 위한 꾀가 넉넉함이 있는데, 사람으로서 새만 못해서 되겠는가? 황새라는 것이 고목의 높은 가지에 큰 둥지를 만들고, 또 둥지 가운데 흙을 물어다 큰 못을 만들어 물고기를 물어와 길러 매번 새끼를 먹인다 하니, 또한 기이하지 않은가?"

이때에 참판 조도순趙道淳[279]이 마침 자리에 함께 하고 있다가 이 말

278) 이홍부李弘夫: 이우李圩(1807~?). 본관은 우봉牛峯, 자는 홍부弘夫, 호는 도운陶雲이다.
279) 조도순趙道淳(1804~1858): 본관은 양주楊州, 자는 치유稚有. 1805년 문과에 급제하여

을 듣고서 기이하게 여기며 나에게 물었다.

"이것은 어떤 책에서 보았는가?"

내가 대답하였다.

"이것은 『모시毛詩·동산장東山章』의 '관명우질鸛鳴于垤'이란 구절에 나오는데, 공영달孔穎達[280]이 소疏에서 풀이한 것입니다.[281]"

조도순이 비록 경월卿月[282]에 이르렀으나 사람들과 더불어 왕래하지 않고 문을 걸고 독서하니 세상 사람들이 군자라 일컬었다. 게다가 경전에 밝고 옛것을 널리 배워 그의 족형인 정승 심암心菴 조두순趙斗淳에게 뒤지지 않았다고 한다. 그러나 불행히 일찍 죽었으니, 애석하도다!

鸛鳴于垤

余嘗在陶雲李公弘夫座, 偶談禽蟲巢居穴居. 余曰: "鸛於飛鳥一庸類, 而自爲身謀有餘, 可以人而不如鳥乎? 鸛構大巢於古木高枝, 又於巢中, 啣土爲大池, 啣魚而養之, 每以哺子, 不亦奇乎? 時趙參判道淳, 適同座, 聞而異之, 問余曰: "此見何書?" 余曰: "此在毛詩東山章鸛鳴于垤, 孔穎達疏解矣." 稚有雖致卿月, 不與人往還, 閉門讀書, 世稱君子, 且窮經博古, 亦不讓於其族兄心菴相國云. 而不幸早逝, 可惜!

---

벼슬이 이조참판에 이르렀다.

280) "공영달孔穎達이 소疏에서 …… 것입니다": 공영달孔穎達(574~648) 당唐나라 때 학자. 본명은 중달仲達, 시호는 헌憲. 왕명에 따라 고증학자 안사고顏師古 등과 더불어 오경五經 해석의 통일을 시도하여 『오경정의五經正義』 170권을 편찬하였다.

281) 『십삼경주소十三經注疏』의 소에 '鸛'을 풀이하면서 '又尼其巢一傍爲池, 含水滿之, 取魚置池中, 稍稍以食其雛, 若殺其子, 則一村致旱災'라고 설명하였다.

282) 경월卿月: 내관으로 현귀한 벼슬아치를 말함. 경卿마다 직무를 맡은 것이, 달이 구분이 있는 것과 같다는 데서 나온 말이다.

## 대감大監과 진사進賜의 호칭

맹자가 "조정에서는 벼슬만한 것이 없다"283)라고 하였으니, 대개 귀한 이를 높이고 천한 이를 낮추는 것은 고금의 공통된 의리이다. 신하는 임금을 폐하陛下・전하殿下라고 부르고 자신을 신臣이라 일컬으며, 낮은 벼슬아치는 정승에게 합하閤下284)라고 칭하고, 이야기하는 도중에 자신을 칭할 때는 반드시 자기 이름을 부른다.

그런데 하夏・은殷・주周의 시대에는 군신 간에 혹 서로 그대・자네[爾汝]285)라고 하였고, 또 진秦・한漢 이후로는 동료들 간에도 혹 서로 신臣이니 경卿이니 불러 등차等差에 구별이 없었다. 고금의 다름은 의당 그대로 두고 논하지 않는 것이 마땅한 일이거니와, 무릇 중국 사람들은 비록 지금이라도 호칭하는 것이 옛날과 다름이 없는데 우리나라는 그렇지 않다.

대신大臣(정승)에서 판서判書까지는 대감大監이라 칭하고, 참판參判에서 통정通政286)까지는 영감令監이라 한다. 문・무와 음관이나 잡직을 따지지 않고 모두 그러하여, 비록 천류賤流가 곡식을 바쳐 얻은 관직이나 과거를 통하지 않은 노인직老人職287)이라도 다만 품계를 따를 뿐이다. 통정通政・절충折衝288) 이상 가선嘉善289)・가의嘉義290) 등급까지는 모두 영

283) "조정에서는 …… 없다" : 『맹자孟子』 「공손추公孫丑・하下」 참조.

284) 합하閤下 : 옛날에 대신大臣이 모두 대문에 합閤(정문의 좌우에 달린 작은 문)을 설치해 놓은 데서 나온 명칭.

285) 이여爾汝 : 서로간의 친밀함을 표시하는 호칭. 이여교爾汝交는 서로의 처지에 구애되지 않고 친밀한 관계를 가리킨다.

286) 통정通政 : 통정대부通政大夫의 약칭. 조선시대 문관 정3품 당상관堂上官의 품계.

287) 노인직老人職 : 늙은이를 우대하여 주는 관직.

288) 절충折衝 : 절충장군折衝將軍의 약칭. 조선시대 무관 정3품 당상관堂上官의 품계.

289) 가선嘉善 : 가선대부嘉善大夫의 약칭. 조선시대 문관 종2품 하下의 품계.

290) 가의嘉義 : 가의대부嘉義大夫의 약칭. 조선시대 문관 종2품 상上의 품계.

감이고, 자헌資憲[291]에서 대광大匡[292]까지는 모두 대감이라고 칭하며, 당하관의 경우는 통훈通訓[293] 이하 문·무·음관 모두를 진사進賜(나으리)라고 부른다. 그러나 영감이나 대감은 비록 사대부라도 품계가 같으면 마주하여 서로 부르는 칭호이고 진사는 노예나 하인들이 자신의 관장官長이나 주인에게 존칭하는 것일 뿐이니, 동배同輩[294]는 비록 나이가 어리더라도 대놓고 칭하는 법이 없다.

진사는 우리나라 말인데 그 음은 나으리[羅意里]이다. 그런데 전에 세조가 사육신을 국문할 때 성삼문成三問이 세조를 올려다보며 매번 나으리라 칭하였고, 또 "나으리의 형벌은 참혹합니다"라고 말하였다. 세조가 동궁 시절에 수양대군首陽大君으로서 영의정을 하면서 병조판서를 겸하였고 또 내외병마도총사를 겸하였으니, 지위가 이미 높았으므로 신하들이 당연히 대감이라고 칭해야 하는데도 나으리라 불렀으니, 그 당시에는 이것이 존칭이었던가? 알지 못하겠다. 지금은 같은 무리들끼리는 서로 나으리라 부르지는 않고, 다만 천한 사람들이 부르는 호칭일 뿐이다.

또 한 품계 위에 있는 어른을 대하면 절을 한다. 그러므로 통훈通訓 이하는 가선嘉善에게 절하고 가선嘉善·가의嘉義는 숭정崇政[295]에게 절하고 자헌資憲에서 숭록崇祿[296]까지는 보국輔國[297]에게 절을 한다. 보국은 의정議政[298]을 보면 앞으로 나아가 읍揖[299]을 할 뿐이고, 이때 의정은 일어나 답례하여 읍해야 한다. 의정은 다른 의정이나 종친宗親[300]·의빈

---

291) 자헌資憲 : 자헌대부資憲大夫의 약칭. 조선시대 문관 정2품 하下의 품계.

292) 대광大匡 : 대광보국숭록대부大匡輔國崇祿大夫의 약칭. 조선시대 문산계文散階 정1품 상上의 품계. 영의정·좌의정·우의정이 여기에 해당한다.

293) 통훈通訓 : 통훈대부通訓大夫의 약칭. 조선시대 정3품 당하관의 품계.

294) 동배同輩 : 같은 해에 과거에 급제한 사람들.

295) 숭정崇政 : 숭정대부崇政大夫의 약칭. 조선시대 문관 종1품 하下의 품계.

296) 숭록崇祿 : 숭록대부崇祿大夫의 약칭. 조선시대 문관 종1품 상上의 품계.

297) 보국輔國 : 보국숭록대부輔國崇祿大夫의 약칭. 조선시대 문산계 정1품 하下의 품계.

298) 의정議政 : 영의정·좌의정·우의정의 총칭. 삼정승三政丞. 삼공三公.

299) 읍揖 : 인사 예법의 하나로 마주 잡은 두 손을 얼굴 앞으로 들어 올리고 허리를 공손히 굽혔다가 편다.

儀賓[301]과 똑같이 정1품이기 때문에 매번 만날 때마다 서로 나란히 서서 읍을 한다. 보국과 국구國舅는 대신에게 이야기나 편지 도중 모두 자신을 시생侍生이라 부르고, 대신들은 서로 소생小生이라 하며, 의빈·종친으로 정1품인 사람도 대신에게는 소생이라 자칭하고, 숭록 이하의 문·무·음관·백관들에 이르기까지는 모두 자신을 소인小人이라 부르며, 대신은 숭록 이하를 보면 앉은 채 일어나지 않고 다만 답례로 읍할 뿐이다. [오직 내각 밖이나 국청鞫廳에서는 비록 보국이더라도 대신에게 반드시 절한다.]

서신의 경우 당하관은 참판에게 자신을 기하記下라 칭하고, 자헌·판서에게는 기하생記下生이라 칭하며, 숭정 이상 보국까지는 시생이라 칭하며 대신에게는 소인이라고 통칭한다. 아정雅亭 이덕무李德懋는 「앙엽기盎葉記」에서 우리나라 벼슬아치들이 정승에게 자신을 소인이라고 칭하는 것에 대해 몹시 비판하였다.[302] 그는 여기서 다음과 같이 말하였다.

"소인은 군자와 반대되는 말로 나쁜 호칭이므로 자처해서는 안 된다. 또한 소인은 천한 자의 호칭이니 관직이 비록 낮더라도 천류賤流로 자처할 수 없다. 둘 다 자신을 하료下僚로 부르는 것만 못하다."

이 말은 지극히 당연하다. 료僚라는 것은 단지 같은 관직에 있는 사람을 이르는 것만이 아니라, 모든 관리들을 통틀어 일컫는 말이다. 그러므로 임금 역시 신하를 신료臣僚라고 이르니, 이 어찌 임금과 신하가 관직이 같아서 그러는 것이겠는가? 하물며 정경正卿[303]의 높고 현달한 신분

---

300) 종친宗親 : 임금의 친족으로 촌수가 가까운 자. 대군大君의 4대손까지, 왕자군王子君의 3대손까지가 이에 해당된다.

301) 의빈儀賓 : 부마駙馬의 경우처럼 왕족의 신분이 아니면서 왕족과 혼인한 사람의 통칭. 임금이나 왕세자의 사위 등.

302) 『청장관전서青莊館全書』 권55 「앙엽기盎葉記」 2. '칭소인稱小人'에 비슷한 구절이 나오는데 이덕무가 이익李翼의 말을 인용한 것이다. "僿說, …… 小人卽有位者之反, 庶官亦位也, 何可曰小人? 以人言之, 君子之反, 謙卑雖至, 亦不當以惡名自稱也."

303) 정경正卿 : 정2품의 관직에 있는 의정부의 좌·우참찬參贊, 육조의 판서, 한성 판윤判尹. 구경九卿이라고도 한다.

으로 자신을 소인으로 칭하는 것은 더욱 마땅치 않다.

또 수령守令은 감사監司에게 자신을 하관이라 칭하고, 서울에 있는 각사各司의 낭관郎官[304]은 본사本司의 당상관에게 자신을 낭청郎廳이라 칭하며, 감사나 당상관은 수령을 보거나 관청에서 낭관을 보면 모두 일어나지 않고 앉아서 답례로 읍할 뿐이다. 그러나 감사가 일어나지 않는 것은 예전에는 없던 법으로 숙종 때에 이르러 이광좌李光佐[305]가 처음 시행하였을 적에는 법으로 삼기에 부족하였는데, 그 후에 현달한 관리나 귀인들이 자기에게 편하다는 것을 즐기고 자신이 높아지는 점을 기뻐하여 마침내 금석金石 같은 전범典範이 되었다.

또 근래의 풍속은 자신을 낮추는 데 힘써서 귀인을 대할 적에 지극히 공손함을 위주로 한다. 보국에게 글을 올릴 때에는 반드시 균체匀體[306]라 칭하고, 수령이 정경 이상에게 글을 지어 올릴 때에는 겉봉투에 감히 도장을 찍지 않으며, 당하관・음관이 자헌・판서에게 글을 지어 올릴 때에도 역시 모두 자신을 시생이라 칭하여 날이 갈수록 자신을 낮추기에 힘써 물이 아래로 흐르는 것과 같으니, 다 전대에는 없던 일이다.

그러나 예법상 공경해야 할 사람에게는 사람들이 도리어 습속에 익숙해져 소홀하니, 가령 자손들이 부친이나 조부에게 바로 면전에서 자신을 '나[我]'라고 칭하고 있는데, 비록 집안 사람이라 부자의 예에 별 격식이 없다하더라도 이 어찌 지나친 불손不遜이 아니겠는가! 옛사람들은 아버지나 스승을 대하여 스스로 자신의 이름을 불렀는데 지금은 그렇지 않으니 탄식할 만하다. 지난 해 판서 김학성金學性[307]의 집에서 보았는데, 부형父兄에게 글을 올릴 때마다 반드시 해서楷書로 썼다. 이는 평범한 일

304) 낭관郎官 : 조선시대 정3품 통훈대부通訓大夫 이하의 당하관을 통칭하는 말이다.

305) 이광좌李光佐(1674~1740) : 본관은 경주慶州, 자는 상보尙輔, 호는 운곡雲谷. 1694년(숙종 20) 별시문과에 급제하여 벼슬이 영의정에 이르렀다.

306) 균체匀體 : 편지로 정승에게 문안할 때 상대의 몸을 칭하는 말.

307) 김학성金學性(1807~1875) : 본관은 청풍淸風, 자는 경도景道, 호는 송석松石. 1829년 정시문과에 급제하여 벼슬이 예조판서에 이르렀다.

로서 쉽게 행할 수 있는데도 다른 사람들에게서는 이와 같은 일을 아직 보지 못했으니, 이 역시 집안의 행실 중 볼 만한 한 가지 일이다.

大監進賜

孟子曰:"朝廷莫如爵." 蓋貴貴賤賤, 古今通義也. 臣於君稱陛下·殿下, 自稱以臣, 小官於宰相稱閤下, 言語自稱則必自呼名. 而至於三代之世, 君臣或相爾汝, 又秦漢以來, 儕流或相稱臣, 或相呼卿, 等威無別. 古今異, 宜當存而勿論, 而大抵中國人則雖在今日, 其所稱謂, 與古無異, 我東則不然. 自大臣至判書, 稱大監, 自參判至通政, 稱令監. 無論文武與蔭官及褋職, 皆然, 雖賤類納粟白徒老職, 但從資品. 凡通政·折衝以上至嘉善·嘉義等資, 皆爲令監. 自資憲至大臣, 則通稱大監. 堂下官則通訓以下文蔭武, 皆呼進賜. 然令監·大監, 雖士大夫同品, 對面相呼, 進賜則不過僮奴皀隸之爲其官長與主人, 尊而稱呼而已, 輩行人則雖年少者, 未嘗面稱. 進賜方言也, 其音羅意里, 而昔光廟鞫六臣, 成公三問仰視光廟, 每稱進賜, 又曰:"進賜之刑慘矣." 光廟潛邸時, 以首陽大君, 爲領相兼兵判, 又兼內外兵馬都統使, 已位極, 人臣當稱大監, 而曰進賜, 其時則是尊稱耶? 未可知也. 今則同儕不相呼進賜, 但爲賤者所呼而已. 又待尊者, 隔間一資則拜, 故通訓以下拜嘉善, 嘉善·嘉義拜崇政, 資憲至崇祿拜輔國. 輔國見議政, 但進前揖, 議政必起而答揖. 議政與議政及宗親儀賓, 同爲正一品, 故每相見, 相與一行而揖. 輔國與國舅於大臣, 言語書牘, 皆自稱侍生. 大臣相稱小生, 儀賓宗親正一品者亦於大臣, 自稱小生. 自崇祿以下至文武蔭庶僚, 皆自稱小人. 大臣見崇祿以下, 坐不起, 惟答揖而已. [惟閣外與鞫廳, 則雖輔國, 必拜大臣云.]

書辭則堂下官於參判, 自稱記下. 於資憲判書, 稱記下生. 崇政以上至輔國, 則稱侍生. 大臣則通稱小人矣. 李雅亭德懋盎葉記, 以我國庶僚於大臣, 自稱小人者, 甚非之. 其曰:"小人, 君子之對, 不當以惡名自處. 又小人, 在下之稱, 官雖卑, 亦不可以賤類自居, 都不如自稱以下僚." 此言切當. 僚者非但謂同官, 凡官之通稱也. 故君上亦云臣僚, 豈君與臣同官而然耶? 況以正卿之尊顯, 尤不當以小人自稱也. 又守令於監司, 自稱下官, 京司郎官於本司堂上, 自稱郎廳, 監司・堂上官見守令, 與在公廳而見郎官者, 皆不起, 坐而答揖而已. 然監司之不起, 古無是法, 至肅廟時, 李光佐始行, 不足取法, 而其後達官貴人樂於自便, 而喜其自尊, 遂爲金石之典憲. 且近日風氣俗習, 務爲自遜, 待貴人, 主於極恭. 上書輔國者, 必稱勻體, 守宰之作書正卿以上者, 書封不敢着印, 堂下蔭官作書資憲判書, 亦皆稱侍生, 日益自卑, 如水就下, 皆前世所無也. 然於禮宜敬者, 則人反狃俗而忽之, 如子孫之於父祖, 對前稱我, 雖曰家人, 父子禮無間焉, 是豈非不恭之甚乎! 古人則對父師, 自號其名, 而今則不然, 可歎. 往年嘗見金判書學性家, 每上書父兄, 必用楷書, 此常事之易行, 而他人未見如此, 則此亦家行之可見一事也.

## 우리나라에서 사용하는 여러 호칭

초당貂璫[308]이나 액정掖庭[309]에서 외부인에 이르기까지 모두 지존至尊을 향해 상감上監이라 일컫고, 내전內殿[310]에게는 마마媽媽라고 칭하며, 공주・옹주나 부마에게는 번번이 자가自家라고 칭한다.

지금 중국 사람들은 황제를 가리켜 만세야萬歲爺라고 부르고, 옛날의

308) 초당貂璫 : 담비 꼬리와 금고리로 장식한 관을 가리키는 말로 환관을 가리킨다.
309) 액정掖庭 : 정전 옆에 딸린 비빈이나 궁녀들이 거처하는 궁전.
310) 내전內殿 : 왕비나 황후를 높여 부르는 말. 여기서는 중국의 황후를 가리키는 듯하다.

환관은 자기 임금을 관가官家[311]라고 불렀으며, 조신朝臣 역시 때로 임금을 관가라고 불렀다. 이는 대개 오제五帝[312]가 천하를 관官으로 삼고, 삼왕三王[313]이 천하를 가家로 삼았다는 뜻인데, 우리나라에는 이러한 호칭이 없다. 마마의 경우는 옛날의 궁첩宮妾들도 태후마마라고 불렀으니 이는 우리나라와 같다.

집안 사람과 하인들은 자기 주인을 대인大人이라 부르고, 혹은 노야老爺・대야大爺라고 부르며, 혹은 상공相公이라 부르기도 하고 주인이 젊으면 공자公子라고 부른다. 중국 사람들은 이와 같지만 우리나라 사람들은 각각 주인의 관위를 따라 대감・영감・나으리라고 부른다. 과거에 급제했으나 아직 관직을 제수 받지 못한 사람은 선달先達이라 부르고, 소과에 합격한 자는 진사進士라고 부르고, 관직 없이 늙은 사람은 생원生員이라 부른다. 주인이 젊으면 서방님[書房主]이라 부르고, 안주인의 경우 늙었으면 마누라[抹樓下]라고 부르고, 젊으면 아기씨[阿只氏]라고 부르는데 모두 우리나라 말이다.

마누라는 남자들 간의 호칭에 좌하座下나 족하足下[314]의 종류이고, 아기씨는 그 말에 더더욱 의미가 없으니 일개 주리侏儒의 말이다. 게다가 양반집에서 관례를 아직 치르지 않은 사람을 도련님[道令主]이라 부르고, 계례를 치르지 않은 자는 작은아기씨[小阿只氏]라고 하는데, 이 역시 아기씨라는 호칭과 같다. 그러나 비록 떡장수 노파나 술집 주모라도 늙으면 서로 마누라라고 부르니, 우리나라 사람들의 호칭은 이와 같지 않은 것

---

311) 관가官家 : 예전에 황제를 부르는 말로 쓰임. 일설에 서한西漢에서는 황제를 현관縣官이라 하고 동한東漢에서는 국가國家라고 하였으므로, 이를 겸하여 관가라고 했다고 한다.

312) 오제五帝 : 소호少昊・전욱顓頊・제곡帝嚳・요堯・순舜 등의 성천자聖天子. 소호少昊 대신 황제黃帝를 넣기도 한다.

313) 삼왕三王 : 우禹・탕湯・문무文武의 성왕聖王. 문왕文王과 무왕武王은 부자이므로 한 임금으로 본다.

314) 좌하座下나 족하足下 : 윗사람이나 친구에 대한 경칭敬稱으로, 주로 편지에서 상대방의 이름 아래 쓰인다.

이 없다.

阿只氏

自貂璫·掖庭輩至外人, 皆向至尊, 謂以上監, 於內殿, 則稱媽媽, 於公翁主及駙馬, 輒稱自家. 今中國人斥呼皇帝, 爲萬歲爺, 古之閹宦, 謂其君爲官家, 廷臣亦或曰官家. 盖五帝官天下, 三王家天下之義云, 而我國無此稱矣. 媽媽則古之宮妾, 亦謂太后媽媽, 此則與我國同矣. 家人婢僕, 稱其主曰大人, 或稱老爺·大爺, 或稱相公, 其少者稱公子. 中國人如是, 而我國則各隨官位, 稱大監·令監·進賜. 登科而未授職者稱先達, 中小科者稱進士, 無官之老者稱生員, 主少者稱書房主. 室內則老者稱抹樓下, 少者稱阿只氏, 皆方言也. 抹樓下卽男子相稱, 座下·足下之類, 阿只氏其言尤無義意, 卽一侏儷之言也. 且士族家未冠者, 稱道令主, 未笄者, 稱小阿只氏, 是亦如阿只氏之稱也. 然雖餠婆酒媼, 老則相呼以抹樓下, 我國人稱謂, 無非如此.

## 우리나라의 관대冠帶

기자箕子가 우리나라로 와서,

"동쪽 사람들은 성품이 대부분 경박하고 사나워서 진흙삿갓[陶笠]이나 혹은 동삿갓[銅笠]을 만들어 백성들에게 씌운다."

고 말했다고 한다. 이 전설이 정말인지 모르겠으나, 삿갓은 중국에서는 미친한 자들이 쓰는 것이다. 그 만드는 법이 약립篛笠[315]·대립臺笠[316]·

315) 약립篛笠 : 대나무 잎이나 껍질로 만든 삿갓. 약립箬笠.

내대䙡襶[317]의 종류와 같아, 모두 어부·나무꾼·농사꾼이 쓰는 것이지 건복巾服을 수식하는 사람이 쓰는 것이 아니다. 관冠은 우리나라 갓과는 모양이 판이하게 달라 중국인들이 우리의 것을 절풍건折風巾이라 일컬은 것은 역시 비웃은 것이다.

우리나라 사람들은 위로는 임금부터 아래로는 하인까지 모두 갓을 쓴다. 임금은 평소 지낼 때 대부분 갓을 쓰고, 정승·판서 이하는 공적인 일이 아니면 종묘에 참배·성묘·연회 참석·조문·유람·방문을 막론하고 머리에 쓰는 것이 갓이다. 이는 곧 상하에 두루 통용하는 물건으로 중국 사람들의 것과 비교하면 참으로 편리하고 또 비를 막거나 볕을 가리는 데도 역시 도움이 없지 않으니, 지금 바꿀 수는 없다. 사대부들은 집안에 있으면 모두 방관方冠[318]을 쓰는데, 말총으로 짜 만든 것으로 이 또한 간편함을 따른 것이다. 예전 명나라 홍무洪武(1368~1398) 초에 철애鐵崖 양유정楊維楨[319]이 본디 원나라 조정의 오랜 신하로 방관을 쓰고 들어와 태조를 알현했다. 황제가 물었다.

"경이 쓴 것은 무슨 관인고?"

철애가,

"사방평정관四方平定冠입니다."

라고 대답하였다. 황제가 몹시 기뻐하여 곧바로 천하의 인민들에게 모두 이 관을 쓰도록 명하였는데, 그 양식이 역시 지금의 방관과 같은지 어떤지는 모르겠다.

지금 조사朝士들은 일명一命에서 공경까지 또 상투덮개를 착용하여 갓

---

316) 대립臺笠 : 사초莎草로 만든 삿갓.

317) 내대䙡襶 : 대나무로 짠 후에 천을 덧씌운 패랭이.

318) 방관方冠 : 조선시대 사대부들이 편복便服에 쓴 것으로, 방건方巾·사방관四方冠 등으로 불림. 네모난 상자 모양으로 사각四角이 편평하며 정수리 부분이 막힌 형태와 터진 형태가 있다.

319) 양유정楊維楨(1296~1370) : 명明나라 때 문인. 자는 염부廉夫, 호는 철애鐵崖·철적도인鐵笛道人·포유노인抱遺老人. 저서에는 『동유자문집東維子文集』·『철애고악부鐵崖古樂府』·『복고시집復古詩集』 등이 있다.

을 받치는데, 이를 탕건宕巾이라 한다. 그 모양은 머리 부분이 뾰족하고 챙이 없어 뿔 없는 모帽와 같은데 방관보다 더욱 편하다. 그러나 갓이나 모帽를 받쳐 조사임을 표시하는 데 지나지 않을 뿐, 실제로 관은 아니라서 갓을 벗으면 맨상투와 다름이 없다. 그런데도 사람마다 날로 더욱 편안한 데로 치달려, 지금은 조사朝士들이 집안에 거처하면 단지 이 건만을 쓰고서 만약 존장자尊長者만 아니라면 대부분 그대로 접견하면서 그것이 무례인 줄 스스로 깨닫지 못한다. 대개 긴 옷자락과 너른 소매에 갓을 쓰고 띠를 매고 손에는 접첩선摺疊扇[320]을 들고 발에는 가죽신을 신고서 스스로 중국의 제도를 따르고 있다고 여기나, 우전성尤展成(우동尤侗을 말함)의 「외국죽지사外國竹枝詞」에,

| | |
|---|---|
| 長衫廣袖折風巾, | 긴 자락 너른 소매에 절풍건折風巾 차림, |
| 碓紙狼毫漢字眞. | 두들긴 종이 이리 털 붓에 한자가 참되도다.[321] |
| 自序世家傳國遠, | 자서自序와 세가世家를 보면 나라 전한지 오래라,[322] |
| 尙書篇內九疇人. | 상서尙書편 속의 구주인九疇人(기자)이로다. |

라고 하였으니 대개 업신여겨 비웃은 것이다. 저들이 비록 우리를 비웃고 있지만 저들은 한족이면서 만주족의 의복 풍속을 따르고 있으니 도리어 절풍건만 못할 듯하다. 저들이 이제 자신들을 비웃기에도 겨를이 없을 텐데 또 어느 겨를에 남을 비웃겠는가. 우리나라 남자들의 의관은 비록 일일이 중국식으로 바꿀 수는 없지만, 그래도 비슷하게 모양을 따를 수 있다. 그러나 부녀자들은 전국이 온통 몽고 여자들의 옷

320) "두들긴 …… 참되도다" : 접첩선摺疊扇 : 대나무나 상아로 뼈대를 만들고 종이나 비단을 발라 접을 수 있게 만든 부채.

321) "자서自序와 …… 오래라," : 원시에 '白碓紙 · 狼尾筆, 書與中國同文'이란 부기가 달려 있다.

322) 자서自序와 세가世家는 역대의 역사 기록을 말하는 것으로, 으레 끝 부분에 사방 외국에 관하여 싣기에 여기에 눈이 미치면 늘 기운이 빠졌다고 「외국죽지사」의 자서自序에 밝히고 있다.

차림이니, 이는 필시 고려 말 오랑캐 복장을 하였을 때 원나라의 옷차림을 따랐기 때문이다. 그 옷이 비록 위는 저고리에 아래는 치마라고는 하지만 소매는 좁아 두 팔에 꼭 맞고 앞섶은 유방에도 못 미치며, 치마의 허리와 잠방이가 모두 양쪽 겨드랑이에 묶이고 다른 윗도리가 없다. 쪽을 뒤통수 밑에 붙여서 비녀를 찌를 뿐 머리에도 관은 없다. 다만 한 개의 오사烏絲[323]로 만든 작은 건巾을 얹는데 솜을 넣어 모양이 말굽 같으니, 이는 예법에도 없을 뿐만 아니라 또한 옛날에도 없다.

오직 신부가 동뢰同牢[324]하고 나서 시부모와 사당을 찾아뵐 적에 비로소 삼衫[325]·대대大帶[326]·스란치마膝襴[327]·머리꾸미개·가체加髢[328] 등의 성대한 복장을 하나, 이때가 지나면 늙어 죽을 때까지 다시는 착용하지 않는다. 이러한 복식은 처음에 비록 사대부가 집이 가난하여 갖추기 어려운데서 시작되었지만, 부귀한 부인들도 다들 풍속을 따라가는 것을 면하지 못하였다. 그리하여 조정 벼슬아치들의 부인과 여항의 미천한 아낙들도 온통 한 가지 모양이 되어, 어쩌다가 화려하게 입어도 도리어 창기娼妓의 흰 비단옷과 연둣빛 모자만도 못하다. 비록 질박하고 검소하다고는 하지만 귀천과 존비가 구별되지 않으니, 부녀자의 복식이 마구 섞여 괴이하게 된 것은 남자의 것보다 심하다. 조선조 초기에 왕후가 입는 적위翟褘[329]의 양식을 몰라서 당시 진리陳理[330]의 모친이 용인龍仁에 와 있

---

323) 오사烏絲 : 명주실로 바탕을 조금 거칠게 짠 검은 비단.

324) 동뢰同牢 : 신랑과 신부가 맞절한 뒤에 술잔을 나누던 일.

325) 원삼圓衫 : 여자의 대례복大禮服으로 신분에 따라 색이나 모양이 다름.

326) 대대大帶 : 옷에 두르는 큰 띠. 원삼圓衫에는 7척 남짓한 홍단대紅緞帶를 두른다.

327) 슬란膝襴 : 스란치마를 일컫는 듯함. 란襴은 문채, 얼룩얼룩하여 고운 모양.

328) 가체加髢 : 여자들이 단장할 때 머리숱이 많아 보이도록 덧넣어서 딴 머리로, 다리 또는 月子라고 한다.

329) 적위翟褘 : 붉은 비단에 청색의 꿩을 수놓은 왕후의 예복禮服.

330) 진리陳理 : 명나라 초기에 고려로 귀화한 사람. 『고려사』에 진리의 귀화 과정이 자세하게 나와 있고, 『태종실록』에도 조선조에서의 진리의 자족과 후손의 생활이 나와 있으며, 『용재총화』 10권에도 진리의 행적이 기록되어 있다. 특히 『고려사』에는 주원장이 자신의 건국과정에 최대 라이벌이었던 진우양陳友諒의 아들 진리를 고려로

었으므로 결국 궁인을 보내어 가서 물어보게 하였더니, 진리의 모친이,

"나는 이제 쓸모없다."

고 하며 입던 적의翟衣를 궁중으로 보내주었다. 그제야 비로소 모양을 본떠 만들어 지금까지 전한다고 한다. 궁인은 옷이나 머리 모양이 사대부나 서인들과는 다소 다르지만, 그래도 역시 대동소이하다.

箕子東來

箕子東來謂:"東人性多輕躁慓悍, 造陶笠或銅笠, 以着民人"云. 未知傳說果然, 而笠者, 在中國則賤者所着也. 其製卽篛笠·臺笠·椶䈥之屬, 皆漁樵野夫所戴, 非修飾巾服人. 冠則與我國笠, 樣逈異, 中國人謂以折風巾, 亦笑之也. 東人則上自至尊, 下至厮役, 皆着笠. 君上則燕居時多御之, 公卿以下, 非公事, 則無論拜廟上塚宴集吊慰遊覽尋訪, 戴頭者, 笠也. 此便上下通用之物, 比之中州人, 固便易, 且遮雨蔽陽, 亦不無助, 今不可變也. 士大夫家居, 則皆着方冠, 以馬尾結織, 亦自簡便矣. 昔明洪武初, 楊鐵崖廉夫, 自以元朝舊臣, 着方冠, 入謁太祖. 帝問曰:"卿所着何冠?" 鐵崖對曰:"四方平定冠." 上大喜, 仍命天下士民皆着是冠, 未知其製亦如今方冠否也. 今朝士自一命至公卿, 又着鬃帽以承笠, 謂之宕巾. 其樣首銳無欄, 如無角帽, 尤便於方冠. 然不過承笠與帽, 表爲朝士而已, 實非冠也. 去笠則無異露髻, 而人皆日益趨便, 今則朝士居家者, 只着此巾, 如非尊者長者, 多以此接見, 自不覺其無禮也. 大抵長衫廣袂, 着笠束帶, 手執摺疊, 足躡鞮屨, 自以爲依倣華制, 然尤展成之外國竹枝詞曰:"長衫廣袖折風巾, 硾紙狼毫漢字眞. 自序世家傳國遠, 尙書篇內九疇人." 盖藐視而笑之也. 彼雖笑我, 彼以漢人爲左衽, 則恐反不如折風巾, 彼方自笑之不暇, 又何暇笑人也. 我國男子之衣冠, 雖未能一一變華, 猶可依樣. 而婦女則通

---

귀화시킨 정치적 상황을 자세히 기록하고 있다.

國皆是蒙古女衣制, 此必麗末胡服時, 從元制也. 其服雖曰上衣下裳, 其袖窄容兩腕, 其衽不及乳房, 裙腰與裩襠, 皆繫在兩腋, 他無上衣. 髻貼腦底而簪之, 頭亦無冠, 但戴一烏紗小巾, 苴以綿子, 狀如馬蹄, 此不但無於禮, 亦無於古. 惟新婦同牢, 及見舅姑見廟時, 始有圓衫大帶膝襴與首飾加髢等盛服, 過此則至老死, 更不用. 此等服飾, 始雖出於士大夫家貧難具, 而其富貴婦人, 亦皆未免循俗. 故卿相朝士之妻與委巷賤女, 泯然一樣, 有時華麗, 反不如娼妓縞衣綦巾. 雖云質儉, 貴賤不分, 尊卑無別, 則婦女之衣制, 混淆可怪, 甚於男子矣. 國初不知后妃所御翟褘製樣, 而時陳理之母來在龍仁, 遂遣宮人往問之, 陳理母曰: "吾今無用." 以所着翟衣, 授之宮中, 始乃依樣而製, 傳之至今云. 宮人則衣髻, 與士庶家稍別, 然亦大同而少異也.

## 우리나라 의복衣服과 관대冠帶의 제도

일찍이 아정雅亭 이덕무李德懋의 「앙엽기盎葉記」를 보았는데, 남자가 말총으로 머리를 얽어매는 것이 마땅치 않고, 그 위에 망건網巾을 쓰는 것이 예도 아니며 불결한 듯하다고 했다. 그런데 이 말은 맞지 않은 것 같다. 이것은 명나라 고황제高皇帝(명나라 태조 주원장)가 만든 바로 중국의 제도이다. 게다가 고인들은 검은 비단[黑繒]으로 머리를 감쌌는데 비단 또한 누에실로 짠 것이다. 어찌 누에 실은 깨끗하고 말꼬리는 불결한 것이겠는가? 담비나 여우 갖옷도 역시 짐승가죽이다. 고금의 사람들이 다 머리에 쓰거나 몸에 입어왔는데, 이것이 어찌 깨끗하다고 하여 쓴 것이겠는가? 내가 보기에 비단은 누에실로 만든 것이므로 여름철에는 마땅치 않아 망건보다 훨씬 못하다.

우리나라 갓의 제도에 검은 칠을 하는 것은 오히려 별로 놀라운 일이 아니다. 그런데 문무당상관들이 융복戎服[331]을 입고 시위侍衛할 때에는 반드시 바깥은 빨갛고 안에는 검은 칠이 된 갓을 쓰는데, 세상에 어디에 빨간 색의 모자가 있겠는가. 그 놀랍고 해괴함이란 급히 고쳐야 마땅한 일인데도 이미 오래 시행했기 때문에 지금은 조정의 바꿀 수 없는 법복法服으로 되었으니 참으로 한탄스러운 일이다.

조정 사대부들의 옷의 양식은 오직 조복朝服이 가장 성대하다. 그리하여 근세에 문익공文翼公 조엄趙曮[332]이 일본에 사신으로 갔을 때에 가지고 가서 입었는데, 왜인 남녀 구경꾼들이 둘러싸고 누구나 입이 마르도록 좋다고 하였다고 한다. 그러나 조정의 사대부들이 다 입어도 본래 품계에 따른 제도가 없고, 다만 상아 홀笏이나 나무 홀笏의 구별만이 있다. 제복祭服의 경우에는 빨간 옷을 흑색 옷으로 바꿔입을 뿐이다.

옥패玉佩는 한 순간이라도 차지 않을 수 없다. 그러나 당하관과 음관蔭官들이 지나치게 낮추고 문신들을 꺼리어 모두 감히 차지 못한다. 실로 조정에서 금지한 일이 아니니, 더욱 우스운 일이다. 패옥은 옛날에는 주머니에 넣지 않았는데, 명나라 성화成化(1465~1487) 연간에 한 조정의 신하가 가까이서 황제를 시종할 때에 황제의 옥패와 서로 얽혀 두 옥패가 다 깨졌다. 그 후부터 드디어 깁으로 만든 주머니에 넣게 되었다. 우리나라도 명나라 제도를 따른 것이라 한다.

---

331) 융복戎服 : 군복의 하나. 융의戎衣라고도 하는데, 철릭帖裏과 주립朱笠으로 되어 있다. 철릭은 길이가 길고 허리에 주름을 잡았으며, 주립은 호박琥珀・마노瑪瑙・수정水晶 등으로 장식裝飾하였다. 주로 무신武臣이 입었으며, 문신文臣이라도 전시에 임금을 호종扈從할 때 입기도 하였다.

332) 조엄趙曮(1719~1777) : 본관은 풍양豊壤, 자는 명서明瑞, 호는 영호永湖, 시호는 문익文翼. 1752년 정시문과에 을과로 급제하여 벼슬이 이조판서에 이르렀다. 저서에 『해사일기海事日記』・『해행총재海行摠載』 등이 있다.

我國笠制

嘗見李雅亭德懋「盎葉記」, 以男子之馬尾絡頭不當着網巾, 認若非禮而不潔. 此言似迂矣. 此是明高皇創行, 卽華制也. 且古人以黑繒韜髮, 繒亦蚕績也. 豈蟲絲則潔, 而馬尾則不潔乎? 貂鼠狐貉之裘, 亦獸皮也, 古今人皆頭戴而身被, 此則何潔而取之? 余意則繒本絲織, 不宜暑月, 不如網巾遠甚矣. 我國笠制黑漆, 則猶不甚駭. 而文武堂上官之以戎服侍衛, 必着外朱內漆之笠, 世安有赤色冠, 其可驚可駭, 正宜亟當變改, 而行之已久, 今爲朝廷不易之法服, 殊可歎也. 在朝士衣制, 惟朝服最盛. 故近世趙文翼公曮日本之行, 持以着之, 倭人男女觀者如堵, 無不極口稱好云. 然朝士則皆着, 本無品制, 但有牙笏·木笏之別. 而祭服則紅衫變爲黑衫而已. 玉佩決不可須臾不佩, 而堂下蔭官過於自卑嫌於文臣, 皆不敢佩, 實非朝禁, 其事尤可笑也. 佩玉, 古不盛囊. 明成化間, 有一朝士近侍, 與上之所佩鉤絡, 兩佩俱斷. 其後遂盛以紗囊. 我國亦從明制云.

## 비변사備邊司

명종明宗 을묘년(1555)에 왜적이 수차례 삼남三南 지방에 있는 바다 가까운 육지의 여러 고을을 침략하자, 조정에서 이것을 근심했다. 대신들이 경연經筵에서 아뢰기를,

"문신 정승들 중에 문무의 지략에 통달한 자를 당상堂上으로 뽑아 올리고, 아울러 비변사備邊司[333]를 설치하여 대신이 관례대로 도제조都提調

333) 비변사備邊司 : 조선시대 군국기무軍國機務를 관장한 문무합의기구文武合議機構. 비

를 겸직하고, 숭품崇品[334] 이하는 인원을 정하지 않고 제조提調로 삼아야 한다."

라 하였다. 이것은 일시의 방어책에 불과하고 임시변통의 정치이다. 그러나 지금은 거꾸로 묘당廟堂에서 대신들이 결단해야할 일들이 모두 비변사에 귀속되어, 의정부議政府는 비록 상부相府라고 하지만 그 기능을 폐기하여 쓰지 않고 있다. 더욱이 의정부 건물은 다 무너지고 다만 남은 것이라고는 대청이 우뚝 하나 솟아있을 뿐이며, 해마다 유월과 섣달에 대신들이 백관百官들의 배알을 받거나, 그 외에 종묘대향宗廟大享[335] 때에 제관祭官들이 모여 예의禮儀를 익힐 뿐이다. 명칭만 남고 실상이 없는 것이 이것보다 더 심한 것이 없다.

개국 초기에 의정부를 광화문 밖에 설치하여 삼공三公이 항상 거처하며 백관들을 통솔하여 온갖 정무를 고르게 처리하고 음양陰陽을 다스리고 사시四時에 순하게 하였다. 그러므로 예빈시禮賓寺에서 날마다 조석의 식사를 제공하였다. 사인舍人[336]과 검상檢詳[337]들이 낭관郎官[338]이 되어 경외京外의 모든 공사公事가 의정부에 다 모여들면, 사인들이 처리여부를 판단한 연후에 대신에게 올린다. 그래서 사인들이 비록 낭료郎僚이지만 권한이 재상에 버금가므로, 문학인文學人 중에 재주 있고 명망이

---

국備局·주사籌司라고도 한다.

334) 숭품崇品: 종1품의 다른 이름.

335) 종묘대향宗廟大享: 종묘는 조선왕조 역대 왕과 왕비 및 추존된 왕과 왕비의 신주를 모신 사당이다. 종묘는 태조 3년(1394) 10월 조선왕조가 한양으로 도읍을 옮긴 그해 12월에 착공하여 이듬해 9월에 완공하였으며, 곧이어 개성으로부터 태조의 4대조인 목조·익조·도조·환조의 신주를 모셨다. 현재 정전에는 19실에 49위, 영녕전에는 16실에 34위의 신위가 모셔져 있고, 정전 뜰 앞에 있는 공신당에는 조선시대 공신 83위가 모셔져 있다. 정전에서 매년 춘하추동과 섣달에 대향을 지냈고, 영녕전에서는 매년 춘추와 섣달에 제향일을 따로 정하여 제례를 지냈다.

336) 사인舍人: 의정부의 정4품 벼슬.

337) 검상檢詳: 의정부의 정5품 벼슬인데, 사인舍人에 결원이 생기면 승급 임명되었다.

338) 낭관郎官: 낭료郎僚 혹은 낭청郎廳이라고도 한다. 조선시대 육조六曹의 오륙품 관인 정랑이나 좌랑의 자리에 있던 사람을 이르던 말. 혹은 정오품 통덕랑 이하의 당하관을 통틀어 이르던 말.

높은 사람이 아니면 아무도 이 자리에 앉을 수 없었다. 그리하여 대신들도 반드시 선발을 신중히 하여 임명하였다. 이 때문에 온갖 각사各司의 업무를 담당한 관원들이 날마다 의정부에 출근하여 대기하였고, 삼공도 잠시 집에 돌아갈 뿐 오래 머물 수가 없었다. 아뢸 것이 있으면 반드시 '의정부계왈議政府啓曰'이라 칭하였고, 좌左·우찬성右贊成들은 비록 한가한 직책이지만 이상貳相[339]이라 일컬어졌으므로, 모두 묘당廟堂[의정부]의 정무에 참여하여 도왔다. 이런 연후에야 체면이 바로 섰다고 할 수 있다.

비변사가 설치된 다음부터 태평세월이 수백 년 동안 지속되었다. 애당초 변방에 일이 없었지만 작고 소소한 송사가 모두 비변사에 몰려드니 명분과 내용이 이미 어그러졌다. 게다가 소위 당상관도 늘 삼십여 명이나 되니 각 도道에서 공사公事와 아뢰는 글이 산더미를 이루었다. 주예籌隷[비변사 하인]가 유대油帒에 넣어 메고, 주랑籌郞[비변사 낭관]은 공복公服을 입고 병조兵曹의 역마驛馬를 타고 성을 한 바퀴 돌아 남산북악南山北嶽사이를 하루 종일 분주히 다니니, 이것은 본래 비당備堂들로 하여금 사전에 변방의 일을 알게 할 목적이었다. 고례古例가 비록 그러했지만 지금은 그저 형식만 있어 아무런 도움도 되지 못할 뿐만 아니라, 이른바 군국기밀軍國機密들은 그때에 비변사의 좌석에 있던 사람들은 누구나 보기 때문에 도리어 변방의 실정이 누설될 뿐이다.

내가 생각건대 이것은 잠시 시행한 임시변통의 일이라, 사태가 없으면 없앴다가 변방에 일이 생기면 다시 복구復舊해도 안 될 일이 아니다. 대신들이 논의하여 결정하는 온갖 사무를 일체 의정부에 환속시켜, 삼공이 거처하고 사인舍人들이 주관하여 한결같이 개국 초기의 고사故事를 따르게 한다면 거의 체모가 설 수 있을 것이다.

339) 이상貳相: 삼정승의 다음이라는 뜻으로, 의정부의 좌찬성과 우찬성을 달리 이르는 말.

乙卯倭寇

明宗乙卯, 倭寇數侵三南沿海諸郡, 朝廷患之. 大臣筵白, 以文臣宰列中, 通曉文武籌略人, 抄定堂上. 仍設備邊司, 大臣則例兼都提調, 崇品以下爲提調, 無定數. 而此不過爲一時防禦之計, 權宜之政也. 而今則反爲廟堂, 凡屬大臣之裁斷者, 皆屬備邊司. 議政府則雖曰相府, 廢閣不用, 故棟宇傾毁, 但餘巋然一廳, 每當六月・臘月, 大臣受百官參謁, 其外則宗廟大享時, 祭官會行肄儀而已. 名存實無, 莫此甚也. 開國之初, 設置議政府於光化門外, 三公常居, 以摠百官, 平庶政, 理陰陽, 順四時. 故自禮賓寺日供朝夕之飯, 舍人檢詳爲郎官, 京外凡百公事, 皆會政府, 則舍人存拔可否, 然後始進呈於大臣. 故舍人雖郎僚, 權傾宰相, 非文學人器聞望極重者, 莫或居之, 大臣必愼其人而辟之. 是以百各司掌務官, 皆逐日來待於政府, 三公亦暫時還家, 不敢久留. 有所奏達, 皆稱'議政府啓曰', 左右贊成, 則雖閒任職, 稱貳相, 故亦皆參贊廟務, 如是然後體面爲正矣. 一自備邊司出, 而昇平數百年, 初無邊事, 而細務瑣訟, 皆歸備局, 名義已乖. 且所謂堂上, 每至數三十員之多, 故各道公事與啓本, 貼成巨軸. 籌隷盛以油帒挾之, 籌郎着公服, 乘兵曹驛馬, 遍一城, 終日奔走於南山北嶽之間, 此欲其使備堂, 預知邊務者也. 古例雖然, 今爲文具, 非徒無益, 所謂軍國機密, 凡在其時備堂之座者, 無人不見, 反爲泄露邊情而已. 余意則此是暫時權行, 無事則罷之, 有邊事則復舊, 未爲不可也. 大臣之論斷百務者, 一切還屬政府, 三公居之, 舍人主之, 一從國初故事, 則庶乎其得體也.

## 약현藥峴

남성南城 밖 약현藥峴[340]의 산기슭에 충숙공忠肅公 약봉藥峯 서성徐渻[341]의 고택이 있으니, 그의 종손들이 지금 11대에 이르도록 서로 전하여 세거世居해 온 집이다. 그 집의 바깥채 앞마당의 담벼락은 조금 넓은 편인데, 전해오는 바에 따르면 이 담벼락 밑에 용연龍硯이 매장되어 있다고 한다. 이것은 약봉의 맏아들 만사공晩沙公[342]이 용사龍蛇의 난임진왜란 때 여기에 묻었다고 하는데, 늘 무너진 담벼락을 개축하려고 파내려 할 때마다 우레가 내려치는 기이한 일이 생겨나 지금까지 보지 못하였다고 한다.

### 藥峴

南城外藥峴之麓，有藥峯徐忠肅公故宅，其宗孫至今十一代，相傳爲世居之家. 而其外舍前庭，築垣稍廣，舊傳垣下有龍硯藏埋. 此藥峯長胤晩沙公，當龍蛇之亂埋於此云，而每垣圮改築欲掘，則輒有雷異，至今不敢見云.

340) 약현藥峴 : 지금의 서울 아현동 서울역 뒤 중림동 천주교회가 있는 자리.

341) 서성徐渻(1558~1631) : 본관은 달성達城, 자는 현기玄紀, 호는 약봉藥峯, 시호는 충숙忠肅. 이이李珥 · 송익필宋翼弼의 문인. 1586년(선조 19) 별시문과에 급제하여 벼슬이 판중추부사에 이르렀다. 저서에 『약봉집藥峯集』이 있다.

342) 만사공晩沙公 : 서경우徐景雨(1573~1645). 본관은 달성達城, 자는 시백施伯, 호는 만사晩沙. 1603년(선조 36) 정시문과에 급제하여 벼슬이 우의정에 오르고 기로소에 들어갔다.

## …… 글명 · 서명

### 글명

## 서명

ㄱ

ㅇ

ㅈ

ㅊ



ㅌ

ㅍ



ㅎ

## …… 인명

ㅂ



ㅅ

ㅇ

ㅈ

## …… 기타